STEPHEN KING

BLUTIGE NACHRICHTEN

Das Buch

In der Vorweihnachtszeit richtet eine Paketbombe an einer Schule nahe Pittsburgh ein Massaker an. Kinder sterben. Holly Gibney verfolgt die furchtbaren Nachrichten im Fernsehen. Der Reporter vor Ort erinnert sie an den gestaltwandlerischen Outsider, den sie glaubt vor nicht allzu langer Zeit zur Strecke gebracht zu haben. Ist jene monströse, sich von Furcht nährende Kreatur wiedererwacht?

Die titelgebende Geschichte »Blutige Nachrichten« – eine eigenständige Fortsetzung des Bestsellers Der Outsider – ist nur einer von vier Kurzromanen in Stephen Kings neuer Kollektion, die uns an so fürchterliche wie faszinierende Orte entführt.

Mit einem Nachwort des Autors zur Entstehung jeder einzelnen Geschichte.

»Über Verlockung und Verderben moderner Technik, Erhabenheit und Erniedrigung im alltäglichsten Leben, die undurchschaubaren Wege des Universums ... Stephen King ist ein guter Begleiter im Dunkeln.«

The New York Times

Der Autor

Stephen King, 1947 in Portland, Maine, geboren, ist einer der erfolgreichsten amerikanischen Schriftsteller. Bislang haben sich seine Bücher weltweit über 400 Millionen Mal in mehr als 50 Sprachen verkauft. Für sein Werk bekam er zahlreiche Preise, darunter 2003 den Sonderpreis der National Book Foundation für sein Lebenswerk und 2015 mit dem Edgar Allan Poe Award den bedeutendsten kriminalliterarischen Preis für Mr. Mercedes. 2015 ehrte Präsident Barack Obama ihn zudem mit der National Medal of Arts. 2018 erhielt er den PEN America Literary Service Award für sein Wirken, gegen jedwede Art von Unterdrückung aufzubegehren und die hohen Werte der Humanität zu verteidigen.

Seine Werke erscheinen im Heyne-Verlag, zuletzt der Spiegel-Bestseller *Das Institut*.

STEPHEN KING

BLUTIGE NACHRICHTEN

Aus dem Amerikanischen
von Bernhard Kleinschmidt

HEYNE

Die Originalausgabe erschien unter dem Titel
IF IT BLEEDS bei Scribner, New York

Sollte diese Publikation Links auf Webseiten Dritter enthalten, so übernehmen wir für deren Inhalte keine Haftung, da wir uns diese nicht zu eigen machen, sondern lediglich auf deren Stand zum Zeitpunkt der Erstveröffentlichung verweisen.

MIX
Papier aus verantwortungsvollen Quellen
FSC® C014496

Verlagsgruppe Random House FSC® N001967

Vollständige deutsche Taschenbuchausgabe 08/2021

Umschlaggestaltung und Motiv:
Hauptmann & Kompanie Werbeagentur, Zürich
Satz: Schaber Datentechnik, Austria
Druck und Bindung: GGP Media GmbH, Pößneck
Printed in Germany

ISBN 978-3-453-44139-2

www.heyne.de

Zum Andenken an Russ Dorr

Ich vermisse dich, Chief

Inhalt

Mr. Harrigans Telefon

Mein Heimatort war nicht mehr als ein Dorf mit etwa sechshundert Einwohnern (und ist das weiterhin, wenngleich ich weggezogen bin), aber genau wie in der Großstadt hatten wir Internet, weshalb mein Vater und ich zunehmend weniger echte Post bekamen. Normalerweise brachte Mr. Nedeau nur die wöchentliche Ausgabe von *Time*, dazu an »Bewohner« oder »Unsere lieben Nachbarn« adressierte Prospekte und die monatlichen Rechnungen. Ab 2004 jedoch, als ich neun wurde und anfing, für Mr. Harrigan oben am Hang zu arbeiten, konnte ich damit rechnen, dass ich jedes Jahr mindestens vier von Hand beschriftete Umschläge bekam. Im Februar war das eine Karte zum Valentinstag, im September eine Geburtstagskarte, im November eine zu Thanksgiving und kurz vor oder nach dem Weihnachtstag eine zum Fest. In jeder Karte lag ein Rubbellos zu einem Dollar von der staatlichen Lotterie von Maine, und der Text war immer derselbe: *Viel Glück wünscht Mr. Harrigan.* So simpel wie förmlich.

Auch die Reaktion meines Vaters war immer dieselbe: Er lachte und verdrehte gutmütig die Augen.

»Was für ein Geizhals«, sagte Dad eines Tages. Damals war ich in etwa elf, also trafen die Karten schon seit zwei Jahren oder so ein. »Zahlt dir einen knickerigen Lohn und gibt dir einen ebenso knickerigen Bonus – Lotterielose von Howie's.«

Ich hab ihn darauf hingewiesen, dass eines von den vier Rubbeldingern normalerweise ein paar Dollar einbrachte. Dann löste immer Dad das Los für mich bei Howie's ein, weil Minderjährige nicht in der Lotterie spielen durften, selbst wenn sie die Lose geschenkt bekamen. Einmal, als ich einen Volltreffer landete und fünf Dollar gewann, hab ich Dad gebeten, mir fünf weitere Lose zu besorgen. Er weigerte sich mit der Begründung, wenn er damit meine Spielsucht fördere, würde meine Mutter sich im Grab umdrehen.

»Dass Harrigan das tut, ist schlimm genug«, sagte Dad. »Außerdem sollte er dir *sieben* Dollar pro Stunde zahlen. Vielleicht sogar acht. Leisten könnte er sich das durchaus, weiß Gott. Fünf Dollar pro Stunde dürften zwar legal sein, da du noch ein Kind bist, aber manche würden das für Kindesmissbrauch halten.«

»Ich arbeite gern für ihn«, sagte ich. »Und ich mag ihn, Dad.«

»Das verstehe ich«, sagte er. »Und es macht dich auch nicht zu einem modernen Oliver Twist, wenn du ihm vorliest und in seinem Blumengarten Unkraut jätest, aber ein Geizhals ist er trotzdem. Ich staune, dass er bereit ist, das Porto für die Karten springen zu lassen, wo es doch kaum mehr als eine Viertelmeile von seinem Briefkasten zu unserem sein dürfte.«

Bei dem Gespräch saßen wir auf unserer vorderen Veranda, tranken Sprite aus dem Glas, und Dad zeigte mit dem Daumen unsere Straße hoch (ungepflastert wie die meisten in Harlow) auf das Haus von Mr. Harrigan. Das war eigentlich eine Villa, ausgestattet mit einem überdachten Swimmingpool, einem Wintergarten, einem verglasten Aufzug, den ich mit Begeisterung benutzte, und einem Gewächshaus hinten im Garten, wo früher ein Kuhstall gestanden hatte (vor meiner Zeit, aber Dad erinnerte sich gut daran).

»Du weißt doch, wie schlimm seine Arthritis ist«, sagte ich. »Inzwischen nimmt er manchmal sogar zwei Gehstöcke statt einen. Bis hier runterzumarschieren würde ihn fast schon umbringen.«

»Dann könnte er dir die verdammten Karten einfach überreichen«, sagte Dad. Er meinte das nicht böse, sondern wollte bloß sticheln. Schließlich kam er mit Mr. Harrigan ganz gut aus. Mein Dad kam mit allen in Harlow ganz gut aus, wahrscheinlich war er deshalb so ein erfolgreicher Verkäufer. »Du bist ja weiß Gott oft genug da oben.«

»Das wäre nicht dasselbe«, sagte ich.

»Nein? Und wieso nicht?«

Das konnte ich ihm nicht erklären. Weil ich so viel las, hatte ich zwar einen großen Wortschatz, aber natürlich noch keine große Lebenserfahrung. Ich wusste bloß, dass ich die Karten gern bekam, mich auf sie und das Lotterielos freute, das ich dann immer mit meinem Glückszehner freirubbelte, und auf die Grußworte in seiner altmodischen Handschrift: *Viel Glück wünscht Mr. Harrigan.* Im Rückblick kommt mir das Wort *förmlich* in den Sinn. Zum Beispiel trug Mr. Harrigan immer eine von seinen schmalen schwarzen Krawatten, wenn wir gemeinsam in die Stadt fuhren, obwohl er meistens bloß am Lenkrad seiner langweiligen Ford-Limousine saß und die *Financial Times* las, während ich in den Supermarkt ging, um die Sachen auf dem Einkaufszettel zu besorgen. Darauf standen immer gehacktes Corned Beef und ein Dutzend Eier. Gelegentlich äußerte Mr. Harrigan die Ansicht, sobald man ein bestimmtes Alter erreicht habe, könne man ausgezeichnet mit Eiern und gehacktem Corned Beef überleben. Als ich ihn mal fragte, was für ein Alter das wohl wäre, meinte er achtundsechzig.

»Wenn man achtundsechzig wird, braucht man keine Vitamine mehr.«

»Echt?«

»Nein«, sagte er. »Das behaupte ich bloß, um meine schlechten Essgewohnheiten zu rechtfertigen. Hast du jetzt eigentlich Satellitenradio für mein Auto bestellt oder nicht, Craig?«

»Hab ich.« Und zwar mit dem Computer von meinem Dad, weil Mr. Harrigan keinen hatte.

»Wo ist das dann? Ich kriege bloß Limbaugh rein, diesen verdammten Schwätzer.«

Ich zeigte ihm, wie man an die XM-Programme kam. Er drehte den Knopf an etwa hundert Sendern vorbei, bis er einen fand, der auf Country spezialisiert war. Gerade lief »Stand by Your Man«.

Bei dem Lied läuft es mir immer noch kalt den Rücken herunter, und dabei wird es wohl irgendwie bleiben.

An jenem Tag in meinem zwölften Lebensjahr, als mein Dad und ich dasaßen, unsere Sprite tranken und zu dem großen Haus hinaufschauten (genauso nannten es die Bürger von Harlow, das Große Haus, als wäre es das Gefängnis von Shawshank), sagte ich: »Richtige Post kriegen ist cool.«

Dad verdrehte wieder die Augen. »*E-Mail* ist cool. Und Mobiltelefone. So was kommt mir noch wie ein Wunder vor. Du bist zu jung, das zu kapieren. Wenn du mit einem Gemeinschaftsanschluss aufgewachsen wärst, mit dem noch vier weitere Häuser verbunden waren – darunter das von Mrs. Edelson, die ständig an der Strippe hing –, wäre das wahrscheinlich anders.«

»Wann kriege ich eigentlich ein Handy?« Das war eine Frage, die ich in dem Jahr oft stellte, noch öfter, nachdem das erste iPhone in den Handel kam.

»Wenn ich beschließe, dass du alt genug dafür bist.«

»Ach komm, Dad!« Jetzt war ich an der Reihe, die Augen zu verdrehen, was ihn zum Lachen brachte.

Dann wurde er ernst. »Ist dir eigentlich klar, wie reich John Harrigan ist?«

Ich zuckte die Achseln. »Ich weiß, dass er früher ein paar Fabriken gehabt hat.«

»Er hat wesentlich mehr als ein paar Fabriken besessen. Bis er in Ruhestand gegangen ist, war er der Oberhäuptling einer Firma namens Oak Enterprises. Die besaß eine Schifffahrtslinie, mehrere Einkaufszentren, eine Kinokette, eine Telefongesellschaft und wer weiß was. An der Wallstreet hat Oak zu den größten gehört.«

»Was ist denn die Wallstreet?«

»Der Aktienmarkt. Glücksspiel für reiche Leute. Als Harrigan seine Firma verkauft hat, stand der Deal in der *New York Times* nicht bloß im Wirtschaftsteil, sondern auf der Titelseite. Dieser Bursche, der einen sechs Jahre alten Ford fährt, am Ende einer ungeteerten Straße wohnt, dir fünf Dollar pro Stunde zahlt und dir viermal im Jahr ein Rubbellos für einen Dollar schickt, thront auf mehr als einer Milliarde Dollar.« Dad grinste. »Und mein schlechtester Anzug, den deine Mutter zur Kleidersammlung geben würde, wenn sie noch am Leben wäre, ist besser als der, den er zur Kirche trägt.«

Das fand ich alles interessant, vor allem die Tatsache, dass Mr. Harrigan, der keinen Laptop und nicht mal einen Fernseher besaß, einmal eine Telefongesellschaft und Kinos besessen hatte. Bestimmt sah er sich nicht mal irgendwelche Filme an. Er war also das, was mein Dad als Technikfeind bezeichnete, womit er (unter anderem) Leute meinte, die keine elektrischen Geräte und dergleichen mochten. Das Satellitenradio war eine Ausnahme, weil er auf Countrymusic stand und die ganzen Werbespots auf WOXO hasste, dem einzigen Country-and-Western-Sender, den er mit seinem Autoradio hereinbekam.

»Weißt du, wie viel eine Milliarde ist, Craig?«

»Einhundert Millionen, oder?«

»Eher *eintausend* Millionen.«

»Wow«, sagte ich, aber nur, weil das irgendwie angebracht war. Mir war klar, was fünf Dollar waren und auch fünfhundert, weil so viel der gebrauchte Motorroller kostete, der an der Deep Cut Road zum Verkauf stand und von dem ich träumte (ein hoffnungsloses Unterfangen). Theoretisch wusste ich auch, was fünftausend Dollar waren, in etwa der Betrag, den mein Dad jeden Monat als Verkäufer bei Parmeleau – Traktoren und Baumaschinen – in Gates Falls verdiente. Sein Bild hing dort ständig als Verkäufer des Monats an der Wand. Laut ihm war das keine große Sache, aber ich dachte da anders. Wenn er als Verkäufer des Monats ausgezeichnet wurde, gingen wir nämlich zum Abendessen ins Marcel's, das schicke französische Restaurant in Castle Rock.

»*Wow* passt ganz gut«, sagte Dad und prostete dem großen Haus auf dem Hügel zu, dem Haus mit all den Zimmern, die größtenteils nicht verwendet wurden, und mit dem Aufzug, den Mr. Harrigan verabscheute, aber wegen Arthritis und Ischias verwenden musste. »*Wow* passt sogar ausgezeichnet, verdammt noch mal.«

Bevor ich von dem kapitalen Lotterielos erzähle, davon, wie Mr. Harrigan gestorben ist, und von dem Zoff, den ich mit Kenny Yanko hatte, als ich in die unterste Klasse der Gates Falls High kam, sollte ich erst einmal berichten, wie ich überhaupt dazu kam, für Mr. Harrigan zu arbeiten. Das war wegen der Kirche. Dad und ich gingen in die First Methodist of Harlow, die *einzige* Methodistenkirche in Harlow. Früher gab es noch eine weitere Kirche im Ort, die von den Baptisten verwendet wurde, aber die ist 1996 abgebrannt.

»Manche Leute brennen ein Feuerwerk ab, um die Ankunft eines Babys zu feiern«, sagte Dad. Damals war ich kaum älter als vier, erinnere mich jedoch daran – wahrscheinlich, weil ich Feuerwerk toll fand. »Deine Mama und ich haben darauf verzichtet und stattdessen 'ne ganze *Kirche* niedergebrannt, um dich willkommen zu heißen, Craigster. Und was für ein tolles Feuer!«

»So was darfst du nicht sagen«, sagte meine Mutter. »Sonst glaubt er dir noch und steckt selbst eine Kirche in Brand, wenn er Vater wird.«

Die beiden lachten viel miteinander, und ich lachte selbst dann mit, wenn ich nichts kapierte.

Wenn wir drei zusammen zur Kirche gingen, knirschten im Winter unsere Stiefel in dem zusammengebackenen Schnee, und im Sommer stieg Staub unter unseren guten Schuhen auf (die meine Mutter mit einem Papiertaschentuch erst noch abwischte, bevor wir reingingen). Ich hielt die Hand von Dad immer mit meiner Linken und die von Mama mit meiner Rechten.

Sie war eine gute Mutter. 2004, als ich bei Mr. Harrigan anfing, vermisste ich sie noch unheimlich, obwohl sie da schon drei Jahre tot war. Jetzt, sechzehn Jahre später, vermisse ich sie immer noch, obwohl ihr Gesicht in meiner Erinnerung verblasst ist und Fotos das nur ein bisschen auffrischen. Es stimmt, was dieses Lied über mutterlose Kinder sagt: Sie haben eine schwere Zeit. Ich habe meinen Dad geliebt, und wir sind immer gut miteinander ausgekommen, aber das Lied hat noch mit etwas anderem recht: Es gibt so viel, was ein Daddy nicht versteht. Zum Beispiel, wie man eine Kette aus Gänseblümchen macht, sie einem auf der großen Wiese hinter dem Haus auf den Kopf legt und sagt: Heute bist du nicht bloß irgendein kleiner Junge, du bist König Craig. Oder sich zu freuen, aber ohne irgendwelches Brimborium zu veranstalten – also damit anzugeben und so –, wenn dein Sohn im Alter von drei Jahren anfängt, Comichefte über Superman und Spider-Man zu lesen. Oder sich zu einem ins Bett zu legen, wenn man mitten in der Nacht aus einem schlimmen Traum aufwacht, in dem man von Dr. Octopus verfolgt wird. Oder einen zu umarmen und zu sagen, dass es wieder in Ordnung kommt, wenn ein größerer Junge – Kenny Yanko zum Beispiel – dich nach Strich und Faden verprügelt hat.

Eine solche Umarmung hätte ich an jenem Tag brauchen können. Von Mama gedrückt zu werden hätte an dem Tag viel geändert.

Dass ich nie damit geprahlt habe, früh lesen zu können, war ein Geschenk meiner Eltern, weil sie mir beigebracht haben, dass man nichts Besseres als sein Nebenmann ist, nur weil man irgendein Talent hat. Aber herumgesprochen hat es sich trotzdem, wie das halt in kleinen Orten immer läuft, und als ich acht war, hat Reverend Mooney mich gefragt, ob ich am Familiensonntag die Schriftlesung übernehmen wolle. Vielleicht begeisterte ihn die Idee, weil sie neu war, denn normalerweise überließ er die Lesung einem Jungen oder einem Mädchen im Highschool-Alter. Gelesen wurde an dem Sonntag aus dem Markusevangelium, und nach dem Gottesdienst sagte der Rev, ich hätte das so gut gemacht, dass ich es jede Woche tun könne, wenn ich wolle.

»Er sagt, ein kleiner Knabe wird sie leiten«, erklärte ich Dad. »Das steht im Buch Jesaja.«

Mein Vater grummelte, als würde ihm das nicht viel bedeuten. Dann nickte er. »Na gut, solange du daran denkst, dass du der Überbringer bist, nicht die Botschaft.«

»Hä?«

»Die Bibel ist das Wort Gottes, nicht das Wort von Craig, also lass dir das nicht zu Kopf steigen.«

Dazu würde es schon nicht kommen, sagte ich, und in den folgenden zehn Jahren – bis ich aufs College kam, wo ich lernte, Gras zu rauchen, Bier zu trinken und Mädchen nachzusteigen – trug ich die wöchentliche Lesung vor. Selbst wenn es mir total bescheiden ging. Der Rev nannte mir die Bibelstelle eine Woche im Voraus, Kapitel und Vers, wie man so sagt. Am Donnerstagabend brachte ich ihm dann in die kirchliche Jugendgruppe eine Liste mit den Wörtern mit, die ich nicht auszusprechen wusste. Daher bin ich womöglich die einzige Person im Staate Maine, die *Nebukadnezar* nicht nur aussprechen, sondern auch buchstabieren kann.

Etwa drei Jahre bevor ich meinen sonntäglichen Job antrat, den Gemeindemitgliedern aus der Heiligen Schrift vorzutragen, zog einer der reichsten Männer Amerikas nach Harlow. Anders gesagt, um die Jahrtausendwende, gleich nachdem er seine Firmen verkauft und sich zur Ruhe gesetzt hatte und noch bevor sein großes Haus ganz fertiggestellt war (der Pool, der Aufzug und die gepflasterte Einfahrt kamen später). Mr. Harrigan besuchte jede Woche den Gottesdienst, gekleidet in seinen abgetragenen schwarzen Anzug mit dem herabhängenden Hosenboden. Er trug eine von seinen altmodisch schmalen schwarzen Krawatten und hatte sein schütteres Haar sauber gekämmt. Die restliche Woche standen die Haare in alle Richtungen ab wie die von Einstein nach einem arbeitsreichen Tag beim Kosmos-Enträtseln.

Damals benutzte er nur einen einzelnen Gehstock, auf den er sich stützte, wenn wir aufstanden, um Lieder zu singen, an die ich mich wohl bis an mein Lebensende erinnern werde … und dieser Vers darüber, wie Wasser und Blut aus Jesu verwundeter Seite fließt, wird mir immer einen Schauer über den Rücken jagen, genau wie die letzte Strophe von »Stand by Your Man«, wenn Tammy Wynette ordentlich loslegt. Allerdings sang Mr. Harrigan nicht richtig mit – was auch gut so war, weil er eine irgendwie rostige, kreischende Stimme hatte –, sondern formte nur mit den Lippen die Worte. Das hatte er mit meinem Dad gemein.

An einem Sonntag im Herbst 2004 (als alle Bäume in unserem Teil der Welt in bunten Farben loderten) las ich etwas aus dem 2. Buch Samuel, wobei ich der Gemeinde wie üblich eine Botschaft verkündete, die ich kaum begriff, aber ich wusste ja, dass Reverend Mooney sie in seiner Predigt erklären würde: »Die Edelsten in Israel sind auf deinen Höhen erschlagen. Wie sind die Helden gefallen! Sagt's nicht an in Gat, verkündet's nicht auf den Gassen in Arschkelon, dass sich nicht freuen die Töchter der Philister, dass nicht frohlocken die Töchter der Unbeschnittenen.«

Als ich mich wieder auf unsere Bank setzte, klopfte Dad mir auf die Schulter und flüsterte mir was von wegen gewagten Worten ins Ohr. Ich musste die Hand vor den Mund halten, um mein Grinsen zu verbergen.

Als wir am nächsten Abend das Geschirr erledigten (Dad spülte, ich trocknete ab und stellte alles weg), rollte der Ford von Mr. Harrigan in unsere Einfahrt. Das Pochen seines Gehstocks kam die Treppe herauf, und kurz bevor er klopfen konnte, öffnete Dad ihm die Haustür. Mr. Harrigan lehnte es ab, ins Wohnzimmer geführt zu werden, und setzte sich wie ein Familienmitglied an den Küchentisch. Als Dad ihm eine Sprite anbot, nahm er an, verzichtete jedoch auf ein Glas. »Ich trinke aus der Flasche, so wie mein Pa früher«, sagte er.

Als Geschäftsmann kam er gleich zum Punkt. Wenn mein Vater einverstanden sei, sagte Mr. Harrigan, würde er mich gern dafür anstellen, ihm zwei oder vielleicht auch drei Stunden pro Woche etwas vorzulesen. Dafür würde er mir fünf Dollar pro Stunde bezahlen. Er könne weitere drei Stunden Arbeit anbieten, wenn ich bereit sei, mich ein bisschen um seinen Garten zu kümmern und ein paar andere Aufgaben zu erledigen, zum Beispiel im Winter den Schnee von der Treppe zu schippen und das ganze Jahr über an den nötigen Stellen Staub zu wischen.

Fünfundzwanzig, eventuell sogar dreißig Dollar pro Woche, die Hälfte davon nur fürs Vorlesen, etwas, was ich umsonst getan hätte! Sofort kam ich auf die Idee, für einen Motorroller zu sparen, obwohl ich noch sieben Jahre lang keinen fahren durfte.

Das Ganze war zu schön, um wahr zu sein, und ich hatte Angst, dass mein Vater nein sagen würde, was er aber nicht tat. »Hauptsache, Sie lassen ihn nichts vorlesen, was irgendwie heikel ist«, sagte Dad. »Also keine verrückten politischen Sachen und keine übertriebene Gewalt. Er liest zwar wie ein Erwachsener, ist aber erst neun, und das auch gerade mal so.«

Das versprach ihm Mr. Harrigan, trank von seiner Sprite und schmatzte mit den ledrigen Lippen. »Er liest gut vor, das stimmt, aber das ist nicht der Hauptgrund, weshalb ich ihn anstellen will. Er leiert nichts herunter, selbst wenn er nicht kapiert, worum es geht. Das finde ich bemerkenswert. Nicht gerade erstaunlich, aber immerhin bemerkenswert.«

Er stellte seine Flasche ab, beugte sich vor und fixierte mich mit seinem scharfen Blick. Oft sah ich in diesen Augen Belustigung, nur Wärme sah ich darin selten, auch nicht an jenem Abend im Jahr 2004.

»Zu dem, was du gestern vorgelesen hast, Craig … Weißt du, was das mit den Töchtern der Unbeschnittenen bedeuten soll?«

»Eigentlich nicht«, sagte ich.

»Das habe ich mir gedacht, aber du hattest trotzdem den richtigen Ton aus Zorn und Lamentieren in der Stimme. Übrigens, weißt du, was Lamentieren ist?«

»Heulen und so.«

Er nickte. »Aber du hast nicht übertrieben. Du hast nicht zu dick aufgetragen. Das war gut. Ein Vorleser ist ein Überbringer, kein Schöpfer. Hilft Reverend Mooney dir bei der Aussprache?«

»Ja, Sir, manchmal schon.«

Mr. Harrigan trank noch einen Schluck Sprite, dann erhob er sich, auf seinen Stock gestützt. »Sag ihm, es heißt Aschkelon, nicht *Arsch*-kelon. Das fand ich unfreiwillig komisch, aber ich habe einen ziemlich bodenständigen Sinn für Humor. Wie wäre es mit einem Probelauf am Mittwoch, um drei? Hast du die Schule dann schon hinter dir?«

Der Unterricht an der Grundschule von Harlow war um halb drei beendet. »Ja, Sir. Drei Uhr ist prima.«

»Sagen wir mal, bis um vier? Oder ist das zu spät?«

»Das ist in Ordnung«, sagte Dad. Die Sache schien ihn nachdenklich zu machen. »Wir essen nicht vor fünf. Ich sehe mir gern die Lokalnachrichten an.«

»Bringt das nicht Ihre ganze Verdauung durcheinander?«

Dad lachte, obwohl ich glaube, dass Mr. Harrigan das eigentlich nicht scherzhaft meinte. »Manchmal schon. Ich bin kein Fan von Mr. Bush.«

»Der ist ein ziemlicher Trottel«, stimmte Mr. Harrigan zu. »Aber wenigstens hat er sich mit Männern umgeben, die was vom Geschäft verstehen. Am Mittwoch um drei, Craig, und komm nicht zu spät. Unpünktlichkeit dulde ich nicht.«

»Und nichts Gewagtes«, sagte Dad. »Dafür ist Zeit genug, wenn er älter ist.«

Das versprach Mr. Harrigan ebenfalls, aber ich nehme an, dass Männer, die etwas vom Geschäft verstehen, auch verstehen, dass Versprechen leicht zu brechen sind, da es nichts kostet, sie zu geben. An *Herz der Finsternis,* dem ersten Buch, das ich ihm vorlas, war allerdings tatsächlich nichts Gewagtes. Als wir fertig waren, fragte Mr. Harrigan mich, ob ich es verstanden hätte. Ich glaube nicht, dass er dabei versucht hat, mich zu belehren; er war bloß neugierig.

»Nicht so richtig«, sagte ich. »Aber dieser Kurtz war ziemlich verrückt. Das hab ich immerhin kapiert.«

An dem nächsten Buch war auch nichts Gewagtes – meiner bescheidenen Meinung nach war *Silas Marner* schlicht stinklangweilig. Das dritte hingegen war *Lady Chatterleys Liebhaber,* und das hat mir durchaus die Augen geöffnet. Es war 2006, als ich Constance Chatterley und ihrem lüsternen

Wildhüter begegnete. Ich war noch zehn. Selbst heute, all die Jahre später, habe ich die Strophen von bestimmten Kirchenliedern im Gedächtnis, aber genauso lebhaft erinnere ich mich daran, wie Mellors die Lady streichelt und murmelt: »Hübsch bist du.« Davon, wie er sie behandelt, können junge Männer etwas lernen, und es tut gut, sich daran zu erinnern.

»Verstehst du, was du gerade vorgelesen hast?«, fragte Mr. Harrigan mich nach einer besonders erotischen Passage. Wieder war er einfach nur neugierig.

»Nein«, sagte ich, was allerdings nicht ganz stimmte. Von dem, was im Wald zwischen Ollie Mellors und Connie Chatterley vor sich ging, verstand ich wesentlich mehr als von dem, was sich zwischen Marlow und Kurtz unten in Belgisch-Kongo ereignete. Sex ist schwer zu ergründen – was ich schon gelernt habe, bevor ich aufs College kam –, aber bei Verrücktheit ist es noch schwerer.

»Gut«, sagte Mr. Harrigan. »Aber wenn dein Vater sich erkundigt, was wir gerade lesen, schlage ich vor, dass du ihm *Dombey und Sohn* nennst. Was wir sowieso als Nächstes lesen werden.«

Mein Vater erkundigte sich nie – jedenfalls nicht nach diesem Buch –, und ich war erleichtert, als wir mit *Dombey* weitermachten, dem ersten Roman für Erwachsene, den ich meiner Erinnerung nach wirklich mochte. Ich wollte meinen Dad nicht anlügen. Dabei hätte ich mich nämlich scheußlich gefühlt, auch wenn Mr. Harrigan damit offensichtlich kein Problem gehabt hätte.

Mr. Harrigan wollte, dass ich ihm vorlas, weil seine Augen schnell ermüdeten. Um in seinen Blumenbeeten Unkraut zu jäten, brauchte er mich wahrscheinlich nicht; Pete Bostwick, der seinen riesigen Rasen mähte, hätte das bestimmt gern übernommen. Und Edna Grogan, seine Haushälterin, hätte gern seine große Sammlung von antiken Schneekugeln und gläsernen Briefbeschwerern abgestaubt, aber das war meine Aufgabe. In erster Linie wollte er mich einfach in der Nähe haben. Das hat er mir zwar erst kurz vor seinem Tod gesagt, aber ich hatte es auch so schon gewusst. Wieso das so war, wusste ich allerdings nicht, und ich bin mir auch nicht sicher, ob ich es jetzt weiß.

Einmal, als wir vom Abendessen bei Marcel's in Castle Rock nach Hause fuhren, fragte mein Dad urplötzlich: »Fasst Harrigan dich eigentlich manchmal irgendwie an, wie du es nicht magst?«

Es würde Jahre dauern, bis ich mir auch nur den Anflug eines Schnurrbarts wachsen lassen konnte, aber ich wusste, was er meinte; du meine Güte, von der »Gefahr durch Fremde« und »unangemessenen Berührungen« hatten wir schon in der dritten Klasse erfahren.

»Meinst du, ob er mich befummelt? Nein! Mensch, Dad, er ist doch nicht *schwul*.«

»Schon gut. Reg dich nicht auf, Craigster. Ich musste die Frage stellen. Weil du so oft bei ihm bist.«

»Wenn er mich befummeln würde, könnte er mir wenigstens Rubbellose für *zwei* Dollar schicken«, sagte ich, was Dad zum Lachen brachte.

Ich verdiente etwa dreißig Dollar die Woche, und Dad bestand darauf, dass ich mindestens zwanzig davon auf meinem Sparkonto fürs College deponierte. Was ich tat, obwohl ich es für megadämlich hielt; wenn schon die Teenagerzeit scheinbar meilenweit entfernt ist, kommt einem der Gang aufs College vor wie etwas in einem anderen Leben. Allerdings waren zehn Dollar pro Woche immer noch ein Vermögen. Teilweise gab ich sie an der Mittagstheke von Howie's Market für Hamburger und Milchshakes aus, hauptsächlich aber im Antiquariat Dahlie in Gates Falls für alte Taschenbücher. Was ich dort kaufte, war nicht so anstrengend wie das, was ich Mr. Harrigan vorlas (selbst *Lady Chatterley* war anstrengend, wenn Constance und Mellors nicht gerade das Blut der Leser in Wallung brachten). Ich mochte Kriminalromane und Western wie *Feuergefecht in Gila Bend* und *Kane nimmt den Kampf auf*. Mr. Harrigan vorzulesen war Arbeit. Keine Schwerarbeit, aber doch Arbeit. Ein Buch wie *Am Montag kam der Tod* von John D. MacDonald hingegen war reines Vergnügen. Ich sagte mir, dass ich das Geld, das nicht auf dem College-Konto landete, für eines von den neuen Apple-Handys sparen sollte, die im Sommer 2007 in den Handel kommen würden, aber die waren teuer, so um die sechshundert Dollar, weshalb ich bei zehn Dollar pro Woche dafür mehr als ein Jahr gebraucht hätte. Und wenn man gerade erst elf ist und auf den zwölften Geburtstag wartet, ist ein Jahr eine verdammt lange Zeit.

Außerdem zogen die alten Taschenbücher mit ihren farbenprächtigen Einbänden mich magisch an.

Am Morgen des ersten Weihnachtstags 2007, als ich schon drei Jahre für Mr. Harrigan gearbeitet hatte und zwei Jahre bevor er starb, lag unter dem Baum nur ein einziges Geschenk, und mein Vater bat mich, mit dem Auspacken zu warten, bis er meine Geschenke an ihn, eine Paisley-Weste, Schlappen und eine Tabakspfeife, gebührend bewundert hatte. Kaum war das erledigt, riss ich das Einwickelpapier auf und stieß einen Jubelschrei aus, als ich sah, dass Dad mir genau das besorgt hatte, worauf ich so scharf war: ein iPhone, das so viele verschiedene Funktionen hatte, dass das Autotelefon meines Vaters dagegen wie eine Antiquität wirkte.

Seither hat sich viel verändert. Jetzt ist das iPhone, das mein Vater mir zu Weihnachten 2007 geschenkt hat, ebenso eine Antiquität wie der Gemeinschaftsanschluss für fünf Familien, von dem er mir erzählt hat. Es hat so viele Veränderungen gegeben, so viele Fortschritte, und alles ist so schnell gelaufen. Mein Weihnachtshandy hatte gerade mal sechzehn

Apps, und die waren vorinstalliert. Eine davon war Youtube, weil Apple und Youtube damals befreundet waren (was sich geändert hat). Eine hieß SMS und war ein primitiver Dienst zur Übertragung von Textnachrichten (keine Emojis – ein noch nicht erfundenes Wort –, wenn man sie sich nicht selbst bastelte). Es gab eine Wetter-App, die sich normalerweise irrte. Aber man konnte mit etwas telefonieren, was klein genug war, es in die Gesäßtasche zu stecken, und – noch besser – es gab Safari, was einen mit der Außenwelt verband. Wenn man in einem ampellosen, von ungeteerten Straßen geprägten Kaff wie Harlow aufwuchs, war die Außenwelt ein merkwürdiger, verführerischer Ort, und man empfand eine Sehnsucht danach, die das Fernsehen nicht erfüllen konnte. Wenigstens galt das für mich. Dank AT&T und Steve Jobs war das alles nun mit einem Tastendruck verfügbar.

Außerdem gab es eine weitere App, bei der ich selbst an diesem freudigen ersten Morgen an Mr. Harrigan denken musste. Sie war wesentlich cooler als das Satellitenradio in seinem Wagen. Zumindest für Typen wie ihn.

»Danke, Dad«, sagte ich und umarmte meinen Vater. »Vielen, vielen Dank!«

»Hauptsache, du übertreibst es nicht. Die Telefongebühren sind gesalzen, und ich werde die Sache im Blick behalten.«

»Das wird bestimmt bald billiger«, sagte ich.

Damit sollte ich recht behalten, und Dad würde mich nie mit Gebühren nerven. Es gab sowieso nicht viele Leute, die ich anrufen konnte, aber ich mochte die Youtube-Videos (Dad ging es genauso), und ich war begeistert davon, ins Netz gehen zu können, wie wir damals sagten, also ins Internet. Manchmal sah ich mir Artikel aus der *Prawda* an, nicht weil ich Russisch konnte, sondern einfach weil es möglich war.

Als ich nicht ganz zwei Monate später von der Schule heimkam und den Briefkasten aufklappte, fand ich darin einen

Umschlag vor, in Mr. Harrigans altmodischer Handschrift an mich adressiert. Es war meine Karte zum Valentinstag. Ich ging ins Haus, warf das Schulzeug auf den Tisch und riss den Umschlag auf. Die Karte war weder geblümt noch sonst wie kitschig, das war nicht der Stil von Mr. Harrigan. Stattdessen war ein Mann im Smoking abgebildet, der sich inmitten einer Blumenwiese verbeugte, seinen Zylinder in der ausgestreckten Hand. Die vorgedruckte Grußkartenbotschaft lautete: *Möge das kommende Jahr voller Liebe und Freundschaft sein.* Darunter stand: *Viel Glück wünscht Mr. Harrigan.* Ein sich verbeugender Mann, der seinen Hut präsentierte, ein Segenswunsch, nichts Rührseliges. Das war typisch Mr. Harrigan. Im Rückblick wundert es mich, dass er den Valentinstag überhaupt einer Karte wert befand.

2008 waren die ursprünglich mit einem Glücksteufel verzierten Rubbellose zu einem Dollar durch welche ersetzt worden, die sich »Pine Tree Cash« nannten. Auf der kleinen Karte waren sechs Kiefern abgebildet. Falls unter dreien davon derselbe Betrag stand, wenn man sie aufrubbelte, gewann man die entsprechende Summe. Ich kratzte die Bäume weg und starrte auf das, was ich enthüllt hatte. Zuerst hielt ich es für einen Fehler oder einen Scherz, obwohl Mr. Harrigan niemand war, der einem Streiche spielte. Beim zweiten Blick auf die Karte fuhr ich mit den Fingern über die aufgedeckten Zahlen, um die kleinen Brösel abzustreifen, die mein Dad als Rubbelrotz bezeichnete (wobei er immer die Augen verdrehte). Die Zahlen blieben dieselben. Vielleicht habe ich gelacht, das weiß ich nicht mehr, aber ich erinnere mich eindeutig, dass ich einen Schrei ausgestoßen habe. Einen Freudenschrei.

Ich fummelte mein neues Telefon aus meiner Tasche (das Telefon, das mich überallhin begleitete) und rief bei Parmeleau an. Es meldete sich Denise, die Frau am Empfang, und als sie hörte, wie sehr ich außer Atem war, fragte sie mich, was denn passiert sei.

»Nichts, gar nichts«, sagte ich. »Aber ich muss sofort mit meinem Vater sprechen.«

»Na gut, bleib einfach in der Leitung.« Und dann: »Du hörst dich an, als würdest du von der anderen Mondseite aus anrufen, Craig.«

»Ich rufe mit meinem Handy an.« Ach, wie ich es genoss, das zu sagen!

Denise schnaubte kurz. »Die Dinger strahlen wie verrückt. Ich werd mir nie so 'n Ding kaufen. Wart einen Augenblick.«

Auch mein Dad fragte mich, was passiert sei, weil ich ihn vorher noch nie in der Arbeit angerufen hatte, nicht einmal an dem Tag, wo der Schulbus ohne mich abgefahren war.

»Dad, ich hab von Mr. Harrigan mein Valentinsrubbellos bekommen …«

»Wenn du angerufen hast, um mir zu erzählen, dass du zehn Dollar gewonnen hast, dann hätte das warten können, bis ich …«

»Nein, Daddy, es ist das große Los!« Und das war es, jedenfalls für Rubbellose zu einem Dollar damals. *»Ich hab dreitausend Dollar gewonnen!«*

Schweigen am anderen Ende der Leitung. Ich dachte, dass vielleicht die Verbindung abgebrochen war. Damals passierte das bei Mobiltelefonen ständig, selbst bei den neuen. Die Telefongesellschaften hinkten immer hinterher.

»Dad? Bist du noch da?«

»Mhm. Irrtum ausgeschlossen?«

»Und ob! Ich hab's direkt vor mir! Drei Dreitausender! Einer in der oberen Reihe und zwei in der unteren!«

Eine weitere lange Pause, und ich hörte, wie mein Vater zu irgendjemand sagte: *Ich glaube, mein Sohn hat 'ne Stange Geld gewonnen.* Dann war er wieder dran. »Versteck es an einem sicheren Ort, bis ich nach Hause komme.«

»Wo denn?«

»Wie wär's mit der Zuckerdose in der Speisekammer?«

»Ja«, sagte ich. »Ja, okay.«

»Craig, bist du dir wirklich sicher? Ich will nur nicht, dass du hinterher enttäuscht bist. Schau also lieber noch mal nach.«

Das tat ich, irgendwie davon überzeugt, dass die Zweifel meines Dads etwas daran ändern würden, was ich gesehen hatte; mindestens einer von den Dreitausendern würde jetzt etwas anderes sein. Aber alles sah aus wie vorher.

Als ich ihm das sagte, lachte er. »Na, dann herzlichen Glückwunsch. Heute Abend gehen wir zu Marcel's, und du übernimmst die Rechnung.«

Das brachte *mich* zum Lachen. Ich kann mich nicht erinnern, dass ich je eine so reine Freude empfunden hätte. Daher musste ich noch jemand anderes anrufen, weshalb ich die Nummer von Mr. Harrigan wählte, der gleich darauf seinen altmodischen Festnetzapparat abhob.

»Mr. Harrigan, danke für die Karte! Und danke für das Los! Ich …«

»Rufst du mich etwa mit diesem Dingsbums an?«, fragte er. »Offenbar, ich kann dich nämlich kaum hören. Du klingst, als wärst du auf der anderen Seite vom Mond.«

»Mr. Harrigan, ich hab den Hauptpreis gewonnen! Das sind dreitausend Dollar! Vielen, vielen Dank!«

Eine Pause entstand, die allerdings nicht so lang war wie die meines Vaters, und als er sich wieder meldete, fragte er mich nicht, ob ein Irrtum ausgeschlossen sei. Was ausgesprochen höflich von ihm war. »Da hast du aber Glück gehabt«, sagte er. »Schön für dich.«

»Vielen Dank!«

»Gern geschehen, aber du brauchst dich wirklich nicht zu bedanken. Ich kaufe immer eine ganze Rolle von den Dingern. Schicke sie an Freunde und Geschäftspartner als eine Art … hm … Visitenkarte, könnte man sagen. Das tue ich schon jahrelang. Da ist es logisch, dass früher oder später ein Hauptgewinn dabei sein musste.«

»Mein Dad wird wollen, dass ich das meiste auf die Bank bringe, aber das ist irgendwie okay. Mein College-Konto wird das ganz schön aufpolieren.«

»Gib es doch mir, wenn du magst«, sagte Mr. Harrigan. »Dann investiere ich es für dich. Ich glaube, ich kann einen besseren Ertrag als die Bankzinsen garantieren.« Dann, wobei er eher zu sich selbst sprach als zu mir: »Etwas ganz Sicheres. Das wird kein gutes Jahr für den Markt. Ich sehe Wolken am Horizont.«

»Klar!« Ich überlegte. »Das heißt, wahrscheinlich. Zuerst muss ich das mit meinem Dad besprechen.«

»Natürlich. Das ist nur richtig so. Sag ihm, ich bin bereit, die Ausgangssumme zu garantieren. Kommst du heute Nachmittag trotzdem zum Vorlesen? Oder verzichtest du jetzt, wo du vermögend bist, darauf?«

»Klar, bloß muss ich wieder hier sein, wenn Dad nach Hause kommt. Wir gehen nämlich essen.« Ich stockte. »Wollen Sie vielleicht mitkommen?«

»Heute Abend nicht«, sagte er ohne Zögern. »Weißt du, eigentlich hättest du mir das alles persönlich erzählen können, da du sowieso herkommst. Aber du bist ganz begeistert von deinem neuen Dingsbums, nicht wahr?« Auf eine Antwort wartete er nicht, das war nicht nötig. »Was hältst du davon, deinen kleinen Geldregen in Apple-Aktien zu investieren? Ich glaube, das wird zukünftig ein ziemlich erfolgreiches Unternehmen sein. Soweit ich höre, wird das iPhone dem Blackberry den Todesstoß versetzen. Entschuldige die dramatische Formulierung. Aber egal, du musst dich ja nicht gleich entscheiden, besprich erst alles mit deinem Vater.«

»Das tue ich«, sagte ich. »Und ich bin gleich da. Ich renne.«

»Die Jugend ist etwas Wunderbares«, sagte Mr. Harrigan. »Was für eine Schande, dass man sie an Kinder vergeudet.«

»Hä?«

»Das haben schon viele gemeint, aber am besten ausgedrückt hat es Shaw. Ist nicht so wichtig. Renn nur, so schnell du kannst. Renn wie der Wind, schließlich wartet Dickens auf uns.«

Ich rannte also die Viertelmeile zum Haus von Mr. Harrigan, zurück ging ich allerdings in normalem Tempo, und unterwegs hatte ich eine Idee. Zu einer Möglichkeit, ihm zu danken, obwohl er gesagt hatte, das sei nicht nötig. Als wir an jenem Abend im Marcel's bei unserem noblen Essen saßen, erzählte ich Dad von Mr. Harrigans Angebot, meinen Gewinn zu investieren, und auch von meiner Idee für ein Dankeschöngeschenk. Ich hatte schon geahnt, dass Dad da seine Zweifel haben würde, und lag damit richtig.

»Das Geld solltest du ihn auf jeden Fall investieren lassen. Aber was deine Idee angeht … Du weißt ja, wie er über solche Sachen denkt. Er ist nicht nur der reichste Mann in Harlow – beziehungsweise in ganz Maine –, sondern auch der Einzige, der keinen Fernseher hat.«

»Er hat einen Aufzug«, sagte ich. »Und den benutzt er.«

»Weil er muss.« Dann grinste Dad mich an. »Aber es ist dein Geld, und wenn du das mit einem Fünftel davon hinkriegst, werde ich dir das nicht verbieten. Falls er das Ding nicht annimmt, kannst du es ja mir geben.«

»Meinst du wirklich, dass er ablehnt?«

»Tu ich.«

»Dad, wieso ist er überhaupt hierhergekommen? Also, in so einen kleinen Ort wie unseren. Wir sind hier im *Nirgendwo*.«

»Gute Frage. Stell sie ihm doch gelegentlich. Und wie wär's jetzt mit einem Dessert, wenn du schon so spendabel bist?«

Etwa einen Monat später überreichte ich Mr. Harrigan ein nagelneues iPhone. Ich packte es nicht in Geschenkpapier ein oder so, teilweise weil es kein besonderer Tag war und teilweise weil ich wusste, wie er es mochte: ohne Brimborium.

Mit nachdenklichem Blick drehte er die Schachtel in seinen von der Arthritis knotigen Händen ein paarmal um. Dann streckte er sie mir wieder hin. »Danke, Craig, ich weiß deine Idee zu schätzen, aber nein. Ich schlage vor, dass du es deinem Vater gibst.«

Ich nahm die Schachtel entgegen. »Der hat mich schon vorgewarnt, dass Sie das sagen würden.« Ich war enttäuscht, wenn auch nicht überrascht. Und nicht bereit aufzugeben.

»Dein Vater ist ein kluger Mann.« Er beugte sich auf seinem Sessel vor und verschränkte zwischen seinen gespreizten Knien die Hände. »Craig, ich gebe nur selten Ratschläge, weil das beinahe immer vergebliche Liebesmüh ist, aber heute werde ich dir doch ein paar geben. Henry Thoreau hat gesagt, dass wir die Dinge nicht besitzen; sie besitzen uns. Jeden neuen Gegenstand – ob das nun ein Haus, ein Auto, ein Fernseher oder ein schickes Telefon ist wie das da – schleppen wir nur mit uns herum. Dabei muss ich daran denken, was Jacob Marley zu Scrooge sagt: ›Das sind die Ketten, die ich im Leben geschmiedet habe.‹ Ich habe keinen Fernseher, denn hätte ich einen, würde ich nur hineinglotzen, obwohl fast alles, was da kommt, völliger Blödsinn ist. Ich habe auch kein Radio im Haus, weil ich es sonst nur ständig einschalten würde. Ein bisschen Countrymusic, um die Monotonie einer langen Fahrt zu unterbrechen, ist eigentlich alles, was ich brauche. Und wenn ich *das da* hätte …«

Er deutete auf die Schachtel mit dem Telefon darin.

»… dann würde ich es zweifellos verwenden. Mit der Post bekomme ich zwölf verschiedene Zeitschriften, und die enthalten alle Informationen, die ich brauche, um auf dem Laufenden zu bleiben, was die Geschäftswelt und das traurige Treiben in der Welt an und für sich angeht.« Er lehnte sich zurück und seufzte. »So. Jetzt habe ich nicht nur Ratschläge erteilt, ich habe eine richtige Rede gehalten. Das Alter ist eben heimtückisch.«

»Darf ich Ihnen bloß eine einzige Sache zeigen? Nein, zwei?«

Er warf mir die Sorte Blick zu, mit der er gelegentlich seinen Gärtner und seine Haushälterin bedachte, den er mir bis zu dem Nachmittag jedoch erspart hatte: durchdringend, skeptisch und ziemlich hässlich. Heute, all die Jahre später, ist mir klar, dass es der Blick eines ebenso scharfsinnigen wie zynischen Menschen war, der meinte, er könne in die meisten Leute hineinblicken, und davon ausging, dass er dort nichts Gutes vorfinde.

»Das bestätigt nur den alten Spruch, dass keine gute Tat unbestraft bleibt. Allmählich wäre es mir lieber, wenn du mit dem Rubbellos nichts gewonnen hättest.« Wieder seufzte er. »Na gut, dann mal los mit deiner Demonstration. Aber du wirst mich nicht dazu bringen, meine Meinung zu ändern.«

Nachdem ich diesen Blick gesehen hatte, so abweisend und so kalt, machte ich mich auf alles gefasst. Ich würde das Telefon womöglich doch meinem Vater schenken. Aber da ich so weit gekommen war, zog ich die Sache durch. Das Telefon war maximal geladen und einsatzbereit. Ich schaltete es ein und zeigte Mr. Harrigan ein Icon in der zweiten Reihe. Es hatte gezackte Linien, so ähnlich wie eine EKG-Aufzeichnung. »Sehen Sie das da?«

»Ja«, sagte er. »Und ich sehe, was das heißen soll. Aber ich brauche wirklich keinen Börsenbericht, Craig. Wie du weißt, habe ich das *Wall Street Journal* abonniert.«

»Klar«, sagte ich. »Aber das hier kann das *Wall Street Journal* nicht!«

Ich tippte auf das Icon, um die App zu öffnen. Der Dow-Jones-Index erschien. Ich hatte keine Ahnung, was die Zahlen bedeuteten, sah jedoch, dass sie ständig schwankten. Von 14720 stiegen sie auf 14728, fielen dann auf 14704 und stiegen anschließend wieder auf 14 716. Mr. Harrigan bekam große Augen. Die Kinnlade klappte ihm hinunter. Es war, als hätte ihn jemand mit einem Zauberstab berührt. Er nahm mir das Telefon aus der Hand und hielt es sich vor die Nase. Dann sah er mich an.

»Sind das da Zahlen in *Echtzeit?*«

»Ja«, sagte ich. »Na gut, vielleicht hängen sie eine oder zwei Minuten hinterher, da bin ich mir nicht so sicher. Das Handy holt sich die von dem neuen Mobilfunkmast in Motton. Wir haben Glück, dass wir so einen in der Nähe haben.«

Er beugte sich vor. Um seine Mundwinkel spielte ein zögerliches Lächeln. »Mich laust der Affe. Das ist wie der Börsenticker, den die Großindustriellen früher zu Hause hatten.«

»Ach, das ist viel besser«, sagte ich. »Die Ticker waren manchmal ganze *Stunden* zu spät dran. Das hat mein Dad mir gestern Abend erzählt. Der ist total fasziniert vom Aktienmarkt und so und nimmt immer mein Handy, um da reinzuschauen. Er hat gesagt, dass der Markt 1929 so abgestürzt ist, lag unter anderem daran, dass die Ticker immer mehr in Verzug kamen, je mehr die Leute an der Börse gehandelt haben.«

»Da hat er recht«, sagte Mr. Harrigan. »Die Lage ist außer Kontrolle geraten, bevor jemand auf die Bremse treten konnte. Natürlich könnte so was wie das hier einen Ausverkauf noch beschleunigen. Das ist schwer zu sagen, weil die Technik noch so neu ist.«

Ich wartete. Ich wollte ihm noch mehr darüber erzählen, es ihm richtig aufschwatzen – schließlich war ich noch ein Kind –, aber etwas sagte mir, dass es am besten sei, zu warten. Er beobachtete weiter die winzigen Schwankungen des Dow Jones. Ich sah, wie er etwas Neues lernte.

»Aber«, sagte er, ohne den Blick vom Display abzuwenden.

»Aber was, Mr. Harrigan?«

»In den Händen von jemand, der sich auf dem Markt wirklich auskennt, könnte so etwas … Wahrscheinlich *tut* es das schon …« Nachdenklich verstummte er. Dann sagte er: »Darüber hätte ich Bescheid wissen sollen. Im Ruhestand zu sein ist keine Ausrede.«

»Was die zweite Sache angeht«, sagte ich, zu ungeduldig, noch länger zu warten. »Die ganzen Zeitschriften, die Sie bekommen? *Newsweek* und *Financial Times* und *Fords?*«

»Forbes«, sagte er. Immer noch starrte er aufs Display. Was mich daran erinnerte, wie ich an meinem vierten Geburtstag eines meiner Geschenke beäugt hatte, einen Magic-8-Ball.

»Genau, die meine ich. Kann ich das Handy kurz haben?«

Er überließ es mir eher zögerlich, weshalb ich mir ziemlich sicher war, dass ich ihn doch in der Tasche hatte. Das freute mich, aber ich schämte mich auch ein bisschen. Wie jemand, der einem zahmen Eichhörnchen, das einem eine richtige Nuss aus der Hand nehmen wollte, stattdessen eine Kopfnuss verpasste.

Ich öffnete Safari. Das war wesentlich primitiver als heute, funktionierte jedoch bestens. Ich tippte *Wall Street Journal* ins Suchfeld von Google, und nach einigen Sekunden erschien die Homepage. Eine der Schlagzeilen lautete: COFFEE COW KÜNDET SCHLIESSUNGEN AN. Die zeigte ich ihm.

Er starrte darauf, dann nahm er die Zeitung von dem Tisch neben dem Sessel, wo ich beim Hereinkommen seine Post deponiert hatte. Er warf einen Blick auf die Titelseite. »Das steht da ja gar nicht«, sagte er.

»Weil das praktisch die Zeitung von gestern ist«, sagte ich. Wenn ich kam, holte ich die Post aus dem Kasten, und das *Journal* war immer um die anderen Sachen gewickelt und mit einem Gummiband fixiert. »Die kriegen Sie einen Tag später. Wie alle anderen auch.« Nach Feiertagen kam die Zeitung sogar zwei, wenn nicht gar drei Tage später. Das brauchte ich ihm nicht zu sagen; im November und Dezember schimpfte er ständig darüber.

»Und das ist die heutige Ausgabe?«, fragte er und studierte das Display. Dann sah er das Datum ganz oben: »Ja, das ist sie!«

»Klar«, sagte ich. »Frische Nachrichten statt Schnee von gestern, stimmt's?«

»Laut dem, was hier steht, gibt es eine Karte mit den Filialen, die geschlossen werden. Kannst du mir zeigen, wie man da drankommt?« Er hörte sich eindeutig gierig an, was mir ein bisschen Angst machte. Nachdem er Scrooge und Marley erwähnt hatte, kam ich mir vor, als hätte ich wie Micky Maus in *Fantasia* einen Zauberspruch benutzt, ohne ihn richtig zu verstehen. Jetzt waren die Besen geweckt.

»Das können Sie selbst. Streichen Sie einfach mit dem Zeigefinger übers Display, so ungefähr.«

Ich machte es vor. Zuerst wischte er zu fest und kam zu weit, aber dann hatte er es raus. Schneller als mein Dad sogar. Er fand die richtige Seite. »Sieh dir das an!«, sagte er staunend. »Sechshundert Filialen! Da siehst du, was ich dir über die Beeinflussbarkeit des …« Er unterbrach sich und betrachtete die winzige Landkarte. »Der Süden. Die meisten Schließungen sind im Süden. Der Süden ist ein Indikator für die Zukunft, Craig, das ist fast immer so … Ich glaube, ich sollte gleich mal in New York anrufen. Bald ist Handelsschluss.« Er machte sich daran aufzustehen. Sein normales Telefon stand auf der anderen Zimmerseite.

»Sie können mit dem da anrufen«, sagte ich. »Dafür ist es ja hauptsächlich da.« Jedenfalls war das damals so. Ich tippte auf das Telefon-Icon, und die Tastatur erschien. »Wählen Sie einfach die Nummer, die Sie anrufen wollen. Tippen Sie dazu mit dem Finger auf die Tasten.«

Er sah mich an. Unter seinen buschigen, weißen Brauen begannen seine blauen Augen zu leuchten. »Das kann ich hier draußen in der Pampa?«

»Und ob«, sagte ich. »Dank dem neuen Mast ist der Empfang fantastisch. Sie haben vier Balken.«

»Balken?«

»Nicht so wichtig, rufen Sie einfach an. Ich lasse Sie so lang allein; winken Sie mir einfach durchs Fenster, wenn Sie fertig …«

»Nicht nötig. Ich brauche nicht lange, und es kann ruhig jemand mithören.«

Er berührte so vorsichtig die Zahlen, als würde er befürchten, eine Explosion auszulösen. Dann hob er das iPhone genauso vorsichtig ans Ohr und sah mich dabei fragend an. Ich nickte ermutigend. Er lauschte, sprach mit jemand (zuerst zu laut) und dann nach kurzer Wartezeit noch mit einem anderen. So bekam ich aus nächster Nähe mit, wie Mr. Harrigan seinen gesamten Bestand an Coffee-Cow-Aktien verkaufte, eine Transaktion über wer weiß wie viele Tausend Dollar.

Als er fertig war, fand er allein heraus, wie man zum Startbildschirm zurückkehrte. Dort öffnete er wieder Safari. »Ist *Forbes* eigentlich auch da drauf?«

Ich sah nach. Das war nicht der Fall. »Aber wenn Sie nach einem Artikel aus *Forbes* suchen, von dem Sie bereits wissen, können Sie ihn wahrscheinlich finden, weil jemand ihn gepostet hat.«

»Gepostet?«

»Ja, und wenn Sie Informationen über irgendwas brauchen, sucht Safari danach. Sie müssen einfach bloß googeln. Sehen Sie mal!« Ich trat zu seinem Sessel und tippte *Coffee Cow* ins Suchfeld. Das Telefon dachte nach, dann spuckte es eine Reihe Treffer aus, darunter den Artikel aus dem *Wall Street Journal,* dessentwegen er seinen Makler angerufen hatte.

»Sieh dir das an!«, staunte er. »Das ist also das Internet.«

»Tja«, sagte ich und dachte: *Was denn sonst?*

»Das World Wide Web.«

»Genau.«

»Wie lange gibt's das eigentlich schon?«

So was solltest du eigentlich wissen, dachte ich. *Du warst Großunternehmer, da solltest du so was wissen, obwohl du im Ruhestand bist, denn Interesse hast du ja offenbar noch.*

»Also, ich weiß nicht genau, wie lange es das Internet gibt, aber die Leute sind ständig drin. Mein Dad, meine Lehrer, die Polizei … eigentlich alle.« Und noch pointierter: »Ihre Firmen natürlich auch, Mr. Harrigan.«

»Gut, aber die gehören mir ja nicht mehr. Ich kenne mich ein bisschen aus, Craig, so wie ich ein bisschen was über verschiedene Fernsehsendungen weiß, obwohl ich nicht fernsehe. Aber ich neige dazu, die Technologie-Artikel in meinen Zeitungen und Zeitschriften zu überspringen, weil die mich nicht interessieren. Wenn du dich über Bowlingbahnen oder Filmverleihe unterhalten wolltest, wäre das was anderes. Da halte ich mich sozusagen auf dem neuesten Stand.«

»Ja, aber sehen Sie nicht … die ganzen Firmen *benutzen* die Technologie. Und wenn Sie davon nichts verstehen …«

Ich wusste nicht, wie ich den Satz beenden sollte, ohne die Grenzen der Höflichkeit zu überschreiten, aber er kapierte das offenbar auch so. »Dann werde ich abgehängt. Das willst du sagen.«

»Wahrscheinlich ist es nicht so wichtig«, sagte ich. »Schließlich sind Sie im Ruhestand.«

»Aber ich will nicht für einen *Trottel* gehalten werden«, sagte er, und zwar ziemlich heftig. »Denkst du vielleicht, Chick Rafferty war überrascht, als ich angerufen und ihm gesagt habe, er soll alles von Coffee Cow verkaufen? Überhaupt nicht, weil zweifellos schon ein halbes Dutzend andere große Kunden zum Telefon gegriffen und ihm denselben Auftrag gegeben haben. Manche waren bestimmt welche mit Insiderwissen, aber andere wohnen einfach zufällig in New York oder New Jersey, bekommen das *Journal* druckfrisch und finden es so heraus. Im Gegensatz zu mir, der hier hinter den sieben Bergen hockt.«

Wieder überlegte ich, weshalb er überhaupt hierhergezogen war – er hatte hier nicht mal Verwandte –, aber jetzt schien nicht der richtige Zeitpunkt zu sein, danach zu fragen.

»Vielleicht war ich schlicht überheblich.« Darüber brütete er nach, dann lächelte er tatsächlich. Was mir so vorkam, als würde die Sonne an einem kalten Tag durch eine dichte Wolkendecke brechen. »Ich war *tatsächlich* überheblich.« Er hob das iPhone in die Höhe. »Ich werde das Ding hier doch behalten.«

Das erste Wort, was mir auf den Lippen lag, war *danke,* was merkwürdig gewesen wäre. »Gut«, sagte ich daher einfach. »Das freut mich.«

Er warf einen Blick auf die Seth-Thomas-Uhr an der Wand (um deren Zeit dann mit der auf dem iPhone zu vergleichen, was mich amüsierte). »Wie wär's, wenn wir heute nur ein einziges Kapitel lesen, da wir schon so viel Zeit mit Reden verbracht haben?«

»Von mir aus gerne«, sagte ich, obwohl ich lieber länger geblieben wäre, um zwei oder gar drei Kapitel vorzulesen. Wir näherten uns dem Ende von *Der Oktopus,* verfasst von einem Typen namens Frank Norris, und ich brannte darauf zu erfahren, wie es ausgehen würde. Es war ein altmodischer Roman, aber trotzdem voll aufregender Sachen.

Als wir mit unserer verkürzten Sitzung fertig waren, goss ich die wenigen Zimmerpflanzen von Mr. Harrigan. Das war immer meine letzte Aufgabe und dauerte nur einige Minuten. Währenddessen sah ich, wie er mit dem Telefon spielte, es ein- und ausschaltete.

»Wenn ich das Ding wirklich benutzen will, solltest du mir wohl zeigen, wie das genau geht«, sagte er. »Wie man beispielsweise verhindert, dass es sich von selbst ausschaltet. Wie ich sehe, nimmt die Ladung bereits ab.«

»Das meiste kriegen Sie bestimmt selbst raus«, sagte ich. »Ist alles ziemlich leicht. Und zum Laden ist da in der Schachtel ein Kabel. Das kommt einfach in die Steckdose. Ein paar andere Dinge kann ich Ihnen zeigen, wenn Sie …«

»Heute nicht«, sagte er. »Morgen vielleicht.«

»Okay.«

»Aber noch eine Frage. Wieso konnte ich den Artikel über Coffee Cow lesen und mir die Karte mit den Filialen anschauen, die geschlossen werden sollen?«

Als Erstes kam mir die Antwort in den Sinn, die Edmund Hillary auf die Frage gegeben hat, warum er den Mount Everest besteigen wollte. Wir hatten darüber gerade in der Schule gelesen: *Weil er da ist.* Aber das hätte er vielleicht als frech empfunden, was es ja irgendwie gewesen wäre. Deshalb sagte ich: »Ich verstehe nicht, was Sie meinen.«

»Wirklich? Obwohl du so ein heller Junge bist? Denk nach, Craig, denk nach! Ich habe gerade kostenlos etwas gelesen, wofür andere Leute gutes Geld bezahlen. Selbst mit dem Abo-Preis vom *Journal,* der wesentlich günstiger ist, als wenn ich es am Kiosk kaufen würde, zahle ich einen knappen Dollar pro Ausgabe. Aber mit dem da …« Er hielt das Telefon so in die Höhe, wie es zahllose Kids nicht viele Jahre später bei Rockkonzerten tun würden. »Kapierst du jetzt?«

Als er das so ausdrückte, begriff ich es natürlich, wusste jedoch keine Antwort. Es hörte sich …

»Hört sich dämlich an, nicht wahr?«, sagte er, weil er das entweder meinem Gesicht ansah oder in meinen Gedanken las. »Nützliche Informationen zu verschenken widerspricht allem, was ich über erfolgreiches Geschäftsgebaren weiß.«

»Vielleicht …«

»Vielleicht was? Verrat mir deine Einsichten. Das meine ich nicht sarkastisch. Du weißt eindeutig mehr darüber als ich, also sag mir, was du denkst.«

Ich musste an den Jahrmarkt von Fryeburg denken, den Dad und ich im Oktober regelmäßig besuchten. Normalerweise nahmen wir meine Freundin Margie mit, die in unserer Straße wohnte. Margie und ich fuhren Achterbahn und so, dann aßen wir alle drei Donuts und süße Würstchen, bevor Dad uns zu den neuen Traktormodellen schleppte. Um zu den Ausstellungshallen zu gelangen, musste man am Beano-Zelt vorüber, das riesengroß war. Ich erzählte Mr. Harrigan von dem Mann, der mit einem Mikrofon davorstand und den vorbeikommenden Leuten verkündete, das erste Spiel sei immer umsonst.

Das ließ sich Mr. Harrigan eine Weile durch den Kopf gehen. »Ein Köder? Das leuchtet mir einigermaßen ein. Du meinst, man kann lediglich einen Artikel anschauen, vielleicht auch zwei oder drei, und dann sorgt die Maschinerie dafür, dass … dass man ausgesperrt wird? Und verlangt von einem, dass man erst bezahlt, wenn man weiterspielen will?«

»Nein«, musste ich zugeben. »Irgendwie ist es nicht so wie bei dem Beano-Zelt. Man kann sich nämlich so viel anschauen, wie man will. Wenigstens soweit ich weiß.«

»Aber das ist Irrsinn! Eine kostenlose Warenprobe geht völlig in Ordnung, aber das Geld zum Fenster rauszuschmeißen …« Er schnaubte. »Da war nicht mal *Werbung* dabei, ist dir das aufgefallen? Und Werbung ist die größte Einkommensquelle für Zeitungen und Zeitschriften. Definitiv!«

Er griff nach dem Telefon, starrte auf dem jetzt leeren Display auf sein Spiegelbild, dann legte er das Gerät wieder hin und sah mich mit einem merkwürdig verdrießlichen Lächeln im Gesicht an.

»Wahrscheinlich sprechen wir hier über einen gewaltigen Fehler, Craig, einen Fehler von Leuten, die von den praktischen Aspekten einer solchen Sache – den *Auswirkungen* – nicht mehr Ahnung haben als ich. Das könnte zu einem wirtschaftlichen Erdbeben führen, wenn so etwas nicht längst im

Gang ist. Zu einem Erdbeben, das alles verändern wird – wie wir unsere Informationen erhalten, wann wir sie erhalten, wo wir sie erhalten und daher auch, wie wir die Welt betrachten.« Er machte eine Pause. »Und mit ihr umgehen, natürlich.«

»Jetzt komme ich nicht mehr mit«, sagte ich.

»Sieh es mal so: Wenn dir jemand einen kleinen Hund schenkt, musst du ihm beibringen, dass er sein Geschäft draußen verrichten soll, stimmt's?«

»Stimmt.«

»Und wenn du ein Hündchen hättest, das nicht stubenrein ist, würdest du ihm dann ein Leckerli geben, wenn es ins Wohnzimmer kackt?«

»Natürlich nicht«, sagte ich.

Er nickte. »Dadurch würdest du ihm nämlich das genaue Gegenteil von dem beibringen, was es lernen soll. Und was den Warenhandel angeht, Craig, sind die meisten Leute wie kleine Hunde, die man stubenrein machen muss.«

Die Idee, Menschen durch Belohnung und Bestrafung zu erziehen, gefiel mir schon damals nicht, und dabei ist es geblieben – sie sagte, glaube ich, viel darüber aus, wie Mr. Harrigan sein Vermögen erworben hatte –, aber ich hielt den Mund. Ich sah Mr. Harrigan mit einem neuen Blick. Er war wie ein alter Forscher auf einer neuen Entdeckungsreise, und es war faszinierend, ihm zuzuhören. Übrigens hatte er es wohl nicht darauf abgesehen, mir etwas beizubringen. Er lernte selbst etwas Neues, und dafür, dass er Mitte achtzig war, lernte er schnell.

»Nichts gegen kostenlose Warenproben also, aber wenn man den Leuten zu viel umsonst überlässt, ob es nun Kleidung, Nahrungsmittel oder Informationen sind, erwarten sie, dass es immer so weitergeht. Wie Hündchen, die auf den Boden kacken, sehen sie einen dann an und denken: *Du hast mir doch beigebracht, dass das okay ist.* Wenn ich das *Wall Street Journal* wäre … oder die *New York Times* … oder auch nur

Reader's Digest, verdammt noch mal ... dann würde mir dieses Dingsbums gewaltig Angst machen.« Er griff wieder nach dem iPhone; augenscheinlich konnte er es einfach nicht in Ruhe lassen. »Das ist wie eine geborstene Hauptwasserleitung, aus der statt Wasser Informationen sprudeln. Ich dachte, es geht nur um ein Telefon, aber jetzt erkenne ich ... allmählich jedenfalls ...«

Er schüttelte den Kopf, als könnte er ihn damit aufräumen.

»Craig, was wäre, wenn jemand mit geheimen Informationen über ein neues, in der Entwicklung befindliches Medikament auf die Idee käme, die Testergebnisse auf so einem Ding zu verbreiten, sodass die ganze Welt sie lesen kann? Das könnte Upjohn oder Unichem Millionen Dollar kosten. Oder angenommen, irgendein unzufriedener Bursche würde Regierungsgeheimnisse ausplaudern?«

»Würde man so Leute denn nicht verhaften?«

»Vielleicht. Wahrscheinlich sogar. Aber sobald die Katze aus dem Sack ist, wie man so sagt ... ei, ei, ei. Na, halb so wild. Du gehst jetzt lieber nach Hause, sonst kommst du zu spät zum Abendessen.«

»Bin schon unterwegs.«

»Noch mal danke für das Geschenk. Wahrscheinlich werde ich es nicht oft benutzen, aber ich habe vor, darüber nachzudenken. Zumindest so intensiv, wie mir das möglich ist, schließlich bin ich geistig nicht mehr so beweglich wie früher.«

»Ich hab den Eindruck, dass Sie immer noch ziemlich beweglich sind«, sagte ich, womit ich ihm nicht nur Honig ums Maul schmierte. Denn wieso waren die Zeitungsartikel und Youtube-Videos eigentlich nicht mit Werbung verknüpft? Die hätte man sich doch ansehen müssen, oder? »Außerdem sagt mein Dad, was zählt, ist der gute Wille.«

»Ein Sinnspruch, der öfter verkündet als angewandt wird«, sagte er, und als er meine verwirrte Miene sah: »Nicht so wichtig. Bis morgen, Craig!«

Während ich den Hügel hinabstieg und dabei Klumpen vom letzten Schnee in jenem Jahr durch die Gegend kickte, dachte ich darüber nach, was Mr. Harrigan gesagt hatte – dass das Internet wie eine geborstene Wasserleitung sei, aus der Informationen statt Wasser sprudelten. Das galt auch für den Laptop meines Vaters, die Computer in der Schule und alle anderen im ganzen Land. Auf der ganzen Welt sogar. Obwohl das iPhone so neu für Mr. Harrigan war, dass ihm sogar das Einschalten noch Probleme bereitete, begriff er bereits die Notwendigkeit, diese geborstene Leitung zu reparieren, wenn das Geschäftsleben – wie er es kannte, jedenfalls – so weiterlaufen sollte wie bisher. Ich bin mir nicht sicher, aber ich glaube, er hat die Einführung von Bezahlschranken schon ein oder zwei Jahre vorhergesehen, bevor der Begriff Paywalls überhaupt geprägt wurde. Auf jeden Fall kannte ich ihn damals noch nicht, ebenso wenig wie ich wusste, wie man Nutzungsbeschränkungen entfernte, was später als Jailbreak bezeichnet wurde. Als Paywalls schließlich eingeführt wurden, hatten die Leute sich tatsächlich daran gewöhnt, alles umsonst zu kriegen, weshalb sie sich ärgerten, dass man ihnen plötzlich Geld abknöpfen wollte. Wenn sie sich mit der Paywall der *New York Times* konfrontiert sahen, gingen sie meist postwendend auf eine Website wie CNN oder die *Huffington Post,* obwohl die Berichterstattung dort nicht so gut war. (Falls man nicht unbedingt über einen als »Sideboob« bezeichneten Modetrend informiert werden wollte.) Da hatte Mr. Harrigan völlig recht.

Am Abend, als wir nach dem Essen alles gespült und weggeräumt hatten, klappte mein Dad auf dem Tisch seinen Laptop auf. »Ich hab was Neues entdeckt«, sagte er. »Ein Portal namens Previews.com, wo man sich was über die kommenden Filme anschauen kann.«

»Echt? Zeig her!«

Worauf wir uns die nächste halbe Stunde Trailer ansahen, für die wir sonst ins Kino hätten gehen müssen.

Mr. Harrigan hätte sich die Haare gerauft. Die wenigen, die er noch übrig hatte.

Als ich an jenem Märztag im Jahr 2008 von Mr. Harrigan nach Hause ging, war ich mir ziemlich sicher, dass er sich in einem Punkt geirrt hatte. *Wahrscheinlich werde ich es nicht oft benutzen,* hatte er gesagt, aber ich hatte gesehen, mit welchem Gesichtsausdruck er die Landkarte mit den zur Schließung vorgesehenen Coffee-Cow-Filialen betrachtet hatte. Und wie schnell er mit dem neuen Telefon jemand in New York angerufen hatte. (Wie ich später herausfand, war das sein Anwalt und Geschäftsmanager, nicht sein Makler.)

Und ich behielt recht. Mr. Harrigan machte von dem iPhone ausgiebig Gebrauch. Er war wie eine altjüngferliche Tante, die sich nach sechzig Jahren Abstinenz einen wagemutigen Schluck Brandy genehmigte und praktisch über Nacht zur distinguierten Alkoholikerin wurde. Es dauerte nicht lange, bis das iPhone beinahe immer auf dem Tisch neben seinem Lieblingssessel lag, wenn ich nachmittags ankam. Weiß Gott, wie viele Leute er damit anrief, aber ich weiß, dass er sich fast jeden Abend bei mir gemeldet hat, um mir die eine oder andere Frage zu den Fähigkeiten seines neuen Eigentums zu stellen. Einmal sagte er, es sei wie ein altmodisches Rollpult voll kleiner Schubladen, Geheimfächer und Kästchen, die leicht zu übersehen seien.

Die meisten Geheimfächer und Kästchen hat er selbst gefunden (mithilfe verschiedener Internetquellen), aber anfangs habe ich ihm durchaus geholfen – ihm Vorschub geleistet, wie man sagen könnte. Als er mir verriet, dass ihm das spießige kleine Xylofon, das bei jedem Anruf erklang, zuwider sei, änderte ich die Anrufmelodie zu ein paar Takten von Tammy Wynette, die »Stand by Your Man« sang. Was Mr. Harrigan umwerfend komisch fand. Ich zeigte ihm, wie man das Telefon auf stumm schaltete, damit es ihn nicht störte, wenn er sein Mittagsschläfchen hielt, wie man den Wecker einstellte und wie er die Mailbox einrichten musste, wenn er nicht abheben wollte. (Seine Ansage war vorbildlich knapp: »Momentan nehme ich keine Anrufe entgegen. Ich rufe zu gegebener Zeit zurück.«) Er fing an, seinen Festnetzapparat auszustöpseln, wenn er sein tägliches Nickerchen hielt, und mir fiel auf, dass er ihn immer öfter ausgestöpselt ließ. Er schickte mir Textnachrichten von der Sorte, die man vor zehn Jahren als IM bezeichnet hat. Er machte Handyfotos von den Pilzen auf der Wiese hinter seinem Haus und schickte sie per E-Mail irgendwohin, um sie bestimmen zu lassen. Er machte sich mit der Notizbuchfunktion Notizen und entdeckte Videos von seinen liebsten Countrymusikern.

»Heute Morgen habe ich eine ganze Stunde dieses schönen Sommertags damit vergeudet, Videos von George Jones anzuschauen«, erzählte er mir noch im selben Jahr mit einer Mischung aus Scham und merkwürdigem Stolz.

Einmal fragte ich ihn, wieso er sich keinen eigenen Laptop kaufe. Schließlich könne er damit alles tun, was er auf seinem Handy gelernt habe, und auf dem größeren Bildschirm Porter Wagoner in seiner ganzen kostümierten Pracht bewundern. Mr. Harrigan schüttelte nur den Kopf und lachte. »Weiche von mir, Satan! Das ist so, als hättest du mir beigebracht, mit Genuss Marihuana zu rauchen, und jetzt sagst du: Wenn du Pot magst, wirst du erst recht auf Heroin stehen. Nein danke, Craig. Für mich reicht das da völlig aus.« Womit er sein Handy so liebevoll wie ein schlafendes Tierchen tätschelte. Zum Beispiel ein Hündchen, das endlich stubenrein geworden war.

Im Herbst 2008 lasen wir *Nur Pferden gibt man den Gnadenschuss,* und als Mr. Harrigan mich eines Nachmittags eine

Pause einlegen ließ (er sagte, die ganzen Tanzmarathons wirkten erschöpfend), machten wir uns auf den Weg in die Küche, wo Mrs. Grogan einen Teller mit Haferflockenplätzchen hinterlassen hatte. Mr. Harrigan stapfte langsam mit seinen Stöcken dahin. Ich ging hinter ihm und hoffte, ihn auffangen zu können, falls er Anstalten machte hinzufallen.

Mit einer Grimasse setzte er sich ächzend hin und nahm sich ein Plätzchen. »Die gute alte Edna«, sagte er. »Ich liebe diese Dinger. Sie bringen immer meine Verdauung auf Trab. Hol uns beiden doch ein Glas Milch, ja, Craig?«

Während ich das tat, kam mir die Frage, die ich ständig vergaß, in den Sinn. »Wieso sind Sie eigentlich hierhergezogen, Mr. Harrigan? Sie könnten doch sonst wo wohnen.«

Er griff nach seinem Glas Milch und prostete mir zu, wie er es immer tat, und ich erwiderte die Geste, wie *ich* es immer tat. »Wo würdest du denn gerne wohnen, Craig? Wenn du, wie du es ausdrückst, wer weiß wo wohnen könntest?«

»Vielleicht in Los Angeles, wo die ganzen Filme gedreht werden. Da könnte ich erst mal damit anfangen, Filmausrüstung durch die Gegend zu schleppen, und mich dann hocharbeiten.« Dann verriet ich ihm ein großes Geheimnis. »Vielleicht könnte ich sogar was fürs Kino schreiben.«

Ich dachte, er würde lachen, doch das tat er nicht. »Tja, irgendjemand muss das wohl tun, also weshalb nicht du? Aber würdest du dich nicht nach zu Hause sehnen? Danach, deinen Vater zu sehen und Blumen aufs Grab deiner Mutter zu legen?«

»Ach, ich würde einfach manchmal wieder herkommen«, sagte ich, aber die Frage – besonders die Erwähnung meiner Mutter – gab mir zu denken.

»Ich wollte einen klaren Schnitt machen«, sagte Mr. Harrigan. »Als jemand, der sein ganzes Leben in der Großstadt verbracht hat – ich bin in Brooklyn aufgewachsen, bevor es eine … wie soll ich sagen, eine Art Topfpflanze wurde –, wollte ich in meinen letzten Jahren raus aus New York. Ich wollte irgendwo auf dem Land leben, aber nicht in einer touristischen Gegend wie in Camden oder Castine oder Bar Harbor. Ich wollte in einen Ort, wo die Straßen noch ungepflastert sind.«

»Tja«, sagte ich. »Dann sind Sie eindeutig in den richtigen Ort gekommen.«

Er lachte und nahm noch ein Plätzchen. »Ich habe die Dakotas in Betracht gezogen, weißt du … und Nebraska … bin aber schließlich zu der Einschätzung gelangt, dass ich es damit übertreiben würde. Deshalb habe ich meine Assistentin angewiesen, mir Fotos von allerhand Orten in Maine, New Hampshire und Vermont zu beschaffen, und das hier war dann der Ort, für den ich mich letztlich entschieden habe. Wegen der Anhöhe. Von hier aus bieten sich Blicke in jede Richtung, wenn auch keine *spektakulären* Blicke. Spektakuläre Blicke ziehen nur Touristen an, was ich ja gerade *nicht* wollte. Es gefällt mir hier. Ich mag den Frieden, ich mag die Nachbarn, und ich mag dich, Craig.«

Das machte mich glücklich.

»Noch etwas anderes. Ich weiß nicht, ob du was über meine Laufbahn gelesen hast, aber falls du das getan hast – oder irgendwann tust –, wirst du häufig auf die Ansicht stoßen, ich wäre skrupellos gewesen, während ich die Erfolgsleiter erklommen habe, wie neidische und intellektuell unbedarfte Leute das gerne nennen. Die Ansicht ist nicht völlig falsch. Ich habe mir Feinde gemacht, das gebe ich offen zu. Im Geschäftsleben geht es wie im Football zu, Craig. Wenn du jemand von den Beinen holen musst, um die Ziellinie zu erreichen, dann solltest du das verdammt noch mal tun, sonst brauchst du erst gar kein Trikot anziehen und aufs Spielfeld gehen. Aber wenn das Spiel vorüber ist – und mein Spiel ist vorüber, wenngleich ich mich weiterhin auf dem Laufenden halte –, ziehst du das Trikot aus und gehst heim. Hier ist jetzt mein Zuhause. Dieser unauffällige Winkel von Amerika mit seinem einzigen Laden und seiner Schule, die bald, wie ich glaube, schließen wird. Bei mir kommt jetzt niemand mehr ›nur zu einem Drink‹ vorbei. Ich muss nicht mit Leuten essen gehen, die immer, *immer* etwas wollen. Man lädt mich zu keinen Vorstandssitzungen mehr ein. Ich muss nicht zu Wohltätigkeitsveranstaltungen gehen, die mich zu Tode langweilen, und ich werde nicht um fünf Uhr morgens davon geweckt, dass auf der Eighty-first Street die Müllautos beladen werden. Ich werde hier begraben werden, auf dem Elm Cemetery zwischen den Veteranen des Bürgerkriegs, und ich muss keinen Friedhofsverwalter unter Druck setzen oder bestechen, damit ich ein hübsches Grab bekomme. Erklärt das vielleicht etwas?«

Das tat es, wenn auch nicht vollständig. Er war mir ein Geheimnis, bis zu seinem Ende und darüber hinaus. Aber vielleicht ist das immer so. Ich glaube, wir leben hauptsächlich allein vor uns hin. Aus freien Stücken wie er oder einfach, weil die Welt so geschaffen ist. »Irgendwie schon«, sagte ich. »Immerhin sind Sie nicht nach North Dakota gezogen. Darüber bin ich froh.«

Er lächelte. »Ich auch. Nimm dir noch ein Plätzchen für den Heimweg, und grüß deinen Vater von mir.«

Da das verringerte Steueraufkommen für den Unterhalt unserer kleinen Schule mit ihren sechs Klassenzimmern nicht mehr ausreichte, wurde sie im Juni 2009 dichtgemacht, und ich stand vor der Aussicht, die achte Klasse an der Gates Fall Middle auf der anderen Seite vom Androscoggin River zu besuchen. Hier würde ich siebzig Klassenkameraden statt nur zwölf haben. Das war der Sommer, in dem ich zum ersten Mal ein Mädchen küsste, allerdings nicht Margie, sondern ihre beste Freundin Regina. Es war auch der Sommer, in dem Mr. Harrigan starb. Ich war derjenige, der ihn gefunden hat.

Ich wusste, dass es ihm immer schwerer fiel, sich zu bewegen, und ich wusste, dass er immer öfter außer Atem kam. Manchmal saugte er an der Sauerstoffflasche, die jetzt neben seinem Lieblingssessel stand. Abgesehen von diesen Dingen, die ich einfach hinnahm, gab es keine Vorwarnung. Der Tag vorher war wie jeder andere. Ich las zwei Kapitel aus *Gier nach Gold* vor (ich hatte gefragt, ob wir ein weiteres Buch von Frank Norris lesen könnten, und Mr. Harrigan war einverstanden gewesen) und goss seine Zimmerpflanzen, während er seine E-Mails durchscrollte.

Er blickte zu mir hoch und sagte: »Die Leute kommen allmählich auf den Trichter.«

»Worauf meinen Sie?«

Er hob sein Telefon in die Höhe. »Darauf. Was es wirklich bedeutet. Und zu was es in der Lage ist. Archimedes hat gesagt: Gebt mir einen Hebel, der lang genug ist, dann bewege ich die Erde. Das hier ist dieser Hebel.«

»Cool«, sagte ich.

»Ich habe gerade drei Werbemails für Produkte und fast ein Dutzend politische Reklameschreiben gelöscht. Zweifellos wird meine E-Mail-Adresse verschachert, genauso wie Zeitschriften die Adressen ihrer Abonnenten verkaufen.«

»Gut, dass die nicht wissen, wer Sie sind«, sagte ich. Mr. Harrigans E-Mail-Pseudonym (er genoss es, ein Pseudonym zu haben) lautete **pirateking1**.

»Wenn sie meine Suchanfragen verfolgen, müssen sie das gar nicht wissen. Dann können sie auch so meinen Interessen auf die Spur kommen und mir entsprechend Werbung schicken. Mein Name ist völlig unwichtig für die. Was zählt, sind meine Interessen.«

»Tja, Spam ist nervig«, sagte ich und ging in die Küche, um die Gießkanne auszuleeren und in die Kammer zu stellen.

Als ich zurückkam, hatte Mr. Harrigan die Sauerstoffmaske über Mund und Nase. Er atmete tief ein und aus.

»Haben Sie die von Ihrem Arzt?«, fragte ich. »Ich meine, hat er sie Ihnen verschrieben?«

Er nahm die Maske ab. »Ich habe keinen Arzt«, sagte er. »Männer Mitte achtzig können nicht nur so viel gehacktes Corned Beef essen, wie sie wollen, sie brauchen auch keine Ärzte mehr, es sei denn, sie haben Krebs. Dann ist ein Arzt nützlich zum Verschreiben von Schmerzmitteln.« Er war mit den Gedanken woanders. »Hast du schon mal über Amazon nachgedacht, Craig?«

Dad kaufte manchmal Sachen von Amazon, aber ich hatte mich nicht weiter damit beschäftigt. Das sagte ich Mr. Harrigan und fragte ihn, worauf er hinauswolle.

Er zeigte auf *Gier nach Gold,* eine Ausgabe der Modern Library. »Das hat Amazon geliefert. Ich hab's mit meinem Telefon und meiner Kreditkarte bestellt. Früher hat das Unternehmen nur Bücher verkauft. Zuerst war es bloß eine kleine Klitsche, aber bald wird es vielleicht zu den größten und mächtigsten Firmen in Amerika gehören. Das Logo mit dem Lächeln wird so allgegenwärtig sein wie das Chevrolet-Emblem oder das da auf unseren Telefonen.« Er hob seines hoch, um mir den angebissenen Apfel zu zeigen. »Spam ist nervig? Und ob! Entwickelt er sich womöglich gerade zur Kakerlake des amerikanischen Einzelhandels, die überallhin wuselt und sich vermehrt? Und ob! Weil Spam funktioniert, Craig. Er ist das Zugpferd. In nicht allzu ferner Zukunft entscheidet Spam womöglich Wahlen. Wenn ich jünger wäre, würde ich diese neue Einkommensquelle an den Eiern packen ...« Er schloss eine Hand. Obwohl er wegen seiner Arthritis nur eine lockere Faust machen konnte, war die Geste eindeutig. »... und ich würde zudrücken.« In seine Augen trat jener Ausdruck, bei dem ich immer froh war, dass ich nicht auf seiner Abschussliste stand.

»Wenn Sie das wollten, hätten Sie bestimmt noch viele Jahre Zeit dazu«, sagte ich, ohne zu wissen, dass wir unser letztes Gespräch führten.

»Vielleicht, vielleicht auch nicht, aber ich möchte dir noch mal sagen, wie froh ich bin, dass du mich überzeugt hast, das Ding da zu behalten. Es hat mir was zum Nachdenken gegeben. Und wenn ich nachts nicht schlafen kann, leistet es mir Gesellschaft.«

»Das freut mich«, sagte ich, und so war es auch. »Ich muss jetzt los. Wir sehen uns morgen, Mr. Harrigan.«

Für mich galt das schon, für ihn jedoch nicht.

Als ich wie immer durch den Windfang in den Flur trat, rief ich: »Hallo, Mr. Harrigan, da bin ich!«

Es kam keine Antwort, woraus ich schloss, dass er sich wohl auf der Toilette befand. Ich hoffte, dass er dort nicht gestürzt war, denn Mrs. Grogan hatte an diesem Tag frei. Als ich ins Wohnzimmer kam und ihn auf seinem Sessel sitzen sah – Sauerstoffflasche auf dem Boden, iPhone und *Gier nach Gold* auf dem Tisch neben ihm –, war ich erleichtert. Allerdings lag sein Kinn auf der Brust, und er war ein kleines Stück zur Seite gesackt. Es sah irgendwie aus, als würde er schlafen. Das wäre allerdings das erste Mal so spät am Nachmittag gewesen. Nach dem Mittagessen schlief er ein Stündchen, und wenn ich kam, war er immer hellwach und munter.

Ich trat einen Schritt näher und sah, dass seine Augen nicht ganz geschlossen waren. Der untere Bogen seiner Iris war sichtbar, aber das Blau wirkte nicht mehr klar, sondern trüb und verblasst. Allmählich bekam ich Angst.

»Mr. Harrigan?«

Nichts. Die knotigen Hände lagen lose gefaltet im Schoß. Einer von seinen Gehstöcken lehnte an der Wand, der andere lag hingegen auf dem Boden, als hätte Mr. Harrigan danach gegriffen und ihn umgestoßen. Mir wurde bewusst, dass ich zwar das gleichmäßige Zischen der Sauerstoffmaske hören konnte, aber nicht das leise Rasseln seines Atems, ein Geräusch, an das ich mich so gewöhnt hatte, dass ich es kaum noch wahrnahm.

»Alles okay, Mr. Harrigan?«

Ich machte noch ein paar Schritte und streckte die Hand aus, um ihn wach zu rütteln, zog sie jedoch gleich wieder zurück. Obwohl ich noch nie einen Toten gesehen hatte, glaubte ich, jetzt vielleicht einen vor mir zu haben. Ich streckte die Hand wieder aus, und diesmal scheute ich nicht zurück. Ich ergriff seine Schulter (die sich unter dem Hemd grässlich knochig anfühlte) und schüttelte ihn.

»Aufwachen, Mr. Harrigan!«

Eine seiner Hände fiel aus dem Schoß und baumelte zwischen den Beinen. Er sackte ein bisschen weiter zur Seite. Zwischen den Lippen sah ich seine gelblichen Zähne. Dennoch wollte ich unbedingt absolut sichergehen, dass er nicht nur bewusstlos oder ohnmächtig war, bevor ich Hilfe rief. Eine Erinnerung kam mir in den Sinn, ganz kurz und ganz klar, nämlich wie meine Mutter mir die Geschichte vom Hirtenjungen und dem Wolf vorlas.

Auf Beinen, die mir taub vorkamen, ging ich zu der Toilette im Flur, die Mrs. Grogan als Damen-WC bezeichnete. Ich holte den Handspiegel, den Mr. Harrigan dort liegen hatte, und hielt ihm den vor Mund und Nase. Als sich darauf kein warmer Atem niederschlug, wusste ich Bescheid (obwohl ich mir im Rückblick ziemlich sicher bin, dass ich schon Bescheid wusste, als die Hand aus dem Schoß fiel und zwischen den Beinen baumelte). Ich war im Wohnzimmer mit einem Toten, und wenn der jetzt die Hand hob und mich packte? Natürlich würde er das nicht tun, er mochte mich ja, aber ich erinnerte mich an den Ausdruck in seinen Augen, als er gesagt hatte – erst gestern! als er noch am Leben gewesen war! –, dass er diese neue Einkommensquelle in jüngeren Jahren an den Eiern gepackt und zugedrückt hätte. Und wie er die Hand zur Faust geschlossen hatte, um das zu demonstrieren.

Du wirst häufig auf die Ansicht stoßen, ich wäre skrupellos gewesen, hatte er gesagt.

Tote streckten nicht die Hand aus und packten einen (außer in Horrorfilmen), das wusste ich, Tote waren nicht skrupellos, Tote waren *überhaupt nichts,* trotzdem wich ich einen Schritt zurück, während ich mein Handy aus der Gesäßtasche zog, und ich wandte den Blick nicht von Mr. Harrigan ab, als ich meinen Vater anrief.

Dad sagte, wahrscheinlich liege ich mit meiner Einschätzung richtig, aber er würde trotzdem einen Rettungswagen schicken, nur zur Sicherheit. Ob ich wisse, wer der Arzt von Mr. Harrigan sei? Ich erzählte ihm, dass er keinen hatte (und man musste nur einen Blick auf seine Zähne werfen, um zu wissen, dass er definitiv keinen Zahnarzt hatte). Ich würde warten, sagte ich, was ich auch tat. Allerdings draußen. Bevor ich hinausging, überlegte ich, ob ich seine herabbaumelnde Hand fassen und in den Schoß zurücklegen sollte. Beinahe hätte ich das sogar getan, aber letztlich konnte ich mich nicht überwinden, die Hand zu berühren. Sie wäre kalt gewesen.

Stattdessen nahm ich sein iPhone. Das war kein Diebstahl. Ich glaube, es geschah aus Trauer, weil mir langsam ins Bewusstsein drang, dass ich ihn verloren hatte. Da wollte ich etwas haben, was ihm gehörte. Etwas, was wichtig für ihn war.

Ich schätze mal, dass es die größte Beerdigung war, die je in unserer Kirche stattgefunden hat. Und der längste Trauerzug zum Friedhof, hauptsächlich Mietwagen. Natürlich waren auch Einheimische dabei, darunter der Gärtner Pete Bostwick, Ronnie Smits, der die meisten Arbeiten am Haus erledigt hatte (wobei er bestimmt wohlhabend geworden war), und Mrs. Grogan, die Haushälterin. Dazu andere Leute aus dem Ort, weil Mr. Harrigan in Harlow ziemlich beliebt gewesen war, aber die meisten Trauergäste (falls sie tatsächlich trauerten und nicht nur gekommen waren, um sich zu vergewissern, dass der Verstorbene wirklich tot war) waren Geschäftsleute aus New York. Angehörige waren keine da. Ich meine, absolut keine. Nicht mal eine Nichte oder ein Cousin zweiten Grades. Er hatte nie geheiratet, war nie Vater geworden – wahrscheinlich einer der Gründe, weshalb Dad anfangs Bedenken gehabt hatte, mich zu ihm zu lassen – und hatte alle übrigen überlebt. Deshalb hatte ihn der Junge aus der Nachbarschaft gefunden, den er dafür bezahlt hatte, ihm vorzulesen.

Offenbar hatte Mr. Harrigan gewusst, dass seine Uhr abgelaufen war, jedenfalls hatte er auf seinem Schreibtisch ein Blatt Papier hinterlassen, auf dem genau stand, wie die Beerdigung ablaufen solle. Und zwar ziemlich schlicht. Schon seit 2004 hatte er bei Hay & Peabody's Funeral Home einen Betrag deponiert, der für alles ausreichte; es blieb sogar noch etwas übrig. Eine Totenwache oder eine öffentliche Aufbahrung solle nicht stattfinden, aber er wolle »annehmbar hergerichtet werden, falls möglich«, sodass der Sarg bei der Trauerfeier offen sein könne.

Den Gottesdienst sollte Reverend Mooney halten, und ich sollte aus dem vierten Kapitel des Epheserbriefs vorlesen: »Seid aber untereinander freundlich und herzlich und vergebt einer dem andern, wie auch Gott euch vergeben hat in Christus.« Ich sah, wie einige von den Geschäftsleuten Blicke tauschten, als sie das hörten, so als ob Mr. Harrigan *ihnen* weder besondere Freundlichkeit erwiesen noch ihnen vergeben hätte.

Drei Lieder sollten gesungen werden: »Abide With Me«, »The Old Rugged Cross« und »In the Garden«. Die Predigt von Reverend Mooney sollte nicht länger als zehn Minuten dauern, und der Rev wurde bereits in acht fertig, früher als vorgesehen, was, wie ich glaube, eine persönliche Bestleistung war. In erster Linie zählte er alles auf, was Mr. Harrigan für Harlow getan hatte. Unter anderem war er für die Renovierung eines historischen Farmhauses und die Reparatur der überdachten Brücke über den Royal River aufgekommen. Außerdem hatte er, wie der Rev berichtete, die Spendenkasse für das öffentliche Schwimmbad mit einer großen Summe aufgestockt, jedoch das damit verbundene Privileg abgelehnt, dem Bad seinen Namen zu geben.

Warum, sagte der Rev nicht, aber ich wusste es. Mr. Harrigan hatte gesagt, irgendetwas nach sich benennen zu lassen sei nicht nur absurd, sondern auch würdelos und vergänglich. Nach fünfzig oder schon zwanzig Jahren sei man nur noch ein Name auf einer Plakette, die niemand mehr beachte.

Sobald ich meine Lesung hinter mir hatte, setzte ich mich zu Dad in die vorderste Reihe und betrachtete den Sarg, der am Kopf- und am Fußende mit Vasen voller Lilien geschmückt war. Die Nase von Mr. Harrigan ragte draus hervor wie ein Schiffsbug. Ich wollte mich zwingen, sie nicht anzuschauen und für komisch oder grässlich (oder beides) zu halten, sondern mich so an ihn zu erinnern, wie er gewesen war. Ein guter Vorsatz, aber mein Blick schweifte ständig wieder dorthin zurück.

Als der Rev seine kurze Ansprache beendet hatte, hob er die Hand, um der Trauergemeinde den Segen zu erteilen. Sobald das erledigt war, sagte er: »Wer sich gerne zum letzten Mal verabschieden will, ist jetzt eingeladen, zum Sarg zu treten.«

Stoff raschelte, und unter allgemeinem Gemurmel standen die Leute auf. Virginia Hatlen begann, ganz leise auf der Orgel zu spielen, und mir wurde klar – mit einem merkwürdigen Gefühl, das ich damals nicht benennen konnte, aber Jahre später als surrealistisch befand –, dass es sich um ein Medley aus Country-Titeln handelte, darunter »Wings of a Dove«, gesungen von Ferlin Husky, »I Sang Dixie« von Dwight Yoakam und natürlich »Stand by Your Man«. Also hatte Mr. Harrigan selbst für die Schlussmusik Anweisungen hinterlassen, und ich dachte: *Alle Achtung!* Es bildete sich eine Schlange. Zwischen die Einheimischen in ihren Sportsakkos und Baumwollhosen reihten sich die Typen aus New York in Anzügen und schicken Schuhen.

»Was ist mir dir, Craig?«, raunte Dad. »Willst du einen letzten Blick auf ihn werfen, oder reicht es dir so?«

Ich wollte mehr als das, aber das konnte ich meinem Vater nicht sagen. Ebenso wenig wie ich ihm sagen konnte, wie schlecht ich mich fühlte. Inzwischen war mir alles bewusst geworden. Passiert war das nicht während der Lesung aus der Bibel, da ich ihm so vieles andere vorgelesen hatte, sondern während ich dasaß und seine in die Luft ragende Nase betrachtete. Mir war bewusst geworden, dass sein Sarg ein Schiff war, das ihn auf seine letzte Reise tragen würde. Ein Schiff, das in die Finsternis hinabfuhr. Ich hätte gern geweint, und das tat ich auch, aber erst später, als ich allein war. Auf keinen Fall wollte ich dort heulen, unter lauter Fremden.

»Ja, aber ich will ans Ende von der Schlange. Ich will der Letzte sein.«

Gott sei Dank fragte mein Dad mich nicht, warum. Er drückte nur meine Schulter und stellte sich an. Ich ging in den Vorraum, ein bisschen unbehaglich in meinem Sakko, das an den Schultern spannte, weil ich endlich zu wachsen begonnen hatte. Als das Ende der Schlange in der Mitte des Raums angekommen war und ich mir sicher sein konnte, dass sonst niemand mehr dazukommen würde, stellte ich mich hinter zwei Anzugtypen, die sich leise über – was sonst – Amazon-Aktien unterhielten.

Als ich den Sarg erreichte, war die Musik verstummt. Die Kanzel war leer. Virginia Hatlen hatte sich wahrscheinlich durch die Hintertür verdrückt, um eine Zigarette zu rauchen, und der Rev war bestimmt in der Sakristei, um seinen Talar abzulegen und seine wenigen verbliebenen Haare zu kämmen.

Im Vorraum standen noch ein paar Leute, die murmelnd miteinander sprachen, aber hier in der Kirche waren nur noch ich und Mr. Harrigan, wie es an so vielen Nachmittagen in seinem großen Haus auf dem Hügel gewesen war, mit einer Aussicht, die gut, aber nicht *touristisch* war.

Er trug einen dunkelgrauen Anzug, den ich noch nie an ihm gesehen hatte. Der Bestatter hatte ihm ein bisschen Rouge aufgetragen, damit er gesund aussah, nur dass gesunde Leute nicht mit geschlossenen Augen im Sarg lagen, während die letzten Minuten Tageslicht ihr totes Gesicht beschienen, bevor sie für immer in der Erde verschwanden. Seine Hände waren gefaltet und erinnerten mich daran, wie sie dagelegen hatten, als ich wenige Tage zuvor in sein Wohnzimmer gekommen war. Wie eine lebensgroße Puppe sah er aus, und ich fand es unerträglich, ihn so zu sehen. Hier wollte ich nicht bleiben. Ich wollte an die frische Luft. Wollte bei meinem Vater sein. Wollte nach Hause. Aber zuerst musste ich noch etwas erledigen, und zwar sofort, weil Reverend Mooney jederzeit aus der Sakristei kommen konnte.

Ich griff in die Innentasche meines Sakkos und zog das Telefon von Mr. Harrigan hervor. Als ich ihn das letzte Mal gesehen hatte – lebendig, meine ich, nicht zusammengesackt in seinem Sessel oder an eine Puppe in einer teuren Schachtel erinnernd –, hatte er gesagt, er sei froh, dass ich ihn davon überzeugt hätte, das Telefon zu behalten. Es würde ihm Gesellschaft leisten, wenn er nachts nicht schlafen könne. Das Gerät war passwortgeschützt – wie gesagt, lernte er schnell, sobald etwas wirklich sein Interesse geweckt hatte –, aber ich kannte das Passwort: **pirate1**. Am Abend vor der Trauerfeier hatte ich das Telefon in meinem Zimmer eingeschaltet und die Notizbuchfunktion aufgerufen. Ich wollte ihm eine Botschaft hinterlassen.

Ich überlegte, ob ich *Ich hab Sie lieb* schreiben sollte, aber das hätte nicht gestimmt. Natürlich hatte ich ihn gemocht, war aber auch ein bisschen misstrauisch gewesen. Ich hatte auch nicht den Eindruck, dass er mich lieb gehabt hatte. Überhaupt glaube ich nicht, dass Mr. Harrigan je irgendwen geliebt hat, vielleicht mit Ausnahme seiner Mutter, von der er aufgezogen worden war, nachdem sein Vater sich davongemacht hatte (das hatte ich recherchiert). Schließlich sah die Notiz, die ich eintippte, so aus: *Für Sie zu arbeiten war mir eine Ehre. Vielen Dank für die Karten und für die Rubbellose. Ich werde Sie vermissen.*

Als ich den Aufschlag seiner Anzugjacke anhob, versuchte ich, den Kontakt mit der nicht atmenden Oberfläche der Brust unter dem gestärkten weißen Hemd zu vermeiden ... aber meine Fingerknöchel strichen einen winzigen Moment darüber, was ich bis heute spüren kann. Die Brust war hart wie Holz. Ich steckte das Telefon in die Innentasche, dann trat ich zurück. Gerade noch rechtzeitig. Reverend Mooney kam durch die Seitentür, damit beschäftigt, seine Krawatte zurechtzurücken.

»Na, verabschiedest du dich, Craig?«

»Ja.«

»Gut. Das ist richtig so.« Er legte mir den Arm um die Schultern und führte mich von dem Sarg weg. »Du hattest eine Beziehung zu ihm, um die dich bestimmt sehr viele Leute beneiden würden. Wie wär's, wenn du jetzt raus zu deinem Vater gehst? Und wenn du mir einen Gefallen tun willst, sag Mr. Rafferty und den anderen Sargträgern, dass wir in ein paar Minuten bereit sein werden.«

Ein weiterer Mann war in der Tür zur Sakristei aufgetaucht, die Hände vor dem Bauch verschränkt. Man musste nur den schwarzen Anzug und die weiße Nelke sehen, um zu wissen, dass er vom Bestattungsinstitut war. Ich nahm an, dass seine Aufgabe darin bestand, den Sargdeckel zu schließen und dafür zu sorgen, dass der gut gesichert war. Bei seinem Anblick überkam mich eine Furcht vor dem Tod, und ich war froh, dass ich diesen Ort verlassen und hinaus in den Sonnenschein treten konnte. Ich sagte Dad nicht, dass ich eine Umarmung brauchte, aber offenbar hat er es trotzdem gemerkt, jedenfalls schlang er die Arme um mich.

Stirb nicht, dachte ich. *Bitte, Dad, stirb nicht.*

Die Zeremonie auf dem Elm Cemetery war besser, weil sie kürzer war und im Freien stattfand. Charles »Chick« Rafferty, der Geschäftsmanager von Mr. Harrigan, sprach kurz über die verschiedenen karitativen Taten seines Klienten, um dann ein paar Lacher zu ernten, als er sagte, er habe Mr. Harrigans fragwürdige musikalische Vorlieben ertragen müssen. Das war eigentlich der einzige menschliche Touch, den Mr. Rafferty zustande brachte. Er sagte, er habe dreißig Jahre für und mit Mr. Harrigan gearbeitet, und ich hatte keinen Grund, das anzuzweifeln, aber über dessen menschliche Seite schien er nicht viel zu wissen, abgesehen von der »fragwürdigen Vorliebe« für Interpreten wie Jim Reeves, Patty Loveless und Henson Cargill.

Ich überlegte, ob ich vortreten und den um das offene Grab versammelten Leuten erzählen solle, dass Mr. Harrigan das Internet mit einer geborstenen Wasserleitung verglichen habe, aus der Informationen statt Wasser sprudelten. Ich überlegte, ob ich ihnen erzählen solle, dass er mehr als hundert Fotos von Pilzen auf seinem Telefon gehabt habe. Ich überlegte, ob ich ihnen erzählen solle, dass er die Haferflockenplätzchen von Mrs. Grogan mochte, weil sie die Verdauung auf Trab brachten, und dass man mit über achtzig keine Vitamine und keinen Arzt mehr brauche. Mit über achtzig könne man so viel gehacktes Corned Beef essen, wie es einem beliebe.

Aber ich hielt den Mund.

Diesmal trug Reverend Mooney die Lesung vor, die Verse darüber, dass wir alle an jenem großen Morgen von den Toten auferstehen würden wie Lazarus. Er erteilte noch einmal den Segen, und dann war es vorbei. Nachdem wir in unser gewöhnliches Leben zurückgekehrt waren, würde man Mr. Harrigan im Boden versenken (dank mir mit seinem iPhone in der Tasche), die Erde würde ihn bedecken, und die Welt würde ihn nie wiedersehen.

Als Dad und ich den Friedhof verließen, kam Mr. Rafferty auf uns zu. Er sagte, er werde erst am nächsten Morgen nach New York zurückfliegen, und fragte, ob er abends bei uns vorbeischauen dürfe. Es gebe da etwas, worüber er mit uns sprechen wolle.

Zuerst dachte ich, es ginge um das geklaute iPhone, aber eigentlich konnte Mr. Rafferty unmöglich wissen, dass ich es an mich genommen hatte, außerdem hatte sein rechtmäßiger Besitzer es zurückerhalten. *Wenn er mich danach fragt,* dachte ich, *sage ich ihm, dass ich es war, der Mr. Harrigan das Telefon geschenkt hat.* Und wie konnte ein Handy, das sechshundert Dollar gekostet hatte, schon groß von Belang sein, wo der Nachlass von Mr. Harrigan doch derart umfangreich war?

»Klar«, sagte Dad. »Kommen Sie zum Abendessen. Es gibt Spaghetti bolognese, meine Spezialität. Normalerweise essen wir gegen sechs.«

»Mit dem größten Vergnügen«, sagte Mr. Rafferty und zog einen weißen Umschlag hervor. Darauf stand in einer Handschrift, die ich erkannte, mein Name. »Das hier erklärt vielleicht, worüber ich mit Ihnen sprechen möchte. Ich habe den Umschlag vor zwei Monaten mit der Anweisung erhalten, ihn aufzubewahren, bis … hm … zu einer solchen Gelegenheit.«

Sobald wir in unserem Wagen saßen, brach Dad in ein brüllendes Gelächter aus, bei dem ihm die Tränen in die Augen traten. Er lachte und hämmerte aufs Lenkrad ein und lachte und klopfte sich auf die Oberschenkel und wischte sich die Wangen ab und lachte weiter.

»Was ist denn?«, fragte ich, als er sich allmählich beruhigte. »Was soll so verdammt lustig sein?«

»Ich kann mir nicht vorstellen, dass es was anderes ist«, sagte er. Inzwischen lachte er nicht mehr, gluckste jedoch noch.

»Wovon redest du?«

»Ich glaube, er hat dir etwas hinterlassen, Craig. Reiß das Ding da auf. Sieh nach, was drin steht!«

In dem Umschlag befand sich ein einzelnes Blatt Papier, und es war eine klassische Harrigan-Verlautbarung: keine Herzchen und Blümchen, nicht mal ein *Lieber* in der Anrede, einfach direkt zur Sache. Ich las sie meinem Vater vor.

Craig: Wenn du das liest, bin ich gestorben. Ich habe dir $ 800 000 als Treuhandvermögen hinterlassen. Die Treuhänder sind dein Vater und Charles Rafferty, der mein Geschäftsmanager ist und jetzt als mein Testamentsvollstrecker dienen wird. Nach meiner Berechnung dürfte die Summe für vier Jahre College und alle weiteren Ausbildungen, für die du dich entscheidest, ausreichen. Anschließend sollte genügend übrig sein, dass es dir einen Start in die von dir gewählte berufliche Laufbahn ermöglicht.

Du hast davon gesprochen, Drehbücher zu schreiben. Wenn du das willst, musst du es natürlich tun, auch wenn ich es nicht gutheiße. Es gibt einen vulgären Witz über Drehbuchautoren, den ich hier nicht erzählen will, aber such ihn auf jeden Fall mit deinem Telefon, Stichworte Drehbuchautor *und* Starlet. *Er enthält eine fundamentale Wahrheit, die du schon in deinem jetzigen Alter verstehen dürftest. Filme sind vergänglich, während Bücher – die guten – ewig sind oder wenigstens beinahe. Du hast mir viele gute Bücher vorgelesen, aber andere warten darauf, geschrieben zu werden. Mehr will ich gar nicht sagen.*

Obgleich dein Vater ein Einspruchsrecht in allen Angelegenheiten hat, die dein Vermögen angehen, wäre es nicht klug, wenn er sich gegen die von Mr. Rafferty vorgeschlagenen Investitionen wenden würde. Chick kennt sich in solchen Dingen bestens aus. Trotz allen Studiengebühren werden deine 800 000 eventuell auf eine Million oder mehr anwachsen, bis du das Alter von 26 Jahren erreichst. Ab dem Zeitpunkt kannst du das Geld ausgeben, wie du willst (oder es investieren, was immer das Klügste ist).

Ich habe unsere gemeinsamen Nachmittage genossen.

Mit herzlichen Grüßen

Mr. Harrigan

PS: Die Karten samt Inhalt habe ich dir ausgesprochen gern geschickt.

Bei diesem Nachtrag wurde mir ein bisschen unheimlich. Es war fast so, als hätte er die Notiz beantwortet, die ich auf seinem iPhone hinterlassen hatte, bevor ich es in die Tasche seines Totenanzugs schob.

Dad hatte mit dem Lachen und Glucksen aufgehört, dafür strahlte er jetzt. »Na, wie fühlt es sich an, reich zu sein, Craig?«

»Ganz okay«, sagte ich, was natürlich stimmte. Es war ein tolles Geschenk, aber genauso schön – vielleicht noch schöner – war die Erkenntnis, dass Mr. Harrigan so viel von mir hielt. Zyniker denken jetzt vielleicht, ich mache einen auf heilig, aber das stimmt nicht. Mit dem Geld war es jedenfalls wie mit der Frisbeescheibe, die einmal hoch oben in der großen Kiefer in unserem Garten hängen geblieben ist, als ich acht oder neun war: Ich wusste, wo sie feststeckte, kam jedoch nicht dran. Das war in Ordnung, weil ich ja vorläufig alles hatte, was ich brauchte. Außer Mr. Harrigan. Was sollte ich fortan von Montag bis Freitag mit meinen Nachmittagen anfangen?

»Ich nehme alles zurück, was ich über seine vermeintliche Knausrigkeit von mir gegeben habe«, sagte Dad, während er sich hinter einen schwarz glänzenden SUV schob, den irgendein Geschäftsmann am Flughafen Portland gemietet hatte. »Allerdings …«

»Was denn?«, sagte ich.

»Weil er keine Verwandten hatte und dermaßen reich war, hätte er dir auch mindestens vier Millionen hinterlassen können. Oder sogar sechs.« Als er meinen Gesichtsausdruck sah, brach er wieder in Gelächter aus. »Das ist ein Scherz, Junge, bloß ein Scherz! Okay?«

Ich knuffte ihn in die Schulter, schaltete das Radio ein und drehte den Regler an WBLM (»Rock and Roll für Maine«) vorbei auf WTHT (»Ihr Country-Sender Nr. 1 in Maine«). Ich hatte Geschmack an Country and Western gefunden. Den habe ich nie wieder verloren.

Mr. Rafferty kam also zum Abendessen und langte bei Dads Spaghetti ordentlich zu, obwohl er ein ziemlich hagerer Typ war. Ich erzählte, dass ich über das Treuhandvermögen Bescheid wisse, und dankte ihm. »*Mir* brauchst du da nicht zu danken«, sagte er und erklärte uns dann, wie er das Geld gern investieren wolle. Das könne er tun, wie er das für richtig halte, sagte Dad, er wolle bloß informiert werden. Allerdings schlug er vor, einen Teil von dem Geld in John Deere zu stecken, da dort momentan wie verrückt Innovationen vorgenommen würden. Mr. Rafferty versprach, das in Erwägung zu ziehen, und ich stellte später fest, dass er tatsächlich in Deere & Company investierte, allerdings nur einen symbolischen Betrag. Das meiste steckte er in Apple und Amazon.

Nach dem Essen schüttelte Mr. Rafferty mir die Hand und gratulierte mir. »Harrigan hat nur sehr wenige Freunde gehabt, Craig. Du hattest das Glück, einer davon zu sein.«

»Und er hatte das Glück, Craig zu haben«, sagte mein Dad ruhig und legte mir den Arm um die Schultern. Dabei bekam ich einen Kloß im Hals, und als Mr. Rafferty weg und ich in meinem Zimmer war, weinte ich ein bisschen. Ich versuchte, das leise zu tun, damit mein Dad es nicht hörte. Vielleicht gelang mir das, aber vielleicht hat er mich auch gehört und wusste, dass ich allein bleiben wollte.

Als die Tränen versiegten, schaltete ich mein Handy ein, öffnete Safari und tippte *Drehbuchautor* und *Starlet* ins Suchfeld. Der Witz, der angeblich von einem Romanautor namens Peter Feibleman stammte, handelte von einem Starlet, das so ahnungslos war, dass es den Drehbuchautor vögelte. Wahrscheinlich habt ihr ihn schon mal gehört. Ich kannte ihn nicht, begriff jedoch, worauf Mr. Harrigan hinauswollte.

In jener Nacht wachte ich gegen zwei Uhr auf und hörte es in der Ferne donnern. Da wurde mir wieder richtig bewusst, dass Mr. Harrigan tot war. Ich lag in meinem Bett, und er lag unter der Erde. Er trug einen Anzug, den er für immer tragen würde. Die Hände waren gefaltet und würden es bleiben, bis sie nur noch aus Knochen bestanden. Wenn auf den Donner Regen folgte, sickerte der vielleicht nach unten bis zum Sarg. Der war nicht mit einem Zementdeckel versehen, das hatte Mr. Harrigan in seinem »Totenbrief«, wie Mrs. Grogan es nannte, so bestimmt. Mit der Zeit würde der Sargdeckel also vermodern. Der Anzug ebenfalls. Da das iPhone aus Kunststoff war, hielt es bestimmt viel länger als der Anzug und der Deckel, aber irgendwann wäre es ebenfalls dahin. Nichts währte ewig außer vielleicht der Geist Gottes, und daran hegte ich schon mit meinen damals dreizehn Jahren gewisse Zweifel.

Urplötzlich musste ich unbedingt seine Stimme hören. Und mir wurde klar, dass ich das konnte.

So etwas zu tun war gruselig (vor allem um zwei Uhr nachts), und makaber war es auch, das wusste ich, aber ich wusste auch, dass es mich in die Lage versetzen würde, wieder einzuschlafen. Deshalb rief ich an und bekam eine Gänsehaut, als mir die simple Wahrheit der Mobilfunktechnik bewusst wurde: Irgendwo unter der Erde im Elm Cemetery sang Tammy Wynette in der Tasche eines Toten zwei Zeilen von »Stand by Your Man«.

Dann war seine Stimme in meinem Ohr, ruhig und klar, nur ein bisschen kratzig vom Alter: »Momentan nehme ich keine Anrufe entgegen. Ich rufe zu gegebener Zeit zurück.«

Und wenn er *tatsächlich* zurückrief? Was dann?

Noch bevor der Piepton kam, legte ich auf und stieg wieder ins Bett. Während ich die Decke bis zum Kinn zog, überlegte ich es mir anders, stand auf und rief noch einmal an. Ich weiß nicht, wieso. Diesmal wartete ich auf den Piepton, dann sagte ich: »Ich vermisse Sie, Mr. Harrigan. Für das Geld, das Sie mir hinterlassen haben, bin ich dankbar, aber ich würde gerne drauf verzichten, wenn Sie noch am Leben wären.« Ich hielt inne. »Das hört sich vielleicht nach einer Lüge an, ist aber keine. Echt nicht.«

Dann ging ich wieder ins Bett und schlief ein, sobald mein Kopf auf dem Kissen lag. Es kamen keine Träume.

Ich hatte die Gewohnheit, mein Telefon schon vor dem Anziehen einzuschalten und mich auf der Nachrichten-App zu vergewissern, dass niemand den Dritten Weltkrieg angezettelt hatte und keine Terroranschläge zu vermelden waren. Bevor ich das am Morgen nach Mr. Harrigans Beerdigung tun konnte, sah ich einen kleinen roten Kreis um das SMS-Icon, was bedeutete, dass ich eine Nachricht erhalten hatte. Ich dachte, die würde entweder von Billy Bogan stammen, einem Freund und Klassenkameraden, der ein Motorola Ming besaß, oder von Margie Washburn, die ein Handy von Samsung hatte … wobei ich in letzter Zeit nicht mehr so viele Nachrichten von Margie bekam. Wahrscheinlich hatte Regina ausgeplappert, dass ich sie geküsst hatte.

Ihr kennt doch den alten Ausdruck, dass einem »das Blut in den Adern stockt«? Das kann tatsächlich passieren. Ich weiß es, weil ich es erlebt habe. Auf meinem Bett sitzend, starrte ich aufs Display. Die Nachricht stammte von **pirate-king1**.

Unten in der Küche hörte ich es klappern, weil Dad die Bratpfanne aus dem Schrank neben dem Herd holte. Offenbar hatte er vor, uns ein warmes Frühstück zu machen, was jetzt öfter mal vorkam.

»Dad?«, sagte ich, aber das Klappern ging weiter, und ich hörte ihn etwas sagen, was nach *Willst du wohl rauskommen, du Mistding!* klang.

Er hörte mich nicht, was nicht nur daran lag, dass meine Zimmertür geschlossen war. Ich konnte mich kaum selbst hören. Die Nachricht hatte mir das Blut in den Adern stocken lassen und mir die Stimme geraubt.

Die Nachricht oberhalb der neuesten war vier Tage vor dem Tod von Mr. Harrigan abgeschickt worden. Sie lautete: **Heute nicht nötig, die Pflanzen zu gießen, das hat Mrs. G. schon getan.** Darunter stand: **C C C aa.**

Abgeschickt um 2.40 Uhr nachts.

»Dad!« Diesmal ein bisschen lauter, aber immer noch nicht laut genug. Ich weiß nicht, ob ich da schon weinte oder ob die Tränen erst kamen, als ich die Treppe hinunterlief, bekleidet nur mit Unterhose und einem T-Shirt, auf dem das Logo der Gates Falls Tigers prangte.

Dad hatte mir den Rücken zugewandt. Er hatte es geschafft, die Pfanne aus dem Schrank zu holen, und ließ gerade Butter darin schmelzen. Er hörte mich und sagte: »Hoffentlich hast du Hunger. Ich hab jedenfalls welchen.«

»Daddy«, sagte ich. »Daddy.«

Als er mich ihn so nennen hörte, wie ich es zuletzt mit acht oder neun Jahren getan hatte, drehte er sich um. Sah, dass ich mich nicht angezogen hatte. Sah, dass ich weinte.

Sah, dass ich ihm mein Telefon hinstreckte. Und vergaß augenblicklich die Pfanne.

»Craig, was ist denn? Was ist passiert? Hattest du einen Albtraum von der Beerdigung?«

Ein Albtraum war es wirklich, und wahrscheinlich war es längst zu spät – schließlich war Mr. Harrigan ein alter Mann –, aber vielleicht auch nicht.

»Ach, Daddy«, sagte ich, jetzt schluchzend. »Er ist gar nicht tot. Wenigstens war er das heute Nacht um halb drei noch nicht. Wir müssen ihn wieder ausgraben. Unbedingt, wir haben ihn nämlich lebendig begraben.«

Ich erzählte ihm alles. Wie ich das Telefon von Mr. Harrigan mitgenommen und später in die Tasche seiner Anzugjacke gesteckt hatte. Weil es ihm viel bedeutet habe, sagte ich. Und weil *ich es ihm* geschenkt hatte. Ich erzählte, dass ich das Telefon mitten in der Nacht angerufen und beim ersten Mal aufgelegt, dann jedoch eine Nachricht auf der Mailbox hinterlassen hatte. Die Antwort musste ich Dad nicht mehr zeigen, die hatte er sich ja bereits angesehen. Sehr aufmerksam sogar.

Die Butter verschmorte allmählich. Dad stand auf und nahm die Pfanne vom Herd. »Wahrscheinlich willst du sowieso kein Rührei«, sagte er. Dann kam er zum Tisch zurück, doch anstatt sich an die andere Seite auf seinen gewohnten Platz zu setzen, ließ er sich neben mir nieder und legte eine Hand auf meine. »Jetzt hör mal gut zu.«

»Ich weiß, dass es eine gruselige Idee war«, sagte ich. »Aber wenn ich es nicht getan hätte, dann hätten wir es nie erfahren. Wir müssen …«

»Junge …«

»Nein, Dad, hör doch! Wir müssen sofort jemand da rausschicken! Jemand mit einem Bulldozer oder einem Schaufellader oder wenigstens Leute mit Schaufeln! Bestimmt ist er noch am …«

»Ganz ruhig, Craig. Da bist du auf ein Spoofing reingefallen.«

Ich starrte ihn mit offenem Mund an. Zwar wusste ich, was Spoofing war, doch die Möglichkeit, dass mir so etwas passierte – und dann auch noch mitten in der Nacht –, wäre mir nie in den Sinn gekommen.

»Das kommt immer häufiger vor«, sagte er. »Wir hatten bei der Arbeit sogar eine Mitarbeiterbesprechung deswegen. Offenbar hat sich jemand Zugang zu Harrigans Handy verschafft. Es geklont. Weißt du, was ich meine?«

»Ja, klar, aber Daddy …«

Er drückte meine Hand. »Vielleicht jemand, der gehofft hat, Geschäftsgeheimnisse zu stehlen.«

»Er war doch im Ruhestand!«

»Aber er hat sich auf dem Laufenden gehalten, das hat er dir selbst gesagt. Vielleicht war man auch hinter seinen Kreditkartendaten her. Aber wer immer das war, hat deine Nachricht auf dem geklonten Telefon gehört und beschlossen, dir einen Streich zu spielen.«

»Das kannst du doch gar nicht wissen«, sagte ich. »Daddy, wir müssen nachschauen!«

»Das müssen wir nicht, und ich werde dir erklären, warum. Mr. Harrigan war ein reicher Mann, der gestorben ist, ohne dass jemand dabei war. Abgesehen davon war er jahrelang bei keinem Arzt gewesen. Rafferty hat ihm deshalb bestimmt die Hölle heißgemacht, schon weil er seine Versicherung nicht anpassen konnte, um Erbschaftssteuern zu sparen. Jedenfalls wurde deshalb eine Obduktion vorgenommen. So hat man auch herausgefunden, dass er an einer fortgeschrittenen Herzerkrankung gestorben ist.«

»Man hat ihn aufgeschnitten?« Ich dachte daran, wie meine Fingerknöchel über seine Brust gestrichen waren, als ich ihm das Telefon in die Tasche gesteckt hatte. Waren unter dem gestärkten weißen Hemd und der sauber gebundenen Krawatte vernähte Schnitte gewesen? Wenn mein Dad recht hatte, dann ja. Vernähte Schnitte in Form eines Y. Das hatte ich im Fernsehen gesehen. Bei *CSI*.

»Ja«, sagte Dad. »Ich erzähle dir das nicht gern, weil ich nicht will, dass es dir im Kopf herumgeht, aber es ist besser, als wenn du denkst, er wäre lebendig begraben worden. Wurde er nicht. Definitiv. Er ist tot. Hast du mich verstanden?«

»Ja.«

»Soll ich heute zu Hause bleiben? Das tue ich gern, wenn du willst.«

»Nein, ist schon okay. Du hast recht. Man hat mich reingelegt.« Und man hatte mir einen gewaltigen Schrecken eingejagt. Das außerdem.

»Was willst du hier denn ganz allein tun? Wenn du nämlich nur trübsinnig vor dich hin brütest, sollte ich mir doch freinehmen. Wir könnten angeln gehen.«

»Ich werde nicht trübsinnig vor mich hin brüten. Ich gehe zu seinem Haus hoch und gieße die Pflanzen.«

»Ist das wirklich eine gute Idee?« Er beobachtete mich genau.

»Das schulde ich ihm. Außerdem will ich mit Mrs. Grogan sprechen. Und rauskriegen, ob er ihr auch was vererbt hat.«

»Das ist eine gute Idee. Wobei sie dir wahrscheinlich sagt, du sollst dich um deinen eigenen Kram kümmern. Schließlich ist sie ganz schön zugeknöpft.«

»Wenn er ihr nichts vererbt hat, wär es schön, wenn ich ihr was von meinem Geld abgeben könnte.«

Er lächelte und gab mir einen Kuss auf die Wange. »Du bist ein guter Junge. Deine Mutter wäre total stolz auf dich. Ganz sicher, dass jetzt alles wieder in Ordnung ist?«

»Klar.« Um das zu beweisen, aß ich sogar ein bisschen Rührei und Toast, obwohl ich nichts wollte. Mein Dad musste einfach recht haben – ein gestohlenes Passwort, ein geklontes Telefon und ein grausamer Scherz. Bestimmt war die Nachricht nicht von Mr. Harrigan gekommen, dem man die

Eingeweide zerpflückt hatte wie Salat und dessen Blut man mit Balsamierflüssigkeit ersetzt hatte.

Dad fuhr zur Arbeit, und ich ging hinauf zum Haus von Mr. Harrigan. Mrs. Grogan war damit beschäftigt, das Wohnzimmer zu saugen. Dabei sang sie nicht wie sonst, aber sie war ziemlich gefasst, und nachdem ich die Pflanzen gegossen hatte, fragte sie, ob ich Lust hätte, mich mit ihr in die Küche zu setzen und eine Tasse Tee zu trinken.

»Plätzchen sind auch da«, sagte sie.

Wir gingen in die Küche, und während sie das Wasser aufsetzte, erzählte ich ihr von Mr. Harrigans Brief und davon, dass er mir Geld für mein Studium hinterlassen hatte.

Mrs. Grogan nickte nüchtern, als hätte sie nichts anderes erwartet, dann erzählte sie mir, dass sie ebenfalls einen Umschlag von Mr. Rafferty bekommen habe. »Der Chef hat für mich gesorgt. Besser, als ich erwartet hätte. Wahrscheinlich besser, als ich es verdiene.«

Ich sagte, so in etwa gehe es mir auch.

Mrs. G. brachte den Tee an den Tisch, einen großen Becher für jeden. Dazwischen stellte sie einen Teller mit Haferflockenplätzchen. »Die hat er geliebt«, sagte sie.

»Stimmt. Er hat gesagt, dass sie die Verdauung auf Trab bringen.«

Das brachte sie zum Lachen. Ich nahm eines von den Plätzchen und biss hinein. Während ich kaute, dachte ich an die Stelle aus dem Lukasevangelium, die ich erst vor ein paar Monaten am Gründonnerstag in der kirchlichen Jugendgruppe und dann beim Ostergottesdienst vorgelesen hatte: »Und er nahm das Brot, dankte und brach's und gab's ihnen und sprach: Das ist mein Leib, der für euch gegeben wird; das tut zu meinem Gedächtnis.« Die Plätzchen waren keine Kommunion, schon die Vorstellung hätte der Rev bestimmt als blasphemisch bezeichnet, aber ich war trotzdem froh, eines zu essen.

»Für Pete hat er auch gesorgt«, sagte sie, womit sie Pete Bostwick, den Gärtner, meinte.

»Das ist schön«, sagte ich und griff nach einem weiteren Plätzchen. »Er war ein guter Mensch, oder?«

»Da bin ich mir nicht so sicher«, sagte sie. »Er hat einen anständig behandelt, das stimmt, aber wehe, wenn man es sich mit ihm verdorben hat. Du erinnerst dich doch an Dusty Bilodeau, oder? Nein, geht ja gar nicht. Das war vor deiner Zeit.«

»Von den Bilodeaus drüben im Trailer-Park?«

»Ja, genau, von denen neben dem Laden, aber ich schätze, Dusty wohnt nicht mehr da. Der hat sich bestimmt schon lange davongemacht. Er war vor Pete der Gärtner, aber kaum acht Monate hier, als Mr. Harrigan ihn beim Klauen erwischt und hochkant rausgeschmissen hat. Ich weiß nicht, wie viel er eingesackt hat und wie Mr. Harrigan ihm auf die Schliche gekommen ist, aber mit dem Rausschmiss war die Sache nicht zu Ende. Du hast so allerhand von dem gehört, was Mr. H. für unser Kaff getan hat und wie hilfreich er war, wobei Mooney nicht mal die Hälfte erzählt hat, entweder weil er's nicht wusste oder weil die Zeit knapp war. Wohltätigkeit ist gut für die Seele, aber sie verschafft einem auch Macht, und Mr. Harrigan hat seine gegen Dusty Bilodeau ausgespielt.«

Sie schüttelte den Kopf. Halb bewundernd, glaube ich. Sie war selbst ein harter Brocken.

»Ich hoffe, dass Dusty sich wenigstens ein paar Hundert Dollar aus dem Schreibtisch oder der Sockenschublade von Mr. Harrigan geschnappt hat, denn verdient hat er danach in Harlow, Castle County und ganz Maine keinen Cent mehr. Den hätte nicht mal mehr der alte Dorrance Marstellar dafür angestellt, Hühnerscheiße aus seinem Stall zu schaufeln. Dafür hat Mr. Harrigan gesorgt. Er hat einen gut behandelt, aber wenn man das nicht zu schätzen wusste, war man geliefert. Nimm doch noch ein Plätzchen!«

Ich nahm noch ein Plätzchen.

»Und trink deinen Tee, Junge.«

Ich trank meinen Tee.

»Als Nächstes mache ich mich oben an die Arbeit, denke ich. Werd wahrscheinlich die Bettwäsche wechseln, statt die Betten einfach abzuziehen, wenigstens vorläufig. Was meinst du, was wohl aus dem Haus hier werden wird?«

»Tja, das weiß ich wirklich nicht.«

»Ich auch nicht. Hab nicht die leiseste Ahnung. Kann mir nicht vorstellen, dass jemand es kauft. Mr. Harrigan war ein echtes Unikat, und das trifft auch auf …« Sie breitete die Arme aus. »… das alles hier zu.«

Ich dachte an den gläsernen Aufzug und gelangte zu dem Schluss, dass sie nicht ganz unrecht hatte.

Mrs. G. nahm sich ebenfalls noch ein Plätzchen. »Was ist eigentlich mit den Zimmerpflanzen? Irgendwelche Ideen?«

»Ich nehme ein paar, wenn das okay ist«, sagte ich. »Was den Rest angeht, fällt mir nichts ein.«

»Mir auch nicht. Und die Gefriertruhe ist voll. Das könnten wir wohl unter uns dreien aufteilen – ich meine dich, mich und Pete.«

Nehmet und esset, dachte ich. *Tut das zu meinem Gedächtnis.*

Sie seufzte. »Ich trödle hier eigentlich bloß rum. Lass mir für ein paar Sachen so viel Zeit, als wäre massenhaft zu tun. Ich weiß einfach nicht, was ich mit mir anfangen soll, wirklich und wahrhaftig. Was ist mir dir, Craig? Was hast du jetzt vor?«

»Jetzt gehe ich erst mal runter, um seinen Klapperschwamm zu besprühen«, sagte ich. »Und wenn Sie meinen, dass es okay ist, nehme ich vielleicht das Usambaraveilchen mit, wenn ich nach Hause gehe.«

»Natürlich ist das okay«, sagte sie knapp. »Nimm so viel von dem Zeug mit, wie du willst.«

Sie ging nach oben, und ich ging hinunter in den Keller, wo Mr. Harrigan in mehreren Terrarien seine Pilze züchtete.

Während ich sie besprühte, dachte ich über die Nachricht nach, die ich mitten in der Nacht von **pirateking1** erhalten hatte. Dad hatte recht, es musste ein blöder Scherz sein, aber hätte ein Scherzbold nicht wenigstens etwas einigermaßen Witziges gesendet, wie etwa **Hilfe, man hat mich in eine Kiste gesteckt** oder **Bitte nicht stören, bin am Verwesen**? Wieso sollte ein Scherzbold ausgerechnet ein doppeltes **a** senden, das wie ein Gurgeln oder Todesröcheln klang, wenn man es aussprach? Und wieso sollte er den Anfangsbuchstaben meines Namens senden? Nicht einmal oder zweimal, sondern gleich dreimal?

Am Ende nahm ich vier von Mr. Harrigans Zimmerpflanzen mit – das Usambaraveilchen, die Flamingoblume, den Zwergpfeffer und die Dieffenbachie. Ich verteilte sie in unserem Haus, wobei ich die Dieffenbachie in mein Zimmer stellte, weil sie mir am besten gefiel. Aber hauptsächlich schindete ich Zeit, das war mir völlig klar. Sobald die Pflanzen an Ort und Stelle standen, holte ich eine Flasche Snapple aus dem Kühlschrank, steckte sie in die Satteltasche meines Fahrrads und machte mich auf den Weg zum Elm Cemetery.

Dort war an diesem heißen Sommervormittag niemand zu sehen, und ich ging direkt zum Grab von Mr. Harrigan. Der Grabstein stand schon da, nichts Besonderes, nur ein Granitblock mit seinem Namen sowie Geburts- und Todestag darauf. Massenhaft Blumen lagen da, alle noch frisch (das würde nicht lange so bleiben) und die meisten mit Karten daran. Der größte Strauß, der vielleicht von Mr. Harrigans eigenen Blumenbeeten stammte – aus Respekt, nicht aus Sparsamkeit –, war von Pete Bostwick und Familie.

Ich kniete mich hin, wenn auch nicht, um zu beten. Stattdessen zog ich mein Handy aus der Tasche und hielt es in der Hand. Mein Herz schlug so heftig, dass vor meinen Augen schwarze Pünktchen aufblitzten. Ich rief meine Kontakte auf und wählte seine Nummer. Dann ließ ich das Handy sinken, legte das Gesicht seitlich auf die frisch zugeschaufelte Erde und lauschte auf Tammy Wynette.

Ich glaubte, sie tatsächlich zu hören, was allerdings reine Fantasie gewesen sein muss. Schließlich hätte die Stimme durch seine Jacke, durch den Sargdeckel und durch zwei Meter Erde dringen müssen. Trotzdem glaubte ich, sie zu hören. Nein, stimmt nicht – ich war mir sicher, dass ich sie hörte. Die Stimme auf Mr. Harrigans Telefon, die da unten in seinem Grab »Stand by Your Man« sang.

In meinem anderen Ohr, das ich nicht auf den Boden drückte, hörte ich seine Stimme, ganz leise, aber in der trägen Stille des Friedhofs doch hörbar: »Momentan nehme ich keine Anrufe entgegen. Ich rufe zu gegebener Zeit zurück.«

Aber das würde er nicht tun. Er war tot.

Ich fuhr nach Hause.

Im September 2009 begann meine Schulzeit an der Gates Falls Middle, gemeinsam mit meinen Freunden Margie, Regina und Billy. Transportiert wurden wir in einem kleinen, ramponierten Bus, weshalb uns die Kids aus Gates Falls bald den höhnischen Spitznamen Kleinbus-Kids gaben. Später wurde ich allmählich größer (wobei ich bei knapp ein Meter achtzig haltmachte, was mir irgendwie das Herz brach), aber an jenem ersten Schultag war ich der kleinste Schüler in der achten Klasse. Wodurch ich zum perfekten Opfer von Kenny Yanko wurde, einem grobschlächtigen Unruhestifter, der durchgefallen war. Mit seinem Porträt hätte man im Wörterbuch den Begriff *Brutalo* illustrieren können.

Unsere erste Unterrichtsstunde war gar kein Unterricht, sondern eine Versammlung für die Schüler aus den neu dazugekommenen Orten Harlow, Motton und Shiloh Church. Der Direktor war damals (und noch viele Jahre danach) ein watschelnder Lulatsch mit einer Glatze, die so stark glänzte, als wäre sie mit Autopolitur behandelt worden. Er hieß Mr. Albert Douglas, war unter den Schülern jedoch nur als Alko-Al bekannt. Tatsächlich betrunken hatte ihn zwar noch niemand gesehen, aber es galt als absolut gesichert, dass er wie ein Loch soff.

Er trat aufs Podium, hieß »diese Schar aus begabten neuen Schülern« auf der Gates Falls Middle willkommen und erzählte uns von all den wunderbaren Dingen, die uns im kommenden Schuljahr erwarteten. Dazu gehörten das Schulorchester, der Chor, der Debattierclub, der Fotoclub, die Zukünftigen Farmer Amerikas sowie Sport nach Lust und Laune (solange es sich um Baseball, Leichtathletik, Fußball und Lacrosse handelte; Football wurde erst auf der Highschool angeboten). Er erklärte, was einmal monatlich am »Feinen Freitag« ablaufe, wenn man von den Jungen erwarte, Sakko und Krawatte zu tragen, während die Mädchen Kleider tragen sollten (Rocksaum nicht mehr als fünf Zentimeter oberhalb vom Knie, bitte). Zum Abschluss teilte er uns mit, dass die neuen auswärtigen Schüler – anders gesagt: wir – absolut keinen Initiationsriten unterzogen werden dürften. Offenbar war im Vorjahr ein aus Vermont zugezogener Junge im Central Maine General gelandet, nachdem man ihn gezwungen hatte, hintereinander drei Flaschen Gatorade zu trinken, woraufhin derartige Rituale verboten worden waren. Dann wünschte Mr. Douglas uns alles Gute und entließ uns in unser schulisches Abenteuer, wie er es nannte.

Meine Befürchtungen, mich in dem riesigen neuen Schulgebäude zu verirren, erwiesen sich als grundlos, weil es eigentlich gar nicht riesig war. Alle meine Kurse bis auf Englisch in der siebten Stunde fanden im ersten Stock statt, und ich mochte alle meine Lehrer. Vor Mathe hatte ich Angst gehabt, aber es stellte sich heraus, dass wir mehr oder weniger da weitermachten, wo ich aufgehört hatte, weshalb ich gut mitkam. Alles in allem fühlte ich mich ziemlich wohl –

bis zu der kleinen Pause zwischen der sechsten und der siebten Stunde.

Ich marschierte den Flur zur Treppe entlang, an zuknallenden Spinden, quasselnden Teenies und dem Geruch von Hackfleischauflauf aus der Schulkantine vorüber. Gerade als ich die Treppe erreicht hatte, wurde ich von hinten gepackt. »He, Neuer! Nicht so schnell!«

Ich drehte mich um und sah einen gut ein Meter achtzig großen Troll mit einem von Akne verwüsteten Gesicht vor mir. Das schwarze Haar fiel ihm in fettigen Strähnen bis auf die Schultern. Unter der vorstehenden Stirn lugten mich kleine, dunkle Augen an, in denen eine vorgetäuschte Fröhlichkeit schimmerte. Er trug Röhrenjeans und abgewetzte Bikerstiefel. In einer Hand hielt er eine Papiertüte.

»Da, nimm das mal.«

Ahnungslos nahm ich die Tüte entgegen. Die anderen Kids eilten an mir vorüber die Treppe hinunter, wobei manche einen kurzen Seitenblick auf den Kerl mit den langen Haaren warfen.

»Schau rein.«

Das tat ich und sah einen Lumpen, eine Bürste und eine Dose Schuhcreme Marke Kiwi. Ich wollte die Tüte zurückgeben. »Ich muss in den Unterricht.«

»Ä-äh, Neuer. Erst, wenn du mir die Stiefel gewichst hast.«

Jetzt war ich nicht mehr ahnungslos. Das war also so ein Initiationsritus, und obwohl der Direktor dergleichen in der morgendlichen Veranstaltung ausdrücklich verboten hatte, überlegte ich, ob ich gehorchen sollte. Dann dachte ich an die ganzen Kids, die an uns vorbeiströmten. Die würden sehen, wie der kleine Bauernjunge aus Harlow mit Lumpen, Bürste und Schuhcreme auf den Knien lag. Was schnell die Runde machen würde. Trotzdem hätte ich es um ein Haar doch getan, weil der Typ da wesentlich größer als ich war und weil mir der Blick in seinen Augen gar nicht gefiel. *Ich würde dich liebend gern grün und blau schlagen,* sagte dieser Blick. *Brauchst mir nur einen Vorwand dafür liefern, Neuer.*

Dann überlegte ich, was Mr. Harrigan denken würde, wenn er sähe, wie ich auf den Knien herumrutschte und dem Volltrottel demütig die Stiefel putzte.

»Nein«, sagte ich.

»Nein ist ein Fehler, den du lieber nicht machen solltest«, sagte der Typ. »Das kannst du mir glauben, verdammt noch mal.«

»Jungs? He, Jungs! Gibt es hier etwa ein Problem?«

Es war Ms. Hargensen, meine Erdkundelehrerin. Sie war jung, hübsch und hatte das Studium offenkundig noch nicht lange hinter sich, strahlte jedoch ein Selbstvertrauen aus, das einem unmissverständlich klarmachte, dass sie sich nichts bieten ließ.

Der große Typ schüttelte den Kopf: Probleme? Wo denn?

»Alles in Ordnung«, sagte ich und gab die Tüte ihrem Besitzer zurück.

»Wie heißt du?«, fragte Ms. Hargensen. Dabei schaute sie nicht mich an.

»Kenny Yanko.«

»Und was ist in der Tüte da, Kenny?«

»Nichts.«

»Da ist doch nicht etwa irgendwelcher Initiationskram drin, oder?«

»Nein«, sagte er. »Ich muss in den Unterricht.«

Das musste ich auch. Inzwischen strömten deutlich weniger Schüler die Treppe hinunter, und bald würde die Glocke ertönen.

»Das kann ich mir vorstellen, Kenny, aber noch einen Moment.« Sie wandte sich an mich. »Craig, stimmt's?«

»Ja, Ma'am.«

»Was ist in der Tüte da, Craig? Ich bin bloß neugierig.«

Ich überlegte, ob ich es ihr verraten sollte. Nicht wegen irgendwelcher Pfadfindersprüche wie dem, dass Ehrlichkeit immer am längsten währte, sondern weil der Typ mir Angst eingejagt hatte und ich deshalb jetzt zornig war. Und (das kann ich gern zugeben) weil da eine Erwachsene stand, die mich beschützt hätte. Dann jedoch dachte ich: *Wie würde Mr. Harrigan mit so etwas umgehen? Würde er petzen?*

»Der Rest von seinem Pausenbrot«, sagte ich. »Ein halbes Sandwich. Er hat gefragt, ob ich es haben will.«

Wenn sie ihm die Tüte abgenommen und hineingeschaut hätte, hätten wir beide Ärger gekriegt, aber das tat sie nicht … obwohl sie bestimmt Bescheid wusste. Sie sagte nur, wir sollten schleunigst in den Unterricht, und ging davon. Ihre mittelhohen, perfekt schultauglichen Absätze klickten über den Boden.

Als ich die Treppe hinunterwollte, packte Kenny Yanko mich wieder. »Du hättest sie polieren sollen, Neuer.«

Das machte mich jetzt noch zorniger. »Ich hab dir gerade den Arsch gerettet. Da solltest du dich bedanken.«

Er wurde rot, was die ausbrechenden Vulkane auf seinem Gesicht unvorteilhaft zur Geltung brachte. »Du hättest sie polieren sollen.« Dann zog er ab, wobei er sich mit seiner dämliche Papiertüte in der Hand noch einmal umdrehte. »Scheiß auf danke, Neuer. Du kannst mich mal.«

Eine Woche später zettelte Kenny Yanko einen Streit mit Mr. Arsenault an, dem Leiter der Holzwerkstatt, und warf einen Handschleifer nach ihm. In seinen zwei Jahren an der Gates Falls Middle war er nicht weniger als drei Mal vom Unterricht ausgeschlossen worden – nach meiner Auseinandersetzung mit ihm oben auf der Treppe erfuhr ich, dass er dahingehend eine Art Legende darstellte –, und die Aktion mit dem Handschleifer brachte das Fass zum Überlaufen. Er wurde endgültig von der Schule verwiesen, und ich dachte, meine Probleme mit ihm wären vorüber.

Wie an den meisten Kleinstadtschulen war man an der Gates Falls Middle sehr stolz auf allerhand Traditionen. Der »Feine Freitag« war nur eine von vielen. Andere waren das »Stiefeltragen« (die Schüler stellten sich vor den Supermarkt, um Spenden für die Feuerwehr zu sammeln), die »Meile« (die Schüler liefen im Sportunterricht zwanzigmal rund um die Turnhalle) und das Absingen der Schulhymne bei der monatlich stattfindenden Schulversammlung.

Eine weitere solche Tradition war der Herbsttanz, zu dem die Mädchen die Jungen einladen mussten. Margie Washburn fragte mich, ob ich sie begleiten wolle, und ich sagte natürlich ja, weil ich weiterhin mit ihr befreundet sein wollte, obwohl ich sie nicht – ihr wisst schon – auf *so eine* Weise mochte. Ich bat meinen Vater, uns hinzufahren, wozu er gern bereit war. Regina Michaels lud Billy Bogan ein und sorgte damit sozusagen für ein Double Date. Das war deshalb besonders erfreulich, weil Regina mir in der Freistunde zuflüsterte, sie habe Billy nur gefragt, weil er mein Freund sei.

Ich amüsierte mich blendend bis zur ersten Pause, in der ich die Turnhalle verließ, um einen Teil von dem Punsch loszuwerden, den ich hinuntergekippt hatte. Allerdings kam ich nur bis zur Tür der Jungentoilette, dann packte mich jemand mit einer Hand am Gürtel und mit der anderen am Nacken und schob mich geradewegs den Flur entlang zum Seitenausgang, durch den man auf den Lehrerparkplatz gelangte. Wenn ich nicht die Hand ausgestreckt hätte, um den Sturzbügel aufzudrücken, mit dem die Tür gesichert war, hätte Kenny mich mit dem Gesicht gegen die Tür gerammt.

An das, was folgte, erinnere ich mich lückenlos. Ich habe keine Ahnung, weshalb schlechte Erinnerungen an die Kindheit und die frühe Jugend so klar sind, ich weiß nur, dass sie es sind. Und die hier ist eine sehr schlechte Erinnerung.

Nach der Hitze in der Turnhalle (ganz zu schweigen von der Feuchtigkeit, die von all den pubertierenden Leibern verströmt wurde) war die Nachtluft furchtbar kalt. Im Chrom der zwei geparkten Autos sah ich Mondlicht glänzen. Die Wagen gehörten Mr. Taylor und Ms. Hargensen, den Aufsichtspersonen an jenem Abend (die Aufsicht mussten immer die neuen Lehrer führen, weil das – ihr habt's erraten – eine alte Schultradition war). Vom Highway 96 her hörte ich das Knattern eines maroden Auspuffs. Und ich spürte das heiße, wunde Brennen meiner aufgeschürften Handflächen, als Kenny Yanko mich auf den Schotter des Parkplatzes stieß.

»Und jetzt steh auf«, sagte er. »Du hast was zu erledigen.«

Ich stand auf. Warf einen Blick auf meine Handflächen und sah, dass sie bluteten.

Auf einem der geparkten Autos lag eine Papiertüte. Er nahm sie und streckte sie mir hin. »Wichs mir die Stiefel. Danach sind wir quitt.«

»Leck mich«, sagte ich und schlug ihm mit der Faust aufs Auge.

Wie gesagt, erinnere ich mich lückenlos. An jedes einzelne Mal, das er mich getroffen hat, insgesamt fünf Faustschläge. Ich erinnere mich, wie mich der letzte rückwärts an die Betonsteinwand der Turnhalle taumeln ließ, wie ich meinen Beinen befahl, nicht nachzugeben, und wie sie sich weigerten. Ich rutschte einfach langsam nach unten, bis ich mit dem Hintern auf dem Schotter saß. Ich erinnere mich, wie die Black Eyed Peas leise, aber vernehmbar »Boom Boom Pow« spielten. Ich erinnere mich, wie Kenny schwer atmend über mir stand und »wenn du das rumerzählst, bist du tot« sagte. Aber woran ich mich am besten von allem erinnere – und zwar gern –, ist die ebenso grandiose wie wilde Befriedigung, die ich empfand, als meine Faust sein Gesicht traf. Es war der einzige Schlag, den ich anbrachte, aber der war gewaltig.

Boom Boom Pow.

Als er weg war, nahm ich mein Handy aus der Tasche. Nachdem ich festgestellt hatte, dass es nicht kaputt war, rief ich Billy an. Etwas anderes fiel mir nicht ein. Er nahm beim dritten Läuten ab und musste brüllen, um den Rap von Flo Rida zu übertönen. Ich bat ihn, rauszukommen und Ms. Hargensen mitzubringen. Eigentlich wollte ich nicht, dass jemand von den Lehrern etwas mitbekam, aber obwohl mir der Schädel dröhnte, wusste ich, dass sich das nicht vermeiden ließ, weshalb ich es lieber nicht aufschieben wollte. Auch Mr. Harrigan hätte so gehandelt, dachte ich.

»Wieso? Was ist denn los, Mann?«

»Irgendein Typ hat mich aufgemischt«, sagte ich. »Ich glaube, es ist besser, wenn ich nicht wieder reinkomme. Sehe nicht so toll aus.«

Schon drei Minuten später kam er heraus, begleitet nicht nur von Ms. Hargensen, sondern auch von Regina und Margie. Entsetzt starrten meine Freunde auf meine aufgeplatzte Lippe und meine blutige Nase. Auch meine Klamotten waren blutbespritzt, und mein Hemd (nagelneu) war zerrissen.

»Mitkommen«, sagte Ms. Hargensen. Das Blut, der Bluterguss an meiner Wange und meine anschwellenden Lippen schienen sie nicht aus dem Konzept zu bringen. »Ihr alle.«

»Ich will da nicht mehr rein«, sagte ich und meinte die Turnhalle. »Ich will nicht, dass mich alle angaffen.«

»Das kann ich dir nicht verübeln«, sagte sie. »Hier lang.«

Sie steuerte auf einen Eingang mit der Aufschrift NUR FÜR PERSONAL zu, öffnete die Tür mit ihrem Schlüssel und führte uns ins Lehrerzimmer. Das war nicht gerade luxuriös ausgestattet, ich hatte in den Vorgärten von Harlow bessere Möbel gesehen, wenn ein privater Flohmarkt stattfand, aber es gab Sessel, und ich ließ mich in einem nieder. Ms. Hargensen holte einen Verbandskasten und schickte Regina auf die Toilette, wo sie einen kalten Waschlappen für meine Nase besorgen sollte, die allerdings, wie sie sagte, nicht gebrochen aussehe.

Regina kam mit beeindruckter Miene wieder. »Da drin gibt's ja Handcreme von Aveda!«

»Die gehört mir«, sagte Ms. Hargensen. »Nimm dir welche, wenn du willst. Und du legst das da auf deine Nase, Craig. Halt es fest. Wer hat euch eigentlich hergebracht?«

»Der Vater von Craig«, sagte Margie. Mit großen Augen blickte sie sich in der unbekannten Gegend um. Da klar war, dass ich nicht sterben würde, prägte sie sich alles ein, um es später ihren Freundinnen zu berichten.

»Ruft ihn an«, sagte Ms. Hargensen. »Gib Margie dein Telefon, Craig.«

Margie rief Dad an und bat ihn, uns abzuholen. Er antwortete etwas. Margie lauschte. »Tja, es hat ein paar Probleme gegeben.« Wieder lauschte sie. »Äh … also …«

Billy nahm ihr das Telefon aus der Hand. »Er ist vermöbelt worden, aber alles nicht so wild.« Er lauschte und hielt dann mir das Telefon hin. »Er will mit dir sprechen.«

Natürlich wollte er das, und nachdem er sich nach meinem Befinden erkundigt hatte, wollte er wissen, wer das gewesen sei. Ich sagte, das wisse ich nicht, aber wahrscheinlich ein Typ aus der Highschool, der sich in die Turnhalle schleichen wollte. »Mir ist nicht groß was passiert, Dad. Lass uns da keine große Sache draus machen, okay?«

Er fand, dass es sehr wohl eine große Sache sei. Ich sagte, das sei es nicht. Er widersprach. Das wiederholte sich, dann seufzte er und versprach, so schnell wie möglich zu kommen. Ich legte auf.

»Ich bin eigentlich nicht befugt, dir was gegen Schmerzen zu geben«, sagte Ms. Hargensen. »Das darf nur die Schulschwester und auch bloß mit Erlaubnis der Eltern, aber da sie nicht da ist …« Sie griff nach ihrer Handtasche, die zusammen mit ihrem Mantel an einem Haken hing, und spähte hinein. »Es wird mich doch niemand von euch verpetzen, oder? Sonst wirft man mich nämlich vielleicht raus.«

Meine drei Freunde schüttelten den Kopf. Das tat ich auch, wenn auch behutsam. Kenny hatte mich mit einem ziemlich guten Schwinger an der linken Schläfe erwischt. Hoffentlich hatte der brutale Dreckskerl sich dabei die Hand lädiert.

Ms. Hargensen zog ein Döschen Naproxen hervor. »Mein Privatvorrat. Billy, hol ihm ein bisschen Wasser.«

Billy brachte mir einen Pappbecher voll. Ich schluckte die Tablette und fühlte mich augenblicklich besser. So ist sie eben, die Kraft der Suggestion, besonders wenn sie von einer wunderschönen jungen Frau verströmt wird.

»Ihr drei zieht jetzt erst mal schleunigst ab«, sagte Ms. Hargensen. »Billy, geh in die Turnhalle und sag Mr. Taylor, dass ich in zehn Minuten wieder da bin. Mädels, ihr geht nach draußen und wartet auf Craigs Vater. Winkt ihn nach hinten zum Personaleingang.«

Die drei gehorchten. Ms. Hargensen beugte sich über mich, so nah, dass ich ihr wunderbares Parfüm riechen konnte. Augenblicklich verliebte ich mich in sie. Mir war klar, wie bescheuert das war, aber ich konnte nichts dagegen tun. Sie hielt zwei Finger hoch. »Bitte sag mir, dass du nicht drei oder vier Finger siehst.«

»Nein, bloß zwei.«

»Gut.« Sie richtete sich auf. »War es Yanko? Der war es doch, oder etwa nicht?«

»Nein.«

»Hältst du mich für dämlich? Sag mir die Wahrheit.«

Sie sah wirklich wunderschön aus, aber das konnte ich ihr schwerlich sagen. »Nein, ich halte Sie nicht für dämlich, aber das war nicht Kenny. Zum Glück. Wenn der's nämlich gewesen wäre, würde man ihn verhaften, weil er schon von der Schule geflogen ist. Er würde vors Gericht kommen, und ich müsste da aussagen, wie er mich verprügelt hat. Dann würden das alle erfahren. Stellen Sie sich mal vor, wie peinlich das wäre!«

»Und wenn er noch wen verprügelt?«

Ich musste wieder an Mr. Harrigan denken – man könnte sogar sagen, dass ich ihn channelte. »Das ist dann dem sein Problem. Mich interessiert bloß, dass ich's hinter mir habe.«

Sie bemühte sich, finster dreinzuschauen. Stattdessen verzogen ihre Lippen sich zu einem breiten Lächeln, worauf ich mich noch mehr in sie verliebte. »Das klingt aber kaltschnäuzig.«

»Ich will bloß zurechtkommen«, sagte ich. Was die reine Wahrheit war.

»Weißt du was, Craig? Ich glaube, das schaffst du schon.«

Als mein Dad eintraf, musterte er mich und gratulierte Ms. Hargensen zu ihrem Werk.

»In meinem letzten Leben war ich Cutman beim Boxen«, sagte sie, was ihn zum Lachen brachte. Keiner von beiden schlug vor, mich ins Krankenhaus zu schaffen, was mich sehr erleichterte.

Dad brachte uns vier nach Hause, weshalb wir die zweite Hälfte vom Tanz verpassten, aber das störte keinen von uns. Billy, Margie und Regina hatten etwas Interessanteres erlebt, als zu Beyoncé und Jay-Z mit den Händen in der Luft zu wedeln. Was mich anging, dachte ich immer wieder an den erfreulichen Schock, der meinen Arm entlanggelaufen war, als ich Kenny Yanko die Faust aufs Auge gehauen hatte. Das würde anständig blau werden, und ich malte mir aus, wie er das wohl erklären wollte. *Äh, hab 'ne Tür umgelaufen. Äh, bin an 'ne Wand geknallt. Äh, hab mir einen runtergeholt, und meine Hand ist ausgerutscht.*

Als wir wieder daheim waren, fragte Dad mich noch einmal, ob ich wisse, wer das gewesen sei. Ich verneinte.

»Ich weiß nicht recht, ob ich das glauben soll, Junge.«

Ich schwieg.

»Du willst es einfach auf sich beruhen lassen, ja? Verstehe ich dich richtig?«

Ich nickte.

»Na gut.« Er seufzte. »Ich glaube, ich kapier's. Schließlich war ich selbst mal jung. Was alle Eltern ihren Kindern früher oder später erzählen, obwohl die es wahrscheinlich nie glauben.«

»Also, *ich* glaube es«, sagte ich, was auch stimmte, wobei es mich amüsierte, mir meinen Vater als ein Meter sechzig großen Hänfling im Zeitalter der Festnetztelefone vorzustellen.

»Sag mir wenigstens eines. Deine Mutter würde mir zwar aufs Dach steigen, weil ich so eine Frage stelle, aber da sie nicht hier ist … Hast du zurückgeschlagen?«

»Ja. Bloß einmal, aber das war ein Volltreffer.«

Er grinste. »Okay. Aber wenn der dir noch mal auf den Pelz rücken sollte, gehen wir zur Polizei. Ist das klar?«

Ich versprach ihm das.

»Deine Lehrerin – ich mag sie – hat gesagt, ich soll dafür sorgen, dass du noch mindestens eine Stunde wach bleibst, und darauf achten, ob dir schummrig wird. Willst du ein Stück Kuchen?«

»Klar.«

»'nen Becher Tee dazu?«

»Auf jeden Fall.«

Also gab es Kuchen mit jeweils einem großen Becher Tee, und Dad erzählte mir Geschichten, in denen es nicht um Gemeinschaftsanschlüsse ging, um per Holzofen geheizte Einraumschulen oder um Fernseher, mit denen man bloß drei Sender hereinbekam (beziehungsweise gar keinen, wenn der Wind die Dachantenne umgeweht hatte). Er erzählte mir, wie er und Roy DeWitt in Roys Keller ein paar Feuerwerksraketen gefunden hatten. Als sie sie zündeten, flog eine in

Frank Driscolls Feuerholzkiste, und Frank Driscoll sagte, wenn sie ihm nicht ein Klafter Holz hacken würden, würde er sie bei ihren Eltern verpfeifen. Er erzählte mir, wie seine Mutter mitbekam, dass er den alten Philly Loubird aus Shiloh Church als »Häuptling Rothaut« bezeichnete, und ihm den Mund mit Seife auswusch, obwohl er hoch und heilig versprach, so etwas nie wieder zu sagen. Er erzählte mir von Kämpfen am Rollodrome von Auburn – Keilereien, wie er sie nannte –, wo die Kids von der Lisbon High und die von der Edward Little, Dads Schule, sich an praktisch jedem Freitagabend in die Haare gerieten. Er erzählte mir, wie ihm ein paar größere Jungs an der White's Beach die Badehose heruntergezogen hatten (»um nach Hause zu kommen, hab ich mir mein Handtuch rumgewickelt«) und wie er in Castle Rock von einem Typen mit einem Baseballschläger durch die Carbine Street gejagt worden war (»hat gesagt, ich hätte seiner Schwester einen Knutschfleck verpasst, was gar nicht stimmte«).

Er war *tatsächlich* einmal jung gewesen.

Als ich nach oben in mein Zimmer ging, fühlte ich mich gut, aber die Wirkung des Schmerzmittels, das Ms. Hargensen mir gegeben hatte, ließ allmählich nach, und während ich mich auszog, ließ auch das gute Gefühl nach. Ich war mir ziemlich, aber doch nicht ganz sicher, dass Kenny Yanko mir nicht noch einmal auflauern würde. Was, wenn seine Freunde anfingen, aus dem Veilchen eine Sache zu machen? Wenn sie ihn deshalb aufzogen? Ihn vielleicht sogar auslachten? Was, wenn er dann stinkig wurde und auf die Idee kam, eine zweite Runde einzuläuten? Wenn es dazu käme, würde ich höchstwahrscheinlich nicht mal einen einzigen guten Schlag anbringen, schließlich war der an sein Auge eher ein Glückstreffer gewesen. Stattdessen würde ich im Krankenhaus landen, wenn nicht gar Schlimmeres passierte.

Ich wusch mir das Gesicht (ganz vorsichtig), putzte die Zähne, stieg ins Bett, schaltete das Licht aus und lag dann einfach da, während alles noch einmal an mir vorüberzog. Der Schock, von hinten gepackt und durch den Flur geschubst zu werden. Die Schläge an die Brust. Der Schlag an den Mund. Wie ich meinen Beinen befohlen hatte, standhaft zu bleiben, und wie meine Beine erwidert hatten: *Später vielleicht.*

Sobald ich im Dunkeln lag, kam es mir immer wahrscheinlicher vor, dass Kenny doch nicht mit mir fertig war. Es kam mir sogar logisch vor, so wie einem noch wesentlich abstrusere Sachen logisch vorkommen konnten, wenn man in der Dunkelheit allein war.

Deshalb schaltete ich das Licht wieder ein und rief Mr. Harrigan an.

Ich hätte nicht erwartet, seine Stimme zu hören, wollte eigentlich nur so tun, als würde ich mit ihm sprechen. Was ich erwartete, war Stille oder eine automatische Nachricht, die mir mitteilte, die Nummer, die ich gewählt habe, sei nicht vergeben. Es war jetzt drei Monate her, dass ich ihm das Handy in die Totenanzugtasche gesteckt hatte, und die ersten iPhones hatten eine Akkulaufzeit von gerade mal zweihundertfünfzig Stunden, selbst im Stand-by-Betrieb. Was bedeutete, dass das Telefon genauso tot sein musste wie er selbst.

Aber es läutete. Das hätte es nicht tun sollen, schon die Vorstellung widersprach jeder Logik, doch im Boden des Elm Cemetery, drei Meilen entfernt, sang Tammy Wynette »Stand by Your Man«.

In der Mitte vom fünften Läuten drang mir die leicht heisere Altmännerstimme von Mr. Harrigan ins Ohr. Genau wie immer kam er direkt zur Sache, ohne den Anrufer aufzufordern, seine Nummer oder eine Nachricht zu hinterlassen. »Momentan nehme ich keine Anrufe entgegen. Ich rufe zu gegebener Zeit zurück.«

Das Piepen ertönte, und ich hörte mich sprechen. Ich erinnere mich nicht, dass ich über meine Worte nachgedacht hätte; mein Mund schien völlig eigenständig zu agieren.

»Ich bin heute zusammengeschlagen worden, Mr. Harrigan. Von einem großen, bescheuerten Typen, der Kenny Yanko heißt. Er wollte, dass ich ihm die Schuhe poliere, da hab ich mich natürlich geweigert. Ich hab ihn nicht verpfiffen, weil ich dachte, damit wäre die Sache beendet, ich hab versucht, so zu denken wie Sie, aber jetzt mache ich mir trotzdem Sorgen. Wenn ich bloß mit Ihnen sprechen könnte!«

Ich machte eine Pause.

»Ich bin froh, dass Ihr Telefon noch funktioniert, obwohl mir nicht klar ist, wie das sein kann.«

Wieder eine Pause.

»Ich vermisse Sie. Bis dann.«

Ich legte auf. Dann rief ich die Liste mit den letzten Anrufen auf, um mich zu vergewissern, dass ich tatsächlich angerufen hatte. Da stand seine Nummer zusammen mit der Zeit – 23:02. Ich schaltete mein Handy aus und legte es auf den Nachttisch. Sobald ich auch die Lampe ausgeschaltet hatte, schlief ich beinahe augenblicklich ein. Das war an einem Freitagabend. In der folgenden Nacht – vielleicht auch am frühen Sonntagmorgen – starb Kenny Yanko. Er hatte sich erhängt, was ich jedoch samt den weiteren Einzelheiten erst ein Jahr später erfahren sollte.

Die Todesanzeige für Kenneth James Yanko stand erst am Dienstag in der *Lewiston Sun* und meldete lediglich, er sei infolge eines tragischen Unfalls unerwartet verstorben, doch schon am Montag machte die Nachricht in der Schule die Runde, und natürlich brodelte die Gerüchteküche.

Er habe Klebstoff geschnüffelt und sei an einem Schlaganfall gestorben.

Er habe eine von den Schrotflinten seines Daddys gereinigt (angeblich hatte Mr. Yanko ein ganzes Arsenal zu Hause), als das Ding losgegangen sei.

Er habe mit einer von den Pistolen seines Daddys russisches Roulette gespielt und sich den Schädel weggeblasen.

Er sei besoffen die Treppe hinuntergefallen und habe sich den Hals gebrochen.

Keine von all den Geschichten stimmte.

Näheres über Kennys Tod erfuhr ich von Billy Bogan, sobald er zu uns in den Bus stieg. Er platzte beinahe vor Aufregung. Eine Freundin seiner Mutter aus Gates Falls hatte sie angerufen und es ihr erzählt. Diese Freundin wohnte gegenüber den Yankos und hatte gesehen, wie die Leiche auf einer Bahre herausgetragen wurde, umgeben von einer Schar weinender und klagender Familienmitglieder. Offenbar hatten selbst von der Schule geflogene Brutalos Leute, die sie liebten. Da ich regelmäßig aus der Bibel vorlas, konnte ich mir sogar vorstellen, wie sie ihre Kleider zerrissen.

Ich dachte sofort – und voller Schuldgefühle – daran, dass ich das Telefon von Mr. Harrigan angerufen hatte. Zwar sagte ich mir, dass er tot war und nichts damit zu tun haben konnte. Ich sagte mir, dass ich selbst dann, wenn so etwas außerhalb von Horrorcomics möglich wäre, Kenny nicht ausdrücklich den Tod gewünscht hatte, ich wollte nur in Ruhe gelassen werden, aber das kam mir irgendwie allzu spitzfindig vor. Und ich erinnerte mich an etwas, was Mrs. Grogan am Tag nach der Beerdigung gesagt hatte, als ich Mr. Harrigan als guten Menschen bezeichnete, weil er uns Geld hinterlassen hatte.

Da bin ich mir nicht so sicher. Er hat einen anständig behandelt, das stimmt, aber wehe, wenn man es sich mit ihm verdorben hat.

Dusty Bilodeau hatte es sich mit Mr. Harrigan verdorben, und bestimmt hätte das auch für Kenny Yanko gegolten, da er mich vermöbelt hatte, weil ich seine verdammten Stiefel nicht polieren wollte. Nur *konnte* man es sich gar nicht mehr mit Mr. Harrigan verderben, das sagte ich mir immer wieder. Bei Toten ging so etwas nicht. Natürlich konnten auch Telefone, die man drei Monate lang nicht geladen hatte, nicht läuten und dann Nachrichten abspielen (oder entgegennehmen) … aber das Handy von Mr. Harrigan *hatte* geläutet, und ich *hatte* seine rostige Altmännerstimme gehört. Deshalb fühlte ich mich schuldig, aber ich war auch erleichtert. Kenny Yanko würde mir nie wieder auf den Pelz rücken. Er stand mir nicht mehr im Weg.

An jenem Tag kam Ms. Hargensen in meiner Freistunde in die Turnhalle, wo ich Basketballwürfe trainierte, und forderte mich auf, mit ihr in den Flur zu gehen.

»Du hast im Unterricht heute Trübsal geblasen«, sagte sie.

»Nein, hab ich nicht.«

»Doch, hast du, und ich weiß warum, aber ich will dir etwas sagen. Kinder in deinem Alter haben ein ptolemäisches Weltbild. Ich bin jung genug, mich daran zu erinnern.«

»Was soll denn ein …«

»Ptolemäus war ein griechischer Mathematiker und Astronom, der glaubte, die Erde wäre das Zentrum des Weltalls, ein ruhender Punkt, um den sich alles andere bewegt. Kinder wiederum glauben, ihre ganze Welt würde sich nur um *sie selbst* drehen. Das Gefühl, sich im Zentrum von allem zu befinden, verschwindet allmählich, wenn man zwanzig ist, aber bis dahin hast du noch einen langen Weg vor dir.«

Mit ernster Miene beugte sie sich zu mir. Sie hatte ganz wunderschöne grüne Augen. Außerdem machte mich der Duft ihres Parfüms ein bisschen schwindelig.

»Ich merke, dass du mir nicht folgen kannst, also verzichte ich lieber auf irgendwelche Sinnbilder. Falls du meinen solltest, dass du etwas mit dem Tod von diesem Yanko zu tun hattest, vergiss es. Hattest du nicht. Ich habe seine Unterlagen studiert, und er hatte schwerwiegende Probleme. Familiäre, schulische, psychische. Ich weiß zwar nicht, was da passiert ist, und ich will es auch nicht wissen, aber ich sehe etwas Positives daran.«

»Und was?«, fragte ich. »Dass er mich nicht mehr vermöbeln kann?«

Sie lachte, wobei Zähne zum Vorschein kamen, die genauso hübsch waren wie alles andere an ihr. »Tja, da ist es wieder, das ptolemäische Weltbild. Nein, Craig, positiv daran ist, dass er zu jung war, einen Führerschein zu haben. Wenn er alt genug zum Autofahren gewesen wäre, hätte er womöglich ein paar andere Kids mit in den Tod gerissen. So, jetzt geh aber wieder rein zu deinem Basketball.«

Ich setzte mich schon in Bewegung, als sie mich am Handgelenk packte. Noch heute, elf Jahre später, erinnere ich mich an den elektrischen Schlag, den ich spürte. »Craig, ich könnte mich nie darüber freuen, dass ein Kind stirbt, selbst wenn es ein Nichtsnutz wie Kenneth Yanko ist. Aber ich bin froh, dass nicht du es warst.«

Urplötzlich wollte ich ihr alles erzählen, und vielleicht hätte ich das sogar getan. Aber dann läutete die Glocke, die Klassenzimmertüren gingen auf, und der Flur war voll quasselnder Schüler. Ms. Hargensen ging ihres Weges und ich ebenfalls.

Als ich an dem Abend mein Telefon einschaltete, starrte ich zuerst nur darauf, um Mut zu fassen. Was Ms. Hargensen morgens gesagt hatte, klang vernünftig, aber sie hatte keine Ahnung, dass das Telefon von Mr. Harrigan noch funktionierte, was eigentlich unmöglich war. Ich hatte keine Chance gehabt, ihr das zu sagen, und meinte – irrtümlich, wie sich herausstellte –, dass ich das auch nie tun würde.

Diesmal funktioniert es nicht, redete ich mir ein. *Es hatte noch ein letztes Restchen Energie, mehr nicht. Wie eine Glühbirne, die hell aufleuchtet, bevor sie ausbrennt.*

Ich wählte seine Nummer und erwartete – beziehungsweise hoffte – auf Stille oder die Mitteilung, die Nummer sei nicht mehr vergeben. Aber es läutete, und nach einer Weile war wieder die Stimme von Mr. Harrigan in meinem Ohr: »Momentan nehme ich keine Anrufe entgegen. Ich rufe zu gegebener Zeit zurück.«

»Hier spricht Craig, Mr. Harrigan.«

Ich kam mir albern vor, weil ich zu einem Toten sprach – einem, dem inzwischen bereits Schimmel auf den Wangen wuchs (wie ihr seht, hatte ich recherchiert). Zugleich kam ich mir überhaupt nicht albern vor, sondern hatte Angst wie jemand, der auf unheiligen Boden trat.

»Hören Sie …« Ich befeuchtete meine Lippen. »Sie hatten doch nichts damit zu tun, dass Kenny Yanko gestorben ist, oder? Wenn doch, dann … klopfen Sie bitte an die Wand.«

Ich legte auf.

Ich wartete auf ein Klopfen.

Es klopfte aber nirgends.

Am nächsten Morgen fand ich eine Nachricht von **pirateking1** vor. Nur sechs Buchstaben: **a a a. C C x.**

Ohne jeden Sinn.

Die Nachricht jagte mir einen fürchterlichen Schrecken ein.

In jenem Herbst dachte ich oft an Kenny Yanko (inzwischen machte die Geschichte die Runde, er sei aus dem Obergeschoss seines Elternhauses gestürzt, als er mitten in der Nacht versucht habe, sich hinauszuschleichen). Noch öfter dachte ich an Mr. Harrigan und an sein Telefon. Wenn ich es nur in den Castle Lake geworfen hätte! Zugleich ließ sich eine gewisse Faszination nicht leugnen, wie wir sie alle verspüren, wenn etwas Seltsames geschieht. Etwas Verbotenes. Mehrfach hätte ich um ein Haar die Nummer von Mr. Harrigan gewählt, ließ das dann aber doch bleiben, jedenfalls vorerst. Früher hatte ich seine Stimme als beruhigend empfunden, als eine Stimme, aus der Erfahrung und Erfolg sprach. Man könnte auch sagen, die Stimme des Großvaters, den ich nie hatte. Jetzt konnte ich mich nicht mehr daran erinnern, wie diese Stimme an unseren sonnigen Nachmittagen geklungen hatte, wenn sie über Charles Dickens, Frank Norris, D. H. Lawrence oder darüber gesprochen hatte, dass das Internet wie eine geborstene Wasserleitung sei. Jetzt dachte ich nur noch an den rauen, altmännerhaften Ton, mit dem er mir sagte, er werde mich zu gegebener Zeit zurückrufen, einen Ton wie fast vollständig abgenutztes Sandpapier. Und ich dachte daran, wie er in seinem Sarg lag. Zweifellos hatte der Bestatter von Hay & Peabody seine Augenlider zugeklebt, aber wie lange hielt so ein Klebstoff? Ob seine Augen da unten wohl offen waren? Ob sie in die Dunkelheit hinaufstarrten, während sie in ihren Höhlen verwesten?

Derlei Gedanken setzten mir ständig zu.

Eine Woche vor Weihnachten bat Reverend Mooney mich in die Sakristei, »um ein bisschen zu plaudern«. Was er hauptsächlich selbst übernahm. Mein Vater mache sich Sorgen um mich, sagte er. Ich würde immer dünner, und meine Noten hätten sich verschlechtert. Ob es etwas gebe, was ich ihm erzählen wolle? Ich überlegte und gelangte zu dem Schluss, dass ich tatsächlich etwas erzählen wollte. Nicht alles, aber einen Teil davon.

»Wenn ich Ihnen etwas verrate, kann das dann zwischen uns bleiben?«

»Solange es nicht um Selbstverletzung oder ein Verbrechen – ein *schwerwiegendes* Verbrechen – geht, lautet die Antwort ja. Ich bin zwar kein Priester, und das hier ist kein katholischer Beichtstuhl, aber die meisten Pfarrer können Geheimnisse ganz gut für sich behalten.«

Also erzählte ich ihm, dass ich mit einem Jungen aus der Schule aneinandergeraten war, einem größeren Jungen namens Kenny Yanko, und dass der mich anständig verprügelt hatte.

Ich hätte ihm zwar nie den Tod gewünscht, sagte ich, und erst recht nicht dafür *gebetet,* aber er sei gestorben, praktisch gleich nach unserer Prügelei, und jetzt müsse ich ständig darüber nachdenken. Ms. Hargensen hätte mir bereits erklärt, dass Kinder irrtümlich alles auf sich bezogen. Das hätte mir auch ein bisschen geholfen, aber ich würde trotzdem denken, dass ich etwas zu Kennys Tod beigetragen hatte.

Der Rev lächelte. »Deine Lehrerin hat recht, Craig. Bis ich acht war, habe ich darauf geachtet, nicht auf irgendwelche Risse im Bürgersteig zu treten, damit ich meiner Mutter nicht versehentlich das Rückgrat breche.«

»Echt?«

»Echt.« Er beugte sich vor, und sein Lächeln verschwand. »Ich werde verschwiegen sein, wenn du das auch bist. Einverstanden?«

»Klar.«

»Ich bin gut mit Pfarrer Ingersoll von Saint Anne in Gates Falls befreundet. Das ist die Kirche, in die die Yankos gehen. Er hat mir erzählt, dass ihr Sohn sich das Leben genommen hat.«

Ich glaube, ich habe nach Luft geschnappt. Selbstmord hatte zu den Gerüchten gehört, die in der Woche nach Kennys Tod verbreitet worden waren, aber daran hatte ich nie geglaubt. Ich hätte gedacht, die Vorstellung, sich umzubringen, wäre diesem brutalen Dreckskerl nie in den Sinn gekommen.

Reverend Mooney beugte sich immer noch vor. Er nahm mit beiden Händen meine rechte Hand. »Craig, meinst du wirklich, dass dieser Junge nach Hause gegangen ist und dachte: Ach, du meine Güte, jetzt hab ich jemand verprügelt, der jünger und kleiner ist als ich; sollte ich mich da nicht umbringen?«

»Wahrscheinlich nicht«, sagte ich und stieß den Atem aus, als hätte ich ihn zwei Monate lang angehalten. »Wenn Sie es so ausdrücken. Wie hat er's denn getan?«

»Danach habe ich nicht gefragt, und selbst wenn Pfarrer Ingersoll es mir erzählt hätte, würde ich es dir nicht sagen. Du musst das jetzt auf sich beruhen lassen, Craig. Der Junge hatte Probleme. Sein Bedürfnis, dich zu verprügeln, war nur ein Symptom von diesen Problemen. Du hattest nichts damit zu tun.«

»Und wenn ich erleichtert bin? Darüber, dass ich mir jetzt keine Sorgen mehr wegen ihm machen muss?«

»Ich würde sagen, das ist menschlich.«

»Danke.«

»Fühlst du dich jetzt besser?«

»Ja.«

Was tatsächlich stimmte.

Nicht lange vor Ende des Schuljahres stellte sich Ms. Hargensen im Erdkundeunterricht mit breitem Lächeln vor die Klasse. »Wahrscheinlich habt ihr gedacht, dass ihr mich in zwei Wochen los seid, aber da hab ich eine schlechte Nachricht für euch. Mr. de Lesseps, der Biologielehrer an der Highschool, geht in Rente, und man hat dafür mich eingestellt. Man könnte sagen, dass ich wie ihr erfolgreich versetzt worden bin.«

Einige Schüler stöhnten theatralisch auf, aber die meisten von uns applaudierten, und niemand klatschte so begeistert wie ich. Ich musste meinen Schwarm also nicht zurücklassen. Mit meinem pubertären Gemüt kam mir das wie eine Fügung des Schicksals vor. Und auf gewisse Weise war es das.

Auch ich ließ die Gates Falls Middle also hinter mir und kam in die neunte Klasse der Gates Falls High. Dort traf ich auf Mike Ueberroth, schon damals – wie noch heute in seinem derzeitigen Job als Reserve-Fänger bei den Baltimore Orioles – als U-Boot bekannt.

Die Sportler und die eher an anderen Schulfächern interessierten Typen hatten an der Gates Falls High nicht viel miteinander zu tun (wahrscheinlich ist das an den meisten Schulen so, weil Sportler zur Cliquenbildung neigen), und ohne *Arsen und Spitzenhäubchen* wären wir zwei wohl kaum Freunde geworden. U-Boot war schon im vorletzten Jahr und ich bloß ein bescheidener Frischling, was es noch unwahrscheinlicher machte, dass wir uns anfreundeten. Aber das taten wir, und wir sind bis heute Freunde geblieben, obwohl ich ihn nicht mehr so oft sehe.

An vielen Highschools führen alljährlich die Schüler des jeweils ältesten Jahrgangs ein Stück auf. Bei uns wurden jedoch jedes Jahr zwei Stücke auf die Bühne gebracht, wofür der Theaterclub zuständig war, und alle Schüler konnten sich für eine Rolle bewerben. Ich kannte die Geschichte, weil ich an einem verregneten Samstagnachmittag im Fernsehen die Filmversion gesehen hatte. Die hatte mir gefallen, weshalb ich mich bewarb. Da die Freundin von Mike Mitglied im Theaterclub war, überredete sie ihn ebenfalls dazu, weshalb er schließlich den mordlüsternen Jonathan Brewster spielte. Mich besetzte man als seinen wuseligen Komplizen Dr. Einstein. Im Film wurde diese Rolle von Peter Lorre gespielt, und ich versuchte mein Bestes, wie er zu klingen, indem ich vor jedem Satz höhnisch »ja, ja!« hervorstieß. Es war zwar keine besonders gute Imitation, aber ich muss zugeben, dass das Publikum begeistert war. Kein Wunder in einer Kleinstadt wie unserer.

So sind U-Boot und ich also Freunde geworden, und so fand ich schließlich auch heraus, wie es wirklich mit Kenny Yanko gelaufen war. Wie sich herausstellte, hatte der Rev unrecht gehabt, die Todesanzeige in der Zeitung hingegen recht. Es war tatsächlich ein Unfall gewesen.

Bei der Generalprobe stand ich zwischen dem ersten und dem zweiten Akt vor dem Getränkeautomaten, der meine fünfundsiebzig Cent geschluckt hatte, ohne etwas dafür auszuspucken. U-Boot ließ seine Freundin stehen, kam herbei und schlug mit der flachen Hand an die obere rechte Ecke des Automaten. Prompt plumpste eine Dose Cola ins Ausgabefach.

»Danke«, sagte ich.

»Kein Problem. Merk dir einfach, dass du dem Ding da oben in der Ecke einen Schlag verpassen musst.«

Das würde ich tun, sagte ich, obwohl ich bezweifelte, dass ich mit derselben Kraft zuschlagen konnte.

»He, sag mal, ich hab gehört, dass du Trouble mit diesem Yanko hattest. Stimmt das?«

Leugnen war zwecklos – offenbar hatten Billy und die beiden Mädchen alles ausgeplappert –, und so viel später gab es eigentlich auch keinen Grund mehr dafür. Deshalb sagte ich, ja, das stimme.

»Willst du wissen, wie er gestorben ist?«

»Darüber hab ich in etwa hundert verschiedene Geschichten gehört. Kennst du etwa noch eine?«

»Ich kenne die Wahrheit, Kleiner. Du weißt doch, wer mein Dad ist, oder?«

»Klar.« Die Polizei von Gates Falls bestand aus etwa zwanzig uniformierten Beamten, dem Polizeichef und einem Detective. Letzterer war Mikes Vater, George Ueberroth.

»Ich sag dir, was mit Yanko war, wenn du mir 'nen Schluck von deiner Cola gibst.«

»Okay, aber spuck bloß nicht in die Dose.«

»Hältst du mich für ein Schwein, oder was? Her mit dem Ding, du Flasche!«

»Ja, ja«, sagte ich im Tonfall von Peter Lorre. U-Boot kicherte, nahm die Dose, gluckerte die Hälfte und rülpste dann vernehmlich. Ein Stück weiter steckte sich seine Freundin einen Finger in den Mund und tat so, als müsste sie sich übergeben. Auf der Highschool war die Liebe bekanntlich nicht besonders feinsinnig.

»Mein Dad hat den Fall untersucht«, sagte U-Boot, während er mir die Dose zurückgab. »Und ein paar Tage später hab ich mitbekommen, wie er mit Sergeant Polk von der Hütte geredet hat. So nennen sie die Polizeistation. Die beiden saßen draußen auf der Veranda und haben Bier getrunken, und da hat der Sarge was drüber gesagt, dass Yanko sich was Besseres hätte einfallen lassen sollen, um zum Schuss zu kommen. Dad hat gelacht und gesagt, er hätte gehört, dass man so was als Beverly-Hills-Krawatte bezeichnet. Darauf hat der Sarge gesagt, von 'ner anderen Form von Sex hätte der arme Kerl mit so 'ner Visage bloß träumen können. Traurig, aber wahr, hat Dad gesagt, aber was ihn an dem Ganzen stören würde, wären die Haare. Den Coroner hätten die auch gestört.«

»Was war denn mit den Haaren?«, fragte ich. »Und was ist eine Beverly-Hills-Krawatte?«

»Ich hab's auf meinem Handy nachgeschaut. Ist ein Slangausdruck für autoerotische Asphyxie.« Das sprach er ganz sorgfältig aus. Beinahe stolz. »Dabei legst du dir einen Strick um den Hals und holst dir einen runter, während du langsam ohnmächtig wirst.« Als er meine Miene sah, zuckte er die Achseln. »Ich hab das nicht erfunden, Dr. Einstein, ich erzähl's dir bloß. Offenbar ist das brutal erregend, aber ich glaube, ich werd lieber drauf verzichten.«

Das werde ich auch, dachte ich. »Und was war mit den Haaren?«

»Das hab ich meinen Dad auch gefragt. Zuerst wollte er's mir nicht verraten, aber weil ich das andere mitgehört hatte, hat er es schließlich doch getan. Er hat gesagt, die Hälfte von Yankos Haaren wären weiß geworden.«

Darüber dachte ich viel nach. Durch das, was U-Boot erzählt hatte, schien die Vorstellung, dass Mr. Harrigan aus dem Grab stieg, um mich zu rächen, endgültig erledigt zu sein. Das war mir nachts, wenn ich nicht einschlafen konnte, nämlich manchmal in den Sinn gekommen, so absurd das auch war. Wenn ich mir jetzt vorstellte, wie Kenny Yanko in seinem

Kleiderschrank hing, mit heruntergelassener Hose und einem Strick um den Hals, und wie sein Gesicht dunkelrot wurde, während er sich einen von der Palme wedelte, tat er mir sogar leid. Was für eine dämliche, würdelose Art zu sterben! »Als Folge eines tragischen Unfalls«, so hatte es in der Todesanzeige geheißen, und das kam der Wahrheit näher, als jemand von uns Kids hätte wissen können.

Aber dann gab es noch das, was der Vater von U-Boot über Kennys Haare gesagt hatte. Ich fragte mich ständig, was so etwas bewirken konnte. Was Kenny wohl in seinem Kleiderschrank gesehen hatte, während er sich emsig einen runterholte und dabei Stück für Stück in die Bewusstlosigkeit abdriftete.

Schließlich wandte ich mich an meinen besten Ratgeber, das Internet. Dort fand ich unterschiedliche Meinungen vor. Manche Wissenschaftler behaupteten, es gebe absolut keine Belege dafür, dass Haare durch einen Schock weiß werden könnten. Andere Wissenschaftler meinten, doch, doch, ein plötzlicher Schock könne sehr wohl die für die Haarfarbe verantwortlichen Pigmentzellen abtöten. In einem Artikel stand, das sei bei Thomas Morus und Marie Antoinette geschehen, bevor sie hingerichtet wurden. Ein anderer Artikel zweifelte das allerdings an und bezeichnete es als Legende. Letztlich lief es in etwa auf dasselbe hinaus, was Mr. Harrigan manchmal über den Kauf von Aktien gesagt hatte: Man nimmt sein Geld, und man entscheidet sich für dies oder für jenes.

Nach und nach rückten diese Fragen und Bedenken in den Hintergrund, aber zu behaupten, dass mir Kenny Yanko je vollständig aus dem Sinn gegangen ist, wäre gelogen, damals wie heute. Kenny Yanko in seinem Kleiderschrank mit einem Strick um den Hals. Vielleicht hatte er doch nicht das Bewusstsein verloren, bevor er die Schlinge lockern konnte. Vielleicht – rein theoretisch – hatte Kenny Yanko etwas gesehen, was ihn so erschreckt hatte, dass er in Ohnmacht gefallen war. Dann wäre er tatsächlich zu Tode erschrocken. Bei Tageslicht kam mir das ziemlich bescheuert vor, nachts hingegen nicht so sehr, vor allem nicht, wenn es stürmte und der Wind leise in den Dachtraufen kreischte.

Ein Immobilienmakler aus Portland ließ vor dem Haus von Mr. Harrigan ein Schild mit der Aufschrift ZU VERKAUFEN errichten, und es tauchten einige Leute auf, die sich umschauten. Hauptsächlich die Sorte, die aus Boston oder New York angeflogen kam (zum Teil wahrscheinlich mit gecharterten Privatjets). Die Sorte, die einen Extrapreis für einen besonders teuren Mietwagen bezahlte wie die Geschäftsleute, die zur Beerdigung von Mr. Harrigan angereist waren. Zum Beispiel das erste verheiratete schwule Paar, das ich kennenlernte, jung, aber eindeutig wohlhabend und ebenso eindeutig verliebt. Die beiden rollten in einem superflotten BMW i8 an, gingen Händchen haltend umher und bedachten das Anwesen mit viel *wow!* und *fantastisch!* und so. Dann fuhren sie davon und kamen nie wieder.

Von diesen potenziellen Käufern bekam ich viele zu Gesicht, weil der Nachlassverwalter (natürlich Mr. Rafferty) Mrs. Grogan und Pete Bostwick weiterhin beschäftigte und Pete mich dafür angestellt hatte, im Garten mitzuhelfen. Er wusste, dass ich gut mit Pflanzen umgehen konnte und bereit war, hart zu arbeiten. Ich bekam zwölf Dollar pro Stunde bei zehn Wochenstunden, und da das große Treuhandvermögen außer Reichweite war, bis ich ans College kommen würde, konnte ich das Geld gut brauchen.

Pete verglich die potenziellen Käufer mit der Comicfigur Richie Rich. Wie das verheiratete Paar in seinem gemieteten BMW riefen sie *wow*, kauften das Haus jedoch nicht. Da es an einer ungeteerten Straße lag und der Blick nur gut, aber nicht spektakulär war (keine Seen, keine Berge, keine zerklüftete Küste mit einem Leuchtturm), überraschte mich das nicht.

Pete und Mrs. Grogan auch nicht. Sie bezeichneten das Haus als Millionengrab.

Im Frühwinter 2011 investierte ich einen Teil meines Verdiensts als Gärtnergehilfe in die Maßnahme, mein iPhone der ersten Generation gegen eines mit der Nummer 4 auszutauschen. Meine Kontakte übertrug ich noch am selben Abend, und als ich sie durchscrollte, stieß ich auf die Nummer von Mr. Harrigan. Ohne groß darüber nachzudenken, tippte ich darauf. Auf dem Display erschien sein Name, begleitet von **Rufaufbau**. Mit einer Kombination aus Furcht und Neugier hob ich das Telefon ans Ohr.

Es kam keine Nachricht von Mr. Harrigan. Es kam keine automatische Ansage, die mir mitteilte, die gewählte Nummer sei nicht vergeben, und es läutete nicht. Da war nichts als absolute Stille. Man könnte sagen, dass mein neues Telefon – hihi – wie ein Grab schwieg.

Was für eine Erleichterung.

In meinem zweiten Jahr auf der Highschool wählte ich Biologie, und da war wieder Ms. Hargensen, so hübsch wie eh und je, aber nicht mehr Ziel meiner Sehnsucht. Die wandte ich jetzt einer verfügbareren (und altersgemäßen) jungen Dame zu. Sie hieß Wendy Gerard, war zierlich, blond, geboren in Motton und gerade ihre Zahnspange losgeworden. Bald machten wir gemeinsam Hausaufgaben, gingen gemeinsam ins Kino (jedenfalls dann, wenn mein Vater oder ihr Vater oder ihre Mutter uns hinbrachten) und knutschten dort in der hintersten Reihe. All die klebrigen Freuden der Jugend, die so wundervoll waren.

Meine Schwärmerei für Ms. Hargensen starb eines natürlichen Todes, was gut war, weil dadurch der Weg zu einer freundschaftlichen Beziehung frei wurde. Manchmal brachte ich Pflanzen in den Unterricht mit, und am Freitagnachmittag half ich ihr nach Schulschluss dabei, das Labor aufzuräumen, wo auch die Chemiekurse stattfanden.

An einem solchen Nachmittag fragte ich sie, ob sie an Geister glaube. »Wahrscheinlich nicht«, sagte ich. »Schließlich sind Sie Wissenschaftlerin und so.«

Sie lachte. »Ich bin Lehrerin, keine Wissenschaftlerin.«

»Sie wissen schon, was ich meine.«

»Ich glaube ja, trotzdem bin ich eine gute Katholikin. Das heißt, ich glaube an Gott und die Engel und eine spirituelle Welt. Was Exorzismus und Besessensein von Dämonen angeht, bin ich mir nicht so sicher, das kommt mir ziemlich weit hergeholt vor, aber Geister? Sagen wir mal, da bin ich unentschieden. Allerdings würde ich nie an einer Séance teilnehmen oder mit einem Ouija-Brett rumspielen.«

»Wieso nicht?«

Wir reinigten gerade die Spülbecken, was eigentlich die Schüler vom Chemiekurs erledigen sollten, bevor sie ins Wochenende gingen, aber praktisch nie taten. Ms. Hargensen hielt inne und lächelte. Vielleicht ein bisschen verlegen. »Wer von der Wissenschaft herkommt, ist nicht immun gegen Aberglaube, Craig. Allerdings halte ich nichts davon, mich mit etwas zu beschäftigen, was ich nicht begreife. Meine Großmutter hat immer gesagt, man soll nicht rufen, wenn man keine Antwort will. Das habe ich immer für einen guten Rat gehalten. Warum fragst du?«

Ich würde ihr bestimmt nicht verraten, dass die Sache mit Kenny mir immer noch im Kopf herumging. »Ich bin bei den Methodisten, und da spricht man vom Heiligen Geist. Daran hab ich gedacht, glaube ich.«

»Tja, wenn es tatsächlich Geister gibt, dann sind die bestimmt nicht alle heilig«, sagte sie.

Ich wollte mich immer noch irgendwie schriftstellerisch betätigen, wobei meine Ambition, Drehbücher zu schreiben, nachgelassen hatte. Ab und zu kam mir Mr. Harrigans Witz über den Drehbuchautor und das Starlet in den Sinn und warf einen Schatten auf meine Hollywoodfantasien.

Zu Weihnachten schenkte Dad mir in jenem Jahr einen Laptop, und ich fing an, Kurzgeschichten zu schreiben. Satz für Satz genommen, waren sie okay, aber die Sätze einer Geschichte müssen sich zu einem Ganzen verbinden, und das taten meine nicht. Im folgenden Jahr schlug mir der dafür zuständige Englischlehrer vor, die Schulzeitung zu redigieren, worauf mich die Begeisterung für den Journalismus packte, die mich seither nie mehr verlassen hat. Ich glaube, dabei wird es auch bleiben. Wenn man es klicken hört, nicht im Kopf, sondern im Herzen, hat man den Ort gefunden, an den man gehört. Das kann man zwar ignorieren, aber wieso sollte man das tun?

Mir sprossen Barthaare, und in der vorletzten Klasse, nachdem ich den Nachweis vorhandener Verhütungsmittel erbracht hatte (gekauft hatte die Kondome allerdings U-Boot), verloren Wendy und ich unsere Unschuld. Bei meinem Abschluss war ich der Drittbeste meines Jahrgangs (der nur aus 142 Schülern bestand, aber trotzdem), und Dad kaufte mir einen Toyota Corolla (gebraucht, aber trotzdem). Ich erhielt einen Studienplatz am Emerson College, einer der besten Einrichtungen für aufstrebende Journalisten, und man hätte mir bestimmt mindestens ein Teilstipendium gewährt, das ich dank Mr. Harrigan jedoch nicht brauchte – ich Glücklicher!

Im Alter von vierzehn bis achtzehn Jahren überstand ich ein paar Stürme, wie sie für diese Lebensphase typisch waren, aber eigentlich nicht besonders viele – es war, als hätte der Albtraum mit Kenny Yanko sich vor meine pubertären Ängste gedrängt. Außerdem habe ich meinen Dad aufrichtig geliebt, und es gab nur uns beide. Ich glaube, das ist ein Unterschied.

Als ich schließlich aufs College kam, dachte ich kaum noch an Kenny Yanko. An Mr. Harrigan dachte ich jedoch immer noch. Kein Wunder, da er mir den akademischen roten Teppich ausgerollt hatte, dennoch gab es bestimmte Tage, wo ich öfter an ihn dachte als sonst. Wenn ich an einem dieser Tage zu Hause war, legte ich Blumen auf sein Grab. Wenn nicht, erledigten das Pete Bostwick oder Mrs. Grogan für mich.

Am Valentinstag. An Thanksgiving. An Weihnachten. Und an meinem Geburtstag.

Außerdem kaufte ich an diesen Tagen immer ein Rubbellos zu einem Dollar. Manchmal gewann ich zwei Dollar, manchmal fünf und einmal sogar fünfzig, aber ein Hauptgewinn war nicht annähernd dabei. Das störte mich nicht. Ohnehin hätte ich einen großen Gewinn für irgendeinen wohltätigen Zweck gespendet. Ich kaufte die Lose zur Erinnerung. Dank Mr. Harrigan war ich bereits reich.

Weil Mr. Rafferty mein Treuhandvermögen großzügig verwaltete, hatte ich in meinem dritten Studienjahr eine eigene Wohnung. Nur zwei Zimmer und ein Bad, aber sie lag in Back Bay, wo selbst kleine Wohnungen nicht billig waren. Inzwischen arbeitete ich bei der Literaturzeitschrift *Ploughshares*. Sie gehörte zu den besten des Landes und hatte immer einen hochkarätigen Herausgeber, aber jemand musste eben auch die unverlangt eingesandten Manuskripte lesen, und das war damals ich. Ich mochte den Job, obwohl viele der Einsendungen qualitativ einem denkwürdig, ja klassisch schlechten Gedicht mit dem Titel »10 Gründe, weshalb ich meine Mutter hasse« entsprachen. Es baute mich auf zu sehen, wie viele aufstrebende Autoren im Lande schlechter schrieben als ich. Was sich wahrscheinlich gemein anhört. Und wahrscheinlich auch ist.

Eines Abends saß ich an dieser Aufgabe, einen Teller Oreos zu meiner Linken und eine Tasse Tee zu meiner Rechten, als mein Telefon summte. Es war Dad. Er habe eine traurige Nachricht, sagte er. Ms. Hargensen sei gestorben.

Einige Sekunden lang brachte ich kein Wort heraus. Der Stapel aus eingesandten Gedichten und Geschichten kam mir plötzlich völlig unwichtig vor.

»Craig?«, sagte Dad. »Bist du noch dran?«

»Ja. Wie ist es denn passiert?«

Er erzählte mir alles, was er wusste, und einige Tage später, als dann die Online-Ausgabe der *Weekly Enterprise* aus Gates Falls erschien, erfuhr ich mehr. BELIEBTES LEHRERPAAR IN VERMONT GETÖTET, so lautete die Schlagzeile. Victoria Hargensen Corliss hatte immer noch in Gates Falls Biologie unterrichtet, ihr Mann war Mathematiklehrer im benachbarten Castle Rock gewesen. Die beiden hatten beschlossen, in den Frühjahrsferien eine Motorradtour durch Neuengland zu unternehmen und jeden Tag in einem anderen Bed and Breakfast zu übernachten. Sie waren auf dem Rückweg – in Vermont und fast schon an der Grenze zu New Hampshire –, als Dean Whitmore (31) aus Waltham in Massachusetts mit seinem Wagen über den Mittelstreifen der Route 2 fuhr und die beiden frontal rammte. Ted Corliss war sofort tot. Victoria Corliss – die Frau, die mich nach der Attacke von Kenny Yanko ins Lehrerzimmer gebracht und mir verbotenerweise ein Schmerzmittel aus ihrer Handtasche verabreicht hatte – war auf dem Weg ins Krankenhaus gestorben.

Im vorangegangenen Sommer hatte ich ein Praktikum bei der *Enterprise* gemacht, wobei ich hauptsächlich die Papierkörbe geleert, aber auch einige Sportberichte und Filmrezensionen verfasst hatte. Als ich den Chefredakteur Dave Gardener anrief, verriet er mir einige Hintergrundinformationen, die nicht in der *Enterprise* gestanden hatten. Dean Whitmore war insgesamt bereits viermal wegen Alkohol am Steuer verhaftet worden, aber sein Vater, ein wichtiger Hedgefondsmanager (wie hatte Mr. Harrigan diese Emporkömmlinge doch gehasst!), hatte die ersten drei Mal teure Anwälte aufgeboten, die seinen Sohn herausgehauen hatten. Nachdem er beim vierten Mal die Mauer eines Zoney's Go-Mart in Hingham erwischt hatte, war er zwar einer Gefängnisstrafe entgangen, hatte jedoch seinen Führerschein verloren. Als er das Motorrad des Lehrerpaars rammte, war er ohne Führerschein und alkoholisiert unterwegs. »Stockbesoffen«, wie Dave es ausdrückte.

»Trotzdem wird er mit einem blauen Auge davonkommen«, sagte Dave. »Dafür wird sein Daddy schon sorgen. Wart's nur ab.«

»Unmöglich.« Schon bei der Vorstellung wurde mir kotzübel. »Wenn das alles stimmt, ist das ein klarer Fall von fahrlässiger Tötung.«

»Wart's ab«, wiederholte Dave.

Die Trauerfeier fand in Saint Anne statt, der Kirche, die Ms. Hargensen – ich konnte sie mir unmöglich als Victoria vorstellen – und ihr Mann seit der Kindheit besucht und in der sie geheiratet hatten. Mr. Harrigan mag reich und jahrelang ein wichtiger Akteur in der amerikanischen Geschäftswelt gewesen sein, aber zur Feier von Ted und Victoria Corliss kamen trotzdem wesentlich mehr Leute. Saint Anne war eine große Kirche, doch an jenem Tag gab es schließlich nur noch Stehplätze, und wenn Pfarrer Ingersoll kein Mikrofon gehabt hätte, wäre seine Stimme in dem ganzen Weinen untergegangen. Die beiden Verstorbenen waren beliebte Lehrer gewesen, hatten eine Liebesehe geführt, und jung waren sie natürlich auch gewesen.

Letzteres galt auch für die meisten Trauergäste. Ich war da, Regina und Margie waren da, Billy Bogan war da und sogar U-Boot, der extra aus Florida gekommen war, wo er in der zweiten Baseball-Liga spielte. U-Boot und ich saßen nebeneinander. Der große Kerl weinte zwar nicht richtig, aber seine Augen waren rot, und er schniefte.

»Hattest du sie mal im Unterricht?«, flüsterte ich.

»Im zweiten Biokurs«, flüsterte er zurück. »Als ich im letzten Jahr war. Hab den für den Abschluss gebraucht. Sie hat mir ein C geschenkt. Außerdem war ich in ihrem Birdwatching-Projekt. Und für meine Bewerbung fürs College hat sie mir eine Empfehlung geschrieben.«

Mir hatte sie auch eine geschrieben.

»Das Ganze ist so brutal ungerecht«, sagte U-Boot. »Die beiden sind einfach bloß durch die Gegend gefahren.« Er hielt inne. »Und sie haben einen Helm getragen.«

Billy sah in etwa aus wie immer, aber Margie und Regina wirkten älter, beinahe erwachsen mit ihrem Make-up und ihren schicken Kleidern. Als die Feier vorbei war, umarmten sie mich vor der Kirche, und Regina sagte: »Weißt du noch, wie sie sich an dem Abend, wo du verprügelt wurdest, um dich gekümmert hat?«

»Ja«, sagte ich.

»Da durfte ich was von ihrer Handcreme nehmen«, sagte Regina und fing wieder zu weinen an.

»Hoffentlich sperren sie den Kerl für immer ein«, sagte Margie erbittert.

»Ganz meine Meinung«, sagte U-Boot. »Den sollte man einsperren und den Schlüssel wegwerfen.«

»Das wird man auch tun«, sagte ich, aber natürlich irrte ich mich, und Dave behielt recht.

Die Gerichtsverhandlung gegen Dean Whitmore fand im Juli statt. Man verurteilte ihn zu vier Jahren Haft, und zwar auf Bewährung, wenn er bereit war, eine Entzugsklinik aufzusuchen und sich anschließend in ebendiesen vier Jahren unangekündigten Urinuntersuchungen zu unterziehen. Ich war inzwischen wieder bei der *Enterprise* tätig, diesmal als bezahlter Angestellter (nur in Teilzeit, aber immerhin). Man hatte mich zu den Lokalnachrichten befördert, gelegentlich durfte ich auch eine Reportage machen. Am Tag nach der Verkündung von Whitmores Strafe – falls man das überhaupt als Strafe bezeichnen konnte – äußerte ich gegenüber Dave Gardener meine Empörung.

»Es ist beschissen, das weiß ich schon«, sagte er. »Aber du musst dir klarmachen, wie das läuft, Craigy. Wir leben in einer Realität, wo Geld die Welt regiert und die Leute kuschen. Irgendwo bei der ganzen Geschichte ist Geld geflossen, da kannst du Gift drauf nehmen. Aber sag mal, solltest du mir nicht einen Artikel über die Handwerksausstellung liefern?«

Eine Entzugsklinik – womöglich noch eine mit Tennisplätzen und einem Golfrasen – war nicht genug. Auch vier Jahre Pinkeltests waren nicht genug, besonders nicht, weil man jemand dafür bezahlen konnte, unauffällige Proben abzuliefern, wenn man im Voraus wusste, wann die Tests gemacht wurden. Was Whitmore wahrscheinlich wissen würde.

Während der August vor sich hin brütete, dachte ich manchmal an ein afrikanisches Sprichwort, das ich irgendwann mal im Unterricht gelesen hatte: *Wenn ein alter Mensch stirbt, brennt eine ganze Bibliothek nieder.* Victoria und Ted waren zwar nicht alt gewesen, doch irgendwie war das schlimmer, weil ihr beider Potenzial nie verwirklicht werden würde. Die vielen jungen Leute bei der Trauerfeier, die momentan zur Schule gingen oder vor kurzem ihren Abschluss gemacht hatten wie meine Freunde und ich, zeigten deutlich, dass tatsächlich etwas verbrannt war, was nie wiederaufgebaut werden konnte.

Ich dachte daran, wie Ms. Hargensen Blätter und Baumzweige an die Tafel gemalt hatte, wunderschöne Freihandzeichnungen. Ich dachte daran, wie wir am Freitagnachmittag das Labor aufgeräumt hatten, die Hinterlassenschaften des Chemiekurses eingeschlossen. Wir hatten über den Gestank gelacht, und sie hatte sich ausgemalt, wie sich ein Chemiekursteilnehmer von Dr. Jekyll in Mr. Hyde verwandelte und durch die Flure tobte. Ich dachte daran, wie sie gesagt hatte, sie könne es mir nicht verübeln, dass ich nicht zurück in die Turnhalle wolle, nachdem Kenny auf mich eingedroschen hatte. An das alles dachte ich und an den Duft ihres Parfüms, und dann stellte ich mir vor, wie dieser Scheißkerl, der sie umgebracht hatte, die Entzugsklinik verließ und quietschfidel seines Weges ging.

Nein, die Strafe war nicht genug.

Als ich am Nachmittag nach Hause kam, wühlte ich in den Schubladen der Kommode in meinem Zimmer, ohne mir richtig einzugestehen, wonach ich suchte … oder warum. Das, was ich suchte, war nicht da, was zugleich enttäuschend und erleichternd war. Ich wollte schon wieder rausgehen, drehte mich jedoch noch einmal um und stellte mich auf die Zehenspitzen, um das oberste Fach in meinem Kleiderschrank zu erforschen, wo sich regelmäßig Plunder ansammelte. Dort fand ich einen alten Wecker, einen iPod, der sich verabschiedet hatte, als er mir beim Skateboardfahren in der Einfahrt heruntergefallen war, und ein Gewirr aus Kopf- und Ohrhörern. Außerdem gab es dort eine Schachtel mit Baseballkarten und einen Stapel Spider-Man-Hefte. Ganz hinten lag ein Sweatshirt in den Farben der Red Sox, das längst viel zu klein für mich war. Als ich es hochhob, sah ich darunter tatsächlich das iPhone, das mein Vater mir zu Weihnachten geschenkt hatte. Damals, als ich noch ein Knirps gewesen war. Sogar das Ladekabel war da. Während ich das alte Telefon auflud, gestand ich mir immer noch nicht richtig ein, was ich vorhatte, aber wenn ich jetzt an jenen Tag vor nicht sehr vielen Jahren zurückdenke, trieb mich wohl etwas an, was Ms. Hargensen beim Reinigen der Spülbecken im Labor zu mir gesagt hatte: *Man soll nicht rufen, wenn man keine Antwort will.* An jenem Tag wollte ich eine.

Wahrscheinlich ließe es sich gar nicht laden, redete ich mir ein, schließlich hatte es schon jahrelang herumgelegen. Aber ich irrte mich. Als ich das Gerät abends, nachdem Dad zu Bett gegangen war, in die Hand nahm, sah ich in der oberen rechten Ecke das volle Akkusymbol.

Mann, was für eine Reise in die Vergangenheit! Ich sah E-Mails von vor langer Zeit, Fotos von meinem Dad, bevor er ergraut war, und den Messenger-Dialog zwischen mir und Billy Bogan. Der enthielt eigentlich keine echten Mitteilungen, bloß Witze und erhellende Informationen wie *Hab gerade gefurzt* sowie heikle Fragen wie *Hast du deine Matheaufgaben gemacht?* und so weiter. Wir hatten miteinander geplappert wie Kinder, die zwei leere Pfirsichdosen mit einem gewachsten Bindfaden verbanden. Bei rechtem Licht betrachtet, traf das auch auf den Großteil der heutigen Kommunikation zu – Geplapper um des Geplappers willen.

Ich nahm das Telefon mit ins Bett, wie ich es getan hatte, als ich mich noch nicht rasieren musste und es ein Riesending war, Regina zu küssen. Nur kam mir das Bett, das einmal groß gewirkt hatte, jetzt beinahe zu klein vor. Ich blickte durchs Zimmer auf das Poster von Katy Perry, das ich aufgehängt hatte, als sie meinem pubertierenden Ich als Inbegriff von Sex und Fun erschienen war. Jetzt war ich zwar älter als der Teenager von damals, aber doch noch genauso wie er. Lustig, wie das so läuft.

Wenn es tatsächlich Geister gibt, hatte Ms. Hargensen gesagt, *dann sind die bestimmt nicht alle heilig.*

Als mir das einfiel, hätte ich beinahe einen Rückzieher gemacht. Dann jedoch stellte ich mir wieder vor, wie dieses verantwortungslose Arschloch in der Entzugsklinik Tennis spielte, und wählte die Nummer von Mr. Harrigan. *Alles gut,* redete ich mir ein. *Es wird nichts passieren. Geht gar nicht anders. Du wirst damit nur mental klar Schiff machen, damit du deinen Zorn und deinen Kummer loslassen und dich wieder anderen Dingen zuwenden kannst.*

Nur dass mir irgendwie klar war, dass doch etwas passieren würde, weshalb ich nicht überrascht war, auf einmal einen Klingelton statt Stille zu hören. Ebenso wenig überraschte es mich, seine rostige Stimme in meinem Ohr zu hören, aus dem Telefon, das ich ihm vor knapp sieben Jahren in die Tasche gesteckt hatte. »Momentan nehme ich keine Anrufe entgegen. Ich rufe zu gegebener Zeit zurück.«

»Hallo, Mr. Harrigan, hier spricht Craig.« Angesichts dessen, dass ich mit einer Leiche sprach und diese Leiche mir eventuell tatsächlich zuhörte, war meine Stimme bemerkenswert ruhig. »Ein Mann namens Dean Whitmore hat meine Lieblingslehrerin aus der Highschool und ihren Mann umgebracht. Er war betrunken und hat die beiden mit seinem Wagen überfahren. Sie waren gute Menschen, meine Lehrerin hat mir geholfen, als ich Hilfe brauchte, und dieser Typ hat nicht bekommen, was er verdient hat. Das ist alles, glaube ich.«

Nur dass es noch nicht alles war. Es waren mindestens dreißig Sekunden Zeit, eine Nachricht zu hinterlassen, und die hatte ich noch nicht aufgebraucht. Deshalb sprach ich den Rest aus, die ganze Wahrheit, bei der meine Stimme noch tiefer wurde, sodass es beinahe ein Knurren war. »Ich wünschte, er wäre tot.«

Heute arbeite ich für die *Times Union*, eine Zeitung für Albany und Umgebung. Das Gehalt ist miserabel, wahrscheinlich würde ich bei BuzzFeed oder TMZ mehr verdienen, aber ich habe mein Treuhandvermögen als Polster, und ich arbeite lieber für eine richtige Zeitung, obwohl das meiste sich heutzutage online abspielt. Bin eben altmodisch.

Ich habe mich mit Frank Jefferson angefreundet, dem freiberuflichen IT-Mann der Zeitung, und als wir eines Abends im Madison Pour House beim Bier saßen, erzählte ich ihm, ich hätte früher einmal Verbindung zu der Mailbox eines Toten herstellen können … aber nur mit dem alten Telefon aus der Zeit, wo der Mann noch am Leben gewesen sei. Ob Frank schon mal so etwas gehört habe?

»Nein«, sagte er. »Aber möglich ist das schon.«

»Wie denn?«

»Keine Ahnung, aber bei den frühen Computern und Mobiltelefonen gab's allerhand Merkwürdigkeiten. Manche sind geradezu legendär.«

»Beim iPhone auch?«

»Besonders bei dem«, sagte er und nahm einen Schluck Bier. »Weil die übereilt in die Produktion gegeben wurden. Steve Jobs hätte das zwar nie zugegeben, aber die Leute bei Apple hatten fürchterlichen Schiss, dass Blackberry in wenigen Jahren, vielleicht schon in einem, total den Markt beherrschen würde. Zum Beispiel sind manche von den ersten iPhones jedes Mal eingefroren, wenn man das kleine *l* eingetippt hat. Oder man konnte zwar eine E-Mail versenden und dann im Internet surfen, aber wenn man erst surfen und *dann* eine E-Mail versenden wollte, ist das Ding gelegentlich abgestürzt.«

»Das ist mir selbst ein paarmal passiert«, sagte ich. »Dann musste ich es neu starten.«

»Genau. So Zeug ist massenhaft passiert. Und das, was du erlebt hast? Ich nehme an, dass die Mailbox-Ansage von diesem Typen irgendwie in der Software stecken geblieben ist, so wie einem ein Stück Knorpel zwischen den Zähnen stecken bleibt. Das ist der Geist in der Maschine.«

»Ja«, sagte ich. »Aber kein heiliger.«

»Hä?«

»Nichts, nichts«, sagte ich.

Dean Whitmore starb an seinem zweiten Tag im Raven Mountain Treatment Center, einer luxuriösen Entzugsklinik im Norden von New Hampshire (wo es tatsächlich Tennisplätze gab, dazu Shuffleboard und einen Swimmingpool). Ich erfuhr das fast augenblicklich, weil ich einen Google-Alert für seinen Namen gesetzt hatte, sowohl auf meinem Laptop als auch auf meinem Computer bei der *Weekly Enterprise*. Eine Todesursache war nicht angegeben – Geld regiert die Welt, schon klar –, weshalb ich einen kleinen Ausflug in den nächstgelegenen Ort Maidstone machte. Dort wedelte ich mit meinem Presseausweis herum, stellte ein paar Fragen und verteilte etwas von dem Geld, das Mr. Harrigan mir hinterlassen hatte.

Lange brauchte ich nicht, denn was Suizide anging, war der von Whitmore ausgesprochen ungewöhnlich. Ungefähr so ungewöhnlich wie zu ersticken, während man sich einen runterholt, könnte man sagen. In Raven Mountain wurden die Patienten als Gäste bezeichnet statt als Doper und Alkis, und jedes Gästezimmer war mit einer eigenen Dusche ausgestattet. Dean Whitmore stellte sich vor dem Frühstück in seine und schluckte etwas Shampoo. Offenbar nicht, um sich das Leben zu nehmen, sondern um sich die Kehle zu schmieren. Dann zerbrach er ein Stück Seife in zwei Teile, ließ die Hälfte auf den Boden fallen und stopfte sich die andere Hälfte in den Schlund.

Hauptsächlich erfuhr ich das von einem der Therapeuten, deren Aufgabe in Raven Mountain darin bestand, Säufer und Drogenabhängige von ihren schlechten Gewohnheiten abzubringen. Dieser Typ, er hieß Randy Squires, saß in meinem Toyota und trank direkt aus der Flasche Wild Turkey, die er mit einem Teil der von mir erhaltenen fünfzig Dollar erworben hatte (die Ironie dessen war mir durchaus bewusst). Ich fragte ihn, ob Whitmore vielleicht einen Abschiedsbrief hinterlassen habe.

»Hat er«, sagte Squires. »Einen ganz lieben sogar. Fast ein Gebet. *Keep giving all the love you can,* stand darin.«

Auf meinen Armen breitete sich eine Gänsehaut aus, was man dank meinen Ärmeln nicht sah, und es gelang mir, ein

Lächeln aufzusetzen. Ich hätte Squires sagen können, dass es sich nicht um ein Gebet handele, sondern um eine Zeile aus »Stand by Your Man« von Tammy Wynette. Aber das hätte er doch nicht kapiert, und es gab keinen Grund, wieso ich es ihm hätte erklären wollen. Das war etwas, was nur Mr. Harrigan und mich anging.

Mit meinen Recherchen verbrachte ich drei Tage. Als ich nach Hause kam, fragte Dad mich, ob ich den kleinen Urlaub genossen hätte, was ich bejahte. Dann fragte er, ob ich denn wieder fürs College in ein, zwei Wochen bereit sei. Was ich ebenfalls bejahte. Er betrachtete mich aufmerksam und fragte, ob etwas passiert sei. Was ich verneinte, ohne zu wissen, ob das eine Lüge war oder nicht.

Etwas in mir glaubte immer noch, dass Kenny Yanko durch einen Unfall gestorben war und dass Dean Whitmore Suizid begangen hatte, möglicherweise aus Schuldgefühlen heraus. Ich versuchte mir vorzustellen, wie Mr. Harrigan den beiden irgendwie erschienen war und ihren Tod verursacht hatte, was mir aber nicht gelang. Falls das *doch* geschehen war, dann war ich der Beihilfe zum Mord schuldig, nicht juristisch, aber doch moralisch. Schließlich hatte ich Whitmore den Tod gewünscht und Kenny in meinem tiefsten Inneren wohl ebenfalls.

»Bist du dir da sicher?«, fragte Dad. Er musterte mich immer noch auf die alte, forschende Weise, an die ich mich aus meiner Kindheit erinnerte. So hatte er mich angesehen, wenn ich etwas verbrochen hatte, was nicht richtig schlimm war.

»Absolut«, sagte ich.

»Na gut, aber wenn du mit mir reden willst, bin ich für dich da.«

Ja, Gott sei Dank war er das, aber das Ganze war etwas, worüber ich nicht sprechen konnte. Nicht, ohne mich wie ein Geisteskranker anzuhören.

Ich ging in mein Zimmer und nahm das alte iPhone aus seinem Fach im Kleiderschrank. Es war bewundernswerterweise immer noch geladen. Warum habe ich das eigentlich getan? Wollte ich Mr. Harrigan in seinem Grab anrufen, um mich zu bedanken? Um ihn zu fragen, ob er wirklich da unten war? Das weiß ich nicht mehr, und es kommt wohl auch nicht darauf an, weil ich letztlich auf den Anruf verzichtete. Als ich das Handy einschaltete, sah ich nämlich, dass ich eine Textnachricht von **pirateking1** erhalten hatte. Mit zitterndem Finger tippte ich darauf, um sie zu öffnen, und las: **C C C sT.**

Während ich die Botschaft betrachtete, dämmerte mir eine Möglichkeit, die mir vor jenem Spätsommertag nicht einmal in den Sinn gekommen war. Was, wenn ich Mr. Harrigan irgendwie als Geisel hielt? Wenn ich ihn durch das Telefon, das ich ihm vor dem Schließen des Sargdeckels in die Jackentasche gesteckt hatte, an meine irdischen Anliegen fesselte? Was, wenn die Dinge, um die ich ihn gebeten hatte, ihm wehtaten? Ihn vielleicht sogar quälten?

Nicht sehr wahrscheinlich, dachte ich. Denk dran, was Mrs. Grogan dir über Dusty Bilodeau erzählt hat. Den hätte nicht mal der alte Dorrance Marstellar dafür angestellt, Hühnerscheiße aus seinem Stall zu schaufeln, nachdem er Mr. Harrigan bestohlen hat. Dafür hätte der schon gesorgt.

Genau, und noch etwas. Sie hat gesagt, er hätte die Leute anständig behandelt, aber wehe, wenn jemand sich anders verhielt. Und war Dean Whitmore ein anständiger Mensch gewesen? Nein. Oder Kenny Yanko? Auch nicht. Deshalb hatte Mr. Harrigan sich vielleicht gern eingemischt. Womöglich hatte er es sogar genossen.

»Falls er überhaupt daran beteiligt war«, flüsterte ich.

Doch, das war er. Im tiefsten Herzen wusste ich das. Und ich wusste noch etwas. Ich wusste, was die Nachricht bedeutete: *Craig, stopp!*

Weil ich ihm oder mir selbst wehtat?

Ich beschloss, dass es darauf letztlich nicht ankam.

Am nächsten Tag regnete es heftig, so ein eisiger Wolkenbruch ohne Donner, der bedeutete, dass sich in ein, zwei Wochen die ersten Herbstfarben zeigen würden. Der Regen war günstig, weil er die Sommerfrischler – sofern sie noch geblieben waren – in ihren Ferienhäusern verbarrikadierte und der Castle Lake verlassen dalag. Ich parkte beim Picknickplatz am Nordende des Sees und ging zu dem Felsvorsprung, den wir Kinder als »die Kante« bezeichnet hatten. Dort hatten wir früher in unseren Badesachen gestanden und uns gegenseitig angestachelt zu springen. Was manche von uns sogar taten.

Ich trat an den Rand der Klippe, wo der mit Kiefernnadeln bedeckte Boden in den nackten Fels überging, der die tiefere Wahrheit von Neuengland darstellte. Dann griff ich in die rechte Hosentasche und zog mein iPhone der ersten Generation heraus. Einen Augenblick hielt ich es in der Hand, spürte sein Gewicht und erinnerte mich daran, wie sehr ich mich an jenem Weihnachtsmorgen gefreut hatte, als ich die Schachtel auspackte und das Apple-Logo sah. Ob ich wohl einen Freudenschrei ausgestoßen hatte? In diesem Moment konnte ich mich nicht daran erinnern.

Der Akku war immer noch geladen, wenn auch nur noch zu fünfzig Prozent. Ich rief Mr. Harrigan an und wusste, dass in der dunklen Erde des Elm Cemetery in der Tasche einer teuren, jetzt mit Schimmel befleckten Anzugjacke die Stimme von Tammy Wynette ertönte. Ich lauschte ein letztes Mal seiner rauen Altmännerstimme, die mir versprach, zu gegebener Zeit zurückzurufen.

Ich wartete auf den Piepton. Dann sagte ich: »Danke für alles, Mr. Harrigan. Adieu.«

Ich beendete den Anruf, holte weit aus und schleuderte das Telefon mit aller Kraft fort. Ich sah es in einem Bogen durch den grauen Himmel segeln, sah es beim Eintauchen in das Wasser aufspritzen.

Dann griff ich in die linke Hosentasche und zog mein aktuelles iPhone heraus, das 5c mit seinem farbigen Gehäuse. Das wollte ich ebenfalls in den See werfen. Ich käme doch bestimmt mit einem Festnetzanschluss aus, und bestimmt würde es mir das Leben leichter machen. Viel weniger Geplapper, keine weiteren Textnachrichten à la *Was machst du gerade?* und keine weiteren dämlichen Emojis. Wenn ich nach dem Studium einen Job bei einer Zeitung bekam und erreichbar sein musste, konnte ich mir ja ein Handy leihen und es zurückgeben, wenn der Auftrag, für den ich es brauchte, abgeschlossen war.

Ich hob den Arm und hielt ihn eine gefühlte Ewigkeit so – vielleicht eine oder gar zwei Minuten. Schließlich steckte ich das Telefon wieder in die Tasche. Ich weiß es zwar nicht mit Gewissheit, ob alle süchtig nach diesen Hightech-Pfirsichdosen sind, aber ich weiß, dass ich es bin, und ich weiß, dass Mr. Harrigan es war. Deshalb habe ich ihm seines ja an jenem Tag in die Tasche geschoben. Ich glaube, im 21. Jahrhundert sind unsere Handys das, was uns mit der Welt verbindet. Sollte das stimmen, ist es wahrscheinlich die denkbar schlechteste Verbindung.

Vielleicht aber auch nicht. Nach dem, was mit Yanko und Whitmore geschehen ist, und nach jener letzten Textnachricht von **pirateking1** gibt es vieles, worüber ich mir nicht sicher bin. Zum Beispiel über die Realität als solche. Zwei Dinge stehen für mich allerdings fest, und zwar so unverrückbar wie der Felsboden von Neuengland. Wenn ich dahingegangen bin, soll man mich nicht einäschern, aber ich will mit leeren Taschen begraben werden.

Chucks Leben

3. Akt: Danke, Chuck!

1

Kurz nach dem Tag, an dem Marty Anderson die Reklametafel sah, brach das Internet schließlich endgültig zusammen. Seit den ersten kurzen Unterbrechungen hatte es da schon acht Monate gewackelt. Alle waren sich einig, dass es nur eine Frage der Zeit war, und alle waren sich einig, dass sie sich irgendwie durchschlagen würden, sobald die vernetzte Welt endgültig erlosch – schließlich waren sie früher auch ohne die ausgekommen, oder etwa nicht? Davon abgesehen gab es noch ganz andere Probleme, wie etwa, dass ganze Vogel- und Fischarten ausstarben, und jetzt musste man sich auch um Kalifornien Sorgen machen: Es schwand und schwand und war vielleicht bald ganz verschwunden.

Marty kam spät aus der Schule, weil es der Tag war, den er und seine Kollegen an der Highschool am wenigsten schätzten, der mit dem Elternnachmittag. Diesmal hatte Marty festgestellt, dass nur wenige Eltern daran interessiert waren, über die Fortschritte von Klein Johnny und Klein Janey (oder deren Mangel) zu sprechen. Hauptsächlich wollten sie sich über den wahrscheinlich endgültigen Zusammenbruch des Internets auslassen, durch den ihre Facebook- und Instagram-Accounts erledigt sein würden. Niemand erwähnte Pornhub, aber Marty hegte den Verdacht, dass viele der erschienenen

Eltern – weiblich wie männlich – auch den drohenden Untergang dieser Website betrauerten.

Normalerweise hätte Marty die Umgehungsstraße genommen, zack, zack, im Nu zu Hause, aber das war nicht möglich, weil die Brücke über den Otter Creek eingestürzt war. Das war zwar bereits vier Monate her, doch immer noch gab es keinerlei Anzeichen für bevorstehende Reparaturarbeiten, nur orange gestreifte Sperren aus Holz, die bereits wackelig aussahen und längst mit Graffiti-Tags übersät waren.

Da die Umgehung geschlossen war, sah sich Marty wie alle im Osten der Stadt wohnenden Leute gezwungen, direkt durchs Zentrum zu fahren, um sein Haus am Cedar Court zu erreichen. Dank Elternnachmittag war er erst um fünf statt um drei gestartet, also auf dem Höhepunkt der Rushhour, weshalb er für die Fahrt, die in der guten alten Zeit zwanzig Minuten gedauert hätte, mindestens eine Stunde brauchen würde, wahrscheinlich länger, weil auch manche Verkehrsampeln ausgefallen waren. Auf der gesamten Strecke herrschte Stop-and-go-Verkehr mit viel Gehupe, kreischenden Bremsen, sich berührenden Stoßstangen und gereckten Mittelfingern. An der Kreuzung Main und Market Street hing er volle zehn Minuten fest, weshalb er mehr als genug Zeit hatte, die Reklametafel auf dem Gebäude der Midwest Trust zu studieren.

Bisher war dort für eine Fluggesellschaft geworben worden, für Delta oder Southwest, das wusste Marty nicht mehr. Heute Nachmittag war die fröhliche, Arm in Arm dastehende Flugbegleiter-Crew jedoch durch das Foto eines mondgesichtigen Mannes ersetzt worden, dessen schwarz gerahmte Brille gut zu seinen schwarzen, säuberlich gekämmten Haaren passte. Mit einem Kugelschreiber in der Hand saß er an einem Schreibtisch, ohne Sakko, aber mit einer sorgfältig am Kragen seines weißen Hemdes geknoteten Krawatte. Auf der Hand mit dem Kugelschreiber war eine halbmondförmige Narbe sichtbar, die man aus irgendeinem Grund nicht retuschiert hatte. Marty fand, dass er wie ein Buchhalter aussah. Von seinem Hochsitz über dem Bankgebäude aus blickte er heiter lächelnd auf den Verkehrsstau an der Ampel herab. Über seinem Kopf stand in blauen Lettern CHARLES KRANTZ. Unter dem Schreibtisch stand in Rot: 39 WUNDERBARE JAHRE! DANKE, CHUCK!

Marty hatte noch nie von Charles »Chuck« Krantz gehört, aber der musste ein ziemlich hohes Tier bei Midwest Trust gewesen sein, wenn man ihm zum Abschied ein Foto auf einer beleuchteten Reklametafel widmete, die bestimmt mindestens fünf Meter hoch und fünfzehn Meter breit war. Das Foto wiederum musste ziemlich alt sein, denn wenn der Mann beinahe vierzig Jahre im Geschäft gewesen war, müsste er inzwischen weiße Haare haben.

»Oder gar keine mehr«, sagte Marty und strich sich über das eigene schütter gewordene Haar. Fünf Minuten später, als sich vorübergehend eine Lücke auftat, riskierte er es, die wichtigste Kreuzung im Stadtzentrum zu überqueren. Während er mit seinem Prius hindurchschoss, rechnete er jeden Moment mit einer Kollision und ignorierte die geschüttelte Faust eines Mannes, der eine Vollbremsung hinlegen musste, kurz bevor er ihn gerammt hätte.

Am Ende der Main Street überstand er einen weiteren Verkehrsstau und einen weiteren Beinahezusammenstoß. Als er nach Hause kam, hatte er die Reklametafel völlig vergessen. Er fuhr in die Garage und drückte auf die Taste, um das Tor zu schließen. Dann saß er eine ganze Minute tief atmend da und versuchte, nicht daran zu denken, dass ihn am nächsten Morgen derselbe Spießrutenlauf erwartete. Da die Umgehung geschlossen war, gab es schlicht keine andere Wahl. Jedenfalls nicht, wenn er überhaupt zur Arbeit wollte, und in diesem Augenblick kam es ihm reizvoller vor, zu Hause zu bleiben (er hatte genügend Urlaubstage angesammelt).

»Da wäre ich nicht der Einzige«, erklärte er der leeren Garage. Was er nur zu gut wusste. Laut der *New York Times* (die er jeden Morgen auf seinem Tablet las, falls das Internet funktionierte) feierten weltweit so viele Leute krank wie noch nie.

Mit einer Hand griff er nach seinem Bücherstapel, mit der anderen nach seiner alten, ramponierten Aktentasche, die von all den Schülerarbeiten, die korrigiert werden mussten, ziemlich ausgebeult war. Derart schwer bepackt, stieg er mühsam aus und drückte dann mit dem Hintern die Tür zu. Dabei vollführte sein Schatten an der Wand eine skurrile Tanzbewegung, die ihn laut zum Lachen brachte. Bei dem Geräusch aus seinem Mund fuhr er zusammen; in dieser schwierigen Zeit hörte man kaum noch jemand lachen. Dann fiel ihm die Hälfte der Bücher auf den Garagenboden und setzte seiner aufkeimenden guten Laune ein jähes Ende.

Er sammelte die *Einführung in die amerikanische Literatur* und *Vier kurze Romane* ein (momentan las er mit den Zehntklässlern *Die rote Tapferkeitsmedaille*) und ging ins Haus. Kaum hatte er alles mit viel Mühe auf der Ablage in der Küche deponiert, läutete das Telefon. Natürlich das Festnetz, Mobilfunkempfang gab es praktisch keinen mehr. Manchmal beglückwünschte er sich dafür, dass er im Gegensatz zu vielen Kollegen seinen Anschluss behalten hatte. Die waren jetzt wirklich aufgeschmissen, denn sich einen legen zu lassen konnte man seit etwa einem Jahr komplett vergessen. Man würde eher die Umfahrung wieder benutzen können, bevor man da auf der Warteliste nach ganz oben rückte. Und selbst das Festnetz fiel inzwischen ja häufig aus.

Die Rufnummernerkennung funktionierte zwar nicht mehr, aber er war sich so sicher, wer anrief, dass er einfach abhob und »Yo, Felicia!« sagte.

»Wo hast du gesteckt?«, fragte seine Exfrau. »Ich versuche schon seit einer geschlagenen Stunde, dich zu erreichen!«

Marty erzählte von dem Elternnachmittag und der langen Fahrt nach Hause.

»Geht's dir einigermaßen?«

»Wird schon, sobald ich was gegessen habe. Und dir?«

»Geht so, aber wir hatten heute sechs weitere.«

Marty musste nicht fragen, was für sechs weitere das waren. Felicia arbeitete als Krankenschwester am City General, wo das Personal sich seit einiger Zeit als Suizidstaffel bezeichnete.

»Das tut mir leid.«

»Ein Zeichen der Zeit.« In ihrem Ton hörte er ein Achselzucken und dachte, dass sechs Selbstmorde an einem Tag Felicia vor zwei Jahren – als sie noch verheiratet gewesen waren – so erschüttert hätten, dass eine schlaflose Nacht unvermeidbar gewesen wäre. Aber offenbar konnte man sich an alles gewöhnen.

»Nimmst du eigentlich weiter das Zeug gegen Magengeschwüre, Marty?« Noch bevor er antworten konnte, sprach sie eilig weiter. »Ich will dich nicht nerven, mach mir bloß Sorgen um dich. Dass wir geschieden sind, heißt schließlich nicht, dass du mir nichts mehr bedeutest, weißt du?«

»Das weiß ich, und ja, ich nehme das Zeug noch.« Was eine halbe Lüge war, weil das ihm vom Arzt verschriebene Medikament nicht mehr erhältlich war, weshalb er sich mit Omeprazol begnügte. Die Wahrheit verschwieg er, weil auch ihm seine Frau noch etwas bedeutete. Seit die beiden nicht mehr miteinander verheiratet waren, kamen sie besser miteinander aus. Gelegentlich hatten sie sogar Sex, zwar nur sporadisch, aber dafür war er verdammt gut. »Freut mich, dass du dich erkundigst.«

»Ehrlich?«

»Allerdings.« Er öffnete den Kühlschrank. Die Auswahl war beschränkt, aber es gab Würstchen, ein paar Eier und einen Becher Blaubeerjoghurt, den er sich als Betthupferl aufheben würde. Dazu drei Dosen Bier.

»Gut. Wie viele Eltern sind überhaupt aufgetaucht?«

»Mehr als erwartet, aber voll war die Bude bei weitem nicht. Reden wollten sie vor allem über das Internet. Offenbar dachten sie, ich wüsste Genaueres darüber, weshalb es ständig den Geist aufgibt. Ich musste ihnen erklären, dass ich Englischlehrer bin, nicht IT-Fachmann.«

»Von Kalifornien hast du gehört, oder?« Sie hatte die Stimme gesenkt, als würde sie ein Geheimnis verraten.

»Ja.« Am Morgen hatte ein gewaltiges Erdbeben, das dritte im Monat und bei weitem das schlimmste, einen weiteren großen Brocken des Golden State im Pazifik versenkt. Erfreulicherweise war die Region zuvor weitgehend evakuiert worden. Weniger erfreulich war, dass jetzt mehrere Hunderttausend Flüchtlinge nach Osten zogen und Nevada in einen der bevölkerungsreichsten Staaten des Landes verwandelten. Benzin kostete dort jetzt fünf Dollar den Liter. Nur gegen bar und nur wenn man überhaupt welches bekam.

Marty nahm eine halb leere Milch aus dem Kühlschrank, schnupperte daran und trank direkt aus der Flasche, ohne sich um das leicht verdächtige Aroma zu kümmern. Er brauchte zwar etwas Richtiges zu trinken, wusste jedoch aus bitterer Erfahrung (und aus schlaflosen Nächten), dass er zuerst seinen Magen auspolstern musste.

»Schon interessant, dass die erschienenen Eltern sich mehr Sorgen um das Internet als um die Erdbeben in Kalifornien gemacht haben«, sagte er. »Wahrscheinlich weil die Regionen, wo Nahrungsmittel produziert werden, noch standhalten.«

»Aber wie lange noch? Im Radio war auf NPR ein Wissenschaftler, der gesagt hat, dass Kalifornien sich ablöst wie eine alte Tapete. Außerdem ist heute wieder ein japanisches Atomkraftwerk überflutet worden. Angeblich hatte man es schon heruntergefahren, und sie behaupten, dass nichts passiert ist, aber das kann ich nicht so recht glauben.«

»Du Zynikerin.«

»Wir leben in zynischen Zeiten, Marty.« Sie zögerte. »Manche Leute meinen, wir leben in der Endzeit, und das sind nicht bloß religiöse Fanatiker. Schon lange nicht mehr. Das sagt dir eine angesehene Mitarbeiterin der Suizidstaffel vom City General. Klar, wir haben heute sechs Menschen verloren, aber dafür achtzehn ins Leben zurückgeholt. Hauptsächlich mithilfe von Naloxon, obwohl …« Wieder senkte sie die Stimme. »Obwohl auch da unser Vorrat stark zur Neige geht. Ich hab den Leiter der Krankenhausapotheke sagen hören, dass wir am Monatsende wahrscheinlich gar nichts mehr haben.«

»Das ist echt beschissen«, sagte Marty mit Blick auf seine Aktentasche. Die ganzen Arbeiten, die er anschauen musste. Die ganzen Rechtschreibfehler, die auf Korrektur warteten. Die ganzen zusammenhanglosen Nebensätze und vagen Schlussfolgerungen, die rot angestrichen werden mussten. Elektronische Hilfen wie die Rechtschreibprüfung und irgendwelche Grammatik-Apps hatten offenbar keine große Wirkung. Er wurde schon müde, wenn er nur daran dachte. »Hör mal, Fel, ich sollte langsam auflegen. Muss Arbeiten benoten und Aufsätze über ein Gedicht von Robert Frost korrigieren.« Bei der Vorstellung, was für Banalitäten ihn in den Aufsätzen erwarteten, kam er sich alt vor.

»In Ordnung«, sagte Felicia. »Ich wollte … mich bloß mal gemeldet haben, ja?«

»Klar doch.« Marty öffnete den Hängeschrank und nahm den Bourbon heraus. Mit dem Eingießen wollte er warten, bis sie aufgelegt hatte, damit sie das Gluckern nicht hörte und wusste, was er tat. Schon Ehefrauen verfügten über eine gewisse Intuition, bei Exfrauen schien sich die zu einem HD-Radar zu entwickeln.

»Darf ich sagen, dass ich dich liebe?«, fragte sie.

»Nur wenn ich dasselbe sagen darf«, erwiderte Marty, während er mit dem Zeigefinger über das Etikett auf der Flasche fuhr: Early Times. Genau die richtige Marke für die Endzeit, dachte er.

»Ich liebe dich, Marty.«

»Und ich dich auch.«

Ein gutes Schlusswort für das Gespräch, aber sie war immer noch dran. »Marty?«

»Was denn, Schatz?«

»Die Welt geht gerade vor die Hunde, und wir können nichts anderes tun, als das beschissen zu finden. Deshalb gehen wir vielleicht auch bald vor die Hunde.«

»Kann gut sein«, sagte er. »Aber immerhin geht Chuck Krantz in Ruhestand, was wohl ein Lichtstrahl in der Dunkelheit ist.«

»Neununddreißig wunderbare Jahre«, ergänzte sie, und jetzt war sie es, die lachte.

Er stellte die Milchflasche ab. »Hast du etwa auch die Reklametafel gesehen?«

»Nein, das hab ich aus einem Werbespot im Radio. Aus der Sendung auf NPR, von der ich dir erzählt hab.«

»Wenn die auf NPR Werbespots bringen, ist wirklich das Ende der Welt gekommen«, sagte Marty. Darüber lachte Felicia wieder, was ihn froh machte. »Sag mal, wieso kommt Chuck Krantz eigentlich zu solchen Ehren? Der sieht wie ein Buchhalter aus, und ich hab noch nie von dem gehört.«

»Keine Ahnung. Die Welt ist voller Geheimnisse. Keine scharfen Sachen, Marty. Ich weiß, dass du daran denkst. Trink lieber ein Bier.«

Während er auflegte, lachte er zwar nicht, lächelte aber. Exfrauenradar. Hochauflösend. Er stellte den Bourbon in den Schrank zurück und nahm sich stattdessen ein Bier. Dann warf er ein paar Würstchen in den Topf und ging in sein kleines Arbeitszimmer, um festzustellen, ob das Internet funktionierte, während er darauf wartete, dass das Wasser kochte.

Das Internet funktionierte sogar minimal besser, als wie üblich dahinzukriechen. Er ging auf Netflix, um sich beim

Verzehren seiner Würstchen eine Folge von *Breaking Bad* oder *The Wire* anzuschauen. Der Begrüßungsbildschirm erschien mit Angeboten, die sich zum Abend zuvor nicht verändert hatten (obwohl auf Netflix vor noch nicht langer Zeit praktisch jeden Tag was Neues gekommen war), aber bevor Marty entscheiden konnte, welchen Bösewicht er sehen wollte, Walter White oder Stringer Bell, erlosch das Bild wieder. Das Wort SUCHE erschien, dazu der kleine rotierende Kreis.

»Scheiße«, sagte Marty. »Das wird heute bestimmt nichts …«

Da verschwand der Kreis, und das Bild war wieder da. Nur sah man jetzt nicht mehr den Begrüßungsbildschirm von Netflix, sondern Charles Krantz, der lächelnd an seinem mit Akten beladenen Schreibtisch saß, einen Kugelschreiber in der mit einer Narbe verzierten Hand. Über ihm stand CHARLES KRANTZ, darunter 39 WUNDERBARE JAHRE! DANKE, CHUCK!

»Wer zum Teufel bist du eigentlich, Chucky?«, sagte Marty. »Wieso bist du so wichtig?« Aber dann, als hätte sein Atem das Internet wie eine Geburtstagskerze ausgeblasen, verschwand das Bild, und die Nachricht auf dem Bildschirm lautete VERBINDUNG VERLOREN.

An diesem Abend gab es keine Verbindung mehr, und dabei blieb es. Wie die Hälfte von Kalifornien (bald würden es drei Viertel sein) war das Internet verschwunden.

Was Marty am nächsten Tag als Erstes bemerkte, während er rückwärts aus der Garage fuhr, war der Himmel. Wie lange war es her, dass er ein derart makelloses Blau gesehen hatte? Einen Monat? Sechs Wochen? Inzwischen gab es beinahe ständig Wolken, dazu Regen (manchmal als Nieseln, manchmal als Wolkenbruch), und an Tagen, wo sich die Wolken verzogen, blieb der Himmel von den Bränden im Mittleren Westen normalerweise trüb. Die Brände hatten bereits einen

Großteil von Iowa und Nebraska verwüstet und griffen jetzt, angefacht von stürmischen Winden, auf Kansas über.

Als Zweites bemerkte er Gus Wilfong, der die Straße entlangtrottete. Seine überdimensionierte Lunchbox schlug ihm an den Oberschenkel. Gus trug eine Khakihose, aber dazu eine Krawatte. Er hatte eine Leitungsposition beim städtischen Hoch- und Tiefbauamt inne. Obwohl es erst Viertel nach sieben war, wirkte er so müde und abgespannt, als wäre sein langer Arbeitstag zu Ende anstatt anzufangen. Aber wenn der gerade erst anfing, wieso ging Gus dann auf sein Haus zu, das neben dem von Marty stand? Und außerdem …

Marty ließ das Fenster herunter. »Wo ist denn dein Wagen?«

Gus lachte kurz und humorlos auf. »Der steht auf dem Bürgersteig auf halber Höhe vom Main Street Hill, zusammen mit etwa hundert anderen.« Er stieß hörbar die Luft aus. »Puh, kann mich gar nicht erinnern, wann ich das letzte Mal drei Meilen zu Fuß gegangen bin. Was wahrscheinlich mehr über mich sagt, als du wissen willst. Falls du tatsächlich zur Schule willst, Kumpel, musst du erst mal ein ganzes Stück auf der Route 11 rausfahren und dann auf der 19 einen Bogen schlagen. Das sind mindestens zwanzig Meilen, und reichlich Verkehr gibt's da bestimmt auch. Kann sein, dass du rechtzeitig zur Mittagspause eintriffst, aber da würde ich nicht drauf zählen.«

»Was ist denn passiert?«

»Auf der Kreuzung Main und Market hat sich ein Krater gebildet. Ein ziemlich riesiger, Mann! Möglicherweise hat der ganze Regen, den wir hatten, was damit zu tun, aber in erster Linie wohl die mangelnde Instandhaltung. Gott sei Dank ist dafür nicht ausgerechnet meine Behörde zuständig. Im Krater liegen mindestens zwanzig Fahrzeuge, vielleicht auch dreißig, und manche von den Leuten darin …« Er schüttelte den Kopf. »Die haben das nicht überlebt.«

»Du lieber Himmel«, sagte Marty. »Da hab ich erst gestern Abend gestanden. Im Verkehrsstau.«

»Dann sei froh, dass du nicht heute Morgen da warst. Sag mal, hast du was dagegen, wenn ich kurz einsteige? Mich 'nen Moment zu dir setze? Bin völlig erledigt, und Jenny hat sich bestimmt wieder schlafen gelegt. Da will ich sie nicht aufwecken, vor allem nicht mit so 'ner schlechten Nachricht.«

»Klar.«

Gus stieg ein. »Das ist übel, mein Freund.«

»Echt beschissen«, stimmte Marty zu. Dasselbe hatte er am Vorabend zu Felicia gesagt. »Da kann man nur gute Miene zum bösen Spiel machen.«

»Ich mache aber keine gute Miene«, sagte Gus.

»Nimmst du dir heute frei?«

Gus hob die Hände und ließ sie auf die Lunchbox in seinem Schoß sinken. »Weiß nicht so recht. Wenn ich herumtelefoniere, finde ich vielleicht jemand, der mich abholen kann, aber viel Hoffnung hab ich nicht.«

»Wenn du dir freinimmst, verlass dich lieber nicht darauf, dass du dir was auf Netflix oder Youtube anschauen kannst. Das Internet ist wieder abgestürzt, und ich hab den Eindruck, dass es diesmal dabei bleibt.«

»Von Kalifornien hast du wahrscheinlich gehört«, sagte Gus.

»Heute Morgen hab ich den Fernseher nicht angeschaltet. Hab ein bisschen länger geschlafen.« Marty machte eine Pause. »Ehrlich gesagt, wollte ich es mir ersparen. Gibt es denn was Neues?«

»Ja. Der Rest ist auch dahin.« Gus überlegte. »Na ja … sie sagen, dass zwanzig Prozent von Nordkalifornien noch standhalten, was in Wirklichkeit wahrscheinlich zehn bedeutet, aber die Regionen, wo unsere Nahrungsmittel herkommen, sind verschwunden.«

»Das ist ja schrecklich!« Was natürlich stimmte, aber statt Schrecken, Entsetzen und Kummer spürte Marty nur eine Art betäubte Betroffenheit.

»Kann man wohl sagen«, stimmte Gus zu. »Zumal sich der Mittlere Westen gerade in Holzkohle verwandelt und die Südhälfte von Florida jetzt praktisch ein Sumpf ist, wo nur noch Alligatoren hausen können. Hoffentlich hast du genügend Essen in der Speisekammer und im Gefrierschrank, jetzt sind bei uns nämlich *alle* größeren Regionen, die Nahrungsmittel produzieren, erledigt. In Europa auch. In Asien gibt es schon Hungersnöte mit Millionen Toten. Und eine Pestepidemie, hab ich gehört.«

Von Martys Einfahrt aus sahen sie weitere Leute aus Richtung Stadtzentrum kommen, viele in Anzug und Krawatte. Eine Frau in einem hübschen rosa Kostüm stapfte in Sneakers mühsam dahin, ihre High Heels in der Hand. Soweit Marty wusste, hieß sie Andrea Sowieso und wohnte in der nächsten oder übernächsten Straße. Hatte Felicia ihm nicht erzählt, dass sie bei Midwest Trust arbeitete?

»Und die Bienen!«, fuhr Gus fort. »Die waren schon vor zehn Jahren gefährdet, aber jetzt sind sie total verschwunden, bis auf ein paar Völker unten in Südamerika jedenfalls. Kein Honig mehr, von Honigkuchenpferden ganz zu schweigen. Und wenn's keine Bienen mehr gibt, die die restlichen Obstbäume bestäuben …«

»Moment mal«, sagte Marty. Er stieg aus dem Wagen und trabte los, um die Frau in dem rosa Kostüm einzuholen. »Andrea? Heißen Sie nicht Andrea?«

Misstrauisch drehte die Frau sich um und hob ihre Schuhe, wohl um sich notfalls mit den Absätzen zu wehren. Marty begriff; inzwischen gab es mehr als genug Leute, die einen Sprung in der Schüssel hatten. Deshalb blieb er in einiger Entfernung stehen. »Ich bin der Mann von Felicia Anderson.« Eigentlich der Ex, aber *Mann* hörte sich potenziell weniger gefährlich an. »Sie kennen Felicia doch, oder?«

»Tu ich. Wir waren gemeinsam im Nachbarschaftskomitee. Was kann ich für Sie tun, Mr. Anderson? Ich habe eine lange

Wanderung hinter mir, und mein Wagen steckt im Stadtzentrum in einem offenbar endgültigen Stau fest. Tja, und die Bank, bei der ich arbeite, die ist … am Kippen.«

»Am Kippen«, wiederholte Marty. Vor seinem geistigen Auge sah er ein Bild des Schiefen Turms von Pisa. Mit dem Abschiedsfoto von Chuck Krantz auf der Spitze.

»Sie steht am Rand von diesem Krater. Reingestürzt ist sie zwar noch nicht, aber viel fehlt nicht. Bestimmt wird sie für abbruchreif erklärt. Wahrscheinlich ist damit auch mein Job erledigt, zumindest in der Innenstadtfiliale, aber was soll's. Ich will jetzt nur noch nach Hause und die Füße hochlegen.«

»Ich hab eine Frage zu der Reklametafel auf dem Gebäude. Haben Sie die gesehen?«

»Wie hätte ich die übersehen können?«, antwortete sie. »Schließlich arbeite ich da. Außerdem habe ich die Graffitisprüche gesehen, die man überall findet – Chuck, wir lieben dich, es lebe Chuck, Chuck in Ewigkeit –, und die Spots im Fernsehen.«

»Wirklich?« Marty erinnerte sich daran, was er am Vorabend auf Netflix gesehen hatte, kurz bevor die Verbindung abgebrochen war. Da hatte er es als besonders nervige Werbung abgetan.

»Na ja, jedenfalls auf den örtlichen Sendern. Im Kabelfernsehen vielleicht nicht, aber das kriegen wir nicht mehr rein. Schon seit Juli nicht.«

»Wir auch nicht.« Da er mit der Fiktion angefangen hatte, immer noch Teil eines Wirs zu sein, kam es ihm angemessen vor, damit weiterzumachen. »Bloß Kanal acht und zehn.«

Andrea nickte. »Keine Werbespots für Autos oder Eliquis oder Bob's Möbeldiscount mehr. Bloß noch Charles Krantz, neununddreißig wunderbare Jahre, danke, Chuck. Eine ganze Minute lang, bevor die üblichen Wiederholungen fortgesetzt werden. Sehr merkwürdig, aber was ist das heutzutage nicht? Aber jetzt muss ich wirklich nach Hause.«

»Hat dieser Charles Krantz denn nichts mit Ihrer Bank zu tun? Geht er denn nicht da in Ruhestand?«

Sie blieb einen Moment lang stehen, bevor sie sich mit den High Heels in der Hand, die sie heute nicht brauchen würde, weiter nach Hause schleppte. Vielleicht würde sie die nie wieder brauchen. »Ich habe absolut keine Ahnung, wer Charles Krantz ist. Wahrscheinlich hat er in Omaha in der Zentrale gearbeitet. Wobei Omaha inzwischen bloß noch ein riesiger Aschenbecher ist, soweit ich gehört habe.«

Marty sah sie davonstapfen. Gus Wilfong hatte sich zu ihm gesellt und deutete auf die triste Parade aus Berufstätigen, die nicht mehr zu ihrer Arbeitsstelle gelangen konnten – im Verkauf, im Handel, bei der Bank, als Kellner oder Zusteller.

»Die sehen wie Flüchtlinge aus«, sagte Gus.

»Stimmt, irgendwie schon«, sagte Marty. »Hör mal, du hast dich doch nach meinen Lebensmittelvorräten erkundigt.«

Gus nickte.

»Ich hab einen ziemlich guten Vorrat an Dosensuppen. Außerdem etwas Basmatireis und ein paar Nudelmischungen. Dann noch Cheerios, glaube ich. Und im Gefrierschrank dürften sich etwa sechs Fertiggerichte und ein halber Becher Ben and Jerry's befinden.«

»Du klingst aber nicht besonders besorgt.«

Marty zuckte die Achseln. »Was würde das nützen?«

»Interessant ist das irgendwie schon«, sagte Gus. »Am Anfang waren wir alle besorgt. Wir wollten, dass was geschieht. Die Leute sind nach Washington gefahren, um zu demonstrieren. Weißt du noch, wie sie den Zaun vom Weißen Haus eingedrückt haben und die ganzen Studenten erschossen wurden?«

»Und ob.«

»Von dem Regierungsumsturz in Russland und dem Viertagekrieg zwischen Indien und Pakistan ganz zu schweigen. In Deutschland ist ein Vulkan ausgebrochen, verdammt noch mal – ausgerechnet in *Deutschland!* Wir haben uns gesagt, das würde alles vorübergehen, aber das ist wohl nicht der Fall, was?«

»Nein«, sagte Marty. Obwohl er gerade erst aufgestanden war, fühlte er sich müde. Hundemüde. »Es geht nicht vorüber, es wird immer schlimmer.«

»Und dann die vielen Selbstmorde.«

Marty nickte. »Mit denen hat Felicia täglich zu tun.«

»Ich glaube, die Selbstmorde werden abebben«, sagte Gus. »Die Leute werden einfach nur noch abwarten.«

»Was denn?«

»Das Ende, Kumpel. Das Ende von allem. Wir durchlaufen gerade die fünf Phasen der Trauer, ist dir das nicht klar? Jetzt sind wir bei der letzten angelangt. Akzeptanz.«

Marty schwieg. Ihm fiel nichts ein, was er hätte sagen können.

»Es gibt jetzt kaum noch irgendwelche Neugier. Und das Ganze …« Gus machte eine weit ausholende Bewegung. »Das Ganze ist wie aus heiterem Himmel gekommen. Gut, wir wussten, dass die Umwelt vor die Hunde geht – ich glaube, das war selbst den rechten Spinnern insgeheim klar –, aber das jetzt ist die absolute Katastrophe.« Er warf Marty einen geradezu flehentlichen Blick zu. »Wann hat das alles eigentlich angefangen? Vor einem Jahr? Oder vor vierzehn Monaten?«

»Ja«, sagte Marty. »Beschissen.« Das schien ihm das einzige passende Wort zu sein.

Über sich hörten sie ein Brummen und hoben den Kopf. Inzwischen steuerten nur noch wenige große Jets den städtischen Flughafen an, und das hier war eine kleine Maschine, die durch den ungewöhnlich klaren Himmel summte und dabei eine weiße Spur hinterließ. Sie drehte sich, flog auf und ab, und der Rauch (oder irgendeine chemische Mischung) bildete Buchstaben.

»Nanu«, sagte Gus und reckte den Hals. »Ein Flugzeug, das was an den Himmel schreibt. So was hab ich seit meiner Kindheit nicht mehr gesehen.«

CHARLES, schrieb das Flugzeug. Dann KRANTZ. Und dann – natürlich – 39 WUNDERBARE JAHRE. Der Name franste bereits aus, während die Maschine DANKE, CHUCK! schrieb.

»What the fuck«, sagte Gus.

»Ganz deiner Meinung«, sagte Marty.

Da Marty das Frühstück ausgelassen hatte, erhitzte er eines seiner tiefgefrorenen Fertiggerichte in der Mikrowelle – Hühnerpastete von Marie Callender, ziemlich lecker – und nahm es mit ins Wohnzimmer, um fernzusehen. Die zwei einzigen Sender, die er hereinbekam, zeigten jedoch lediglich das Foto von Charles »Chuck« Krantz an seinem Schreibtisch, den Kugelschreiber auf ewig gezückt. Marty starrte darauf, während er die Pastete verzehrte, dann schaltete er die Glotze ab und legte sich wieder ins Bett. Das erschien ihm am sinnvollsten.

Den größten Teil des Tages verschlief er, und obwohl er dabei nicht von Felicia träumte (jedenfalls nicht, soweit er sich erinnerte), musste er gleich beim Aufwachen an sie denken. Er wollte sie sehen, und wenn er bei ihr war, würde er sie fragen, ob er über Nacht bleiben dürfe. Vielleicht sogar auf Dauer. Gus hatte von der absoluten Katastrophe gesprochen. Wenn das jetzt wirklich das Ende war, wollte er ihm nicht allein entgegentreten.

Harvest Acres, die hübsche kleine Wohnanlage, wo Felicia jetzt lebte, war drei Meilen entfernt, und da Marty nicht riskieren wollte, den Wagen zu nehmen, schlüpfte er in Jogginghose und Sneakers. Es war ein wunderschöner Spätnachmittag unter dem makellos blauen Himmel, ideal zum Spazierengehen, weshalb viele Leute genau das taten. Einige schienen den Sonnenschein zu genießen, die meisten blickten jedoch hauptsächlich auf ihre Füße. Gesprochen wurde nur wenig, selbst von denen, die zu zweit oder zu dritt unterwegs waren.

Auf dem Park Drive, einer der wichtigsten Durchgangsstraßen im Osten der Stadt, waren alle vier Fahrspuren mit Fahrzeugen verstopft, in denen meist niemand mehr saß. Nachdem Marty sich hindurchgeschlängelt hatte, traf er auf der anderen Seite einen älteren Mann mit Tweedanzug und passendem Trilby-Hut. Er saß auf dem Bordstein und klopfte gerade seine Pfeife in die Rinne aus. Als er sah, wie Marty ihn beobachtete, lächelte er.

»Ich ruhe mich bloß ein bisschen aus«, sagte er. »Bin ins Zentrum marschiert, um mir den Krater anzuschauen und mit meinem Handy ein paar Bilder zu machen. Ich dachte, vielleicht hat einer von den lokalen Fernsehsendern Interesse daran, aber die haben anscheinend alle den Betrieb eingestellt. Außer Bildern von diesem Krantz bringen sie jedenfalls nichts.«

»Stimmt«, sagte Mary. »Jetzt kommt nur noch die ganze Zeit Chuck. Haben Sie irgendeine Ahnung, wer …«

»Nein. Ich hab mindestens zwei Dutzend Leute gefragt, aber niemand kennt ihn. Der gute Krantz scheint der Zauberer von Oz in der Zeit der Apokalypse zu sein.«

Marty lachte. »Wo wollen Sie jetzt hin, Sir?«

»Nach Harvest Acres. Hübsche kleine Enklave. Abseits vom Rummel.« Er griff in seine Jacke, zog einen Tabaksbeutel heraus und machte sich daran, die Pfeife zu stopfen.

»Dahin bin ich auch unterwegs. Meine Ex wohnt da. Wie wär's, wenn wir uns zusammentun?«

Als der ältere Herr sich erhob, zog er eine Grimasse. »Solange Sie nicht zu schnell machen.« Paffend steckte er sich die Pfeife an. »Arthritis. Ich hab zwar Tabletten dagegen, aber je stärker die mich plagt, desto weniger hilft das Zeug.«

»Klingt beschissen«, sagte Marty. »Geben Sie einfach das Tempo vor.«

Das tat der Alte, und zwar ein langsames. Sein Name lautete Samuel Yarbrough, und er war Besitzer und Hauptmitarbeiter des gleichnamigen Bestattungsinstituts. »Mein Hauptinteresse ist allerdings die Meteorologie«, sagte er. »Hab schon als Grünschnabel davon geträumt, Wetterfrosch zu werden, vielleicht sogar bei einem von den großen Sendern, aber die haben sichtlich alle eine Schwäche für junge Frauen mit …« Er hielt sich die gewölbten Hände vor die Brust. »Allerdings halte ich mich auf dem Laufenden, lese die Fachzeitschriften, und ich könnte Ihnen da was Erstaunliches erzählen. Nur wenn Sie wollen natürlich.«

»Nur zu.«

Sie kamen zu einer Bushaltestelle mit einer Bank. Auf deren Rücken stand in Schablonenschrift: CHARLES »CHUCK« KRANTZ – 39 WUNDERBARE JAHRE! – DANKE, CHUCK! Sam Yarbrough ließ sich nieder und klopfte auf den Platz neben sich. Marty setzte sich. So hockte er zwar in Windrichtung von Yarbroughs Pfeife, aber das störte ihn nicht. Er mochte den Geruch.

»Sie wissen doch, dass es heißt, der Tag habe vierundzwanzig Stunden, oder?«, sagte Yarbrough.

»Und dass die Woche sieben Tage hat. Das wissen alle, selbst kleine Kinder.«

»Tja, da liegen alle falsch. Ein Sterntag hatte dreiundzwanzig Stunden und sechsundfünfzig Minuten. Plus ein paar Sekunden.«

»Wieso hatte?«

»Eben. Auf der Grundlage meiner Berechnungen, die – wie ich Ihnen versichere – Hand und Fuß haben, hat ein Tag jetzt vierundzwanzig Stunden und *zwei* Minuten. Und wissen Sie, was das bedeutet, Mr. Anderson?«

Marty dachte nach. »Wollen Sie damit etwa sagen, dass die Erdumdrehung sich verlangsamt?«

»Genau.« Yarbrough nahm die Pfeife aus dem Mund und deutete auf die Passanten auf dem Bürgersteig. Da der Nachmittag allmählich in die Dämmerung überging, waren es inzwischen weniger. »Bestimmt meinen viele von den Leuten da, dass die diversen Katastrophen, die sich ereignen, eine einzige Ursache haben, nämlich das, was wir unserer Erde und ihrer Umwelt angetan haben. Das ist aber nicht so. Ich gebe zwar gerne zu, dass wir unsere Mutter – ja, sie ist die Mutter von uns allen – sehr schlecht behandelt haben. Wir haben sie belästigt, wenn nicht gar regelrecht vergewaltigt, aber verglichen mit der großen Uhr des Universums sind wir Pillepalle. *Pillepalle.* Nein, was sich gerade ereignet, ist ein wesentlich größeres Phänomen als reine Umweltzerstörung.«

»Vielleicht ist ja Chuck Krantz schuld daran«, sagte Marty.

Yarbrough sah ihn überrascht an, dann lachte er. »Er wieder, hm? Chuck Krantz geht in Ruhestand, und die gesamte Bevölkerung der Erde, von der Erde selbst ganz zu schweigen, verabschiedet sich gemeinsam mit ihm? Ist das Ihre These?«

»Irgendwas muss man ja verantwortlich machen«, sagte Marty grinsend. »Oder irgendwen.«

Sam Yarbrough erhob sich, griff sich mit der Hand ans Kreuz, richtete sich auf und zog wieder eine Grimasse. »Mr. Spock möge mir verzeihen, aber das ist absolut unlogisch. In Bezug auf das menschliche Leben sind neununddreißig Jahre eine ganze Menge – fast die Hälfte –, aber die letzte Eiszeit ist wesentlich länger her. Vom Zeitalter der Dinosaurier ganz zu schweigen. Schlendern wir weiter?«

Sie schlenderten weiter, während ihre Schatten sich vor ihnen in die Länge streckten. Marty ärgerte sich insgeheim, dass er den besten Teil des wunderschönen Tages verschlafen hatte. Yarbrough bewegte sich immer langsamer. Als sie endlich den aus Backstein gemauerten Bogen erreichten, der den Eingang zu Harvest Acres bildete, setzte sich der alte Bestattungsunternehmer wieder hin.

»Ich glaube, ich sehe mir den Sonnenuntergang an, während ich darauf warte, dass sich meine Arthritis ein bisschen beruhigt. Leisten Sie mir noch etwas Gesellschaft?«

Marty schüttelte den Kopf. »Ich gehe lieber gleich weiter.«

»Um nach der Ex zu schauen«, sagte Yarbrough. »Das verstehe ich. War schön, sich mit Ihnen zu unterhalten, Mr. Anderson.«

Marty ging unter dem Bogen durch, drehte sich dann aber noch einmal um. »Irgendwas *hat* das mit Charles Krantz zu bedeuten«, sagte er. »Da bin ich mir sicher.«

»Womit Sie durchaus recht haben könnten«, sagte Yarbrough paffend. »Aber dass sich die Erdumdrehung verlangsamt hat … Bedeutsamer als das ist nichts, mein Freund.«

Die mittig durch die Wohnanlage führende Straße war von Bäumen gesäumt und in Form einer eleganten Parabel angelegt, von der kürzere Straßen abzweigten. Inzwischen waren die Straßenlaternen angegangen, die Marty sofort an Illustrationen aus einem Dickens-Roman erinnerten. Ihr Schein wirkte fast wie Mondlicht. Als er sich der Fern Lane näherte, wo Felicia wohnte, kam ein Mädchen auf Rollschuhen graziös um die Ecke gefahren. Die Kleine trug rote Schlabbershorts und ein ärmelloses T-Shirt mit irgendeinem Gesicht darauf, vielleicht das eines Rockstars oder Rappers. Ihr Alter schätzte Marty auf zehn oder elf, und ihr Anblick munterte ihn gewaltig auf. Ein kleines Mädchen auf Rollschuhen – was hätte normaler sein können an diesem anormalen Tag? In diesem anormalen *Jahr?*

»Yo«, sagte er.

»Yo«, erwiderte sie, drehte sich jedoch geschickt auf ihren Rollschuhen um, bereit zur Flucht, falls er sich als einer von den Kinderschändertypen entpuppen sollte, vor denen ihre Mutter sie zweifellos gewarnt hatte.

»Ich komme meine Exfrau besuchen«, sagte Marty und blieb stehen, wo er war. »Felicia Anderson. Vielleicht heißt sie jetzt auch wieder Gordon. Das war ihr Mädchenname. Sie wohnt in der Fern Lane. Nummer neunzehn.«

Das kleine Mädchen drehte sich auf ihren Rollschuhen um die eigene Achse, eine mühelose Bewegung, bei der Marty glatt auf den Hintern geknallt wäre. »Ach ja, vielleicht hab ich Sie schon mal gesehen. Blauer Prius?«

»Das ist meiner.«

»Wenn Sie sie besuchen kommen, wieso ist sie dann Ihre Ex?«

»Ich mag sie immer noch.«

»Streitet ihr nicht?«

»Früher schon. Seit wir nicht mehr zusammen sind, kommen wir besser miteinander klar.«

»Ms. Gordon schenkt uns manchmal Ingwerkekse. Mir und meinem kleinen Bruder Ronnie. Eigentlich mag ich Oreos lieber, deshalb …«

»Gehen die Dinger dir eher auf den Keks, was?«, sagte Marty.

»Nee, so schlimm auch wieder nicht. Die bröseln bloß so, wenn …«

In diesem Augenblick gingen die Straßenlaternen aus, wodurch sich die Straße in eine Schattenlagune verwandelte. Gleichzeitig erlosch das Licht in allen Häusern. Es war in der Stadt bereits vorher zu Stromausfällen gekommen, teilweise bis zu achtzehn Stunden lang, aber bisher hatte sich das immer gegeben. Marty war sich nicht sicher, ob das diesmal auch so sein würde. Möglicherweise, aber er hatte so das Gefühl, dass die Elektrizität, die er (wie alle anderen) sein Leben lang für selbstverständlich gehalten hatte, ebenso erledigt war wie das Internet.

»Kacke«, sagte das kleine Mädchen.

»Du gehst jetzt lieber nach Hause«, sagte Marty. »Ohne Straßenbeleuchtung ist es zu dunkel zum Rollschuhfahren.«

»Mister? Wird denn alles wieder gut?«

Selbst hatte er keine Kinder, aber er unterrichtete seit zwanzig Jahren welche und war der Meinung, dass man ihnen zwar die Wahrheit sagen sollte, sobald sie das Alter von sechzehn Jahren erreicht hatten, dass eine gutmütige Lüge aber oft die richtige Strategie war, wenn jemand so jung war wie das Mädchen da. »Klar doch.«

»Aber sehen Sie mal«, sagte sie und hob die Hand.

Er folgte ihrem zitternden Finger zu dem Haus an der Ecke der Fern Lane. Auf dem dunklen Erkerfenster über dem kleinen Rasenfleck tauchte ein Gesicht auf, gebildet aus leuchtenden weißen Linien und Schatten wie Ektoplasma bei einer Séance. Ein lächelndes Mondgesicht. Schwarz gerahmte Brille. Gezückter Kugelschreiber. Darüber: CHARLES KRANTZ. Darunter: 39 WUNDERBARE JAHRE! DANKE, CHUCK!

»Das passiert gerade überall«, flüsterte die Kleine.

Sie hatte recht. Chuck Krantz tauchte auf den Fenstern jedes Hauses in der Fern Lane auf. Als Marty sich umdrehte, sah er einen Bogen aus Krantz-Gesichtern, der sich hinter ihm die Hauptstraße entlangzog. Dutzende Chucks, wenn nicht gar Hunderte. Tausende, falls das Phänomen sich in der ganzen Stadt ereignete.

»Ab nach Hause«, sagte Marty, der nicht mehr lächelte. »Ab nach Hause zu deiner Mama und deinem Papa, Kleine. Auf geht's!«

Ihre Rollschuhe rumpelten über den Bürgersteig, während sie mit fliegenden Haaren davonsauste. Marty sah noch eine Weile die roten Shorts, dann verschwand sie in den dichten Schatten.

Schnell lief er in die Richtung, die sie genommen hatte, beobachtet von dem lächelnden Gesicht von Charles »Chuck« Krantz in jedem Fenster. Von Chuck in seinem weißen Hemd und seiner dunklen Krawatte. Es war, als würde man von einer Horde gespenstischer Klone beobachtet. Glücklicherweise stand kein Mond am Himmel, sonst wäre Chucks Gesicht womöglich auch noch darauf erschienen, und wie hätte Marty *damit* umgehen sollen?

Auf Höhe von Nummer 13 gab er es auf, im Schritttempo zu gehen. Stattdessen rannte er die restliche Strecke zu Felicias kleinem Zweizimmerbungalow und stapfte schnell durch den Vorgarten, um endlich an die Tür zu klopfen. Während er wartete, war er sich plötzlich sicher, dass Felicia noch im Krankenhaus war, vielleicht weil sie eine Doppelschicht arbeitete. Doch dann hörte er Schritte. Die Tür ging auf. Felicia hielt eine Kerze in der Hand, die ihr verängstigtes Gesicht von unten her beleuchtete.

»Marty, Gott sei Dank. Hast du die Gesichter gesehen?«

»Ja.« In ihrem Fenster hing der Bursche ebenfalls. Chuck. Lächelnd. Ganz der typische Buchhalter. Wie ein Jemand, der keiner Fliege etwas zuleide tun würde.

»Die sind einfach … aufgetaucht!«

»Ich weiß. Hab's gesehen.«

»Ob das wohl nur hier passiert ist?«

»Wahrscheinlich überall. Sieht ganz so aus, als käme bald …«

Doch da umarmte sie ihn und zog ihn ins Haus, und er war froh, dass sie ihm keine Chance gelassen hatte, die letzten beiden Wörter auszusprechen: *das Ende.*

2

Douglas Beaton, außerordentlicher Professor für Philosophie am Ithaca College, Fakultät für Philosophie und Religion, sitzt in einem Krankenhauszimmer und wartet darauf, dass sein Schwager Chuck stirbt. Die einzigen Geräusche sind das kontinuierliche *piep … piep … piep* des EKGs und Chucks langsames, zunehmend mühevolles Atmen. Die meisten Geräte sind abgeschaltet worden.

»Onkel Doug?«

Als Doug sich umdreht, sieht er Brian in der Tür stehen, noch in seiner Collegejacke und mit einem Rucksack über der Schulter.

»Bist du früher aus der Schule gekommen?«, fragt Doug.

»Mit Erlaubnis. Mama hat mir eine Nachricht geschickt, dass sie die Erlaubnis erteilt hat, die Geräte abzuschalten. Hat man das schon getan?«

»Ja.«

»Wann?«

»Vor einer Stunde.«

»Wo ist Mama jetzt?«

»In der Kapelle im Erdgeschoss. Sie betet für seine Seele.«

Wahrscheinlich betet sie auch darum, dass sie das Richtige getan hat, denkt Doug. Selbst wenn der Priester gesagt hat, ja, das geht in Ordnung, überlass es Gott, sich um den Rest zu kümmern, kommt es einem nämlich irgendwie falsch vor.

»Ich soll ihr eine Nachricht schicken, wenn es so aussieht, als würde er …« Doug zuckt die Achseln.

Brian tritt zum Bett und blickt auf das reglose, weiße Gesicht seines Vaters hinab. Ohne die schwarz gerahmte Brille, denkt er, sieht sein Vater keinesfalls so alt aus, als hätte er schon einen Sohn, der auf die Highschool geht. Eigentlich sieht er selbst noch wie ein Schüler aus. Brian ergreift die Hand seines Vaters und drückt einen kurzen Kuss auf die halbmondförmige Narbe, die darauf zu sehen ist.

»Leute, die so jung wie er sind, sollten noch nicht sterben«, sagt Brian. Er spricht leise, als könnte sein Vater ihn hören. »Mensch, Onkel Doug, im Winter ist er doch erst neununddreißig geworden!«

»Komm, setz dich«, sagt Doug und klopft auf den leeren Stuhl neben ihm.

»Das ist der Stuhl von Mama.«

»Wenn sie wiederkommt, kannst du ihr ja Platz machen.«

Brian legt den Rucksack ab und setzt sich. »Was meinst du, wie lange es noch dauert?«

»Die Ärzte sagen, dass es jederzeit zu Ende gehen kann. Auf jeden Fall vor morgen, das ist so gut wie sicher. Du weißt ja, dass die Geräte ihm beim Atmen geholfen haben, oder? Und ernährt worden ist er mit Schläuchen. Er hat keine … Brian, er hat keine Schmerzen. Das ist vorüber.«

»Ein Glioblastom«, sagt Brian bitter. Als er sich seinem Onkel zuwendet, weint er. »Wieso sollte Gott meinen Dad zu sich nehmen, Onkel Doug? Erklär mir das.«

»Das kann ich nicht. Gottes Wege sind ein Geheimnis.«

»Ach, scheiß auf das Geheimnis!«, sagt er Junge. »Geheimnisse sollten in Märchenbüchern bleiben, wo sie hingehören.«

Doug nickt und legt Brian den Arm um die Schultern. »Ich weiß, es ist hart, Junge, für mich ist es auch hart, aber mehr kann ich dir nicht sagen. Das Leben ist ein Geheimnis. Ebenso wie der Tod.«

Die beiden verstummen und lauschen auf das kontinuierliche *piep … piep … piep* und das krächzende Geräusch, mit dem Charles Krantz – von seiner Frau, deren Bruder und seinen Freunden Chuck genannt – langsam einen Atemzug nach dem anderen tut. Es sind die letzten Interaktionen seines Körpers mit der Welt, bei denen jedes Ein- und Ausatmen (wie das Schlagen seines Herzens) von einem versagenden Gehirn gesteuert wird, in dem noch ein paar wenige Vorgänge ablaufen. Der Mann, der sein Berufsleben in der Buchhaltungsabteilung der Midwest Trust verbracht hat, macht jetzt seine letzten Abrechnungen: geringe Einnahmen, hohe Ausgaben.

»Bei Banken sind die Leute ja angeblich herzlos, aber die haben ihn da regelrecht geliebt«, sagt Brian. »Sie haben massenhaft Blumen geschickt. Die Krankenschwestern haben sie in den Wintergarten da draußen gestellt, weil er hier keine Blumen haben darf. Wieso eigentlich? Meinen die, dass das einen Allergieschub auslöst oder was?«

»Er hat unheimlich gern da gearbeitet«, sagt Doug. »Für den Lauf der Welt war das wohl nicht gerade systemrelevant – er hätte nie den Nobelpreis gewonnen oder vom Präsidenten die Freiheitsmedaille bekommen –, aber er hat seine Arbeit geliebt.«

»Tanzen auch«, sagt Brian. »Er hat unheimlich gern getanzt. Und er war gut. Mama ebenfalls – zusammen konnten sie echt eine Sohle aufs Parkett legen, hat sie immer gesagt. Aber sie hat auch gesagt, dass er besser war als sie.«

Doug lacht. »Bekanntlich hat er sich als Fred Astaire für Arme bezeichnet. Und als Junge hat er sich für Modelleisenbahnen begeistert. Sein Sajde hatte eine. Du weißt schon, sein Großvater.«

»Ja«, sagte Brian. »Ich weiß von seinem Sajde.«

»Er hatte ein gutes Leben, Brian.«

»Aber es war nicht lang genug. Er wird nie mit dem Zug durch ganz Kanada fahren, wie er es wollte. Oder Australien besuchen – das wollte er auch. Er wird nie miterleben, wie ich die Highschool abschließe. Und er wird nie eine Abschiedsfeier haben, wo die Leute lustige Reden halten und ihm eine goldene …« Er wischt sich mit dem Ärmel über die Augen. »… eine goldene Uhr schenken.«

Doug drückt seinem Neffen die Schultern.

Während Brian weiterspricht, blickt er auf seine im Schoß gefalteten Hände. »Ich würde ja gerne an Gott glauben, Onkel Doug, und irgendwie tue ich das auch, aber ich kapier nicht, wieso es so laufen muss. Wieso Gott es so laufen *lässt*. Ist das wirklich ein Geheimnis? Du bist doch ein echter Philosoph, fällt dir da nichts Besseres ein?«

Nein, weil der Tod die Philosophie zunichtemacht, denkt Doug.

»Du weißt doch, was man sagt, Brian: Der Tod hat viele Gesichter, und er holt uns alle.«

Brian versucht zu lächeln. »Wenn mich das trösten soll, musst du dich mehr anstrengen.«

Das hat Doug anscheinend nicht gehört. Er betrachtet seinen Schwager, der ihm wie ein Bruder vorkommt. Der seiner Schwester ein gutes Leben geschenkt hat. Der ihm geholfen hat, beruflich durchzustarten, und das ist längst nicht alles. Sie haben zusammen unheimlich viel erlebt. Nicht genug, aber es scheint, dass sie sich damit begnügen müssen.

»Das menschliche Gehirn ist begrenzt, es ist nicht mehr als ein Schwamm aus Gewebe in einem Knochenkäfig, aber der Geist darin ist grenzenlos. Er hat eine gewaltige Speicherkapazität, und seine Vorstellungskraft überschreitet unser Verständnis. Ich finde, wenn ein Mensch stirbt, bricht eine ganze Welt zusammen – die Welt, die er kannte und an die er geglaubt hat. Stell dir das vor, Junge – Milliarden Menschen auf der Welt, und jeder einzelne hat eine Welt im Innern. Die Welt, die sein Geist ersonnen hat.«

»Und jetzt stirbt die von meinem Dad.«

»Aber unsere nicht«, sagt Doug und drückt seinen Neffen noch einmal. »Unsere geht noch ein kleines bisschen weiter. Die deiner Mutter auch. Für sie müssen wir stark sein, Brian. So stark, wie wir können.«

Wieder schweigen sie, betrachten den Sterbenden in seinem Krankenbett, lauschen auf das *piep … piep … piep* des EKGs und die langsamen Atemzüge, die Chuck Krantz tut, ein und aus. Einmal hören sie auf, und Chucks Brust bleibt flach. Brian erstarrt. Dann hebt die Brust sich wieder mit einem qualvoll krächzenden Ton.

»Schick Mama eine Nachricht«, sagt Brian. »Sofort.«

Doug hat bereits sein Telefon aus der Tasche gezogen. »Bin schon dabei.« Er tippt: **Komm jetzt lieber. Brian ist hier. Ich glaube, mit Chuck geht es zu Ende.**

3

Marty und Felicia gingen in den Garten hinter dem Haus und setzten sich auf die Sessel, die sie von der Terrasse auf den Rasen getragen hatten. Da überall in der Stadt der Strom ausgefallen war, leuchteten die Sterne sehr hell. Heller, als Marty sie seit seiner Kindheit in Nebraska je gesehen hatte. Damals hatte er ein kleines Teleskop besessen, mit dem er das Universum von seinem Mansardenfenster aus beobachtet hatte.

»Das da ist Aquila«, sagte er. »Der Adler. Und da ist Cygnus, der Schwan. Siehst du ihn?«

»Ja. Und dort ist der Nord…« Sie unterbrach sich. »Marty? Hast du das gesehen?«

»Hab ich«, sagte er. »Der ist gerade erloschen. Und da geht Mars dahin. Lebe wohl, Roter Planet.«

»Marty, ich hab Angst.«

Ob Gus Wilfong heute Abend wohl auch in den Himmel blickte? Und Andrea, die Frau, die mit Felicia im Nachbarschaftskomitee gesessen hatte? Samuel Yarbrough, der Bestattungsunternehmer? Was war mit dem kleinen Mädchen in den roten Shorts? Weißt du, wie viel Sternlein stehen an dem blauen Himmelszelt? Tja, wahrscheinlich bald gar keine mehr.

Marty ergriff ihre Hand. »Ich auch.«

4

Ginny, Brian und Doug stehen neben dem Bett von Chuck Krantz. Sie haben sich an den Händen gefasst und warten, während Chuck – Ehemann, Vater, Buchhalter, Tänzer, Fan von Krimiserien – seine letzten zwei oder drei Atemzüge tut.

»Neununddreißig Jahre«, sagt Doug. »Neununddreißig *wunderbare* Jahre. Danke, Chuck.«

5

Marty und Felicia saßen da, den Blick zum Himmel gewandt, und sahen zu, wie die Sterne erloschen. Erst einzeln und paarweise, dann im Dutzend und schließlich zu Hunderten. Während die Milchstraße in der Dunkelheit versank, wandte Marty sich seiner Exfrau zu.

»Ich liebe …«

Finsternis.

2. Akt: Straßenmusiker

Mithilfe seines Freundes Mac, der einen alten Kleinbus besitzt, baut Jared Franck auf seinem Lieblingsplatz an der Boylston Street zwischen Walgreens und dem Apple-Store sein Schlagzeug auf. Er hat für heute ein gutes Gefühl. Es ist Donnerstagnachmittag, das Wetter ist sagenhaft, und auf den Straßen drängen sich Leute, die sich aufs Wochenende freuen, was immer besser ist als das Wochenende selbst. Für Donnerstagnachmittagsleute ist die Vorfreude noch rein und unverfälscht. Freitagnachmittagsleute müssen sich von der Vorfreude verabschieden und sich anstrengen, möglichst viel Spaß zu haben.

»Alles okay?«, erkundigt sich Mac.

»Ja. Danke.«

»Meine zehn Prozent reichen mir als Dank, Alter.«

Mac macht sich auf den Weg, wahrscheinlich zum Comicladen, vielleicht auch zu Barnes & Noble, und dann zum Stadtpark, um zu lesen, was er erworben hat. Ein großer Leser ist er, der gute Mac. Jared wird ihn anrufen, wenn es Zeit ist, einzupacken. Dann bringt Mac seinen Wagen wieder her.

Auf den Boden stellt Jared einen ramponierten Zylinder (abgewetzter Samt, ausgefranstes Ripsband aus Seide), den er in Cambridge für fünfundsiebzig Cent in einem Trödelladen erstanden hat; davor platziert er ein Schild mit der Aufschrift: DAS IST EIN ZAUBERHUT! GEBT REICHLICH, DANN WIRD EURE SPENDE SICH VERDOPPELN! Er wirft ein paar Dollarscheine hinein, um die Leute auf die richtige Idee zu bringen. Für Anfang Oktober ist es recht warm, weshalb er sich so ausstaffiert hat, wie er es für seine Gigs an der Boylston am liebsten tut – ärmelloses T-Shirt mit FRANCKLY DRUMS auf der Brust, Khakishorts, dazu gammelige Converse-Chucks ohne Socken. Aber selbst an kühlen Tagen legt er normalerweise seine Jacke ab, falls er überhaupt eine trägt. Wenn er erst einmal in Fahrt kommt, wird ihm immer warm.

Jared klappt seinen Hocker auf und legt zur Vorbereitung einen Paradiddle aufs Trommelfell. Einige Leute werfen ihm einen Blick zu, aber die meisten spazieren einfach vorüber, versunken in ihre Gespräche über Freunde, Pläne fürs Abendessen, den richtigen Ort für einen Drink und den verflossenen Tag, der auf der geheimnisvollen Müllhalde gelandet ist, auf der alle verflossenen Tage landen.

Vorläufig ist es noch lange hin bis zwanzig Uhr, wenn üblicherweise ein Streifenwagen vom Boston Police Department an den Bordstein gefahren kommt und sich ein Cop aus dem Beifahrerfenster lehnt, um ihm mitzuteilen, dass es Zeit ist, einzupacken. Dann wird er Mac anrufen, aber jetzt muss erst mal Geld verdient werden. Er stellt seine Hi-Hat und sein Crash-Becken auf und befestigt die Kuhglocke am Ständer. Er hat das unverrückbare Gefühl, dass heute ein Kuhglockentag ansteht.

Jared und Mac arbeiten Teilzeit bei Doctor Records in der Newbury Street, aber an einem guten Tag nimmt Jared auf der Straße fast genauso viel ein wie dort. Außerdem ist es eindeutig angenehmer, an der sonnigen Boylston Street zu trommeln, als im Patschuliduft des Ladens zu stehen und lange Gespräche mit Plattensammlern zu führen, die nach einer Scheibe von Dave Van Ronk auf Folkways suchen oder nach mit einem Paisley-Cover versehenen Raritäten von den Grateful Dead. So Typen würde Jared gern fragen, wo sie gerade waren, als Tower Records das Zeitliche gesegnet hat.

Er hat das Studium an der Juilliard School abgebrochen, die er gern – Kay Kyser möge ihm verzeihen – als Kolleg des musikalischen Kollateralschadens bezeichnet. Drei Semester hat er dort ausgehalten, aber letztlich war es dann doch nichts für ihn. Dort wollte man, dass er über das, was er tat, nachdachte, und was Jared angeht, ist der Beat dein Freund, und Nachdenken ist der Feind. Gelegentlich spielt er bei einem Gig mit, hat jedoch kein besonderes Interesse an Bands. Obwohl er das nie ausspricht (okay, vielleicht hat er es in besoffenem Zustand doch ein paarmal getan), denkt er, dass vielleicht die Musik selbst der Feind ist. Sobald er im Groove ist, gehen ihm allerdings kaum noch solche Sachen durch den Kopf. Sobald er im Groove ist, ist die Musik nichts als ein Schatten. Dann zählt nur noch das Schlagzeug. Der Beat.

Um sich aufzuwärmen, trommelt er zuerst locker los, in gemächlichem Tempo, ohne Kuhglocke, ohne Tomtom, ohne Rimshots, und ohne sich darum zu kümmern, dass der Zauberhut bis auf seine zwei zerknitterten Scheine und einen Vierteldollar leer bleibt, den ein junger Typ auf einem Skateboard verächtlich reingeworfen hat. Er hat Zeit. Er weiß, wie man reinkommt. Mit dem Reinkommen ist es wie mit der Vorfreude auf ein angenehmes Herbstwochenende in Boston – es ist schon der halbe Spaß. Wenn nicht sogar der größte.

Nach sieben Stunden Arbeit bei Paper and Page ist Janice Halliday auf dem Heimweg. Mit gesenktem Kopf und an den Leib gepresster Handtasche stapft sie die Boylston Street entlang. Vielleicht wird sie die bis zum Fenway Park gehen und sich dort nach der nächsten U-Bahn-Station umsehen.

Momentan will sie jedenfalls nur gehen, sonst nichts. Der Typ, der sechzehn Monate lang ihr Freund war, hat gerade mit ihr Schluss gemacht. Sie abserviert, um es nicht zu gewählt auszudrücken. Auf den Mond geschossen. Was er auf zeitgemäße Art getan hat: per Textnachricht.

Wir passen einfach nicht zueinander. ☹

Dann: **Du wirst immer in meinem Herzen sein!** ❤

Dann: **Freunde für immer OK?** ☺ 🤞

Dass sie nicht zueinander passen, bedeutet wahrscheinlich, dass er eine andere kennengelernt hat und das Wochenende mit ihr in New Hampshire verbringen wird, zum Apfelpflücken und später Ficken in irgendeinem B&B. Weder heute noch an einem anderen Abend wird er Janice je in ihrer schicken rosa Bluse und ihrem roten Wickelrock sehen, falls sie ihm nicht ein Foto schickt, begleitet von: **Das verpasst du gerade, du Haufen 💩.**

Das Ganze war total unerwartet gekommen, weshalb es ihr einen derartigen Schock versetzt hat, als hätte man ihr die Tür direkt vor der Nase zugeschlagen. Das Wochenende, das am Morgen noch voller Möglichkeiten zu sein schien, kommt ihr jetzt wie der Eingang zu einer sich langsam drehenden Röhre vor, in die sie kriechen muss. Am heutigen Samstag ist sie zwar nicht zur Arbeit eingeteilt, aber vielleicht ruft sie einfach Maybelline an und fragt, ob sie wenigstens den Samstagvormittag übernehmen kann. Sonntags ist das Geschäft geschlossen. Über den Sonntag denkt sie lieber nicht nach, jedenfalls erst mal nicht.

»Freunde für immer, dass ich nicht lache.« Das sagt sie zu ihrer Handtasche, weil sie nach unten blickt. Eigentlich ist sie gar nicht richtig in den Typen verliebt, das hat sie sich nie vorgemacht, aber sie ist trotzdem fassungslos. Er war ein netter Kerl (wenigstens dachte sie das), ein ziemlich guter Liebhaber und ein unterhaltsamer Zeitgenosse, wie man so sagt. Jetzt ist sie zweiundzwanzig und wurde soeben abserviert, und das ist beschissen. Wenn sie nach Hause kommt, wird sie sich wahrscheinlich ein Glas Wein eingießen und weinen. Weinen könnte gut sein. Therapeutisch. Vielleicht lässt sie auch eine von ihren Bigband-Playlisten laufen und tanzt durchs Zimmer. »Dancing with Myself«, so wie der Billy-Idol-Song. In ihrer Highschoolzeit hat sie unheimlich gern getanzt, und die Tanzabende am Freitag waren immer unbeschwerte Momente. Vielleicht kann sie ein bisschen von der damaligen Unbeschwertheit wiederfinden.

Nein, denkt sie, die ganzen Melodien – und die Erinnerungen – werden mich nur noch mehr zum Heulen bringen. Die Highschool liegt schon lange hinter mir. Das hier ist die wirkliche Welt, wo Typen ohne Vorwarnung mit einem Schluss machen.

Ein paar Straßen weiter hört sie es trommeln.

Charles Krantz – für seine Freunde Chuck – geht in der typischen Rüstung eines Buchhalters die Boylston Street entlang: grauer Anzug, weißes Hemd, blaue Krawatte. Die schwarzen Schuhe von Samuel Windsor waren preiswert, sind aber robust. Die Aktentasche an seiner Seite schwingt hin und her. Die schnatternde Feierabendmenge, die ihn umströmt, nimmt er gar nicht wahr. Er ist in Boston, um an einer einwöchigen Tagung mit dem Titel *Banking im 21. Jahrhundert* teilzunehmen, entsandt von *seiner* Bank, der Midwest Trust, die alle Unkosten übernimmt. Ganz hübsch, nicht zuletzt weil er noch nie in Boston war.

Die Tagung findet in einem für Buchhalter bestens geeigneten Hotel statt, das sauber und relativ billig ist. Die Vorträge und Podiumsdiskussionen hat Chuck genossen (einmal saß er selbst auf dem Podium und wird das noch einmal tun, bevor die Tagung morgen Mittag endet), aber er hat keine Lust, seine Freizeit in Gesellschaft von siebzig weiteren Buchhaltern zu verbringen. Er spricht zwar deren Sprache, sieht sich jedoch gern als jemand, der auch andere Sprachen spricht. Zumindest hat er das getan, selbst wenn ihm der Wortschatz inzwischen teilweise abhandengekommen ist.

Jetzt tragen ihn seine bequemen Schnürschuhe auf einen Nachmittagsspaziergang. Nicht besonders aufregend, aber ziemlich angenehm. *Ziemlich angenehm* reicht ihm dieser Tage aus. Sein Leben ist zwar enger, als er es sich früher einmal ausgemalt hat, aber damit hat er Frieden geschlossen. Ihm ist klar, dass das dem natürlichen Gang der Dinge entspricht. Es kommt eben mal ein Zeitpunkt, wo man erkennt, dass man nie Präsident der Vereinigten Staaten werden wird, und sich damit zufriedengibt, Präsident irgendeiner gemeinnützigen Organisation zu sein. Was durchaus etwas Positives hat. Chuck hat eine Frau, der er penibel treu ist, und einen intelligenten, gut gelaunten Sohn in der Middle School. Außerdem hat er nur noch neun Monate zu leben, was er freilich noch nicht weiß. Die Samen seines Endes – des Ortes, wo das Leben sich auf einen unwiderruflich letzten Punkt verengt – sind so tief gepflanzt, dass kein Skalpell sie je erreichen wird, und sie sind kürzlich erwacht. Bald werden sie schwarze Früchte tragen.

In den Augen der Leute, denen er begegnet – der Collegegirls in ihren bunten Röcken, der Collegeboys mit ihren nach hinten gedrehten Red-Sox-Kappen, der makellos gekleideten Asiaten aus Chinatown, der älteren Damen mit ihren Einkaufstüten, des Vietnam-Veteranen, der ihm einen riesigen Keramikbecher mit der amerikanischen Flagge und dem Motto DER FAHNE TREU hinstreckt –, erscheint Chuck Krantz gewiss als Personifizierung des weißen Amerikas, bis oben hin zugeknöpft und nur auf der Jagd nach dem Dollar. Das ist er tatsächlich, ja, er ist die emsige Ameise, die auf ihrem vorherbestimmten Weg durch die Scharen aus vergnügungshungrigen Heuschrecken wuselt, aber er ist auch etwas anderes. Oder war es zumindest.

Er denkt an die kleine Schwester. Hieß die eigentlich Rachel oder Regina? Oder Reba? Renee? Daran erinnert er sich nicht mehr richtig, nur daran, dass sie die kleine Schwester des Leadgitarristen war.

In seinem vorletzten Jahr an der Highschool, lange bevor er eine emsige, in einem als Midwest Trust bekannten Ameisenhaufen werkelnde Ameise wurde, war Chuck der Leadsänger einer Band, die The Retros hieß. Sie nannten sich so, weil sie eine Menge Titel aus den Sechzigern und Siebzigern spielten, vor allem von britischen Gruppen wie den Stones, den Searchers und The Clash, weil die meisten Titel leicht zu spielen waren. Von den Beatles nahmen sie Abstand, weil es bei denen von allerhand merkwürdigen Dingen wie verminderten Septakkorden nur so wimmelte.

Leadsänger wurde Chuck aus zwei Gründen: Er konnte zwar kein Instrument spielen, aber ganz gut singen, und sein Opa hatte einen alten SUV, mit dem Chuck zu Gigs fahren durfte, falls die nicht zu weit entfernt waren. Am Anfang waren die Retros miserabel, und als sie sich am Ende des Schuljahrs auflösten, waren sie auch nur mittelmäßig, aber sie hatten, wie der Vater des Rhythmusgitarristen es ausdrückte, »den Quantensprung zur Genießbarkeit« getan. Nebenbei wäre es ihnen schwergefallen, zu viel Schaden anzurichten, wenn sie Kram wie »Bits and Pieces« (Dave Clark Five) und »Rockaway Beach« (Ramones) spielten.

Chucks Tenorstimme klang angenehm, wenn auch unauffällig, und er scheute sich nicht davor, zu schreien oder in die Kopfstimme zu wechseln, wenn es angebracht war, aber am liebsten mochte er die Instrumentalpassagen, dann konnte er nämlich über die Bühne tanzen und stolzieren wie Mick Jagger. Manchmal wackelte er auch mit dem Mikrofonständer zwischen den Beinen, was er für anzüglich hielt. Außerdem beherrschte er den Moonwalk, wofür er immer Applaus bekam.

Die Retros waren eine Garagenrockband, die manchmal tatsächlich in einer Garage probte, wenngleich sonst im Partykeller des Leadgitarristen. War Letzteres der Fall, kam dessen kleine Schwester (Ruth? Reagan?) meist in ihren Bermudashorts die Treppe heruntergehüpft. Sie postierte sich zwischen den beiden Fender-Verstärkern, wackelte übertrieben mit Hüften und Po, steckte sich die Finger in die Ohren und streckte die Zunge heraus. Als die Band einmal eine Pause einlegte, schob sie sich an Chuck heran und flüsterte: »Unter uns gesagt, du singst, wie alte Leute ficken.«

Charles Krantz, der zukünftige Buchhalter, flüsterte zurück: »Als ob du irgend 'ne Ahnung hättest, du Affenpopöchen.«

Die kleine Schwester ignorierte das. »Dafür seh ich dich gerne tanzen. Du tanzt zwar wie ein Weißer, aber trotzdem.«

Auch die kleine Schwester, ebenfalls weiß, tanzte gern. Manchmal legte sie nach der Probe eines ihrer selbst zusammengestellten Mixtapes ein, und dann tanzte er mit ihr. Die anderen Bandmitglieder johlten und ließen mittelmäßig clevere Sprüche vom Stapel, während die beiden ihre Michael-Jackson-Moves zum Besten gaben und dabei wie die Irren lachten.

Als Chuck jetzt das Schlagzeug hört, denkt er daran, wie er der kleinen Schwester (Ramona?) den Moonwalk beigebracht hat. Da trommelt irgendein Typ einen simplen Rock-Rhythmus, wie ihn die Retros in den Tagen von »Hang on Sloopy« und »Brand New Cadillac« hätten spielen können. Zuerst meint er allerdings, das würde er nur in seinem Kopf hören, vielleicht weil sich wie oft in letzter Zeit gerade ein Kopfschmerzanfall meldet, aber dann öffnet sich zwischen den Fußgängern hinter der nächsten Kreuzung eine Lücke, und er sieht einen jungen Typen in einem ärmellosen T-Shirt, der auf seinem kleinen Hocker sitzt und diesen genialen Rhythmus aus der guten alten Zeit erklingen lässt.

Chuck denkt: Wo ist eine kleine Schwester, mit der man tanzen kann, wenn man gerade eine braucht?

Jared ist jetzt seit zehn Minuten in Aktion und hat bis auf den einen hohnlachenden Vierteldollar, den der Typ mit dem Skateboard in den Zauberhut geworfen hat, noch nichts vorzuweisen. Was ihm absolut nicht einleuchtet, weil an einem angenehmen Donnerstagnachmittag wie dem heutigen mit der Aussicht aufs Wochenende eigentlich schon mindestens fünf Dollar im Hut liegen sollten. Er braucht das Geld zwar nicht, um sich vor dem Verhungern zu bewahren, aber ein Mann lebt schließlich nicht nur für Essen und Miete. Ein Mann muss sein Selbstbild bewahren, und hier an der Boylston zu trommeln ist ein wichtiger Aspekt davon. Er ist auf der Bühne. Er hat einen Auftritt, und zwar solo. Was im Hut liegt, verrät ihm, ob man auf seinen Auftritt abfährt oder nicht.

Er lässt die Sticks zwischen den Fingerspitzen tanzen, konzentriert sich und spielt das Intro zu »My Sharona«, aber da stimmt was nicht. Es klingt wie aus der Konserve. Er sieht einen Geschäftsmann auf sich zukommen, dessen Aktentasche wie ein kurzes Pendel vor- und zurückschwingt, und etwas an dem Typen – weiß Gott was – weckt in Jared den Wunsch, ihn willkommen zu heißen. Zuerst verfällt er in einen Reggae-Beat, dann in etwas Geschmeidigeres, so etwas wie eine Kreuzung zwischen »I Heard It Through the Grapevine« und »Susie Q«.

Zum ersten Mal seit er den schnellen Paradiddle gespielt hat, um den Klang seines Schlagzeugs zu testen, spürt Jared einen Funken und kapiert, weshalb er heute die Kuhglocke verwenden wollte. Er wechselt in einen Offbeat, worauf das, was er trommelt, sich in etwas Ähnliches wie diesen alten Titel von den Champs verwandelt – »Tequila«. Ziemlich cool das Ganze. Jetzt ist der Groove da, und der Groove ist wie eine Straße, der man folgen will. Er könnte den Rhythmus beschleunigen und gelegentlich das Tomtom einsetzen, aber er beobachtet den Geschäftsmann da drüben, und für den scheint das nicht das Richtige zu sein. Jared hat keine Ahnung, wieso der Typ zum Brennpunkt seines Groove geworden ist, und es ist ihm auch egal. Manchmal läuft es einfach so. Der Groove verwandelt sich in eine Geschichte. Er stellt sich den Geschäftsmann auf Urlaub an einem der Orte vor, wo einem ein rosa Schirmchen in den Drink gesteckt wird. Vielleicht ist er mit seiner Frau dort, vielleicht mit seiner persönlichen Assistentin, einer aschblonden Schönheit in einem türkisfarbenen Bikini. Und dazu hören sie, was er gerade spielt. Er ist der Schlagzeuger, der sich für den abendlichen Auftritt aufwärmt, bevor die Gartenfackeln angezündet werden.

Bestimmt wird der Geschäftsmann auf dem Weg zu seinem Geschäftshotel einfach an ihm vorbeigehen; die Chance, dass er den Zauberhut füttert, tendiert gegen null. Wenn er fort ist, wird Jared sich auf etwas anderes verlegen und der Kuhglocke eine Pause gönnen, aber vorläufig ist das jetzt genau der richtige Rhythmus.

Anstatt vorbeizuschweben, bleibt der Geschäftsmann stehen. Er strahlt. Jared grinst ihm zu und deutet mit dem Kinn auf den Zylinder da auf dem Pflaster, ohne auch nur einen einzigen Schlag zu versäumen. Das registriert der Geschäftsmann scheinbar gar nicht, und den Hut füttert er auch nicht. Stattdessen lässt er die Aktentasche zwischen seine schwarzen Geschäftsmannschuhe fallen und fängt an, die Hüften im Rhythmus von einer Seite zur anderen zu schwenken. Nur die Hüften, alles andere bewegt sich nicht. Seine Miene ist völlig ungerührt, und er scheint auf eine Stelle direkt über Jareds Kopf zu blicken.

»Auf geht's, Mann!«, bemerkt ein junger Typ und wirft ein paar Münzen in den Hut. Für den locker schwingenden Geschäftsmann, nicht für den Beat, aber das ist okay.

Jared fängt an, das Becken mit schnellen, aber sanften Schlägen zu bearbeiten, als würde er es necken, ja beinahe liebkosen. Mit der anderen Hand lässt er im Offbeat die Kuhglocke ertönen und fügt mit dem Pedal etwas Tiefe hinzu. Hört sich geil an. Der Typ im grauen Anzug mag wie ein Banker aussehen, aber sein Hüftschwung ist gekonnt. Jetzt hebt er eine Hand und schlägt mit dem Zeigefinger im Takt. Auf dem Handrücken prangt eine kleine, halbmondförmige Narbe.

Chuck hört, wie der Rhythmus sich verändert und etwas exotischer wird, und einen Moment lang kommt er beinahe wieder zur Besinnung und geht davon. Dann denkt er: Scheiß drauf, ein Tänzchen auf dem Bürgersteig ist schließlich nicht verboten. Er tritt einen Schritt zurück, um nicht über seine Aktentasche zu stolpern, dann legt er die Hände auf seine schwingenden Hüften und dreht sich schwungvoll im Uhrzeigersinn, als würde er kehrtmachen. So hat er es früher getan, wenn die Band »Satisfaction« oder »Walking the Dog« spielte. Jemand lacht, ein anderer applaudiert, und Chuck dreht sich mit fliegendem Rockschoß wieder in die andere Richtung. Er denkt daran, wie er mit der kleinen Schwester getanzt hat. Die kleine Schwester war eine vorlaute Nervensäge, aber was das Tanzen anging, hatte sie das gewisse Etwas.

Chuck wiederum hat das schon jahrelang nicht mehr verspürt, dieses mystische, ungemein wohltuende Etwas, aber trotzdem kommt ihm jede Bewegung perfekt vor. Er hebt ein Bein an und dreht sich auf dem Absatz des anderen um. Dann verschränkt er die Hände hinter dem Rücken wie ein Schuljunge, der etwas aufsagen muss, und macht auf dem Pflaster vor seiner Aktentasche einen stationären Moonwalk.

Ebenso verblüfft wie begeistert ruft der Drummer: »Yow, Daddy!« Er steigert das Tempo, wechselt mit der linken Hand von der Kuhglocke zum Standtom und betätigt das Pedal, ohne das metallische Beckenzischen aufzugeben. Immer mehr Leute bleiben stehen. Das Geld fliegt nur so in den Zauberhut, Scheine wie Münzen. Hier wird was geboten!

Ganz vorn in der kleinen Menge stehen zwei junge Männer mit identischen Baretten und T-Shirts der Rainbow Coalition. Einer wirft einen Fünfer in den Hut und brüllt: »Los, Mann, los!«

Die Ermunterung braucht Chuck nicht. Er ist jetzt total bei der Sache. Das Banking im 21. Jahrhundert hat er vollkommen vergessen. Er befreit den Knopf seiner Anzugjacke, streicht sie mit den Handrücken nach hinten, hakt die Daumen in den Gürtel wie ein Revolverheld und geht in einen modifizierten Spagat, Beine auseinander und zurück. Dem lässt er einen Marschschritt und eine Drehung folgen. Der Drummer lacht und nickt. »Du bist der Hammer«, ruft er. »Du bist der Hammer, Daddy!«

Die Menge wächst an, der Hut füllt sich, Chucks Herz schlägt nicht einfach nur in seiner Brust, es trommelt. Wenn das so weitergeht, droht ein Infarkt, aber das ist ihm schnuppe. Wenn seine Frau ihn jetzt sähe, würde sie an die Decke gehen, aber auch das ist ihm schnuppe. Seinem Sohn wäre das Ganze bestimmt peinlich, aber sein Sohn ist nicht da. Er legt den rechten Schuh an die linke Wade, dreht sich im Kreis, und als er wieder nach vorn schaut, sieht er neben den beiden Typen mit Barett eine hübsche junge Frau stehen. Sie trägt eine hauchdünne rosa Bluse und einen roten Wickelrock, und sie starrt ihn aus weit aufgerissenen Augen fasziniert an.

Chuck streckt ihr strahlend die Hände entgegen und schnippt mit den Fingern. »Auf geht's«, sagt er. »Auf geht's, kleine Schwester, tanz!«

Jared glaubt erst, dass sie das nicht tun wird – sie wirkt ziemlich schüchtern –, doch dann geht sie langsam auf den Mann in dem grauen Anzug zu. Vielleicht wirkt der Zauberhut tatsächlich Magie.

»Tanz!«, sagt einer der Typen mit Barett, und der andere greift es auf. Dabei klatscht er in dem Rhythmus, den Jared vorgibt: »Tanz, tanz, tanz!«

Auf das Gesicht von Janice tritt ein Lächeln, und das besagt: Was soll's! Sie wirft ihre Handtasche neben Chucks Aktentasche und ergreift seine Hände. Jared beendet das filigrane Spiel und verwandelt sich in Charlie Watts – er hämmert unerbittlich. Der Geschäftsmann wirbelt Janice herum, legt eine Hand auf ihre schlanke Taille, zieht sie zu sich heran und führt sie im Quickstepp am Schlagzeug vorbei beinahe bis zur Ecke des Walgreens-Gebäudes. Janice entzieht sich ihm, wackelt tadelnd mit dem Zeigefinger, kommt dann jedoch zurück und fasst Chuck wieder an beiden Händen. Als hätten die beiden das hundertmal geübt, geht er wieder in einen modifizierten Spagat, und sie gleitet zwischen seine Beine, eine gewagte Bewegung, bei der sich der Wickelrock an einem der hübschen Beine bis ganz nach oben rafft. Man hört ein paar Leute nach Luft schnappen, während Janice sich auf eine Hand aufstützt und wieder aufspringt. Sie lacht.

»Pause«, sagt Chuck und klopft sich auf die Brust. »Ich kann nicht …«

Sie springt auf ihn zu, legt ihm die Hände auf die Schultern, und da kann er doch noch. Er ergreift sie an der Taille, schwingt sie auf seiner Hüfte zur Seite und setzt sie sauber auf dem Pflaster ab. Dann hebt er ihre linke Hand in die Höhe, und sie dreht sich darunter wie eine aufgeputschte Ballerina. Inzwischen schauen bestimmt mehr als hundert Leute zu; sie drängen sich auf dem Bürgersteig bis auf die Straße hinunter. Applaus brandet auf.

Jared lässt kurz die Trommeln wirbeln, versetzt dem Becken einen Schlag und hebt triumphierend die Stöcke in die Höhe. Erneut wird applaudiert. Chuck und Janice sehen sich an, beide außer Atem. Eine Haarsträhne, schon ein kleines bisschen grau, klebt Chuck an der schweißigen Stirn.

»Was tun wir da eigentlich?«, sagt Janice. Jetzt, wo das Schlagzeug verstummt ist, blickt sie benommen drein.

»Keine Ahnung«, sagt Chuck. »Aber das ist das Beste, was mir seit ewig langer Zeit passiert ist.«

Der Zauberhut ist so voll, dass er überquillt.

»Zugabe!«, ruft jemand, und die Menge nimmt den Ruf auf. Handys werden gezückt, um den nächsten Tanz zu filmen, und Janice sieht so aus, als wäre sie zu allem bereit, aber sie ist noch jung. Chuck hat ausgetanzt. Er wirft einen Blick auf den Drummer und schüttelt den Kopf. Der Drummer nickt ihm zu, um anzudeuten, dass er begriffen hat. Chuck fragt sich, wie viele Leute wohl schnell genug waren, ein Video von dem ersten Tanz zu machen, und was seine Frau wohl denken wird, wenn sie das sieht. Oder sein Sohn. Und wenn es sich zu einem viralen Hit entwickelt? Das ist zwar unwahrscheinlich, aber wenn doch, wenn man es bei der Bank zu sehen bekommt, was wird man da wohl denken, wenn man sieht, wie der Kerl, den man nach Boston zu einer Tagung geschickt hat, an der Boylston Street das Tanzbein schwingt? Mit einer Frau, die so jung ist, dass sie seine Tochter sein könnte. Oder jemandes kleine Schwester. Was hat er sich bloß dabei gedacht?

»Schluss jetzt, Leute!«, ruft der Drummer. »Wir müssen aufhören, solange wir noch Puste haben.«

»Und ich muss nach Hause«, sagt die junge Frau.

»Geh noch nicht«, sagt der Drummer. »Bitte.«

Zwanzig Minuten später sitzen sie im Stadtpark am Ententeich auf einer Bank. Jared hat Mac herbeigerufen. Chuck und Janice haben ihm geholfen, das Schlagzeug einzupacken und hinten in den Kleinbus zu verladen. Einige Leute scharwenzelten noch auf dem Bürgersteig herum, haben ihnen gratuliert, sie abgeklatscht und weitere Dollar in den überquellenden Hut geworfen. Als sie losgefahren sind – Chuck und Janice Seite an Seite auf dem Rücksitz, die Füße zwischen mehreren Stapeln Comicheften –, hat Mac gemeint, am Stadtpark würden sie doch nie im Leben einen Parkplatz finden.

»Heute schon«, hat Jared erwidert. »Heute ist ein magischer Tag.« Und sie haben tatsächlich einen gefunden, direkt gegenüber vom Four Seasons.

Jared zählt die Einnahmen. Jemand hat doch tatsächlich einen Fünfziger in den Hut geworfen, wahrscheinlich der Typ mit dem Barett, weil er ihn mit einem Fünfer verwechselt hat. Alles in allem sind es mehr als vierhundert Dollar. So einen Tag hat Jared noch nie erlebt. Und nie erwartet. Er legt die zehn Prozent von Mac beiseite (der momentan am Teichufer steht und die Enten mit einer Packung Erdnussbuttercracker füttert, die er zufällig in der Tasche hatte), dann fängt er an, den Rest aufzuteilen.

»Nicht doch!«, sagte Janice, als sie kapiert, was er da tut. »Das gehört dir.«

Jared schüttelt den Kopf. »Von wegen, wir teilen brüderlich. Allein hätte ich nicht mal halb so viel kassiert, selbst wenn ich bis Mitternacht getrommelt hätte.« Nicht dass die Cops das jemals zulassen würden. »Manchmal komme ich auf gut dreißig Dollar, aber bloß an einem wirklich perfekten Tag.«

Chuck spürt wieder den Anfang eines Kopfschmerzanfalls und weiß, dass es ihm um neun Uhr abends hundeelend gehen wird, aber die Ernsthaftigkeit des jungen Mannes bringt ihn trotzdem zum Lachen. »Na dann. Ich brauche das Geld zwar nicht, aber verdient habe ich's mir wohl.« Er hebt die Hand und gibt Janice einen sanften Klaps auf die Wange, wie er es manchmal bei der rotzfrechen kleinen Schwester des Leadgitarristen getan hat. »Du auch, junge Dame.«

»Wo hast du denn so cool tanzen gelernt?«, fragt Jared Chuck.

»Tja, in der Schule gab's einen Nachmittagskurs mit dem Titel *Tanz dich frei*, aber die besten Schritte hat mir meine Oma beigebracht.«

»Und du?«, fragt Jared, an Janice gewandt.

»Mehr oder weniger genauso«, sagt sie und errötet. »Bei Tanzabenden an der Highschool. Wo hast du trommeln gelernt?«

»Hab ich mir praktisch selbst beigebracht.« Er sieht Chuck an. »Übrigens, du warst zwar schon allein cool, Mann, aber mit ihr da ist 'ne ganz neue Dimension dazugekommen. Wie wär's? Wir könnten damit unsere Brötchen verdienen! Ehrlich, ich glaub, das wär der Weg zu Ruhm und Reichtum.«

Einen verrückten Moment lang denkt Chuck wirklich darüber nach und sieht, dass Janice das ebenfalls tut. Nicht ernsthaft, aber so, wie man von einem anderen Leben träumt. Von einem, wo man professionell Basketball spielt, den Mount Everest erklimmt oder bei einem Stadionkonzert ein Duett mit Bruce Springsteen singt. Dann lacht Chuck und schüttelt den Kopf. Während Janice ihr Drittel der Einnahmen in die Handtasche stopft, lacht auch sie.

»Es lag wirklich an dir«, sagt Jared zu Chuck. »Wieso bist du eigentlich vor mir stehen geblieben? Und was hat dich dazu gebracht, so loszulegen?«

Chuck überlegt eine Weile, dann zuckt er die Achseln. Er könnte sagen, dass er an die Retros gedacht hat, seine dilettantische Band von damals, bei deren Instrumentalpassagen er immer eine Show abgezogen hat, über die Bühne getanzt ist und den Mikrofonständer zwischen den Beinen geschwenkt hat. Aber das war es nicht. Und hat er damals überhaupt mit solcher Begeisterung und Freiheit getanzt, obwohl er noch ein Teenager war, jung und gelenkig, ohne Kopfschmerzen und mit nichts zu verlieren?

»Es war magisch«, sagt Janice und kichert. Sie hätte nicht erwartet, heute so ein Geräusch aus ihrem Mund zu hören. Weinen, ja. Kichern, nein. »Wie dein Hut.«

Mac kommt auf sie zu. »Jere, wir müssen los, sonst geht dein Anteil noch für meinen Strafzettel drauf.«

Jared erhebt sich. »Also wollt ihr definitiv nicht 'ne neue Laufbahn einschlagen, ihr zwei? Wir könnten die Stadt von Beacon Hill bis Roxbury aufmischen. Uns einen Namen machen.«

»Ich muss morgen wieder zu einer Tagung«, sagt Chuck. »Und am Samstag fliege ich nach Hause. Da warten Frau und Sohn auf mich.«

»Und allein wäre ich aufgeschmissen«, sagt Janice lächelnd. »Das wäre wie Ginger ohne Fred.«

»Schon kapiert«, sagt Jared und breitet die Arme aus. »Aber bevor ihr euch davonmacht, kommt erst mal her. Zum Gruppenkuscheln.«

Die drei umarmen sich. Chuck weiß, dass die beiden anderen seinen Schweiß riechen können – sein Anzug muss anständig chemisch gereinigt werden, bevor er ihn das nächste Mal anzieht –, und er kann ihren riechen. Aber das ist okay. Janice hat mit dem Wort *magisch* den Nagel auf den Kopf getroffen. Manchmal passiert so etwas. Nicht in großem Stil, aber doch. Wie wenn man in der Tasche einer alten Jacke einen vergessenen Zwanziger findet.

»Straßenmusiker für immer!«, sagt Jared.

Das wiederholen Chuck Krantz und Janice Halliday.

»Straßenmusiker für immer«, sagt Mac. »Super. Aber jetzt sollten wir wirklich abhauen, bevor doch noch 'ne Politesse aufkreuzt.«

Chuck erklärt Janice, dass er zum Hotel Boston hinter dem Prudential Center unterwegs ist. Ob sie in dieselbe Richtung gehe? Das tut sie. Eigentlich wollte sie ja zum Fenway Park weiter, um über ihren Exfreund nachzubrüten und sich trübselig murmelnd mit ihrer Handtasche zu unterhalten, aber sie hat es sich anders überlegt. Sie werde in der Arlington Street in die U-Bahn steigen, sagt sie.

Er begleitet sie dorthin, quer durch den Park. Oben an der Treppe angelangt, wendet sie sich ihm zu und sagt: »Danke für den Tanz.«

Chuck verneigt sich. »Es war mir ein Vergnügen.«

Er blickt ihr hinterher, bis sie nicht mehr zu sehen ist, dann geht er zur Boylston zurück. Dabei bewegt er sich langsam, weil sein Rücken schmerzt. Die Beine schmerzen auch, und sein Kopf pocht. Er kann sich nicht erinnern, je im Leben schon derartig üble Kopfschmerzen gehabt zu haben. Bis vor ein paar Monaten jedenfalls. Wenn das so weitergeht, wird er wohl einen Arzt konsultieren müssen. Er glaubt zu wissen, worum es sich handeln könnte.

Aber darum wird er sich später kümmern. Falls überhaupt. Heute Abend wird er sich ein leckeres Menü gönnen – wieso auch nicht, er hat es sich verdient – und dazu ein Glas Wein. Oder besser Evian. Der Wein könnte die Kopfschmerzen verschlimmern. Wenn er dann seine Mahlzeit intus hat – definitiv samt einem Nachtisch –, wird er Ginny anrufen und ihr erzählen, dass ihr Mann eventuell die nächste eintägige Internet-Sensation wird. Wahrscheinlich kommt es nicht dazu – zweifellos filmt gerade irgendjemand irgendwo einen Hund, der mit leeren Colaflaschen jongliert, und jemand anderes verewigt eine Zigarre rauchende Ziege –, aber trotzdem hält er es für das Beste, die Sache gleich auf den Tisch zu legen. Sicher ist sicher.

Als er an dem Ort vorüberkommt, wo Jared sein Schlagzeug aufgestellt hatte, fallen ihm wieder die beiden Fragen ein: Weshalb bin ich stehen geblieben, um zuzuhören, und weshalb habe ich angefangen zu tanzen? Das weiß er nicht, aber würde eine Antwort etwas so Gutes noch besser machen?

Später wird er die Fähigkeit zu gehen verlieren und erst recht, an der Boylston Street mit der kleinen Schwester zu tanzen. Später wird er die Fähigkeit zu kauen verlieren, weshalb seine Mahlzeiten aus dem Mixer kommen werden. Später wird er nicht mehr in der Lage sein, zwischen Wachsein und Schlaf zu unterscheiden, und in einem Abgrund aus so gewaltigen Schmerzen versinken, dass er sich fragen wird, wieso Gott die Welt erschaffen hat. Später wird er den Namen seiner Frau vergessen. Erinnern wird er sich jedoch – gelegentlich – daran, wie er stehen blieb, die Aktentasche fallen ließ und anfing, die Hüften zum Rhythmus des Schlagzeugs zu bewegen, und dann wird er denken, dass Gott dafür die Welt erschaffen hat. Genau dafür.

1. Akt: Vielheiten

1

Chuck hatte sich darauf gefreut, eine kleine Schwester zu bekommen. Seine Mutter hatte ihm versprochen, er dürfe sie auf dem Arm halten, wenn er ganz behutsam sei. Natürlich hatte er sich auch darauf gefreut, weiterhin Eltern zu haben, aber infolge einer vereisten Stelle auf einer Überführung über die I-95 klappte beides nicht. Wesentlich später, auf dem College, erzählte er seiner Freundin, es gebe zwar jede Menge Romane, Filme und Fernsehserien, wo die Eltern der Hauptfigur bei einem Autounfall ums Leben kämen, aber er sei die einzige ihm bekannte Person, der das im wirklichen Leben zugestoßen sei.

Darüber dachte die Freundin nach, bevor sie ihr Urteil fällte: »Bestimmt passiert so was ständig, wobei Angehörige auch durch Wohnungsbrände, Tornados, Hurrikans, Erdbeben und Lawinen im Skiurlaub sterben können. Um nur ein paar wenige Möglichkeiten aufzuzählen. Wie kommst du überhaupt auf die Idee, du wärst die Hauptfigur in irgendwas anderem als deinem eigenen Kopf?«

Sie schrieb Gedichte und war ziemlich nihilistisch veranlagt. Die Beziehung hielt nur ein Semester.

Chuck saß nicht im Wagen, als der mit dem Dach voran von der Autobahnüberführung flog, weil seine Eltern von einem Abendessen zu zweit kamen und er von seinen Großeltern betreut wurde, die er damals noch Sajde und Bubbe nannte (das hörte in der dritten Klasse auf, weil die anderen Kinder ihn damit aufzogen, worauf er zu Grandpa und Grandma überging, um dem amerikanischen Mainstream zu entsprechen). Albie und Sarah Krantz wohnten nur eine Meile von seinen Eltern entfernt, und so lag es nahe, dass sie ihn nach dem Unfall aufzogen, als er Waise wurde. Da war er sieben.

Ein Jahr lang – vielleicht auch anderthalb – herrschte im Haus uneingeschränkte Trauer. Chucks Großeltern hatten nicht nur ihren Sohn und ihre Schwiegertochter verloren, sondern auch die Enkelin, die ganze drei Monate später auf die Welt gekommen wäre. Einen Namen hatte man schon ausgewählt: Alyssa. Als Chuck gesagt hatte, das würde sich anhören, als ob es regnete, hatte seine Mutter zugleich gelacht und geweint.

Das vergaß er nie.

Seine anderen Großeltern kannte er natürlich, da er sie jeden Sommer besuchte, aber im Grunde waren sie ihm fremd. Nachdem er Waise geworden war, riefen sie oft an, so nach dem Motto: Wie geht's dir und wie läuft es in der Schule? Auch die sommerlichen Besuche gingen weiter; Sarah (alias Bubbe beziehungsweise Grandma) brachte ihn mit dem Flugzeug hin. Dennoch blieben die Eltern seiner Mutter Fremde, die in dem fremden Lande Omaha lebten. Zum Geburtstag und zu Weihnachten schickten sie ihm Geschenke – besonders Letzteres war erfreulich, da Grandma und Grandpa Weihnachten nicht feierten –, aber sonst bedeuteten sie ihm nicht mehr als die Lehrer, die im Lauf seiner Schulzeit an ihm vorüberzogen.

Chuck war der Erste, der sein imaginäres Trauergewand ablegte, wodurch er seine Großeltern (die alt, aber nicht *uralt* waren) aus ihrem eigenen Kummer holte. Als er zehn war, reisten sie mit ihm sogar nach Disney World. Ihre Zimmer im Swan Resort lagen nebeneinander, damit die Tür dazwischen nachts offen stehen konnte, und Chuck hörte seine Großmutter nur ein einziges Mal weinen. In erster Linie hatten sie bei diesem Ausflug nichts als Spaß.

Als sie wieder zu Hause waren, brachten sie etwas von dem guten Gefühl mit. Manchmal hörte Chuck seine Großmutter in der Küche vor sich hin summen oder ein Lied mitsingen, das im Radio lief. Nach dem Unfall hatten sie sich oft auswärts Essen besorgt (und kistenweise Budweiser für seinen Großvater), aber im Jahr nach dem Aufenthalt in Disney World fing Grandma wieder an zu kochen. Reichhaltige Mahlzeiten, durch die der bisher magere Junge zunahm.

Beim Kochen hörte sie gern Rock 'n' Roll, Musik, die Chuck viel zu jung für sie zu sein schien, ihr aber eindeutig gefiel. Wenn er in die Küche kam, um sich einen Keks zu schnappen oder mit einer Scheibe Toast und braunem Zucker eine süße Rolle zu machen, streckte sie die Hände aus und schnippte mit den Fingern. »Tanz mit mir, Henry!«, sagte sie dann.

Er hieß Chuck, nicht Henry, nahm das Angebot jedoch normalerweise an. Sie brachte ihm Jitterbug-Schritte und ein paar Balboa-Figuren bei. Es gebe noch mehr, aber ihr Rücken sei zu steif, als dass sie sich daran versuche. »Zeigen kann ich's dir allerdings«, sagte sie und brachte eines Samstags einen Stapel Videokassetten aus der Blockbuster-Filiale mit: *Swing Time* mit Fred Astaire und Ginger Rogers, *West Side Story* und *Singin' in the Rain,* wo Gene Kelly mit einem Laternenpfahl tanzte. Das wurde Chucks Lieblingsfilm.

»Das könntest du alles lernen«, sagte sie. »Du bist ein Naturtalent, mein Junge.«

Einmal, als sie nach einer besonders anstrengenden Tanzeinlage zu Jackie Wilsons »Higher and Higher« Eistee tranken, fragte er sie, wie sie in ihrer Highschoolzeit gewesen sei.

»Ich war ein heißer Feger«, sagte sie. »Aber verrat bloß deinem Sajde nicht, dass ich so was gesagt hab. Der ist vom alten Schlag, weißt du.«

Chuck verriet es nicht.

Und er stieg nie in die Kuppel hinauf.

Damals noch nicht.

Natürlich erkundigte er sich danach, und das mehr als ein Mal. Was da oben sei, was man vom Fenster aus sehen könne, wieso die Tür abgeschlossen sei. Grandma antwortete, der Boden sei morsch, weshalb er womöglich hindurchfallen würde. Grandpa sagte mehr oder weniger dasselbe, der morsche Boden mache den Raum unbenutzbar, zudem hätte man durch das Fenster da oben nur die unspektakuläre Aussicht auf ein Einkaufszentrum. Jedenfalls behauptete er das bis kurz vor Chucks elftem Geburtstag, als er eines Abends wenigstens einen Teil der Wahrheit erzählte.

2

Alkohol war nicht gut, wenn man Geheimnisse bewahren wollte, das wusste jeder, aber nach dem Tod seines Sohnes, seiner Schwiegertochter und seiner zukünftigen Enkelin (Alyssa, ein Name wie Regen), trank Albie Krantz jede Menge. Er hätte in Aktien von Anheuser-Busch investieren sollen, so viel trank er. Das konnte er sich leisten, weil er im Ruhestand war und gut situiert, und er tat es, weil er ausgesprochen deprimiert war.

Nach der Disney-World-Reise reduzierte er den Alkoholkonsum auf ein Glas Wein zum Abendessen oder ein Bier beim Baseballschauen. Meistens. Ab und zu – zuerst jeden Monat, später alle paar Monate – ließ Chucks Großvater sich allerdings volllaufen. Immer zu Hause und immer, ohne viel Aufhebens darum zu machen. Tags darauf bewegte er sich erst nur bedächtig und nahm bis nachmittags kaum etwas zu sich, bis er also den Normalzustand wieder erreicht hatte.

Eines Abends, als die beiden den Red Sox dabei zusahen, wie sie von den Yankees in Grund und Boden gespielt wurden und Albie bereits seinen zweiten Sechserpack Budweiser angebrochen hatte, kam Chuck wieder einmal auf die Kuppel zu sprechen. In erster Linie, um ein Gesprächsthema zu haben. Da die Sox bereits mit neun Punkten im Rückstand lagen, interessierte ihn das Spiel nicht mehr besonders.

»Bestimmt kann man viel weiter sehen als bloß bis zur Westford Mall«, sagte er.

Darüber dachte sein Großvater nach, dann stellte er mit der Fernbedienung den Ton aus, womit er einen Werbespot für Ford-Pick-ups zum Schweigen brachte (ohnehin war er kein Fan von Ford). »Wenn du da oben raufsteigst, würdest du eventuell wesentlich mehr sehen, als dir lieb ist«, sagte er. »Deshalb ist die Tür verschlossen, Boytshik.«

Chuck spürte, wie ihn ein kleiner und nicht ganz unangenehmer Schauer durchfuhr. Und ihm fiel ein, wie Scooby-Doo und seine Freunde mit der Mystery Machine auf Geisterjagd gingen. Am liebsten hätte er gefragt, was genau sein Großvater damit meine, aber der erwachsene Teil von ihm – noch nicht persönlich anwesend, nicht mit zehn, aber doch etwas, was sich zu seltenen Gelegenheiten meldete – riet ihm, den Mund zu halten. Still zu sein und abzuwarten.

»Weißt du, wie man den Stil nennt, in dem unser Haus erbaut ist, Chucky?«

»Viktorianisch«, sagte Chuck.

»Genau, und zwar nicht einfach nur nachempfunden. Es wurde 1885 erbaut und ist seither mehrfach umgebaut worden, aber die Kuppel war von Anfang an da. Deine Bubbe und ich haben es gekauft, als die Schuhgeschäfte richtig in die Gänge kamen, und wir haben es für 'nen Appel und ein Ei bekommen. Jetzt sind wir schon seit 1971 hier, aber in den ganzen Jahren war ich nicht öfter als fünf-, sechsmal in der verdammten Kuppel.«

»Weil der Boden morsch ist?«, fragte Chuck mit (wie er hoffte) wirkungsvoller Unschuld.

»Weil es dort von Geistern wimmelt«, sagte sein Großvater, worauf Chuck wieder einen Schauder spürte. Diesmal weniger angenehm. Obwohl Grandpa das wahrscheinlich scherzhaft gemeint hatte. Inzwischen scherzte er tatsächlich ab und zu wieder. Scherze waren für ihn das, was Tanzen für Grandma war. Er kippte sein Bier hinunter. Rülpste. Seine Augen waren gerötet. »Die zukünftige Weihnacht. Erinnerst du dich daran, Chucky?«

Das tat Chuck, schließlich sahen sie sich am Weihnachtsabend jedes Jahr die *Weihnachtsgeschichte* nach Charles Dickens an, obwohl sie Weihnachten sonst nicht feierten. Deshalb wusste er bestens, wovon sein Großvater sprach.

»Das mit dem Jefferies-Jungen ist schon wenig später passiert«, sagte Grandpa. Er hatte den Blick auf den Fernseher gerichtet, aber Chuck hatte nicht den Eindruck, dass er den wirklich sah. »Das, was Henry Peterson zugestoßen ist … das hat noch gedauert. Das war erst vier oder fünf Jahre später. Bis dahin hatte ich fast vergessen, was ich da oben gesehen habe.« Er deutete mit dem Daumen an die Zimmerdecke. »Danach hab ich gesagt, ich würde nie mehr da raufgehen, und ich wünschte, dass ich mich dran gehalten hätte. Wegen Sarah – deiner Bubbe – und dem Brot. Es ist das Warten, Chucky, das ist das Schlimme dran. Das wirst du selbst rausfinden, wenn du …«

Chuck hörte, wie die von der Küche nach draußen führende Tür aufging. Es war Grandma, die von einem Besuch bei Mrs. Stanley gegenüber zurückkehrte. Sie hatte der Nachbarin Hühnersuppe gebracht, weil es der nicht gut ging. Das behauptete Grandma jedenfalls, aber obwohl Chuck noch nicht mal elf war, ahnte er, dass es einen anderen Grund gab.

Mrs. Stanley kannte allen Klatsch und Tratsch aus der Nachbarschaft (»die ist 'ne richtige Yente«, sagte Grandpa immer) und war allzeit bereit, ihn weiterzugeben. Grandma wiederum teilte alle Neuigkeiten mit Grandpa, meist nachdem sie Chuck aus dem Zimmer geschickt hatte. Was allerdings nicht zwangsläufig bedeutete, dass er sich außer Hörweite befand.

»Wer war denn Henry Peterson, Grandpa?«, fragte Chuck.

Aber auch sein Großvater hatte seine Frau wohl hereinkommen hören. Er richtete sich im Sessel auf und stellte die Bierdose beiseite. »Sieh dir das an!«, rief er, wobei er recht passabel den Nüchternen spielte (nicht dass Grandma sich davon reinlegen ließe). »Die Sox haben alle Male besetzt!«

3

Zu Beginn des achten Innings schickte Grandma ihren Mann zu Zoney's Go-Mart am Ende des Häuserblocks, um Milch für Chucks Frühstücksflocken zu besorgen. »Und lass den Wagen stehen. Der kleine Spaziergang wird dich wieder ausnüchtern.«

Grandpa verzichtete auf eine Diskussion. Mit Grandma diskutierte er überhaupt nur selten, und wenn er es doch mal versuchte, erreichte er damit nicht viel. Als er fort war, setzte sich Grandma – Bubbe – neben Chuck aufs Sofa und legte ihm den Arm um die Schultern. Er ließ den Kopf auf ihre gemütlich gepolsterte Schulter sinken. »Hat er etwa von seinen Geistern gefaselt?«, fragte sie. »Von denen, die oben in der Kuppel hausen?«

»Äh, ja.« Es hatte keinen Sinn zu schwindeln; so etwas durchschaute Grandma sofort. »Sind da denn wirklich welche? Hast du welche gesehen?«

Seine Großmutter schnaubte. »Na, was denkst du wohl, du Schote?« Später gelangte Chuck zu der Erkenntnis, dass das eigentlich keine Antwort war. »Ich würde dem, was dein Sajde da von sich gibt, nicht zu viel Beachtung schenken. Er ist ein guter Kerl, aber manchmal trinkt er ein bisschen zu viel, und dann kommt er auf seine Lieblingsthemen zu sprechen. Du weißt bestimmt, wovon ich rede.«

Das tat Chuck. Nixon hätte man ins Gefängnis stecken sollen; die *Feygele* bemächtigten sich der amerikanischen Kultur und wollten sie rosa färben; der Miss-America-Wettbewerb (den Grandma liebte) sei nicht mehr als eine Fleischbeschau. Aber von Geistern in der Kuppel hatte er vor dem heutigen Abend nie erzählt. Jedenfalls nicht gegenüber Chuck.

»Bubbe, wer war der Jefferies-Junge?«

Sie seufzte. »Das ist eine sehr traurige Geschichte, Boychuck.« (Das war *ihr* kleiner Scherz.) »Er hat eine Straße weiter gewohnt und wurde von einem betrunkenen Autofahrer überrollt, als er einem Ball hinterhergelaufen ist. Das ist schon lange her. Wenn dein Grandpa dir erzählt hat, er hätte das gesehen, bevor es passiert ist, dann hat er sich geirrt. Oder er hat's erfunden, um dich mal wieder auf die Schippe zu nehmen.«

Grandma wusste, wenn Chuck schwindelte; an jenem Abend stellte Chuck fest, dass diese Begabung in beide Richtungen funktionierte. Das sah er daran, wie sie seinem Blick auswich und stattdessen zum Fernseher hinüberschaute, als ob das, was da lief, sie interessieren würde. Dabei wusste Chuck, dass Baseball ihr absolut schnuppe war, selbst wenn es sich um die World Series handelte.

»Er trinkt einfach zu viel«, sagte Grandma, und damit war das Thema beendet.

Das stimmte vielleicht. Es stimmte sogar *wahrscheinlich*. Trotzdem hatte Chuck von da an Angst vor der Kuppel, zu deren verschlossener Tür eine kurze, enge Treppe (sechs Stufen) führte, die von einer einzelnen nackten Glühbirne an einem schwarzen Kabel erleuchtet wurde. Aber die Kehrseite von Angst war Faszination, und wenn beide Großeltern gerade nicht im Haus waren, wagte er es nach jenem Abend manchmal, die Treppe zu erklimmen. Dann berührte er das Vorhängeschloss, zuckte zusammen, wenn es klirrte (ein Geräusch, das die dahinter eingepferchten Geister aufscheuchen konnte), und lief anschließend wieder hastig nach unten, nicht ohne sich dabei umzublicken. Es war leicht, sich vorzustellen, wie das Schloss aufsprang und auf den Boden fiel. Wie die Tür sich knarrend auf ihren lange nicht benutzten Angeln öffnete. Sollte das geschehen, würde er wohl vor Furcht sterben.

4

Der Keller wiederum war überhaupt nicht furchterregend. Er war hell von Neonröhren erleuchtet. Seit Grandpa seine Schuhgeschäfte verkauft hatte, verbrachte er dort unten viel Zeit mit Holzarbeiten, weshalb es immer süß nach Sägemehl roch. In einer Ecke, weit entfernt von den Hobeln und Schleifmaschinen und der Bandsäge, die Chuck nicht anfassen durfte, entdeckte er eine Schachtel mit Grandpas Hardy-Boys-Büchern. Die waren zwar altmodisch, aber ziemlich gut. Eines Tages las er in der Küche *Das Geheimnis des gekreuzten Schattens,* während er darauf wartete, dass seine Großmutter ein Plätzchenblech aus dem Backofen nahm. Unvermittelt riss sie ihm das Buch aus den Händen.

»Ich hab da was Besseres für dich«, sagte sie. »Schließlich musst du dich weiterentwickeln, Boychuck. Wart einen Augenblick.«

»Jetzt wurde es gerade spannend«, sagte Chuck.

Sie schnaubte, ein Geräusch, wie es nur jüdische Bubbes wahrhaft gekonnt zustande brachten. »In diesen Büchern ist nichts wirklich spannend«, sagte sie und verschwand mit dem Buch aus der Küche.

Zurück kam sie mit *Der Mord an Roger Ackroyd*. »Also, *das* ist ein guter Kriminalroman«, sagte sie. »Da fahren keine bekloppten Teenager auf dem Motorrad durch die Gegend. Sieh das als deine Einführung in echte Literatur an.« Sie überlegte gut. »Na gut, Saul Bellow ist es nicht, aber trotzdem nicht übel.«

Chuck fing mit dem Buch nur an, um seiner Großmutter einen Gefallen zu tun, war jedoch bald Feuer und Flamme. In seinem elften Lebensjahr las er schließlich fast zwei Dutzend Bücher von Agatha Christie. Er versuchte es mit einigen über Miss Marple, begeisterte sich jedoch wesentlich mehr für Hercule Poirot mit seinem gezwirbelten Schnurrbart und seinen kleinen grauen Zellen. Poirot war eine echte Denkmaschine. In den Sommerferien lag Chuck einmal im Garten in der Hängematte und las *Mord im Orientexpress*, als sein Blick zufällig auf das Fenster der Kuppel hoch über ihm fiel. Er überlegte, wie Monsieur Poirot die wohl erforschen würde.

Aha, dachte er. Und dann: *Voilà*, was noch besser war.

Als Grandma das nächste Mal Blaubeermuffins backte, fragte Chuck, ob er Mrs. Stanley welche rüberbringen dürfe.

»Das ist aber sehr aufmerksam von dir«, sagte seine Großmutter. »Nur zu! Aber denk dran, immer erst links und rechts schauen, bevor du die Straße überquerst.« Das sagte sie jedes Mal, wenn er irgendwohin ging. Jetzt jedoch wurden seine kleinen Zellen angeregt, und er fragte sich, ob sie wohl an den Jefferies-Jungen dachte.

Grandma war schon mollig (und wurde immer molliger), aber die verwitwete Mrs. Stanley war mindestens zweimal so dick. Ihr Atem pfiff wie ein undichter Autoreifen, und sie trug anscheinend immer denselben rosa Morgenrock aus Seide. Chuck fühlte sich ein bisschen schuldig, weil sie durch das Gebäck, das er ihr brachte, noch mehr zunehmen würde, aber er brauchte nun einmal bestimmte Informationen.

Sie dankte ihm für die Muffins und schlug ihm vor, mit ihr in die Küche zu kommen und ihr beim Verzehr Gesellschaft zu leisten, was er praktisch vorausgesehen hatte. »Ich könnte Tee aufbrühen!«

»Nein danke«, sagte Chuck. »Tee mag ich nicht, aber ein Glas Milch wäre nett.«

Als sie im Junisonnenschein an dem kleinen Küchentisch saßen, erkundigte sich Mrs. Stanley, wie es so bei Albie und Sarah laufe. In dem Bewusstsein, dass alles, was er in dieser Küche sagte, noch am selben Tag Verbreitung finden würde, antwortete Chuck, den beiden gehe es gut. Aber weil Hercule Poirot die Ansicht vertrat, dass man etwas geben müsse, wenn man etwas bekommen wolle, fügte er hinzu, Grandma würde Klamotten für das lutherische Obdachlosenasyl sammeln.

»Deine Oma ist eine wahre Heilige«, sagte Mrs. Stanley, offenkundig enttäuscht, dass es sonst nichts Hörenswertes gab. »Was ist mit deinem Opa? Hat er das Ding an seinem Rücken anschauen lassen?«

»Ja, hat er«, sagte Chuck. Er nahm einen Schluck Milch. »Der Doktor hat es weggeschnitten und untersuchen lassen. Es war nichts Schlimmes.«

»Na, Gott sei Dank!«

»Ja«, stimmte Chuck zu. Nachdem er nun etwas gegeben hatte, fühlte er sich jetzt berechtigt, etwas zu empfangen. »Übrigens hat er neulich mit Grandma über einen Henry Peterson gesprochen. Der ist wohl tot.«

Er war auf eine Enttäuschung vorbereitet, weil Mrs. Stanley ja vielleicht nie von Henry Peterson gehört hatte. Aber sie riss die Augen so weit auf, dass er Angst hatte, die könnten herausfallen, und gleichzeitig griff sie sich an den Hals, als wäre da drin ein Stück Blaubeermuffin stecken geblieben. »Ach, das war so traurig! So *entsetzlich!* Das war der Mann, der sich um die Buchhaltung von deinem Vater gekümmert hat. Um die von anderen Firmen auch.« Sie beugte sich vor, wobei ihr Morgenmantel Chuck den Blick auf einen so gewaltigen Busen gewährte, dass er zu halluzinieren meinte. Immer noch hielt sie ihren Hals umklammert. *»Er hat sich umgebracht«*, flüsterte sie. »Sich *erhängt!«*

»Hatte er Geld unterschlagen?«, fragte Chuck. In den Büchern von Agatha Christie kam das häufig vor. Ebenso wie Erpressung.

»Was? Mein Gott, nein!« Sie presste die Lippen zusammen, als müsste sie etwas für sich behalten, was für die Ohren des bartlosen jungen Mannes auf der Tischseite gegenüber nicht geeignet war. Falls das tatsächlich der Fall war, siegte ihr angeborener Hang, allen alles zu erzählen. »Seine Frau ist mit einem jüngeren Mann durchgebrannt! Der war kaum alt genug, wählen zu dürfen, *und sie war schon in den Vierzigern!* Was soll man von so was halten?«

Die einzige Erwiderung, die Chuck auf Anhieb einfiel, war: »Wow!« Was zu genügen schien.

Nach Hause zurückgekehrt, nahm er sein Notizbuch vom Regal und kritzelte hinein: *G. hat den Geist von dem Jefferies-Jungen gesehen, kurz bevor der gestorben ist. Den Geist von H. Peterson hat er 4 oder 5 JAHRE davor gesehen.* Chuck hielt inne und kaute beunruhigt an seinem Bic-Stift. Was ihm da im Kopf herumging, wollte er eigentlich nicht hinschreiben, aber er hatte den Eindruck, dass er das als guter Detektiv tun musste. *Sarah und das Brot. HAT ER IN DER KUPPEL DEN GEIST VON GRANDMA GESEHEN???*

Die Antwort kam ihm offensichtlich vor. Wieso hätte Grandpa sonst erwähnen sollen, wie schlimm das Warten sei?

Jetzt warte auch ich, dachte Chuck. Und hoffe, dass sich das alles als Blödsinn entpuppt.

5

Am letzten Tag des sechsten Schuljahrs versuchte Miss Richards – eine junge Frau mit Hippie-Touch, die derart lieb war, dass sie es wahrscheinlich nicht lange im öffentlichen Bildungssystem aushalten würde –, in Chucks Klasse einige Verse von Walt Whitmans »Gesang von mir selbst« vorzulesen. Das klappte nicht gerade gut. Die Schüler waren pampig und wollten keine Gedichte hören, sondern nur in die Sommermonate entkommen, die vor ihnen lagen. Chuck verhielt sich ebenso; wenn Miss Richards in ihr Buch blickte, spuckte er Papierkügelchen durch die Gegend oder zeigte Mike Enderby den Finger, aber eine Zeile aus dem Gedicht dröhnte auf einmal so laut in seinem Kopf, dass er sich kerzengerade aufrichtete.

Als der Unterricht vorüber und die Schüler endlich in die Freiheit entlassen waren, trödelte er herum. Miss Richards saß hinter ihrem Tisch und blies sich eine Haarsträhne aus der Stirn. Als sie Chuck so dastehen sah, lächelte sie ihm matt zu. »Na, das ist ja richtig toll gelaufen, meinst du nicht?«

Chuck wusste, wie Sarkasmus sich anhörte, selbst wenn der sanft war und gegen sich selbst gerichtet. Schließlich stammte er aus einer jüdischen Familie. Zur Hälfte jedenfalls.

»Was bedeutet das eigentlich, wenn er schreibt: Ich bin groß, ich enthalte Vielheiten?«

Ihr Lächeln wurde deutlich lebhafter. Sie stützte das Kinn auf ihre schmale Faust und sah ihn mit ihren hübschen grauen Augen an. »Was meinst denn du, was es bedeutet?«

»Die ganzen Leute, die er kennt?«, mutmaßte Chuck.

»Ja«, stimmte sie ihm zu. »Aber vielleicht meint er noch mehr. Beug dich mal vor.«

Er reckte sich über den Tisch, wo auf ihrem Zensurenbuch der Band *Amerikanische Lyrik* lag. Ganz behutsam legte sie ihm die Hände an die Schläfen. Ihre Handflächen waren kühl. Sie fühlten sich so wunderbar an, dass er ein Erschauern unterdrücken musste. »Was ist da zwischen meinen Händen? Nur die Leute, die du kennst?«

»Mehr«, sagte Chuck. Er dachte an seine Mutter und seinen Vater und das Baby, das er nie hatte auf den Armen halten dürfen. Alyssa, ein Name wie Regen. »Erinnerungen.«

»Genau«, sagte sie. »Alles, was du siehst. Alles, was du weißt. Die *Welt*, Chucky. Flugzeuge am Himmel, Gullydeckel auf der Straße. Mit jedem Jahr, das du lebst, wird diese Welt in deinem Kopf größer und heller, detaillierter und komplexer. Verstehst du?«

»Ich glaube schon«, sagte Chuck. Die Vorstellung, dass sich in der zerbrechlichen Schale seines Schädels eine ganze Welt befand, überwältigte ihn. Er musste an den Jefferies-Jungen denken, der überfahren worden war. Er stellte sich vor, wie Henry Peterson, der sich um die Buchhaltung seines Vaters gekümmert hatte, tot an einem Seil hing (darüber hatte er Albträume gehabt). Deren Welten waren dunkel geworden. Wie ein Zimmer, wenn man das Licht ausknipste.

Miss Richards nahm ihre Hände weg. Sie sah besorgt drein. »Alles in Ordnung, Chucky?«

»Ja«, sagte er.

»Dann geh jetzt deinen Weg weiter. Du bist ein guter Junge. Es war schön, dich in der Klasse zu haben.«

Er ging zur Tür, wo er sich noch einmal umdrehte. »Miss Richards, glauben Sie an Geister?«

Sie dachte nach. »Ich glaube, dass Erinnerungen Geister sind. Aber so was wie Gespenster, die durch die Flure von muffigen Schlössern schweben? Die existieren nur in Büchern und im Kino, glaube ich.«

Und vielleicht in der Kuppel von unserem Haus, dachte Chuck.

»Genieß deinen Sommer, Chucky!«

6

Chuck genoss seinen Sommer bis in den August hinein, bis seine Großmutter starb. Das passierte mitten in der Öffentlichkeit, was ein bisschen würdelos war, aber wenigstens war es die Sorte Tod, bei der die Leute auf der Beerdigung gefahrlos »Gott sei Dank hat sie nicht gelitten« sagen konnten. Jener andere alte Spruch – »sie hatte ein langes, erfülltes Leben« – wäre eher in eine Grauzone gefallen. Sarah Krantz war nicht einmal Mitte sechzig gewesen, wenn auch beinahe.

Wieder herrschte in dem Haus an der Pilchard Street uneingeschränkte Trauer, nur gab es diesmal keinen Ausflug nach Disney World, der einen Genesungsprozess eingeleitet hätte. Chuck nannte Grandma wieder seine Bubbe, zumindest im eigenen Kopf, und weinte sich in vielen Nächten in den Schlaf. Dabei drückte er das Gesicht ins Kissen, damit Grandpa sich nicht noch schlechter fühlte. Manchmal flüsterte er »Bubbe, ich vermisse dich, Bubbe, ich hab dich lieb«, bis der Schlaf ihn endlich übermannte.

Grandpa trug Trauerflor und magerte ab; er hörte auf, seine Witze zu erzählen, und sah älter aus als seine siebzig Jahre, aber außerdem nahm Chuck an ihm ein Gefühl der Erleichterung wahr (oder glaubte es wahrzunehmen). Falls er damit richtig lag, verstand er seinen Großvater. Wenn man tagaus, tagein mit der Furcht vor etwas lebte, musste man ja erleichtert sein, wenn das gefürchtete Ereignis schließlich eintrat und vorüber war. Oder etwa nicht?

Nach dem Tod seiner Großmutter stieg er zwar nicht die Treppe zur Kuppel hinauf, um das Vorhängeschloss zu berühren, aber kurz bevor die Schule wieder losging (er kam in die siebte Klasse der Acker Park Middle School), ging er eines Tages zu Zoney's hinüber. Er kaufte eine Limo und einen Kitkat-Riegel, dann fragte er den Kassierer, wo die Frau mit dem Schlaganfall zum Zeitpunkt ihres Todes gestanden habe. Der

Kassierer, ein übermäßig tätowierter junger Typ mit massenhaft nach hinten gegeltem blondem Haar, stieß ein unschönes Lachen aus. »Das ist aber ein bisschen creepy, Kleiner. Trainierst du etwa für 'ne Karriere als Serienkiller oder so?«

»Sie war meine Grandma«, sagte Chuck. »Meine Bubbe. Als es passiert ist, war ich im Schwimmbad. Dann bin ich nach Hause gekommen und hab nach ihr gerufen, und da hat Grandpa mir gesagt, dass sie tot ist.«

Das Grinsen auf dem Gesicht des Verkäufers erstarb. »O Mann. Tut mir leid. Es war da drüben. Dritter Gang.«

Während Chuck sich auf den Weg dorthin begab, wusste er bereits, was er dort vorfinden würde.

»Sie war gerade dabei, sich einen Laib Brot zu nehmen«, sagte der Kassierer. »Hat fast alles auf dem Regal runtergerissen, als sie zusammengebrochen ist. Tut mir leid, wenn das eine Information zu viel ist.«

»Ist es nicht«, sagte Chuck und dachte: Das ist eine Information, die ich schon kannte.

7

An seinem zweiten Tag auf der Acker Park Middle ging Chuck erst an dem Anschlagbrett vor dem Sekretariat vorüber, dann kehrte er wieder um. Zwischen den Plakaten für das Cheerleader-Team, das Schulorchester und die Testspiele für die neu zu bildenden Sportmannschaften hing eines, auf dem ein Junge und ein Mädchen mitten in einem Tanzschritt abgebildet waren. Der Junge hielt eine Hand hoch, damit das Mädchen sich darunter drehen konnte. Über den beiden lächelnden Kids stand in regenbogenfarbenen Lettern: WARUM NICHT TANZEN LERNEN? Und darunter: KOMM

ZU *TANZ DICH FREI!* BALD IST HERBSTTANZ! RAUF AUFS PARKETT!

Während Chuck das Plakat betrachtete, hatte er plötzlich mit schmerzhafter Klarheit ein Bild vor Augen – seine Großmutter, die ihm in der Küche die Hände entgegenstreckte. Die mit den Fingern schnippte und »tanz mit mir, Henry!« sagte.

Am Nachmittag ging er in die Turnhalle, wo er und neun zögerlich aussehende weitere Kids begeistert von Miss Rohrbacher, der Sportlehrerin für die Mädchen, begrüßt wurden. Chuck war einer von drei Jungen. Mädchen waren sieben da, allesamt größer als die Jungen.

Einer der Jungen, Paul Mulford, versuchte sich davonzuschleichen, als ihm klar wurde, dass er mit knapp über eins fünfzig der Kleinste war. Miss Rohrbacher lief ihm nach und zerrte ihn vergnügt lachend zurück. »Nein, nein, nein«, sagte sie. »Du gehörst jetzt *mir!*«

Das galt nicht nur für ihn, sondern für alle. Miss Rohrbacher war das Tanzmonster, und niemand vermochte sich dem in den Weg zu stellen. Sie warf ihren Ghettoblaster an und brachte ihnen den Walzer bei (den kannte Chuck schon), den Cha-Cha-Cha (den kannte Chuck ebenfalls), einen Steppschritt namens Ballchange (auch den kannte Chuck) und dann den Samba. Den kannte Chuck noch nicht, aber als Miss Rohrbacher »Tequila« von den Champs laufen ließ und ihnen die Grundschritte vorführte, kapierte er ihn sofort und verliebte sich darin.

Er war bei weitem der beste Tänzer in der kleinen Schar, weshalb Miss Rohrbacher ihn hauptsächlich mit den unbeholfeneren Mädchen zusammentat. Ihm war schon klar, dass die sich dadurch verbessern sollten, weshalb er es mit Gelassenheit nahm, aber irgendwie langweilig war es doch.

Kurz bevor die Dreiviertelstunde endete, ließ das Tanzmonster jedoch Gnade walten und brachte ihn mit Cat McCoy zusammen, die in der achten Klasse war und von den Mädchen am besten tanzte. Romantische Erwartungen hegte Chuck zwar nicht – Cat sah nicht nur toll aus, sondern war auch gut zehn Zentimeter größer als er –, aber er genoss es, mit ihr zu tanzen, und das beruhte auf Gegenseitigkeit. Sobald die beiden zusammenkamen, fanden sie sofort den Rhythmus und ließen sich davon durchströmen. Sie sahen einander in die Augen (wobei Cat nach unten schauen musste, was für Chuck frustrierend war, aber Mensch, so war das halt) und lachten vor lauter Freude daran.

Bevor Miss Rohrbacher die Kids gehen ließ, bildete sie Paare (vier Mädchen mussten miteinander tanzen) und verkündete, jetzt sei Freistil angesagt. Weil alle dabei ihre Hemmungen und ihre Schüchternheit verloren, lief das Ganze ziemlich gut, wenngleich die meisten nie an der Copacabana tanzen würden.

Eines Tages – das war im Oktober, etwa eine Woche vor dem großen Herbsttanz – ließ Miss Rohrbacher »Billie Jean« laufen.

»Jetzt passt mal auf«, sagte Chuck und legte einen sehr passablen Moonwalk hin. Die Kids machten *Uuuh!* Miss Rohrbacher klappte die Kinnlade herunter.

»Wahnsinn«, sagte Cat. »Zeig mir, wie du das gemacht hast!«

Er wiederholte es. Cat versuchte, es ihm nachzumachen, konnte jedoch nicht wirklich die Illusion erzeugen, sie liefe rückwärts.

»Zieh die Schuhe aus«, sagte Chuck. »Mach's in Socken. Du musst reingleiten.«

Das tat Cat. Nun lief es wesentlich besser, und alle klatschten. Miss Rohrbacher startete selbst einen Versuch, dann moonwalkten auch alle anderen wie irre. Selbst Dylan Masterson, der sich sonst am ungeschicktesten anstellte, kam auf Touren. An jenem Tag trennte sich *Tanz dich frei* eine halbe Stunde später als üblich.

Chuck und Cat gingen gemeinsam hinaus. »Das sollten wir beim Herbsttanz machen«, sagte sie.

Chuck, der gar nicht vorgehabt hatte hinzugehen, blieb stehen und sah sie mit gehobenen Augenbrauen an.

»Nicht als Date oder so«, fuhr Cat hastig fort. »Ich gehe mit Dougie Wentworth.« Was Chuck bereits wusste. »Aber das heißt nicht, dass wir den anderen nicht ein paar coole Sachen vorführen können. Ich hätte Bock drauf, du nicht?«

»Weiß nicht recht«, sagte Chuck. »Ich bin viel kleiner als du. Die lachen mich bestimmt alle aus.«

»Dagegen lässt sich was unternehmen«, sagte Cat. »Mein Bruder hat ein Paar Cuban Heels, und die würden dir passen, glaube ich. Für 'nen Knirps hast du nämlich ziemlich große Füße.«

»Na, vielen Dank«, sagte Chuck.

Sie lachte und umarmte ihn schwesterlich.

Zum nächsten Treffen des Tanzclubs brachte Cat McCoy die hochhackigen Tanzschuhe ihres Bruders mit. Chuck, dessen Männlichkeit schon wegen seiner Mitgliedschaft im Club infrage gestellt worden war, hatte sich darauf vorbereitet, die Dinger zu hassen, doch stattdessen war es Liebe auf den ersten Blick. Die Schuhe hatten hohe Absätze, liefen vorn spitz zu und waren so schwarz wie Mitternacht in Moskau. Sie sahen beinahe so aus wie solche, die früher Bo Diddley getragen hatte. Okay, ein bisschen groß waren sie schon, aber das ließ sich ändern, indem man Toilettenpapier in die Spitzen stopfte. Vor allem aber … Mann, waren die *glatt!* Als Miss Rohrbacher beim Freistil »Caribbean Queen« laufen ließ, fühlte der Boden der Turnhalle sich an wie eine Schlittschuhbahn.

»Wenn auf dem Boden nachher Kratzer sind, macht der Hausmeister dich zur Sau«, sagte Tammy Underwood. Damit hätte sie wahrscheinlich recht behalten, aber es gab keine Kratzer. Er tanzte zu leichtfüßig, als dass er welche hinterließ.

8

Chuck ging ohne Begleitung zum Herbsttanz, was überhaupt kein Problem war, weil alle Mädchen vom Club mit ihm tanzen wollten. Vor allem Cat, da Dougie Wentworth, ihr Freund, zwei linke Füße hatte und den Abend über hauptsächlich damit verbrachte, mit seinen Kumpeln an der Wand zu lehnen, wo alle Punsch nuckelten und die Tänzer mit überheblichem Grinsen beobachteten.

Cat fragte ihn ständig, wann sie endlich ihr Ding machen würden, aber Chuck vertröstete sie auf später. Wenn der richtige Titel käme, würde er ihn erkennen, sagte er. Dabei dachte er an seine Bubbe.

Gegen neun Uhr, etwa eine halbe Stunde vor dem geplanten Ende der Veranstaltung, kam dann der richtige Titel. Es war Jackie Wilson mit »Higher and Higher«. Chuck schritt mit ausgestreckten Händen auf Cat zu. Sie streifte ihre Schuhe ab, und da Chuck die Cuban Heels ihres Bruders trug, waren sie immerhin fast gleich groß. Sie gingen auf die Tanzfläche, und als sie einen doppelten Moonwalk hinlegten, hörten alle anderen auf zu tanzen, bildeten einen Kreis um sie und fingen an zu klatschen. Miss Rohrbacher, die Aufsicht führte, stand in der Menge, klatschte mit und rief: »Los, los, los!«

Und die beiden legten los. Während Jackie Wilson die fröhliche, gospelartige Melodie sang, tanzten sie wie Fred Astaire, Ginger Rogers, Gene Kelly und Jennifer Beals zugleich. Zum Abschluss drehte sich Cat erst in die eine und dann in die andere Richtung, bevor sie sich rückwärts in Chucks Arme sinken ließ und ihre eigenen dabei wie ein sterbender Schwan ausstreckte. Er wiederum ging in einen Spagat, bei dem ihm wundersamerweise nicht die Hose platzte. Zweihundert Kids jubelten, als Cat den Kopf drehte und Chuck einen Kuss auf den Mundwinkel drückte.

»*Noch mal!*«, brüllte irgendjemand, aber Chuck und Cat schüttelten den Kopf. Sie waren jung, aber klug genug zu wissen, wann sie aufhören mussten. Das Beste ließ sich nicht toppen.

9

Sechs Monate bevor Chuck an einem Gehirntumor starb (im unfairen Alter von neununddreißig Jahren) und während sein Gehirn noch funktionierte (weitgehend), sagte er seiner Frau die Wahrheit über die Narbe auf seinem Handrücken. Es war keine große Sache und auch keine große Lüge gewesen, aber er hatte einen Zeitpunkt in seinem schnell zur Neige gehenden Leben erreicht, wo es ihm wichtig erschien, reinen Tisch zu machen. Beim einzigen Mal, wo seine Frau danach gefragt hatte (es war wirklich eine sehr kleine Narbe), hatte er ihr gesagt, daran wäre ein Junge namens Doug Wentworth schuld. Der wäre sauer gewesen, weil Chuck bei einem Schwof in der Middle School mit seiner Freundin getanzt hätte, weshalb er ihn vor der Turnhalle in einen Maschendrahtzaun gestoßen hätte.

»Und was ist in Wirklichkeit passiert?«, fragte Ginny, nicht weil es wichtig für sie war, sondern *ihm* offenbar so viel bedeutete. Im Grunde war ihr ziemlich gleichgültig, was er in der Middle School erlebt hatte. Die Ärzte hatten prophezeit, dass er wahrscheinlich noch vor Weihnachten sterben würde. Das war es, was ihr wichtig war.

Als der fantastische Tanz von Chuck und Cat vorüber war und der DJ einen aktuelleren Titel auflegte, war Cat McCoy zu ihren Freundinnen hinübergerannt, die sie kichernd und kreischend mit einer Inbrunst umarmt hatten, zu der wohl nur dreizehnjährige Mädchen fähig waren. Chuck war schweißnass und so erhitzt, dass seine Wangen sich anfühlten, als würden sie gleich Feuer fangen. Außerdem war er euphorisch. In diesem Moment wollte er nur hinaus in die Dunkelheit und die kühle Luft, um allein zu sein.

Wie im Traum ging er an Dougie und dessen Freunden vorüber (die ihm nicht die geringste Aufmerksamkeit schenkten), drückte die Tür an der Rückseite der Turnhalle auf und trat auf den asphaltierten Basketballplatz hinaus. Die kühle Herbstluft löschte das Feuer in seinen Wangen, aber nicht die Euphorie. Er hob den Blick, sah eine Million Sterne und begriff, dass sich hinter jedem einzelnen davon eine weitere Million verbarg.

Das Universum ist riesig, dachte er. Es enthält Vielheiten. Auch *mich* enthält es, und in diesem Augenblick bin ich wunderbar. Ich habe ein Recht darauf, wunderbar zu sein.

Zu der von drinnen kommenden Musik legte er unter dem Basketballkorb einen Moonwalk hin (bei seiner kleinen Beichte gegenüber Ginny konnte er sich nicht mehr erinnern, welche Musik es gewesen war, aber der Vollständigkeit halber – es war »Jet Airliner« von der Steve Miller Band), dann wirbelte er mit ausgebreiteten Armen im Kreis. Als wollte er alles umarmen.

In seiner rechten Hand spürte er einen Schmerz. Keinen starken, nur ein kleines Autsch, aber das reichte aus, ihn aus seinem freudigen Überschwang zu reißen und auf die Erde zurückzuholen. Er sah, dass er am Handrücken blutete. Während er unter den Sternen wie ein Derwisch herumgewirbelt war, hatte seine ausgestreckte Hand den Maschendrahtzaun gestreift, und ein herausragendes Drahtende hatte ihn geritzt. Es war nur eine oberflächliche Wunde, die kaum ein Pflaster benötigte. Dennoch hinterließ sie eine Narbe. Eine winzige, weiße, halbmondförmige Narbe.

»Wieso hast du mich denn überhaupt angelogen?«, fragte Ginny. Sie lächelte, während sie seine Hand ergriff und einen

Kuss auf die Narbe drückte. »Es würde mir ja einleuchten, wenn du mir erzählt hättest, dass du es dem angeblichen Angreifer heimgezahlt hast, aber das hast du ja nicht behauptet.«

Nein, das hatte er nicht behauptet, und er hatte nie irgendwelchen Zoff mit Dougie Wentworth gehabt. Zum einen war der ein gutmütiger Trottel gewesen, und zum anderen war Chuck Krantz damals ein Knirps aus der siebten Klasse, der keinerlei Aufmerksamkeit verdiente.

Wieso also hatte er diese Lüge erzählt, wenn er sich nicht als Held einer fiktiven Geschichte darstellen wollte? Weil die Narbe aus einem anderen Grund von Bedeutung war. Weil sie zu einer Geschichte gehörte, die er nicht erzählen konnte, obwohl jetzt ein Wohnblock an der Stelle des viktorianischen Hauses stand, in dem er aufgewachsen war. Eines Hauses, in dem es gespukt hatte.

Die Narbe bedeutete etwas Größeres, also hatte er eine größere Sache daraus *gemacht*. Nur konnte er keine so große Sache daraus machen, dass die tatsächlich der Bedeutung dieser Narbe entsprach. Das alles ergab womöglich keinen rechten Sinn, aber während das Glioblastom seinen Blitzkrieg fortsetzte, war es das Beste, wozu sein sich auflösendes Denken in der Lage war. Er hatte Ginny endlich die Wahrheit darüber erzählt, wie die Narbe entstanden war, und das musste ausreichen.

10

Vier Jahre nach Chucks Auftritt beim Herbsttanz starb sein Grandpa, sein Sajde. Albie Krantz stieg gerade die Treppe zur Stadtbibliothek hinauf, um ein Exemplar von *Früchte des Zorns* zurückzugeben – ein Buch, das, wie er gesagt hatte, genauso gut war wie bei der ersten Lektüre. Chuck ging damals in die vorletzte Klasse der Highschool, sang in einer Band und tanzte in den Instrumentalpassagen wie Mick Jagger.

Sein Großvater hinterließ ihm alles. In den Jahren, seit Albie Krantz sich früh aus dem Geschäftsleben zurückgezogen hatte, war das ehemals ziemlich große Vermögen beträchtlich geschrumpft, aber es war noch genügend da, Chucks Studium zu bezahlen. Später finanzierte Chuck mit dem Verkauf des viktorianischen Hauses das Eigenheim (klein, aber in einem guten Wohnviertel und mit einem wunderhübschen Kinderzimmer nach hinten raus), in das er und Virginia nach ihren Flitterwochen in den Catskills zogen. Als neuer Angestellter bei Midwest Trust – vorerst einfacher Schalterbeamter – hätte er sich ohne das Erbe nie ein eigenes Haus leisten können.

Nach dem Tod seines Großvaters hatte sich Chuck strikt geweigert, zu den Eltern seiner Mutter nach Omaha zu ziehen. »Ich mag euch gern, aber ich bin hier aufgewachsen und will hier bleiben, bis ich aufs College gehe«, hatte er gesagt. »Schließlich bin ich schon siebzehn und kein Baby mehr.«

Daher zogen die beiden, die schon lange im Ruhestand waren, zu ihm in das viktorianische Haus und blieben die etwa zwanzig Monate, bis Chuck an die University of Illinois kam.

Zur Trauerfeier und zur Beerdigung konnten sie jedoch noch nicht kommen. Beides ging schnell über die Bühne, wie Grandpa es gewollt hatte, und die beiden mussten in Omaha erst allerhand erledigen. Chuck vermisste sie eigentlich nicht.

Er war von Freunden und Nachbarn umgeben, die er wesentlich besser kannte als die Eltern seiner Mutter. Am Tag bevor sie eintrafen, öffnete er endlich den braunen Umschlag, der auf dem Tisch im Hausflur gelegen hatte. Er stammte vom Bestattungsinstitut und enthielt die persönliche Habe von Albie Krantz – soweit sie sich in seinen Taschen befunden hatte, als er auf der Treppe zur Bibliothek zusammengebrochen war.

Chuck leerte den Umschlag auf dem Tisch aus. Klirrend fielen ein paar Münzen heraus, dazu Hustenbonbons, ein Taschenmesser, das neue Handy, zu dessen Benutzung Grandpa noch kaum Gelegenheit gehabt hatte, und seine Geldbörse. Chuck nahm die Börse in die Hand, schnupperte an ihrem alten, weichen Leder, küsste sie und weinte ein bisschen. Jetzt war er endgültig Waise.

Außerdem lag da der Schlüsselring seines Großvaters. Chuck schob ihn auf den Zeigefinger seiner rechten Hand (der mit der halbmondförmigen Narbe) und stieg die kurze, dunkle Treppe zur Kuppel hinauf. Bei diesem letzten Mal ließ er das Vorhängeschloss nicht nur klirren. Nach kurzer Suche fand er den richtigen Schlüssel und steckte ihn hinein. Er ließ das Schloss am Bügel hängen, drückte die Tür auf und zuckte dann beim Ächzen der alten, lange nicht geschmierten Angeln kurz zusammen. Chuck war auf alles vorbereitet.

11

Aber da war nichts. Der Raum war leer.

Es war eine kleine, runde Kammer von nicht viel mehr als vier Meter Durchmesser, vielleicht weniger. An der gegenüberliegenden Seite gab es ein einzelnes breites Fenster, vom Schmutz vieler Jahre überzogen. Obwohl der Tag sonnig war, ließ es nur trübes, diffuses Licht herein. Auf der Schwelle stehend, hob Chuck einen Fuß und stellte ihn vorsichtig auf eine der Bodendielen wie ein kleiner Junge, der die Wassertemperatur eines Sees prüfte. Die Diele knarrte nicht und gab nicht nach. Er trat ins Zimmer, bereit, sofort zurückzuspringen, wenn der Boden einsackte, aber nichts geschah. Während er zum Fenster ging, hinterließ er Fußabdrücke im dichten Staub.

Was den angeblich morschen Boden anging, hatte Grandpa geschwindelt, aber das mit dem Blick stimmte. Der war wirklich nicht spektakulär. Hinter dem Grüngürtel sah Chuck das Einkaufszentrum und jenseits davon einen aus lediglich fünf Wagen bestehenden Amtrak-Zug, der sich aufs Stadtzentrum zubewegte. Da die morgendliche Rushhour vorüber war, saßen bestimmt nur wenige Leute darin.

Chuck blieb am Fenster stehen, bis der Zug verschwunden war, dann folgte er seinen Fußabdrücken zur Tür zurück. Als er sich draußen umdrehte, um sie zu schließen, sah er in der Mitte des runden Raums ein Bett stehen. Es war ein Krankenhausbett. Darin lag ein Mann, der offenbar nicht mehr bei Bewusstsein war. Medizinische Geräte waren nicht zu sehen, aber Chuck hörte trotzdem eines, das *piep … piep … piep* machte. Vielleicht ein EKG-Monitor. Neben dem Bett stand ein Tischchen, auf dem sich verschiedene Lotionen und eine schwarz gerahmte Brille befanden. Die Augen des Mannes waren geschlossen. Eine Hand lag auf der Bettdecke, und ohne überrascht zu sein, sah Chuck darauf die halbmondförmige Narbe.

In diesem Raum hatte Chucks Grandpa – sein Sajde – seine Frau tot daliegen sehen, umgeben von Brotlaiben, die sie bei ihrem Sturz vom Regal reißen würde. *Es ist das Warten, Chucky,* hatte er gesagt. *Das ist das Schlimme dran.*

Jetzt würde er selbst anfangen zu warten. Wie lange das wohl dauern würde? Wie alt war der Mann im Krankenhausbett eigentlich?

Chuck wollte noch einmal in die Kuppel treten, um genauer hinzuschauen, aber die Vision hatte sich aufgelöst. Kein Mann mehr, kein Krankenhausbett, kein Tischchen. Der unsichtbare Monitor gab ein letztes, leises Piepen von sich, dann war auch er verschwunden. Das Bild war nicht allmählich verblasst, wie es Geistererscheinungen in Filmen taten, es war einfach weg, wie um darauf zu beharren, dass der Mann im Bett gar nicht da gewesen war.

Er war auch nicht da, dachte Chuck. Ich werde darauf beharren, dass er nicht da war, und ich werde mein Leben leben, bis es zu Ende geht. Ich bin wunderbar, ich verdiene es, wunderbar zu sein, und ich enthalte Vielheiten.

Er drückte die Tür zu und ließ das Schloss zuschnappen.

Blutige Nachrichten

Im Januar 2021 fischen die Conrads einen kleinen gepolsterten Umschlag, adressiert an Detective Ralph Anderson, aus dem Briefkasten ihrer Nachbarn. Die Andersons machen gerade dank einem endlosen Lehrerstreik in ihrer County einen längeren Urlaub auf den Bahamas. (Ralph hat darauf bestanden, dass sein Sohn Derek seine Schulbücher mitnimmt, was Derek als »lächerlichen Scheiß« bezeichnet hat.) Die Conrads haben sich bereit erklärt, die ankommende Post an die Urlaubsadresse weiterzuleiten, bis die Familie nach Flint City zurückkehrt, aber auf diesem Umschlag steht in Großbuchstaben: NICHT WEITERLEITEN, SONDERN BIS RÜCKKEHR AUFBEWAHREN. *Als Ralph den Umschlag schließlich öffnet, findet er einen USB-Stick mit der Aufschrift* Blutige Nachrichten, *offenbar eine Anspielung auf die alte Journalistenregel, dass blutige Nachrichten sich gut verkaufen. Auf dem Stick gespeichert sind ein Ordner und eine Audiodatei. Der Ordner enthält Fotografien und Spektrogramme. Die Datei enthält eine Art Bericht, ein gesprochenes Tagebuch von Holly Gibney, mit der Ralph einmal einen Fall gelöst hat, der in Oklahoma seinen Anfang nahm und in einer texanischen Höhle endete. Durch den damaligen Fall hatte sich die Art und Weise, wie Ralph Anderson die Wirklichkeit wahrnimmt, für immer verändert. Die letzten Worte von Hollys Audiobericht sind auf den 19. Dezember 2020 datiert. Sie klingt atemlos.*

Ich habe mein Bestes getan, Ralph, nur reicht das vielleicht nicht. Trotz meiner ganzen Planung besteht natürlich die Chance, dass ich die Sache nicht überlebe. Falls es so kommt, solltest du wissen, wie viel mir deine Freundschaft bedeutet hat. Falls ich tatsächlich sterbe und du fortführen willst, was ich begonnen habe, pass bitte auf dich auf. Denk dran, du hast Frau und Sohn.

[Hier endet der Bericht.]

8. bis 9. Dezember 2020

1

Pineborough Township ist eine nicht weit von Pittsburgh entfernte Gemeinde. Obgleich der Westen von Pennsylvania größtenteils landwirtschaftlich geprägt ist, weist Pineborough ein florierendes Stadtzentrum auf und hat knapp vierzigtausend Einwohner. Wenn man die Stadtgrenze überquert, kommt man an einer riesigen Bronzeskulptur von zweifelhaftem kulturellem Wert vorüber (den Einwohnern scheint sie allerdings zu gefallen). Auf dem Wegweiser steht: DER GRÖSSTE KIEFERNZAPFEN DER WELT! Neben dem Objekt ist ein kleiner Parkplatz für Leute, die picknicken oder Fotos machen wollen. Letzteres tun viele, wobei sie ihre jüngeren Kinder manchmal auf die Schuppen des Zapfens stellen. (Ein kleines Schild mahnt: »Bitte keine Kinder über 20 kg auf dem Kiefernzapfen.«) Am heutigen Tag ist es zu kalt für ein Picknick, die mobile Toilettenkabine ist saisonbedingt abtransportiert worden, und die Bronzeskulptur von zweifelhaftem kulturellem Wert ist mit blinkenden Weihnachtslichtern dekoriert.

Nicht weit hinter dem Riesenzapfen und nahe dem Ort, den die erste Verkehrsampel als den Anfang des Stadtzentrums markiert, steht die Albert Macready Middle School, wo annähernd fünfhundert Schüler die siebte, achte und neunte Klasse besuchen – hier gibt es keinen Lehrerstreik.

Am 8. Dezember biegt um Viertel vor zehn ein Kleintransporter mit der Aufschrift *Pennsy Speed Delivery* in die kreisrunde Zufahrt der Schule ein. Der Zusteller steigt aus und bleibt ein, zwei Minuten vor dem Wagen stehen, um sein Klemmbrett zu studieren. Dann schiebt er die Brille den schmalen Nasenrücken hoch, streicht über den kleinen Schnurrbart und geht zum Heck. Dort kramt er herum und zieht ein quadratisches Paket mit einer Kantenlänge von knapp einem Meter heraus. Er kann es problemlos tragen, also ist es offenbar nicht allzu schwer.

An der Tür hängt ein Schild mit der Aufschrift KEIN ZUTRITT OHNE VORHERIGE GENEHMIGUNG. Der Zusteller drückt die Taste an der Sprechanlage unter dem Schild, worauf die Schulsekretärin Mrs. Keller sich nach seinem Anliegen erkundigt.

»Ich hab hier ein Paket für jemand mit Namen …« Er senkt den Kopf, um das Etikett zu betrachten. »Ach du jemine. Sieht nach Latein aus. Es ist für die Nemo … Nemo Impune … Tja, weiß nicht, wie man das genau ausspricht.«

Mrs. Keller hilft ihm aus der Klemme. »Für die Nemo-Me-Impune-Lacessit-Gesellschaft, stimmt's?«

Der Mann auf ihrem Videobildschirm blickt erleichtert drein. »Wenn Sie das sagen. Auf jeden Fall heißt das letzte Wort *Gesellschaft*. Was bedeutet das Ganze denn?«

»Das sage ich Ihnen, wenn Sie drinnen sind.«

Mrs. Keller lächelt, während der Zusteller den Metalldetektor passiert, das Sekretariat betritt und das Paket auf die Theke legt. Es ist über und über mit Aufklebern verziert, darunter Weihnachtsbäume, Stechpalmenblätter und Weihnachtsmänner, vor allem jedoch Schotten mit Kilt und schwarzer Bärenfellmütze, die Dudelsack spielen.

»Also«, sagt er, nimmt seinen Scanner vom Gürtel und richtet ihn auf den Adressaufkleber. »Was bedeutet Nemo Me Impune, wenn man's vom hohen Ross holt?«

»Das ist ein alter schottischer Wahlspruch«, sagt sie. »Er bedeutet: *Niemand reizt mich ungestraft.* Mr. Griswold hat für seinen Kurs in Gegenwartskunde eine Partnerschule in Schottland aufgetrieben, ganz in der Nähe von Edinburgh. Die Schüler tauschen sich per E-Mail und Facebook miteinander aus, sie schicken sich Fotos und so. Inzwischen sind die schottischen Kids Fans von den Pittsburgh Pirates, unsere vom Buckie Thistle Football Club. Sie sehen sich die Spiele auf Youtube an. Das Ganze als Nemo-Me-Impune-Lacessit-Gesellschaft zu bezeichnen war wahrscheinlich die Idee von Mr. Griswold.« Sie wirft einen Blick auf den Absender. »Genau, Renhill Secondary School, wie ich's mir gedacht hab. Mit Zollstempel und allem, was dazugehört.«

»Das sind höchstwahrscheinlich Weihnachtsgeschenke«, sagt der Zusteller. »Genau. Sehen Sie mal, was da steht.« Er dreht den Karton so, dass sie den Hinweis NICHT VOR DEM 18. DEZEMBER ÖFFNEN sehen kann, sorgfältig in Druckbuchstaben geschrieben und von zwei weiteren Dudelsack blasenden Schotten gerahmt.

Mrs. Keller nickt. »Das ist der letzte Schultag vor den Weihnachtsferien. Mein Gott, ich hoffe, dass Griswolds Schüler denen auch etwas geschickt haben.«

»Was meinen Sie, was für Geschenke schottische Kids wohl nach Amerika schicken?«

Sie lacht. »Hoffentlich nicht Haggis.«

»Wie bitte? Ist das wieder Latein?«

»Was aus Schafsherz«, sagt Mrs. Keller. »Leber und Lunge ist auch drin. Mein Mann hat mir damals zum zehnten Hochzeitstag eine Reise nach Schottland spendiert, daher weiß ich das.«

Der Zusteller zieht eine Grimasse, bei der sie wieder lachen muss, dann bittet er sie, ihre Unterschrift auf dem Display seines Scannergeräts zu hinterlassen. Was sie tut. Er wünscht ihr einen schönen Tag und fröhliche Weihnachten. Das wünscht sie ihm ebenfalls. Kaum ist er fort, beauftragt sie einen auf dem Flur herumlungernden Schüler (mit fehlender schriftlicher Erlaubnis, das Klassenzimmer zu verlassen, aber darüber sieht sie ausnahmsweise hinweg), das Paket in die Kammer zwischen der Schulbibliothek und dem Lehrerzimmer im Erdgeschoss zu tragen. In der Mittagspause berichtet sie Mr. Griswold davon. Der sagt, er werde es nach der letzten Stunde um halb vier in sein Klassenzimmer schaffen. Hätte er das bereits mittags erledigt, wäre das Massaker vielleicht noch schlimmer gewesen.

Der Amerikanische Club an der Renhill Secondary hat den Kids von der Albert Macready keine Weihnachtsgeschenke geschickt. Und eine Firma namens Pennsy Speed Delivery gibt es auch nicht. Der später verlassen aufgefundene Kleintransporter wurde kurz nach Thanksgiving auf dem Parkplatz eines Einkaufszentrums gestohlen. Mrs. Keller wird sich fürchterliche Gewissensbisse machen, weil sie nicht bemerkt hat, dass der Zusteller kein Namensschildchen trug und dass sein Scanner, als er ihn an den Adressaufkleber hielt, nicht gepiept hat wie die von UPS und Fed-Ex, weil es eine Attrappe war. Eine Fälschung wie der Zollstempel.

Die Polizei wird ihr erklären, dass jeder solche Dinge hätte übersehen können und dass sie keinen Grund habe, sich verantwortlich zu fühlen. Das tut sie trotzdem. Die Sicherheitsvorkehrungen der Schule – die Kameras, der während der Unterrichtszeit verschlossene Haupteingang, der Metalldetektor – sind gut, aber das sind alles nur Maschinen. Mrs. Keller ist (oder war) das menschliche Glied in der Kette, die Türhüterin, und sie hat versagt. Gegenüber der Schule und gegenüber den Schülern.

Mrs. Keller hat so eine Ahnung, dass der Arm, den sie verloren hat, nur der Anfang ihrer Sühne sein wird.

2

Es ist Viertel vor drei Uhr nachmittags, und Holly Gibney bereitet sich auf eine Stunde vor, die sie immer glücklich macht. Auch wenn man daraus auf schlechten Geschmack schließen könnte, genießt sie ihre sechzig Minuten Fernsehen an jedem Wochentag und versucht dafür zu sorgen, dass sich von fünfzehn bis sechzehn Uhr niemand außer ihr bei Finders Keepers aufhält (die Detektei hat hübsche neue Büroräume im vierten Stock des Frederick Buildings im Stadtzentrum). Da sie die Chefin ist, was sie immer noch kaum glauben kann, ist das nicht besonders schwierig.

Heute durchkämmt Pete Huntley, seit dem Tod von Bill Hodges ihr Geschäftspartner, auf der Suche nach einer Ausreißerin die verschiedenen Obdachlosenasyle der Stadt. Jerome Robinson, der sein Studium in Harvard für ein Jahr unterbrochen hat, um aus einer vierzigseitigen Seminararbeit in Soziologie hoffentlich ein Buch zu machen, arbeitet ebenfalls für Finders Keepers, wenn auch nur in Teilzeit. Heute Nachmittag sucht er im Süden der Stadt nach einem entführten Golden Retriever namens Lucky, den man eventuell vor einem Tierheim in Youngstown, Akron oder Canton abgesetzt hat, nachdem seine Besitzer sich geweigert hatten, das geforderte Lösegeld von zehntausend Dollar zu bezahlen. Natürlich kann man den Hund auch einfach irgendwo in einer ländlichen Gegend von Ohio freigelassen – oder getötet – haben, aber das muss ja nicht sein. Sein Name ist ein gutes Omen, hat sie zu Jerome gesagt. Und dass sie hoffnungsvoll sei.

»Du hast Holly-Hoffnung«, hat Jerome grinsend kommentiert.

»Stimmt«, hat sie erwidert. »Und jetzt ab mit dir, Jerome. Los, fass!«

Alles in allem hat sie eine gute Chance, allein zu bleiben, bis es an der Zeit ist, das Büro zu schließen, aber wirklich wichtig ist ihr nur die Stunde zwischen drei und vier. Sie behält die Uhr im Blick, während sie eine förmliche E-Mail an Andrew Edwards schreibt, einen Kunden, der sich Sorgen gemacht hat, sein Geschäftspartner würde Betriebsvermögen beiseiteschaffen. Wie sich herausstellte, war das nicht der Fall, aber Finders Keepers hat recherchiert und muss dafür bezahlt werden. *Dies ist unsere dritte Rechnung,* schreibt Holly. *Bitte überweisen Sie den uns zustehenden Betrag, damit wir die Angelegenheit nicht einem Inkassounternehmen übergeben müssen.*

Holly hat festgestellt, dass sie wesentlich entschiedener auftreten kann, wenn sie »unsere« und »wir« anstatt »meine« und »ich« schreibt. An dem ganzen Thema arbeitet sie noch, aber wie ihr Großvater gern gesagt hat: »Rom wurde nicht an einem Tag erbaut, und Philadelphia auch nicht.«

Sie schickt die E-Mail ab – *zack* – und schaltet den Computer aus. Dann wirft sie einen Blick auf die Uhr. Sieben vor drei. Sie geht zu dem kleinen Kühlschrank und nimmt sich eine Dose Pepsi light. Die stellt sie auf einen von den Untersetzern, die als Werbegeschenke ihrer Firma dienen (SIE HABEN WAS VERLOREN? WIR FINDEN ES!), dann zieht sie die obere linke Schublade an ihrem Schreibtisch auf. Dort drin, verborgen unter einem Stapel belangloser Unterlagen, liegt ein Beutel Snickers Minis. Sie nimmt sechs heraus, eines für jeden Werbeblock während ihrer Sendung, befreit alle von ihrer Hülle und reiht sie nebeneinander auf.

Fünf vor drei. Sie schaltet den Fernseher ein, stellt jedoch den Ton ab. Momentan stolziert noch Maury Povich durch die Gegend und heizt das Studiopublikum an. Selbst wenn sie einen unterentwickelten Geschmack hat, so unterentwickelt ist der nun auch wieder nicht. Sie überlegt, ob sie eines von ihren Snickers naschen soll, befiehlt sich jedoch Triebaufschub. Gerade als sie sich für ihre Geduld lobt, hört sie den Aufzug und verdreht die Augen. Das muss Pete sein. Jerome ist bekanntlich weit weg im Süden der Stadt.

Es ist tatsächlich Pete, und er strahlt über beide Ohren. »Ach, wie schön«, sagte er. »Da hat jemand Al endlich dazu gebracht, einen Mechaniker zu schicken!«

»Al hat keinen Finger krumm gemacht«, sagt Holly. »Jerome und ich haben uns darum gekümmert. Es war bloß ein kleiner Softwarefehler.«

»Wie …«

»Man musste sich zuerst einhacken.« Sie hat weiterhin die Uhr im Blick: drei Minuten vor drei. »Das hat Jerome getan, aber ich hätte es auch geschafft.« Ihre Ehrlichkeit zwingt sie zu einer Ergänzung. »Glaube ich wenigstens. Hast du das Mädchen gefunden?«

Pete hebt beide Daumen. »Im Sunrise House. Meiner ersten Station. Gute Nachrichten, sie will nach Hause. Sie hat ihre Mutter angerufen, die sie abholen kommt.«

»Bist du dir da sicher? Oder hat sie dir das bloß erzählt?«

»Ich war dabei, als sie den Anruf gemacht hat. Und ich hab ihre Tränen gesehen. Es ist eine gute Lösung, Holly. Ich hoffe nur, dass die Mutter nicht so renitent ist wie dieser Edwards.«

»Edwards wird bezahlen«, sagt sie. »Dafür werde ich sorgen.« Im Fernseher sieht man statt Maury jetzt ein tanzendes Fläschchen mit einem Mittel gegen Diarrhö. Was nach Hollys Meinung ein erfreulicherer Anblick ist. »Und jetzt sei still, Pete, in einer Minute kommt meine Sendung.«

»Ach du lieber Himmel, schaust du dir diesen Typen etwa immer noch an?«

Holly wirft ihm einen strengen Blick zu. »Du kannst gerne mitschauen, Pete, aber wenn du vorhast, sarkastische Bemerkungen zu machen und mir den Spaß zu verderben, wäre es mir lieber, wenn du gehst.«

Setz dich durch, sagt Allie Winters ihr häufig. Allie ist ihre Therapeutin. Kurzzeitig war Holly bei jemand anderes, einem Mann, der drei Bücher und viele wissenschaftliche Aufsätze verfasst hat. Die Gründe dafür hatten nichts mit den Dämonen aus ihrer Jugendzeit zu tun. Die Dämonen, über die sie mit Dr. Carl Morton sprechen musste, die waren jüngeren Datums.

»Keine sarkastischen Bemerkungen, versprochen«, sagt Pete. »Mann, ich kann kaum glauben, dass ihr Al einfach übergangen habt. Um den Stier bei den Hörnern zu packen, sozusagen. Du bist echt super, Holly.«

»Ich versuche nur, mich besser durchzusetzen.«

»Und das gelingt dir. Ist noch eine Cola im Kühlschrank?«

»Nur die Light-Version.«

»Igitt. Das Zeug schmeckt wie …«

»Pst!«

Es ist drei Uhr. Sie stellt den Ton gerade in dem Moment an, wo die Titelmelodie ihrer Sendung erklingt. Es sind die Bobby Fuller Four, die »I Fought the Law« singen. Auf dem Bildschirm taucht ein Gerichtssaal auf. Die Zuschauer – ein Studiopublikum wie das von Maury, aber weniger aufgekratzt – klatschen im Rhythmus mit, während der Sprecher verkündet: »Allen Halunken wird es bange, nimmt Richter *Law* sie in die Zange!«

»Bitte erheben Sie sich!«, ruft George, der Gerichtsdiener.

Klatschend und schunkelnd, stehen die Zuschauer auf, während Richter John Law aus seinem Amtszimmer kommt. Er ist eins achtundneunzig groß (das weiß Holly aus der Zeitschrift *People,* die sie noch besser versteckt als ihre Snickers Minis), kahl wie eine Billardkugel und hat eine dunkel schokoladenbraune Haut. Seine üppige Robe schwingt hin und her, während er sich mit rhythmischen Schritten zu seinem Sitz begibt. Dort schnappt er sich den Amtshammer, lässt ihn pendeln wie ein Metronom und zeigt sein strahlend weißes Gebiss.

»Jesus, Maria und alle himmlischen Heerscharen«, sagt Pete.

Holly wirft ihm ihren allerstrengsten Blick zu. Pete schlägt sich eine Hand vor den Mund und wedelt kapitulierend mit der anderen.

»Setzt euch, setzt euch«, sagt Richter Law – der in Wirklichkeit Gerald Lawson heißt, was Holly ebenfalls aus *People* weiß, aber das ist ja ziemlich ähnlich –, worauf sich die Zuschauer alle niederlassen. Holly mag John Law, weil er geradlinig ist, nicht so hinterlistig und gemein wie diese Richterin Judy. Er kommt direkt zur Sache, genau wie Bill Hodges es getan hat … wobei Richter John Law kein Ersatz für den darstellt, und das nicht nur, weil er eine fiktive Figur in einer Fernsehsendung ist. Seit Bill gestorben ist, sind schon Jahre vergangen, aber Holly vermisst ihn immer noch. Alles, was sie ist, und alles, was sie hat, verdankt sie Bill. Jemand wie ihn gibt es einfach nicht wieder, wenngleich Ralph Anderson, der mit ihr befreundete Polizei-Detective aus Oklahoma, ihm nahekommt.

»Na, was erwartet uns heute, Georgie, mein Bruder von einer anderen Mutter?« Darüber kichern die Zuschauer. »Zivil- oder Strafsache?«

Wie Holly weiß, ist es unwahrscheinlich, dass derselbe Richter sich mit beiden Arten von Fällen befasst – und dann auch noch jeden Nachmittag mit einem neuen –, aber das stört sie nicht; interessant sind die Fälle immer.

»Zivilsache, Herr Richter«, sagt Georgie der Gerichtsdiener. »Die Klägerin ist Mrs. Rhoda Daniels. Der Beklagte ist ihr Exmann Richard Daniels. Strittig ist das Sorgerecht für den Hund der Familie, Bad Boy.«

»Ein Fall mit einem Hund«, sagt Pete. »Genau unser Metier.«

Richter Law stützt sich auf seinen Hammer, der besonders lang ist. »Ist besagter Bad Boy denn im Haus, mein lieber Georgie?«

»Er hockt in einer Zelle, Herr Richter.«

»Ausgezeichnet, ganz ausgezeichnet. Ist Bad Boy denn bissig, wie sein Name anzudeuten scheint?«

»Laut der Wachmannschaft hat er einen ausgesprochen liebenswürdigen Charakter, Richter Law.«

»Ausgezeichnet. Dann wollen wir mal hören, was die Klägerin über Bad Boy zu sagen hat.«

In diesem Augenblick betritt die Rhoda Daniels darstellende Schauspielerin den Gerichtssaal. Im wirklichen Leben würden Klägerin und Beklagter, wie Holly weiß, bereits dasitzen, aber so ist es dramatischer. Während Ms. Daniels in einem zu engen Kleid und zu hohen Stöckelschuhen den Mittelgang entlangstakt, verkündet der Sprecher: »Wir kehren gleich zu Richter Law und seinem Fall zurück.«

Es folgt ein Werbespot für eine Sterbegeldversicherung, und Holly steckt sich ihr erstes Snickers Mini in den Mund.

»Sag mal, könnte ich wohl auch so eins bekommen?«, fragt Pete.

»Machst du nicht gerade eine Diät?«

»Zu dieser Tageszeit hab ich immer so einen niedrigen Blutzucker.«

Holly zieht ihre Schreibtischschublade auf (widerstrebend), aber bevor sie an den Schokoriegelbeutel gelangen kann, wird auf einmal die alte Dame, die sich Sorgen macht, wie sie die Bestattungskosten für ihren Mann bezahlen soll, durch eine Grafik mit dem Wort EILMELDUNG ersetzt. Als Nächstes erscheint Lester Holt auf dem Bildschirm, weshalb Holly sofort weiß, dass es sich um eine ernste Sache handelt. Lester Holt ist der Star des Senders. Nur nicht wieder was wie 9/11, denkt sie jedes Mal, wenn so etwas passiert. Bitte, lieber Gott, nicht wieder was wie 9/11 oder ein Atomunfall.

Lester sagt: »Wir unterbrechen unser reguläres Programm, um Sie über eine starke Explosion in einer Schule in Pineborough in Pennsylvania zu unterrichten. Das ist eine Stadt etwa vierzig Meilen südöstlich von Pittsburgh. Die Rede ist von zahlreichen Todesopfern, darunter viele Kinder.«

»O Gott«, sagt Holly. Sie schlägt die Hand, die gerade noch in der Schublade war, vor den Mund.

»Bislang ist die Meldung noch unbestätigt, das will ich betonen. Ich glaube …« Lester legt eine Hand ans Ohr und lauscht. »Ja, in Ordnung. Chet Ondowsky von unserem Partnersender in Pittsburgh befindet sich vor Ort. Chet, können Sie mich hören?«

»Ja«, sagt jemand aus dem Off. »Ja, ich höre Sie, Lester.«

»Was können Sie uns berichten, Chet?«

Das Bild wechselt von Lester Holt auf einen Mann mittleren Alters, den Holly sich als typischen Lokalreporter vorstellt: nicht so gut aussehend, dass er als nationaler Nachrichtenmoderator dienen könnte, aber vorzeigbar. Außer dass sein Krawattenknoten schief sitzt; das Muttermal neben dem Mund ist nicht mit Make-up kaschiert, und seine Haare sind so unordentlich, als hätte er keine Zeit mehr gehabt, sich zu kämmen.

»Was ist denn das für ein Ding, neben dem der steht?«, fragt Pete.

»Keine Ahnung«, sagt Holly. »Pst!«

»Sieht irgendwie aus wie ein riesiger Kiefernza…«

»Pst!« Der riesige Kiefernzapfen ist Holly ebenso schnuppe wie das Muttermal und die wirren Haare von Chet Ondowsky; sie hat die Aufmerksamkeit ganz auf die beiden Rettungswagen gerichtet, die mit heulender Sirene und blinkenden Lichtern hinter dem Reporter vorbeirasen. Todesopfer, denkt sie. Zahlreiche Opfer, darunter viele Kinder.

»Lester, momentan kann ich Ihnen Folgendes berichten: Hier an der Albert Macready Middle School hat es viele Verletzte und mindestens siebzehn Tote gegeben. Erfahren habe ich das von einem Deputy des County-Sheriffs, der namentlich nicht genannt werden möchte. Der Sprengkörper befand sich entweder im Sekretariat oder in einem nahen Lagerraum. Wenn Sie dort drüben hinschauen …«

Er hebt deutend den Finger, dem die Kamera gehorsam folgt. Zuerst ist das Bild verschwommen, aber als der Kameramann scharf stellt und zoomt, kann Holly erkennen, dass in der Mauer des Gebäudes ein großes Loch klafft. Auf dem Rasen liegt ein Kranz aus Kieselsteinen. Während sie das auf sich wirken lässt – wie wahrscheinlich Millionen andere Zuschauer –, tritt ein Mann in einer gelben Weste durch das Loch. Er trägt etwas auf den Armen, ein kleines Etwas, das Sneakers trägt. Nein, einen Sneaker. Der andere ist wohl bei der Explosion weggerissen worden.

Die Kamera richtet sich wieder auf den Reporter, den sie dabei erwischt, wie er seine Krawatte zurechtrückt. »Irgendwann werden die Behörden zweifellos eine Pressekonferenz abhalten, aber die Öffentlichkeit zu informieren ist momentan deren geringste Sorge. Es haben sich schon Eltern versammelt, und … Ma'am? Ma'am, kann ich einen Augenblick mit Ihnen sprechen? Chet Ondowsky, WPEN, Kanal elf.«

Die ins Bild kommende Frau ist stark übergewichtig. Sie ist ohne Jacke zur Schule gekommen, und ihr geblümtes Hauskleid umwogt sie wie ein Kaftan. Bis auf die hellrot gefleckten Wangen ist ihr Gesicht totenbleich, ihre Haare sind so wirr, dass Ondowskys Schopf geradezu ordentlich aussieht, und auf ihrem molligen Gesicht glänzen Tränen.

So etwas sollte man nicht zeigen, denkt Holly, und ich sollte mir das nicht anschauen. Aber man zeigt es, und ich schaue es mir an.

»Ma'am, haben Sie ein Kind, das auf die Albert Macready geht?«

»Ja, mein Sohn und meine Tochter«, sagt sie und packt Ondowsky am Arm. »Sind die beiden in Sicherheit? Wissen Sie vielleicht Bescheid, Sir? Irene und David Vernon. David ist in der siebten Klasse, Irene in der neunten. Wir sagen Deenie zu Irene. Wissen Sie, ob den beiden was passiert ist?«

»Leider nicht, Mrs. Vernon«, sagt Ondowsky. »Ich glaube, Sie sollten mit einem der Deputys sprechen, da drüben, wo man gerade Sperren aufstellt.«

»Danke, Sir, vielen Dank. Beten Sie für meine Kinder!«

»Das werde ich«, sagt Ondowsky, während sie davonhetzt. Die Frau hat großes Glück, wenn sie den Tag ohne irgendwelche Herzprobleme übersteht … wobei sie sich um ihr Herz jetzt wohl die geringsten Sorgen macht. Jetzt ist ihr Herz bei David und Irene, auch bekannt als Deenie.

Ondowsky wendet sich der Kamera zu. »Gewiss wird jedermann in Amerika für David und Irene beten und für alle anderen Kinder, die sich heute in der Albert Macready Middle School aufgehalten haben. Laut den Informationen, über die ich momentan verfüge – sie sind lückenhaft, und die Lage kann sich jederzeit ändern –, hat sich die Explosion gegen Viertel nach zwei Uhr ereignet, das heißt vor einer Stunde, und sie war so heftig, dass noch in einer Meile Entfernung Fenster geborsten sind. Das Glas … Fred, kannst du mal auf den Kiefernzapfen halten?«

»Aha«, sagt Pete. »Ich wusste, dass das ein Kiefernzapfen ist.« Er hat sich vorgebeugt und starrt unverwandt auf den Fernseher.

Der Kameramann namens Fred tritt näher an den Kiefernzapfen heran, und auf dessen Blättern oder Lappen, oder wie man das nennt, sieht Holly Glassplitter liegen. Einer davon scheint tatsächlich mit Blut bedeckt zu sein, wobei sie hofft, dass sich nur das rote Licht des vorüberfahrenden Rettungswagens darin spiegelt.

»Chet, das ist ja furchtbar«, sagt Lester Holt. »Einfach schrecklich.«

Die Kamera zieht zurück und richtet sich wieder auf Ondowsky. »Ja, das ist es. Es ist ein furchtbarer Anblick. Lester, ich will mal schauen, ob …«

Ein Hubschrauber mit einem roten Kreuz und der Aufschrift MERCY HOSPITAL landet mitten auf der Straße. Die

Haare von Chet Ondowsky wirbeln im Sog der Rotoren durch die Luft, und er hebt die Stimme, um hörbar zu bleiben.

»Ich will schauen, ob ich irgendwie helfen kann! Es ist furchtbar, eine furchtbare Tragödie. Zurück nach New York!«

Lester Holt kommt auf den Bildschirm. Er sieht erschüttert aus. »Passen Sie auf sich auf, Chet. Meine Damen und Herren, wir kehren jetzt zu unserem regulären Programm zurück, werden Sie jedoch kontinuierlich über die neuesten Entwicklungen unterrichten. Hier ist NBC News, ihr …«

Holly greift nach der Fernbedienung und schaltet den Fernseher aus. Sie hat keine Lust mehr auf irgendwelche fiktiven Gerichtsverhandlungen, zumindest heute nicht. Ständig muss sie an die erschlaffte Gestalt auf den Armen des Mannes mit der gelben Weste denken. Ein Schuh an, ein Schuh aus. Zeigt her eure Füße, zeigt her eure Schuh. Ob sie sich heute Abend wohl die Nachrichten ansehen wird? Wahrscheinlich schon. Sie wird es nicht wollen, sich jedoch nicht davon abbringen können. Weil sie erfahren muss, wie viele Todesopfer es gegeben hat. Und wie viele davon Kinder sind.

Überrascht spürt sie, dass Pete ihre Hand ergreift. Normalerweise mag sie es nicht, angefasst zu werden, aber jetzt fühlt es sich gut an, dass seine Hand ihre hält.

»Du musst dich an etwas erinnern«, sagt er.

Sie sieht ihn an. Pete blickt ganz ernst.

»Du und Bill, ihr habt etwas viel Schlimmeres als das da verhindert«, sagt er. »Schließlich hätte Brady Hartsfield, dieser kranke Irre, damals bei dem Rockkonzert mit seiner Bombe Hunderte Menschen umbringen können. Wenn nicht gar Tausende.«

»Du darfst Jerome nicht vergessen«, sagt sie mit leiser Stimme. »Der war auch dabei.«

»Ja. Du, Bill und Jerome. Die drei Musketiere. Das damals *konntet* ihr verhindern, und ihr habt es getan. Aber das da zu verhindern ...« Pete deutet mit dem Kinn auf den Fernseher. »Dafür war jemand anderes verantwortlich.«

3

Um sieben Uhr abends sitzt Holly immer noch im Büro, um Rechnungen durchzugehen, die eigentlich gar nicht ihrer Aufmerksamkeit bedürfen. Sie hat erfolgreich der Versuchung widerstanden, um halb sieben den Fernseher einzuschalten und sich Lester Holt anzuschauen, aber sie will noch nicht nach Hause fahren. Am Morgen hat sie sich noch darauf gefreut, sich bei Mr. Chow ein leckeres vegetarisches Dinner zu holen, um es beim Betrachten von *Der Engel mit der Mörderhand* zu verzehren – ein stark unterschätzter Thriller von 1968 mit Anthony Perkins und Tuesday Weld. Jetzt aber hat sie genug von Mörderhänden, ob die nun einem Engel gehören oder nicht, und womöglich schafft sie es doch nicht, auf CNN zu verzichten. Worauf sie sich stundenlang schlaflos im Bett herumwälzen würde, bis zwei oder gar drei Uhr morgens.

Wie die meisten Leute im mediengesättigten 21. Jahrhundert ist Holly immun gegen die Gewalt geworden, die Menschen (nach wie vor sind es hauptsächlich Männer) im Namen von Religion oder Politik – diesen Gespenstern – einander antun, aber was in dieser Kleinstadtschule vorgefallen ist, ähnelt zu stark dem, was beinahe im Midwest Culture and Arts Complex passiert wäre, wo Brady Hartsfield versucht hat, einige Tausend Teenager in die Luft zu sprengen. Und es ähnelt Hartsfields Anschlag am City Center, wo er mit einer Mercedes-Limousine durch eine Schar von Arbeitssuchenden gepflügt ist und dabei ... Sie erinnert sich nicht mehr, wie viele er dabei umgebracht hat. Sie will sich nicht daran erinnern.

Holly verstaut gerade die Akten – irgendwann muss sie ja nach Hause gehen –, als sie wieder den Aufzug hört. Sie wartet ab, ob er am vierten Stock vorbeifährt, aber er hält an. Wahrscheinlich ist es Jerome, trotzdem zieht sie die zweite Schreibtischschublade auf und legt die Hand locker um die Dose darin. Die hat zwei Tasten. Wenn man die eine drückt, ertönt ein ohrenbetäubendes Hupen. Beim Drücken der anderen wird Pfefferspray ausgestoßen.

Er ist es. Sie lässt die Dose los und schiebt die Schublade zu. Nicht zum ersten Mal, seit Jerome aus Harvard zurückgekommen ist, stellt sie erstaunt fest, wie groß und gut aussehend er geworden ist. Die Behaarung rund um den Mund, die er als Ziegenbart bezeichnet, gefällt ihr gar nicht, doch das würde sie ihm nie sagen. Heute Abend sind seine Schritte nicht so energisch wie sonst, sondern langsam, und er geht leicht gebückt. Er wirft ihr ein nachlässiges »Yo, Hollyberry« zu und lässt sich auf den Sessel fallen, der zur Geschäftszeit für Kunden reserviert ist.

Normalerweise würde sie ihm mit tadelndem Blick zu verstehen geben, wie sehr ihr dieser kindische Spitzname zuwider ist – das ist ein ständiges Geplänkel zwischen den beiden –, aber heute lässt sie es bleiben. Die beiden sind befreundet, und weil Holly nie viele Freunde hatte, versucht sie ihr Bestes, die zu verdienen, die sie jetzt hat. »Du siehst ganz müde aus«, sagt sie.

»War 'ne lange Fahrt. Hast du schon das mit der Schule gehört? Es kommt die ganze Zeit im Radio.«

»Ich war gerade dabei, mir meine Gerichtsserie anzuschauen, als sie deswegen unterbrochen wurde. Seither drücke ich mich vor Neuigkeiten. Wie schlimm ist es denn?«

»Bisher ist die Rede von siebenundzwanzig Toten, dreiundzwanzig davon Kinder zwischen zwölf und vierzehn. Aber es werden sicher mehr. Mehrere Kinder und zwei Lehrer werden noch vermisst, und etwa ein Dutzend sind in einem kritischen Zustand. Es ist schlimmer als damals in Parkland. Musst du an Brady Hartsfield denken?«

»Natürlich.«

»Tja, ich auch. An die Leute, die er am City Center erwischt hat, und an die, die er bei dem Konzert erwischt hätte, wenn wir nur zwei Minuten langsamer gewesen wären. Ich bemühe mich, nicht darüber nachzudenken, und sag mir ständig, dass wir damals gewonnen haben. Wenn es mir mal doch im Kopf rumgeht, kriege ich nämlich immer Zustände.«

Mit solchen Zuständen kennt Holly sich bestens aus. Die hat sie öfter.

Jerome reibt sich mit der Hand langsam eine Wange, und in der Stille hört sie, wie seine Finger über die tagsüber gesprossenen Bartstoppeln schaben. »In meinem zweiten Jahr in Harvard hatte ich ein Philosophieseminar belegt. Hab ich dir schon mal davon erzählt?«

Holly schüttelt den Kopf.

»Der Titel war …« Jerome deutet mit den Fingern Anführungszeichen an. »*Die Problematik des Bösen.* Wir haben viel über Begriffe wie das innere Böse und das äußere Böse gesprochen. Wir … Holly, geht's dir nicht gut?«

»Doch, doch«, sagt sie, was auch stimmt … nur dass sie bei der Erwähnung des äußeren Bösen sofort an das Monster denken musste, das sie und Ralph in seinem letzten Versteck aufgespürt haben. Das Monster hatte viele Namen angenommen und viele Gesichter getragen, aber sie hat es sich immer einfach als den Outsider vorgestellt, und der Outsider war so böse wie nur möglich. Was damals in der Höhle von Marysville geschehen ist, hat sie Jerome nie erzählt, obwohl er wahrscheinlich weiß, dass es ziemlich furchtbar war – und wesentlich mehr als das, was in den Zeitungen gestanden hat.

Er blickt sie unsicher an. »Nur weiter«, sagt sie. »Das interessiert mich sehr.« Was ebenso stimmt.

»Na gut ... Also, wir waren im Seminar einstimmig der Meinung, dass es nur dann ein äußeres Böses gibt, wenn man an ein äußeres Gutes glaubt.«

»An Gott«, sagt Holly.

»Genau. In dem Fall kann man auch glauben, dass es wirklich Dämonen gibt und Exorzismus eine angemessene Reaktion sein kann, dass bösartige Wesen existieren ...«

»Geister«, sagt Holly.

»Richtig. Außerdem Flüche, die tatsächlich wirken, Hexen und Dibbuks und wer weiß was noch. Aber auf dem College lacht man im Allgemeinen über das ganze Zeug. Man lacht sogar über den lieben Gott selbst.«

»Oder die liebe Göttin«, wirft Holly geziert ein.

»Okay, wie auch immer, wenn Gott nicht existiert, ist sein Geschlecht wohl nicht weiter von Belang. Womit das innere Böse bleibt. Dinge, die man als geisteskrank bezeichnet. Typen, die ihre Kinder zu Tode prügeln, Serienmörder wie der verfluchte Brady Hartsfield, ethnische Säuberungen, Völkermord. Dinge wie 9/11, Amokläufe, Terroranschläge wie der heute.«

»Sagen sie das inzwischen?«, fragt Holly. »Dass das heute ein Terroranschlag war, vielleicht durch den IS?«

»Das nimmt man an, aber bisher hat sich noch niemand dazu bekannt.«

Jetzt schabt seine andere Hand über die andere Wange. Sind das etwa Tränen in seinen Augen? Holly glaubt, welche zu sehen, und wenn er weint, wird auch sie weinen, dagegen wird sie nur schwer ankommen. Traurigkeit ist ansteckend, was wirklich Kacke ist.

»Aber weißt du, was die Sache mit dem inneren und äußeren Bösen angeht, Holly – *ich glaube nicht, dass es da irgendeinen Unterschied gibt*. Du etwa?«

Sie denkt an alles, was sie weiß, und an alles, was sie mit dem jungen Mann ihr gegenüber, mit Bill und mit Ralph Anderson überstanden hat. »Nein«, sagt sie. »Tu ich nicht.«

»Ich glaube, es ist wie ein Vogel«, sagt Jerome. »Ein großer Vogel, ganz zerzaust und eisig grau. Der fliegt hierhin und dorthin. Er ist in den Kopf von Brady Hartsfield geflogen und in den Kopf von dem Typen, der in Las Vegas so viele Leute erschossen hat. In Eric Harris und Dylan Klebold war er drin. In Hitler. In Pol Pot. Er fliegt in deren Kopf, und wenn das Unheil geschehen ist, fliegt er wieder weg. Wie gern ich den doch fangen würde!« Er ballt die Fäuste, und als er sie anblickt, sieht sie tatsächlich Tränen. »Ihn fangen und ihm den verdammten Hals umdrehen.«

Holly geht um den Tisch herum, kniet sich neben ihn und legt die Arme um ihn. Es ist eine unbeholfene Umarmung, da er auf dem Sessel sitzt, aber sie wirkt. Der Damm bricht. Als er weiterspricht, kratzen seine Bartstoppeln an ihrer Wange. »Der Hund ist tot.«

»Was?« Er schluchzt so, dass sie kaum verstehen kann, was er sagt.

»Lucky. Der Golden Retriever. Als der Dreckskerl, der ihn gestohlen hat, sein Lösegeld nicht gekriegt hat, hat er ihn aufgeschlitzt und in einen Graben geworfen. Dort hat ihn jemand gesehen, gerade noch lebendig, und in die Tierklinik nach Youngstown gebracht. Wo er nach etwa einer halben Stunde gestorben ist. Man konnte nichts mehr für ihn tun. Sein Name hat ihm wohl nicht viel geholfen, hm?«

»Lass doch«, sagt Holly und tätschelt ihm den Rücken. Auch bei ihr fließen die Tränen, begleitet von Rotz. Den spürt sie aus der Nase laufen. Bäh. »Lass doch, Jerome. Alles ist gut.«

»Nein, ist es nicht. Das weißt du auch.« Er entzieht sich ihr und sieht sie an, mit nassen Wangen und feucht glänzendem Kinnbart. »Diesem freundlichen Hund einfach den Bauch aufzuschlitzen und ihn mit raushängenden Eingeweiden in einen Graben zu werfen! Und weißt du, was dann passiert ist?«

Holly weiß es, schüttelt jedoch den Kopf.

»Der Vogel ist fortgeflogen.« Jerome wischt sich mit dem Ärmel über die Augen. »Jetzt ist er im Kopf von jemand anderes, er ist stärker denn je, und die ganze Scheiße geht weiter.«

4

Kurz vor zehn Uhr abends legt Holly das Buch weg, das sie zu lesen versucht, und schaltet den Fernseher ein. Sie wirft einen Blick auf die Expertenriege auf CNN, kann deren Gerede jedoch nicht ertragen. Was sie will, sind harte Fakten. Deshalb schaltet sie auf NBC um, wo eine von düsterer Musik begleitete Grafik etwas ankündigt. SONDERBERICHT: TRAGÖDIE IN PENNSYLVANIA. Momentan moderiert Andrea Mitchell die in New York produzierte Sendung. Am Anfang teilt sie Amerika mit, der Präsident habe den Angehörigen auf Twitter seine »Gedanken und Gebete« gesendet, wie er es nach jeder solchen Horrorshow tut: Pulse, Las Vegas, Parkland. Auf diesen belanglosen Kram folgt die aktualisierte Opferzahl: einunddreißig Tote, dreiundsiebzig (mein Gott, so viele!) Verletzte, neun in kritischem Zustand. Wenn Jerome recht hatte, bedeutet das, dass vier der zuvor Schwerverletzten inzwischen gestorben sind.

»Zwei Terrororganisationen, der Huthi-Dschihad und die Liberation Tigers of Tamil Eelam, haben sich zu dem Anschlag bekannt, aber laut unseren Quellen im State Department ist beides unglaubwürdig«, sagt Mitchell. »Die Behörden neigen zu der Ansicht, dass es sich um eine Einzeltat handelt wie im Falle von Timothy McVeigh, der 1995 in Oklahoma das Alfred P. Murrah Federal Building in die Luft gesprengt hat. Damals sind hundertachtundsechzig Menschen ums Leben gekommen.«

Auch darunter waren viele Kinder, denkt Holly. Kinder im Namen Gottes, im Namen einer Ideologie oder im Namen von beidem zu töten – für Leute, die solche Dinge tun, könnte keine Hölle heiß genug sein. Sie muss an den eisgrauen Vogel denken, von dem Jerome gesprochen hat.

»Der Mann, der die Bombe geliefert hat, wurde von einer Überwachungskamera aufgenommen, als er am Eingang die Sprechanlage bedient hat«, fährt Mitchell fort. »Diese Aufnahme werden wir jetzt dreißig Sekunden lang zeigen. Bitte sehen Sie sich das Gesicht genau an, und wenn Sie es erkennen, rufen Sie bitte die Nummer auf dem Bildschirm an. Für die Festnahme und die anschließende Verurteilung des Mannes ist eine Belohnung von zweihunderttausend Dollar ausgesetzt.«

Auf dem Bildschirm erscheint die Aufzeichnung. Sie ist in Farbe und glasklar. Perfekt ist sie nicht, weil die Kamera sich über der Tür befindet und der Mann geradeaus blickt, aber das macht nichts. Während Holly sich vorbeugt, treten ihre bemerkenswerten detektivischen Fähigkeiten – teils angeboren, teil während ihrer Zusammenarbeit mit Bill Hodges geschliffen – in Aktion. Der Typ ist entweder ein Weißer mit Sonnenbräune (zur gegenwärtigen Jahreszeit unwahrscheinlich, aber nicht ausgeschlossen), ein hellhäutiger Latino oder jemand mit nahöstlichen Vorfahren. Möglicherweise ist er auch geschminkt. Holly entscheidet sich für einen geschminkten Weißen, dessen Alter sie auf Mitte vierzig schätzt. Er trägt eine Brille mit Goldrand. Der schwarze Schnurrbart ist klein und sorgfältig gestutzt, das ebenfalls schwarze Haar ist kurz. Das sieht man, weil er keine Mütze trägt, die sein Gesicht stärker verdeckt hätte. Was für ein Teufelskerl, denkt Holly.

Er weiß, dass es Kameras und damit bewegte Bilder gibt, aber das ist ihm schnuppe.

»Kein Teufelskerl«, sagt sie, ohne den Blick vom Bildschirm abzuwenden. Sie prägt sich jeden einzelnen Gesichtszug ein. Nicht weil sie mit dem Fall befasst wäre, sondern weil es ihrem Wesen entspricht. »Er ist ein *Dreckskerl,* das ist er.«

Zurück zu Andrea Mitchell. »Wenn Sie den Mann erkennen, rufen Sie bitte unverzüglich die Nummer auf dem Bildschirm an. Wir schalten jetzt zur Macready Middle School und unserem Korrespondenten vor Ort. Chet, sind Sie da?«

Das ist er. Er steht im hellen Licht des Kamerascheinwerfers. Weitere helle Scheinwerfer beleuchten die verwundete Seite des Schulgebäudes; jeder heruntergefallene Ziegelstein wirft einen eigenen scharfen Schatten. Generatoren dröhnen. Uniformierte laufen hin und her, sie rufen sich Informationen zu und sprechen in Mikrofone. Auf einigen Jacken sieht Holly den Schriftzug des FBI, auf anderen den des ATF. Außerdem ist ein Team in weißen Tyvek-Anzügen am Werk. Gelbes Absperrband flattert. Alles in allem herrscht der Eindruck eines kontrollierten Chaos. Wenigstens hofft Holly, dass es kontrolliert ist. Irgendjemand muss die Ermittlungen ja leiten, vielleicht von dem Winnebago aus, den sie ganz links im Bild sieht.

Lester Holt ist inzwischen vermutlich zu Hause und verfolgt die Sendung in Pyjama und Pantoffeln, aber Chet Ondowsky ist noch in Aktion. Ein wahres Energiebündel ist er, dieser Mr. Ondowsky, was Holly gut verstehen kann. Das hier ist höchstwahrscheinlich die größte Story, über die er je berichten wird, er war fast von Anfang an dabei und verbeißt sich jetzt mit aller Kraft darin. Er trägt immer noch seine Anzugjacke, was wahrscheinlich ausreichend war, als er eingetroffen ist, aber seither ist die Temperatur gesunken. Holly sieht seinen Atem und ist sich ziemlich sicher, dass er zittert.

Verflixt noch mal, jemand sollte ihm was Wärmeres geben, denkt Holly. Einen Parka oder wenigstens ein Sweatshirt.

Die Anzugjacke wird er ohnehin wegwerfen müssen. Sie ist mit Ziegelstaub beschmiert und an einigen Stellen zerrissen, am Ärmel und an einer Tasche. Auch die Hand mit dem Mikrofon ist mit Ziegelstaub beschmiert und mit etwas anderem. Mit Blut? Das nimmt Holly an. Und der Strich auf seiner Wange ist ebenfalls Blut.

Die körperlose Stimme von Andrea Mitchell ist wieder zu vernehmen. »Chet? Hören Sie mich?«

Mit der Hand, die nicht das Mikrofon hält, greift Chet Ondowsky an den Ohrhörer, und Holly sieht, dass zwei Finger mit Pflastern verbunden sind. »Ja, ich höre Sie.« Er blickt in die Kamera. »Hier spricht Chet Ondowsky. Ich berichte von dem Bombenanschlag auf die Albert Macready Middle School in Pineborough in Pennsylvania. Heute Nachmittag, kurz nach vierzehn Uhr, wurde die sonst friedliche Schule von einer Explosion von gewaltiger Stärke erschüttert …«

Der Bildschirm teilt sich, und auf der anderen Seite taucht Andrea Mitchell auf. »Chet, von einer Gewährsperson beim Heimatschutzministerium haben wir erfahren, dass sich die Explosion um vierzehn Uhr neunzehn ereignet hat. Mir ist nicht klar, wie die Behörden den Zeitpunkt so exakt festlegen können, aber offenbar können sie das.«

»Ja«, sagt Ondowsky in leicht zerstreutem Ton, und Holly stellt sich vor, wie erschöpft er sein muss. Ob er heute Nacht wohl einschlafen kann? Wahrscheinlich nicht. »Ja, das dürfte in etwa stimmen. Wie Sie sehen können, Andrea, ist die Bergung der Opfer mehr oder weniger abgeschlossen, während die kriminaltechnische Untersuchung gerade erst begonnen hat. Bei Tagesanbruch werden weitere Beamte am Tatort erwartet, und dann …«

»Verzeihung, Chet, Sie sollen selbst an der Bergung teilgenommen haben, stimmt das?«

»Ja, Andrea, wir haben alle mitgeholfen. Viele Leute aus der Stadt, darunter einige Eltern. Außerdem Alison Greer und Tim Witchick von KDKA, Donna Forbes von WPCW und Bill Larson von …«

»Ja, aber soweit ich gehört habe, haben Sie eigenhändig zwei Kinder aus den Trümmern gezogen, Chet.«

Wie Holly anerkennend registriert, versucht er nicht, falsche Bescheidenheit zur Schau zu stellen und sein Eingreifen herunterzuspielen. Er bleibt auf der Ebene des Berichterstatters. »Das stimmt, Andrea. Eines der Kinder habe ich stöhnen hören, das andere habe ich gesehen. Ein Mädchen und ein Junge. Den Namen des Jungen kenne ich, er heißt Norman Fredericks. Das Mädchen …« Er fährt sich mit der Zunge über die Lippen. Das Mikrofon in seiner Hand zittert. Wohl nicht nur von der Kälte, denkt Holly. »Das Mädchen war in einem schlimmen Zustand. Sie hat … nach ihrer Mutter gerufen.«

Andrea Mitchell blickt erschüttert drein. »Ach, Chet, das ist ja furchtbar!«

Das ist es. Zu furchtbar für Holly. Sie greift nach der Fernbedienung, um das Gerät auszuschalten – die wichtigsten Fakten kennt sie nun, ja sogar mehr, als sie gebrauchen kann –, zögert jedoch. Das liegt an der zerrissenen Jackentasche, auf die ihr Blick gefallen ist. Vielleicht ist das passiert, als Ondowsky die Opfer geborgen hat, aber wenn er Jude ist, hat er es vielleicht absichtlich getan. Als Ausdruck von Kria, dem Zerreißen von Kleidungsstücken bei der Trauer um einen Verstorbenen und als symbolische Zurschaustellung eines verwundeten Herzens. Das ist wohl der wahre Grund für die zerrissene Tasche, denkt Holly. Weil sie es glauben will.

5

Die befürchtete Schlaflosigkeit tritt nicht ein, in wenigen Minuten ist Holly eingeschlummert. Als sie gemeinsam mit Jerome geweint hat, wurde vielleicht ein Teil des Gifts neutralisiert, das durch die Nachrichten aus Pennsylvania in sie eingedrungen ist. Während sie in den Schlaf sinkt, denkt sie, dass sie darüber bei der nächsten Sitzung bei Allie Winters sprechen sollte.

Irgendwann in den frühen Morgenstunden des 9. Dezembers wacht sie auf und muss an diesen Reporter Ondowsky denken. Etwas an ihm beschäftigt sie, aber was? Wie erschöpft er gewirkt hat? Die Kratzer und der Ziegelstaub auf den Händen? Die zerrissene Jackentasche?

Ja, das, denkt sie. Das muss es sein. Vielleicht habe ich davon geträumt.

In der Dunkelheit murmelt sie einige Worte, eine Art Gebet. »Ich vermisse dich, Bill. Ich nehme mein Cipralex, und ich rauche nicht.«

Dann ist sie wieder weg und wacht erst auf, als um sechs Uhr früh der Wecker klingelt.

9. bis 13. Dezember 2020

1

In die neuen, kostspieligeren Büroräume im vierten Stock des Frederick Buildings im Stadtzentrum konnte Finders Keepers umziehen, weil die Geschäfte gut liefen, was aber auch momentan zutrifft. Holly und Pete haben die restlichen Woche alie Hände voll zu tun, wodurch Holly keine Zeit hat, sich ihre Gerichtssendung anzuschauen, und nur wenig Zeit, über das Schulattentat in Pennsylvania nachzudenken, obwohl in den Nachrichten ständig davon die Rede ist und es ihr nie völlig aus dem Kopf geht.

Ihre Firma arbeitet mit zwei führenden Anwaltskanzleien in der Stadt zusammen, der noblen Sorte mit mehreren Namen an der Tür. »Rechtsverdreher und Co.« nennt Pete sie gern scherzhaft. Als ehemaliger Polizeibeamter hat er nichts für Anwälte übrig, würde jedoch als Zweiter zugeben (Holly wäre die Erste), dass man für das Zustellen von Vorladungen und anderen Verfahrensdokumenten ausgezeichnet bezahlt wird. »Unfrohe Weihnachten, liebe Empfänger«, sagt er, als er am Donnerstagmorgen mit einer Aktentasche voller Weh und Ärger loszieht.

Neben dieser Aufgabe ist Finders Keepers geschätzter Partner von mehreren Versicherungsgesellschaften – lokale Firmen ohne Verbindung zu den großen Playern –, weshalb Holly den Freitag hauptsächlich damit verbringt, eine Schadensmeldung wegen Brandstiftung zu untersuchen. Es geht um eine ziemlich große Summe, die der Versicherungsnehmer dringend benötigt, und Holly soll sich vergewissern, ob er sich tatsächlich in Miami aufgehalten hat, als seine Lagerhalle in Flammen aufging. Wie sich herausstellt, war genau das der Fall, gut für ihn, aber weniger gut für die Lake Fidelity.

Zusätzlich zu solchen Aufträgen, mit denen die größeren Rechnungen bezahlt werden können, muss gelegentlich ein säumiger Schuldner ausfindig gemacht werden (das erledigt Holly mit dem Computer, wobei sie innerhalb kürzester Zeit den Aufenthaltsort des Betreffenden ermitteln kann, indem sie einfach seine Kreditkartenrechnungen überprüft), und man begibt sich auf die Suche nach Kautionsflüchtlingen sowie verschwundenen Kindern und Hunden. Um die Kinder kümmert sich im Allgemeinen Pete, und wenn Jerome da ist, hat er gute Erfolge mit den Hunden.

Es überrascht Holly nicht sehr, dass der Tod von Lucky ihn so schwer getroffen hat. Schließlich war der nicht nur außergewöhnlich grausam, Jeromes Familie hat auch vor einem Jahr ihren geliebten Hund Odell verloren, der an Herzinsuffizienz gestorben ist. Gegenwärtig stehen keine entlaufenen oder entführten Hunde auf der Auftragsliste, was gut ist, weil Holly diesen Donnerstag und Freitag zu viel anderes zu tun hat und Jerome zu Hause an seinem Buchprojekt sitzt. Aus einer Seminararbeit entstanden, hat das jetzt absolute Priorität für ihn; man könnte sogar sagen, dass er davon besessen ist. Seine Eltern sind skeptisch über die Entscheidung ihres Sohnes, ein »Lückenjahr« zu nehmen, wie er es nennt. Holly ist das nicht. Sie denkt zwar nicht unbedingt, dass Jerome die Welt aus den Angeln heben wird, hat jedoch so eine Ahnung, dass er sie dazu bringt, die Ohren zu spitzen. Sie glaubt an ihn. Und sie hat Holly-Hoffnung. Auch das.

Die Entwicklungen rund um das Schulattentat kann sie nur aus den Augenwinkeln verfolgen, was nicht weiter schlimm ist, weil es nicht viele gibt. Ein weiteres Opfer ist gestorben – eine Lehrerin, niemand von den Schülern –, und eine Reihe Kinder mit geringfügigen Verletzungen sind aus den verschiedenen Krankenhäusern der Gegend entlassen worden. Mrs. Althea Keller, die einzige Person, die mit dem Zusteller beziehungsweise Bombenleger gesprochen hat, ist wieder bei Bewusstsein, hat jedoch wenig Neues beitragen können bis auf die Tatsache, dass das Paket angeblich von einer Partnerschule in Schottland kam und dass in der Wochenzeitung von Pineborough über diese transatlantische Verbindung berichtet wurde. Begleitet war der Artikel von einem Gruppenbild der Nemo-Me-Impune-Lacessit-Gesellschaft (deren elf Mitglieder die Explosion unverletzt überlebt haben, was vielleicht eine Ironie des Schicksals ist, aber bei deren Motto vielleicht auch nicht). Der Lieferwagen wurde in einer nahen Scheune aufgefunden, ohne Fingerabdrücke und mit Bleichmittel von DNA-Spuren gereinigt. Die Polizei wurde mit Anrufen von Leuten überschwemmt, die den Täter unbedingt identifizieren wollten, aber keiner der Anrufe hat irgendein Ergebnis erbracht. Die Hoffnung auf einen schnellen Fahndungserfolg ist der Angst gewichen, dass der Täter womöglich noch nicht fertig ist, sondern gerade erst angefangen hat. Holly hofft, dass dem nicht so ist, aber nach ihren Erfahrungen mit Brady Hartsfield befürchtet sie das Schlimmste. Bestenfalls, denkt sie (mit einer Kälte, die ihr früher fremd gewesen wäre), hat er sich inzwischen umgebracht.

Als sie am Freitagnachmittag ihren Bericht an die Lake Fidelity fertigstellt, klingelt das Telefon. Es ist ihre Mutter mit einer Nachricht, vor der es Holly schon lange gegraut hat. Sie hört zu, sie sagt, was der Situation angemessen ist, und sie erlaubt ihrer Mutter, sie wie das Kind zu behandeln, für das ihre Mutter sie immer noch hält (obwohl der Grund des

Anrufs erfordern wird, dass Holly sich wie eine Erwachsene verhält). Unter anderem fragt ihre Mutter, ob Holly daran denkt, sich nach jeder Mahlzeit die Zähne zu putzen, ob sie sich daran erinnert, zum Essen ihre Medikamente zu nehmen, ob sie ihren Filmkonsum auf vier Filme pro Woche beschränkt, und so weiter, und so weiter. Holly versucht, die Kopfschmerzen zu ignorieren, die von den Anrufen ihrer Mutter – und von diesem Anruf insbesondere – beinahe immer ausgelöst werden. Sie versichert ihrer Mutter, dass sie am Sonntag bestimmt kommen und mit anpacken wird und dass sie bestimmt rechtzeitig mittags da sein wird, damit sie noch einmal ein gemeinsames Familienessen haben können.

Meine Familie, denkt Holly. Meine verflixte Familie.

Weil Jerome sein Handy ausschaltet, wenn er an seiner Arbeit sitzt, ruft sie Tanya Robinson an, die Mutter von Jerome und Barbara. Der teilt sie mit, sie werde am Sonntag nicht zum Mittagessen kommen können, weil sie woandershin müsse. Zu einer Art familiärem Notfall. Als sie das näher erklärt, sagt Tanya: »Ach, Holly. Das tut mir so leid, Liebes. Wirst du das wirklich schaffen?«

»Ja«, sagt Holly. Das sagt sie immer, wenn jemand ihr diese fürchterlich suggestive Frage stellt. Sie ist sich ziemlich sicher, dass sie sich dabei gelassen anhört, aber sobald sie aufgelegt hat, schlägt sie die Hände vors Gesicht und bricht in Tränen aus. Das liegt an dem Ausdruck *Liebes*. Daran, dass es jemand gibt, der sie, die auf der Highschool Schnatterine gerufen wurde, so nennt.

Jetzt kann sie sich wenigstens daran festhalten.

2

Am Samstagabend plant Holly auf ihrem Computer mit der Waze-App ihre Fahrt, wobei sie einen Zwischenstopp zum Pinkeln und Tanken einrechnet. Um mittags anzukommen, muss sie um halb acht losfahren; sie hat also Zeit für eine Tasse Tee (koffeinfrei), Toast und ein gekochtes Ei. Nachdem sie das alles exakt ausgearbeitet hat, liegt sie zwei Stunden wach, was sie in der Nacht nach dem Schulattentat nicht getan hat, und als sie schließlich einschläft, träumt sie von Chet Ondowsky. Er berichtet von dem Blutbad, das er bei der Bergung der Opfer gesehen habe, und erwähnt dabei Dinge, die er im Fernsehen nie sagen würde. Auf den Backsteinen war Blut, sagt er. Da lag ein Schuh mit dem Fuß noch drin, sagt er. Er sagt: Das Mädchen, das nach seiner Mama verlangt hat, hat vor Schmerzen geschrien, obwohl ich versucht habe, es ganz sanft auf die Arme zu nehmen. Das alles erzählt er mit seiner nüchternsten Stimme, doch während er spricht, zerreißt er seine Kleider. Nicht nur Tasche und Ärmel seiner Anzugjacke, sondern zuerst den einen Aufschlag und dann den anderen. Er zerrt die Krawatte herunter und reißt sie entzwei. Dann reißt er das Hemd von oben nach unten auf, wobei die Knöpfe abspringen.

Bevor er sich an die Hose machen kann, endet der Traum entweder, oder Hollys Bewusstsein weigert sich, sich daran zu erinnern, als am nächsten Morgen ihr Handywecker ertönt. Jedenfalls fühlt sie sich anschließend nicht ausgeruht und verzehrt Ei und Toast ohne jedes Vergnügen und nur, um eine Grundlage für den anstrengenden Tag zu schaffen. Normalerweise genießt sie Autofahrten, aber die Aussicht auf den anstehenden Ausflug liegt auf ihren Schultern wie ein echtes Gewicht.

Ihre kleine, blaue Reisetasche – von ihr als Basistasche bezeichnet – steht bereits an der Tür, gepackt mit Wechselkleidung und ihren Toilettensachen, falls sie über Nacht bleiben muss. Sie schiebt sich den Trageriemen auf die Schulter, fährt mit dem Aufzug von ihrer gemütlichen kleinen Wohnung nach unten, drückt die Haustür auf, und da sitzt Jerome Robinson auf der Treppe. Er trinkt eine Cola; neben ihm liegt sein Rucksack. Der Sticker darauf verkündet: JERRY GARCIA LIVES.

»Jerome? Was tust du denn hier?« Und weil sie nicht anders kann. »Und trinkst um halb acht Uhr morgens Cola, bäh!«

»Ich fahre mit«, sagt er, und seine Miene verrät, dass Widerspruch zwecklos ist. Was in Ordnung ist, weil sie ihm ohnehin nicht widersprechen will.

»Danke, Jerome«, sagt sie. Es ist schwer, aber sie schafft es, nicht loszuheulen. »Das ist sehr lieb von dir.«

3

Auf der ersten Hälfte der Strecke sitzt Jerome am Steuer, und bei dem Tank-und-Pinkel-Stopp auf dem Turnpike wechseln sie. Holly spürt, wie ihre Furcht vor dem, was sie erwartet (was *uns* erwartet, korrigiert sie sich), zunimmt, während sie sich Covington nähern, einem Vorort von Cleveland. Um das Gefühl in Schach zu halten, erkundigt sie sich bei Jerome, wie es mit seinem Projekt läuft. Seinem Buch.

»Aber falls du nicht drüber reden willst … mir ist schon klar, dass manche Autoren …«

Jerome ist jedoch gern dazu bereit. Seinen Ursprung verdankt das Buch der Seminararbeit für eine Veranstaltung mit dem Titel *Soziologie in Schwarz und Weiß*. Dabei hat Jerome sich entschieden, über seinen Ururgroßvater Alton zu schreiben, der 1878 als Kind ehemaliger Sklaven geboren wurde. Kindheit und Jugend hat Alton Robinson in Memphis verbracht, wo gegen Ende des 19. Jahrhunderts eine florierende schwarze Mittelschicht existierte. Als das Gelbfieber und weiße Schlägertrupps dieses fein ausgewogene Wirtschaftssystem bedrohten, brach ein Großteil der schwarzen Einwohner einfach die Zelte ab. Die Weißen, für die sie gearbeitet hatten, mussten nun selbst ihr Essen kochen, ihren Abfall beseitigen und ihren Babys den verschissenen Hintern abwischen.

Alton ließ sich in Chicago nieder, wo er in einem Fleisch verarbeitenden Betrieb arbeitete, Geld zurücklegte und zwei Jahre vor der Prohibition eine Kneipe eröffnete. Anstatt seinen Laden zu schließen, »als die alten Jungfern anfingen, uns das Bier madig zu machen« (dies aus einem Brief, den Alton an seine Schwester geschrieben hat – Jerome hat auf dem Dachboden einen richtigen Schatz an Briefen und Dokumenten entdeckt), hat er den Standort gewechselt und an der South Side eine Flüsterkneipe aufgemacht, die unter dem Namen Black Owl bekannt wurde.

Je mehr Jerome über Alton Robinson entdeckt hat – seine Geschäftsbeziehungen zu Alphonse Capone, drei überstandene Mordanschläge (beim vierten lief es nicht so gut), sein wahrscheinlicher Nebenjob als Erpresser, seine politische Einflussnahme –, desto umfangreicher wurde der Text, und desto unwichtiger kam ihm vor, was er für andere Seminare tat. Als er den langen Essay schließlich abgab, erhielt er die Bestnote.

»Was irgendwie ein Witz ist«, sagt er zu Holly, während die letzten fünfzig Meilen der Fahrt anbrechen. »Der Essay war nur die Spitze des Eisbergs. Oder wie die erste Strophe in einer von diesen endlosen englischen Balladen. Aber inzwischen war ich mitten im Frühjahrssemester und hatte in meinen anderen Kursen allerhand nachzuholen. Um Mutter und Vater stolz zu machen, du verstehst.«

»Das war sehr erwachsen von dir«, sagt Holly, die nicht das Gefühl hat, ihre Mutter und ihren verstorbenen Vater jemals stolz gemacht zu haben. »Aber es muss schwer gewesen sein.«

»Das war es auch«, sagt Jerome. »Ich war nämlich Feuer und Flamme. Wollte alles andere fallen lassen und mich nur noch mit Ururopa Alton beschäftigen. Der Mann hat ein fantastisches Leben geführt. Diamanten und perlenbesetzte Krawattennadeln und Nerzmantel. Aber es war letzten Endes richtig, das Thema ein bisschen vor sich hin köcheln zu lassen. Als ich mich wieder drangesetzt habe – das war im letzten Juni –, hab ich gemerkt, dass ich ein echtes Thema hatte oder haben könnte, wenn ich es richtig anstellte. Hast du eigentlich mal *Der Pate* gelesen?«

»Hab das Buch gelesen und den Film gesehen«, antwortet Holly prompt. »Alle drei Filme.« Und fühlt sich genötigt hinzuzufügen: »Der letzte ist nicht besonders gut.«

»Erinnerst du dich an das Motto des Romans?«

Sie schüttelt den Kopf.

»Es ist von Balzac: *Hinter jedem großen Vermögen steht ein Verbrechen.* Das war das Thema, das ich gesehen habe, obwohl Altons Vermögen ihm schon lange durch die Finger geronnen war, als er in Cicero erschossen wurde.«

»Das ist ja wirklich wie im *Paten*«, sagt Holly staunend, worauf Jerome den Kopf schüttelt.

»Nein, ist es nicht. Weil man als Schwarzer nämlich nie auf dieselbe Weise amerikanisch sein kann wie jemand mit italienischen oder irischen Vorfahren. Schwarze Haut widersetzt sich dem Schmelztiegel. Damit will ich sagen ...« Er hält inne. »Ich will sagen, dass Diskriminierung der Ursprung von Verbrechen ist. Das heißt, die Tragödie von Alton Robinson bestand darin, dass er dachte, er könnte mithilfe seiner Verbrechen eine Art Gleichheit erreichen, was sich aber als Hirngespinst erwiesen hat. Letztlich wurde er nicht umgebracht, weil er sich mit Paul Ricca, dem Nachfolger von Al Capone, überworfen hatte, sondern weil er schwarz war. Weil er ein *Nigger* war.«

Jerome, der früher Bill Hodges irritiert (und Holly geschockt) hat, indem er manchmal einen übertriebenen Minstrel-Show-Akzent zur Schau stellte – so nach dem Motto *immer gern zu Diensten, Massa Hodges* –, spuckt dieses Wort regelrecht aus.

»Hast du schon einen Titel?«, fragt Holly ruhig. Sie nähern sich der Ausfahrt Covington.

»Ich glaube ja. Allerdings hab ich mir den nicht selbst ausgedacht.« Jerome blickt verlegen drein. »Hör mal, Hollyberry, wenn ich dir was verrate, versprichst du dann, es für dich zu behalten? Es also weder Pete noch Barbara oder meinen Eltern zu erzählen? Vor allem denen nicht!«

»Natürlich. Ich kann Geheimnisse bewahren.«

Obwohl Jerome das weiß, zögert er trotzdem einen Augenblick, bevor er loslegt. »Mein Professor in diesem Seminar hat den Text an eine Agentin in New York geschickt. Sie heißt Elizabeth Austin und hat Interesse gezeigt. Deshalb hab ich ihr nach Thanksgiving die ersten circa hundert Seiten geschickt, die ich seit Sommer zusammenhatte. Ms. Austin meint, man könnte es veröffentlichen, und zwar nicht nur bei einem wissenschaftlichen Verlag, wie ich mir das vorgestellt hatte. Sie glaubt, dass sogar einer von den großen Publikumsverlagen interessiert sein könnte. Als Titel hat sie den Namen der Flüsterkneipe vorgeschlagen, die mein Ururopa geführt hat: *Black Owl. Aufstieg und Fall eines amerikanischen Gangsters.*«

»Jerome, das ist ja wunderbar! An einem Buch mit so einem Titel haben bestimmt massenhaft Leute Interesse.«

»Schwarze Leute, meinst du.«

»Nein! Alle! Meinst du denn, nur Weiße haben den *Paten* gelesen?« Da fällt ihr etwas ein. »Aber wie werden deine Eltern das finden?« Dabei denkt sie an ihre eigene Familie, die entsetzt wäre, wenn man so ein Skelett aus dem Schrank zerren würde.

»Tja«, sagt Jerome. »Die haben den Essay beide gelesen und waren begeistert. Ein Essay ist natürlich was anderes als ein Buch. Eines, das womöglich wesentlich mehr Leute lesen als ein einzelner Professor. Allerdings liegt das Ganze ja schon vier Generationen zurück, und da …«

Jerome hört sich beunruhigt an. Sie merkt, dass er sie anschaut, aber das sieht sie nur aus den Augenwinkeln; wenn Holly am Lenkrad sitzt, blickt sie immer strikt geradeaus. Filmszenen, in denen der Fahrer sekundenlang zum Beifahrer hinüberschaut, während er etwas zu ihm sagt, bringen sie auf die Palme. Bei so was will sie immer brüllen: *Guck auf die Straße, du Blödmann! Willst du vielleicht ein Kind überfahren, während du über dein Liebesleben plauderst?*

»Was meinst denn du, Holly?«

Sie denkt sorgfältig nach. »Ich finde, du solltest deinen Eltern dasselbe zeigen wie dieser Agentin«, sagt sie schließlich. »Hör dir dann an, was sie sagen. Fühl dich in ihre Emotionen ein, und respektiere die. Aber dann … mach weiter wie bisher. Schreib alles auf – das Gute, das Böse und das Hässliche.« Sie haben die Ausfahrt Covington erreicht. Holly setzt den Blinker. »Ich hab noch nie ein Buch geschrieben, deshalb bin ich mir da nicht sicher, aber ich glaube, dafür braucht man ein gewisses Maß an Tapferkeit. Deshalb solltest du die aufbringen, glaube ich. Sei tapfer.«

Und ich muss das jetzt auch sein, denkt sie. Bis zu unserem Haus sind es nur noch zwei Meilen, und unser Haus ist der Ort, wo mich Kummer erwartet.

4

Das Haus der Gibneys steht in einer Wohnanlage namens Meadowbrook Estates. Während Holly sich ihren Weg durch das Spinnennetz aus Straßen sucht (den Weg zum Heim der Spinne, denkt sie und schämt sich sofort, weil sie so über ihre Mutter denkt), sagt Jerome: »Wenn ich hier wohnen würde und besoffen heimkäme, würde ich mindestens eine Stunde brauchen, bis ich das richtige Haus finde.«

Eine treffende Beobachtung. Es sind für Neuengland typische Holzhäuser, die sich nur farblich voneinander unterscheiden … was trotz Straßenlaternen nachts nicht viel helfen würde. Wahrscheinlich sind in der warmen Jahreszeit davor unterscheidbare Blumenbeete angelegt, doch jetzt sind alle Vorgärten von Meadowbrook Estates gleichermaßen mit einer verkrusteten Schicht aus altem Schnee bedeckt. Holly könnte Jerome erzählen, dass ihre Mutter diese Gleichförmigkeit mag, weil sie sich darin sicher fühlt (Charlotte Gibney hat ebenfalls gewisse Probleme), lässt es jedoch bleiben. Sie rüstet sich für ein anstrengendes Mittagessen und einen noch anstrengenderen Nachmittag. Ein Umzug, denkt sie. Oje.

Sie biegt in die Einfahrt von Lily Court Nr. 42 ein, stellt den Motor ab und wendet sich Jerome zu. »Du solltest dich innerlich wappnen. Mutter sagt, dass sich sein Zustand in den letzten paar Wochen stark verschlechtert hat. Manchmal übertreibt sie gern, aber davon gehe ich diesmal nicht aus.«

»Mir ist die Situation klar.« Er drückt ihr kurz die Hand. »Ich werde schon damit fertig. Kümmere du dich einfach um dich selbst, ja?«

Bevor sie etwas erwidern kann, geht die Tür von Nummer 42 auf, und Charlotte Gibney tritt heraus, noch in ihrer Sonntagskleidung, die sie zur Kirche getragen hat. Holly hebt zaghaft grüßend die Hand, was ihre Mutter aber nicht erwidert.

»Herein mit dir«, sagt Charlotte Gibney nur. »Du kommst zu spät.«

Holly weiß, dass sie zu spät kommt. Fünf Minuten.

Während Holly mit Jerome zur Tür geht, wirft Charlotte ihm einen Blick zu. Was will denn *der* hier, bedeutet der Blick.

»Jerome kennst du ja schon«, sagt Holly. Die beiden haben sich bereits ein halbes Dutzend Mal getroffen, und Charlotte hat ihn immer mit demselben Blick bedacht. »Er ist mitgekommen, um mir Gesellschaft zu leisten und mich moralisch zu unterstützen.«

Jerome schenkt Charlotte sein charmantestes Lächeln. »Hallo, Mrs. Gibney. Ich habe mich selbst eingeladen. Hoffentlich haben Sie nichts dagegen.«

Darauf erwidert Charlotte einfach: »Kommt rein, hier draußen ist es eisig kalt.« Als ob es nicht ihre Idee gewesen wäre, vor die Tür zu treten, sondern die ihrer zwei Besucher.

Das Haus, in dem Charlotte seit dem Tod ihres Mannes mit ihrem Bruder lebt, ist überheizt und riecht so stark nach einer Blütenduftmischung, dass Holly hofft, nicht husten zu müssen. Oder würgen, was noch schlimmer wäre. In dem kleinen Flur stehen vier Tischchen, die den Weg zum Wohnzimmer gefährlich verengen, zumal da auf jedem Tisch dicht gedrängt die Porzellanfigürchen stehen, die Charlotte mit Leidenschaft sammelt: Elfen, Gnome, Trolle, Engel, Clowns, Häschen, Ballerinen, Hündchen, Kätzchen, Schneemänner, Jack und Jill (jeweils mit einem Eimer) und das Prunkstück, ein Pillsbury Doughboy.

»Das Essen steht auf dem Tisch«, sagt Charlotte. »Leider nur Obstsalat und kaltes Hühnchen, aber zum Nachtisch gibt es Kuchen, und … und …«

Ihre Augen füllen sich mit Tränen, und als Holly die sieht, fühlt sie – trotz all der Arbeit in ihrer Therapie – einen Groll in sich aufsteigen, der Hass nahe ist. Vielleicht ist es sogar Hass. Sie denkt an all die Male, die sie in Gegenwart ihrer

Mutter geweint hat, nur um von der zu hören: »Geh auf dein Zimmer, bis du dich beruhigt hast!« Jetzt spürt sie den Drang, ihrer Mutter genau diese Worte ins Gesicht zu schleudern, umarmt sie stattdessen jedoch unbeholfen. Dabei spürt sie, wie nahe die Knochen unter dem dünnen, schlaffen Fleisch liegen, und wird sich bewusst, dass ihre Mutter alt ist. Wie kann sie Abneigung gegen eine alte Frau empfinden, die so offensichtlich ihre Hilfe braucht? Die Antwort lautet anscheinend: Ohne weiteres.

Nach einem Moment schiebt Charlotte ihre Tochter mit einer kleinen Grimasse von sich weg, als hätte sie etwas Schlechtes gerochen. »Geh mal zu deinem Onkel, und sag ihm, dass das Essen fertig ist. Du weißt ja, wo er ist.«

Das weiß Holly tatsächlich. Aus dem Wohnzimmer dringen die Stimmen von professionell erregten Sportjournalisten, die vor der Übertragung eines Footballspiels miteinander diskutieren. Gemeinsam mit Jerome macht sie sich auf den Weg dorthin, im Gänsemarsch, um kein Mitglied der Porzellanbrigade zu Fall zu bringen.

»Wie viele von denen hat sie eigentlich?«, murmelt Jerome.

Holly schüttelt den Kopf. »Keine Ahnung. Sie ist schon immer in das Zeug vernarrt, aber seit mein Vater gestorben ist, hat es überhandgenommen.« Worauf sie die Stimme hebt und mit künstlicher Fröhlichkeit ruft: »Hallo, Onkel Henry! Bereit zum Mittagessen?«

Onkel Henry hat eindeutig auf den Kirchgang verzichtet. Er liegt zusammengesackt in seinem Fernsehsessel, gekleidet in ein Purdue-Sweatshirt mit einem Rest Frühstücksei darauf und Jeans mit Dehnbund. Letztere sitzen so tief, dass sie die Aussicht auf seine mit winzigen blauen Wimpeln bedruckten Boxershorts freigeben. Er wendet den Blick vom Fernseher ab und richtet ihn auf seine Besucher. Für einen Moment ist seine Miene völlig ausdruckslos, dann lächelt er. »Janey! Was tust du denn hier?«

Das durchfährt Holly wie ein Dolch aus Glas, und ihr kommt kurz wieder Chet Ondowsky mit seinen zerkratzten Händen und seiner zerrissenen Jackentasche in den Sinn. Kein Wunder, Janey war ihre Cousine, und sie war fröhlich und lebhaft, was sie beides selbst nie sein konnte. Außerdem war sie eine Weile die Freundin von Bill Hodges, bevor sie ebenfalls bei einer Explosion ums Leben kam, als Opfer einer von Brady Hartsfield gelegten Bombe, die für Bill gedacht war.

»Ich bin nicht Janey, Onkel Henry.« Weiter mit dieser künstlichen Fröhlichkeit, die man sich sonst für Cocktailpartys aufspart. »Ich bin Holly.«

Wieder wird seine Miene ausdruckslos, während rostige Nervenverbindungen etwas ermitteln, was sie früher blitzschnell zutage gebracht hätten. Dann nickt er. »Klar doch. Liegt wohl an meinen Augen. Vom vielen Fernsehen.«

Um seine Augen, denkt Holly, geht es hier kaum, Janey liegt schon seit Jahren im Grab. Darum geht es.

»Komm her, Mädchen, und drück mich.«

Was sie tut, wenn auch so kurz wie möglich. Als sie sich aufrichtet, starrt er Jerome an. »Wer ist denn …?« Einen schrecklichen Moment lang denkt sie, dass er den Satz mit *der Schwarze* oder gar mit *der Neger da* vollenden könnte, doch das tut er nicht. »… der Kerl da? Ich dachte, du gehst mit diesem Polizisten.«

Diesmal macht sie sich nicht die Mühe, ihm klarzumachen, wer sie ist. »Das ist Jerome. Jerome Robinson. Du hast ihn bereits kennengelernt.«

»Ach ja? Offenbar werde ich allmählich senil.« Das sagt er nicht mal als Scherz, sondern nur als Floskel, ohne zu erkennen, dass es der Wahrheit entspricht.

Jerome schüttelt ihm die Hand. »Wie geht es Ihnen, Sir?«

»Nicht schlecht für einen alten Burschen«, sagt Onkel Henry, aber bevor er weitersprechen kann, ruft – beziehungsweise kreischt – Charlotte aus der Küche, dass das Essen auf dem Tisch stehe.

»His Master's Voice«, sagt Henry gutmütig, und als er aufsteht, rutscht seine Hose hinunter. Was er gar nicht zu bemerken scheint.

Jerome sieht Holly an und deutet mit dem Kinn unmerklich in Richtung Küche. Sie wirft ihm einen zweifelnden Blick zu, geht jedoch los.

»Lassen Sie mich mal helfen«, sagt Jerome. Anstatt etwas zu erwidern, starrt Onkel Henry nur mit herabhängenden Armen auf den Fernseher, während Jerome ihm die Hose hochzieht. »So, erledigt. Gehen wir?«

Onkel Henry sieht Jerome verblüfft an, als würde er dessen Anwesenheit gerade erst bemerken. Was vermutlich zutrifft. »Also, wenn ich Sie so sehe, weiß ich nicht recht, junger Mann«, sagt er.

»Was wissen Sie denn nicht, Sir?«, fragt Jerome, während er Onkel Henry behutsam bei den Schultern fasst und zur Tür hindreht.

»Dieser Polizist war zu alt für Janey, aber Sie sehen zu jung für sie aus.« Er schüttelt den Kopf. »Wirklich, ich weiß nicht recht.«

5

Sie bringen das Mittagessen hinter sich, wobei Charlotte ständig mit Onkel Henry schimpft und ihm manchmal bei der Nahrungsaufnahme hilft. Zweimal verlässt sie den Tisch, und als sie wiederkommt, wischt sie sich die Augen. Durch Analyse und Therapie ist Holly klar geworden, dass ihre Mutter sich beinahe so sehr vor dem Leben fürchtet, wie Holly das früher selbst getan hat, und dass ihre unangenehmsten

Eigenschaften – ihr Bedürfnis, zu kritisieren und jegliche Situationen unter Kontrolle zu haben – aus dieser Furcht heraus entstehen. Und das hier ist eine Situation, die sie nicht kontrollieren kann.

Außerdem liebt sie ihn, denkt Holly. Das auch. Er ist ihr Bruder, sie liebt ihn, und jetzt verlässt er sie. Auf mehr als eine Weise.

Als das Essen vorüber ist, verbannt Charlotte die Männer ins Wohnzimmer (»seht euch jetzt euer Spiel an«, weist sie die beiden an), während sie mit Holly das bisschen Geschirr abspült. Sobald sie allein sind, sagt sie zu Holly, ihr Freund solle den Wagen auf die Straße stellen, damit sie den von Henry aus der Garage fahren könnten. »Seine Sachen sind schon im Kofferraum, eingepackt und transportbereit.« Das sagt sie mit kaum geöffneten Lippen wie eine Schauspielerin in einem schlechten Agentenfilm.

»Er hält mich für Janey«, sagt Holly.

»Natürlich tut er das, schließlich war Janey immer sein Liebling«, sagt Charlotte, und Holly spürt wieder, wie sie von einem gläsernen Dolch durchbohrt wird.

6

Auch wenn Charlotte Gibney offensichtlich nicht erfreut war, dass Holly einen Freund mitgebracht hat, erlaubt sie Jerome gern, Onkel Henrys gewaltigen alten Buick (125 000 Meilen auf dem Tacho) zum Rolling Hills Elder Care Center zu steuern, wo seit dem ersten Dezember ein Zimmer auf Henry wartet. Eigentlich hat sie gehofft, ihr Bruder könnte über Weihnachten zu Hause bleiben, aber jetzt hat er damit angefangen, das Bett zu nässen, was schlecht ist, und in der Nachbarschaft umherzustreifen, manchmal nur in Pantoffeln, was noch schlechter ist.

Als sie ankommen, sieht Holly in der Umgebung keinen einzigen sanften Hügel, von wegen Rolling Hills, nur eine Tankstelle samt Shop und eine heruntergekommene Bowlingbahn auf der anderen Straßenseite. Ein Mann und eine Frau in blauer Pflegejacke begleiten gerade sechs oder acht Senioren von der Bowlingbahn nach Hause, wobei der Mann beide Hände hebt, um den Verkehr aufzuhalten, bis die Gruppe sicher im Gänsemarsch die Straße überquert hat. Die Insassen (nicht der richtige Ausdruck, aber derjenige, der Holly in den Sinn kommt) halten sich an den Händen, wodurch sie wie verfrüht vergreiste Kinder beim Schulausflug aussehen.

»Ist hier das Kino?«, fragt Onkel Henry, als Jerome den Buick auf den Wendeplatz vor dem Eingang des Pflegeheims lenkt. »Ich dachte, wir gehen ins Kino.«

Er sitzt auf dem Beifahrersitz. Zu Hause hat er tatsächlich versucht, sich ans Lenkrad zu setzen, bis Charlotte und Holly ihn davon abbringen konnten. Ein Auto zu fahren ist eindeutig nichts mehr für Onkel Henry. Im Juni hat Charlotte ihm den Führerschein aus der Brieftasche stibitzt, während er eines seiner immer länger werdenden Nickerchen gehalten hat. Dann hat sie sich an den Küchentisch gesetzt und geweint.

»Bestimmt zeigen die hier Filme«, sagt Charlotte. Sie lächelt und beißt sich dabei auf die Lippe.

In der Eingangshalle werden sie von Mrs. Braddock in Empfang genommen, die Onkel Henry wie einen alten Freund behandelt. Sie ergreift seine beiden Hände und teilt ihm mit, wie sehr sie sich freue, ihn »bei uns zu haben«.

»Bei uns wofür?«, fragt Henry und blickt sich um. »Ich muss bald ins Büro. Die Akten sind komplett durcheinandergeraten. Dieser Hellman ist völlig nutzlos.«

»Haben Sie seine Sachen?«, fragt Mrs. Braddock, an Charlotte gewandt.

»Ja«, sagt Charlotte, die sich immer noch lächelnd auf die Lippe beißt. Wahrscheinlich wird sie bald in Tränen ausbrechen. Holly kennt die Vorzeichen.

»Ich hole seine Koffer«, sagt Jerome leise, aber das Gehör von Onkel Henry funktioniert bestens.

»Was für Koffer? *Was für Koffer?*«

»Wir haben ein sehr hübsches Zimmer für Sie, Mr. Tibbs«, sagt Mrs. Braddock. »Ausgesprochen sonnig, und …«

»Man nennt mich *Mister* Tibbs!«, poltert Onkel Henry und imitiert dabei Sidney Poitier so glaubwürdig, dass die junge Frau am Empfangstisch und ein zufällig vorbeilaufender Pfleger sich erschrocken nach ihm umsehen. Lachend wendet er sich seiner Nichte zu. »Wie oft haben wir uns den Film eigentlich angesehen, Holly? Ein halbes Dutzend Mal?«

Diesmal hat er sie bei ihrem richtigen Namen genannt, wodurch sie sich noch schlechter fühlt. »Öfter«, sagt Holly und weiß, dass sie wohl bald selbst weinen wird. Mit ihrem Onkel zusammen hat sie sich eine Menge Filme angesehen. Janey mag sein Liebling gewesen sein, aber Holly war seine Filmkameradin, mit der er auf dem Sofa saß, mit einer Schüssel Popcorn zwischen den beiden.

»Ja«, sagt Onkel Henry. »Ja, eindeutig.« Doch dann gerät er wieder außer Fassung. »Wo sind wir? Wo sind wir überhaupt?«

An dem Ort, wo du wahrscheinlich sterben wirst, denkt Holly. Falls man dich dazu nicht ins Krankenhaus schafft. Draußen sieht sie Jerome zwei Koffer mit Schottenkaro ausladen. Außerdem eine Anzughülle. Ob ihr Onkel je wieder einen Anzug tragen wird? Ja, wahrscheinlich … aber nur ein einziges Mal.

»Sehen wir uns doch mal Ihr Zimmer an«, sagt Mrs. Braddock. »Es wird Ihnen bestimmt gefallen, Henry!«

Sie nimmt ihn am Arm, aber Henry leistet Widerstand. Er sieht seine Schwester an. »Was geht hier vor, Charlie?«

Brich jetzt bloß nicht in Tränen aus, denkt Holly, beherrsch dich, wag es nicht. Aber – ach du Kacke – da öffnen sich alle Schleusen.

»Warum heulst du, Charlie?«, fragt Onkel Henry. Dann: »Hier will ich nicht sein!« Das sagt er nicht in seiner dröhnenden Mister-Tibbs-Stimme, sondern eher weinerlich. Wie ein Kind, das merkt, dass es gleich eine Spritze bekommen wird. Als er sich von der weinenden Charlotte abwendet, sieht er Jerome mit dem Gepäck hereinkommen. »Halt! Halt! Was tun Sie da mit den Sachen? Die gehören mir!«

»Also«, sagte Jerome, scheint aber nicht zu wissen, was er sonst noch sagen soll.

Die alten Herrschaften kommen im Gänsemarsch von ihrem Ausflug zur Bowlingbahn herein, wo bestimmt massenhaft Bälle in der Rinne gelandet sind. Der Pfleger, der die Hände gehoben hat, um den Verkehr aufzuhalten, gesellt sich zu einer Kollegin mit muskulösen Oberarmen, die wie aus dem Nichts aufgetaucht ist. Sie hat ein strahlendes Lächeln aufgesetzt.

Die beiden treten auf Henry zu und ergreifen sanft seine Arme. »Gehen wir da lang«, sagt der Typ vom Bowlingbahnteam. »Dann können Sie 'nen Blick auf Ihr neues Zuhause werfen. Sehen wir mal, wie Sie es finden.«

»Wie ich was finde?«, fragt Henry, setzt sich jedoch in Bewegung.

»Wissen Sie was?«, sagt die Pflegerin. »Im Gemeinschaftsraum läuft das Spiel, und wir haben den größten Fernseher, der Ihnen je untergekommen ist. Da werden Sie sich vorkommen, als würden Sie direkt am Spielfeldrand stehen. Wir werfen erst einen kurzen Blick in Ihr Zimmer, und dann schauen Sie sich das Spiel an.«

»Dazu gibt's ausreichend Kekse«, sagt Mrs. Braddock. »Frisch gebacken.«

»Wer spielt denn?«, fragt Henry. »Die Browns?« Die drei nähern sich einer zweiflügligen Tür, hinter der er bald verschwinden wird. Um dort, denkt Holly, den verdunkelten Rest seines Lebens zu verbringen.

Die Pflegerin lacht. »Nein, nein, nicht die Browns, die sind ausgeschieden. Die Ravens. Hackt sie und packt sie!«

»Gut«, sagt Henry und fügt etwas hinzu, was er nie im Leben gesagt hätte, bevor seine neuronalen Verknüpfungen verrostet sind. »Die Browns sind bloß ein Haufen Pussys.«

Dann ist er fort.

Mrs. Braddock greift in die Tasche ihres Kleids und reicht Charlotte ein Papiertaschentuch. »Es ist völlig normal, dass jemand am Einzugstag durcheinander ist. Er wird sich bald eingewöhnen. Nun habe ich aber noch etwas Papierkram für Sie, Mrs. Gibney, falls Sie sich dazu in der Lage fühlen.«

Charlotte nickt. Aus ihren geröteten Augen laufen die Tränen in das durchnässte Papierknäuel darunter. Das ist die Frau, die mich gescholten hat, wenn ich in der Öffentlichkeit geweint habe, denkt Holly staunend. Die mir gesagt hat, ich soll mich nicht so in den Vordergrund spielen. Das ist die Rache, auch wenn ich auf die gern verzichtet hätte.

Ein weiterer Pfleger (die stehen hier hinter jeder Ecke, denkt Holly) ist unvermittelt aufgetaucht und lädt Onkel Henrys verblichene Tartankoffer und seine von Brooks Brothers stammende Anzughülle auf einen Gepäckwagen, als wäre das hier ein Holiday Inn oder Motel 6. Holly unterdrückt ihre Tränen, während sie auf die Szene starrt, bis Jerome sie behutsam am Arm nimmt und nach draußen führt.

In der Kälte setzen sie sich auf eine Bank. »Ich will eine Zigarette«, sagt Holly. »Zum ersten Mal seit langer Zeit.«

»Tu einfach so, als hättest du eine«, sagt er und atmet eine Wolke aus frostiger Luft aus.

Sie atmet ein und bläst ebenfalls eine Dampfwolke aus. Um so zu tun, als ob.

7

Die beiden bleiben nicht über Nacht, obwohl Charlotte ihnen versichert, es gebe mehr als genug Platz. Holly ist es zwar nicht recht, dass ihre Mutter diese erste Nacht allein verbringt, aber sie erträgt es nicht, zu bleiben. Inzwischen unterscheidet sie sich zwar erheblich von dem bleichen, Kette rauchenden und (schlechte) Gedichte schreibenden Wesen, das im Schatten von Charlotte Gibney gehaust hat, aber es fällt ihr schwer, sich das in Gegenwart ihrer Mutter bewusst zu machen, weil die in ihr nach wie vor das beschädigte Kind sieht, das immer mit hängenden Schultern und niedergeschlagenen Augen durch die Gegend geschlichen ist.

Diesmal sitzt Holly auf der ersten Etappe am Steuer, während Jerome den Rest übernimmt. Es ist schon lange dunkel, als sie die Lichter der Stadt sehen. Holly ist schon die ganze Zeit immer wieder eingedöst und hat dabei bruchstückhaft daran gedacht, wie Onkel Henry sie mit Janey verwechselt hat, die im Wagen von Bill Hodges in die Luft gesprengt wurde. Das lenkt ihre umherschweifenden Gedanken wieder auf die Explosion in der Macready Middle School und den Reporter mit der zerrissenen Jackentasche und dem Ziegelstaub an den Händen. Sie erinnert sich daran, wie sie abends gedacht hat, dass sich etwas an ihm verändert habe.

Na klar, denkt sie, während sie wieder auf den Schlaf zutreibt. Zwischen dem ersten Bericht am Nachmittag und der längeren Reportage am Abend hat Ondowsky dabei geholfen, die Trümmer zu durchsuchen, und ist dadurch zum Teil der Geschichte geworden, statt nur darüber zu berichten. Kein Wunder, dass ihn das verändert …

Plötzlich klappen ihre Augen auf, und sie setzt sich so abrupt auf, dass Jerome zusammenzuckt. »Was ist denn? Geht's dir nicht …«

»Das Muttermal!«

Natürlich hat er keine Ahnung, wovon sie redet, doch das ist Holly egal. Wahrscheinlich hat es ohnehin nichts zu bedeuten, aber sie weiß, dass Bill Hodges sie zu ihrer Beobachtung beglückwünscht hätte. Und zu ihrem Erinnerungsvermögen, also zu dem, was Onkel Henry gerade abhandenkommt.

»Chet Ondowsky«, sagt sie. »Der Fernsehberichterstatter, der als Erster vor Ort war, nachdem die Bombe in der Schule hochgegangen ist. Am Nachmittag hatte er neben dem Mund ein Muttermal, aber als man abends um zehn einen längeren Bericht von ihm gesendet hat, war es weg.«

»Gott sei Dank gibt es Max Factor, hm?«, sagt Jerome, während er die Ausfahrt nimmt.

Damit hat er natürlich recht, schließlich hat sie während des ersten Berichts etwas Ähnliches gedacht: schief sitzende Krawatte, keine Zeit, das Muttermal mit Make-up zu kaschieren. Als später Ondowskys Team eingetroffen ist, hat es sich offenbar darum gekümmert. Trotzdem ist das ein bisschen merkwürdig. Die Kratzer hätte die Maskenbildnerin sicher ungeschminkt gelassen – die hatten eine gute Wirkung, weil sie den Reporter heroisch aussehen ließen –, aber hätte man ihm nicht etwas von dem Ziegelstaub um den Mund weggewischt und den Fleck bedeckt?

»Holly?«, sagt Jerome. »Übersteuerst du mal wieder?«

»Ja«, sagt sie. »Zu viel Stress, nicht genug Schlaf.«

»Lass einfach los.«

»Mach ich«, sagt sie. Es ist ein guter Rat. Sie hat vor, ihn zu befolgen.

14. Dezember 2020

1

Obwohl Holly darauf gefasst war, sich eine weitere Nacht unruhig hin und her zu wälzen, schläft sie durch, bis sie sanft von ihrer leise aus der Handtasche dringenden Weckmelodie (»Orinoco Flow«) aufwacht. Sie fühlt sich ausgeruht und wieder ganz normal. Nachdem sie ihre morgendlichen Meditationsübungen kniend absolviert hat, setzt sie sich in ihre winzige Küchennische, um eine Schale Haferflocken, einen Becher Joghurt und eine große Tasse gewürzten Schwarztee zu sich zu nehmen.

Während sie ihre kleine Mahlzeit genießt, liest sie auf ihrem iPad die Lokalzeitung. Der Bericht über den Anschlag auf die Macready School ist von der Startseite (die wie üblich vom groben Unfug des Präsidenten beherrscht wird) in die Rubrik mit den allgemeinen Nachrichten gewandert. Das liegt daran, dass es keine neue Entwicklung gegeben hat. Weitere Opfer sind aus dem Krankenhaus entlassen worden; zwei Jugendliche, einer davon ein begabter Basketballspieler, befinden sich weiterhin in kritischem Zustand; die Polizei behauptet, eine Reihe Hinweise zu verfolgen. Was Holly bezweifelt. Über Chet Ondowsky findet sich nichts, und an den hat sie als Erstes gedacht, als Enyas hohe Töne sie in den Wachzustand zurückgeholt haben. An ihre Mutter oder ihren

Onkel hat sie nicht gedacht. Ob sie wohl von Ondowsky geträumt hat? Falls ja, erinnert sie sich nicht daran.

Sie klickt die Zeitung weg, ruft Safari auf und tippt den Namen Ondowsky ins Suchfeld. Zuerst erfährt sie, dass sein eigentlicher Vorname Charles lautet, nicht etwa Chester, und dass er seit zwei Jahren für den NBC-Partnersender in Pittsburgh arbeitet. Zwei seiner Spezialgebiete sind charmant alliterierend: Verbrechen und Verbraucherschutz. Außerdem berichtet er über Lokales.

Es sind allerhand Videos aufrufbar. Holly klickt auf das neueste mit dem Titel *WPEN heißt Chet und Fred daheim willkommen*. Ondowsky betritt den Redaktionsraum (in einem neuen Anzug), gefolgt von einem jungen Mann in einem karierten Hemd und einer Freizeithose mit großen Seitentaschen. Begrüßt werden die beiden vom donnernden Applaus ihrer Kollegen, darunter offenbar Reporter, Moderatoren und das Studioteam. Insgesamt sind es etwa vierzig bis fünfzig. Der junge Mann – Fred – grinst. Ondowsky reagiert erst mit Überraschung und dann mit angemessen bescheidener Freude. Er erwidert den Applaus sogar. Eine perfekt aufgebrezelte Frau, wahrscheinlich eine Nachrichtenmoderatorin, tritt vor. »Chet, du bist unser Held«, sagt sie und gibt ihm einen Kuss auf die Wange. »Du auch, Freddy.« Der junge Mann bekommt allerdings keinen Kuss, sondern nur ein kurzes Schulterklopfen.

»Dich würde ich jederzeit retten, Peggy!«, sagt Ondowsky, was Gelächter und weiteren Applaus auslöst. Damit endet der Clip.

Holly sieht sich einige weitere Videos an, die sie nach dem Zufallsprinzip auswählt. In einem steht Ondowsky vor einem brennenden Wohnblock. Ein anderer zeigt ihn am Schauplatz einer Massenkarambolage auf einer Brücke. Im dritten berichtet er über den ersten Spatenstich für ein neues YMCA, ausgeführt mit einem zeremoniellen Silberspaten und mit musikalischer Begleitung durch die Village People. Im vierten, das kurz vor Thanksgiving aufgenommen wurde, klopft er wiederholt an die Tür einer sogenannten Schmerzklinik in Sewickley, erhält jedoch nur die leicht zu verschmerzende Auskunft: »Keine Fragen, verschwinden Sie!«

Emsig, emsig, denkt Holly. Und auf keinem der Clips hat Charles »Chet« Ondowsky ein Muttermal. Weil es weggeschminkt ist, sagt sie sich, während sie ihr bisschen Geschirr abspült. Nur das eine Mal, wo er eilig auf Sendung gehen musste, war es sichtbar. Aber wieso verbeißt du dich überhaupt darin? Das ist ja so, wie wenn irgendein dämlicher Popsong zu einem Ohrwurm wird.

Weil sie früh aufgestanden ist, hat sie Zeit für eine Folge von *The Good Place,* bevor sie zur Arbeit fährt. Sie geht in ihr Fernsehzimmer, greift zur Fernbedienung, hält sie dann jedoch nur in der Hand und starrt auf den leeren Bildschirm. Nach einer kleinen Weile legt sie die Fernbedienung weg und kehrt in die Küche zurück. Sie schaltet ihr iPad wieder ein und sucht den Videoclip, auf dem Chet Ondowsky seine Recherchen bei der Schmerzklinik in Sewickley anstellt.

Nachdem die Stimme hinter der Tür Ondowsky beschieden hat, sich gefälligst zu verziehen, folgt eine Halbnahaufnahme des Reporters, der sich grimmig lächelnd das Mikro (mit deutlich sichtbarem WPEN-Logo) vor den Mund hält. »Tja, Sie haben es gehört, der selbst ernannte *Schmerzdoktor* Stefan Muller weigert sich, Fragen zu beantworten, und fordert uns auf zu verschwinden. Das haben wir getan, aber wir werden wiederkommen und Fragen stellen, bis man uns antwortet. Hier ist Chet Ondowsky in Sewickley. Zurück zu Ihnen, David.«

Holly sieht sich den Clip noch einmal an. Bei diesem Durchlauf hält sie das Bild genau dort an, wo Ondowsky *wir werden wiederkommen* sagt. In diesem Augenblick senkt er das

Mikrofon ein kleines Stück, sodass sie den Mund gut im Blick hat. Sie spreizt die Finger, um das Bild heranzuzoomen, bis der Mund von Chet Ondowsky den gesamten Bildschirm füllt. Kein Muttermal vorhanden, da ist sie sich sicher. Sonst müsste sie, selbst wenn es mit Grundierung und Puder bedeckt wäre, eine Andeutung davon sehen.

An *The Good Place* denkt Holly überhaupt nicht mehr.

Der erste Bericht, den Ondowsky vom Ort der Explosion gesendet hat, ist nicht mehr auf der Website von WPEN, aber dafür auf der von NBC News. Sie ruft ihn auf und spreizt wieder die Finger, bis nur noch der Mund des Reporters sichtbar ist. Und siehe da, von einem Muttermal kann nicht die Rede sein. Ist es Schmutz? Holly hat nicht den Eindruck. Sie meint, es könnte sich um Haare handeln. Vielleicht um eine Stelle, die er beim Rasieren übersehen hat.

Oder um etwas anderes.

Womöglich um die Überreste eines falschen Schnurrbarts.

Jetzt denkt sie auch nicht mehr daran, früh ins Büro zu fahren, um den Anrufbeantworter abzuhören und in Ruhe ein paar Unterlagen durchzuarbeiten, bevor Pete kommt. Sie steht auf und spürt heftig ihr Herz in der Brust schlagen, während sie zweimal eine Runde durch die Küche dreht. Was sie da denkt, kann unmöglich wahr sein, es ist total bescheuert, aber was, wenn es doch wahr ist?

Sie googelt *Anschlag Macready School* und findet die Aufnahme von dem Zusteller/Bombenleger. Wieder spreizt sie die Finger, um das Bild zu vergrößern, wobei sie sich auf den Schnurrbart des Mannes konzentriert. Dabei fallen ihr bestimmte Fälle ein, von denen gelegentlich berichtet wird: Ein Serienbrandstifter entpuppt sich als hauptamtlicher oder freiwilliger Feuerwehrmann. Es gibt sogar eine True-Crime-Story darüber, *Fire Lover* von Joseph Wambaugh. Sie hat den Tatsachenroman in ihrer Highschoolzeit gelesen. Es ist wie ein extremes Münchhausen-Syndrom.

Zu ungeheuerlich. Das kann nicht sein.

Trotzdem fragt Holly sich unwillkürlich und zum ersten Mal, wie Chet Ondowsky so schnell zum Ort des Geschehens gelangt ist, wesentlich schneller als alle anderen Reporter, und … Na gut, sie weiß nicht, um wie viel schneller er war, aber er war als Erster da. Das weiß sie.

Moment mal, weiß sie das wirklich? Sie hat bei dem ersten Bericht zwar keine weiteren Reporter im Hintergrund gesehen, aber wie sicher kann sie sich sein, dass nicht doch welche da waren?

Sie kramt in ihrer Handtasche nach dem Handy. Seit dem Fall, den sie gemeinsam mit Ralph Anderson gelöst hat – und der mit Schüssen in der Höhle von Marysville endete –, telefonieren sie oft miteinander, normalerweise früh am Morgen. Manchmal ruft er an, manchmal ist sie diejenige, die sich meldet. Jetzt schwebt ihr Finger über seiner Nummer, ohne draufzutippen. Ralph ist mit Frau und Sohn unerwartet (und wohlverdient) im Urlaub, und selbst wenn er um sieben Uhr morgens nicht noch schläft, gehört diese Zeit seiner Familie. Ganz ohne Zweifel. Will sie ihn da wirklich mit der Sache behelligen, obwohl sie so wenig in der Hand hat?

Vielleicht kann sie es mit ihrem Computer ja allein herausfinden. Um sich zu beruhigen. Schließlich hat sie von den Besten im Geschäft gelernt.

Holly fährt ihren PC hoch, ruft das Foto mit dem Zusteller/Bombenleger auf und druckt es aus. Dann wählt sie mehrere Porträts von Chet Ondowsky – da er Fernsehjournalist ist, gibt es mehr als genug – und druckt sie ebenfalls aus. Die Ausdrucke nimmt sie mit in die Küche, wo das Morgenlicht am hellsten ist. Sie ordnet alles rechteckig an, das Bild des Bombenlegers in der Mitte, die Fotos von Ondowsky darum herum. Eine ganze Minute lang studiert sie aufmerksam die Bilder. Dann schließt sie die Augen, zählt bis dreißig und betrachtet alles noch einmal. Worauf sie einen Seufzer ausstößt, der zwar ein bisschen enttäuscht und verärgert klingt, aber hauptsächlich erleichtert.

Sie erinnert sich an eine Unterhaltung mit Bill, ein oder zwei Monate bevor der Pankreaskrebs den früheren Kriminalbeamten endgültig erledigt hat. Damals hat sie gefragt, ob Bill Krimis lesen würde, und er hat erwidert, nur die Harry-Bosch-Geschichten von Michael Connelly und die Reihe um das 87. Polizeirevier von Ed McBain. Diese Bücher basierten auf echter Polizeiarbeit, die meisten anderen seien »Agatha-Christie-Quatsch«.

Ein Detail, das Bill ihr über die Bücher von Ed McBain erzählt hat, ist ihr im Gedächtnis geblieben. »McBain schreibt, dass es nur zwei Typen von menschlichen Gesichtern gibt, Schweinsgesichter und Fuchsgesichter. Ich würde hinzufügen, dass man manchmal auch auf einen Mann oder eine Frau mit einem Pferdegesicht trifft, aber das ist selten. Hauptsächlich sind es tatsächlich Schweine und Füchse.«

Während Holly die Fotos auf ihrem Küchentisch studiert, dient ihr das als nützlicher Maßstab. Beide Männer sehen ganz gut aus (wenn auch nicht gerade wie ein Adonis, hätte ihre Mutter gesagt), aber auf unterschiedliche Weise. Der Zusteller/Bombenleger – Holly beschließt, ihn einfachheitshalber George zu nennen – hat ein Fuchsgesicht: ziemlich schmal, dünne Lippen, kleines, festes Kinn. Betont wird das schlanke Gesicht dadurch, dass die kurzen schwarzen Haare hoch oben an den Schläfen ansetzen und eng an den Schädel gekämmt sind. Ondowsky hingegen hat ein Schweinsgesicht. Nicht auf unangenehme Weise, aber es ist eher rund als länglich. Die Haare sind hellbraun, die Nase ist breiter als die von George, die Lippen sind voller. Die Augen von Chet Ondowsky sind rund, und falls er kurz- oder weitsichtig ist, trägt er Kontaktlinsen. Soweit Holly die Augen von George hinter der Brille erkennen kann, sehen sie aus, als würden sie an den Winkeln leicht schräg stehen. Auch der Hautton ist unterschiedlich. Ondowsky ist ein typischer weißer Europäer, dessen Vorfahren wahrscheinlich aus Polen, Ungarn oder so stammen. George der Bombenleger hat eine leicht olivfarbene Haut. Und schließlich hat Ondowsky ein gespaltenes Kinn wie Kirk Douglas, George nicht.

Wahrscheinlich sind die beiden nicht mal gleich groß, denkt Holly, obwohl sie das natürlich nicht mit Sicherheit beurteilen kann.

Trotz allem zieht sie einen Filzstift aus dem Becher auf der Ablage und versieht eines der Ondowsky-Fotos mit einem Schnurrbart. Das legt sie neben das Bild von George, das die Überwachungskamera aufgenommen hat. Wodurch sich nicht das Geringste ändert. Bei den beiden kann es sich unmöglich um dieselbe Person handeln.

Dennoch … da sie nun schon mal dabei ist …

Sie setzt sich (immer noch im Schlafanzug) wieder an ihren Computer und sucht nach weiteren frühen Berichten, die von den Partnersendern der anderen Networks – ABC, Fox, CBS – geliefert wurden. In zweien davon sieht sie im Hintergrund den Übertragungswagen von WPEN. Im dritten sieht sie, wie Ondowskys Kameramann irgendwelche Kabel aufwickelt, offenbar um zu einem neuen Standort umzuziehen. Er hat den Kopf gesenkt, aber Holly erkennt ihn trotzdem an den Baggy Pants mit den Seitentaschen. Es ist Fred aus der Videoszene, wo er und Ondowsky im Studio empfangen werden. Ondowsky selbst ist nicht zu sehen, also hilft er wahrscheinlich bereits bei der Bergung der Opfer.

Sie geht wieder auf Google und findet einen unabhängigen Sender, der wahrscheinlich vor Ort war. Als sie WPIT *Eilmeldung Macready School* in die Suchmaschine eingibt, stößt sie auf ein Video mit einer jungen Frau, die so aussieht, als hätte sie die Highschool gerade erst hinter sich. Sie hat sich neben dem riesigen, mit blinkenden Weihnachtslichtern dekorierten Kiefernzapfen postiert. Auf dem Parkplatz steht der Ü-Wagen ihres Senders hinter einem privaten Subaru.

Die junge Reporterin ist sichtlich entsetzt und verhaspelt sich ständig. Mit so einem dilettantischen Bericht wird sie nie von einem größeren Sender eingestellt (oder auch nur bemerkt) werden, aber das ist Holly egal. Als der Kameramann der jungen Frau auf die nach außen explodierte Mauer hält, wo Sanitäter, Polizisten und schlichte Zivilisten in den Trümmern wühlen und Krankentragen durch die Gegend schleppen, erglupscht sie (ein Ausdruck von Bill) Chet Ondowsky. Vornübergebeugt gräbt er wie wild im Schutt; Ziegelsteine und zersplitterte Bretter fliegen zwischen seinen gespreizten Beinen nach hinten. Die Schnitte an den Händen hat er sich ehrlich verdient.

»Also war er tatsächlich als Erster da«, sagt Holly laut vor sich hin. »Vielleicht nicht vor den ersten Sanitätern, aber bevor irgendwelche von den anderen Fernseh…«

Ihr Telefon läutet. Da es noch im Schlafzimmer liegt, nimmt sie den Anruf auf ihrem Computer entgegen, mit einer kleinen App, die Jerome bei einem seiner Besuche installiert hat.

»Bist du schon unterwegs?«, fragt Pete.

»Wohin?« Holly ist ernsthaft perplex. Sie kommt sich vor, als wäre sie aus einem Traum gerissen worden.

»Zu dem Autohaus«, sagt er. »Hast du das echt vergessen? Das sieht dir gar nicht ähnlich, Holly.«

Stimmt, aber sie hat es trotzdem vergessen. Tom Toomey, der Besitzer des Autohauses, geht ziemlich sicher davon aus, dass einer seiner Angestellten – Dick Ellis, eine echte Verkaufskanone – auf seinen Abrechnungen zu wenig angegeben hat, entweder um eine Geliebte zu versorgen, die er sich heimlich hält, oder weil er drogensüchtig ist. (»Er schnieft oft«, hat Toomey gesagt. »Behauptet, das läge an der Klimaanlage. Im Dezember? Vergiss es!«) Heute hat Dick Ellis frei, wodurch sich eine ideale Gelegenheit für Holly ergibt, einige

Berechnungen durchzuführen und Vergleiche zu ziehen, um festzustellen, ob an der Sache tatsächlich etwas faul ist.

Sie könnte gegenüber Pete irgendwelche Ausflüchte machen, aber dann würde sie lügen, und so etwas tut sie nicht. Jedenfalls nicht, wenn es nicht absolut nötig ist. »Ja, ich hab's vergessen. Tut mir leid.«

»Soll ich für dich hinfahren?«

»Nein.« Wenn die Zahlen den von Toomey gehegten Verdacht bestätigen, soll Pete lieber erst später dort aufkreuzen und Ellis zur Rede stellen. Da er früher bei der Polizei war, kann er so was gut. Holly weniger. »Sag Mr. Toomey, ich würde mich gern zum Mittagessen mit ihm treffen. Er soll das Lokal auswählen, und Finders zahlt die Rechnung.«

»Okay, aber dann wird er sich was Nobles aussuchen.« Eine Pause. »Sag mal, Holly, du bist doch nicht hinter irgendwas her, oder?«

Ist sie das? Und weshalb hat sie so schnell an Ralph Anderson gedacht? Gibt es etwas, was sie sich nicht eingesteht?

»Holly? Bist du noch dran?«

»Ja, bin ich«, sagt sie. »Hab bloß verschlafen.«

So. Jetzt hat sie doch gelogen.

2

Holly stellt sich kurz unter die Dusche, dann zieht sie einen ihrer unauffälligen Hosenanzüge an. Dabei geht ihr die ganze Zeit Chet Ondowsky im Kopf herum. Irgendwann fällt ihr ein, dass sie möglicherweise eine Methode kennt, die sie quälende Frage zu beantworten, weshalb sie sich noch einmal an ihren Computer setzt und Facebook aufruft. Keinerlei Anzeichen, dass Ondowsky dort oder auf Instagram aktiv ist, ungewöhnlich für jemand beim Fernsehen. Normalerweise sind die ganz versessen auf die sozialen Medien.

Holly versucht es auf Twitter, und zack, da ist er: **Chet Ondowsky @condowsky1.**

Die Explosion in der Schule hat sich um 14.19 Uhr ereignet. Seinen ersten Tweet vom Schauplatz hat Ondowsky schon gut eine Stunde später abgesetzt, was Holly nicht überrascht: Emsig, emsig, emsig war **@condowsky1**. Der Tweet lautet: *Macready School. Furchtbare Tragödie. Bisher 15 Tote, eventuell viele weitere. Bete, Pittsburgh, bete!* Das ist herzzerreißend, aber Hollys Herz zerreißt es nicht. Vielleicht weil sie den ganzen Schwachsinn mit den »Gedanken und Gebeten« gründlich satthat, vielleicht weil es ihr irgendwie zu oberflächlich vorkommt, wahrscheinlich jedoch, weil sie kein Interesse an Ondowskys Tweets nach dem Anschlag hat. Die sind nicht das, wonach sie sucht.

Sie unternimmt eine Zeitreise, indem sie in Ondowskys Feed zu der Zeit vor der Explosion zurückscrollt, und um 13.46 Uhr findet sie ein Foto von einem im Retrostil gestalteten Diner mit einem Parkplatz im Vordergrund. Die Neonreklame im Fenster verkündet: WIE BEI MUTTERN LECKER FUTTERN! Unter dem Foto steht der Tweet: *Gerade noch Zeit für Kaffee und Gebäck bei Clauson's vor der Fahrt nach Eden. Seht euch meinen Bericht über den größten privaten Flohmarkt der Welt an – heute Abend um 18 Uhr auf* WPEN*!*

Als Holly Clauson's Diner googelt, findet sie ihn in Pierre Village in Pennsylvania. Eine weitere Anfrage auf Google (was würden wir nur ohne so etwas machen, denkt sie sich) informiert sie darüber, dass Pierre Village keine fünfzehn Meilen von Pineborough und der Macready School entfernt ist. Was erklärt, wie Ondowsky und sein Kameramann dort als Erste eingetroffen sind. Die beiden waren zum größten privaten Flohmarkt der Welt in einem Ort namens Eden unterwegs. Bei der nächsten Suche stellt Holly fest, dass der zehn

Meilen nördlich von Pierre Village und etwa genauso weit von Pineborough entfernt liegt. Offenbar war Ondowsky also einfach zur richtigen Zeit am richtigen Ort beziehungsweise in dessen Nähe.

Abgesehen davon ist Holly sich ziemlich sicher, dass die örtliche Polizei (oder die Ermittler vom ATF) sowohl Ondowsky als auch Fred den Kameramann wegen ihrer erstaunlich schnellen Ankunft befragt hat, nicht weil man einen der beiden für verdächtig halten würde, sondern weil die Behörden bei einem Anschlag mit so vielen Toten und Verletzten selbst der kleinsten Spur nachgehen.

Inzwischen befindet sich Hollys Telefon wieder in ihrer Handtasche. Sie zieht es abermals heraus, ruft Tom Toomey an und fragt, ob es schon zu spät für sie sei, zum Autohaus zu kommen und sich ein paar Zahlen anzuschauen. Ob sie wohl einen Blick auf den Computer des verdächtigen Verkäufers werfen könne?

»Klar doch«, antwortet Toomey. »Allerdings hab ich mich schon auf ein Essen bei DeMasio's gefreut. Die Fettuccine Alfredo da sind zum Reinlegen. Gilt das Angebot noch?«

»Natürlich«, sagt Holly, zuckt jedoch beim Gedanken an die Rechnung, die sie später bezahlen wird, innerlich zusammen – bei DeMasio's ist es nicht gerade billig. Während sie aus dem Haus geht, nimmt sie sich vor, das als Buße dafür zu werten, dass sie Pete angelogen hat. Lügen haben nicht nur kurze Beine, eine führt normalerweise zu zwei weiteren.

3

Bevor Tom Toomey seine Fettuccine Alfredo verschlingt, stopft er sich eine Serviette in den Hemdkragen. Er kaut und schlürft hingebungsvoll und lässt Pannacotta mit gemischten Nüssen folgen. Holly wählt Antipasti, verzichtet auf den Nachtisch und begnügt sich stattdessen mit einer Tasse koffeinfreiem Kaffee (nach acht Uhr morgens meidet sie Koffein).

»Sie sollten wirklich auch ein Dessert nehmen«, sagt Toomey. »Schließlich haben wir was zu feiern. Sieht ganz so aus, als hätten Sie mir eine Menge Geld gespart.«

»Erst muss noch mein Kollege Pete ins Spiel kommen«, sagt Holly. »Der wird Ellis dazu bringen, alles einzugestehen und zumindest einen Teil zurückzuzahlen. Damit sollte die Sache erledigt sein.«

»Na bitte, also kommen Sie schon!«, bedrängt er sie. Offenbar will er permanent etwas verkaufen. »Bestellen Sie sich was Süßes. Zur Belohnung!« Als ob sie die Chefin des betrügerischen Angestellten wäre und nicht er.

Holly schüttelt den Kopf und erklärt, sie sei satt. In Wahrheit war sie schon nicht hungrig, als sie sich an den Tisch gesetzt hat, obwohl ihr Haferflockenfrühstück schon mehrere Stunden zurückliegt. Sie muss ständig an Chet Ondowsky denken. Wie ein Ohrwurm, wie gesagt.

»Sie achten wohl auf Ihre Figur, hm?«

»Stimmt«, sagt Holly, was eigentlich keine Lüge ist, da sie auf ihre Kalorienaufnahme achtet, wodurch ihre Figur sich von selbst anpasst. Nicht dass es jemand gäbe, für den sie darauf achten müsste. Mr. Toomey sollte lieber selbst auf seine Figur achten, der gräbt sich mit Messer und Gabel sein Grab, aber es ist nicht ihre Aufgabe, ihm das klarzumachen.

»Falls Sie vorhaben, Mr. Ellis zu verklagen, sollten Sie Ihren Anwalt und einen Wirtschaftsprüfer hinzuziehen«, sagt sie.

»Vor Gericht würden meine Berechnungen nämlich nicht ausreichen.«

»Kann ich mir vorstellen.« Toomey konzentriert sich auf seine Pannacotta, vernichtet den Rest und hebt dann wieder den Blick. »Ich kapier es nicht, Holly. Ich hätte gedacht, dass Sie sich mehr freuen. Schließlich haben Sie einem üblen Typen das Handwerk gelegt.«

Wie übel der Verkäufer wirklich ist, hängt davon ab, aus welchen Gründen er Geld auf die Seite geschafft hat, aber das geht Holly nichts an. Deshalb bedenkt sie Toomey nur mit dem, was Bill ihr Mona-Lisa-Lächeln genannt hat.

»Geht Ihnen etwa was anderes im Kopf rum?«, fragt Toomey. »Ein anderer Fall?«

»Ganz und gar nicht«, erwidert Holly, was auch keine richtige Lüge ist, weil die Explosion in der Macready School sie eigentlich ebenfalls nichts angeht. Sie hat kein Pony im Rennen, würde Jerome sagen. Dennoch will ihr das Muttermal, das keines war, einfach nicht aus dem Sinn gehen. Alles an Chet Ondowsky wirkt unverdächtig bis auf dieses Detail, das ihr von Anfang an Kopfzerbrechen bereitet hat.

Bestimmt gibt es eine vernünftige Erklärung, denkt sie, während sie dem Kellner winkt, die Rechnung zu bringen. Du siehst sie bloß nicht. Lass es auf sich beruhen.

Lass es einfach auf sich beruhen.

4

Als sie zurückkommt, ist das Büro leer. Pete hat an ihrem Computer eine Notiz hinterlassen: *Rattner wurde in einer Kneipe unten am See gesehen. Bin auf dem Weg dorthin. Ruf mich an, wenn du mich brauchst.* Herbert Rattner ist ein Kautionsflüchtling mit der seit langem geübten Angewohnheit, nicht vor Gericht zu erscheinen, wenn er vorgeladen wird (was oft geschehen ist). Holly wünscht Pete in Gedanken Glück und macht sich an die Akten, die sie – und Jerome, wenn er Zeit dafür findet – seit einer Weile in digitale Form bringt. Das wird mich von Ondowsky ablenken, denkt sie, doch das tut es nicht. Nach gerade mal einer Viertelstunde gibt sie auf und geht auf Twitter.

Neugier ist der Katze Tod, denkt sie, aber wer nicht fragt, bleibt dumm. Ich überprüfe bloß noch diese eine Sache, dann mache ich mich wieder an den lästigen Aktenkram.

Sie sucht noch einmal Ondowskys Tweet aus dem Diner. Beim ersten Mal hat sie sich auf den Text konzentriert, jetzt beschäftigt sie sich mit dem Foto. Ein silberner Diner im Retrostil. Witzige Neonreklame im Fenster. Parkplatz davor. Der ist nur halb voll, und nirgendwo ist der Ü-Wagen von WPEN zu sehen.

»Vielleicht haben sie dahinter geparkt«, sagt sie. Könnte sein, schließlich hat sie keine Ahnung, ob es hinter dem Diner weitere Stellplätze gibt, aber wieso hätten die beiden das tun sollen, wo doch so viel Platz direkt davor ist, nur ein paar Schritte vom Eingang entfernt?

Sie will den Tweet schon wegklicken, hält jedoch inne und beugt sich vor, bis sie den Bildschirm fast mit der Nase berührt. Die Augen hat sie weit geöffnet. Sie spürt dieselbe Befriedigung wie dann, wenn ihr endlich der Begriff einfällt, über den sie bei einem Kreuzworträtsel nachgegrübelt hat, oder wenn sie sieht, wo sie ein widerspenstiges Teil in ein Puzzle einfügen muss.

Sie kopiert das Diner-Foto und verschiebt es zur Seite. Dann sucht sie das Video mit der unfähigen jungen Reporterin, die neben dem riesigen Kiefernzapfen ihren Bericht abliefert. Der Ü-Wagen des unabhängigen Senders – älter und bescheidener als die Wagen der mit einem Network verbandelten Konkurrenz – steht auf dem Parkplatz hinter einem waldgrünen Subaru-Pkw. Was bedeutet, dass der Subaru fast sicher zuerst da war, sonst wären die beiden Fahrzeuge andersherum gereiht. Holly hält das Video an und vergrößert das Diner-Foto, so gut es geht. Tatsächlich steht auch auf dem Parkplatz vom Diner ein waldgrüner Subaru. Ein zwingender Beweis ist das zwar nicht, da eine Menge Subarus durch die Gegend fahren, aber Holly weiß, was sie weiß. Es ist derselbe, und er gehört Ondowsky. Der hat ihn später neben dem Kiefernzapfen abgestellt und ist dann zur Schule gelaufen.

Holly ist so tief in Gedanken versunken, dass sie beim Läuten des Telefons einen kleinen Schrei ausstößt. Es ist Jerome, der wissen will, ob er sich um irgendwelche verschwundenen Hunde kümmern soll. Oder um verschwundene Kinder – wie er sagt, fühle er sich bereit, die nächste Sprosse auf der Leiter zu erklimmen.

»Nein«, sagt sie. »Aber du könntest …«

Sie hält sich gerade noch davon ab, ihn zu bitten, Nachforschungen über einen WPEN-Kameramann namens Fred anzustellen, zum Beispiel indem er sich als Blogger oder Mitarbeiter einer Zeitschrift ausgibt. Mit ihrem treuen Computer müsste sie selbst genügend Informationen über Fred finden können. Aber es gibt noch einen weiteren Grund: Sie will Jerome nicht in die Sache hineinziehen. Über den genauen Grund dafür will sie zwar nicht nachdenken, aber sie hat da so ein Gefühl, und das ist ziemlich stark.

»Was könnte ich?«, fragt er.

»Ich wollte sagen, wenn du willst, könntest du unten am See durch die Kneipen ziehen und Ausschau nach …«

»Ich *liebe* es, durch die Kneipen zu ziehen«, sagt Jerome. »Heiß und innig.«

»Das bezweifle ich nicht, aber du sollst kein Bier trinken, sondern Ausschau nach Pete halten. Vielleicht braucht der Hilfe bei der Suche nach einem Kautionsflüchtling namens Herbert Rattner. Rattner ist weiß, etwa fünfzig Jahre alt ...«

»Und hat am Hals ein Tattoo von einem Habicht oder so«, sagt Jerome. »Ich hab das Foto an der Pinnwand gesehen, Hollyberry.«

»Er ist zwar nicht als gewalttätig bekannt, aber sei trotzdem vorsichtig. Wenn du ihn siehst, sprich ihn nicht an, solange Pete nicht dabei ist.«

»Klar, logo.« Jerome klingt aufgeregt. Sein erster echter Schurke.

»Sei vorsichtig, Jerome.« Sie kann nicht anders, als das zu wiederholen. Wenn Jerome etwas zustoßen würde, wäre sie am Boden zerstört. »Und bitte sag nicht Hollyberry zu mir. Das ist allmählich wirklich ausgelutscht.«

Er verspricht es, aber sie bezweifelt, dass er es ernst meint.

Holly wendet sich wieder ihrem Computer zu. Ihre Augen zucken zwischen den beiden waldgrünen Subarus hin und her. Wahrscheinlich hat das alles nichts zu bedeuten, redet sie sich ein. Dass du was anderes denkst, hat nur mit dem zu tun, was damals in Texas passiert ist. Bill hätte das als Blauer-Ford-Syndrom bezeichnet. Wenn du einen blauen Ford gekauft hast, hat er gesagt, siehst du urplötzlich überall blaue Fords. Aber das da ist kein blauer Ford, es ist ein grüner Subaru. Sie kann einfach nicht umhin, das zu denken, was sie denkt.

Am Nachmittag verzichtet Holly ausnahmsweise auf *John Law*. Als sie das Büro verlässt, hat sie weitere Informationen gesammelt und ist ziemlich aufgewühlt.

5

Zu Hause bereitet Holly sich eine leichte Mahlzeit zu und weiß schon eine Viertelstunde später nicht mehr, was sie gegessen hat. Sie ruft ihre Mutter an, um zu fragen, ob die Onkel Henry besucht hat. Ja, sagt Charlotte. Holly fragt, wie es ihm gehe. Er ist verwirrt, sagt Charlotte, aber er scheint sich anzupassen. Holly hat keine Ahnung, ob das stimmt, weil ihre Mutter dazu neigt, sich die Welt so lange zurechtzurücken, bis sie das sieht, was sie sehen will.

»Er würde dich gerne sehen«, sagt Charlotte, und Holly verspricht, ihn zu besuchen, sobald sie kann – vielleicht schon am kommenden Wochenende. Wobei sie weiß, dass er sie Janey nennen wird, denn eigentlich will er Janey sehen. Die mag er lieber, wobei es immer bleiben wird, obwohl Janey schon seit sechs Jahren tot ist. Das ist kein Selbstmitleid, sondern die Wahrheit, und die Wahrheit muss man akzeptieren.

»Ich muss die Wahrheit akzeptieren«, sagt sie laut, nachdem sie aufgelegt hat. »Ob es mir passt oder nicht.«

Mit diesem Gedanken im Hinterkopf greift sie nach ihrem Telefon und ruft beinahe Ralph an, hält sich dann aber wieder davon ab. Wieso sollte sie ihm den Urlaub verderben, nur weil sie damals da unten in Texas gemeinsam einen sinnbildlichen blauen Ford gekauft haben und sie die Dinger jetzt überall sieht?

Dann wird ihr klar, dass sie gar nicht mit ihm sprechen muss, zumindest nicht direkt. Mit ihrem Telefon und einer Flasche Ginger Ale geht sie ins Fernsehzimmer. Hier steht an einer Wand ein Regal voller Bücher, an der gegenüber ein Regal mit DVDs, allesamt alphabetisch angeordnet. Sie setzt sich auf ihren bequemen Fernsehsessel, doch statt den voluminösen Samsung einzuschalten, öffnet sie die Rekorder-App ihres Handys. Nachdem sie die einige Momente beäugt hat, tippt sie auf die große rote Taste.

»Hallo, Ralph, ich bin's. Ich zeichne das hier am 14. Dezember auf. Ob du es jemals hören wirst, weiß ich nicht, denn wenn sich das, was ich denke, als Unsinn entpuppt, was es wahrscheinlich ist, werde ich die Datei einfach löschen, aber wenn ich es laut ausspreche, kann ich meine Gedanken vielleicht, äh, besser ordnen.«

Sie hält die Aufzeichnung an und überlegt, wie sie anfangen soll.

»Du erinnerst dich ja daran, was damals in der Höhle passiert ist, als wir dem Outsider endlich direkt gegenüberstanden. Und der hat irgendwie nicht damit gerechnet, dass ihm jemand auf die Schliche kommen könnte. Deshalb hat er gefragt, was es mir ermöglicht hat, an seine Existenz zu glauben. Das lag an Brady, an Brady Hartsfield, aber von dem wusste der Outsider nichts. Er hat gefragt, ob ich irgendwo noch so jemand wie ihn gesehen hätte. Weißt du noch, wie er bei der Frage ausgesehen und geklungen hat? Ich weiß es noch. Nicht neugierig, sondern richtig gierig. Er hat gedacht, er wäre der Einzige. Das hab ich auch gedacht, du wohl auch. Aber, Ralph, ich frage mich allmählich, ob es doch noch andere wie ihn gibt. Die nicht ganz dasselbe sind wie er, aber ihm ähnlich – so wie sich Hunde und Wölfe ähneln. Vielleicht frage ich mich das nur wegen dem, was mein alter Freund Bill Hodges als Blauer-Ford-Syndrom bezeichnet hat, aber wenn meine Vermutung stimmt, muss ich was unternehmen. Oder nicht?«

Diese Frage klingt wehmütig und verloren. Holly hält die Aufnahme wieder an, überlegt kurz, ob sie den letzten Satz löschen soll, entscheidet sich aber dagegen. Wehmütig und verloren entspricht exakt ihrem jetzigen Gefühlszustand, und außerdem ... wird Ralph das Ganze wahrscheinlich sowieso nie hören.

Holly spricht weiter.

»Unser Outsider hat Zeit dafür gebraucht, sich zu verwandeln. Er hat eine Art Überwinterung durchgemacht, mehrere

Wochen oder Monate lang, während er sich von der Kopie einer Person in die einer anderen verwandelt hat. Die Reihe von Gesichtern, die er getragen hat, hat viele Jahre, wenn nicht gar Jahrhunderte zurückgereicht. Aber der Kerl, um den es jetzt geht … Wenn das, was ich denke, stimmt, kann er sich wesentlich schneller verwandeln, was ich mir wiederum eigentlich nicht vorstellen kann. Was irgendwie absurd ist. Weißt du noch, was ich an dem Abend, bevor wir den Outsider gefunden haben, zu dir gesagt hab? Dass du die Vorstellung von Realität, die du dein ganzes Leben lang hattest, infrage stellen müsstest? Und dass es zwar okay wäre, wenn die anderen nicht an den Outsider glauben würden, aber du müsstest es tun? Dass wir wahrscheinlich sterben würden, wenn du das nicht tätest, und dann könnte der Outsider weiterziehen, die Gesichter weiterer Menschen tragen und denen die Schuld in die Schuhe schieben, wenn er noch mehr Kinder umbringt.«

Sie schüttelt den Kopf und lacht sogar ein bisschen.

»Da war ich wie einer von diesen Erweckungspredigern, die alle Ungläubigen ermahnen, zu Jesus zu kommen, stimmt's? Nur dass *ich* jetzt diejenige bin, die versucht, etwas *nicht* zu glauben. Die sich einreden will, dass Holly Gibney schlicht paranoid ist und bei jedem Schatten zusammenzuckt, wie sie es getan hat, bevor Bill des Weges kam und ihr beigebracht hat, tapfer zu sein.«

Holly holt tief Luft.

»Der Mann, über den ich mir Gedanken mache, heißt Ondowsky. Charles mit Vornamen, aber man nennt ihn nur Chet. Er ist Fernsehreporter und beschäftigt sich mit drei Bereichen: Verbrechen, Verbraucherschutz und Lokalem. Was Letzteres angeht, berichtet er über Kram wie den ersten Spatenstich und den größten privaten Flohmarkt der Welt, und in den Abendnachrichten seines Senders gibt es eine Rubrik mit dem Titel *Verbraucher wenden sich an Chet,* aber vor allem beschäftigt er sich mit Verbrechen und Katastrophen. Mit Tragödien. Tod. Schmerzen. Und falls dich das alles nicht an den Outsider erinnert, der in Flint City einen Jungen und in Ohio zwei kleine Mädchen umgebracht hat, wäre ich sehr überrascht. Verblüfft sogar.«

Sie hält die Aufnahme an, um einen großen Schluck von ihrem Ginger Ale zu nehmen – ihre Kehle ist trocken wie die Wüste – und stößt einen lauten Rülpser aus, der sie zum Kichern bringt. Anschließend fühlt sie sich ein bisschen besser. Sie tippt wieder auf die Aufnahmetaste und erstattet auf die gleiche Weise Bericht, als würde sie in irgendeinem beliebigen Fall recherchieren – Wiederbeschaffung von gestohlenem Eigentum, verschwundener Hund, Autoverkäufer, der mal sechshundert, mal achthundert Dollar auf die Seite geschafft hat. Das zu tun ist gut. Es ist, als würde sie eine Wunde desinfizieren, die sich leicht, aber dennoch beunruhigend gerötet hat.

15. Dezember 2020

Als Holly am nächsten Morgen aufwacht, fühlt sie sich wie neugeboren, bereit für ihre Arbeit und dafür, Chet Ondowsky und ihre paranoiden Vermutungen über ihn hinter sich zu lassen. Stammt der Spruch, dass eine Zigarre manchmal bloß eine Zigarre ist, von Freud oder von Dorothy Parker? Egal. Jedenfalls besteht ein dunkler Fleck neben dem Mund eines Reporters manchmal bloß aus Haaren oder aus Schmutz, der wie Haare aussieht. Das würde Ralph ihr sagen, wenn er ihre Tonaufnahme je hören würde, wozu es beinahe sicher nicht kommen wird. Aber die Aufnahme hat was gebracht; indem Holly alles ausgesprochen hat, ist ihr Kopf wieder frei geworden. In der Beziehung war das wie ihre Therapiestunden bei Allie. Denn wenn Ondowsky sich irgendwie in George den Bombenleger verwandeln und dann wieder in sich selbst zurückverwandeln könnte, wieso sollte er dann ein kleines Stück Schnurrbart zurücklassen? Allein die Vorstellung ist lächerlich.

Oder der grüne Subaru. Klar, der gehört Chet Ondowsky, da ist sie sich sicher. Sie hat vorausgesetzt, dass er und sein Kameramann (der Fred Finkel heißt, was zu eruieren auch ohne Jerome ein Kinderspiel war) gemeinsam im Ü-Wagen des Senders am Tatort angelangt sind, aber das war eine

Annahme, keine Schlussfolgerung, und nach Hollys Meinung ist der Weg zur Hölle mit falschen Annahmen gepflastert.

Da ihre Gedanken sich jetzt beruhigt haben, erkennt sie, dass es völlig vernünftig und völlig harmlos ist, dass Ondowsky den eigenen Wagen genommen hat. Schließlich ist er ein wichtiger Reporter bei einem großstädtischen Fernsehsender. Er ist der Star von *Verbraucher wenden sich an Chet*, verflixt noch mal, und als so jemand kann er morgens ein bisschen später aufstehen als das gemeine Volk, kurz in der Redaktion vorbeischauen und später Kaffee und Gebäck in seinem Lieblingscafé genießen, während sein treuer Kameramann Fred schon mal nach Eden fährt, um ein paar Stimmungsbilder aufzunehmen (als Filmfan weiß Holly, wie man so was nennt), und vielleicht sogar – falls Fred danach strebt, in der Hierarchie des Senders aufzusteigen – Vorgespräche mit den Leuten führt, mit denen Ondowsky sich unterhalten sollte, wenn er seinen Bericht über den größten privaten Flohmarkt der Welt für die Achtzehnuhrnachrichten abliefert.

Ondowsky erfährt von der Explosion in der Schule, vielleicht über den Polizeifunk, und macht sich schleunigst auf den Weg zum Schauplatz. Fred Finkel tut dasselbe mit dem Übertragungswagen. Ondowsky parkt neben diesem lächerlichen Kiefernzapfen, und genau da machen er und Finkel sich an die Arbeit. Alles absolut erklärlich, keine übernatürlichen Elemente vonnöten. Die gibt es nur im Kopf einer mehrere Hundert Meilen vom Tatort entfernten Privatermittlerin, die am Blauer-Ford-Syndrom leidet.

Voilà.

Holly verbringt einen guten Tag im Büro. Rattner, dieser Meisterverbrecher, ist von Jerome in einer Kneipe mit dem zumindest für Holly erstaunlichen Namen Edmund Fitzgerald Taproom aufgespürt und von Pete Huntley ins County-Gefängnis eskortiert worden. Jetzt befindet Pete sich im Autohaus von Mr. Toomey, um Richard Ellis zur Rede zu stellen.

Barbara Robinson, die Schwester von Jerome, schaut vorbei und erzählt Holly (ziemlich selbstgefällig), dass sie nachmittags vom Unterricht freigestellt sei, weil sie an einem Aufsatz mit dem Titel *Private Ermittlungen: Fakten und Fiktion* arbeite. Sie stellt Holly einige Fragen (wobei sie die Antworten mit ihrem Handy aufzeichnet) und hilft dann bei der Digitalisierung der Akten. Um drei machen die beiden Pause, um sich *John Law* anzusehen.

»Ich liebe den Typen, der ist dermaßen cool«, sagt Barbara, als Judge Law zu seinem Sitz tanzt.

»Pete ist da anderer Meinung«, sagt Holly.

»Mag sein, aber Pete ist weiß«, sagt Barbara.

Holly sieht Barbara mit großen Augen an. »Ich bin doch auch weiß.«

Barbara kichert. »Okay, aber manche Leute sind weiß und manche *richtig* weiß. Zum Beispiel Mr. Huntley.«

Beide lachen, und dann sehen sie zu, wie der Richter mit einem Einbrecher umgeht, der behauptet, er hätte überhaupt nichts getan und wäre nur ein Opfer von institutionellem Rassismus. Holly und Barbara werfen sich einen telepathischen Blick zu – *von wegen!* Dann bekommen sie wieder einen Lachanfall.

Es ist ein *sehr* guter Tag, und Holly denkt so gut wie gar nicht an Chet Ondowsky, bis sich abends um sechs ihr Telefon meldet, als sie es sich gerade gemütlich gemacht hat, um sich *Ich glaub', mich tritt ein Pferd* anzusehen. Der Anruf – von Dr. Carl Morton – ändert alles. Kaum ist er beendet, ruft Holly selbst jemand an. Eine Stunde später erhält sie einen weiteren Anruf. Sie macht sich bei allen drei Telefonaten Notizen.

Am nächsten Morgen ist sie auf dem Weg nach Portland in Maine.

16. Dezember 2020

1

Holly steht um drei Uhr morgens auf. Sie hat gepackt, sie hat ihr Ticket von Delta ausgedruckt, sie muss erst um sieben am Flughafen sein, und es ist nur eine kurze Fahrt dorthin, aber sie kann nicht mehr schlafen. Eigentlich wäre sie sogar überzeugt, überhaupt nicht geschlafen zu haben, wäre da nicht ihre Fitbit, die zwei Stunden und dreißig Minuten aufgezeichnet hat. Seichter Schlaf und herzlich wenig davon, aber sie ist schon mit weniger ausgekommen.

Sie trinkt Kaffee und löffelt einen Becher Joghurt. Ihre Reisetasche (natürlich in Handgepäckgröße) wartet an der Tür. Sie ruft im Büro an und hinterlässt Pete eine Nachricht, in der sie ihm mitteilt, sie werde heute und vielleicht die ganze restliche Woche nicht zur Arbeit kommen. Wegen einer persönlichen Angelegenheit. Sie will gerade auflegen, da fällt ihr noch etwas ein.

»Bitte sag Jerome, er soll Barbara sagen, dass sie sich für ihren Aufsatz über private Ermittlungen *Der Malteser Falke, Tote schlafen fest* und *Ein Fall für Harper* ansehen soll. Alle drei Filme befinden sich in meiner Sammlung. Jerome weiß, wo ich den Zweitschlüssel zu meiner Wohnung verwahre.«

Nachdem das erledigt ist, öffnet sie die Rekorder-App auf ihrem Handy, um den Bericht, den sie für Ralph Anderson verfasst, zu ergänzen. Allmählich hat sie den Eindruck, dass sie den vielleicht doch abschicken muss.

2

Obwohl Hollys reguläre Therapeutin Allie Winters ist, und das schon seit Jahren, hat Holly nach der Rückkehr von ihren düsteren Abenteuern in Oklahoma und Texas ein bisschen recherchiert und Kontakt mit Carl Morton aufgenommen. Dr. Morton hat zwei Bücher über Fallgeschichten verfasst, ähnlich wie die von Oliver Sacks, aber viel zu akademisch, als dass sie bestsellertauglich wären. Trotzdem dachte sie, er könnte der Richtige für sie sein. Da er außerdem nicht zu weit entfernt wohnte, hat sie sich an ihn gewandt.

Anschließend hatte sie zwei fünfzigminütige Sitzungen bei Dr. Morton, was ausreichte, die komplette, ungeschminkte Geschichte ihrer Erlebnisse mit dem Outsider zu erzählen. Es war ihr egal, ob Morton ihr die Geschichte ganz, teilweise oder gar nicht abnahm. Aus ihrer Sicht kam es nur darauf an, sie loszuwerden, bevor sie in ihr wie ein bösartiges Geschwür wuchs. An Allie hat sie sich damit nicht gewandt, weil sie dachte, das Ganze könnte sich negativ auf die gemeinsame Arbeit an Hollys anderen Problemen auswirken, und das wollte sie unbedingt vermeiden.

Es gab noch einen weiteren Grund, sich an einen weltlichen Beichtvater wie Carl Morton zu wenden. *Habt ihr denn irgendwo noch so jemand wie mich gesehen,* hatte der Outsider gefragt. Das hatten weder Holly noch Ralph, aber seit Jahrhunderten erzählte man sich in den spanisch sprechenden Gebieten auf beiden Seiten des Atlantiks Legenden über ein

Wesen namens *el Cuco*. Daher … vielleicht gab es tatsächlich noch andere.

Konnte doch sein.

3

Gegen Ende der zweiten und letzten Sitzung hat Holly gefragt: »Darf ich Ihnen sagen, was Sie meiner Meinung nach denken? Das ist total ungehörig, ich weiß, aber darf ich trotzdem?«

Morton bedachte sie mit einem Lächeln, das wahrscheinlich ermutigend wirken sollte, von Holly jedoch als milde empfunden wurde – er war nicht so schwer zu durchschauen, wie er vielleicht glaubte. »Nur zu, Holly! Die Stunde gehört Ihnen.«

»Danke.« Sie faltete die Hände. »Ihnen muss klar sein, dass zumindest etwas von meiner Geschichte wahr ist, weil ausführlich über alles berichtet wurde, von der Vergewaltigung und Ermordung des kleinen Peterson in Oklahoma bis zu einem Teil von dem, was in der Höhle von Marysville in Texas passiert ist. Zum Beispiel der Tod von Detective Jack Hoskins, auch aus Flint City in Oklahoma. Habe ich recht?«

Morton nickte.

»Was den Rest meiner Geschichte angeht – die Sache mit dem Gestaltwandler, dem Outsider, und dem, was in der Höhle aus ihm geworden ist –, halten Sie das für durch Stress verursachte Wahnvorstellungen. Stimmt doch, oder?«

»So würde ich das nicht gerade charakterisieren, Holly. Ich würde …«

Ach, erspar mir den Fachjargon, dachte Holly und unterbrach ihn – etwas, wozu sie vor nicht allzu langer Zeit gar nicht fähig gewesen wäre.

»Es kommt nicht darauf an, wie Sie es charakterisieren. Sie dürfen gerne glauben, was Sie wollen. Aber ich will etwas von Ihnen, Dr. Morton. Sie nehmen an allerhand Tagungen und Symposien teil. Das weiß ich, weil ich mich im Internet über Sie informiert habe.«

»Holly, schweifen wir jetzt nicht ein bisschen vom Thema Ihrer Geschichte ab? Und von Ihrer Wahrnehmung der Geschichte?«

Nein, dachte sie, weil die Geschichte bereits auserzählt ist. Jetzt kommt es darauf an, was als Nächstes passiert. Ich hoffe zwar, dass gar nichts passiert, was durchaus wahrscheinlich ist, aber es schadet nicht, sich zu vergewissern. Dann schläft man nachts besser.

»Wenn Sie an solchen Tagungen und Symposien teilnehmen, sollen Sie über meinen Fall sprechen. Ich will, dass Sie ihn schildern. Schreiben Sie darüber, wenn Sie wollen, damit bin ich einverstanden. Dabei sollen Sie konkret auf meine Überzeugung eingehen – die Sie gerne als wahnhaft charakterisieren dürfen –, dass ich einem Wesen begegnet bin, das sich regeneriert, indem es den Schmerz von Sterbenden verzehrt. Würden Sie das bitte tun? Und falls Sie jemals – *jemals* – eine E-Mail von einem Kollegen erhalten, der behauptet, einen Patienten zu haben, der an genau derselben Wahnvorstellung leidet, geben Sie ihm dann bitte meinen Namen und meine Telefonnummer?« Um sich geschlechtsneutral auszudrücken (was sie immer anstrebt), fügte sie hinzu: »Oder ihr.«

Morton runzelte die Stirn. »Das dürfte ethisch kaum vertretbar sein.«

»Da liegen Sie falsch«, sagte Holly. »Ich habe mich über die gesetzlichen Vorschriften informiert. Es wäre unethisch, sich direkt an den in Therapie befindlichen *Patienten* zu wenden, aber dem *Therapeuten* dürfen Sie meinen Namen und meine Telefonnummer durchaus nennen, solange ich Ihnen die Erlaubnis dazu erteile. Was ich hiermit tue.«

Holly wartete auf seine Antwort.

4

Jetzt hält sie die Aufnahme kurz an, um auf die Uhr zu schauen und sich eine zweite Tasse Kaffee zu besorgen. Die wird sie zwar nervös machen und ihr Sodbrennen verursachen, aber sie braucht sie.

»Ich habe gesehen, wie er nachgedacht hat«, spricht Holly in ihr Telefon. »Den Ausschlag gab wohl letztlich, dass er wusste, wie gut meine Geschichte in seinem nächsten Buch, Aufsatz oder Vortrag wirken würde. Was auch so war, das habe ich an einem der Aufsätze und einem der Vortragsvideos gesehen. Er nimmt andere Orte, und er nennt mich Carolyn H., aber sonst ist es von A bis Z die gleiche Geschichte. Besonders gut beschreibt er, was mit dem Outsider passiert ist, nachdem ich ihn mit dem Totschläger erwischt hab – da hat das Publikum in dem Video richtig nach Luft geschnappt. Und ich muss zugeben, dass er am Ende meiner Geschichte tatsächlich immer sagt, er würde es gern erfahren, wenn jemand von seinen Kollegen Patienten hat, die an ähnlichen wahnhaften Fantasien leiden.«

Sie hält inne, um nachzudenken, dann startet sie die Aufnahme wieder.

»Gestern Abend hat Dr. Morton dann angerufen. Obwohl es schon eine ganze Weile her ist, wusste ich sofort, wer dran war, und ich wusste auch, dass sich eine Verbindung zu

Ondowsky ergeben würde. Ich erinnere mich an etwas, was du einmal gesagt hast, Ralph – dass es auf der Welt zwar das Böse gibt, aber auch eine Kraft des Guten. Dabei hast du an den Papierfetzen gedacht, den du gefunden hattest, dieses kleine Stück von einer Speisekarte aus Dayton. Es hat zwischen dem Mord in Flint City und zwei ähnlichen Morden in Ohio eine Verbindung hergestellt. Dadurch bin ich ja letztlich zu euch gestoßen, durch einen kleinen Papierfetzen, den der Wind leicht hätte davonwehen können. Aber vielleicht *wollte* der gefunden werden, jedenfalls stelle ich mir das gerne vor. Und vielleicht hat dasselbe Etwas, diese Kraft, eine weitere Aufgabe für mich. Weil ich an das Unfassbare glauben kann. Das will ich nicht unbedingt, aber ich kann es.«

Damit hört sie auf und steckt das Telefon in ihre Handtasche. Es ist immer noch viel zu früh für die Fahrt zum Flughafen, aber sie wird trotzdem schon aufbrechen. So tickt sie eben.

Ich werde noch zu früh zu meiner eigenen Beerdigung kommen, denkt sie und klappt ihr iPad auf, um das nächste Uber zu suchen.

5

Um fünf Uhr morgens ist der riesige Flughafenterminal beinahe menschenleer. Wenn er mit Reisenden gefüllt ist (von deren Geplapper und Getriebe er manchmal regelrecht platzt), kann man die von den Lautsprechern an der Decke herabschwebende Musik kaum wahrnehmen, aber da die zur jetzigen Stunde nur mit dem Summen einer Bodenpoliermaschine konkurrieren muss, klingt »The Chain« von Fleetwood Mac nicht nur unheimlich, sondern regelrecht Unheil verkündend.

Weit und breit ist außer Au Bon Pain nichts geöffnet, was Holly jedoch völlig ausreicht. Sie widersetzt sich der Versuchung, noch eine Tasse Kaffee auf ihr Tablett zu stellen, und gibt sich stattdessen mit einem Plastikbecher Orangensaft und einem Bagel zufrieden. Das Tablett trägt sie zu einem Tisch ganz hinten. Nachdem sie sich vergewissert hat, dass niemand in der Nähe ist (sie ist sogar die einzige Kundin), holt sie ihr Handy heraus, um ihren Bericht fortzuführen. Dabei spricht sie leise und hält immer wieder inne, um ihre Gedanken zu sammeln. Sie hofft, dass Ralph das alles nie zu hören kriegt. Sie hofft immer noch, dass das, was sie für ein Monster hält, sich schließlich doch als Schatten entpuppen wird. Aber wenn Ralph es dennoch hören sollte, will sie dafür sorgen, dass er wirklich alles erfährt.

Vor allem, falls sie dann tot sein sollte.

6

Aus dem Bericht von Holly Gibney an Detective Ralph Anderson:

Es ist immer noch der sechzehnte Dezember. Ich sitze im Flughafen, bin früh hergekommen, daher habe ich ein bisschen Zeit. Ein ziemliches bisschen sogar.

[Pause]

Ich glaube, ich habe zuletzt erzählt, dass ich Dr. Morton sofort erkannt habe. Schon am Hallo, könnte man sagen. Er hat behauptet, er hätte sich nach unserem letzten Gespräch bei seinem Anwalt erkundigt – angeblich nur aus Neugier –, ob tatsächlich kein ethischer Verstoß vorliege, wenn er einen Kontakt zwischen mir und dem Therapeuten eines anderen Patienten herstellt.

»Wie sich gezeigt hat, handelt es sich um eine Grauzone«, hat er gesagt. »Weshalb ich so etwas nicht getan habe, zumal Sie sich entschieden haben, keine Therapie mehr zu machen, zumindest nicht bei mir. Aber der Anruf, den ich gestern von einem Bostoner Psychiater namens Joel Lieberman erhielt, hat mich zum Nachdenken gebracht.«

Tja, Ralph, Carl Morton hat tatsächlich schon vor mehr als einem Jahr von einem möglichen weiteren Outsider gehört, mich aber nicht angerufen. Er hatte Angst. Da ich selbst ängstlich bin, kann ich das verstehen, aber es macht mich dennoch wütend. Wahrscheinlich sollte es das nicht, weil Mr. Bell damals noch nichts über Ondowsky wusste, aber trotzdem.

[Pause]

Ich greife vor. Entschuldigung. Sehen wir mal, ob ich alles der Reihe nach hinbekomme.

2018 und 2019 hat Dr. Joel Lieberman einen in Portland wohnenden Patienten behandelt. Dieser Patient ist mit dem Downeaster – ich nehme an, das ist ein Zug – einmal im Monat zu seiner Therapie nach Boston gekommen. Er heißt Dan Bell und ist ein älterer Herr, der Dr. Lieberman völlig vernünftig vorkam, mit Ausnahme seiner festen Überzeugung, er habe die Existenz eines übernatürlichen Wesens entdeckt, das er als *psychischen Vampir* bezeichnete. Mr. Bell glaubte, dieses Wesen würde schon seit langem sein Unwesen treiben, mindestens seit sechzig Jahren, vielleicht auch viel länger.

Lieberman wiederum hat einen Vortrag besucht, den Dr. Morton in Boston gehalten hat. Das war im vergangenen Sommer, also 2019. Bei seinem Vortrag hat Dr. Morton über den Fall *Carolyn H.* gesprochen. Anders gesagt, über mich. Wie von mir aufgefordert, hat er alle Zuhörer, die vielleicht Patienten mit ähnlichen Wahnvorstellungen betreuten, aufgerufen, sich mit ihm in Verbindung zu setzen. Was Lieberman getan hat.

Kannst du mir folgen? Morton hat über meinen Fall gesprochen, wie ich ihn gebeten hatte. Anschließend hat er sich erkundigt, ob vielleicht Psychiater oder Psychotherapeuten anwesend sind, die Patienten mit ähnlichen neurotischen Überzeugungen haben, worum ich ihn ebenfalls gebeten hatte. Aber sechzehn Monate lang hat er keinen Kontakt zwischen mir und Lieberman hergestellt, obwohl ich ihn praktisch *angefleht* hatte, genau das zu tun. Seine ethischen Bedenken haben ihn davon abgehalten, aber das war nicht alles. Dazu komme ich noch.

Gestern hat Dr. Lieberman dann noch einmal bei Dr. Morton angerufen. Sein Patient aus Portland war seit einiger Zeit nicht mehr zur Behandlung gekommen, und er hatte gedacht, das wär's gewesen. Aber am Tag nach der Explosion in der Macready School hat sich der Patient völlig unerwartet wieder gemeldet und gefragt, ob er zu einer Notfallsitzung kommen darf. Da er extrem verstört klang, hat Lieberman ihn eingeschoben. Daraufhin hat der Patient, der – wie gesagt – Dan Bell heißt, behauptet, der Anschlag auf die Schule wäre das Werk eines solchen psychischen Vampirs. Das hat er ganz unmissverständlich ausgedrückt. Er war sogar so außer Fassung, dass Dr. Lieberman an eine Intervention und eventuell eine kurze Zwangseinweisung gedacht hat. Aber dann hat Bell sich beruhigt und gesagt, er müsse seine Ideen mit jemand besprechen, die er nur als Carolyn H. kennt.

Jetzt muss ich mal einen Blick auf meine Notizen werfen.

[Pause]

So, da habe ich sie. Ich will Carl Morton nämlich so genau wie möglich zitieren, weil es jetzt um den anderen Grund geht, weshalb er mich so lange nicht angerufen hat.

Er hat gesagt: »Was mich zurückgehalten hat, waren nicht nur ethische Bedenken, Holly. Es ist ausgesprochen gefährlich, Personen mit ähnlichen wahnhaften Ideen zusammenzubringen. Sie neigen nämlich dazu, sich gegenseitig darin zu bestärken, wodurch eine Neurose sich leicht zu einer Psychose auswachsen kann. Das ist wissenschaftlich gut belegt.«

»Und warum haben Sie sich jetzt doch gemeldet?«, habe ich gefragt.

»Weil so viel von Ihrer Geschichte auf bekannten Tatsachen basiert«, hat er gesagt. »Weil die Geschichte bis zu einem gewissen Grade meine bisherige Weltanschauung infrage gestellt hat. Und weil dieser Patient schon von Ihnen wusste, nicht von Dr. Lieberman, sondern von einem Aufsatz, den ich im *Psychiatric Quarterly* über Ihren Fall veröffentlicht habe. Weil er gesagt hat, Carolyn H. würde ihn verstehen.«

Weißt du jetzt, wieso ich das mit der Kraft des Guten erwähnt habe, die es möglicherweise gibt, Ralph? Dan Bell hat nach mir gesucht, so wie auch ich nach ihm gesucht habe, noch bevor ich mir sicher sein konnte, dass jemand wie er überhaupt existiert.

»Ich nenne Ihnen gleich die Telefonnummern von Dr. Lieberman, Festnetz und mobil«, hat Dr. Morton gesagt. »Er kann dann selbst entscheiden, ob er einen Kontakt zwischen Ihnen und seinem Patienten herstellen will.« Dann hat er gefragt, ob auch ich mir Sorgen wegen der Explosion in der Schule mache, also Sorgen, die mit unserer therapeutischen Arbeit zu tun hätten. Das war ziemlich eingebildet, weil es ja nie eine therapeutische Arbeit gab – ich habe einfach erzählt, und er hat zugehört. Deshalb habe ich ihm nur dafür gedankt, dass er mich angerufen hat, seine Frage aber nicht beantwortet. Ich war anscheinend immer noch wütend, dass er mit dem Anruf so lange gewartet hat.

[Es folgt ein hörbarer Seufzer.]

Eigentlich kann von *anscheinend* keine Rede sein. Ich sollte weiter an meinen Wutproblemen arbeiten.

Jetzt muss ich bald aufhören, aber es wird nicht mehr lange dauern, dich auf den neuesten Stand zu bringen. Also, weil es schon Abend war, habe ich Lieberman auf seinem

Handy angerufen. Ich habe mich als Carolyn H. vorgestellt und nach Namen und Telefonnummer seines Patienten gefragt. Er hat mir beides genannt, wenn auch zögerlich.

»Mr. Bell will unbedingt mit Ihnen sprechen, und nach sorgfältiger Überlegung habe ich beschlossen, dem zuzustimmen«, hat er gesagt. »Er ist bereits sehr alt, und das Ganze ist so etwas wie sein letzter Wunsch. Wobei ich hinzufügen sollte, dass er bis auf seine Fixierung auf diesen sogenannten psychischen Vampir an keiner der kognitiven Beeinträchtigungen leidet, die bei alten Menschen sonst oft zu beobachten sind.«

Dabei, Ralph, habe ich an meinen Onkel Henry denken müssen, der Alzheimer hat. Wir mussten ihn letztes Wochenende ins Pflegeheim bringen. Daran zu denken macht mich sehr traurig.

Lieberman hat gesagt, Mr. Bell ist einundneunzig und dass es bestimmt sehr beschwerlich für ihn war, zu der letzten Therapiesitzung zu kommen, obwohl er seinen Enkel dabeihatte. Er würde an mehreren Gebrechen leiden, das schlimmste sei Herzinsuffizienz. Unter anderen Umständen, hat Lieberman gesagt, würde er sich Sorgen machen, dass ein Gespräch mit mir Mr. Bells neurotische Fixierung verstärken und den Rest eines sonst fruchtbaren und produktiven Lebens verderben könnte, aber wegen Mr. Bells hohem Alter und seinem schlechten Zustand ist das seiner Meinung nach kaum noch von Belang.

Vielleicht ist das ja nur meine Projektion, Ralph, aber Dr. Lieberman kam mir ziemlich aufgeblasen vor. Trotzdem hat er gegen Ende des Gesprächs etwas gesagt, was mich bewegt hat und mir im Gedächtnis geblieben ist: »Dan Bell ist ein alter Mann, der sich gewaltig fürchtet. Vermeiden Sie es, ihm noch mehr Angst einzujagen, als er eh schon hat.«

Ich weiß nicht, ob mir das gelingen wird, Ralph. Schließlich habe ich selbst große Angst.

[Pause]

Hier wird es allmählich voller, und ich sollte mich auf den Weg zu meinem Gate machen, daher beeile ich mich. Ich habe also Mr. Bell angerufen und mich wieder als Carolyn H. vorgestellt, worauf er sich nach meinem echten Namen erkundigt hat. Das war mein Rubikon, Ralph, und ich habe ihn überschritten. Ich habe verraten, wie ich richtig heiße, und gefragt, ob ich ihn besuchen darf. Darauf hat er geantwortet: »Wenn es um die Explosion in dieser Schule geht und um dieses Ding, das sich Ondowsky nennt – dann so bald wie nur irgend möglich.«

7

Nachdem Holly in Boston umgestiegen ist, kommt sie kurz vor zwölf Uhr mittags am Portland Jetport an. Sie checkt im Embassy Suites ein und wählt Dan Bells Nummer. Das Telefon läutet ein halbes Dutzend Mal, weshalb Holly sich schon fragt, ob der alte Mann wohl in der Nacht zuvor gestorben ist, womit ihre Fragen über Charles »Chet« Ondowsky unbeantwortet bleiben würden. Falls der alte Bursche überhaupt irgendwelche Antworten parat hat.

Als sie gerade abbrechen will, meldet sich jemand. Nicht Dan Bell, sondern ein jüngerer Mann. »Hallo?«

»Ich bin Holly«, sagt sie. »Holly Gibney. Ich wollte wissen, wann …«

»Ach, Ms. Gibney! Jetzt gleich wäre toll. Mein Großvater hat einen guten Tag. Nach Ihrem Gespräch mit ihm hat er sogar die ganze Nacht durchgeschlafen. Ich kann mich nicht erinnern, wann das zuletzt der Fall war. Haben Sie die Adresse?«

»Lafayette Street Nummer neunzehn.«

»Genau. Ich bin Brad Bell. Wann können Sie kommen?«

»Sobald ich ein Uber ergattert habe.« Und ein Sandwich, denkt sie. Ein Sandwich wäre auch gut.

8

Während sie auf den Rücksitz des Ubers schlüpft, meldet sich ihr Telefon. Es ist Jerome, der wissen will, wo sie sich aufhält, was sie dort tut und ob er behilflich sein kann. Holly sagt, es tue ihr leid, aber es handle sich wirklich um eine persönliche Angelegenheit. Sie werde ihm später – wenn möglich – alles erzählen.

»Geht es um Onkel Henry?«, fragt er. »Suchst du nach irgendeiner Behandlungsmöglichkeit für ihn? Das meint Pete nämlich.«

»Nein, es geht nicht um Onkel Henry.« Sondern um einen anderen alten Mann, denkt sie. Wenn auch um einen, der vielleicht noch bei klarem Verstand ist, aber das muss sich erst herausstellen. »Jerome, ich kann wirklich nicht darüber sprechen.«

»Okay. Solange du klarkommst.«

Das ist tatsächlich eine gute Frage, und er hat wohl das Recht, das anzusprechen. Holly kann sich nur zu gut an Zeiten erinnern, wo sie nicht klargekommen ist.

»Das tue ich.« Und wie um zu beweisen, dass sie nicht den Faden verloren hat: »Vergiss nicht, Barbara an die Privatdetektivfilme zu erinnern.«

»Ist bereits erledigt«, sagt er.

»Wahrscheinlich kann sie die Filme in ihrem Aufsatz nicht verwenden, aber sie werden ihr wertvolle Hintergrundinformationen liefern.« Holly hält inne und lächelt. »Außerdem sind sie ausgesprochen unterhaltsam.«

»Ich werd's weitergeben. Und du bist dir wirklich sicher, dass es dir …«

»… gut geht?«, sagt sie. »Aber ja doch.«

Als sie auflegt, muss sie wieder an das Wesen – an das *Ding* – denken, das sie und Ralph in jener Höhle gestellt haben, und erzittert. Sie kann es kaum ertragen, daran zu denken, und sollte es ein weiteres Wesen von der Sorte geben – wie würde sie es schaffen, dem allein entgegenzutreten?

9

Mit Dan Bell wird Holly bestimmt nicht in den Kampf ziehen; der wiegt keine vierzig Kilo mehr und sitzt in einem Rollstuhl, an dem eine Sauerstoffflasche befestigt ist. Er ist eine schattenhafte Gestalt mit fast kahlem Schädel und dunklen, blauroten Flecken unter den hellen, wenn auch erschöpften Augen. Gemeinsam mit seinem Enkel wohnt er in einem schönen alten Sandsteinhaus, in dem schöne alte Möbel stehen. In dem luftigen Wohnzimmer sind die Gardinen zurückgezogen, damit das kühle Dezemberlicht hereinfluten kann. Der vom Lufterfrischer (Glade Clean Linen, falls sie sich nicht irrt) überdeckte Geruch erinnert Holly dennoch unweigerlich an das hartnäckige, nicht zu leugnende Aroma, das sie in der Eingangshalle des Pflegeheims von Onkel Henry wahrgenommen hat: Kampfer, Gelenksalbe, Talkumpuder, Urin, das nahende Lebensende.

Zu Bell geführt wird sie von seinem Enkel, einem etwa vierzigjährigen Mann, dessen Kleidung und Verhalten ihr merkwürdig altmodisch, ja beinahe vornehm vorkommen. Im Flur hängen mehrere gerahmte Bleistiftzeichnungen, Porträts von vier Männern und zwei Frauen, alle kunstvoll und offenkundig von derselben Hand ausgeführt. Holly findet hauptsächlich, dass sie eine merkwürdige Begrüßung für Besucher darstellen; die meisten Dargestellten sehen ziemlich scheußlich aus. Über dem Kamin im Wohnzimmer, wo ein kleines, anheimelndes Feuer brennt, hängt ein wesentlich größeres Ölgemälde. Es zeigt eine wunderschöne junge Frau mit dunklen, fröhlichen Augen.

»Meine Frau«, sagt Bell mit seiner brüchigen Stimme. »Schon viele Jahre tot, und wie ich sie vermisse! Willkommen in unserem Heim, Ms. Gibney.«

Schnaufend von der Anstrengung, bewegt er sich mit seinem Rollstuhl auf sie zu, doch als sein Enkel ihm helfen will, weist er ihn mit einer Geste ab. Dann streckt er seine Hand aus, die von der Arthritis in eine Treibholzskulptur verwandelt wurde. Holly ergreift sie behutsam.

»Haben Sie schon zu Mittag gegessen?«, fragt Brad Bell.

»Ja«, sagt Holly. Ein hastig hinuntergeschlungenes Sandwich mit Geflügelsalat auf der kurzen Fahrt von ihrem Hotel in diese wohlhabende Wohngegend.

»Möchten Sie dann Tee oder Kaffee? Ach ja, außerdem haben wir Gebäck von Two Fat Cats. Das ist ausgezeichnet.«

»Tee wäre wunderbar«, sagt Holly. »Koffeinfrei, wenn Sie welchen haben. Und sehr gerne auch ein Stück Gebäck.«

»Ich möchte Tee und eine Teigtasche«, sagt der alte Mann. »Mit Apfel oder Blaubeeren, das ist mir egal. Und ich will *richtigen* Tee.«

»Kommt unverzüglich«, sagt Brad und lässt die beiden allein.

Sogleich beugt Bell sich vor, sieht Holly in die Augen und sagt mit leiser, verschwörerischer Stimme: »Damit Sie's wissen – mein Brad ist schrecklich schwul.«

»Ach«, sagt Holly nur. Ihr fällt sonst nichts anderes ein außer *das habe ich mir schon gedacht,* aber das käme ihr unhöflich vor.

»Wirklich *schrecklich* schwul. Aber er ist ein Genie. Er hat mir bei meinen Recherchen geholfen. Ich kann mir zwar sicher sein – und ich *war* mir auch sicher –, aber Brad hat den Beweis geliefert.« Er bewegt den gehobenen Zeigefinger hin und her, um jede einzelne Silbe zu unterstreichen: »*Un-wi-der-leg-bar!*«

Holly nickt und setzt sich auf einen Ohrensessel, mit geschlossenen Knien und ihrer Handtasche auf dem Schoß. Allmählich hat sie den Eindruck, dass Bell tatsächlich einer neurotischen Fantasie unterliegt, was hieße, dass sie in einer Sackgasse gelandet ist. Weder stört noch ärgert sie das; es erfüllt sie im Gegenteil mit Erleichterung. Wenn nämlich er an einer Fantasievorstellung leidet, tut sie das wahrscheinlich ebenfalls.

»Erzählen Sie mir mal von der Kreatur, mit der *Sie* zu tun hatten«, sagt Dan Bell und beugt sich noch weiter vor. »In seinem Aufsatz schreibt Dr. Morton, dass Sie sie als Outsider bezeichnen.« Immer noch blicken die wachen und gleichzeitig erschöpften Augen sie unverwandt an. Holly muss an einen Karikaturgeier denken, der auf einem Ast sitzt.

Obwohl es für sie früher schwierig – wenn nicht gar unmöglich – gewesen wäre, einer Aufforderung nicht nachzukommen, schüttelt sie den Kopf.

Enttäuscht lehnt er sich in seinen Rollstuhl zurück. »Nein?«

»Sie kennen meine Geschichte hinreichend aus dem Aufsatz, den Dr. Morton im *Psychiatric Quarterly* veröffentlicht hat, und wahrscheinlich auch aus Videos, die Sie im Internet gesehen haben. Ich bin hierhergekommen, um *Ihre* Geschichte zu hören. Sie haben Ondowsky als Ding bezeichnet, als ein *Es.* Ich will wissen, wieso Sie sich so sicher sind, dass es sich um einen Outsider handelt.«

»Outsider ist eine gute Bezeichnung dafür. Eine sehr gute sogar.« Bell rückt seine Kanüle, die sich verdreht hat, zurecht. »Eine sehr gute Bezeichnung. Ich werde Ihnen gleich alles bei Tee und Gebäck erzählen. Das nehmen wir oben ein, im Arbeitszimmer von Brad. Nachdem ich Ihnen alles berichtet habe, werden Sie überzeugt sein. O ja.«

»Brad …«

»Brad weiß über alles Bescheid«, sagt Bell und wedelt wegwerfend mit seiner Treibholzhand. »Ein guter Junge, so schwul er auch ist.« Holly hat Zeit, darüber nachzusinnen, dass selbst Männer, die zwanzig Jahre älter als Brad Bell sind, einem wohl wie Jungen vorkommen, wenn man selbst in den Neunzigern ist. »Und ein *kluger* Junge. Abgesehen davon müssen Sie mir Ihre Geschichte natürlich nicht erzählen, wenn Sie das nicht wollen – obwohl ich gern gewisse Einzelheiten erfahren würde, die mich neugierig machen –, bevor ich Ihnen allerdings mitteile, was ich weiß, muss ich meinerseits darauf bestehen, dass Sie mir verraten, weshalb Sie Ondowsky überhaupt verdächtigen.«

Das leuchtet ihr ein, weshalb sie ihre Folgerungen darlegt … soweit man das so bezeichnen kann. »Hauptsächlich war es der kleine haarige Fleck neben seinem Mund, der mir dauernd im Kopf herumging«, beendet sie ihren Bericht. »Als hätte er sich einen falschen Schnurrbart angeklebt und den dann so hastig abgenommen, dass er ihn nicht ganz erwischt hat. Wenn er hingegen sein gesamtes Aussehen verändern kann – weshalb *braucht* er dann überhaupt einen falschen Schnurrbart?«

Bell wedelt wieder wegwerfend mit der Hand. »Hatte Ihr Outsider denn Gesichtsbehaarung?«

Holly denkt stirnrunzelnd nach. Auf die erste ihr bekannte Person, die der Outsider damals nachgeahmt hat, einen Krankenpfleger namens Heath Holmes, traf das nicht zu. Auf die zweite ebenfalls nicht. Die dritte Person trug einen Kinnbart, aber als Holly und Ralph den Outsider in seiner Höhle gestellt haben, war dessen Umwandlung noch nicht abgeschlossen.

»Soweit ich weiß, nicht. Was wollen Sie damit andeuten?«

»Ich glaube nicht, dass sie sich Gesichtshaare wachsen lassen können«, sagt Dan Bell. »Wenn Sie Ihren Outsider nackt gesehen hätten … Was Sie wahrscheinlich nicht haben, oder?«

»O nein!«, sagt Holly und schüttelt sich. »Bäh!«

Das bringt Bell zum Lächeln. »Wenn doch, hätten Sie wahrscheinlich keine Schamhaare gesehen. Und auch nur kahle Achselhöhlen.«

»Das Ding, auf das wir in der Höhle getroffen sind, hatte Haare auf dem Kopf. Auch Ondowsky hat welche. Und George auch.«

»George?«

»So nenne ich den Mann, der das Paket mit der Bombe in der Macready School abgeliefert hat.«

»George. Aha.« Darüber scheint Bell einen Moment zu reflektieren. Seine Mundwinkel heben sich zu einem feinen Lächeln, das gleich wieder verschwindet. »Aber Kopfhaare sind etwas anderes, nicht wahr? Kinder haben lange vor der Pubertät Haare auf dem Kopf. Manche werden sogar damit geboren.«

Dieses Argument leuchtet Holly ein. Dabei hofft sie, dass es sich tatsächlich um ein Argument und nicht nur um eine Wahnvorstellung des alten Mannes handelt.

»Auch in anderer Hinsicht kann der Bombenleger – George, wie Sie ihn nennen – sich nicht so einfach verändern, wie er sein körperliches Aussehen verändert«, fährt Dan Bell fort. »Zum Beispiel musste er eine falsche Uniform anziehen und eine falsche Brille tragen. Er brauchte einen falschen Lieferwagen und einen falschen Scanner. Und er brauchte einen falschen Schnurrbart.«

»Vielleicht hat Ondowsky sogar falsche Augenbrauen«, sagt Brad, der gerade mit einem Tablett hereinkommt. Darauf sind zwei Becher Tee und ein kleiner Berg Backwaren. »Aber wahrscheinlich nicht. Ich hab Fotos von ihm studiert, bis mir praktisch die Augen aus dem Kopf gefallen sind. Wahrscheinlich verwendet er Implantate, um etwas normal aussehen zu lassen, was sonst nur Flaum wäre. So wie die Augenbrauen von Babys nichts als Flaum sind.« Er stellt das Tablett auf den Couchtisch.

»Nein, nein, wir unterhalten uns in deinem Arbeitszimmer«, sagt Dan Bell. »Wir müssen endlich richtig zu Sache kommen. Ms. Gibney – Holly –, könnten Sie mich schieben? Ich bin ziemlich schlapp.«

»Aber gern.«

Sie kommen an einem klassisch eingerichteten Esszimmer und einer riesigen Küche vorüber. Am Ende des Flurs führt ein Treppenlift auf einer stählernen Schiene ins Obergeschoss. Holly hofft, dass er zuverlässiger ist als der Aufzug im Frederick Building.

»Den hat Brad einbauen lassen, als ich meine Beine nicht mehr gebrauchen konnte«, sagt Bell. Brad überreicht Holly das Tablett und hievt den alten Mann geübt auf den Sitz des Lifts. Bell drückt eine Taste und fährt los. Nachdem Brad das Tablett wieder in Empfang genommen hat, gehen er und Holly neben dem Sitz her, der langsam, aber zuverlässig in die Höhe steigt.

»Das ist ein sehr schönes Haus«, sagt Holly. *Muss allerhand gekostet haben,* lautet ihr unausgesprochener Kommentar.

Bell liest ihre Gedanken. »Von meinem Großvater. Zellstoff und Papierfabriken.«

Bei Holly fällt der Groschen. In ihrem Büroschrank liegen mehrere Stapel Kopierpapier von Bell. Beim Anblick ihrer Miene muss Dan Bell lächeln.

»Ja, genau, Bell Paper Products, jetzt Teil eines internationalen Konzerns, der den Namen behalten hat. Bis in die Neunzehnzwanziger hinein besaß mein Großvater mehrere

Papierfabriken im Westen von Maine, in Lewiston, Lisbon Falls, Jay, Mechanic Falls. Die sind jetzt alle eingegangen oder in Einkaufszentren umgewandelt worden. Den Großteil seines Vermögens hat er beim Börsencrash 1929 – mein Geburtsjahr – und in der folgenden Wirtschaftskrise verloren. Für meinen Vater und mich gab es daher kein Leben in Saus und Braus, wir mussten uns unsere Brötchen ehrlich verdienen. Aber wir haben es geschafft, das Haus zu behalten.«

Im Obergeschoss hievt Brad seinen Großvater auf einen zweiten Rollstuhl und schließt ihn an eine zweite Sauerstoffflasche an. Die gesamte Etage scheint aus einem einzigen großen Raum zu bestehen, in den das Dezemberlicht nicht eindringen darf. Die Fenster sind mit undurchsichtigen Vorhängen verdunkelt. Auf zwei Schreibtischen stehen vier Computer, diverse Spielkonsolen, die Holly als topaktuell einschätzt, massenhaft Audiogeräte und ein riesiger Flachbildfernseher. An die Wände hat man mehrere Lautsprecher montiert. Zwei weitere flankieren den Fernseher.

»Stell das Tablett ab, Brad, bevor du noch alles verschüttest.«

Auf dem Tisch, auf den Bell mit seiner arthritischen Hand zeigt, liegen stapelweise Computermagazine (darunter mehrere Ausgaben einer Zeitschrift namens *SoundPhile,* von der Holly noch nie gehört hat), außerdem USB-Sticks, externe Festplatten und Kabel. Holly fängt an, etwas Platz freizuräumen.

»Ach, legen Sie den ganzen Kram da doch einfach auf den Boden«, sagt Dan Bell.

Holly sieht Brad an, der entschuldigend nickt. »Ich bin ein bisschen unordentlich«, sagt er.

Als das Tablett sicher abgestellt ist, verteilt Brad das Gebäck auf drei Teller. Die Teilchen sehen lecker aus, aber Holly weiß nicht mehr, ob sie hungrig ist oder nicht. Allmählich kommt sie sich vor wie Alice bei der Teegesellschaft des verrückten Hutmachers. Dan Bell nimmt einen Schluck aus seinem Becher und schmatzt mit den Lippen, dann verzieht er das Gesicht und legt sich die Hand an die linke Brust. Brad ist sofort an seiner Seite.

»Hast du deine Tabletten, Grampa?«

»Ja, ja«, sagt Bell und klopft mit der flachen Hand an die Seitentasche seines Rollstuhls. »Mir geht es bestens, du kannst aufhören, mich zu bemuttern. Bin bloß aufgeregt, weil wir Besuch haben. Von jemand, der *Bescheid weiß*. Besser könnte es mir da gar nicht gehen.«

»Da wäre ich mir nicht so sicher, Grampa«, sagt Brad. »Vielleicht nimmst du doch lieber eine Tablette.«

»Mir geht es bestens, habe ich gesagt!«

»Mr. Bell …«, setzt Holly an.

»Dan«, sagt der alte Mann und wackelt wieder mit dem Zeigefinger, der von der Arthritis grotesk gekrümmt ist, aber trotzdem mahnend wirkt. »Ich bin Dan, er ist Brad, Sie sind Holly. Wir sind hier alle Freunde.« Er lacht, was ziemlich atemlos klingt.

»Du musst langsamer machen«, sagt Brad. »Falls du nicht wieder ins Krankenhaus willst.«

»Jawohl, Mami!«, sagt Dan. Er legt die Hand über seine Hakennase, um mehrfach tief Sauerstoff einzusaugen. »Gib mir jetzt eine Teigtasche. Außerdem brauchen wir Servietten.«

Es gibt keine Servietten. »Ich hole ein paar Papierhandtücher aus dem Bad«, sagt Brad und zieht ab.

Dan sieht Holly an. »Er ist schrecklich vergesslich. Wirklich *schrecklich*. Wo war ich stehen geblieben? Ist das überhaupt von Belang?«

Ist denn irgendetwas hier von Belang, fragt sich Holly.

»Ach ja, ich hab Ihnen erzählt, dass mein Vater und ich uns unseren Lebensunterhalt verdienen mussten. Haben Sie die Bilder unten im Flur gesehen?«

»Ja«, sagt Holly. »Die sind von Ihnen, nehme ich an.«

»Ja, ja, alle von mir.« Er hebt die knorrigen Hände. »Bevor mir *das hier* zugestoßen ist.«

»Die sind sehr gut«, sagt Holly.

»Na ja, schlecht sind sie nicht«, sagt er. »Wobei die im Flur nicht die besten sind. Die waren für meine Arbeit. Brad hat sie aufgehängt. Er hat darauf bestanden. In den Fünfzigern und Sechzigern hab ich außerdem ein paar Taschenbuchcover gestaltet, für Verlage wie Gold Medal und Monarch. Die waren wesentlich besser. Hauptsächlich Krimis – halb bekleidete Girls mit rauchendem Revolver. Damit hab ich mir ein kleines Zubrot verdient. Witzig, wenn man an meinen eigentlichen Beruf denkt. Ich war nämlich bei der Polizei von Portland. Bin erst mit achtundsechzig in den Ruhestand gegangen. Nach vierundvierzig Jahren.«

Nicht nur ein Künstler, sondern auch ein weiterer Cop, denkt Holly. Zuerst Bill, dann Pete, dann Ralph und jetzt Dan Bell. Wieder sinniert sie, dass irgendeine Kraft, unsichtbar und doch stark, sie irgendwie in die ganze Sache hineinzieht, indem sie sie diskret auf Parallelen und rote Fäden hinweist.

»Mein Großvater war Kapitalist und Fabrikbesitzer, aber seither haben wir alle Uniform getragen. Mein Vater war bei der Polizei, und ich bin in seine Fußstapfen getreten. Wie mein Sohn in meine. Ich spreche von Brads Vater. Der ist bei einem Autounfall gestorben, als er einen wahrscheinlich betrunkenen Mann verfolgt hat, der einen gestohlenen Wagen fuhr. Der Mann hat überlebt. Womöglich lebt er heute noch.«

»Das tut mir sehr leid«, sagt Holly.

Dan ignoriert ihre Bemühung, ihm zu kondolieren. »Selbst die Mutter von Brad ist der Familientradition gefolgt, jedenfalls in gewisser Weise. Sie war Gerichtsstenografin. Als sie starb, habe ich den Jungen zu mir geholt. Mir ist egal, ob er schwul ist oder nicht, und die Polizei kümmert das ebenfalls nicht. Wobei er nicht in Vollzeit für die arbeitet. Für ihn ist es eher ein Hobby. Hauptsächlich beschäftigt er sich mit ... dem da.« Er weist mit seiner deformierten Hand auf die EDV-Geräte.

»Ich mache das Audiodesign für Computerspiele«, sagt Brad leise. »Die Musik, die Soundeffekte, die Abmischung.« Er ist mit einer ganzen Rolle Papierhandtücher wiedergekommen. Holly nimmt zwei entgegen und breitet sie auf ihrem Schoß aus.

Dan spricht weiter, offensichtlich ganz in der Vergangenheit verloren. »Nachdem mein Streifendienst vorüber war – ich bin nie zum Detective befördert worden, wollte das gar nicht –, habe ich vor allem als Disponent gearbeitet. Manche Cops sitzen nicht gern am Schreibtisch, aber mir hat das nichts ausgemacht, weil ich noch eine andere Aufgabe hatte, die mich dann auch im Ruhestand auf Trab gehalten hat. Das könnte man als die eine Seite der Medaille bezeichnen. Das, was Brad macht, wenn man ihn anfordert, ist die andere Seite. Wir beide, Holly, wir haben diesen – verzeihen Sie meine Ausdrucksweise – diesen *Scheißkerl* festgenagelt. Wir haben ihn schon seit Jahren im Visier!«

Holly hat endlich in ihr Teilchen gebissen, öffnet jetzt jedoch den Mund, wodurch ein unappetitlicher Krümelschauer auf den Teller und die Papierhandtücher in ihrem Schoß regnet. »Seit *Jahren?*«

»Richtig«, sagt Dan. »Brad wusste schon Bescheid, da war er erst Mitte zwanzig. Er arbeitet seit etwa 2005 mit mir an dem Fall. Stimmt doch, Brad, oder?«

»Es war ein bisschen später«, sagt Brad, nachdem er den Bissen in seinem Mund hinuntergeschluckt hat.

Dan zuckt die Achseln, wobei er Schmerzen zu haben scheint. »Wenn man in meinem Alter ist, verschmilzt alles miteinander«, sagt er, bevor er Holly einen beinahe drohenden Blick zuwirft. Seine buschigen Augenbrauen (die bestimmt nicht gefälscht sind) ziehen sich zusammen. »Aber nicht, was Ondowsky angeht, wie er sich jetzt nennt. In der Hinsicht ist mir alles glasklar. Von Anfang an … oder zumindest ab dem Zeitpunkt, wo ich ins Spiel gekommen bin. Wir haben eine richtige Show für Sie zusammengestellt, Holly. Brad, ist das erste Video bereit?«

»Natürlich, Grampa.« Brad greift nach seinem iPad und dann nach einer Fernbedienung, um den großen Fernseher einzuschalten. Darauf ist momentan nicht mehr zu sehen als eine blaue Fläche und das Wort BEREIT.

Holly hofft, dass sie das ebenfalls ist.

10

»Als ich ihn das erste Mal gesehen habe, war ich einunddreißig«, sagt Dan. »Das weiß ich noch, weil meine Frau und mein Sohn eine Woche vorher eine kleine Geburtstagsparty für mich veranstaltet haben. Es kommt mir vor, als wäre das schon lange her und doch erst gestern gewesen. Ich bin damals noch Funkstreife gefahren, an dem Tag zusammen mit Marcel Duchamp. Wir standen am Rand vom Marginal Way hinter einer Schneewehe und haben auf Temposünder gewartet, was morgens an einem Wochentag nicht besonders aussichtsreich war. Wir haben Spritzkuchen gefuttert und Kaffee getrunken. Ich weiß noch, dass Marcel mich wegen einem Taschenbuchcover aufgezogen hat, das ich entworfen hatte; er hat gefragt, was eigentlich meine Frau davon halten würde, wenn ich scharfe Frauen in Unterwäsche male. Ich glaube, ich hab ihm gerade erwidert, für dieses Cover hätte seine Frau posiert, als ein Jogger auf unseren Wagen zugelaufen kam und ans Fahrerfenster geklopft hat.« Er macht eine Pause. Schüttelt den Kopf. »Tja, man erinnert sich bekanntlich immer daran, wo man sich befunden hat, als schlechte Nachrichten eintrafen, nicht wahr?«

Holly denkt an den Tag, wo sie von Bill Hodges' Tod erfahren hat. Das hat Jerome ihr telefonisch mitgeteilt, und sie ist sich ziemlich sicher, dass sie damals Tränen unterdrücken musste.

»Marcel hat sein Fenster aufgemacht und den Mann gefragt, ob er Hilfe braucht. Das hat der Mann verneint, aber er hatte ein Transistorradio dabei – so was hatten wir damals anstelle vom iPod und von Handys – und hat gefragt, ob wir gehört hätten, was gerade in New York passiert wär.«

Dan unterbricht sich, um seine Kanüle zurechtzurücken und die Sauerstoffzufuhr aus der Flasche an der Seite seines Rollstuhls zu regulieren.

»Wir hatten bloß gehört, was im Polizeifunk kam, weshalb Marcel den ausgestellt und das normale Radio eingeschaltet hat. In den Nachrichten kam gerade das, was der Jogger gemeint hatte. So, Brad, jetzt lass mal das erste Video laufen.«

Dans Enkel hat sein Tablet auf dem Schoß liegen. Er tippt darauf und sagt zu Holly: »Ich lasse es auf dem großen Bildschirm laufen. Eine Sekunde … Okay, los geht's.«

Begleitet von trauriger Musik erscheint die Titelkarte einer alten Wochenschau auf dem Bildschirm. SCHLIMMSTES FLUGZEUGUNGLÜCK ALLER ZEITEN steht darauf. Es folgt die gestochen scharfe Schwarz-Weiß-Aufnahme einer großstädtischen Straße, die aussieht, als wäre sie von einer Bombe getroffen worden.

»Die schrecklichen Folgen des schlimmsten Flugzeugunglücks der Geschichte!«, verkündet der Sprecher. »Auf einer Straße in Brooklyn liegen die Trümmer eines Düsenjets, der am trüben Himmel von New York mit einem anderen Verkehrsflugzeug zusammengeprallt ist.« Am Heck der Maschine – beziehungsweise dem, was davon übrig ist – erkennt Holly den Schriftzug UNIT. »Die Maschine von United Airlines ist in ein Wohngebiet gestürzt, wobei sechs Personen am Boden sowie vierundachtzig Passagiere und Besatzungsmitglieder ums Leben kamen.«

Jetzt sieht Holly Feuerwehrleute mit altmodischen Helmen, die zwischen den Trümmern umhereilen. Einige schleppen Tragen, auf denen von Decken verhüllte Leichen liegen.

Der Sprecher fährt fort: »Normalerweise hätte zwischen diesem Jet und dem Trans-World-Airlines-Flug, mit dem er kollidiert ist, ein Abstand von mehreren Meilen geherrscht, doch die TWA-Maschine – Flug 266 mit vierundvierzig Passagieren und Besatzungsmitgliedern – ist weit von ihrem Kurs abgekommen. Sie ist über Staten Island abgestürzt.«

Weitere verhüllte Leichen auf weiteren Tragen. Ein riesiges Flugzeugrad mit zerfetztem, noch rauchendem Gummi. Als die Kamera über die Trümmer schwenkt, sieht Holly überall in buntes Papier eingewickelte Weihnachtsgeschenke liegen. Die Kamera zoomt eines heran und zeigt einen kleinen, an der Schleife befestigten Weihnachtsmann, rußgeschwärzt und noch glimmend.

»Hier kannst du es stoppen«, sagt Dan. Brad tippt auf sein Tablet, worauf der große Bildschirm wieder blau wird.

Dan wendet sich Holly zu.

»Insgesamt einhundertvierunddreißig Tote. Und wann ist das passiert? Am 16. Dezember 1960. Vor exakt sechzig Jahren.«

Ein reiner Zufall, denkt Holly, aber trotzdem durchfährt sie ein Schauder, und sie denkt wieder, dass es wohl Kräfte auf der Welt gibt, die die Menschen herumschubsen, wie sie wollen, wie Männer (und Frauen) auf einem Schachbrett. Ja, die Übereinstimmung der Daten könnte ein Zufall sein, aber kann sie das auch über all das andere sagen, was sie nach Maine zu diesem Haus in Portland geführt hat? Nein. Das ist eine Kette, die bis zu einem anderen Monster, einem namens Brady Hartsfield zurückreicht. Zu Brady, der sie zuerst dazu gebracht hat, an solche Dinge zu glauben.

»Es gab einen Überlebenden«, sagt Dan Bell und schreckt sie damit aus ihrer Träumerei.

Sie deutet auf den blauen Bildschirm, als würde da die Wochenschau noch laufen. »Jemand hat *das da* überlebt?«

»Nur für einen Tag«, sagt Brad. »In den Zeitungen nannte man ihn den Jungen, der vom Himmel fiel.«

»Den Ausdruck hat allerdings jemand anderes geprägt«, sagt Dan. »Damals gab es in New York neben den großen Networks noch drei oder vier unabhängige Fernsehsender. Einer von denen hieß WLPT. Jetzt ist der natürlich schon lange verschwunden, aber wann immer irgendwelche Film- oder Tonaufnahmen existieren, stehen die Chancen gut, dass man sie im Internet findet. Bereiten Sie sich auf einen Schock vor, junge Dame!« Er nickt Brad zu, der wieder auf seinem Tablet herumtippt.

Schon früh wurde Holly von ihrer Mutter (und mit stillschweigender Billigung ihres Vaters) eingetrichtert, eine offene Zurschaustellung von Emotionen wäre nicht nur peinlich und unangenehm, sondern geradezu beschämend. Trotz der jahrelangen Arbeit mit Allie Winters hält sie ihre Gefühle deshalb normalerweise immer noch unter Verschluss, selbst gegenüber Freunden. Die beiden Männer da sind Fremde, aber als auf dem großen Bildschirm das nächste Video startet, schreit sie auf. Sie kann nicht anders.

»Das ist er! Das ist Ondowsky!«

»Ich weiß«, sagt Dan Bell.

11

Nur würden die meisten Leute sagen, dass das nicht Ondowsky ist, und das ist Holly durchaus bewusst.

Die meisten Leute würden sagen: *Ja, klar, eine gewisse Ähnlichkeit gibt es schon, so wie es eine Ähnlichkeit zwischen Mr. Bell und seinem Enkel gibt, zwischen John Lennon und seinem Sohn Julian und zwischen mir und meiner Tante Elizabeth.* Sie würden sagen: *Das ist bestimmt der Großvater von Chet Ondowsky. Menschenskind, der Apfel fällt wirklich nicht weit vom Stamm, was?*

Aber wie der alte Mann im Rollstuhl weiß auch Holly es besser.

Der Mann auf dem Bildschirm, der das altmodische WLPT-Mikrofon in der Hand hält, hat ein volleres Gesicht als Ondowsky, und die Falten im Gesicht weisen darauf hin, dass er zehn oder gar zwanzig Jahre älter ist. Das kurz geschorene Haar ist grau meliert und hat im Gegensatz zu dem von Ondowsky einen spitzen Ansatz. Auch die sich andeutenden Hängebacken hat Ondowsky nicht.

Hinter ihm laufen Feuerwehrleute durch den rußigen Schnee, um Pakete und Koffer einzusammeln, während andere ihre Wasserschläuche auf die Überreste des Flugzeugs und die beiden brennenden Häuser dahinter richten. Ein großer alter Cadillac-Krankenwagen fährt mit blinkenden Signallichtern davon.

»Hier spricht Paul Freeman«, sagt der Reporter. »Ich berichte aus Brooklyn vom Schauplatz des schlimmsten Flugzeugunglücks in der Geschichte Amerikas.« Bei jedem Wort kommen weiße Dampfwölkchen aus seinem Mund. »Alle Insassen an Bord des United-Airlines-Jets hinter mir sind ums Leben gekommen, mit Ausnahme eines einzigen Jungen.« Er deutet auf den davonfahrenden Krankenwagen. »Der bisher nicht identifizierte Junge befindet sich in dem Krankenwagen da. Er ist …« Der Reporter, der sich Paul Freeman nennt, macht eine dramatische Pause. »… der Junge, der vom Himmel fiel! Er wurde aus dem brennenden hinteren Teil der Maschine geschleudert und ist in einer Schneewehe gelandet. Erschrockene Passanten haben ihn im Schnee gewälzt, um die Flammen zu löschen, aber ich habe gesehen, wie er in den Krankenwagen geladen wurde, und kann Ihnen sagen, dass er sehr schwer verletzt zu sein scheint. Die Kleider waren fast völlig weggebrannt oder in seine Haut geschmolzen.«

»Anhalten!«, befiehlt der alte Mann. Sein Enkel gehorcht. Dan sieht Holly an. Seine blauen Augen sind blass, blitzen aber dennoch grimmig. »Sehen Sie das, Holly? *Hören* Sie das? Für das Fernsehpublikum hat er bestimmt einfach entsetzt ausgesehen und wie jemand geklungen, der unter schwierigen Umständen seine Arbeit tut, aber …«

»Er ist nicht entsetzt«, sagt Holly. Sie denkt an den ersten Bericht, den Ondowsky von dem Anschlag auf die Schule geliefert hat. Jetzt sieht sie es mit klarerem Blick. »Er ist *erregt.*«

»Genau«, sagt Dan und nickt. »In der Tat. Sie haben verstanden. Gut.«

»Wie gut, dass noch jemand anderes das begreift«, sagt Brad.

»Der Junge hieß Stephen Baltz«, sagt Dan. »Und dieser Paul Freeman hat ihn mit seinen Verbrennungen gesehen und vielleicht auch seine Schmerzensschreie gehört – Augenzeugen haben jedenfalls berichtet, dass der Junge bei Bewusstsein war, zumindest am Anfang. Und wissen Sie, was ich denke? Zu welcher Überzeugung ich gelangt bin? Dass er sich davon *genährt* hat.«

»Natürlich hat er das«, sagt Holly. Ihre Lippen fühlen sich taub an. »Von den Schmerzen des Jungen und vom Entsetzen der Beobachter. Von all dem *Tod.*«

»Ja. Brad, mach dich bereit, das nächste Video zu starten.« Dan Bell lehnt sich in seinen Rollstuhl zurück. Er sieht erschöpft aus, aber Holly kümmert das nicht. Sie muss den Rest erfahren. Sie muss alles wissen. Das alte Fieber hat sie gepackt.

»Wann haben Sie denn nach diesem Material gesucht?«, fragt sie. »Und wie sind Sie überhaupt darauf gekommen?«

»Das Video eben habe ich gleich am Abend des Unglücks gesehen, im *Huntley-Brinkley Report*.« Als er ihre Verwirrung sieht, lächelt er leicht. »Natürlich sind Sie zu jung, sich an Chet Huntley und David Brinkley zu erinnern. Jetzt sind das die Abendnachrichten von NBC.«

Brad mischt sich ein. »Wenn ein unabhängiger Sender zuerst an einem wichtigen Schauplatz eingetroffen ist und gute Aufnahmen gemacht hat, hat er den Bericht an eines von den Networks verkauft. Das muss auch hier geschehen sein, weshalb Grampa es sehen konnte.«

»Also ist Freeman als Erster hingekommen«, sagt Holly nachdenklich. »Wollen Sie damit sagen … Meinen Sie etwa, dass er den Flugzeugabsturz *verursacht* hat?«

Dan Bell schüttelt so heftig den Kopf, dass die spinnwebartigen Überreste seiner Haare hin und her wirbeln. »Nein, er hat bloß einen Glückstreffer gelandet. Oder er hat eine Wahrscheinlichkeitsrechnung aufgemacht. Weil sich in Großstädten immer irgendwelche Tragödien ereignen, nicht wahr? Wodurch sich die Chance für ein Ding wie ihn ergibt, Nahrung zu finden. Und wer weiß, vielleicht ahnt es eine Kreatur wie er womöglich, wenn eine größere Katastrophe bevorsteht. Vielleicht ist er wie eine Stechmücke – die können bekanntlich ja auch meilenweit Blut riechen. Aber wie können wir das mit Bestimmtheit sagen, wenn wir nicht einmal mit Bestimmtheit sagen können, was er ist? Lass das nächste Video laufen, Brad!«

Brad gehorcht, und der Mann, der jetzt auf dem großen Bildschirm erscheint, ist wieder Ondowsky … und doch anders.

Hagerer. Jünger als »Paul Freeman« und auch jünger als die Version von Ondowsky, die vor der zertrümmerten Mauer der Schule Bericht erstattet hat. Aber er *ist* es. Das Gesicht ist anders und doch dasselbe. Auf dem Mikrofon in seiner Hand sieht man den Schriftzug KTVT. Neben ihm stehen drei Frauen. Eine trägt einen Wahlkampf-Button mit dem Namen Kennedy. Eine andere hält ein zerknittertes und irgendwie trist aussehendes Plakat in der Hand: WIR STEHEN HINTER JFK '64!

»Hier ist Dave Van Pelt. Ich befinde mich gegenüber vom Texas School Book Depository auf der Dealey Plaza, wo …«

»Anhalten«, sagt Dan, was Brad tut. Dan wendet sich an Holly. »Das ist auch wieder er, stimmt's?«

»Ja«, sagt Holly. »Ich bezweifle zwar, dass jemand anderes das erkennen würde, und mir ist auch nicht klar, wie *Sie* das so lange nach dem Bericht über den Flugzeugabsturz erkennen konnten, aber er ist es. Mein Vater hat mir einmal etwas über Autos erzählt. Er hat gesagt, dass die Firmen – Ford, Chevrolet, Chrysler – viele verschiedene Modelle anbieten, die sie von Jahr zu Jahr verändern, aber sie sind alle nach demselben Muster hergestellt. Der da … Ondowsky …« Ihr versagt die Stimme, weshalb sie nur auf das schwarz-weiße Bild auf dem Fernseher deuten kann. Ihre Hand zittert.

»Ja«, sagt Dan leise. »Ein sehr guter Vergleich. Er stellt unterschiedliche Modelle dar, die alle vom selben Muster abstammen. Nur dass es hier mindestens zwei solche Muster gibt, möglicherweise sogar mehr.«

»Was wollen Sie damit sagen?«

»Dazu komme ich noch.« Dans Stimme klingt rostiger denn je, und er nimmt einen Schluck Tee, um sie zu schmieren. »Diesen Bericht hab ich nur zufällig gesehen, weil ich mir abends immer Huntley und Brinkley angeschaut habe. Aber nachdem Kennedy erschossen wurde, sind alle – ich eingeschlossen – zu Walter Cronkite übergelaufen, weil CBS die beste Berichterstattung hatte. Kennedy wurde an einem Freitag erschossen. Der Bericht hier kam am folgenden Tag, also am Samstag, in den Abendnachrichten von CBS. Als Hintergrundreportage, wie man so sagt. Auf geht's, Brad. Aber lass es noch mal von vorn laufen.«

Der junge Reporter, der ein fürchterliches kariertes Sakko trägt, legt wieder los. »Hier ist Dave Van Pelt. Ich befinde mich gegenüber vom Texas School Book Depository auf der Dealey Plaza, wo John F. Kennedy, der fünfunddreißigste Präsident der Vereinigten Staaten, gestern erschossen wurde. Neben mir stehen Greta Dyson, Monica Kellogg und Juanita Alvarez, Unterstützerinnen von Kennedy, die genau hier an diesem Ort waren, als die Schüsse fielen. Meine Damen, sagen Sie mir bitte, was Sie gesehen haben? Miss Dyson?«

»Schüsse … Blut … hinten kam ihm Blut aus dem armen *Kopf* …« Greta Dyson weint so heftig, dass sie kaum verständlich ist, was wohl gewissermaßen der springende Punkt ist. Wahrscheinlich weinen die Zuschauer zu Hause gerade mit ihr, weil sie denken, der Kummer dieser Frau würde für ihren stehen. Und für den Kummer eines ganzen Landes. Der Reporter allerdings …

»Der verschlingt alles«, sagt Holly. »Er tut nur so, als wäre er betroffen, und das macht er nicht mal besonders gut.«

»Genauso ist es«, sagt Dan. »Sobald man das auf die richtige Weise betrachtet, ist es nicht zu übersehen. Und schauen Sie sich die beiden anderen Frauen an. Die weinen ebenfalls. Verdammt noch mal, massenhaft Leute haben an jenem Samstag geweint. Und in den Wochen darauf. Ja, Sie haben recht. Er verschlingt es geradezu.«

»Und Sie meinen, er wusste, was passieren würde? Wie eine Stechmücke, die Blut riecht?«

»Das kann ich nicht mit Bestimmtheit sagen«, meint Dan. »Leider nicht.«

»Wir wissen nur, dass er im betreffenden Jahr erst im Sommer bei KTVT angefangen hat«, sagt Brad. »Viel mehr konnte ich nicht herausfinden, aber immerhin das. Aus einem Internetartikel über die Geschichte des Senders. Und im Frühjahr 1964 war er schon wieder weg.«

»Das nächste Mal taucht er in Detroit auf, jedenfalls, soweit ich weiß«, sagt Dan. »Im Jahre 1967. Bei den Rassenunruhen, die man damals als Detroit Rebellion oder 12th Street Riot bezeichnet hat. Angefangen haben sie, als die Polizei in einer Kneipe ohne Ausschankgenehmigung, einem sogenannten *Blind Pig*, eine Razzia durchgeführt hat, und dann haben sie sich auf die gesamte Stadt ausgebreitet. Dreiundvierzig Tote, zwölfhundert Verletzte. Die Unruhen haben fünf Tage angedauert, und die ganze Zeit über waren sie in den Nachrichten das zentrale Thema. Das nächste Video stammt wieder von einem unabhängigen Sender, wurde aber von NBC übernommen und lief in den Abendnachrichten. Auf geht's, Brad!«

Vor einer brennenden Ladenfront steht ein Reporter und interviewt einen Schwarzen, dem das Blut am Gesicht herunterrinnt. Der Mann ist vor Kummer kaum verständlich. Er erzählt, dass seine chemische Reinigung ein paar Häuser weiter gerade abbrennt und er keine Ahnung hat, wo seine Frau und seine Tochter stecken. Offenbar sind die beiden in dem Chaos verschwunden, das die ganze Stadt erfasst hat. »Ich habe alles verloren«, sagt er. *»Alles.«*

Und der Reporter, der sich diesmal Jim Avery nennt? Der ist eindeutig ein echter Provinzjournalist. Stämmiger als »Paul Freeman«, ja geradezu dick, ziemlich klein (sein Gesprächspartner überragt ihn regelrecht) und zur Glatze neigend. Anderes Modell, dasselbe Muster. In dem dicken Gesicht verbirgt sich Chet Ondowsky. Außerdem Paul Freeman. Und Dave Van Pelt.

»Wie sind Sie nur darauf gekommen, Mr. Bell? Wie um Himmels willen …«

»Dan. Schon vergessen? Ich heiße Dan.«

»Wie konnten Sie erkennen, dass diese Ähnlichkeit nicht nur eine Ähnlichkeit ist?«

Dan und sein Enkel sehen sich an und tauschen ein Lächeln. Als Holly das kurze Zwischenspiel beobachtet, denkt sie wieder: unterschiedliches Modell, gleiches Muster.

»Ihnen sind doch die Bilder im Flur aufgefallen, nicht wahr?«, sagt Brad. »Das war der Nebenjob von Grampa, als er bei der Polizei war. Er war ein Naturtalent.«

Wieder fällt ein Groschen. Holly wendet sich an Dan. »Sie waren Phantombildzeichner. Das war Ihr zweiter Polizeijob!«

»Richtig, wobei ich allerdings nicht einfach nur gezeichnet habe. Und ich war nicht etwa Karikaturist. Ich habe *Porträts* geschaffen.« Er überlegt einen Moment lang. »Sie haben doch bestimmt manche Leute sagen hören, dass sie ein Gesicht, das sie einmal gesehen haben, nie vergessen, oder? Meistens ist das übertrieben oder schlicht gelogen. Bei mir nicht.« Das sagt der alte Mann ganz nüchtern. Wenn es ein Talent ist, denkt Holly, dann ist es so alt wie er selbst. Vielleicht hat es ihn früher verblüfft; jetzt nimmt er es als selbstverständlich hin.

»Ich habe ihn bei der Arbeit gesehen«, sagt Brad. »Wenn er keine Arthritis in den Händen hätte, könnte er sich zur Wand drehen und Sie in zwanzig Minuten zeichnen, Holly, und jedes kleine Detail würde stimmen. Die Bilder im Flur? Das sind alles Leute, die aufgrund von Grampas Porträts verhaftet wurden.«

»Trotzdem ...«, setzt Holly zweifelnd an.

»Sich an Gesichter zu erinnern ist nur ein Teil davon«, sagt Dan. »Das nützt nichts, wenn es darum geht, das Porträt eines Straftäters zu erstellen, weil *ich* ja nicht derjenige bin, der ihn gesehen hat. Verstehen Sie, was ich meine?«

»Ja«, sagt Holly. Das Thema interessiert sie nicht nur, weil der alte Mann Ondowsky in seinen vielen unterschiedlichen

Gestalten identifiziert hat. In ihrem Beruf als Ermittlerin lernt sie schließlich immer noch dazu.

»Ein Augenzeuge kommt aufs Polizeirevier. In manchen Fällen – zum Beispiel bei einem Raubüberfall – erscheinen mehrere Augenzeugen. Sie beschreiben den Täter. Allerdings ist das so wie in der Geschichte von den Blinden und dem Elefanten. Kennen Sie die?«

Das tut Holly. Der Blinde, der den Schwanz betastet, sagt, es sei eine Ranke. Derjenige, der den Rüssel anfasst, meint, es handle sich um eine Pythonschlange. Und der, der ein Bein umarmt, ist sich sicher, dass es sich um den Stamm einer großen, alten Palme handelt. Schließlich prügeln sich die Blinden darum, wer recht hat.

»Jeder Zeuge sieht den Täter auf leicht unterschiedliche Weise«, sagt Dan. »Und wenn es nur einen Zeugen gibt, dann sieht er ihn an verschiedenen Tagen auf unterschiedliche Weise. Nein, nein, sagt er, da hab ich mich geirrt, das Gesicht ist zu feist. Oder es ist zu hager. Er hatte einen Kinnbart. Nein, es war ein Schnurrbart. Die Augen waren blau. Nein, jetzt hab ich die Sache überschlafen, und ich glaube, in Wirklichkeit waren sie grau.«

Dan Bell nimmt einen weiteren tiefen Atemzug O_2. Er sieht immer erschöpfter aus. Bis auf die Augen in ihren violetten Höhlen. Die sind wach. Konzentriert. Holly denkt, wenn das Ondowsky-Ding diese Augen sehen würde, bekäme es vermutlich Angst. Vielleicht würde es sie zudrücken wollen, bevor sie zu viel gesehen hätten.

»Meine Aufgabe war es, über diese ganzen Variationen hinwegzublicken und die Ähnlichkeiten zu sehen. Das ist die wahre Begabung, die ich in meine Bilder gesteckt habe. Auch in meine ersten Zeichnungen von diesem Kerl. Sehen Sie mal!«

Aus der Tasche an der Seite seines Rollstuhls zieht er eine kleine Mappe und reicht sie Holly. Darin befindet sich ein halbes Dutzend dünne Zeichenblätter, die vom Alter bereits brüchig sind. Auf jedem ist eine unterschiedliche Version von Charles »Chet« Ondowsky zu sehen. Die Bilder sind nicht so detailliert wie die Schurkengalerie im Flur unten, aber doch außerordentlich. Auf den ersten dreien sind Paul Freeman, Dave Van Pelt und Jim Avery abgebildet.

»Haben Sie die alle aus dem Gedächtnis gezeichnet?«, fragt Holly.

»Ja«, sagt Dan, wieder überhaupt nicht prahlerisch, sondern nüchtern. »Die ersten drei sind entstanden, nachdem ich Avery gesehen hatte. Im Sommer siebenundsechzig. Ich habe Fotokopien davon gemacht, aber das sind die Originale.«

»Bedenken Sie den Zeitrahmen, Holly«, sagt Brad. »Als Grampa die Männer im Fernsehen gesehen hat, gab es noch keine Video- oder Festplattenrekorder und auch kein Internet. Normale Zuschauer haben gesehen, was sie gesehen haben, und dann war es weg. Daher musste Grampa sich auf seine Erinnerung verlassen.«

»Und die anderen hier?« Sie breitet die drei Blätter wie einen Fächer Spielkarten aus. Gesichter mit unterschiedlichem Haaransatz, unterschiedlichen Augen und Mündern, unterschiedlichen Falten, von unterschiedlichem Alter. Alles verschiedene Modelle nach demselben Muster. Alles Ondowsky. Das erkennt sie, weil sie den sprichwörtlichen Elefanten gesehen hat. Dass Dan Bell den damals schon gesehen hat, ist erstaunlich. Eigentlich sogar genial.

Er deutet nacheinander auf die Zeichnungen in ihrer Hand. »Das da ist Reginald Holder. Er hat aus Westfield in New Jersey berichtet, nachdem John List seine gesamte Familie ermordet hatte. Hat schluchzende Freunde und Nachbarn interviewt. Der Nächste ist Harry Vail, der von der California State University in Fullerton berichtet hat, nachdem ein Hausmeister namens Edward Allaway sechs Menschen erschossen hatte. Noch bevor das Blut trocken war, befand Vail sich bereits am Tatort und hat Überlebende interviewt. Bei dem Letzten da fällt mir gerade der Namen nicht …«

»Das ist Fred Liebermanenbach«, sagt Brad. »Korrespondent bei WKS in Chicago. Er hat über die Paracetamol-Vergiftungen 1982 berichtet, denen letztlich sieben Menschen zum Opfer fielen. Hat mit trauernden Angehörigen gesprochen. Ich habe die ganzen Videoclips, falls Sie die sehen wollen.«

»Er gibt sogar haufenweise weitere Videos. Wir haben nämlich insgesamt siebzehn unterschiedliche Versionen von Ihrem Chet Ondowsky aufgespürt«, sagt Dan.

»*Siebzehn?*« Holly ist völlig perplex.

»Und das sind nur die, über die wir Bescheid wissen. Nicht nötig, das ganze Zeug anzuschauen. Legen Sie einfach die ersten drei Zeichnungen übereinander und halten Sie sie vor den Fernseher, Holly. Das ist zwar kein Leuchttisch, sollte aber ausreichen.«

Schon bevor sie die Bilder vor den blauen Bildschirm hält, weiß sie, was sie sehen wird. Es ist ein einziges Gesicht.

Das von Ondowsky.

Von einem Outsider.

12

Beim Hinuntergehen sitzt Dan Bell nicht etwa auf dem Treppenlift; er hängt geradezu darauf. Offensichtlich ist er nicht mehr nur schlapp, sondern völlig hinüber. Holly würde ihn wirklich lieber nicht mehr strapazieren, aber das wird nötig sein.

Auch Dan Bell weiß, dass noch nicht alles erledigt ist. Er bittet Brad, ihm einen Schluck Whiskey zu bringen.

»Grampa, der Arzt hat gesagt …«

»Scheiß auf den Arzt und seine guten Ratschläge«, sagt Dan. »Es wird mich aufmuntern. Wir bringen das hier zu Ende. Du zeigst Holly jetzt das letzte ... Ding ... und dann lege ich mich hin. Letzte Nacht hab ich durchgeschlafen, und das wird bestimmt auch heute wieder so sein. Mir ist eine solche Last von den Schultern gefallen!«

Aber jetzt liegt die auf meinen, denkt Holly. Wenn nur Ralph hier wäre. Oder am allerliebsten Bill.

Brad bringt seinem Großvater ein altes Glas mit Familie-Feuerstein-Aufdruck, in dem der Whiskey kaum den Boden bedeckt. Dan wirft einen säuerlichen Blick darauf, nimmt es jedoch ohne Kommentar entgegen. Aus der Seitentasche seines Rollstuhls fischt er ein Pillendöschen mit einem geriatriefreundlichen Schraubverschluss. Als er eine Tablette herausschüttelt, fallen mehrere auf den Boden.

»Mist«, sagt der alte Mann. »Heb die Dinger auf, Brad!«

»Das mache ich schon«, sagt Holly und tut es. Inzwischen steckt Dan sich die Tablette in den Mund und spült sie mit dem Whiskey hinunter.

»Jetzt ist mir endgültig klar, dass das keine gute Idee war, Grampa«, sagt Brad gereizt.

»Bei meiner Beerdigung soll niemand sagen können, ich wäre jung und dumm gestorben«, erwidert Dan. In seine Wangen ist etwas Farbe zurückgekehrt, und er sitzt wieder aufrecht da. »Holly, mir bleiben vielleicht zwanzig Minuten, bis die Wirkung von dem winzigen Schluck Whiskey nachlässt. Höchstens eine halbe Stunde. Ich weiß, dass Sie noch viele Fragen haben, und wir müssen uns noch ein Video anschauen, aber versuchen wir, es kurz zu machen.«

»Joel Lieberman«, sagt Holly. »Der Psychiater, den Sie ab 2018 in Boston konsultiert haben.«

»Was ist mit dem?«

»Sie sind doch nicht zu ihm gegangen, weil Sie dachten, Sie wären verrückt, oder?«

»Natürlich nicht. Ich habe mich aus demselben Grund an ihn gewandt, aus dem Sie wahrscheinlich zu Carl Morton gegangen sind, mit seinen ganzen Büchern und Vorträgen über Leute mit merkwürdigen Neurosen. Ich habe es getan, um jemand, der fürs Zuhören bezahlt wird, alles zu erzählen, was ich weiß. Und um über ihn an jemand zu kommen, der auch Gründe hat, das Unglaubliche zu glauben. Das heißt, ich habe nach Ihnen gesucht, Holly. So wie Sie nach mir gesucht haben.«

Ja, das stimmt, denkt Holly. Trotzdem ist es ein Wunder, dass wir uns gefunden haben. Oder das Schicksal ist dafür verantwortlich. Oder Gott.

»Obwohl Morton in seinem Aufsatz alle Namen und Orte verändert hat, hatte Brad keinerlei Probleme, Sie aufzuspüren. Übrigens hat das Ding, das sich Ondowsky nennt, nicht über die Ereignisse in jener Höhle in Texas berichtet. Wir haben uns sämtliche Reportagen angesehen.«

»Mein Outsider ist auf keinem Foto und keiner einzigen Filmaufnahme aufgetaucht«, sagt Holly. »Es gab eine Aufnahme, auf der er in der Menschenmenge hätte stehen sollen, aber da war er nicht.« Sie tippt auf die Zeichnungen von Ondowsky in seinen verschiedenen Verkleidungen. »*Dieser* Outsider ist hingegen ständig im Fernsehen.«

»Dann müssen sich die beiden unterscheiden«, sagt der alte Mann achselzuckend. »So wie sich Hauskatze und Luchs unterscheiden, aber doch ähnlich sind – selbes Muster, unterschiedliche Modelle. Was Sie angeht, Holly, so wurden Sie in den Medienberichten kaum je erwähnt, und mit Namen schon gar nicht. Nur als Privatperson, die bei den Ermittlungen geholfen hat.«

»Ich habe darum gebeten, mich aus der Sache herauszuhalten«, murmelt Holly.

»Inzwischen hatte ich aber in den Aufsätzen von Dr. Morton von Carolyn H. erfahren. Ich habe versucht, über Dr. Lieberman

Kontakt zu Ihnen zu bekommen – bin nach Boston gefahren, um ihn zu konsultieren, was nicht gerade einfach für mich war. Aber eines wusste ich: Selbst wenn Sie Ondowsky nicht als das erkannt hätten, was er war, würden Sie gute Gründe haben, meine Geschichte zu glauben, sobald Sie die hören. Daraufhin hat Lieberman bei Morton angerufen, und hier sind Sie nun.«

Eines beunruhigt Holly noch, und zwar gewaltig. »Aber wieso gerade jetzt?«, fragt sie. »Schließlich wissen Sie schon seit Jahren von dem Ding, Sie *jagen* es geradezu …«

»Gejagt haben wir es nicht«, sagt Dan. »Wir haben es eher im Blick behalten. Seit etwa 2005 recherchiert Brad im Internet. Bei jeder Tragödie, bei jedem Amoklauf mit vielen Toten fahnden wir nach ihm. Nicht wahr, Brad?«

»Ja«, sagt Brad. »Er ist nicht immer da; zum Beispiel war er nicht in Sandy Hook oder in Las Vegas, wo Stephen Paddock die ganzen Konzertbesucher ermordet hat, aber 2016 hat er bei WFTV in Orlando gearbeitet. Am Tag nach dem Massaker im Nachtclub Pulse hat er Überlebende interviewt. Er hat dabei diejenigen ausgewählt, die am stärksten mitgenommen waren, weil sie es direkt miterlebt oder Freunde verloren haben.«

Natürlich tut er das, denkt Holly. Natürlich. Der Kummer der Leute ist für ihn ein Leckerbissen.

»Dass er auch über den Nachtclub berichtet hat, wissen wir allerdings erst seit dem Anschlag auf die Schule letzte Woche mit Sicherheit«, sagt Brad. »Oder, Grampa?«

»Ja, das stimmt«, sagt Dan. »Obwohl wir uns ursprünglich natürlich alle Berichte über das Massaker im Pulse angeschaut haben.«

»Wie ist er Ihnen da denn entgangen?«, fragt Holly. »Das im Pulse ist doch erst vier Jahre her. Sie behaupten, nie ein Gesicht zu vergessen, und inzwischen kannten Sie das von Ondowsky bestens. Selbst mit den Veränderungen ist es immer dasselbe, ein Schweinsgesicht.«

Die beiden sehen sie mit identisch gerunzelter Stirn an, weshalb Holly ihnen von Bill Hodges' Ansicht erzählt, dass die meisten Leute entweder ein Schweinsgesicht oder ein Fuchsgesicht hätten. Bei allen Versionen von Ondowsky, die sie gerade gesehen hat, ist sein Gesicht gerundet. Manchmal ein bisschen, manchmal stark, aber es ist immer ein Schweinsgesicht.

Brad blickt weiterhin verwirrt drein, aber sein Großvater lächelt. »Das ist gut. Das gefällt mir. Wobei es Ausnahmen gibt, manche Leute haben ein …«

»Pferdegesicht«, beendet Holly den Satz.

»Genau das wollte ich sagen! Und manche haben ein Frettchengesicht … Wobei man wohl sagen könnte, dass Frettchen ein bisschen fuchsartig aussehen, nicht wahr? Jedenfalls trifft das auf Philip Hannigan zu …« Er hält kurz inne. »Genau. Und was *den* Aspekt angeht, hat er bestimmt immer ein Fuchsgesicht.«

»Ich verstehe nicht, was Sie meinen.«

»Das wird sich gleich ändern«, sagt Dan. »Zeig ihr jetzt das Video vom Pulse, Brad!«

Brad startet den Clip und dreht Holly dann das iPad-Display hin. Wieder sieht man einen Reporter, der Bericht erstattet, diesmal vor einer riesigen Menge von Blumen, herzförmigen Luftballons und Schildern mit Sprüchen wie MEHR LIEBE UND WENIGER HASS. Er interviewt einen schluchzenden jungen Mann, dessen Wangen entweder mit Schmutz oder Mascara befleckt sind. Holly hört nicht zu, und diesmal schreit sie nicht auf, weil sie nicht genügend Luft dafür hat. Der Reporter – Philip Hannigan – ist jung, blond, hager. Er sieht aus, als wäre er gleich nach der Highschool in seinen Beruf eingestiegen, und er hat ein Fuchsgesicht, wie Bill Hodges es genannt hätte. Er blickt seinen Gesprächspartner mit einem Ausdruck an, bei dem es sich um Betroffenheit … Empathie … Mitgefühl … oder um kaum verhüllte Gier handeln könnte.

»Anhalten!«, sagt Dan zu Brad. Und dann zu Holly: »Alles in Ordnung?«

»Das ist nicht Ondowsky«, flüstert sie. »Das ist *George*. Das ist der Mann, der die Bombe an die Schule geliefert hat.«

»Nur dass es *doch* Ondowsky ist«, sagt Dan in sanftem, ja beinahe gütigem Ton. »Wie ich Ihnen gesagt habe: Dieses Wesen hat nicht nur ein einziges Muster. Es hat zwei. *Mindestens.*«

13

Bevor Holly an Dan Bells Tür geklopft hat, hatte sie ihr Handy ausgeschaltet, und erst als sie wieder in ihrem Zimmer im Embassy Suites ist, denkt sie daran, es wieder einzuschalten. Ihre Gedanken wirbeln umher wie trockenes Laub im Wind. Als sie ihren Bericht an Ralph fortführen will, sieht sie auf dem Display, dass sie vier Textnachrichten, fünf verpasste Anrufe und fünf Mailbox-Nachrichten hat. Letztere stammen wie die verpassten Anrufe von ihrer Mutter. Die weiß zwar, wie man Textnachrichten schreibt – Holly hat es ihr gezeigt –, macht sich aber nicht die Mühe, welche zu verfassen, zumindest nicht beim Kontakt mit ihrer Tochter. Holly hat den Eindruck, dass ihre Mutter dieses Medium für unzureichend hält, wenn es darum geht, so richtig wirksam Schuldgefühle zu erzeugen.

Sie sieht sich zuerst die Textnachrichten an.

Pete: **Alles in Ordnung, H? Ich kümmre mich ums Büro, also tu, was du tun musst. Wenn du was brauchst, sags mir einfach!**

Darüber lächelt Holly.

Barbara: **Hab die Filme bekommen. Total interessant. Danke, kriegst sie bald zurück. ☺**

Jerome: **Hab vielleicht eine Spur zu dem braunen Labrador. In Parma Heights. Werds überprüfen. Wenn du was brauchst, bin auf meinem Handy erreichbar. Nur zu!**

Die letzte ist ebenfalls von Jerome: **Hollyberry.** ☺

Trotz allem, was sie in dem Haus an der Lafayette Street erfahren hat, muss sie lachen. Und sie bekommt feuchte Augen. All diese Menschen nehmen Anteil an ihr, und sie nimmt Anteil an ihnen. Es ist erstaunlich. Mühsam hält sie sich daran fest, während sie sich mit dem beschäftigt, was ihre Mutter auf der Mailbox hinterlassen hat. Wie die Nachrichten alle enden werden, weiß sie im Voraus.

»Holly, wo bist du denn? Ruf mich an.« Das ist die erste.

»Holly, ich muss mit dir über den Besuch bei deinem Onkel am Wochenende sprechen. Ruf mich an.« Die zweite.

»Wo steckst du eigentlich? Wieso ist dein Telefon ständig ausgeschaltet? Das ist wirklich rücksichtslos. Wenn es nun einen Notfall gibt? Ruf mich an!« Die dritte.

»Diese Frau vom Pflegeheim, Mrs. Braddock, ich war sowieso nicht begeistert von der, weil sie sich so wichtig genommen hat, die hat angerufen und gesagt, Onkel Henry wäre *total durcheinander!* Warum reagierst du nicht? Ruf mich an!« Eine Nummer vier mit Ausrufezeichen.

Die fünfte Nachricht ist die Einfachheit selbst: »Ruf mich an!«

Holly geht ins Badezimmer, öffnet ihren Kulturbeutel und nimmt eine Aspirin. Dann lässt sie sich auf die Knie nieder und legt die gefalteten Hände auf den Badewannenrand. »Lieber Gott, hier spricht Holly. Ich muss jetzt meine Mutter anrufen. Hilf mir, daran zu denken, dass ich für mich selbst eintreten kann, ohne fies und garstig zu werden und mich in einen Streit reinziehen zu lassen. Hilf mir, einen weiteren Tag ohne Zigaretten durchzustehen, ich vermisse das Rauchen nämlich immer noch, besonders in solchen Momenten. Bill vermisse ich auch immer noch, aber ich bin froh, dass Jerome und Barbara in meinem Leben sind. Und Pete, obwohl er manchmal ein bisschen schwer von Begriff ist.« Sie will schon aufstehen, kniet sich jedoch noch einmal hin. »Ralph vermisse ich auch, und ich hoffe, dass er mit seiner Frau und seinem Sohn einen schönen Urlaub verbringt.«

So gerüstet (hofft sie jedenfalls), ruft Holly ihre Mutter an. Hauptsächlich redet Charlotte. Dass Holly sich weigert, ihr zu sagen, wo sie sich aufhält, was sie gerade tut und wann sie wiederkommen wird, macht Charlotte ausgesprochen zornig. Hinter dem Zorn ist Furcht zu spüren, weil Holly entkommen ist. Holly hat jetzt ein eigenes Leben. Das hätte nicht passieren sollen.

»Egal was du gerade tust, du *musst* am Wochenende wieder da sein«, sagt Charlotte. »Wir müssen gemeinsam zu Henry fahren. Schließlich sind wir seine *Familie*. Außer uns hat er niemand.«

»Vielleicht geht das nicht, Mama.«

»Und warum? Ich will wissen warum!«

»Weil …« *Weil ich auf der Jagd bin.* Das hätte Bill gesagt. »Weil ich arbeiten muss.«

Charlotte beginnt zu weinen. In den vergangenen fünf Jahren war das immer ihr letztes Mittel, um Holly gefügig zu machen. Jetzt wirkt es zwar nicht mehr, aber es ist nach wie vor ihr Standardverhalten, und es tut weiterhin weh.

»Ich hab dich lieb, Mama«, sagt Holly und legt auf.

Stimmt das überhaupt? Ja. Verloren gegangen ist allerdings, dass Holly ihre Mutter *mag*, und wenn man jemand liebt, ohne ihn zu mögen, ist das wie eine Kette mit Handschellen an beiden Enden. Ob sie die Kette wohl zerreißen könnte? Oder die Handschellen abstreifen? Vielleicht. Über diese Möglichkeit hat sie mit Allie Winters oft gesprochen, vor allem nachdem ihre Mutter ihr – richtig stolz – erklärt hatte, sie habe Donald Trump gewählt (bäh!). Wird sie die

Handschellen abstreifen? Jetzt nicht, vielleicht nie. Als Holly aufgewachsen ist, hat ihre Mutter ihr beigebracht – geduldig, womöglich sogar mit guten Absichten –, sie wäre gedankenlos, hilflos, glücklos, achtlos. Kurz: mangelhaft. Das hat Holly dann auch geglaubt, bis sie auf Bill Hodges traf, der das Gegenteil dachte. Jetzt hat sie ein eigenes Leben, das meistens glücklich ist. Wenn sie mit ihrer Mutter brechen würde, würde das sie kleiner machen, als sie ist.

Ich will nicht kleiner sein, denkt Holly, während sie auf dem Bett in ihrem Hotelzimmer sitzt. In diese Schule bin ich viel zu lange gegangen. »Mit Zeugnis«, fügt sie laut hinzu.

Sie nimmt eine Cola aus dem kleinen Kühlschrank (pfeif auf das Koffein!). Dann öffnet sie endlich die Rekorder-App auf ihrem Handy und setzt den Bericht an Ralph fort. Dadurch bekommt sie einen klaren Kopf, genau wie dann, wenn sie zu jenem Gott betet, an den sie nicht ganz glauben kann. Als sie fertig ist, weiß sie, wie sie weiter vorgehen wird.

14

Aus dem Bericht von Holly Gibney an Detective Ralph Anderson:

Von nun an, Ralph, werde ich versuchen, mein Gespräch mit Dan und Brad Bell wörtlich wiederzugeben, während es mir frisch in Erinnerung ist. Ganz exakt wird es nicht sein, aber halbwegs. Ich hätte das Gespräch aufzeichnen sollen, aber daran habe ich überhaupt nicht gedacht. Muss immer noch viel über meinen Beruf lernen. Hoffentlich habe ich die Gelegenheit dazu.

Ich konnte sehen, dass Mr. Bell – der *alte* Mr. Bell – weitermachen wollte, aber sobald der kleine Schluck Whiskey seine Wirkung verloren hatte, konnte er das nicht mehr. Er hat gesagt, er muss sich erst mal hinlegen und ausruhen. Als Letztes hat er zu Brad etwas über irgendwelche Tonaufnahmen gesagt. Das habe ich in dem Moment nicht kapiert. Jetzt kapier ich es.

Bevor Brad seinen Großvater ins Schlafzimmer geschoben hat, hat er mir sein iPad gegeben und eine Diashow für mich aufgerufen. Während er fort war, habe ich mir die Fotos angeschaut, dann gleich noch mal, und ich habe sie immer noch angeschaut, als Brad wiedergekommen ist. Siebzehn Fotos, die alle von Videos aus dem Internet stammen und die Chet Ondowsky in seinen verschiedenen …

[Pause]

… seinen verschiedenen Inkarnationen zeigen, könnte man wohl sagen. Dazu ein achtzehntes. Das von Philip Hannigan, wie er vor vier Jahren vor dem Nachtclub Pulse stand. Ohne Schnurrbart, blonde statt dunkle Haare, jünger als auf dem Foto, das die Überwachungskamera von George in seiner falschen Botenuniform gemacht hat, aber die beiden waren trotzdem identisch. Dasselbe Gesicht, ein Fuchsgesicht. Aber nicht dasselbe wie das von Ondowsky. Der konnte das unmöglich sein.

Brad kam mit einer Flasche und zwei weiteren Familie-Feuerstein-Gläsern zurück. »Grampas Whiskey«, hat er gesagt. »Maker's Mark. Wollen Sie einen Schluck?« Als ich abgelehnt habe, hat er eine anständige Portion in eines von den Gläsern gegossen. »Tja, ich brauche jedenfalls was«, hat er erklärt. »Hat Grampa Ihnen gesagt, ich wär schwul? *Schrecklich* schwul?«

Das habe ich zugegeben, worauf Brad gelächelt hat.

»So fängt er jedes Gespräch über mich an«, meinte er. »Er will es gleich auf den Tisch legen, damit das sozusagen aktenkundig wird und um zu demonstrieren, dass es ihm nichts ausmacht. Aber natürlich macht es ihm was aus. Er hat mich gern, aber das ändert nichts daran.«

Als ich sagte, bei meiner Mutter hätte ich dasselbe Gefühl, hat er wieder gelächelt und gesagt, dann hätten wir ja was gemein. Was wohl stimmt.

Sein Großvater hätte schon immer Interesse an etwas gehabt, was er die *zweite Welt* nennt. An Geschichten über Telepathie, Geister, auf mysteriöse Weise verschwundene Objekte, Lichter am Himmel. »Manche Leute sammeln Briefmarken«, hat Brad gesagt. »Mein Grampa sammelt Geschichten über die zweite Welt. Ich hatte da meine Zweifel, bis ich das da gesehen habe.«

Er deutete auf das iPad, wo das Foto von George noch auf dem Display war. Von George, der mit seinem Paket voll Sprengstoff darauf wartete, ins Sekretariat der Schule gelassen zu werden.

»Jetzt könnte ich wohl an alles glauben, ob es nun fliegende Untertassen oder mörderische Clowns sind«, so Brad. »Weil es wirklich eine zweite Welt gibt. Die existiert, weil die Leute sich weigern, an ihre Existenz zu glauben.«

Ich weiß, dass das stimmt, Ralph. Und du weißt es auch. Nur dadurch konnte das Ding, das wir in Texas getötet haben, so lange überleben.

Ich hab Brad gebeten, mir zu erklären, wieso sein Großvater so lange gewartet hat, obwohl ich da schon so eine Ahnung hatte.

Zuerst, so Brad, hätte sein Großvater dieses Ding für im Grunde harmlos gehalten. Für eine Art exotisches Chamäleon, das entweder das letzte seiner Art oder eines der letzten war. Dass es sich von Trauer und Schmerzen nähre, sei zwar nicht nett, aber damit unterscheide es sich nicht so sehr von Maden, die von verwesendem Fleisch leben, oder von Aasgeiern, die totgefahrene Tiere fressen.

»Kojoten und Hyänen leben bekanntlich genauso«, hat Brad gesagt. »Die sind die Putzkolonne des Tierreichs. Und sind wir wirklich besser? Fahren die Leute nicht langsamer, wenn es auf dem Highway einen Unfall zu begaffen gibt? Das ist eigentlich nichts anderes.«

Ich würde bei so was immer wegschauen, habe ich gesagt. Und darum beten, dass die am Unfall Beteiligten wieder auf die Beine kommen.

Dann wäre ich definitiv eine Ausnahme, hat Brad gesagt. Die meisten Leute würden Schmerzen regelrecht genießen, solange es nicht die eigenen sind. »Horrorfilme sehen Sie sich dann wohl auch nicht an, oder?«, hat er gefragt.

Doch, das tue ich, Ralph, aber solche Filme sind Fantasie. Wenn der Regisseur *Schnitt* ruft, steht die junge Frau, der Jason oder Freddy gerade die Kehle aufgeschlitzt hat, vom Boden auf und holt sich einen Becher Kaffee. Obwohl ich nach dem, was ich gerade erlebe, wahrscheinlich …

[Pause]

Egal, ich habe keine Zeit, vom Thema abzuschweifen. Zurück zu dem, was Brad erzählt hat, nämlich: »Von jedem Video von Anschlägen oder Katastrophen, das wir gesammelt haben, gibt es ein paar Hundert weitere Versionen. Vielleicht sogar mehrere Tausend. Im Journalismus gilt die Maxime: Blutige Nachrichten lassen sich gut verkaufen. Was daran liegt, dass die Leute sich hauptsächlich für Berichte über negative Ereignisse interessieren. Über Morde. Explosionen. Autounfälle. Erdbeben. Tsunamis. So was gefällt den Leuten, und wenn es ein Handyvideo davon gibt, gefällt es ihnen noch mehr. Wie die Aufnahmen der Überwachungskameras vom Pulse, als Omar Mateen da gewütet hat. Die wurden millionenfach angeklickt. *Millionenfach!*«

Deshalb hat sein Großvater gedacht, dieses merkwürdige Wesen würde nur dasselbe tun wie die ganzen Leute, die sich die Nachrichten ansehen – sich an Tragödien weiden. Das Monster – als Outsider hat er es nicht bezeichnet – hätte dadurch einfach nur länger leben können. Das heißt, Mr. Bell hat sich lange damit zufriedengegeben, lediglich staunend zuzuschauen, bis er das Foto von dem Bombenleger an der Macready School gesehen hat. Da er sich so gut an Gesichter erinnern kann, wusste er, dass er vor gar nicht langer Zeit eine andere Version dieses Gesichts in Verbindung mit irgendeiner Gewalttat gesehen hatte. Worauf Brad weniger als eine Stunde gebraucht hat, um Philip Hannigan zu identifizieren.

»Bisher habe ich den Bombenleger von der Macready School drei weitere Male entdeckt«, hat Brad gesagt und mir Aufnahmen gezeigt, wo der Mann mit dem Fuchsgesicht – immer ein bisschen unterschiedlich, aber im Grunde doch immer George – von drei verschiedenen Tragödien berichtet hat. 2005 vom Hurrikan Katrina, 2004 von den Tornados in Illinois und 2001 vom World Trade Center. »Bestimmt gibt es noch mehr Videos«, hat Brad gesagt, »aber ich hatte nicht genug Zeit, sie aufzuspüren.«

»Vielleicht ist es doch jemand anderes«, habe ich eingewandt. »Eine andere Kreatur als Ondowsky, meine ich.« Ich dachte, wenn es zwei gibt – Ondowsky und den, den wir in Texas zur Strecke gebracht haben –, könnte es genauso gut drei von der Sorte geben. Oder vier. Oder ein Dutzend. Dabei habe ich mich an eine Reportage über vom Aussterben bedrohte Tiere erinnert. Da hieß es, auf der Welt würde es nur noch sechzig Spitzmaulnashörner und siebzig Amurleoparden geben, aber das sind ja wesentlich mehr als drei.

»Nein«, hat Brad gesagt. »Es ist derselbe.«

Ich hab ihn gefragt, wie er sich da so sicher sein kann.

»Grampa hat für die Polizei immer Phantombilder gezeichnet«, hat er gesagt. »Ich dagegen führe für die Polizei gelegentlich gerichtlich verfügte Lauschangriffe durch, und einige Male habe ich VEs verkabelt. Sie wissen doch, was diese Abkürzung bedeutet, oder?«

Natürlich weiß ich das. Verdeckte Ermittler.

»Da kommen keine Mikrofone mehr unters Hemd«, hat Brad erklärt. »Heutzutage verwenden wir falsche Manschetten-

oder Hemdknöpfe. Einmal habe ich ein Mikrofon in das B auf einer Red-Sox-Mütze eingebaut. Wanzen statt Läuse, haben wir gescherzt. Aber so was ist nur ein Teil von meinem Job. Sehen Sie sich mal das hier an.«

Er rückte seinen Stuhl neben meinen, damit wir sein iPad zu zweit im Blick hatten. Dann hat er eine App namens VocaKnow aufgerufen. Sie enthielt mehrere Dateien, eine davon mit dem Titel *Paul Freeman*. Du wirst dich vielleicht daran erinnern, dass das die Version von Ondowsky war, die über das Flugzeugunglück von 1960 berichtet hat.

Als Brad auf *Play* getippt hat, habe ich die Stimme von Freeman gehört, nur deutlicher und klarer als auf dem Video. Brad hat gesagt, er hätte die Audiospur so bearbeitet, dass die Hintergrundgeräusche herausgefiltert sind. Was er als Säubern bezeichnet hat. Die Stimme kam aus dem Lautsprecher des iPads, und außerdem konnte ich sie auf dem Display sehen, so wie man die Schallwellen unten auf dem Handy oder Tablet sehen kann, wenn man bei Sprachaufnahmen auf das kleine Mikrofonsymbol tippt. Brad hat das als Spektrogramm bezeichnet und erklärt, er sei amtlich anerkannter Audioforensiker. Er hat schon bei Gerichtsverhandlungen ausgesagt.

Siehst du die geheimnisvolle Kraft, die hier am Werk ist, Ralph? Ich sehe sie. Großvater und Enkel. Der eine kennt sich mit Gesichtern aus, der andere mit Stimmen. Ohne die beiden wäre dieses Ding, dieser Outsider, immer noch unsichtbar, weil es so unterschiedliche Gesichter trägt. Manche Leute würden das als reines Glück oder als Zufall bezeichnen, wie wenn man zufällig den Hauptgewinn im Lotto zieht, aber das glaube ich nicht. Ich kann es nicht glauben, und ich will es nicht.

Brad hat den Bericht von Freeman auf Anfang gestellt. Dann hat er die Audiodatei mit Ondowskys Bericht von der Schule geöffnet und beides gleichzeitig laufen lassen. Die beiden Stimmen haben sich so überlappt, dass alles zu einem sinnlosen Geplapper wurde. Dann hat Brad den Ton abgestellt und die beiden Spektrogramme mit dem Finger voneinander getrennt, indem er das von Freeman in die obere Hälfte vom Bildschirm verschoben hat und das von Ondowsky in die untere.

»Sie sehen es, oder?«, hat er gesagt, und natürlich habe ich es gesehen. Es waren dieselben Spitzen und Täler, und das auch noch beinahe synchron. Es gab ein paar kleinere Unterschiede, aber im Grunde war es dieselbe Stimme, obwohl die Aufnahmen sechzig Jahre auseinanderliegen. Ich hab Brad gefragt, wieso die beiden Wellenformen so ähnlich aussehen, obwohl Freeman und Ondowsky doch etwas ganz Unterschiedliches sagen.

»Sein Gesicht und sein Körper mögen sich ändern, aber seine Stimme tut das nie«, sagte Brad. »Man spricht hier von stimmlicher Individualität. Er *versucht* zwar, seine Stimme zu verändern – manchmal erhöht er die Tonlage, manchmal senkt er sie, manchmal versucht er es sogar mit einem leichten Akzent –, aber dabei gibt er sich nicht besonders Mühe.«

»Weil er sich darauf verlässt, dass die physischen Veränderungen ausreichen«, habe ich gesagt. »Zusammen mit dem Ortswechsel.«

»Davon gehe ich aus«, hat Brad erwidert und dann gesagt: »Übrigens, noch etwas. Jeder Mensch hat eine individuelle Sprechweise, einen bestimmten Rhythmus, der von der Atmung bestimmt wird. Sehen Sie sich die Berge von Freemans Spektrogramm an. Da betont er bestimmte Wörter, und bei den Tälern holt er Luft. Und jetzt schauen Sie mal, wie das bei Ondowsky aussieht.«

Es war bei beiden dasselbe, Ralph.

»Ein letzter Punkt noch«, hat Brad gesagt. »Beide Stimmen machen vor bestimmten Wörtern eine kurze Pause, und zwar immer bei solchen, die einen Zischlaut beinhalten. Ich nehme an, dass dieses Ding irgendwann vor weiß Gott wie langer Zeit an diesen Stellen gelispelt hat, aber das geht bei einem Fernsehreporter natürlich nicht. Deshalb hat es sich beigebracht, das zu korrigieren, indem es mit der Zungenspitze immer kurz vorher den Gaumen berührt, um sie von den Zähnen wegzuhalten, denn wenn man die berührt, lispelt man. Die Unterbrechungen sind nur ganz kurz, aber doch zu erkennen. Hören Sie gut zu!«

Er hat mir eine Passage von Ondowsky bei seinem Bericht von der Schule vorgespielt, die Stelle, wo er »es haben sich schon Eltern versammelt« sagt.

Brad hat gefragt, ob ich es höre. Ich habe ihn gebeten, es mir noch einmal vorzuspielen, damit ich mich vergewissern kann, dass das, was ich gehört habe, nicht bloß Einbildung ist. Das war es nicht. Ondowsky sagt: »E...s haben – sich – schon Eltern ver...sammelt.«

Als Nächstes hat Brad mir einen Satz von Paul Freeman aus dem Bericht über das Flugzeugunglück vorgespielt. Freeman sagt: »Der bisher nicht identifizierte Junge befindet sich in dem Krankenwagen da.« Und ich habe es wieder gehört. Diese winzigen Unterbrechungen bei *bisher* und *identifizierte* und vor *sich*. Die Zunge, die den Gaumen berührt, um ein Lispeln zu vermeiden.

Dann hat Brad noch ein drittes Spektrogramm aufs Display geholt. Es war Philip Hannigan, wie er den jungen Mann aus dem Pulse interviewt hat, den mit der verschmierten Mascara auf den Wangen. Den konnte ich nicht hören, weil Brad seine Stimme zusammen mit den ganzen Hintergrundgeräuschen – Sirenen, Rufe – herausgefiltert hatte. Es war nur Hannigan, nur *George,* und zwar so, als wäre er bei uns im Zimmer: »Was ist da drin passiert, Rodney? Und wie sind Sie entkommen?«

Das hat Brad mir dreimal vorgespielt. Die Berge und Täler auf dem Spektrogramm haben zu denen oberhalb davon gepasst, denen von Freeman und Ondowsky. Das war der technische Nachweis, Ralph, und der war interessant, aber was mich wirklich so geschockt hat, dass mir ganz kalt wurde, waren die winzigen Pausen. Immer ganz kurz, nur etwas länger bei dem Wörtchen *ist,* weil das für Lispler wohl besonders schwierig auszusprechen ist.

Brad hat gefragt, ob ich jetzt überzeugt bin, was ich bejaht habe. Niemand, der nicht dasselbe durchgemacht hat wie wir beide, hätte das ausgereicht, aber mir natürlich schon. Das Ding ist nicht dasselbe wie unser Outsider, der während seiner Umwandlungsphase quasi einen Winterschlaf abhalten musste und auf Videos nicht sichtbar war, aber es ist eindeutig mit ihm verwandt. Es gibt so vieles, was wir über diese Wesen nicht wissen und wahrscheinlich auch nie wissen werden.

Jetzt muss ich aufhören, Ralph. Ich habe heute bisher nur einen Bagel, ein Chicken-Sandwich und ein kleines Stück von einem süßen Teilchen gegessen, und wenn ich nicht bald was zu mir nehme, kippe ich wahrscheinlich um.

Weiteres folgt.

15

Holly bestellt sich telefonisch etwas bei Domino's – eine kleine vegetarische Pizza und eine große Cola. Als der junge Lieferant auftaucht, gibt sie ihm Trinkgeld nach der Faustregel von Bill Hodges: fünfzehn Prozent von der Rechnungssumme drauf, wenn der Service anständig ist, bei gutem Service sogar zwanzig Prozent. Da der junge Mann schnell war, erhält er den vollen Aufpreis.

Sie setzt sich an das Tischchen am Fenster, futtert und sieht zu, wie die Dämmerung sich langsam über den Hotelparkplatz stiehlt. Da unten steht ein Weihnachtsbaum mit blinkenden Lichtern, aber Holly war noch nie in ihrem Leben weniger in weihnachtlicher Stimmung. Heute hat sie das Ding, hinter dem sie her ist, nur in Form von Bildern auf einem Fernsehbildschirm und von Spektrogrammen auf einem iPad gesehen. Morgen jedoch wird sie ihm, wenn alles so wie erhofft läuft (sie hegt Holly-Hoffnung), Auge in Auge gegenüberstehen. Das wird beängstigend sein.

Aber es muss sein, sie hat keine andere Wahl. Dan Bell ist zu alt, und Brad Bell hat zu viel Angst. Er hat sich strikt geweigert mitzumachen, obwohl Holly ihm erklärt hat, dass das, was sie in Pittsburgh vorhabe, ihn bestimmt nicht in Gefahr brächte.

»Woher wollen Sie das wissen?«, hat Brad gesagt. »Möglicherweise hat das Ding ja auch noch telepathische Fähigkeiten.«

»Ich stand doch schon mal einem gegenüber«, hat Holly erwidert. »Wenn es solche Fähigkeiten gehabt hätte, Brad, wäre ich tot und das Ding noch am Leben.«

»Ich komme trotzdem nicht mit«, hat Brad mit zitternden Lippen gesagt. »Mein Großvater braucht mich. Er hat ein sehr schwaches Herz. Haben Sie denn keine Freunde, die das tun könnten?«

Doch, die hat sie, und einer ist sogar ein sehr fähiger Polizist, aber selbst wenn Ralph gerade zu Hause in Oklahoma wäre – würde sie ihn in Gefahr bringen wollen? Er hat Familie, sie nicht. Und was Jerome angeht … nein. Auf gar keinen Fall. Der in Pittsburgh spielende Teil ihres aufkeimenden Plans dürfte eigentlich nicht gefährlich sein, aber Jerome würde dann auch anschließend dabei sein wollen, und da dürfte es in der Tat gefährlich werden. Schließlich wäre da noch ihr Geschäftspartner Pete, aber der besitzt leider keinerlei Fantasie. Er würde mitmachen, das Ganze aber als Witz behandeln, und wenn Chet Ondowsky etwas *nicht* ist, dann ein Witz.

Dan Bell hätte es eventuell mit diesem Gestaltwandler aufnehmen können, als er noch jünger war, aber damals hat er sich nun mal damit zufriedengegeben, einfach fasziniert zuzuschauen, wenn das Ding von Zeit zu Zeit wie in einer Katastrophenausgabe von *Wo ist Walter?* aufgetaucht ist. Vielleicht hat es ihm sogar irgendwie leidgetan. Mittlerweile hat sich die Lage jedoch geändert. Jetzt gibt sich das Ding nicht mehr damit zufrieden, sich an den Folgen von Tragödien zu weiden, indem es Kummer und Schmerzen verschlingt, bevor das Blut getrocknet ist.

Diesmal hat es das Blutbad selbst angerichtet, und wenn es erst mal damit davongekommen ist, wird es auch wieder zuschlagen. Das nächste Mal könnte die Zahl der Todesopfer wesentlich höher sein, aber das wird Holly nicht zulassen.

Als sie auf dem knauserigen Pseudoschreibtisch des Hotelzimmers ihren Laptop aufklappt, findet sie die versprochene E-Mail von Brad Bell vor.

Angehängt das, worum Sie gebeten haben. Bitte verwenden Sie das Material mit Bedacht, und bitte halten Sie uns heraus. Wir haben getan, was wir können.

Nein, denkt Holly, das habt ihr noch nicht ganz. Sie lädt den Anhang herunter und ruft bei Dan Bell an. Sie hätte erwartet, dass sich erst wieder Brad meldet, aber es ist der Alte, und er hört sich relativ erfrischt an. Um so etwas zu erreichen, ist eben nichts besser geeignet als ein Nickerchen. Holly genehmigt sich gern selbst eines, wann immer sich die Gelegenheit bietet, nur bietet sich die leider nicht mehr so oft, wie sie es gern hätte.

»Dan, hier ist Holly. Darf ich Ihnen noch eine Frage stellen?«

»Nur zu.«

»Wie gelangt er von einer Anstellung zur nächsten, ohne aufzufallen? Wir leben immerhin im Zeitalter der sozialen Medien. Ich kapier nicht, wie er das hinkriegt.«

Einige Sekunden lang hört sie nur das Geräusch von schwerem, von künstlichem Sauerstoff unterstütztem Atmen. Dann sagt der Alte: »Darüber haben wir uns unterhalten, Brad und ich. Wir haben gewisse Vermutungen. Er … *es* … Moment, Brad will an das verdammte Telefon.«

Holly hört Gesprächsfetzen, die sie nicht ganz versteht, aber sie merkt, worum es geht: Dan kann es nicht leiden, wenn man ihm das Heft aus der Hand nimmt. Dann ist Brad dran. »Sie wollen wissen, wie er es schafft, sich immer wieder einen Job beim Fernsehen zu besorgen?«

»Genau.«

»Das ist eine gute Frage. Eine sehr gute sogar. Auf jeden Fall denken wir, dass er sich jedes Mal hocharbeitet.«

»Inwiefern?«

»In größeren Städten gibt es immer mindestens einen lokalen Fernsehsender. Einen kleinen. Nicht an ein großes Network angegliedert. Miserable Bezahlung. Berichtet wird hauptsächlich über Lokales wie die Eröffnung einer neuen Brücke, Spendensammlungen und die letzte Stadtratssitzung. Bei so einem Sender steigt er ein, verbringt da ein paar Monate und bewirbt sich dann bei einem größeren Sender. Mit Demovideos von seinem bisherigen Job. Wer die sieht, merkt sofort, dass er gut ist. Ein echter Profi.« Brad stößt ein kurzes Lachen aus. »Muss er ja sein, oder? Schließlich tut er das schon seit mindestens sechzig Jahren, verdammt noch mal. Übung mach den Mei…«

Dan unterbricht ihn mit irgendeinem Hinweis. Brad erwidert, er werde es Holly sagen, aber damit will sie sich nicht begnügen. Mit einem Mal ist sie ungeduldig mit den beiden. Es war ein langer Tag.

»Stellen Sie das Telefon doch auf Lautsprecher, Brad«, sagt sie.

»Hm? Ach ja, klar, gute Idee.«

»Ich glaube, beim Radio war er auch!«, dröhnt Dan, als dächte er, sie müssten sich per Bindfadentelefon verständigen. Holly

zuckt zusammen und hält das Handy ein Stück vom Ohr weg.

»Grampa, du musst nicht so laut schreien!«

Dan senkt die Stimme, aber nur minimal. »Beim Radio, Holly! Schon bevor es das Fernsehen überhaupt gab! Und bevor das Radio erfunden wurde, hat er wahrscheinlich für Zeitungen über Blutvergießen und dergleichen berichtet! Weiß Gott, wie lange er – *es* – schon am Leben ist.«

»Außerdem muss er für seine Bewerbungen allerhand Empfehlungen haben, die ständig aktualisiert werden«, sagt Brad. »Wahrscheinlich schreibt die Version, die Sie George nennen, Empfehlungen für Ondowsky, und der schreibt welche für George. Verstehen Sie?«

Das tut Holly ... mehr oder weniger. Wobei ihr ein Witz einfällt, den Bill ihr einmal erzählt hat – über zwei auf einer einsamen Insel gestrandete Börsenmakler, die reich werden, indem sie sich gegenseitig ihre Klamotten verkaufen.

»Lass mich das erklären, verdammt noch mal!«, mischt Dan sich ein. »Schließlich kapier ich das genauso gut wie du, Bradley. Bin ja nicht dämlich.«

Brad seufzt. Mit Dan Bell zusammenzuleben ist bestimmt nicht leicht, denkt Holly. Allerdings ist es wahrscheinlich auch kein Zuckerschlecken, mit Brad Bell zusammenzuleben.

»Also, Holly«, fährt Dan fort. »Das funktioniert, weil bei großen Sendern immer viel Fluktuation herrscht. Manche steigen auf, andere steigen aus ... und er ist gut in seinem Job.«

»*Es*«, sagt nun Brad. »*Es* ist gut in seinem Job.«

Holly hört jemand husten, dann fordert Brad seinen Großvater auf, eine von seinen Tabletten zu nehmen.

»Menschenskind, hörst du jetzt endlich mal auf, dich wie ein altes Weib aufzuführen?«

Felix und Oscar, die sich über die Generationenkluft hinweg anbrüllen, denkt Holly. Für eine Sitcom bestens geeignet, aber ziemlich bekackt, wenn man alle Einzelheiten erst herauskitzeln muss.

»Dan? Brad? Würdet ihr bitte aufhören, wie …« *Wie die Gestörten rumzukeifen,* kommt es Holly in den Sinn, aber sie kann sich nicht recht überwinden, das auszusprechen, so gereizt sie auch ist. »Könntet ihr eure Debatte wohl für einen Moment unterbrechen?«

Dankenswerterweise verstummen die beiden.

»Ich verstehe, was Sie beide sagen, und es leuchtet mir so weit ein, aber was ist mit seinem Lebenslauf? Wo will er sein journalistisches Handwerkszeug vorgeblich gelernt haben? Will man das nicht von ihm wissen? Stellt man ihm dahingehend keine Fragen?«

»Wahrscheinlich erzählt er denen, dass er eine Weile was anderes gemacht und jetzt beschlossen hat, wieder einzusteigen«, antwortet Dan knurrig.

»Aber wissen tun wir das nicht«, meint Brad. Er klingt beleidigt, entweder weil er Hollys Frage nicht zu ihrer Befriedigung (oder zur eigenen) beantworten kann, oder weil es ihm stinkt, als altes Weib bezeichnet zu werden. »Allerdings gab's da mal einen jungen Mann in Colorado, der sich beinahe vier Jahre lang als Arzt ausgegeben hat. Hat Medikamente verschrieben und sogar Operationen gemacht. Vielleicht haben Sie das ja auch gelesen. Er war gerade mal siebzehn Jahre alt, sah aus wie fünfundzwanzig und hatte keinerlei Studienabschluss, schon gar nicht in Medizin. Wenn so jemand durch die Maschen schlüpfen kann, dann kann das dieser Outsider erst recht.«

»Bist du fertig?«, fragt Dan.

»Ja, Grampa.« Brad seufzt.

»Gut. Weil *ich* jetzt eine Frage habe. Werden Sie sich mit ihm treffen, Holly?«

»Ja.« Neben den Fotos hat Brad ihr einen Screenshot mit den Spektrogrammen von Freeman, Ondowsky und Philip

Hannigan – alias George der Bombenleger – geschickt. Soweit Holly das beurteilen kann, sehen alle drei identisch aus.

»Und wann?«

»Ich hoffe, morgen, und ich bitte Sie, darüber absolutes Stillschweigen zu bewahren. Kann ich mich darauf verlassen?«

»Das können Sie«, sagt Brad. »Natürlich. Oder nicht, Grampa?«

»Solange Sie uns auf dem Laufenden halten«, sagt Dan. »Soweit möglich jedenfalls. Ich war früher Cop, und Brad arbeitet für die Polizei. Wahrscheinlich müssen wir Ihnen nicht sagen, dass so ein Treffen gefährlich werden könnte. Dass es gefährlich sein *wird*.«

»Das ist mir klar«, sagt Holly leise. »Schließlich arbeite ich selbst mit einem früheren Polizisten zusammen.« Und vorher habe ich das mit einem noch fähigeren getan, denkt sie.

»Sie lassen Vorsicht walten, ja?«

»Ich werd's versuchen«, sagt Holly, weiß jedoch, dass irgendwann immer der Punkt kommt, wo es mit der Vorsicht vorbei ist. Jerome hat von einem Vogel gesprochen, der das Böse wie einen Virus verbreitet. Ganz zerzaust und eisig grau sei dieser Vogel. Wenn man ihn fangen und ihm den verflixten Hals umdrehen will, ist irgendwann Schluss mit der Vorsicht. Holly glaubt zwar nicht, dass es morgen schon so weit sein wird, aber doch bald.

Bald.

16

Jerome hat den Raum über der elterlichen Garage in ein Schreibzimmer verwandelt und nutzt es nun, um an seinem Buch über seinen Ururgroßvater Alton Robinson – alias Black Owl – zu arbeiten. Das tut er auch am Abend, als Barbara hereinkommt und fragt, ob sie störe. Jerome sagt, er könne eine Pause gebrauchen. Beide holen sich aus dem kleinen Kühlschrank unter der Dachschräge eine Cola.

»Wo ist sie?«, fragt Barbara.

Jerome seufzt. »Willst du denn gar nicht wissen, wie es mit dem Buch läuft? Und ob ich den braunen Labrador aufgespürt habe? Was mir übrigens gelungen ist. Er ist bei bester Gesundheit.«

»Schön für dich. Und wie läuft es mit dem Buch?«

»Bin schon bei Seite dreiundneunzig«, sagt er und bewegt wellenförmig die Hand durch die Luft. »Ich segle nur so dahin.«

»Das ist auch schön. Also, wo ist sie jetzt?«

Jerome nimmt sein Handy aus der Tasche und tippt auf eine App namens WebWatcher. »Sieh selbst!«

Barbara studiert das Display. »Der Flughafen von Portland? Von dem Portland in *Maine?* Was tut sie da?«

»Wieso rufst du sie nicht an und fragst sie?«, erwidert Jerome. »Erklär ihr einfach: Jerome hat heimlich einen Tracker auf deinem Handy installiert, Hollyberry, weil wir uns Sorgen um dich machen. Also, was hast du vor? Raus damit, meine Liebe! Meinst du, das würde ihr gefallen?«

»Red keinen Quatsch«, sagt Barbara. »Natürlich wär sie stinksauer. Schlimm genug, aber außerdem wär sie ziemlich verletzt, noch schlimmer. Und wir wissen ja auch so, worum es geht, oder nicht?«

Jerome hat vorgeschlagen – nur vorgeschlagen –, wenn Barbara sich in Hollys Wohnung die Filme für ihren Aufsatz abholt, könnte sie sich doch mal den Verlauf auf dem Computer dort anschauen. Falls das Passwort dafür dasselbe ist wie das für den im Büro.

Letzteres hat sich als korrekt herausgestellt, und obwohl Barbara sich zwar extrem fies und wie eine Stalkerin vorkam, als sie sich den Suchverlauf ihrer Freundin angesehen hat, hat sie es getan. Weil Holly sich nach ihrer Reise nach Oklahoma und dann nach Texas verändert hat, wo sie um ein Haar von einem verrückt gewordenen Cop namens Jack Hoskins erschossen worden wäre. Abgesehen davon ist dort aber offensichtlich wesentlich mehr passiert als das, was den beiden völlig klar ist, nur dass Holly sich geweigert hat, darüber zu sprechen. Zuerst schien das in Ordnung zu sein, weil der gequälte Blick nach und nach aus ihren Augen verschwunden ist. Sie ist wieder in ihren Normalzustand zurückgekehrt, jedenfalls nach ihren Maßstäben. Aber jetzt ist sie weg und tut etwas, worüber sie nicht sprechen wollte.

Deshalb hat Jerome beschlossen, Hollys jeweiligen Aufenthaltsort mit der WebWatcher-App zu verfolgen.

Und deshalb hat Barbara sich den Suchverlauf auf ihrem Computer angeschaut.

Den Holly – als vertrauensvolle Seele, die sie ist, zumindest gegenüber ihren Freunden – nicht gelöscht hatte.

Barbara hat entdeckt, dass Holly sich viele Trailer von aktuellen Filmen angeschaut und dass sie *Rotten Tomatoes,* die *Huffington Post* und mehrfach auch ein Datingportal namens *Hearts & Friends* aufgesucht hat (wer hätte das gedacht?), aber viele ihrer neueren Suchanfragen hatten mit dem Terroranschlag auf die Albert Macready Middle School zu tun. Gesucht hat sie auch nach Chet Ondowsky, seines Zeichens Fernsehreporter bei WPEN in Pittsburgh, nach einem Lokal namens Clauson's Diner in Pierre, Pennsylvania, und nach jemand namens Fred Finkel, der sich als Kameramann bei WPEN entpuppt hat.

Das alles hat Barbara ihrem Bruder berichtet und gefragt, ob er nicht auch glaube, dass Holly am Rand eines merkwürdigen Nervenzusammenbruchs stehe, ausgelöst durch den Bombenanschlag auf die Schule. »Vielleicht erinnert sie das daran, wie ihre Cousine Janey von Brady Hartsfield in die Luft gesprengt wurde.«

Aufgrund der Suchanfragen hat Jerome durchaus den Eindruck, dass Holly die Spur eines weiteren wirklich üblen Burschen aufgenommen hat, aber es gibt da etwas anderes, was ihm gleichermaßen plausibel vorkommt.

»Hearts and Friends«, sagt er jetzt zu seiner Schwester.

»Was soll damit sein?«

»Ist dir nicht der Gedanke gekommen, Holly könnte vielleicht – Achtung, nicht in Ohnmacht fallen! – einen Lover aufgegabelt haben? Oder sich wenigstens mit einem Typen treffen, mit dem sie E-Mails ausgetauscht hat?«

Barbara starrt ihn mit offenem Mund an. Beinahe lacht sie, aber dann doch nicht. »Hm«, macht sie stattdessen nur.

»Was willst du damit sagen?«, fragt Jerome. »Klär mich auf. Du hast doch allerhand Mädelszeit mit ihr ver…«

»Das ist sexistisch, J.«

Er ignoriert den Einwand. »Gibt es jemand männlichen Geschlechts, mit dem sie enger befreundet ist? Oder hat es wen gegeben?«

Darüber denkt Barbara sorgfältig nach. »Also, das glaube ich eigentlich nicht. Ich glaube, sie ist vielleicht sogar noch Jungfrau.«

Und wie steht es da mit dir, Barbara, denkt Jerome augenblicklich, aber manche Fragen sollten große Brüder ihren achtzehnjährigen Schwestern lieber nicht stellen.

»Dabei ist sie nicht etwa *lesbisch* oder so«, spricht Barbara hastig weiter. »Sie schaut sich alle Filme mit Josh Brolin an, und als wir vor ein, zwei Jahren oder so diesen hirnrissigen Haifilm gesehen haben, hat sie sogar *aufgestöhnt*, als sie

Jason Statham mit nacktem Oberkörper gesehen hat. Aber meinst du wirklich, sie würde für ein Date bis nach *Maine* fliegen?«

»Die Hinweise verdichten sich«, sagt er nach einem Blick auf sein Handy. »In Wirklichkeit ist sie gar nicht am Flughafen. Beim Reinzoomen sieht man, dass sie im Embassy Suites ist. Wahrscheinlich trinkt sie gerade Champagner mit einem Typen, der auf Frozen Daiquiris, Spaziergänge im Mondlicht und Gespräche über Filmklassiker steht.«

Barbara tut so, als wollte sie ihm einen Faustschlag ins Gesicht verpassen. Erst im letzten Moment öffnet sie die Hand.

»Hör mal«, sagt Jerome. »Ich glaube, wir sollten uns nicht weiter darum kümmern.«

»Echt jetzt?«

»Glaube ich, ja. Wir müssen uns klarmachen, dass sie Brady Hartsfield überlebt hat. *Zwei Mal* sogar. Und das, was da in Texas gelaufen ist, hat sie auch überstanden. Äußerlich ist sie vielleicht ein bisschen wackelig, aber tief im Innern … hart wie Stahl.«

»Stimmt«, sagt Barbara. »Drum bin ich mir auch so fies vorgekommen, als ich mir ihren Suchverlauf angeschaut hab.«

»Und ich komme mir *dabei* fies vor«, sagt er und tippt auf den blinkenden Punkt auf seinem Handy, der das Embassy Suites kennzeichnet. »Ich schlaf mal drüber, und wenn ich morgen früh noch denselben Eindruck hab, beschäftige ich mich nicht weiter damit. Sie ist eine tolle Frau. Eine tapfere. Wenn auch einsam.«

»Und ihre Mutter ist ein echtes Ekel«, fügt Barbara hinzu.

Dem widerspricht Jerome nicht. »Vielleicht sollten wir sie einfach in Ruhe lassen. Damit sie allein damit fertigwerden kann, was immer es auch ist.«

»Ja, das sollten wir vielleicht«, sagt Barbara, blickt jedoch unzufrieden drein.

Jerome beugt sich vor. »Eins kann ich mit Sicherheit sagen, Barb. Sie wird nie rausfinden, dass wir ihr hinterherspioniert haben. Oder?«

»Nein, nie«, sagt Barbara. »Und dass ich mir ihre Suchanfragen angeschaut hab, auch nicht.«

»Gut. Dann ist das ja geklärt. Kann ich mich jetzt wieder an die Arbeit machen? Ich will noch zwei Seiten hinkriegen, bevor ich Feierabend mache.«

17

Holly denkt noch nicht einmal daran, Feierabend zu machen. Vielmehr fängt sie mit der eigentlichen Arbeit gerade erst richtig an. Sie überlegt, ob sie sich zuerst für ein weiteres Kurzgebet hinknien sollte, gelangt dann jedoch zu der Einschätzung, dass sie die Dinge damit nur aufschieben würde, und erinnert sich, dass Gott denen hilft, die sich selbst helfen.

Chet Ondowskys Rubrik *Verbraucher wenden sich an Chet* hat eine eigene Website, auf der eine kostenlose Nummer für Leute angegeben ist, die meinen, aufs Kreuz gelegt worden zu sein. Das betreffende Telefon ist rund um die Uhr besetzt, und auf der Website wird behauptet, man behandle sämtliche Anrufe absolut vertraulich.

Holly holt tief Luft und wählt die Nummer. Es läutet nur ein einziges Mal. »*Verbraucher wenden sich an Chet.* Sie sprechen mit Monica, was kann ich für Sie tun?«

»Monica, ich muss unbedingt Mr. Ondowsky sprechen. Es ist wirklich dringend.«

Die Frau antwortet ruhig und ohne jedes Zögern. Bestimmt hat sie auf ihrem Bildschirm eine Reihe Anweisungen samt allen möglichen Variationen. »Es tut mir leid, Ma'am, aber

Chet hat heute entweder schon Feierabend gemacht oder ist für den Sender unterwegs. Bitte sagen Sie mir, wie er Sie erreichen kann, dann gebe ich das weiter. Hilfreich wären außerdem ein paar Angaben, worum es bei Ihrer Verbraucherbeschwerde geht.«

»Es ist eigentlich keine richtige Verbraucherbeschwerde«, sagt Holly. »Eher geht es darum, was *er* verbraucht. Sagen Sie ihm das bitte, ja?«

»Ma'am?« Monica ist eindeutig verwirrt.

»Ich muss ihn noch heute Abend sprechen, und zwar vor einundzwanzig Uhr. Sagen Sie ihm, dass es um Paul Freeman und das Flugzeugunglück geht. Notieren Sie das bitte?«

»Gern, Ma'am.« Holly hört das Klicken und Klacken der Tastatur.

»Und sagen Sie ihm, dass es auch um Dave Van Pelt in Dallas und um Jim Avery in Detroit geht. Und außerdem – das ist sehr wichtig – um Philip Hannigan und den Nachtclub Pulse.«

Das schreckt Monica aus ihrem abgeklärten Zustand. »Ist das nicht der Club, wo dieser …«

»Ja, genau«, sagt Holly. »Sagen Sie ihm, er soll mich bis einundzwanzig Uhr anrufen, sonst übergebe ich meine Informationen anderweitig. Und vergessen Sie nicht, dass es nicht um Verbraucher geht, sondern darum, was er selbst verbraucht. Er wird schon wissen, was das bedeutet.«

»Tja, Ma'am, ich kann die Nachricht zwar weitergeben, aber ich kann nicht garantieren …«

»Wenn Sie die weitergeben, wird er mich zurückrufen«, sagt Holly und hofft, recht zu behalten. Über einen Plan B verfügt sie nämlich nicht.

»Ich brauche Ihre Kontaktdaten, Ma'am.«

»Meine Nummer haben Sie ja auf dem Bildschirm«, sagt Holly. »Und meinen Namen werde ich dann Mr. Ondowsky nennen. Ich wünsche Ihnen einen schönen Abend.«

Holly legt auf, wischt sich den Schweiß von der Stirn und wirft einen Blick auf ihre Fitbit. Ihre Herzfrequenz beträgt 89. Nicht schlecht. Es gab Zeiten, da wäre ihr Puls durch einen solchen Anruf auf über 150 geschnellt. Sie sieht auf die Uhr. Viertel vor sieben. Sie nimmt ihr Buch aus der Reisetasche, legt es aber sofort wieder zurück. Zum Lesen ist sie zu angespannt. Daher geht sie erst mal nur im Zimmer umher.

Um Viertel vor acht steht sie ohne Bluse im Bad, um sich unter den Achseln zu waschen (Deo verwendet sie nicht; zwar sei Aluminiumhydroxychlorid angeblich ungefährlich, aber sie hat da ihre Zweifel), als ihr Telefon läutet. Sie atmet zweimal tief durch, sendet ein Stoßgebet nach oben – *lieber Gott, hilf mir, das nicht zu verkacken* – und hebt ab.

18

Auf dem Display ihres Handys steht **Unbekannt**. Das überrascht Holly nicht. Offenbar ruft er mit seinem privaten Handy oder einem für solche Zwecke reservierten Gerät an.

»Hier ist Chet Ondowsky, mit wem spreche ich?« Die Stimme ist ruhig, freundlich und kontrolliert. Die Stimme eines erfahrenen Fernsehreporters.

»Mein Name ist Holly. Mehr müssen Sie vorläufig nicht wissen.« Holly findet, dass sie bisher ganz gut klingt. Sie drückt auf ihre Fitbit. Ihr Puls liegt bei 98.

»Und worum geht es, Holly?« Interessiert. Vertrauenswürdig. Das ist nicht der Mann, der über den blutigen Horror in Pineborough berichtet hat, es ist Chet der Verbraucherschützer, der wissen will, wie man von dem Kerl, der einem die Einfahrt gepflastert hat, preislich hereingelegt wurde oder wie viel einem der Energieversorger für nicht verbrauchte Kilowatt berechnet hat.

»Das wissen Sie vermutlich bereits, aber gehen wir auf Nummer sicher«, sagt sie. »Ich werde Ihnen ein paar Fotos schicken. Sagen Sie mir Ihre E-Mail-Adresse.«

»Wenn Sie auf der Website von *Verbraucher wenden sich an Chet* nachschauen, Holly, finden Sie …«

»Ihre *persönliche* E-Mail-Adresse. Weil Sie bestimmt nicht wollen, dass das sonst noch jemand sieht. Wirklich nicht, glauben Sie mir.«

Die entstehende Pause ist so lang, dass Holly schon meint, er hätte aufgelegt, aber dann nennt er ihr die Adresse. Sie notiert sie auf dem vom Hotel zur Verfügung gestellten Notizblock.

»Ich schicke Ihnen die Sachen sofort«, sagt sie. »Sehen Sie sich vor allem die Spektrogrammanalyse und das Foto von Philip Hannigan an. Rufen Sie mich dann in einer Viertelstunde zurück.«

»Holly, das ist ausgesprochen ungewöhn…«

»Weil *Sie* ausgesprochen ungewöhnlich sind, Mr. Ondowsky. Oder nicht? Rufen Sie mich in fünfzehn Minuten wieder an, sonst mache ich publik, was ich weiß. Die Zeit läuft, sobald ich meine E-Mail abgeschickt habe.«

»Holly …«

Sie legt auf, lässt das Telefon auf den Badvorleger fallen und beugt sich nach unten, den Kopf zwischen den Knien und das Gesicht in den Händen. Fall nicht in Ohnmacht, befiehlt sie sich. Bloß nicht, verflixt noch mal!

Als sie sich wieder erholt hat – so weit, wie das unter diesen außerordentlich stressigen Umständen möglich ist –, klappt sie ihren Laptop auf und schickt das Material ab, das sie von Brad Bell erhalten hat. Eine Nachricht fügt sie gar nicht erst hinzu. Die Fotos *sind* die Nachricht.

Dann wartet sie.

Elf Minuten später leuchtet das Display ihres Handys auf. Sie greift sofort danach, lässt es jedoch viermal läuten, bevor sie den Anruf annimmt.

Er macht sich nicht die Mühe, hallo zu sagen. »Das beweist überhaupt nichts.« Es ist immer noch der perfekt kontrollierte Tonfall des erfahrenen Fernsehreporters, nun jedoch ohne jede Wärme. »Das wissen Sie doch, oder?«

»Warten Sie mal ab, bis man das Foto von Ihnen als Philip Hannigan mit dem vergleicht, auf dem Sie mit dem Paket in den Händen vor der Schule stehen«, sagt Holly. »Der falsche Schnurrbart wird niemand täuschen. Und warten Sie ab, bis man das Spektrogramm von Hannigans Stimme mit dem von Ondowsky vergleicht.«

»Wer soll dieser *man* sein, von dem Sie da reden, Holly? Die Polizei? Die wird Sie auslachen und aus dem Revier werfen.«

»O nein, nicht die Polizei«, sagt Holly. »Da habe ich was Besseres in petto. Falls TMZ nicht interessiert ist, wird Gossip Glutton es sein. Oder DeepDive. Und der Drudge Report, die lieben so merkwürdiges Zeug. Im Fernsehen gäbe es *Inside Edition* und *Celeb*. Aber wissen Sie, wohin ich mich zuallererst wenden würde?«

Schweigen am anderen Ende. Sie kann aber hören, wie er atmet.

Wie *es* atmet.

»An *Inside View*«, sagt sie. »Die haben mehr als ein Jahr lang über den Night Flier berichtet und zwei Jahre über Slender Man. Bis beides völlig ausgelutscht war. Noch heute haben sie eine Auflage von über drei Millionen, und so was ist ein gefundenes Fressen für die.«

»Solchen Scheiß glaubt doch niemand.«

Das stimmt nicht, was sie beide wissen.

»Man wird es sehr wohl glauben. Ich habe eine Menge Einzelheiten, Mr. Ondowsky, eine Menge Hintergrund, wie man im Journalismus sagt, und wenn das herauskommt –

falls es herauskommt –, wird man in Ihrer Vergangenheit herumwühlen. In *allen* Ihren Vergangenheiten. Dann wird Ihre Tarnung nicht nur auseinanderfallen, sie wird explodieren.«
Wie die Bombe, mit der du die ganzen Kinder umgebracht hast, denkt sie.

Nichts.

Holly kaut an ihren Fingerknöcheln und wartet ab. Das fällt ihr sehr schwer, aber sie tut es.

Endlich fragt er: »Woher haben Sie die Fotos? Wer hat die Ihnen gegeben?«

Das hat Holly erwartet, und sie weiß, dass sie ihm etwas liefern muss. »Von jemand, der Sie schon lange im Visier hat. Sie kennen ihn nicht, und Sie werden ihn nie aufspüren, aber Sie müssen sich seinetwegen auch keine Sorgen machen. Er ist sehr alt. Sorgen machen müssen Sie sich nur wegen mir.«

Eine weitere lange Pause entsteht. Inzwischen blutet einer von Hollys Fingerknöcheln. Endlich kommt die Frage, auf die sie gewartet hat: »Was wollen Sie?«

»Das werde ich Ihnen morgen sagen. Wir werden uns nämlich morgen um zwölf Uhr mittags treffen.«

»Da habe ich einen Auftrag …«

»Sagen Sie ihn ab«, befiehlt die Frau, die früher mit gesenktem Kopf und hochgezogenen Schultern durchs Leben gehuscht ist. »Ihr Auftrag ist jetzt der hier, und ich glaube nicht, dass Sie den vermasseln wollen.«

»Wo?«

Darauf ist Holly vorbereitet. Sie hat ihre Recherchen gründlich erledigt. »Bis zum Treffpunkt sind es von Ihrer Redaktion aus weniger als fünfzehn Meilen. Auf dem Food-Court in der Monroeville Mall. Also für Sie so günstig gelegen wie für mich ungefährlich. Gehen Sie zu Sbarro, und schauen Sie sich dort um, dann werden Sie mich sehen. Ich trage eine braune Lederjacke offen über einem rosa Rollkragenpullover. Außerdem habe ich ein Stück Pizza und Kaffee in einem

Starbucks-Becher bei mir. Wenn Sie nicht bis fünf nach zwölf da sind, verschwinde ich und fange an, meine Waren feilzubieten.«

»Sie sind eine Spinnerin, und niemand wird Ihnen glauben.« Selbstsicher hört er sich nicht gerade an, aber auch nicht ängstlich. Er klingt wütend. Das macht nichts, denkt Holly, damit kann ich umgehen.

»Wen versuchen Sie gerade zu überzeugen, Mr. Ondowsky? Mich oder sich selbst?«

»Sie sind ein ganz schön harter Brocken, Lady. Wissen Sie das?«

»Ich werde einen Freund mitbringen, der alles beobachtet«, sagt sie. Was zwar nicht stimmt, aber das wird Ondowsky nicht überprüfen können. »Der hat keine Ahnung, worum es geht, machen Sie sich da keine Sorgen, aber er wird ein Auge auf mich haben.« Sie hält kurz inne. »Und auf Sie.«

»Was wollen Sie eigentlich?«, fragt er wieder.

»Morgen«, sagt Holly und legt auf.

Später, nachdem sie für den folgenden Morgen einen Flug nach Pittsburgh gebucht hat, liegt sie im Bett und hofft auf Schlaf, ohne allzu viel zu erwarten. Sie überlegt – wie sie es schon beim Schmieden das Plans getan hat –, ob sie Ondowsky wirklich Auge in Auge gegenübertreten muss. Ja, das glaubt sie zu müssen. Sie meint, ihn davon überzeugt zu haben, dass sie ihn in der Tasche hat (wie Bill sagen würde). Jetzt muss sie ihm in die Augen schauen und ihm einen Ausweg bieten. Ihn davon überzeugen, dass sie zu einem Deal bereit ist. Und zu was für einem Deal? Ihre erste, absurde Idee war, ihm weiszumachen, sie wolle so werden wie er, um länger leben zu können … vielleicht nicht ewig, das wäre zu extrem, aber doch mehrere Hundert Jahre. Ob er das wohl glauben würde oder meinen, dass sie ihn aufs Kreuz legen will? Zu riskant.

Also Geld. Was sonst?

Das wird er glauben, weil er das menschliche Spektakel schon seit langer Zeit beobachtet. Und darauf verächtlich herabblickt. Ondowsky glaubt, dass es für geringere Wesen als ihn, für die Herde, die er gelegentlich ausdünnt, letztlich immer nur um Geld geht.

Irgendwann nach Mitternacht schläft Holly endlich ein. Sie träumt von einer Höhle in Texas. Träumt von einem Ding, das wie ein Mensch ausgesehen hat, bis sie ihm eine mit Metallkügelchen gefüllte Socke über den Schädel gezogen hat und dieser Schädel wie die Fassade kollabiert ist, die er war.

Sie weint im Schlaf.

17. Dezember 2020

1

Da Barbara zu den besten Schülerinnen und Schülern an der Houghton High gehört und bereits in der letzten Klasse ist, darf sie in ihrer Freistunde, die von neun bis zehn vor zehn stattfindet, mehr oder weniger tun und lassen, was sie will. Als die Schulglocke läutet und sie aus ihrem Kurs über frühe englische Literatur entlässt, schlendert sie hinunter zum Zeichensaal, wo sich zu dieser Stunde niemand aufhält. Sie zieht ihr Handy aus der Gesäßtasche und ruft Jerome an. Nach dem Klang seiner Stimme zu urteilen, hat sie ihn höchstwahrscheinlich aufgeweckt. Ach, was man als Schriftsteller doch für ein schönes Leben hat, denkt sie.

Sie vergeudet keine Zeit. »Wo ist sie heute Morgen, J?«

»Keine Ahnung«, sagt er. »Ich hab den Tracker gelöscht.«

»Echt?«

»Echt.«

»Tja dann … okay.«

»Kann ich mich jetzt wieder schlafen legen?«

»Nein«, sagt Barbara. Sie ist schon seit Viertel vor sieben auf, und geteiltes Leid ist halbes Leid. »Zeit, aufzustehen und die Welt an den Eiern zu packen.«

»Klappe, Schwesterlein«, sagt er, und, zack, hat er aufgelegt.

Barbara steht neben einem richtig schlechten Wasserfarbenbild vom See, das irgendein Schüler gemalt hat, starrt auf ihr Handy und runzelt die Stirn. Wahrscheinlich hat Jerome recht, und Holly ist verreist, um einen Typen zu treffen, den sie auf diesem Datingportal kennengelernt hat. Nicht um mit ihm zu schlafen, das passt nicht zu Holly, aber vielleicht um eine menschliche Verbindung zu ihm herzustellen. Um Kontakt zu suchen, wozu ihre Therapeutin ihr zweifellos geraten hat. Barbara hält das für plausibel. Außerdem ist Portland mindestens fünfhundert Meilen von dem Ort des Bombenanschlags entfernt, für den Holly sich derart interessiert hat. Vielleicht sogar weiter.

Versetz dich mal in sie hinein, sagt Barbara sich. Würdest du da nicht wollen, dass man dich in Ruhe lässt? Und wärst du nicht stinksauer, wenn du je rauskriegen würdest, dass deine Freunde – deine *sogenannten* Freunde – dir hinterherspioniert haben?

Das würde Holly zwar nicht herauskriegen, aber ändert das etwas an der Grundfrage?

Nein.

Mache ich mir trotzdem noch Sorgen (ein *bisschen* wenigstens)?

Ja. Aber manche Sorgen muss man aushalten.

Barbara schiebt ihr Handy wieder in die Gesäßtasche und beschließt, sich in den Musiksaal zu verziehen und Gitarre zu üben, bis der Geschichtskurs anfängt. Momentan versucht sie, endlich Wilson Picketts alten Soul-Hit »In the Midnight Hour« hinzubekommen. Die Barrégriffe in der Bridge sind zwar ziemlich krass, aber sie arbeitet sich allmählich ran.

Als sie aus der Tür tritt, stößt sie um ein Haar mit Justin Freilander zusammen, einem ein Jahr jüngeren Mitschüler und Gründungsmitglied des schulischen Computerclubs, der – so lautet das Gerücht – schwer in sie verknallt ist. Als sie ihn anstrahlt, nimmt sein Gesicht augenblicklich jene beunruhigende Rotfärbung an, zu der nur weiße Jungen fähig sind. Was das Gerücht bestätigt. Mit einem Mal kommt Barbara auf die Idee, dass diese Begegnung schicksalhaft sein könnte.

»He, Justin«, sagt sie. »Hör mal, kannst du mir vielleicht bei was helfen?«

Und zieht ihr Handy aus der Tasche.

2

Während Justin Freilander sich mit Barbaras Telefon beschäftigt (das, o Gott, vom Aufenthalt in ihrer Gesäßtasche noch warm ist), landet Holly auf dem Pittsburgh International. Zehn Minuten später steht sie vor dem Avis-Schalter in der Schlange. Ein Uber wäre billiger, aber es ist klüger, selbst einen Wagen zu haben. Etwa ein Jahr nachdem Pete Huntley bei Finders Keepers eingestiegen ist, haben sie gemeinsam an einem Fahrkurs teilgenommen, in dem es darum ging, wie man vom Auto aus Personen observiert und im Ernstfall erfolgreich die Flucht ergreift – Auffrischung für ihn, neu für sie. Observieren wird sie heute wohl nicht müssen, flüchten vielleicht schon. Schließlich trifft sie auf eine ausgesprochen gefährliche Kreatur.

Holly stellt sich erst einmal auf den Parkplatz eines Flughafenhotels, um die Zeit totzuschlagen (ich werde noch zu früh zu meiner eigenen Beerdigung kommen, denkt sie wieder). Sie ruft ihre Mutter an. Die hebt nicht ab, was nicht unbedingt bedeutet, dass sie nicht zu Hause ist. Anrufe auf die Mailbox gehen zu lassen gehört zu ihren alten Bestrafungsmethoden, wenn sie das Gefühl hat, dass ihre Tochter aus der Reihe getanzt ist. Als Nächstes wählt Holly die Nummer von Pete, der sich wieder erkundigt, was sie gerade tue und wann sie wiederkomme. Da ihr dabei Dan Bell und sein *schrecklich* schwuler Enkel einfallen, erklärt sie ihm, sie würde Freunde in Neuengland besuchen und am Montag in der Früh im Büro sein.

»Hoffentlich«, sagt Pete. »Du musst am Dienstag vor Gericht aussagen. Und am Mittwoch haben wir unsere Weihnachtsfeier im Büro. Ich hab vor, dich unter dem Mistelzweig zu küssen.«

»Bäh!«, sagt Holly, lächelt dabei aber.

Um Viertel nach elf kommt sie an der Monroeville Mall an und zwingt sich, bis halb im Auto sitzen zu bleiben, wobei sie abwechselnd auf ihre Fitbit drückt (Puls knapp über 100) und um Kraft und Ruhe betet. Und darum, überzeugend zu wirken.

Um halb zwölf betritt sie das Einkaufszentrum und spaziert langsam an einigen Läden vorüber – Jimmy Jazz, Clutch, Boobaloo. In die Schaufenster blickt sie dabei nicht etwa, um die Auslage zu betrachten, sondern um ein Spiegelbild von Chet Ondowsky zu entdecken, falls der ihr nachstellt. Sie ist sich sicher, dass es Chet sein wird. Sein anderes Selbst, das sie als George bezeichnet, ist momentan die meistgesuchte Person in Amerika. Eventuell verfügt er noch über eine dritte Erscheinungsform, was sie jedoch für unwahrscheinlich hält. Er hat ein Schweine-Ich und ein Fuchs-Ich, weshalb sollte er noch mehr für nötig halten?

Um zehn vor zwölf stellt sie sich bei Starbucks für einen Becher Kaffee an und dann bei Sbarro für ein Stück Pizza, das sie nicht zu essen vorhat. Sie öffnet den Reißverschluss ihrer Jacke, damit der rosa Rollkragenpulli sichtbar wird, und sucht sich dann auf dem Food-Court einen unbesetzten Tisch. Obwohl Mittagszeit ist, gibt es davon eine ganze Menge, mehr als sie erwartet hat – was sie nervös macht. Es ist nicht gerade viel los in diesem Einkaufszentrum, vor allem für die weihnachtliche Shoppingsaison. Offenbar sind harte Zeiten angebrochen, weil heutzutage alle bei Amazon kaufen.

Zwölf Uhr mittags. Ein junger Mann mit cooler Sonnenbrille und Steppjacke (am Reißverschluss baumeln keck zwei Skiliftkarten) verlangsamt seine Schritte, als wollte er Holly ansprechen, geht dann jedoch weiter. Sie ist erleichtert. Im Abwimmeln ist sie nicht besonders gut, da sie nie viel Grund hatte, entsprechende Fertigkeiten zu kultivieren.

Um fünf nach zwölf denkt sie allmählich, dass Ondowsky nicht kommen wird. Dann, zwei Minuten später, spricht sie von hinten ein Mann an, mit der warmen, einnehmenden Stimme eines geübten Fernsehmenschen. »Hallo, Holly!«

Sie fährt zusammen und verschüttet beinahe ihren Kaffee. Es ist der junge Mann mit der coolen Sonnenbrille. Zuerst denkt sie, es würde sich tatsächlich um eine dritte Erscheinungsform handeln, aber als er die Brille abnimmt, sieht sie, dass es Ondowsky ist. Sein Gesicht ist ein bisschen eckiger, die Fältchen um den Mund sind verschwunden, und die Augen stehen näher zusammen (nicht gut fürs Fernsehen), aber er ist es. Und von wegen jung. Holly kann in seinem Gesicht zwar keinerlei Linien und Falten erkennen, aber sie spürt sie und denkt, es könnten viele sein. Die Maskerade ist gut, wirkt aus der Nähe jedoch, als wäre Botox oder plastische Chirurgie zum Zug gekommen.

Das sehe ich, weil ich Bescheid weiß, denkt sie. Ich weiß, was er ist.

»Ich dachte, es ist am besten, wenn ich ein kleines bisschen anders aussehe«, sagt er. »Wenn ich Chet bin, werde ich oft erkannt. Man kann Fernsehjournalisten zwar nicht mit Leuten wie Tom Cruise vergleichen, aber …« Ein bescheidenes Achselzucken beendet den Gedankengang.

Da er seine Sonnenbrille nicht mehr trägt, sieht Holly noch etwas: Seine Augen haben etwas Schimmerndes an sich, als wären sie unter Wasser … oder gar nicht vorhanden. Und ist es mit dem Mund nicht dasselbe? Holly denkt daran, wie das Bild auf der Leinwand aussieht, wenn man in einem 3-D-Film sitzt und die Brille abnimmt.

»Sie sehen es, nicht wahr?« Die Stimme klingt immer noch warm und freundlich. Sie passt gut zu dem feinen Lächeln, das seine Mundwinkel umspielt. »Die meisten Leute tun das nicht. Das liegt am Übergang. In fünf, höchstens zehn Minuten ist es verschwunden. Ich musste direkt von der Redaktion hierherkommen. Sie haben mir allerhand Probleme bereitet, Holly.«

Sie merkt, dass sie die kleine Pause hört, wenn er gelegentlich mit der Zungenspitze den Gaumen berührt, um nicht zu lispeln.

»Dazu fällt mir ein alter Countrysong von Travis Tritt ein.« Sie hört sich ziemlich ruhig an, kann jedoch nicht den Blick von seinen Augen abwenden, in denen die Lederhaut schimmernd in die Iris übergeht und die Iris in die Pupille. Vorläufig sind das Länder mit unsicheren Grenzen. »Der heißt ›Here's a Quarter, Call Someone Who Cares‹.«

Er lächelt, die Lippen scheinen sich zu stark auszubreiten, und dann – *zack!* Das minimale Schimmern in den Augen bleibt erhalten, aber der Mund ist wieder fest. Er blickt nach links, wo ein alter Mann mit Parka und Tweedmütze in einer Zeitschrift liest. »Ist das Ihr Freund? Oder ist es die Frau da drüben, die schon verdächtig lange ins Schaufenster von Forever 21 starrt?«

»Vielleicht beide«, sagt Holly. Da die Konfrontation jetzt tatsächlich stattfindet, fühlt sie sich ganz gut. Mehr oder weniger jedenfalls. Die Augen da wirken beunruhigend und desorientierend. Wenn sie zu lange hineinsieht, bekommt sie sicher Kopfschmerzen, aber wenn sie den Blick abwendet, würde er das als Zeichen von Schwäche interpretieren. Was es auch wäre.

»Sie kennen mich, aber ich kenne nur Ihren Vornamen. Wie lautet der Rest?«

»Gibney. Holly Gibney.«

»Und was wollen Sie, Holly Gibney?«

»Dreihunderttausend Dollar.«

»Erpressung«, sagt er und schüttelt leicht den Kopf, als wäre er enttäuscht von ihr. »Wissen Sie, was Erpressung ist, Holly?«

Sie erinnerte sich an eine der Maximen des verstorbenen Bill Hodges (es waren viele): Du beantwortest die Fragen eines Täters nicht, der Täter beantwortet deine. Daher sitzt sie einfach da und wartet. Ihre kleinen Hände liegen gefaltet neben dem Stück Pizza, das sie nicht essen wird.

»Erpressung ist wie Miete«, sagt er. »Noch nicht mal Mietkauf, eine Masche, die Chet der Verbraucherschützer bestens kennt. Nehmen wir an, ich hätte überhaupt dreihunderttausend Dollar, was nicht der Fall ist – in meiner Branche besteht ein großer Unterschied zwischen dem Einkommen eines Reporters und dem eines Schauspielers. Aber nehmen wir es mal an.«

»Nehmen wir an, dass Sie schon lange, sehr lange unterwegs sind«, sagt Holly. »Und dass Sie die ganze Zeit über Geld zurückgelegt haben. Nehmen wir an, dass Sie das zur Finanzierung Ihres …« Ihres was genau? »Ihres Lebensstils verwenden. Und um sich einen Hintergrund zu verschaffen. Falsche Ausweise und dergleichen.«

Er setzt ein charmantes Lächeln auf. »Na gut, Holly Gibney, nehmen wir das an. Am Hauptproblem für mich ändert sich da aber nichts: Erpressung ist wie Miete. Wenn die Dreihunderttausend verbraucht sind, tanzen Sie wieder mit Ihren digital bearbeiteten Bildern und Ihren elektronisch veränderten Spektrogrammen an und drohen mir von neuem, mich zu enttarnen.«

Darauf ist Holly vorbereitet. Auch ohne dass Bill es ihr gesagt hätte, weiß sie, dass die beste erfundene Geschichte eine ist, die am meisten Wahrheit enthält. »Nein«, sagt sie. »Dreihunderttausend ist alles, was ich will, weil es alles ist, was ich brauche.« Sie machte eine Pause. »Allerdings ist da noch eine weitere Sache.«

»Und die wäre?« Der liebenswürdige TV-Tonfall ist herablassend geworden.

»Bleiben wir vorläufig beim Geld. Vor kurzem hat man bei meinem Onkel Henry Alzheimer diagnostiziert. Er ist jetzt in einem Pflegeheim, wo Leute wie er untergebracht sind und behandelt werden. Es ist sehr teuer, was aber eigentlich irrelevant ist, weil er sich dort überhaupt nicht wohlfühlt. Er ist total durcheinander, weshalb meine Mutter ihn wieder zu sich nach Hause holen will. Bloß kann sie nicht für ihn sorgen. Sie meint zwar, sie schafft das, aber da irrt sie sich. Sie wird allmählich selbst alt, hat eigene gesundheitliche Probleme, und das Haus müsste behindertengerecht umgebaut werden.« Sie muss an Dan Bell denken. »Rampen, ein Treppenaufzug und einen Hebelifter fürs Bett, aber das ist das Wenigste. Ich will, dass er rund um die Uhr betreut wird, tagsüber von einer richtigen Pflegerin.«

»Was für ein kostspieliges Vorhaben, Holly Gibney. Offenbar lieben Sie Ihren alten Onkel sehr.«

»Das tue ich«, sagt Holly.

Was auch stimmt, obwohl Onkel Henry eine echte Nervensäge ist. Liebe ist ein Geschenk; Liebe ist auch eine Kette mit einer Handschelle an beiden Enden.

»Überhaupt ist er bei schlechter Gesundheit«, fährt sie fort. »Das Hauptproblem ist Herzinsuffizienz.« Wieder kann sie sich am Zustand von Dan Bell orientieren. »Er sitzt im Rollstuhl und braucht Sauerstoff. Eventuell lebt er noch zwei Jahre, vielleicht sogar drei. Ich habe alles ausgerechnet, und mit dreihunderttausend Dollar könnte man ihn fünf Jahre lang versorgen.«

»Und wenn er noch sechs Jahre lebt, kommen Sie wieder an.«

Unwillkürlich muss sie an den kleinen Frank Peterson denken, der in Flint City von dem anderen Outsider ermordet wurde. Auf äußerst grausige und schmerzhafte Weise. Plötzlich hat sie eine gewaltige Wut auf Ondowsky mit seiner geübten Fernsehreporterstimme und seinem herablassenden Lächeln. Er ist ein Stück Kacke. Nur dass *Kacke* zu milde ist. Sie beugt sich vor und blickt unverwandt in diese Augen (die sich glücklicherweise endlich beruhigen).

»Jetzt hören Sie mal zu, Sie verfluchter Kindermörder! Ich werde bestimmt nicht mehr Geld von Ihnen verlangen. Eigentlich will ich nicht mal das von Ihnen haben, was ich gerade vorgeschlagen habe. Ich will Sie nie wiedersehen. Ich kann kaum glauben, dass ich tatsächlich vorhabe, Sie laufen zu lassen, und wenn Sie nicht sofort das verflixte Grinsen abstellen, überlege ich es mir vielleicht doch noch anders!«

Ondowsky zuckt zurück, als hätte sie ihm eine Ohrfeige verpasst, und das Lächeln verschwindet tatsächlich. Ob wohl jemals jemand so mit ihm gesprochen hat? Gut möglich, aber bestimmt nicht lange. Er ist ein angesehener Fernsehjournalist! Wenn er als Verbraucherschützer unterwegs ist, erzittern betrügerische Handwerker und falsche Rezepte ausstellende Ärzte vor Angst! Seine Augenbrauen (sehr dünne, bemerkt Holly, als wollten da eigentlich keine Haare wachsen) ziehen sich zusammen. »Sie können mich doch nicht …«

»Halten Sie die Klappe und hören Sie mir zu«, sagt Holly mit leiser und doch intensiver Stimme. Wieder beugt sie sich vor, um ihm bedrohlich auf die Pelle zu rücken. Das ist eine Holly, wie ihre Mutter sie nie erlebt hat, wenngleich Charlotte in den letzten fünf, sechs Jahren so viel erlebt hat, dass sie ihre Tochter als Fremde, wenn nicht gar als Wechselbalg betrachtet. »Hören Sie zu, ja? Hoffentlich, sonst breche ich ab und gehe einfach meiner Wege. Dreihunderttausend werde ich von *Inside View* zwar nicht kriegen, aber fünfzigtausend zahlen die mir bestimmt, und das wäre schon mal ein Anfang.«

»Ich höre zu.« Vor dem Wort *zu* gab es eine Pause, eine längere diesmal. Weil er aufgebracht ist, vermutet Holly. Gut. Genau in diesem Zustand will sie ihn haben.

»Dreihunderttausend Dollar. In bar. Fünfziger und Hunderter. Legen Sie die in einen Pappkarton wie den, den Sie in die Macready School gebracht haben, wobei Sie sich diesmal keine Mühe mit irgendwelchen Weihnachtsaufklebern und einer falschen Uniform geben müssen. Bringen Sie das am Samstagabend um achtzehn Uhr in mein Büro. Damit haben Sie heute den halben und morgen den ganzen Tag Zeit, das Geld zusammenzukriegen. Kommen Sie pünktlich, nicht zu spät wie heute. Wenn Sie zu spät kommen, sind Sie geliefert. Behalten Sie im Kopf, wie nahe ich dran bin, Sie ans Messer zu liefern. Sie machen mich krank.« Was ebenfalls stimmt, und wenn sie jetzt die Taste am Rand ihrer Fitbit drücken würde, hätte sie bestimmt einen Puls von 170.

»Nur interessehalber – wo befindet sich Ihr Büro eigentlich? Und was für eine Firma ist das?«

Falls sie die Sache vermasselt, unterzeichnet sie womöglich ihr eigenes Todesurteil, indem sie die Fragen beantwortet. Das weiß Holly, aber jetzt ist es zu spät, einen Rückzieher zu machen. »Mein Büro ist im Frederick Building.« Sie nennt den Namen der Stadt. »Am Samstag um achtzehn Uhr, und da bald Weihnachten ist, werden wir das ganze Gebäude für uns haben. Vierter Stock. Finders Keepers.«

»Und was genau soll Finders Keepers bitte schön sein? Eine Art Inkassoagentur?« Er rümpft die Nase wie bei einem üblen Geruch.

»So etwas machen wir gelegentlich auch«, gibt Holly zu. »Aber hauptsächlich andere Dinge. Wir führen Ermittlungen durch.«

»Ach du lieber Himmel, sind Sie etwa eine echte *Privatdetektivin?*« Er hat genügend Kaltschnäuzigkeit wiedergewonnen, sich sarkastisch an die Brust zu klopfen, ganz in der

Nähe seines Herzens (falls da tatsächlich eines schlägt, ist es bestimmt pechschwarz).

Holly hat nicht die Absicht, darauf einzugehen. »Achtzehn Uhr, vierter Stock. Dreihunderttausend. Fünfziger und Hunderter in einem Pappkarton. Nehmen Sie den Seiteneingang. Rufen Sie mich an, sobald Sie davorstehen, dann schicke ich Ihnen eine Kurznachricht mit dem Schlosscode.«

»Ist da eine Kamera installiert?«

Die Frage überrascht Holly nicht im Mindesten. Er ist Fernsehreporter. Im Gegensatz zu dem Outsider, der Frank Peterson ermordet hat, sind Kameras sein Leben.

»Ja, aber die ist defekt. Von dem Eissturm Anfang des Monats. Ist noch nicht repariert worden.«

Sie merkt, dass er das nicht glaubt, aber es ist die reine Wahrheit. Al Jordan, der Hausmeister, ist ein Faulpelz, der (nach Hollys und Petes unmaßgeblicher Meinung) schon längst hätte gefeuert werden sollen. Und zwar nicht nur wegen der Überwachungskamera. Wenn Jerome nicht eingegriffen hätte, müssten die Leute mit Büros im siebten Stock immer noch sämtliche Treppen bis nach ganz oben hochlatschen.

»Im Innern der Tür ist allerdings ein Metalldetektor, und *der* funktioniert. Er ist in die Wände eingebaut, daher kommt man nicht unentdeckt daran vorbei. Sollten Sie früher kommen, werde ich das also merken. Und wenn Sie versuchen, eine Waffe mitzubringen, ebenfalls. Können Sie mir folgen?«

»Ja.« Jetzt lächelt er nicht. Sie muss kein telepathisches Talent haben, um zu wissen, dass er sie für eine ebenso nervige wie dumme Ziege hält. Das stört Holly nicht. Es ist immer noch besser, als ein Mäuschen zu sein, das sich vor dem eigenen Schatten fürchtet.

»Nehmen Sie den Aufzug. Der rumpelt, also werde ich Sie hören. Wenn die Tür aufgeht, erwarte ich Sie im Flur. Dort findet unser Tauschgeschäft statt. Alles, was ich habe, befindet sich auf einem USB-Stick.«

»Wie soll der Austausch ablaufen?«

»Das braucht Sie jetzt nicht zu kümmern. Verlassen Sie sich einfach drauf, dass es klappen wird, damit wir beide heil davonkommen.«

»Und da soll ich Ihnen vertrauen?«

Eine weitere Frage, die sie nicht beantworten wird. »Jetzt zu dem, was ich noch von Ihnen brauche.« Das ist der Punkt, wo sie entweder den Sack zumacht ... oder nicht.

»Worum geht es?« Jetzt hört er sich beinahe mürrisch an.

»Der alte Mann, von dem ich Ihnen erzählt habe ... der Sie durchschaut hat ...«

»Wie eigentlich? Wie ist ihm das gelungen?«

»Das braucht Sie ebenfalls nicht zu kümmern. Es geht darum, dass er Sie schon seit Jahren im Visier hat. Seit *Jahrzehnten*.«

Sie beobachtet sein Gesicht genau und ist zufrieden mit dem, was sie darauf sieht: Betroffenheit.

»Er hat Sie gewähren lassen, weil er Sie für so was wie eine Hyäne gehalten hat. Oder wie eine Krähe. Für etwas, was sich von Unfallopfern am Straßenrand ernährt. Nicht sehr appetitlich, aber ein Teil des ... wie soll ich sagen ... des Ökosystems vielleicht. Aber dann hat Ihnen das nicht mehr gereicht, oder? Sie dachten: Wieso soll ich auf die nächste Tragödie, das nächste *Massaker* warten, wenn ich selbst so etwas anrichten kann? Stimmt doch, oder?«

Ondowsky antwortet nicht. Er beobachtet sie nur, und obwohl die Augen jetzt ruhig sind, sehen sie immer noch grässlich aus. Das ist tatsächlich ihr Todesurteil, und sie unterzeichnet es nicht nur. Sie schreibt es mit eigenen Händen.

»Haben Sie so etwas vorher schon einmal getan?«

Eine lange Pause. Als Holly schon denkt, er würde nicht antworten – was auch eine Antwort wäre –, tut er es doch. »Nein. Aber ich war hungrig.« Wobei er lächelt. Holly würde am liebsten laut schreien. »Sie sehen verängstigt aus, Holly Gibney.«

Es ist sinnlos, das zu leugnen. »Das bin ich auch. Aber außerdem bin ich entschlossen.« Wieder beugt sie sich vor und rückt ihm auf die Pelle. Das ist mit das Schwerste, was sie je getan hat. »Also, jetzt kommt die zweite Sache. Ich werde Sie diesmal damit davonkommen lassen, aber *tun Sie so etwas nie wieder*. Falls doch, werde ich es erfahren.«

»Und was dann? Werden Sie dann die Verfolgung aufnehmen?«

Jetzt ist Holly an der Reihe, nichts zu sagen.

»Wie viele Kopien von dem Material haben Sie wirklich, Holly Gibney?«

»Nur eine«, sagt Holly. »Alles ist auf dem USB-Stick, und den gebe ich Ihnen am Samstagabend. *Aber.*« Sie richtet den Zeigefinger auf ihn und freut sich, dass der nicht zittert. »Ich kenne Ihr Gesicht. Ich kenne Ihre *beiden* Gesichter. Und ich kenne Ihre Stimme. Wahrscheinlich weiß ich darüber etwas, was Sie selbst nicht wissen.« Dabei denkt sie an die Pausen, mit denen er sein Lispeln kaschiert. »Gehen Sie Ihrer Wege, verschlingen Sie Ihre scheußliche Nahrung, aber wenn ich je auch nur den *Verdacht* haben sollte, dass Sie eine weitere Tragödie verursacht haben – so eine wie in der Macready School –, dann werde ich tatsächlich die Verfolgung aufnehmen. Ich werde Sie aufspüren und Ihr Leben in die Luft sprengen.«

Ondowsky lässt den Blick über den beinahe menschenleeren Food-Court schweifen. Sowohl der alte Mann mit der Tweedmütze als auch die Frau, die auf die Schaufensterpuppen vom Forever 21 gestarrt hat, sind verschwunden. An den Theken der Fastfood-Filialen stehen mehrere Leute Schlange, haben den beiden jedoch den Rücken zugewandt. »Ich glaube nicht, dass jemand uns beobachtet, Holly Gibney. Ich glaube, dass Sie ganz allein hier sind. Und ich glaube, ich könnte jetzt über den Tisch greifen, Ihnen den dürren Hals brechen und über alle Berge sein, bevor jemand merkt, was passiert ist. Ich bin nämlich sehr schnell.«

Wenn er sieht, dass sie furchtbare Angst hat – und die hat sie, weil sie weiß, dass er zugleich verzweifelt und wütend darüber ist, sich in einer solchen Lage zu befinden –, tut er das womöglich. Er wird es sogar *wahrscheinlich* tun. Deshalb zwingt sie sich abermals dazu, sich vorzubeugen. »Aber eventuell sind Sie nicht schnell genug, mich davon abzuhalten, Ihren Namen zu schreien, den jeder in Pittsburgh und Umgebung kennen dürfte. Ich bin nämlich selbst ziemlich flink. Möchten Sie das Risiko eingehen?«

Es vergeht ein Moment, in dem er sich das entweder überlegt oder so tut. Dann sagt er: »Samstagabend um sechs, Frederick Building, vierter Stock. Ich bringe das Geld, Sie geben mir den USB-Stick. Ist das unsere Abmachung?«

»Das ist sie.«

»Und Sie werden Stillschweigen bewahren.«

»Falls nicht noch einmal etwas wie in der Macready School passiert, ja. Andernfalls werde ich das, was ich weiß, von den Dächern schreien. Ich werde so lange schreien, bis mir jemand glaubt.«

»In Ordnung.«

Er streckt ihr die Hand hin, wirkt aber nicht überrascht, als Holly sich weigert, sie zu schütteln. Oder auch nur zu berühren. Er erhebt sich und setzt wieder sein Lächeln auf. Das, bei dem sie am liebsten schreien würde.

»Das mit der Schule war ein grober Fehler. Das ist mir jetzt klar.«

Er setzt die Sonnenbrille auf und hat schon den halben Food-Court durchquert, bevor Holly richtig wahrnimmt, dass er gegangen ist. Dass er schnell ist, war nicht gelogen. Vielleicht hätte sie seinen Händen ausweichen können, wenn er über den kleinen Tisch gegriffen hätte, aber das ist zweifelhaft. Eine schnelle Handbewegung, dann wäre er fort gewesen und hätte eine Frau mit auf die Brust gesunkenem Kinn zurückgelassen, ganz so, als wäre sie nach ihrem Mittagessen eingedöst. Dass es nicht dazu gekommen ist, verschafft Holly jedoch nur vorübergehend Erleichterung.

In Ordnung, hat er gesagt. Nichts weiter. Ohne zu zögern und ohne irgendwelche Garantien zu verlangen. Ohne zu fragen, wie Holly sichergehen wolle, dass ein zukünftiger Bombenanschlag mit vielen Opfern – auf einen Bus, einen Zug, ein Einkaufszentrum wie das hier – nicht sein Werk ist.

Das mit der Schule war ein grober Fehler, hat er gesagt. *Das ist mir jetzt klar.*

Aber eigentlich ist *Holly* der Fehler, und zwar einer, der korrigiert werden muss.

Er hat gar nicht vor, mich auszuzahlen, er will mich beseitigen, denkt sie, während sie das unberührte Stück Pizza und den Starbucks-Becher zum nächsten Mülleimer trägt. Dann muss sie beinahe laut loslachen.

Als ob sie das nicht die ganze Zeit über gewusst hätte!

3

Auf dem Parkplatz ist es kalt und windig. Jetzt, auf dem Höhepunkt des Weihnachtsgeschäfts, sollte er eigentlich voll sein, ist aber bestenfalls halb belegt. Holly wird sich ganz und gar bewusst, dass sie allein ist. Durch große Schneisen weht scharf der Wind, lässt ihr Gesicht taub werden und bringt sie ab und zu fast ins Taumeln, aber teilweise stehen mehrere Autos zusammen. Hinter jeder solchen Gruppe könnte sich Ondowsky verbergen, bereit, hervorzuspringen *(ich bin nämlich sehr schnell!)* und sie zu packen.

Die letzten zehn Schritte bis zu ihrem Mietwagen rennt sie, und sobald sie drinnen ist, drückt sie die Taste, mit der alle Türen verriegelt werden. Dann sitzt sie eine halbe Minute nur da, um sich in den Griff zu bekommen. Einen Blick auf ihre Fitbit wirft sie nicht, weil das, was darauf zu lesen wäre, ihr nicht gefiele.

Während sie davonfährt, blickt sie alle paar Sekunden in den Rückspiegel. Sie glaubt zwar nicht, dass sie verfolgt wird, fährt aber trotzdem so, als müsste sie einem Verfolger entkommen. Sicher ist sicher.

Da Ondowsky wahrscheinlich erwartet, dass sie per Flugzeug nach Hause reist, hat sie vor, die Nacht in Pittsburgh zu verbringen und morgen mit dem Zug zu fahren. Sie biegt auf den Parkplatz eines Holiday Inn Express und schaltet ihr Handy ein, um ihre Nachrichten noch einmal zu checken, bevor sie zur Rezeption geht. Auf der Mailbox ist etwas von ihrer Mutter.

»Holly, ich weiß nicht, wo du bist, aber Onkel Henry hatte in diesem verdammten Pflegeheim einen Unfall. Wahrscheinlich hat er sich den Arm gebrochen. Bitte ruf mich an. *Bitte.*« Holly hört sowohl die Verzweiflung ihrer Mutter als auch die alte Anschuldigung: Ich habe dich gebraucht, und du hast mich im Stich gelassen. Wieder einmal.

Ihre Fingerspitze nähert sich bis auf einen Millimeter dem Befehl, den Anruf ihrer Mutter zu erwidern. Alte Gewohnheiten sind ebenso schwer zu ändern wie eine Grundeinstellung. Holly spürt schon, wie Schamröte ihre Stirn, ihre Wangen und ihren Hals erhitzt, und die Worte, die sie sagen wird, wenn ihre Mutter abhebt, liegen ihr bereits auf der Zunge: *Es tut mir leid.* Kein Wunder. Ihr ganzes Leben lang hat sie sich bei ihrer Mutter entschuldigt, die ihr immer mit einem Gesichtsausdruck vergibt, der besagt: *Ach, Holly, du wirst dich nie ändern. Immer wirst du mich enttäuschen.* Weil auch Charlotte Gibney eine bestimmte Grundeinstellung aufweist.

Diesmal hält Holly ihren Finger in der Schwebe und denkt nach.

Warum sollte ihr eigentlich etwas leidtun? Wofür sollte sie sich entschuldigen? Dafür, dass sie nicht da war und den armen, verwirrten Onkel Henry davon abgehalten hat, sich den Arm zu brechen? Dass sie ihr Telefon nicht in der Minute, ja der *Sekunde* abgenommen hat, wo ihre Mutter anrief? So als wäre deren Leben das wichtige, echte Leben, das von Holly hingegen nur der Schatten, den ihre Mutter wirft?

Ondowsky entgegenzutreten war hart. Sich zu weigern, augenblicklich auf den verzweifelten Schrei ihrer Mutter zu reagieren, ist noch härter, aber sie tut es. Obwohl sie sich dadurch als schlechte Tochter fühlt, ruft sie stattdessen beim Pflegeheim an, nennt ihren Namen und fragt nach Mrs. Braddock. Sie wird gebeten zu warten und muss in der Warteschleife erst »The Little Drummer Boy« erdulden, bevor Mrs. Braddock sich meldet. Nach Hollys Meinung ist das der passende Soundtrack zu einem Suizid.

»Ms. Gibney!«, sagt Mrs. Braddock. »Ist es zu früh, Ihnen eine fröhliche Weihnachtszeit zu wünschen?«

»Ganz und gar nicht. Vielen Dank. Mrs. Braddock, meine Mutter hat mich angerufen und gesagt, mein Onkel hätte einen Unfall gehabt.«

Mrs. Braddock lacht. »Der hat eher einen *verhindert!* Ich habe Ihre Mutter angerufen und ihr davon berichtet. Der Geisteszustand Ihres Onkel hat sich zwar etwas verschlechtert, aber seine Reflexe funktionieren noch bestens.«

»Was ist denn passiert?«

»Am ersten Tag oder so wollte er sein Zimmer noch nicht verlassen, aber so was ist ja nicht ungewöhnlich«, sagt Mrs. Braddock. »Unsere Neuankömmlinge sind immer desorientiert und oft auch unruhig. Manchmal sogar sehr, und dann verabreichen wir Ihnen etwas, um sie ein bisschen zu beruhigen. Das hat Ihr Onkel nicht gebraucht, und gestern ist er ganz allein aus seinem Zimmer gekommen und hat sich in den Gemeinschaftsraum gesetzt. Er hat sogar Mrs. Hatfield bei ihrem Puzzle geholfen. Dann hat er sich diese irre Gerichtsserie angeschaut, von der er so begeistert ist …«

John Law, denkt Holly und lächelt. Sie ist sich kaum noch bewusst, dass sie immer noch ständig in Rück- und Seitenspiegel blickt, um sich zu vergewissern, das Chet Ondowsky *(ich bin nämlich sehr schnell)* nicht irgendwo lauert.

»… zu essen gibt.«

»Entschuldigung, was war das?«, sagt Holly. »Ich habe Sie einen Moment nicht verstanden.«

»Ich habe gesagt, als die Sendung vorüber war, sind manche von den Gästen in den Speisesaal gegangen, wo es nachmittags immer was Kleines zu essen gibt. Ihr Onkel ging neben Mrs. Hatfield, die mit ihren zweiundachtzig ziemlich wackelig auf den Beinen ist. Da ist sie gestolpert und wäre bestimmt ziemlich schlimm gestürzt, wenn Henry sie nicht festgehalten hätte. Sarah Whitlock – das ist eine von unseren Pflegehelferinnen – hat gesagt, er hätte ungeheuer schnell reagiert. Wie der Blitz, das hat sie wörtlich gesagt. Jedenfalls hat er sie umklammert und ist an die Wand getaumelt, gerade da, wo ein Feuerlöscher hängt. Gesetzliche Vorschriften, wissen Sie? Ihr Onkel hat einen anständigen Bluterguss, aber wahrscheinlich hat er Mrs. Hatfield vor einer Gehirnerschütterung oder noch Schlimmerem bewahrt. Sie ist wie gesagt sehr gebrechlich.«

»Aber Onkel Henry hat sich nichts gebrochen? Als er an den Feuerlöscher gekracht ist?«

Mrs. Braddock lacht wieder auf. »Ach, du meine Güte, nein!«

»Sehr schön. Sagen Sie meinem Onkel, dass er ein Held ist.«

»Gerne. Und noch einmal eine fröhliche Weihnachtszeit!«

»Fröhlich ist mein zweiter Vorname«, sagt sie, ein lahmer Scherz, den sie seit ihrer Jugend während dieser Jahreszeit anbringt. Sie hört Mrs. Braddock lachen, während sie auflegt, dann betrachtet sie eine Weile die öde Backsteinfassade des

Holiday Inn Express, die Arme über dem kaum vorhandenen Busen verschränkt, die Stirn nachdenklich gefurcht. Nachdem sie eine Entscheidung getroffen hat, ruft sie ihre Mutter an.

»Ach, Holly, endlich! Wo warst du nur? Ist es nicht schlimm genug, dass ich mir Sorgen um meinen Bruder machen muss, ohne mir auch noch Sorgen um dich zu machen?«

Wieder steigt in Holly der Impuls auf, sich zu entschuldigen, und wieder erinnert sie sich daran, dass es dafür keinerlei Grund gibt.

»Mir geht es gut, Mama. Ich bin in Pittsburgh …«

»In *Pittsburgh!*«

»… aber ich kann in gut zwei Stunden nach Hause kommen, wenn der Verkehr nicht zu stark ist und Avis mich den Wagen da zurückgeben lässt, wo ich wohne. Ist mein Zimmer hergerichtet?«

»Das ist *immer* hergerichtet«, sagt Charlotte.

Natürlich ist es das. Weil ich irgendwann zur Besinnung kommen und dorthin zurückkehren werde.

»Prima«, sagt sie. »Dann bin ich rechtzeitig zum Abendessen da. Später können wir ein bisschen fernsehen und morgen zu Onkel Henry fahren, wenn das …«

»Ich mache mir solche Sorgen um ihn!«, ruft Charlotte.

Aber die sind nicht so groß, als dass du in deinen Wagen springen und hinfahren würdest, denkt Holly. Weil Mrs. Braddock dich angerufen hat und du weißt, was wirklich gelaufen ist. Es geht dir nicht um deinen Bruder, sondern darum, deine Tochter gefügig zu machen. Dafür ist es zwar längst zu spät, was du tief im Herzen auch weißt, aber du wirst trotzdem nie damit aufhören, es zu versuchen. Das gehört zu deiner Grundeinstellung.

»Dem ist bestimmt nichts Schlimmes passiert, Mama.«

»Tja, das behaupten sie zwar, aber was auch sonst? In solchen Heimen sichern sie sich immer ab, damit sie nicht verklagt werden.«

»Wir fahren hin, dann werden wir's ja sehen«, sagt Holly. »Okay?«

»Ja, glaub schon.« Eine Pause. »Nachdem wir ihn besucht haben, wirst du wahrscheinlich wieder wegfahren. Zurück in diese Großstadt.« Subtext: in dieses Sodom, dieses Gomorrha, diesen Pfuhl von Sünde und Verderbtheit. »Dann werde ich Weihnachten eben allein feiern, während du zum Festessen mit deinen Freunden zusammensitzt.« Darunter dieser junge Schwarze, der aussieht, als würde er womöglich Drogen nehmen.

»Mama.« Holly würde am liebsten losschreien. »Die Robinsons haben mich schon vor mehreren Wochen eingeladen. Direkt nach Thanksgiving. Da hab ich es dir erzählt, und du hast gesagt, es wäre in Ordnung.« Tatsächlich hat Charlotte gesagt: *Na gut, wenn du meinst, du musst da wirklich hingehen …*

»Da dachte ich, dass Henry noch hier sein würde.«

»Na gut, wie wär's dann, wenn ich bis Samstag früh bleibe?« Das kann sie ja immerhin für ihre Mutter tun, aber es könnte auch ihr selbst nutzen. Ondowsky ist bestimmt bestens in der Lage dazu, ihre Privatadresse herauszufinden, und taucht dort vielleicht vierundzwanzig Stunden zu früh und begleitet von Mordgedanken auf. »Dann können wir Weihnachten schon mal vorfeiern.«

»Das wäre wunderbar«, sagt Charlotte deutlich munterer. »Ich kann ein Hähnchen braten. Mit Spargel! Den isst du doch so gern!«

Holly hasst Spargel, aber es wäre sinnlos, das ihrer Mutter klarmachen zu wollen. »Klingt gut, Mama.«

4

Holly besiegelt ihren Handel mit Avis (für eine Zusatzgebühr natürlich) und macht sich auf den Weg. Sie hält nur einmal an, um nachzutanken, sich bei Mäckes ein Filet-o-Fish zu besorgen und einige Anrufe zu tätigen. Ja, berichtet sie Jerome und Pete, sie habe ihre persönliche Angelegenheit erledigt. Nun werde sie das Wochenende hauptsächlich bei ihrer Mutter verbringen und ihren Onkel in seiner neuen Bleibe besuchen. Am Montag komme sie wieder zur Arbeit.

»Barbara findet die Filme cool«, erzählt Jerome ihr. »Aber sie sagt, die sind total einseitig. Wenn man sie ansieht, würde man meinen, es gäbe überhaupt keine Schwarzen.«

»Dann soll sie das in ihren Aufsatz schreiben«, sagt Holly. »Wenn sich die Gelegenheit ergibt, leihe ich ihr mal *Shaft*. Jetzt muss ich aber wieder los. Es herrscht unheimlich viel Verkehr. Keine Ahnung, wo die alle hinwollen. Ich war in einem Einkaufszentrum, und das war halb leer.«

»Die besuchen Verwandte, genau wie du«, sagt Jerome. »Verwandte sind das Einzige, was Amazon nicht liefern kann.«

Während Holly wieder auf die I-76 einfädelt, kommt ihr der Gedanke, dass ihre Mutter zweifellos Weihnachtsgeschenke für sie bereithält, während sie selbst kein einziges besorgt hat. Sie kann schon den gequälten Blick ihrer Mutter sehen, wenn sie mit leeren Händen dasteht.

Deshalb hält sie am nächsten Einkaufszentrum an, obwohl das bedeutet, dass sie erst nach Anbruch der Dunkelheit ankommen wird (sie hasst es, bei Dunkelheit zu fahren), und kauft für ihre Mutter ein Paar Hausschuhe und einen hübschen Bademantel. Den Kassenzettel bewahrt sie für den Fall auf, dass Charlotte ihr sagt, sie habe die falschen Größen gewählt.

Sobald sie wieder unterwegs ist und sich im Schutz ihres Mietwagens befindet, holt Holly tief Luft und stößt sie mit einem lauten Schrei wieder aus.

Das hilft.

5

Charlotte umarmt ihre Tochter auf der Türschwelle, bevor sie sie ins Haus zieht. Holly weiß, was als Nächstes kommt.

»Du hast abgenommen.«

»Eigentlich wiege ich genauso viel wie immer«, sagt Holly, worauf ihre Mutter ihr den bekannten vielsagenden Blick zuwirft: Einmal magersüchtig, immer magersüchtig.

Das Abendessen hat Charlotte aus dem italienischen Lokal in der Nähe geholt, und während die beiden essen, spricht sie darüber, wie schwer ohne Henry alles ist. Es hört sich an, als wäre ihr Bruder seit fünf Jahren statt seit fünf Tagen nicht mehr da. Und als würde er seine alten Tage nicht in einem nahen Pflegeheim verbringen, sondern irgendwo in weiter Ferne irgendwelche Dummheiten machen – beispielsweise in Australien ein Fahrradgeschäft führen oder auf einer tropischen Insel Sonnenuntergänge malen. Nach Hollys Leben, nach ihrer Arbeit und danach, was sie in Pittsburgh getrieben hat, erkundigt Charlotte sich nicht. Als Holly um neun einigermaßen glaubhaft behaupten kann, müde und reif fürs Bett zu sein, fühlt sie sich allmählich, als wäre sie jünger und kleiner geworden. Als hätte sie sich in das traurige, einsame und magersüchtige Mädchen verwandelt – ja, das war sie, zumindest in dem albtraumhaften ersten Jahr auf der Highschool, als sie Schnatterine gerufen wurde –, das hier in diesem Haus gelebt hat.

Ihr Zimmer sieht noch genauso aus wie früher, mit dunkelrosa Wänden, bei denen sie immer an halb gares Fleisch gedacht hat. Auf dem Regal über dem schmalen Bett sitzen ihre Plüschtiere, wobei Mr. Kaninchentrick den Ehrenplatz einnimmt. Die Ohren von Mr. Kaninchentrick sind zerfetzt, weil sie daran gekaut hat, wenn sie nicht einschlafen konnte. Das Poster von Sylvia Plath hängt immer noch über dem Schreibtisch, an dem Holly schlechte Gedichte verfasst und sich manchmal vorgestellt hat, sich wie ihr Idol das Leben zu nehmen. Während sie sich auszieht, denkt sie, dass sie das vielleicht sogar getan oder wenigstens versucht hätte, wenn sie einen Gasbackofen gehabt hätten statt einen elektrischen.

Es wäre leicht – viel zu leicht –, sich vorzustellen, dass dieses Kinderzimmer wie ein Monster aus einer Gruselgeschichte auf sie gewartet hat. Allerdings hat sie in den besonnenen (*relativ* besonnenen) Jahren ihres Erwachsenenlebens bereits mehrfach in dem Zimmer übernachtet, und es hat sie nie gefressen. Auch ihre Mutter hat sie nie gefressen. Es gibt tatsächlich ein Monster, aber das befindet sich weder in diesem Zimmer noch in diesem Haus. Holly weiß, dass sie sich daran erinnern muss und daran, wer sie ist. Nicht das Kind, das an den Ohren von Mr. Kaninchentrick gekaut hat. Nicht die Jugendliche, die an den meisten Tagen vor der Schule ihr Frühstück erbrochen hat. Sie ist die Frau, die gemeinsam mit Bill und Jerome bei einem Konzert eine Menge Kinder gerettet hat. Sie ist die Frau, die Brady Hartsfield überlebt hat. Die in einer Höhle in Texas einem weiteren Monster entgegengetreten ist. Das Mädchen, das sich in diesem Raum versteckt hat und nicht herauskommen wollte, gibt es nicht mehr.

Sie kniet sich hin, sagt ihr Nachtgebet und legt sich ins Bett.

18. Dezember 2020

1

Charlotte, Holly und Onkel Henry sitzen in einer Ecke des Gemeinschaftsraums, den man weihnachtlich dekoriert hat, mit Lametta und mit süß duftenden Tannenzweigen, deren Geruch beinahe das beständigere Aroma von Urin und Bleichmittel überdeckt. Außerdem steht da ein mit Lichtern und Zuckerstangen geschmückter Baum. Aus den Lautsprechern an der Decke erklingt Weihnachtsmusik, ausgelutschte Melodien, auf die Holly den Rest ihres Lebens gern verzichten würde.

Die Bewohner sind anscheinend nicht besonders weihnachtlich gestimmt, die meisten sitzen vor einer Werbesendung für etwas, was sich »Ab Lounge« nennt und von einem heißen Feger in einem orangefarbenen Trikot vorgeführt wird. Einige andere haben sich vom Fernseher abgewandt, manche schweigen, manche unterhalten sich, manche führen Selbstgespräche. Eine gebrechliche alte Dame in einem grünen Hausmantel beugt sich über ein riesiges Puzzle.

»Das ist Mrs. Hatfield«, sagt Onkel Henry. »Ihr Vorname fällt mir gerade nicht ein.«

»Mrs. Braddock sagt, dass du die vor einem schlimmen Sturz bewahrt hast«, sagt Holly.

»Nein, das war Julia«, sagt Onkel Henry. »Damals am alten Badeteich.« Er lacht auf eine Weise, wie man es tut, wenn man sich an alte Zeiten erinnert. Charlotte verdreht die Augen. »Da war ich sechzehn, und Julia war, glaube ich …« Er verstummt.

»Lass mich mal deinen Arm sehen«, sagt Charlotte streng.

Onkel Henry legt den Kopf schief. »Meinen Arm? Wieso?«

»Zeig ihn einfach her.« Charlotte packt den Arm und schiebt den Ärmel hoch. Ein ziemlich großer, aber nicht besonders bemerkenswerter blauer Fleck wird sichtbar. Holly findet, dass er wie ein misslungenes Tattoo aussieht.

»Wenn die sich so um die Leute hier kümmern, sollten wir sie verklagen, statt ihnen Geld in den Rachen zu werfen«, sagt Charlotte.

»Hu, das hört sich aber heftig an«, sagt Onkel Henry. Dann lacht er. »*Horton hört ein Hu!* Das Buch haben die Kinder geliebt!«

Charlotte erhebt sich. »Ich werde mir einen Kaffee besorgen. Vielleicht auch eines von den kleinen Tortendingern. Holly?«

Holly schüttelt den Kopf.

»Du isst schon wieder nichts«, sagt Charlotte und marschiert davon, bevor Holly etwas erwidern kann.

Henry blickt ihr hinterher. »Die lässt nie locker, was?«

Diesmal ist es Holly, die lacht. Sie kann nicht anders. »Nein. Tut sie nicht.«

»Nein, tut sie nie. Du bist nicht Janey.«

»Nein.« Sie wartet.

»Du bist …« Sie kann beinahe hören, wie sich rostige Zahnräder drehen. »Holly.«

»Das stimmt.« Sie tätschelt ihm die Hand.

»Ich möchte gern wieder in mein Zimmer, kann mich aber nicht mehr erinnern, wo es ist.«

»Ich kenne den Weg«, sagt Holly. »Ich bringe dich hin.«

Gemeinsam gehen sie langsam den Flur entlang.

»Wer war Julia?«, fragt Holly.

»Schön wie die Morgendämmerung«, sagt Onkel Henry, was Holly als Antwort ausreicht. Auf jeden Fall ist es eine bessere Gedichtzeile, als sie selbst je eine geschrieben hat.

In seinem Zimmer angelangt, versucht sie, ihn zu dem Sessel am Fenster zu steuern, aber er löst seine Hand aus ihrer und geht zum Bett, wo er sich hinsetzt und die Hände zwischen die Oberschenkel klemmt. Wie ein betagtes Kind sieht er jetzt aus. »Ich glaube, ich lege mich ein bisschen hin, Schatz. Bin müde. Charlotte macht mich müde.«

»Manchmal macht sie mich auch müde«, sagt Holly. Früher hätte sie das gegenüber Onkel Henry nie zugegeben, weil er sich nur allzu oft mit ihrer Mutter gegen sie verschwor, aber jetzt ist er ein anderer Mensch. In mancher Hinsicht ein wesentlich liebenswürdigerer Mensch. Außerdem wird er in fünf Minuten vergessen, was sie gesagt hat. Und in zehn Minuten wird er vergessen, dass sie da war.

Sie bückt sich, um ihm einen Kuss auf die Wange zu geben, hält jedoch inne, als ihre Lippen nur noch ein winziges Stück von seiner Haut entfernt sind, weil er plötzlich fragt: »Was ist eigentlich los mit dir? Wieso hast du Angst?«

»Ich hab doch keine …«

»O doch, hast du. Du hast Angst.«

»Na gut«, sagt sie. »Stimmt. Ich hab Angst.« Was für eine Erleichterung, das zuzugeben! Es laut auszusprechen!

»Deine Mutter … meine Schwester … Ach, es liegt mir auf der Zunge …«

»Charlotte.«

»Ja. Charlie ist ein Feigling. War sie schon immer, schon als wir Kinder waren. Hat sich geweigert, ins Wasser zu springen da am … am … Weiß nicht mehr, wie es heißt. *Du* warst auch ein Feigling, aber da bist du rausgewachsen.«

Verblüfft sieht sie ihn an. Sprachlos.

»Da bist du rausgewachsen«, wiederholt er, dann schlüpft er aus seinen Pantoffeln und schwingt die Beine aufs Bett.

»Ich brauche jetzt ein Nickerchen, Janey. Hier ist es gar nicht übel, aber ich wollte, ich hätte dieses Ding … dieses Ding, das man dreht …« Er schließt die Augen.

Holly geht mit gesenktem Kopf zur Tür. Auf den Wangen spürt sie Tränen. Sie zieht ein Taschentuch aus der Tasche und wischt sie weg. Sie will nicht, dass ihre Mutter sie so sieht. »Schade, dass du dich nicht daran erinnern kannst, wie du die Frau vor einem Sturz bewahrt hast«, sagt sie. »Die Pflegehelferin hat gesagt, du wärst schnell wie der Blitz gewesen.«

Aber das hört Onkel Henry nicht mehr. Onkel Henry ist eingeschlafen.

2

Aus dem Bericht von Holly Gibney an Detective Ralph Anderson:

Ich hatte gedacht, ich würde das hier schon gestern Abend in einem Motel in Pennsylvania aufzeichnen, aber jetzt bin ich wegen einer Familienangelegenheit zu meiner Mutter gefahren. Hier zu sein ist schwierig für mich. Ich habe Erinnerungen, von denen viele nicht besonders gut sind. Trotzdem werde ich heute über Nacht bleiben. Es ist besser so. Meine Mutter ist gerade weg, um Sachen für ein vorgezogenes Weihnachtsessen zu besorgen, das wahrscheinlich nicht besonders lecker sein wird. Im Kochen war sie nie die Größte.

Ich hoffe, morgen Abend meine Auseinandersetzung mit Chet Ondowsky – beziehungsweise mit dem Ding, das sich so nennt – zum Abschluss zu bringen. Ich habe Angst, das will ich überhaupt nicht leugnen. Er hat versprochen, so etwas wie den Anschlag auf die Schule nie wieder zu tun, hat es sofort versprochen, ohne auch nur darüber nachzudenken, aber ich glaube ihm nicht. Bill würde ihm auch nicht glauben und du bestimmt ebenfalls nicht. Er hat jetzt nämlich Geschmack daran gefunden. Vielleicht auch daran, sich als heldenhafter Retter zu präsentieren, obwohl ihm klar sein muss, wie dumm es ist, Aufmerksamkeit auf sich zu ziehen.

Ich habe Dan Bell angerufen und ihm erklärt, dass ich vorhabe, Ondowsky zur Strecke zu bringen – in der Erwartung, dass er verstehen und mir zustimmen würde, weil er früher bei der Polizei war. Was er auch getan hat, aber außerdem hat er mir gesagt, ich soll vorsichtig sein. Ich werde mich bemühen, aber ich müsste lügen, würde ich behaupten, kein total schlechtes Gefühl zu haben. Meine Freundin Barbara Robinson habe ich auch angerufen und ihr erzählt, ich würde bis Sonntag bei meiner Mutter übernachten. Ich musste dafür sorgen, dass sie und ihr Bruder Jerome meinen, ich wäre morgen nicht in der Stadt. Egal was aus mir wird, ich darf die beiden keinem Risiko aussetzen.

Ondowsky macht sich Sorgen, was ich mit den erhaltenen Informationen anfangen könnte, aber er ist auch selbstbewusst. Er wird mich umbringen, wenn er kann, das weiß ich. Aber eines weiß er nicht – dass ich schon in solchen Situationen gewesen bin und ihn nicht unterschätzen werde.

Bill Hodges, mein Freund und früherer Geschäftspartner, hat mich in seinem Testament bedacht. Ich habe Geld aus seiner Versicherungspolice bekommen, aber auch einige Erinnerungsstücke, die mir weit mehr bedeuten. Das eine ist seine Dienstwaffe, ein Revolver Kaliber achtunddreißig von Smith and Wesson, die Ausführung für Militär und Polizei. Bill hat mir erzählt, dass die meisten Großstadtpolizisten heute die Glock zweiundzwanzig tragen, die fünfzehn statt sechs Patronen fasst, aber er sei vom alten Schlag und stolz darauf.

Ich mag Schusswaffen nicht – ich hasse sie sogar –, aber ich werde morgen die von Bill verwenden, und zwar ohne jedes Zögern. Es wird keinerlei Diskussion stattfinden. Ich habe mich jetzt ein Mal mit Ondowsky unterhalten, das hat gereicht. Ich werde ihm in die Brust schießen, und zwar nicht nur weil das beste Ziel immer das Massezentrum ist. Das habe ich bei einem Schießkurs gelernt, an dem ich vor zwei Jahren teilgenommen habe.

Der eigentliche Grund ist …

[Pause]

Du erinnerst dich doch, was in der Höhle passiert ist, als ich das Ding, das wir da entdeckt haben, am Kopf erwischt habe, oder? Natürlich tust du das. Wir träumen beide davon, und wir werden es nie vergessen. Ich glaube, dass die Kraft – die *physische* Kraft –, die solche Wesen mit Leben erfüllt, eine Art fremdartiges Gehirn ist, durch das das menschliche Gehirn, das vielleicht früher existiert hat, ersetzt wurde. Wo dieses Gehirn herkommt, weiß ich nicht, und es ist mir auch egal, aber wenn man diesem Ding in die Brust schießt, wird es dadurch möglicherweise gar nicht getötet. Eigentlich zähle ich sogar darauf, Ralph, weil ich glaube, dass es eine andere Methode gibt, es endgültig loszuwerden. Wir hatten nämlich einen Softwarefehler …

Meine Mutter ist gerade in die Garage gefahren. Ich versuche, den Zwischenbericht, wenn nicht heute noch, dann morgen fertigzustellen.

3

Charlotte lässt sich von Holly nicht beim Kochen helfen; jedes Mal wenn ihre Tochter in die Küche kommt, scheucht sie sie hinaus. Dadurch wird es ein langer Tag, aber schließlich ist die Zeit zum Abendessen doch gekommen. Charlotte hat das grüne Kleid angezogen, das sie an Weihnachten immer trägt (stolz auf die Tatsache, dass sie noch hineinpasst). Ihre Weihnachtsbrosche – Holunderblätter und Holunderbeeren – steckt am gewohnten Platz an ihrer linken Brust.

»Ein echtes Weihnachtsessen, genau wie früher!«, ruft sie, während sie Holly am Ellbogen ins Esszimmer führt. Wie eine Gefangene, die ins Vernehmungszimmer geführt wird, denkt Holly. »Ich habe alles gekocht, was du am liebsten isst!«

Die beiden setzen sich gegenüber an den Tisch. Charlotte hat ihre Aromatherapiekerzen angezündet, die einen Zitronengrasduft verströmen, bei dem Holly am liebsten niesen würde. Sie prosten sich mit kleinen Weingläsern zu (der Wein ist ein Mogen David, so bäh, wie's nur geht) und wünschen sich frohe Weihnachten. Dann kommen ein Salat, der bereits mit dem schnodderartigen Ranch-Dressing angemacht ist, das Holly nur so hasst (Charlotte meint, sie würde es lieben), und der Truthahn, trocken wie Papier, der sich nur mit viel Soße hinunterschwemmen lässt. Das Kartoffelpüree ist klumpig. Der zerkochte Spargel ist so schlaff und widerwärtig wie eh und je. Nur der Karottenkuchen (im Laden gekauft) ist lecker.

Holly verzehrt alles, was auf ihren Teller kommt, und macht ihrer Mutter Komplimente. Worauf Charlotte strahlt.

Nachdem das Geschirr gespült ist (wie immer trocknet Holly ab, weil ihre Mutter behauptet, sie würde nie den ganzen »Schmuddel« von den Töpfen kriegen), ziehen die beiden sich ins Wohnzimmer zurück, wo Charlotte die DVD mit *Ist das Leben nicht schön?* aufstöbert. Wie oft haben sie sich die an Weihnachten eigentlich angeschaut? Mindestens ein Dutzend Mal, wahrscheinlich öfter. Onkel Henry war in der Lage, jede Dialogzeile auswendig zu zitieren. Vielleicht, denkt Holly, kann er das immer noch. Sie hat sich per Google über Alzheimer informiert und erfahren, dass man nicht sagen kann, welche Gehirnareale in Funktion bleiben, während die Schaltkreise nacheinander versagen.

Bevor der Film anfängt, reicht Charlotte ihrer Tochter eine Weihnachtsmannmütze … und zwar mit großer Feierlichkeit.

»Die trägst du immer, wenn wir uns den Film da angucken«, sagt sie. »Das war schon so, als du ganz klein warst. Das ist *Tradition!*«

Holly, Filmfan seit eh und je, findet selbst in Streifen, die von der Kritik verrissen werden, unterhaltsame Dinge (beispielsweise ist sie der Meinung, die *City-Cobra* mit Sylvester Stallone werde beklagenswert unterschätzt), aber *Ist das Leben nicht schön?* hat ihr immer Unbehagen verursacht. Am Anfang des Films kann sie sich zwar mit George Bailey identifizieren, aber am Ende kommt er ihr wie jemand mit einer schweren bipolaren Störung vor, der sich in der manischen Phase seines Zyklus befindet. Sie hat sich sogar gefragt, ob er nach dem Ende des Films wohl aus dem Bett kriecht und seine gesamte Familie ermordet.

Dann sehen die beiden sich den Film an, Charlotte in ihrem Weihnachtskleid und Holly mit ihrer Santa-Mütze. Jetzt gleite ich gleich anderswohin, denkt Holly. Ich spüre, wie ich davontreibe. Es ist ein trauriger Ort, voller Schatten. Das ist der Ort, wo man weiß, dass der Tod ganz nahe ist.

Auf dem Bildschirm sagt Janie Bailey: »Lieber Gott, mein Daddy hat ganz große Sorgen.«

Im Schlaf träumt Holly in dieser Nacht, dass Chet Ondowsky mit am Ärmel und der Tasche eingerissener Jacke aus dem Aufzug des Frederick Buildings tritt. Die Hände sind mit Ziegelstaub und Blut beschmiert. Die Augen schimmern, und als seine Lippen sich zu einem breiten Grinsen verziehen, quellen ihm zappelnde rote Käfer aus dem Mund und strömen das Kinn hinab.

19. Dezember 2020

1

Auf einer von vier südwärts führenden Fahrspuren steht Holly im Stau, immer noch fünfzig Meilen von der Stadt entfernt. Wenn der endlose Stau sich nicht endlich auflöst, kommt sie vermutlich noch zu spät anstatt zu früh zur eigenen Beerdigung.

Wie viele, die mit Unsicherheit kämpfen, plant sie zwanghaft voraus und ist daher praktisch immer zu früh dran. Sie hat erwartet, an diesem Samstag spätestens um eins im Büro von Finders Keepers einzutreffen, aber inzwischen hat es den Anschein, dass selbst drei Uhr eine eher optimistische Schätzung ist. Die Personenwagen, von denen sie umgeben ist (und das große alte Müllauto vor ihr, dessen verdrecktes Heck wie eine stählerne Klippe aufragt), verursachen ihr ein klaustrophobisches Gefühl, als wäre sie lebendig begraben *(meine eigene Beerdigung)*. Wenn sie im Wagen Zigaretten liegen hätte, würde sie eine nach der anderen rauchen. Stattdessen nimmt sie Zuflucht zu den Hustenbonbons, die sie als ihr privates Antirauchmittel bezeichnet, aber von denen hat sie nur ein halbes Dutzend in ihrer Jackentasche verstaut, weshalb die bald verbraucht sein werden. Dann hätte sie nur noch ihre Fingernägel, aber die sind so kurz geschnitten, dass sie nicht anständig darauf herumkauen könnte.

Ich komme zu spät zu einem sehr wichtigen Treffen.

Das liegt nicht an der Bescherung, die nach Charlottes traditionellem Weihnachtsfrühstück mit Waffeln und Bacon stattgefunden hat (eigentlich ist ja erst in einer knappen Woche Weihnachten, aber Holly war bereit mitzuspielen). Charlotte hat Holly eine Seidenbluse mit Rüschen geschenkt, die sie nie tragen wird (selbst wenn sie überlebt), ein Paar Schuhe mit mittelhohen Absätzen (für die dasselbe gilt) sowie zwei Bücher: *Jetzt! Die Kraft der Gegenwart* und *Keine Sorge! Zuversichtlich und gelassen leben in unsicheren Zeiten.* Holly hatte keine Gelegenheit, ihre Geschenke einzupacken, hat jedoch eine weihnachtliche Geschenktüte dafür gekauft. Von den pelzgefütterten Hausschuhen war Charlotte begeistert, über den Bademantel (Kosten: 79,50 Dollar) hat sie nachsichtig den Kopf geschüttelt.

»Das sind mindestens zwei Größen zu viel. Den Kassenzettel hast du wohl nicht aufgehoben, Schatz?«

Holly, die verdammt gut wusste, dass sie das sehr wohl getan hatte, hat erwidert: »Ich glaube doch. Er steckt in meiner Jackentasche.«

So weit, so gut. Aber dann hat Charlotte völlig unerwartet vorgeschlagen, sie sollten Henry besuchen und ihm ein frohes Fest wünschen, da Holly an dem eigentlichen großen Tag ja nicht da sein werde. Holly hat auf die Uhr geschaut. Viertel vor neun. Sie hatte gehofft, um neun unterwegs in Richtung Süden zu sein, aber man konnte es mit dem zwanghaften Verhalten ja auch übertreiben – wieso wollte sie eigentlich fünf Stunden zu früh ankommen? Außerdem: Wenn die Sache mit Ondowsky schieflief, war dies ihre letzte Gelegenheit, Henry zu sehen, und sie war neugierig wegen seiner Frage: *Wieso hast du Angst?*

Woher hatte er das nur gewusst? Früher war er nie besonders empfänglich für die Gefühle anderer gewesen. Eigentlich ganz im Gegenteil.

Holly willigte daher ein, nur dass Charlotte dann darauf bestand, sich selbst ans Steuer ihres Wagens zu setzen, worauf es an einer Kreuzung mit vier Stoppschildern zu einem Auffahrunfall kam. Kein Airbag wurde ausgelöst, es gab keine Verletzten, und die Polizei wurde nicht gerufen, aber der Unfall führte zu gewissen vorhersehbaren Rechtfertigungen seitens Charlotte. Die hat eine nicht vorhandene Eisfläche erfunden und die Tatsache ignoriert, dass sie vor dem Stoppschild, so wie sie das immer tut, nur kurz abgebremst anstatt ganz angehalten hat; seit Charlotte Gibney Auto fährt, meint sie, grundsätzlich die Vorfahrt zu haben.

Der Mann in dem anderen Wagen hat nett reagiert, er hat genickt und allem zugestimmt, was Charlotte gesagt hat, aber man musste die Versicherungsangaben austauschen, und als sie wieder losfuhren (Holly war sich ziemlich sicher, dass der Mann, dessen Stoßstange sie angerempelt hatten, ihr zugezwinkert hat, bevor er in seinen Wagen stieg), war es bereits zehn Uhr, und der anschließende Besuch entpuppte sich letztlich als totaler Reinfall. Henry hatte keinerlei Ahnung, wer die beiden waren. Er sagte, er müsse sich jetzt anziehen, um zur Arbeit zur fahren, weshalb sie ihn nicht länger belästigen sollten. Als Holly ihm zum Abschied einen Kuss gab, hat er sie argwöhnisch angesehen und gefragt, ob sie von den Zeugen Jehovas komme.

»Setz du dich jetzt ans Steuer«, hat Charlotte gesagt, als sie draußen standen. »Ich bin viel zu durcheinander.«

Wozu Holly liebend gern bereit war.

Ihre Reisetasche hatte sie im Hausflur stehen lassen. Als sie die auf die Schulter nahm und sich für den üblichen Abschiedsgruß – jeweils ein flüchtiges Küsschen links und rechts – ihrer Mutter zuwandte, ist die ihrer Tochter, die sie das ganze Leben abqualifiziert und herabgesetzt hat (nicht immer unwissentlich), um den Hals gefallen und in Tränen ausgebrochen.

»Fahr nicht weg. Bitte bleib noch einen Tag. Wenn du nicht bis Weihnachten bleiben kannst, dann wenigstens das Wochenende über. Ich halte es nicht aus, allein zu sein. Noch nicht. Vielleicht nach Weihnachten, aber jetzt noch nicht.«

Ihre Mutter hat sich wie eine Ertrinkende an sie geklammert, und Holly musste den panischen Drang unterdrücken, sie nicht nur wegzuschieben, sondern regelrecht abzuwehren. Sie hat die Umarmung so lange ausgehalten, wie sie konnte, und sich dann herausgewunden.

»Ich muss los, Mama. Ich habe eine Verabredung.«

»Ein Date, meinst du wohl?« Charlotte hat ein Lächeln aufgesetzt, aber kein nettes. Es war zu zahnlastig. Holly hatte gedacht, ihre Mutter könnte sie nicht mehr schocken, aber offenbar hatte sie sich geirrt. »Wirklich? *Du?*«

Denk dran, dass du sie jetzt vielleicht zum letzten Mal siehst, hat Holly gedacht. Wenn das so ist, willst du nicht mit zornigen Worten davongehen. Du kannst wieder zornig auf sie sein, wenn du diesen Tag überlebst.

»Es ist was anderes«, hat sie gesagt. »Aber trinken wir noch eine Tasse Tee. Dafür habe ich Zeit.«

Also haben sie Tee getrunken und die Kekse mit Dattelfüllung gegessen, die Holly schon immer verabscheut hat (irgendwie schmeckten die *übel*), und es war bald elf Uhr, als es ihr endlich gelang, dem Haus ihrer Mutter und dem immer noch gegenwärtigen Duft der Zitronengraskerzen zu entfliehen. Auf der Türschwelle hat sie Charlotte einen Kuss auf die Wange gegeben. »Ich hab dich lieb, Mama.«

»Ich dich auch.«

Holly kam bis zur Tür ihres Mietwagens und hatte sogar schon die Hand am Griff, als Charlotte ihr etwas zurief. Als Holly sich umdrehte, erwartete sie geradezu, dass ihre Mutter die Treppe heruntergesprungen kommen würde, mit ausgebreiteten Armen, zu Klauen gekrümmten Fingern und dem Schrei: *Bleib! Du musst bleiben! Ich befehle dir das!*

Aber Charlotte stand noch auf der Schwelle. Sie hielt die Arme verschränkt und zitterte. Alt und unglücklich sah sie aus. »Bei dem Bademantel hab ich mich geirrt«, sagte sie. »Der ist *doch* meine Größe. Offenbar hab ich das Etikett falsch gelesen.«

Holly lächelte. »Das ist gut, Mama. Freut mich!«

Sie fuhr rückwärts aus der Einfahrt, sah sich um, ob die Straße frei war, und steuerte schließlich den Turnpike an. Zehn nach elf. Massenhaft Zeit.

Das hat sie zu dem Zeitpunkt jedenfalls gedacht.

2

Dass Holly die Ursache des Staus nicht in Erfahrung bringen kann, steigert ihre Nervosität. Die örtlichen Radiosender berichten nichts, auch nicht derjenige, der eigentlich Verkehrsnachrichten bringen sollte. Ihre normalerweise so zuverlässige Waze-App ist völlig nutzlos. Auf dem Display sieht man ein grinsendes Männchen, das mit einer Schaufel ein Loch gräbt, und darunter die Mitteilung: WEGEN WARTUNGSARBEITEN IST UNSERE WEBSITE MOMENTAN LEIDER NICHT ERREICHBAR. WIR SIND BALD WIEDER FÜR SIE DA!

Mist.

Wenn sie noch weitere zehn Meilen schafft, kann sie an der Ausfahrt 56 abfahren und den Highway 73 nehmen, aber momentan ist dieser Highway unerreichbar weit entfernt. Holly tastet in ihrer Jackentasche herum, findet das letzte Hustenbonbon und wickelt es aus, während sie auf das Heck des Müllautos starrt, wo auf der Stoßstange ein Aufkleber mit der Aufschrift WIE GEFÄLLT IHNEN MEIN FAHRSTIL? prangt.

Eigentlich sollten diese ganzen Leute in irgendwelchen Einkaufszentren sein, denkt Holly. Dort und in den kleineren Geschäften im Stadtzentrum sollten sie shoppen gehen und die örtliche Wirtschaft unterstützen, anstatt ihr Geld an Amazon, UPS und Federal Express zu verschwenden. Ihr solltet alle runter von diesem verflixten Highway, damit Leute, die was wirklich Wichtiges vorhaben …

Die Schlange setzt sich in Bewegung. Holly stößt einen Triumphschrei aus, aber kaum hat der ihren Mund verlassen, da hält das Müllauto wieder an. Zu ihrer Linken plaudert ein Mann an seinem Handy, rechts zieht eine Frau ihren Lippenstift nach. Auf der Digitaluhr am Armaturenbrett kann sie ablesen, dass sie wohl nicht vor vier am Frederick Building eintreffen wird. Frühestens um vier.

Dann hätte ich immer noch zwei Stunden, denkt Holly. Bitte, lieber Gott, lass mich rechtzeitig ankommen, damit ich mich auf ihn vorbereiten kann. Auf *es*. Auf das Monster.

3

Barbara Robinson legt das Verzeichnis mit den Semesterkursen beiseite, in dem sie geblättert hat, tippt auf ihr Handy und ruft die WebWatcher-App auf, die Justin Freilander darauf installiert hat.

»Du weißt schon, dass es nicht ganz koscher ist, jemand ohne seine Erlaubnis zu überwachen, oder?«, hat Justin gesagt. »Ich bin mir nicht mal sicher, ob es überhaupt – äh – ganz legal ist.«

»Ich will bloß checken, dass meiner Freundin nichts passiert«, hat Barbara erwidert und ihm ein strahlendes Lächeln geschenkt, bei dem seine Bedenken dahingeschmolzen sind.

Dabei hat Barbara weiß Gott selbst Bedenken; sie bekommt schon Schuldgefühle, wenn sie den kleinen grünen Punkt auf der Landkarte sieht, zumal Jerome seinen eigenen Tracker gelöscht hat. Allerdings weiß Jerome nicht (und Barbara wird es ihm nicht verraten), dass Holly nach ihrem Aufenthalt in Portland nach Pittsburgh gefahren ist. Kombiniert mit den Suchanfragen, die Barbara auf Hollys Computer gefunden hat, lässt sich daraus ableiten, dass Holly sich doch für den Bombenanschlag auf die Macready School interessiert und dass dieses Interesse sich entweder auf Charles »Chet« Ondowsky konzentriert, den WPEN-Reporter, der als Erster am Schauplatz war, oder auf seinen Kameramann Fred Finkel. Nach Barbaras Meinung geht es höchstwahrscheinlich um Ondowsky, weil Holly öfter ihn als Finkel gegoogelt hat. Sie hat seinen Namen sogar auf den Notizblock neben dem Computer gekritzelt ... mit zwei Fragezeichen dahinter.

Barbara will sich weder ausmalen, dass ihre Freundin total durcheinander ist oder gar einen Nervenzusammenbruch hat, noch dass Holly irgendwie dem Bombenleger auf die Spur gekommen ist ... aber sie weiß, dass beides im Bereich des Möglichen liegt, wie man so sagt. Holly ist sich ihrer selbst unsicher, Holly verbringt *viel* zu viel Zeit mit Selbstzweifeln, aber außerdem ist Holly intelligent. Möglich ist ferner, dass Ondowsky und Finkel (ein Duo, bei dem Barbara unweigerlich an Simon & Garfunkel denkt) irgendwie auf eine Spur des Bombenlegers gestoßen sind, ohne es zu wissen oder auch nur zu ahnen.

Bei dieser Vorstellung fällt Barbara ein Film ein, den sie gemeinsam mit Holly angeschaut hat. *Blow Up* hieß der. Darin lichtet ein Fotograf, der in einem Park Bilder von einem Liebespaar macht, zufällig einen Mann mit einer Pistole ab, der sich im Gesträuch versteckt hat. Was, wenn etwas Ähnliches in der Macready School passiert ist? Was, wenn der Bombenleger an den Schauplatz des Verbrechens zurückgekehrt ist, um sich an seinem Werk zu weiden, und wenn das Fernsehteam ihn unbewusst gefilmt hat, während er gaffend dastand (oder gar so getan hat, als wollte er helfen)? Was, wenn Holly das irgendwie entdeckt hat? Die Idee ist zwar weit hergeholt, aber ist es nicht so, dass das Leben manchmal die Kunst nachahmt? Vielleicht ist Holly also nach Pittsburgh geflogen, um sich mit Ondowsky und Finkel zu unterhalten. Das wäre zwar nicht weiter gefährlich, aber was, wenn der Bombenleger sich noch in der Gegend aufhält und Holly jetzt hinter ihm her ist?

Und was, wenn der Bombenleger hinter *ihr* her ist?

Das ist wahrscheinlich alles Blödsinn, aber trotzdem ist Barbara erleichtert, als sie auf WebWatcher sieht, wie Holly Pittsburgh verlässt und zum Haus ihrer Mutter fährt. Beinahe hätte sie die App da gelöscht, was auf jeden Fall ihr Gewissen erleichtert hätte, aber dann hat Holly sie gestern scheinbar aus keinem anderen Grund angerufen, als um ihr zu erzählen, dass sie von Samstag auf Sonntag bei ihrer Mutter übernachten wolle. Und am Ende des Anrufs hat Holly auch noch gesagt: »Ich hab dich lieb.«

Tja, das stimmt natürlich, und Barbara hat Holly auch lieb, aber das ist selbstverständlich und nicht etwas, was man laut aussprechen müsste. Außer vielleicht bei besonderen Gelegenheiten. Zum Beispiel dann, wenn man gestritten hat und sich wieder versöhnen will. Oder wenn man zu einer langen Reise aufbricht. Oder zu einem Kriegseinsatz. Barbara ist sich sicher, dass Männer und Frauen das zu ihren Eltern und Partnern sagen, bevor sie in den Krieg ziehen.

Abgesehen davon hat Holly es in einem bestimmten *Ton* gesagt, der Barbara nicht gefiel. Es klang beinahe traurig. Und jetzt teilt der grüne Punkt Barbara mit, dass Holly doch nicht bei ihrer Mutter übernachtet. Offenbar kommt sie in die Stadt zurück. Haben sich ihre Pläne geändert? Hat sie sich vielleicht mit ihrer Mutter gestritten?

Oder hat sie schlicht gelogen?

Barbara wirft einen Blick auf ihren Schreibtisch und sieht die DVDs, die Holly ihr für den Aufsatz geliehen hat: *Der Malteser Falke, Tote schlafen fest* und *Ein Fall für Harper.* Die können ihr als perfekter Vorwand dienen, mit Holly zu sprechen, sobald sie zurückkommt. Barbara wird so tun, als wäre sie total verblüfft, Holly zu Hause vorzufinden, und dann versuchen herauszubekommen, was in Portland und Pittsburgh so wichtig war. Vielleicht wird sie sogar gestehen, dass sie den Tracker installiert hat – das wird davon abhängen, wie es läuft.

Sie greift wieder nach ihrem Handy, um Hollys Standort zu überprüfen. Immer noch auf dem Turnpike; wahrscheinlich hat sich durch Bauarbeiten oder einen Unfall ein Stau gebildet. Sie blickt auf die Zeitangabe und dann wieder auf den grünen Punkt. Holly kann von Glück reden, wenn sie vor fünf ankommt.

Dann werde ich um halb sechs in ihrer Wohnung aufkreuzen, denkt Barbara. Hoffentlich ist alles in Ordnung … obwohl ich da so meine Bedenken habe.

4

Der Verkehr kriecht ein Stück vorwärts … und stoppt.

Kriecht … und stoppt.

Stoppt.

Ich kriege noch einen Sprung in der Schüssel, denkt Holly. Werde einfach austicken, während ich hier sitze und auf das Hinterteil von diesem Müllauto starre. Wahrscheinlich höre ich es knacken, wenn es passiert. Wie bei einer Porzellanschüssel.

Inzwischen schwindet das Licht aus diesem Dezembertag, der nur zwei Kalenderkästchen vom kürzesten Tag des Jahres entfernt ist. Die Uhr am Armaturenbrett teilt Holly mit, dass sie jetzt nur noch hoffen kann, wenigstens um fünf am Frederick Building einzutreffen, und das auch nur, wenn der Verkehr sich bald wieder in Bewegung setzt … und wenn ihr nicht das Benzin ausgeht. Der Tank ist nur noch zu einem Viertel voll.

Womöglich verpasse ich ihn, denkt sie. Womöglich taucht er auf, ruft mich an, damit ich ihm den Türcode schicke, und erhält keine Antwort. Dann wird er denken, dass ich die Nerven verloren und gekniffen habe.

Die Vorstellung, dass der Zufall oder eine unheilvolle Kraft (Jeromes eisgrauer, zerzauster Vogel) verfügt haben könnte, dass ihre zweite Begegnung mit Ondowsky nicht stattfinden soll, verschafft ihr keine Erleichterung. Weil sie nicht nur irgendwo auf seiner persönlichen Abschussliste steht, sondern an erster Stelle. Ihm auf ihrem Terrain und mit einem bestimmten Plan entgegenzutreten hätte ein Vorteil für sie sein sollen. Wenn ihr der verloren geht, wird Ondowsky alles daransetzen, sie zu überrumpeln. Was ihm durchaus gelingen könnte.

Einmal greift sie nach dem Handy und will Pete anrufen, um ihm zu sagen, am Seiteneingang des Bürogebäudes werde ein gefährlicher Mann auftauchen, dem er sich nur mit Vorsicht nähern solle, lässt es dann aber sein. Ondowsky würde sich herausreden. Problemlos. Mit Reden verdient er sich schließlich den Lebensunterhalt. Aber selbst wenn ihm das nicht gelänge, Pete kommt allmählich in die Jahre und wiegt mindestens zehn Kilo mehr als bei seinem Abschied von der Polizei. Pete ist langsam. Das Ding, das sich als Fernsehreporter ausgibt, ist schnell. Holly will Pete nicht in Gefahr bringen, immerhin war *sie* es, die den Geist aus der Flasche gelassen hat.

Vor ihr erlöschen die Bremslichter des Müllautos. Es rollt etwa fünfzehn Meter weiter, bis es wieder anhält. Diesmal dauert der Stopp allerdings kürzer, und der nächste Vorstoß ist wiederum länger. Löst der Verkehrsstau sich endlich auf? Sie wagt kaum, daran zu glauben, aber sie hat Holly-Hoffnung.

Die sich als gerechtfertigt herausstellt. Nach fünf Minuten hat sie ein Tempo von vierzig Stundenmeilen erreicht. Nach sieben fährt sie fünfundfünfzig. Nach elf Minuten drückt Holly das Gaspedal durch und nimmt die Überholspur in Besitz. Als sie an den drei Wagen vorübersaust, deren Karambolage den Stau verursacht hat, schenkt sie den auf den Mittelstreifen geschleppten Wracks kaum einen flüchtigen Blick.

Wenn sie durchgängig siebzig fährt, bis sie im Stadtzentrum den Turnpike verlässt, und wenn sie dann weitgehend grüne Welle hat, kann sie nach ihrer Schätzung um zwanzig nach fünf am Büro sein.

5

Tatsächlich erreicht Holly die Umgebung des Frederick Buildings bereits um fünf nach fünf. Im Gegensatz zu der merkwürdig unterbevölkerten Monroeville Mall ist hier im Stadtzentrum unheimlich viel los. Was zugleich gut als auch schlecht ist. Ihre Chancen, Ondowsky in dem Gedränge von mit Einkäufen beladenen Passanten auf der Buell Street auszumachen, stehen schlecht, was jedoch zugleich auf seine Chancen zutrifft, Holly hinterrücks zu überfallen (falls er das vorhaben sollte, was sie ihm durchaus zutraut). Bill würde von einem Patt sprechen.

Wie zum Ausgleich für ihr Pech auf dem Turnpike sieht sie, wie beinahe direkt gegenüber von ihrem Bürohaus ein

Auto aus einer Parklücke fährt. Sie wartet, bis es weg ist, dann parkt sie vorsichtig rückwärts ein, wobei sie den Idioten, der sie von hinten anhupt, zu ignorieren versucht. Unter weniger kritischen Umständen würde das ständige Hupen sie unter Umständen dazu bringen, die Parklücke aufzugeben, aber sie sieht weit und breit keine andere. Deshalb bliebe ihr nur das Parkhaus, wahrscheinlich auf einer von den oberen Etagen, und Holly hat zu viele Filme gesehen, wo Frauen in Parkhäusern schlimme Dinge zustoßen. Vor allem nach Anbruch der Dunkelheit, und jetzt ist es dunkel.

Sobald das vordere Ende von Hollys Mietwagen genügend Platz lässt, rückt das hupende Auto an ihr vorbei, nur dass die am Lenkrad sitzende Person – kein Idiot, sondern eine Idiotin – noch einmal kurz abbremst, um Holly mit dem Mittelfinger einen kleinen Weihnachtsgruß zu senden.

Als Holly aussteigt, ist gerade eine Lücke im Verkehr entstanden. Sie könnte schnurstracks auf die andere Straßenseite marschieren – oder besser traben –, aber sie gesellt sich lieber zu der Schar von Weihnachtseinkäufern, die an der nächsten Ecke auf Grün warten. In der Menge ist man sicher. Den Schlüssel zum Haupteingang hat sie bereits in der Hand. Um die Ecke herum zum Seiteneingang gehen wird sie allerdings nicht. Der befindet sich in einer Durchfahrt, wo sie ein leichtes Ziel abgäbe.

Als sie den Schlüssel ins Schloss steckt, kommt ein Mann mit einem Schal über der unteren Gesichtshälfte und einer fast bis zu den Augenbrauen gezogenen Russenmütze so dicht an ihr vorbei, dass er sie um ein Haar anrempelt. Ondowsky? Nein. Zumindest *wahrscheinlich* nicht. Wie könnte sie sich da sicher sein?

Der winzige Eingangsbereich ist leer, die Lampen sind gedimmt. Überall dehnen sich Schatten aus. Holly eilt zum Aufzug. Das Gebäude ist eines der älteren im Stadtzentrum und urtypisch für den Mittleren Westen. Es hat nur acht

Stockwerke und nur einen einzigen Aufzug. Der ist zwar geräumig und angeblich auf dem neuesten Stand der Technik, aber es ist eben nur einer. Darüber meckern die Mieter gern, und wer es eilig hat, nimmt oft die Treppe, vor allem wenn sein Büro in einem der unteren Stockwerke untergebracht ist. Es gibt zwar noch den Lastenaufzug, aber der ist am Wochenende bestimmt abgeschaltet. Als sie die Ruftaste drückt, ist sie sich plötzlich sicher, dass der Aufzug wieder außer Betrieb ist, wodurch ihr Plan scheitern würde. Die Tür öffnet sich jedoch sofort, und die weibliche Computerstimme begrüßt sie: »Hallo. Willkommen im Frederick Building!« Angesichts des verwaisten Eingangsbereichs wirkt sie auf Holly wie die körperlose Stimme aus einem Horrorfilm.

Die Tür schließt sich, und Holly drückt auf die 4. An der Wand hängt ein Bildschirm, auf dem während der Woche Nachrichten und Werbung laufen, aber der ist jetzt ausgeschaltet. Weihnachtsmusik hört man auch nicht, Gott sei Dank.

»Aufwärts«, sagt die Computerstimme.

Bestimmt wartet er schon auf mich, denkt Holly. Er ist irgendwie reingekommen und empfängt mich, wenn die Aufzugtür aufgeht und mir keinerlei Ausweg bleibt.

Als die Tür wieder aufgeht, sieht sie jedoch nur den leeren Flur vor sich. Sie kommt am Briefeinwurf vorüber (so altmodisch, wie der sprechende Aufzug neumodisch) und an der Damen- und der Herrentoilette. Vor der Tür mit der Aufschrift TREPPE bleibt sie stehen. Alle beschweren sich über Al Jordan, und das aus gutem Grund; der Hausmeister ist nicht nur unfähig, sondern auch faul. Allerdings muss er gewisse Beziehungen haben, weil er seinen Job behält, obwohl sich im Keller der Abfall stapelt, obwohl die Überwachungskamera am Seiteneingang defekt ist und obwohl Pakete den Empfängern nur langsam – ja irgendwie nach Lust und Laune – zugestellt werden. Ganz zu schweigen von der

Nachlässigkeit mit dem schicken japanischen Aufzug, wegen der *alle* stinksauer waren.

Heute Abend hofft Holly jedoch auf eine weitere Nachlässigkeit von Al, damit sie keine Zeit damit vergeuden muss, aus ihrem Büro einen Stuhl zum Draufstellen zu holen. Als sie die Tür zur Treppe öffnet, sieht sie, dass sie Glück hat. Zum Hohn der feuerpolizeilichen Vorschriften blockiert allerhand Putzzeug den Fluchtweg, darunter ein am Geländer lehnender Mopp und ein halb mit Schmutzwasser gefüllter Wischeimer auf Rollen.

Holly zieht kurz in Betracht, den trüben Eimerinhalt auf die Treppe zu kippen – das würde Al recht geschehen –, bringt es jedoch nicht über sich. Sie schiebt den Eimer in die Damentoilette, entfernt den Moppeinsatz und schüttet das Wasser in eines der Waschbecken. Während sie den Eimer zum Aufzug rollt, baumelt ihre Handtasche hinderlich von ihrer Armbeuge. Sie drückt die Ruftaste, die Tür geht auf, und die Computerstimme teilt ihr (falls sie das vergessen haben sollte) mit: »Etage vier.« Dabei fällt ihr ein, wie Pete eines Tages schnaufend ins Büro kam. »Kann man das Ding eigentlich darauf programmieren, dass es Al auffordert, es endlich zu reparieren und sich dann zum Teufel zu scheren?«, hat er geschimpft.

Holly dreht den Eimer um. Wenn sie die Füße dicht nebeneinander lässt (und gut achtgibt), hat sie gerade genug Platz, sich zwischen die Rollen zu stellen. Aus ihrer Handtasche zieht sie einen Klebefilmspender und ein in braunes Papier eingeschlagenes Schächtelchen. Auf Zehenspitzen streckt sie sich so hoch, dass ihr die Bluse aus dem Hosenbund rutscht, und klebt das Schächtelchen in die hintere linke Ecke des Kabinendachs. Dadurch befindet es sich weit oberhalb der Augenhöhe, wohin die Leute (laut dem verstorbenen Bill Hodges) normalerweise nicht blicken. Hoffentlich hält Ondowsky sich daran. Falls nicht, ist sie geliefert.

Sie nimmt ihr Handy aus der Tasche, hebt es hoch und macht ein Foto von dem Schächtelchen. Wenn alles wie erhofft klappt, wird Ondowsky dieses Foto nicht zu sehen bekommen. Ohnehin stellt es keine besonders wirksame Absicherung dar.

Inzwischen hat die Aufzugtür sich wieder geschlossen. Holly öffnet sie mit einem Tastendruck und rollt den Wischeimer dann durch den Flur zurück zu dem Treppenabsatz, wo sie ihn gefunden hat. Anschließend geht sie am Büro von Brilliancy Beauty Products vorüber (dort ist bis auf einen Mann mittleren Alters, der Holly an eine alte Zeichentrickfigur namens Droopy Dog oder Drops erinnert, nie jemand zu sehen) zu dem von Finders Keepers ganz am Ende. Sie schließt die Tür auf und tritt mit einem erleichterten Seufzer ein. Holly blickt auf ihre Uhr. Gleich halb sechs. Jetzt ist die Zeit wirklich knapp.

Sie tritt an den Bürosafe und gibt die Kombination ein. Dann holt sie den Revolver des verstorbenen Bill Hodges heraus. Obwohl sie weiß, dass er geladen ist – eine ungeladene Handfeuerwaffe ist selbst als Knüppel nutzlos; ein weiterer Spruch ihres Mentors –, dreht sie die Trommel, um sich zu vergewissern, dann lässt sie sie wieder zuschnappen.

Ins Massezentrum, denkt sie. Sobald er aus dem Aufzug tritt. Mach dir keine Sorgen wegen der Schachtel mit dem Geld; wenn die aus Pappe ist, wird das Geschoss sie einfach durchbohren, selbst wenn er sie vor der Brust hält. Wenn sie aus Metall ist, muss ich auf den Kopf zielen. Aus kurzem Abstand. Das könnte eine Schweinerei geben, aber …

Sie überrascht sich mit einem kurzen Auflachen.

Aber Al hat ja Putzzeug dagelassen.

Holly wirft wieder einen Blick auf ihre Armbanduhr. Vier nach halb sechs. Damit bleiben ihr sechsundzwanzig Minuten, bis Ondowsky auftaucht, vorausgesetzt, er kommt pünktlich. Sie hat noch allerhand zu erledigen, und alles ist wichtig. Darüber, was am wichtigsten ist, muss sie nicht lange nachdenken, denn wenn sie diesen Tag nicht überlebt, muss jemand von dem Ding erfahren, das eine Bombe in der Macready School platziert hat, um sich vom Schmerz der Überlebenden und Trauernden zu nähren. Es gibt nur eine einzige Person, die ihr glauben wird.

Sie tippt auf ihr Telefon, ruft die Rekorder-App auf und legt los.

6

Die Robinsons haben ihrer Tochter zum achtzehnten Geburtstag einen schicken, kompakten Ford Focus geschenkt, und während Holly in der Buell Street einparkt, steht Barbara drei Straßen von Hollys Wohnung entfernt vor einer roten Ampel. Sie nutzt die Gelegenheit, einen Blick auf die WebWatcher-App auf ihrem Handy zu werfen, und murmelt: »Scheiße.« Holly ist gar nicht nach Hause gefahren. Sie ist im Büro, obwohl Barbara sich nicht vorstellen kann, wieso sie an einem Samstagabend so kurz vor Weihnachten dort aufschlagen sollte.

Das Haus, in dem Holly wohnt, liegt geradeaus, aber als die Ampel auf Grün schaltet, biegt Barbara nach rechts in Richtung Stadtzentrum ab. Dorthin wird sie nicht lange brauchen. Der Haupteingang vom Frederick Building ist heute höchstwahrscheinlich abgeschlossen, aber sie kennt den Code für die Seitentür in der Durchfahrt. Schließlich war sie mit ihrem Bruder oft bei Finders Keepers, und manchmal sind sie beide durch ebenjene Tür hineingelangt.

Ich werde sie einfach überraschen, denkt Barbara. Mit ihr einen Kaffee trinken gehen, um herauszukriegen, was da eigentlich läuft. Vielleicht können wir sogar schnell was essen und dann ins Kino gehen.

Bei dem Gedanken strahlt sie.

7

Aus dem Bericht von Holly Gibney an Detective Ralph Anderson:

Ich weiß gerade nicht, welche Einzelheiten ich vielleicht noch nicht erzählt habe, Ralph, aber ich habe momentan keine Zeit, alles durchzuhören. Wie gesagt, ich bin unerwartet auf einen weiteren Outsider gestoßen, nicht auf denselben Typus, mit dem wir es in Texas zu tun hatten, sondern auf etwas Ähnliches. Auf ein neues, verbessertes Modell sozusagen.

Inzwischen sitze ich in dem kleinen Vorraum von unserem Büro und warte auf ihn. Ich habe vor, ihn zu erschießen, sobald er mit dem Erpressungsgeld aus dem Aufzug tritt, und ich glaube, so wird es auch laufen. Ich nehme an, er kommt tatsächlich nur zur Übergabe, nicht um mich zu töten, weil ich ihn überzeugt habe, dass ich nur Geld und sein Versprechen will, nie wieder einen Massenmord zu begehen. Woran er sich letztlich wohl nicht halten will.

Ich habe versucht, alles so logisch zu durchdenken wie möglich, weil mein Leben davon abhängt. An seiner Stelle würde ich zahlen und dann erst mal abwarten, was passiert. Ob ich anschließend meinen Job bei dem Sender in Pittsburgh aufgeben würde? Gut möglich, aber vielleicht würde ich ihn auch behalten. Um zu testen, ob sich die Erpresserin so wie versprochen verhält. Erst wenn sie ein zweites Mal angetanzt käme, um mich auszunehmen, würde ich sie umbringen und mich davonmachen. Anschließend würde ich ein, zwei Jahre warten, bis ich wieder meine alten Gewohnheiten aufnehme. Vielleicht in San Francisco, vielleicht in Seattle, vielleicht in Honolulu. Ich würde wieder bei einem unabhängigen Sender anfangen und mich hocharbeiten, mit einer neuen Identität und neuen Empfehlungsschreiben. Weiß Gott, wie er damit im Zeitalter von Computern und sozialen Medien durchkommt, Ralph, aber irgendwie gelingt ihm das. Jedenfalls ist es ihm bisher gelungen.

Ob er sich Sorgen machen würde, ich könnte das, was ich weiß, an irgendwen weitergeben? Zum Beispiel an seinen Sender? Nein, denn sobald ich ihn erpresse, werde ich zur Komplizin bei seinen Verbrechen. Worauf ich aber am meisten zähle, ist sein Selbstvertrauen. Seine *Arroganz*. Wieso auch sollte er nicht so selbstbewusst und arrogant sein? Er kommt mit dem, was er tut, ja schon lange, sehr lange davon.

Allerdings hat mein Freund Bill mir beigebracht, immer einen Ausweichplan zu haben. »Gürtel und Hosenträger, Holly«, hat er immer gesagt. »Gürtel und Hosenträger.«

Falls er *doch* den Verdacht hegen sollte, dass ich ihn umbringen will, statt nur dreihunderttausend Dollar von ihm zu erpressen, wird er irgendwelche Vorkehrungen treffen. Aber welche? Keine Ahnung. Bestimmt geht er davon aus, dass ich eine Schusswaffe besitze, während er wohl keine reinschmuggeln wird, weil er annehmen muss, dass mich der Metalldetektor warnen würde. Vielleicht nimmt er die Treppe, was selbst dann ein Problem sein könnte, wenn ich ihn kommen höre. Falls das der Fall ist, muss ich es eben drauf ankommen lassen.

[Pause]

Bills Revolver stellt meinen Gürtel dar, das Schächtelchen, das ich an die Decke vom Aufzug geklebt habe, meine Hosenträger. Meine Absicherung. Ich habe ein Foto davon. Er wird das Schächtelchen haben wollen, dabei ist nichts drin außer einem Lippenstift.

Ich habe mein Bestes getan, Ralph, nur reicht das vielleicht nicht. Trotz meiner ganzen Planung besteht natürlich die Chance, dass ich die Sache nicht überlebe. Falls es so kommt, solltest du wissen, wie viel mir deine Freundschaft bedeutet hat. Falls ich tatsächlich sterbe und du fortführen willst, was ich begonnen habe, pass bitte auf dich auf. Denk dran, du hast Frau und Sohn.

8

Es ist 17.43 Uhr. Die Zeit rast dahin.

Dieser verflixte Verkehrsstau! Wenn er zu früh kommt, bevor ich bereit bin …

Wenn das passiert, wird Holly sich etwas ausdenken, um ihn ein paar Minuten unten aufzuhalten. Sie weiß noch nicht was, aber ihr wird schon etwas einfallen.

Holly schaltet den Computer am Empfang ein. Sie hat zwar ein eigenes Büro, nimmt aber lieber dieses Gerät, weil sie gern hier vorn sitzt, anstatt hinten versteckt zu sein. Außerdem ist es der Rechner, den sie und Jerome verwendet haben, als sie Petes dauernde Klagen satthatten, die Treppe nehmen zu müssen. Was sie getan haben, war bestimmt gesetzwidrig, aber es hat das Problem gelöst, und die entsprechenden Informationen müssten noch auf dem Computer gespeichert sein. Hoffentlich! Wenn nicht, ist sie geliefert. Vielleicht ist sie das ja sowieso, sollte Ondowsky tatsächlich die Treppe nehmen. Falls er das tut, ist sie zu neunzig Prozent sicher, dass er vorhat, sie nur umzubringen, anstatt das Bestechungsgeld zu zahlen.

Der Computer ist ein topaktueller iMac Pro, aber heute braucht er scheinbar ewig zum Hochfahren. Während Holly wartet, nimmt sie ihr Handy zur Hand, um die Audiodatei mit dem Bericht per E-Mail an sich selbst zu senden. Dann zieht sie einen USB-Stick aus ihrer Handtasche – er enthält die verschiedenen Fotos, die Dan Bell gesammelt hat, und die von Brad Bell erstellten Spektrogramme –, und als sie ihn in den Computer steckt, meint sie, den Aufzug zu hören. Was unmöglich ist, falls sich nicht noch jemand anderes im Gebäude befindet.

Jemand wie Ondowsky.

Den Revolver in der Hand, rennt Holly zum Eingang. Sie stößt die Tür auf und streckt den Kopf hinaus. Hört nichts.

Der Aufzug gibt keinen Ton von sich. Außerdem befindet er sich immer noch auf dem Stockwerk hier. Also war es reine Einbildung.

Sie lässt die Tür offen und eilt zum Schreibtisch zurück, um den Rest zu erledigen. Eine Viertelstunde hat sie dafür Zeit. Das sollte ausreichen, vorausgesetzt, sie schafft es, den Software-Fix zu entfernen, den Jerome ersonnen hat. Dann müsste der Steuerungsfehler wieder auftreten, der einen zwingt, die Treppe zu nehmen.

Ich werde merken, ob es geklappt hat, denkt sie. Wenn der Aufzug runterfährt, nachdem Ondowsky ausgestiegen ist, ist alles in Ordnung. Wenn nicht …

Aber es bringt nichts, darüber nachzugrübeln.

9

Die Geschäfte sind in der Vorweihnachtszeit länger offen – in der besinnlichen Zeit, wo wir die Geburt Jesu feiern, indem wir unsere Kreditkarten ausreizen, denkt Barbara –, und sie sieht sofort, dass sie in der Buell Street keine Parklücke finden wird. Deshalb zieht sie beim Parkhaus gegenüber vom Frederick Building ein Ticket, wo sie schließlich auf der dritten Etage, knapp unter dem Dach, einen freien Platz findet. Während sie zum Aufzug hastet, sieht sie sich ständig um und hat eine Hand in der Handtasche stecken. Auch Barbara hat zu viele Filme gesehen, wo Frauen in Parkhäusern schlimme Dinge zustoßen.

Als sie wohlbehalten unten angekommen ist, läuft sie zur Kreuzung und erreicht sie gerade noch bei Grün. Auf der anderen Seite blickt sie am Frederick Building hoch und sieht, dass im vierten Stock Licht brennt. An der nächsten

Ecke biegt sie nach rechts ab. Ein kleines Stück weiter kommt eine Gasse mit zwei Schildern, auf denen KEINE DURCHFAHRT und PRIVAT! NUR FÜR BERECHTIGTE steht. Barbara geht hinein und bleibt am Seiteneingang stehen. Sie beugt sich gerade vor, um den Türcode einzugeben, als eine Hand sie an der Schulter packt.

10

Holly öffnet die E-Mail, die sie an sich selbst gesendet hat, und kopiert den Anhang auf den USB-Stick. Sie zögert einen Moment, während sie das leere Titelfeld unter dem Symbol für den Stick betrachtet. Dann tippt sie BLUTIGE NACHRICHTEN ein. Ein passender Name. Schließlich ist es das, worum es in der Lebensgeschichte dieses verflixten Dings geht, denn genau damit hält es sich am Leben. Mit Blut und Schmerzen.

Sie zieht den Stick heraus. Hier an dem Schreibtisch im Empfangsbereich werden die Postsendungen vorbereitet, weshalb allerhand Umschläge in unterschiedlichen Größen zur Verfügung stehen. Holly nimmt einen kleinen gepolsterten, schiebt den USB-Stick hinein, klebt den Umschlag zu und gerät dann ganz kurz in Panik, weil ihr einfällt, dass die Post an Ralph von irgendwelchen Nachbarn aus dem Briefkasten geholt wird. Sie denkt nach, holt tief Luft, klebt dann ein paar Briefmarken auf den Umschlag und schreibt eilig:

Detective Ralph Anderson
619 Acacia Street
Flint City, Oklahoma 74012

Darunter fügt sie hinzu: NICHT WEITERLEITEN, SONDERN BIS RÜCKKEHR AUFBEWAHREN. Das muss ausreichen. Holly nimmt den Umschlag, rennt zum Briefeinwurf neben dem Aufzug und wirft die Sendung ein. Weil Al mit der Post genauso nachlässig umgeht wie mit allem anderen, wird der Umschlag möglicherweise für eine Woche, oder angesichts der Feiertage sogar noch länger, unten im Schacht liegen bleiben, den – zugegebenermaßen – inzwischen sowieso kaum noch jemand verwendet. Aber eigentlich gibt es keinen Grund zur Eile. Irgendwann wird er schon befördert werden.

Nur um sich zu vergewissern, dass sie sich vorher wirklich nur etwas eingebildet hat, drückt sie die Aufzugtaste. Die Tür geht auf, die Kabine ist da, und sie ist leer. Es war also tatsächlich reine Fantasie. Während sie zum Büro zurückläuft, keucht sie zwar nicht gerade, atmet jedoch schwer. Teilweise mag das an dem Spurt liegen, hauptsächlich aber wohl am Stress.

Jetzt der letzte Punkt. Sie tippt ins Suchfeld des Computers den Namen ein, den Jerome dem Software-Fix gegeben hat: EREBETA. Das ist der Markenname des nervigen Aufzugs und außerdem das japanische Wort für Aufzug … behauptet jedenfalls Jerome.

Al Jordan hat sich strikt geweigert, eine örtliche Firma zu rufen, und darauf bestanden, dass die Reparatur von einem autorisierten Erebeta-Fachmann durchgeführt werden müsse. Sonst seien, falls es zum Unfall komme, schlimme Folgen juristischer Art zu erwarten, wie zum Beispiel millionenschwere Klagen. Da sei es besser, die acht Eingänge des Aufzugs einfach mit gelbem Klebeband mit der Aufschrift AUSSER BETRIEB zu verbarrikadieren und darauf zu warten, dass ein geeigneter Reparateur auftauche. Es werde nicht lange dauern, hat Al den erzürnten Mietern versichert. Höchstens eine Woche. Ich bitte um Verständnis für die Unannehmlichkeiten. Aber aus der Woche ist fast ein ganzer Monat geworden.

»Der hat ja keine Unannehmlichkeiten«, hat Pete geschimpft. »Sein Büro ist im Untergeschoss, und da sitzt er den ganzen Tag auf seinem Hintern, sieht fern und mampft Donuts.«

Schließlich ist Jerome eingeschritten und hat Holly etwas erklärt, was sie – die selbst ein Computerfreak ist – bereits wusste: Wenn man sich im Internet auskennt, findet man für jedes Problem eine Lösung. Die hat darin bestanden, genau diesen Computer mit dem wesentlich einfacheren Rechner zu koppeln, der den Aufzug steuert.

»Da ist es«, hat Jerome gesagt und auf den Monitor gedeutet. Er war mit Holly allein, weil Pete gerade die Runde bei den örtlichen Kautionsagenten machte, um Aufträge an Land zu ziehen. »Siehst du, was da los ist?«

Sie sah es. Der Aufzugcomputer war nicht mehr in der Lage, die einzelnen Stockwerke zu »sehen«. Er sah nur noch die beiden Endstationen.

Jetzt muss sie nur noch das virtuelle Heftpflaster abziehen, das sie der Aufzugsteuerung verpasst haben. Und hoffen, dass es klappt. Für einen Test ist keine Zeit. Die ist schlicht zu knapp. Es ist vier Minuten vor sechs. Sie ruft das Menü mit den Stockwerken auf, das den Aufzugschacht in Echtzeit darstellt. Die Haltepunkte sind mit U bis 7 markiert. Momentan ist die Kabine hier im vierten Stockwerk. Oben auf dem Monitor leuchtet in Grün das Wort BEREIT.

Nein, das bist du noch nicht, denkt Holly, aber du wirst es gleich sein. Hoffe ich.

Zwei Minuten später, als sie gerade fertig wird, meldet sich ihr Handy.

11

Barbara stößt einen leisen Schrei aus, wirbelt herum und drückt den Rücken an die Tür. Sie blickt zum dunklen Schatten des Mannes hinauf, der sie an der Schulter gepackt hat.

»Jerome!« Sie klopft sich mit der Hand an die Brust. »Du hast mich echt brutal erschreckt! Was hast du hier zu suchen?«

»Die Frage wollte ich dir auch gerade stellen«, sagt Jerome. »Mädchen und finstere Durchfahrten passen gar nicht gut zusammen.«

»Dass du den Tracker von deinem Handy gelöscht hast, war gelogen, stimmt's?«

»Tja, das stimmt tatsächlich«, gibt Jerome zu. »Aber da du offensichtlich selbst einen installiert hast, kannst du nicht gerade behaupten, du wärst mir moralisch überle…«

In diesem Moment ragt hinter Jerome ein weiterer dunkler Schatten auf … nur ist der nicht vollständig dunkel. Die Augen glänzen wie die einer Katze, die man mit dem Lichtkegel einer Taschenlampe erwischt hat. Bevor Barbara ihren Bruder warnen kann, schwingt der Schatten etwas gegen seinen Kopf. Man hört ein fürchterliches, dumpfes Knacken, dann bricht Jerome auf dem Asphalt zusammen.

Der Schatten packt Barbara, stößt sie an die Tür und fixiert sie dort, indem sich seine behandschuhte Hand um ihren Hals schließt. Aus der anderen Hand lässt er einen Brocken aus Ziegelstein fallen. Vielleicht ist es auch ein Stück Beton. Sicher weiß Barbara nur, dass das Blut ihres Bruders daran herabtropft.

Der Schatten beugt sich so nah zu ihr, dass sie ein rundes, nicht weiter bemerkenswertes Gesicht unter einer von diesen russischen Pelzmützen sehen kann. Das merkwürdige Schimmern in den Augen ist verschwunden. »Nicht schreien, meine kleine Freundin. Das solltest du auf keinen Fall tun.«

»Sie haben ihn umgebracht!« Das kommt ihr pfeifend aus dem Mund. Er hat zwar nicht ihre ganze Luftzufuhr abgeschnitten, noch nicht, aber doch beinahe. »Sie haben meinen Bruder umgebracht!«

»Nein, der ist noch am Leben«, sagt er Mann. Er lächelt, wobei er zwei kieferorthopädisch perfekte Zahnreihen entblößt. »Glaub mir, wenn er tot wäre, wüsste ich das. Aber ich kann ihn tot *machen*. Falls du schreist oder zu fliehen versuchst – anders gesagt, falls du mich ärgerst –, werde ich auf ihn einschlagen, bis das Gehirn wie der berühmte Geysir Old Faithful heraussprudelt. Na, wirst du schreien?«

Barbara schüttelt den Kopf.

Das Lächeln verbreitert sich zu einem Grinsen. »Gut, meine kleine Freundin, sehr gut. Du hast Angst, ja? Das gefällt mir.« Er atmet tief ein, als würde er ihr Entsetzen aufsaugen. »Du solltest auch Angst haben. Schließlich hast du hier nichts zu suchen, wobei ich alles in allem froh bin, dass du gekommen bist.«

Er beugt sich noch näher zu ihr. Sie riecht sein Eau de Toilette und spürt das Fleisch seiner Lippen, als er ihr etwas ins Ohr flüstert.

»Du schmeckst wunderbar.«

12

Den Blick auf den Computer geheftet, greift Holly nach dem Handy. Auf dem Monitor sieht man immer noch das Etagenmenü des Aufzugs, aber unter dem Diagramm des Schachts ist jetzt ein Auswahlfeld aufgetaucht, das AUSFÜHREN und ABBRECHEN anbietet. Wenn sie doch nur völlig sicher sein könnte, dass etwas passiert, wenn sie AUSFÜHREN wählt! Und dass es das richtige Etwas ist.

Bereit, Ondowsky eine Textnachricht mit dem Code für die Seitentür zu schicken, blickt sie auf das Handydisplay und erschrickt. Da steht weder ONDOWSKY noch UNBEKANNT. Da sieht sie das lächelnde Gesicht ihrer jungen Freundin Barbara Robinson.

Ach du lieber Gott, nein, denkt Holly. Bitte nicht, lieber Gott!

»Barbara?«

»Hier ist ein Mann, Holly!« Barbara weint und ist kaum verständlich. »Der hat Jerome mit irgendwas bewusstlos geschlagen, ich glaub, es war ein Ziegelstein, und jetzt blutet Jerome wie verrückt …«

Dann ist sie weg, und das Ding, das sich als Ondowsky maskiert, ist dran. »Hi, Holly, hier ist Chet«, sagt es mit seiner geübten Fernsehstimme.

Holly erstarrt. Von außen gesehen nicht lange, wahrscheinlich weniger als fünf Sekunden, aber in ihrem Kopf fühlt es sich viel länger an. Das ist alles ihre Schuld. Sie hat versucht, ihre Freunde fernzuhalten, aber die sind trotzdem gekommen. Sie sind gekommen, weil sie sich Sorgen um sie gemacht haben, und deshalb ist es *Hollys* Schuld.

»Holly? Noch da?« In seiner Stimme liegt ein Lächeln. Weil sich die Dinge zu seinen Gunsten entwickelt haben, und das amüsiert ihn. »Das ändert die Lage, würdest du nicht auch sagen?«

Ich darf nicht in Panik geraten, denkt Holly. Ich werde mein Leben hingeben, um das von den beiden zu retten, aber ich darf nicht in Panik geraten. Sonst werden wir nämlich *alle* sterben.

»Tatsächlich?«, sagt sie. »Ich besitze immer noch, was Sie gern hätten. Wenn Sie dem Mädchen etwas antun oder ihren Bruder noch stärker verletzen, werde ich Ihr Leben zerstören. Ein für alle Mal.«

»Hast du eigentlich eine Schusswaffe?« Er lässt ihr keine Chance, die Frage zu beantworten. »Natürlich hast du eine. *Ich* nicht, aber dafür habe ich ein Keramikmesser mitgebracht. Sehr scharf. Denk dran, dass ich das Mädchen dabeihaben werde, wenn ich zu unserem kleinen Tête-à-Tête komme. Ich werde die Kleine zwar nicht töten, wenn ich dich mit einer Waffe in der Hand dastehen sehe – so eine gute Geisel darf man nicht vergeuden –, aber ich werde sie entstellen, während du zusehen musst.«

»Ich werde keine Waffe dabeihaben.«

»Da kann ich dir wohl vertrauen.« Weiterhin amüsiert. Entspannt und selbstsicher. »Aber ich glaube, ich werde doch kein Geld gegen den USB-Stick eintauschen. Stattdessen gebe ich dir meine kleine Freundin. Wie hört sich das an?«

Nach einer Lüge, denkt Holly.

»Nach einem Deal«, sagt sie. »Lassen Sie mich noch mal mit Barbara sprechen.«

»Nein.«

»Dann kriegen Sie den Code nicht.«

Worauf er doch tatsächlich lacht. »Den weiß die Kleine; die wollte ihn gerade eintippen, als ihr Bruder sie überrascht hat. Ich hab hinter dem Müllcontainer gestanden und die beiden beobachtet. Bestimmt könnte ich die Kleine überzeugen, es mir zu verraten. Willst du, dass ich sie überzeuge? So zum Beispiel?«

Barbara schreit auf, und Holly schlägt die Hand vor den Mund. Ihre Schuld, ihre Schuld, alles ihre Schuld.

»Aufhören. Hören Sie auf, ihr wehzutun. Ich will bloß wissen, ob Jerome noch am Leben ist.«

»Vorläufig ja. Er gibt merkwürdige Schniefgeräusche von sich. Vielleicht hat er eine Hirnverletzung. Ich habe fest zugeschlagen, weil mir das nötig erschien. Schließlich ist er ein ziemlicher Brocken.«

Er versucht, mich zum Ausrasten zu bringen, denkt Holly. Ich soll nicht nachdenken, sondern nur noch reagieren.

»Er blutet ganz schön«, fährt Ondowsky fort. »Kopfwunde und so. Aber es ist ziemlich kalt, was die Blutgerinnung bestimmt fördert. Aber wo wir schon von Kälte sprechen – hören wir endlich auf mit dem Blödsinn. Sag mir den Code, wenn du nicht willst, dass ich meiner kleinen Freundin noch mal den Arm umdrehe, und dann werde ich ihn ausrenken.«

»Vier, sieben, fünf, drei«, sagt Holly. Hat sie eine andere Wahl?

13

Der Mann hat tatsächlich ein Messer dabei: schwarzer Handgriff, lange weiße Klinge. Während er Barbara am Arm festhält – an dem, der wehtut –, deutet er mit der Messerspitze auf den Ziffernblock. »Ans Werk, meine kleine Freundin!«

Barbara tippt die Ziffern ein, wartet auf das grüne Licht und öffnet die Tür. »Können wir Jerome nicht drinnen hinlegen? Ich kann ihn reinzerren.«

»Das bezweifle ich nicht«, sagt der Mann. »Aber abgelehnt. Er sieht nach einem coolen Typen aus. Da lassen wir ihn einfach noch ein bisschen weiter abkühlen.«

»Aber dann erfriert er!«

»Und du, meine kleine Freundin, wirst *verbluten,* wenn du dich nicht gleich in Bewegung setzt.«

Nein, du wirst mich nicht umbringen, denkt Barbara. Wenigstens nicht, bevor du ergattert hast, worauf du scharf bist.

Aber er könnte sie verletzen. Ihr ein Auge ausstechen. Ihr die Wange aufschlitzen. Ein Ohr abschneiden. Das Messer sieht unheimlich scharf aus.

Sie geht hinein.

14

Holly steht in der offenen Tür von Finders Keepers und blickt den Flur entlang. In ihren Muskeln pocht Adrenalin, ihr Mund ist so trocken wie ein Wüstenstein. Sie behält ihre Position bei, als sie den Aufzug nach unten fahren hört. Den Befehl, den sie im Computer eingegeben hat, kann sie erst bestätigen, wenn die Kabine wieder heraufkommt.

Ich muss Barbara retten, denkt sie. Jerome auch, falls man dem überhaupt noch helfen kann.

Sie hört, wie der Aufzug im Erdgeschoss hält. Nach einer halben Ewigkeit setzt er sich wieder in Bewegung. Holly geht einen Schritt rückwärts, ohne den Blick von der geschlossenen Aufzugtür am anderen Flurende abzuwenden. Ihr Handy liegt neben dem Mauspad. Sie schiebt es in die linke Vordertasche ihrer Hose, dann blickt sie gerade lange genug nach unten, dass sie den Cursor über dem Kästchen mit AUSFÜHREN positionieren kann.

Ein Schrei ertönt. Er wird vom Geräusch der fahrenden Kabine gedämpft, aber es ist eine weibliche Stimme. Es ist Barbara.

Meine Schuld.

Alles meine Schuld.

15

Der Mann, der Jerome zu Boden geschlagen hat, nimmt Barbara am Arm wie jemand, der seine Begleiterin in einen Saal führt, wo ein großer Tanzball stattfindet. Ihre Handtasche hat er ihr gelassen (oder er kümmert sich nicht darum), weshalb der Metalldetektor ein schwaches Piepen von sich gibt, als sie hindurchgehen, was bestimmt an ihrem Handy liegt. Der Mann ignoriert das. Sie kommen an der Treppe vorbei, die bis vor kurzem von den verärgerten Mietern täglich benutzt wurde, dann betreten sie den Eingangsbereich. Draußen, und damit in einer anderen Welt, wuseln Weihnachtseinkäufer mit ihren Tüten und Päckchen herum.

Da draußen war ich auch gerade, denkt Barbara staunend. Vor nicht mehr als fünf Minuten, als alles noch in Ordnung war. Als ich nichts ahnend dachte, dass mein ganzes Leben noch vor mir liegt.

Der Mann drückt die Aufzugtaste. Sie hören, wie die Kabine heruntergleitet.

»Wie viel Geld sollten Sie ihr eigentlich geben?«, fragt Barbara. Neben ihrer Furcht empfindet sie eine dumpfe Enttäuschung darüber, dass Holly überhaupt mit so jemand verhandelt hat.

»Das ist jetzt nicht mehr wichtig, weil ich ja dich habe«, sagt er. »Meine kleine Freundin.«

Der Aufzug stoppt, die Tür geht auf. Die Computerstimme heißt die beiden im Frederick Building willkommen. Dann sagt sie: »Aufwärts.« Die Tür schließt sich, und die Kabine setzt sich in Bewegung.

Der Mann lässt Barbara los. Er nimmt die russische Fellmütze ab, lässt sie zwischen die Beine fallen und hebt die Hände wie ein Zauberkünstler bei einem Trick. »Pass mal auf! Ich glaube, das wird dir gefallen. Auf jeden Fall verdient unsere Ms. Gibney, es zu sehen, weil es das ist, was dieses ganzen Schlamassel überhaupt ausgelöst hat.«

Was nun geschieht, ist von einer Grässlichkeit, die weit darüber hinausgeht, wie Barbara dieses Wort bisher verstanden hat. In einem Film hätte man das als coolen Spezialeffekt abtun können, aber das hier ist die Realität. Ein Kräuseln läuft an dem runden, etwa vierzigjährigen Gesicht hinauf. Es fängt am Kinn an und bewegt sich nicht etwa am

Mund vorbei, sondern *durch ihn hindurch*. Die Nase bebt, die Wangen dehnen sich, die Augen schimmern, die Stirn zieht sich zusammen. Dann verwandelt sich der gesamte Kopf mit einem Schlag in halb durchsichtiges Gelee, das zittert und zuckt und erschlafft und pulsiert. Im Innern sieht man ein Wirrwarr aus sich windendem rotem Zeug. Kein Blut, dieses rote Zeug ist mit scharenweise schwarzen Flecken bedeckt. Barbara schreit auf und taumelt rückwärts an die Aufzugwand. Ihre Beine geben nach. Der Handtaschengurt rutscht ihr von der Schulter, und die Tasche plumpst auf den Boden. Mit aus den Höhlen quellenden Augen rutscht Barbara an der Wand nach unten. Blase und Schließmuskel geben nach.

Dann verfestigt sich der Geleekopf. Das Gesicht, das sich nun bildet, ist völlig anders als das des Mannes, der Jerome bewusstlos geschlagen und Barbara gewaltsam zum Aufzug geführt hat. Es ist schmaler, und die Haut ist ein paar Schattierungen dunkler. Die Augen sind nicht rund, sondern stehen an den Winkeln leicht schräg. Die Nase ist spitzer und länger als der stumpfe Zinken des Mannes, der vorher mit ihr im Aufzug stand. Und der Mund ist dünner.

Dieser Mann sieht zehn Jahre jünger aus als der, der sie draußen gepackt hat.

»Ein guter Trick, findest du nicht auch?« Selbst seine Stimme ist anders.

Was bist du, versucht Barbara zu sagen, aber die Worte weigern sich, aus ihrem Mund zu kommen.

Der Mann bückt sich und hängt ihr behutsam die Handtasche wieder über die Schulter. Barbara weicht vor der Berührung seiner Finger zurück, kann ihnen jedoch nicht ganz entkommen. »Du willst doch bestimmt nicht dein Portemonnaie und deine Kreditkarten hier liegen lassen, oder?«, sagt er. »Damit kann die Polizei dich nämlich identifizieren, falls … Na ja, falls eben.« Schalkhaft fasst er sich an die neue

Nase. »Ach du jemine, da ist wohl ein kleiner Unfall passiert. Dumm gelaufen, wie's so schön heißt.« Er kichert.

Der Aufzug hält an, und die Tür geht auf. Vor ihm liegt der Flur im vierten Stock.

16

Als der Aufzug stoppt, wirft Holly einen weiteren kurzen Blick auf den Computermonitor, dann klickt sie mit der Maus. Sie wartet nicht darauf, dass die Etagenangaben auf der Grafik – U bis 7 – grau werden, wie sie es waren, bevor Jerome das Programm gemäß den Anweisungen einer Website mit dem Titel *Erebeta-Fehler und ihre Reparatur* korrigiert hat. Das ist nicht nötig. Ob es geklappt hat, wird sie so oder so bald erfahren.

Holly geht zur Tür zurück und blickt den gut zwanzig Meter langen Flur entlang zum Aufzug. Ondowsky hat Barbara am Arm gepackt … nur als er den Kopf hebt, sieht sie, dass er es gar nicht mehr ist. Jetzt ist es George, nur ohne Schnurrbart und ohne die braune Paketbotenuniform.

»Auf geht's, meine kleine Freundin«, sagt er. »Setz dich in Bewegung!«

Barbara taumelt heraus. Ihre Augen sind weit aufgerissen, ausdruckslos und tränennass; ihre schöne dunkle Haut hat die Farbe von Lehm angenommen. Aus einem Mundwinkel rinnt Speichel. Sie sieht fast so aus, als wäre sie in einen katatonen Zustand verfallen, und Holly weiß auch sofort, warum: Sie hat gesehen, wie Ondowsky sich verwandelt hat.

Dafür, dass Barbara derart entsetzt ist, ist allein Holly verantwortlich, aber daran darf sie jetzt nicht denken. Sie muss im Augenblick bleiben, muss zuhören, muss Holly-Hoffnung haben … obwohl die ihr noch nie so aussichtslos vorgekommen ist.

Die Aufzugtür geht zu. Da Bills Revolver jetzt aus dem Spiel ist, hängt alles, was Holly hat, davon ab, was als Nächstes geschieht. Zuerst geschieht gar nichts, und ihr Herz wird bleischwer. Dann hört sie, wie der Aufzug nach unten fährt, anstatt das zu tun, worauf Erebeta-Aufzüge eigentlich programmiert sind, nämlich stehen zu bleiben, bis sie gerufen werden. Gott sei Dank, er fährt nach unten!

»Da ist sie, meine kleine Freundin«, sagt George der Kindermörder. »Sie ist eine ziemlich böse Freundin. Ich glaube, sie hat Pipi und Kacka in die Hose gemacht. Komm nur näher, Holly, dann riechst du das selbst.«

Holly bleibt in der Tür stehen. »Nur aus Neugier«, sagt sie. »Haben Sie überhaupt irgendwelches Geld mitgebracht?«

George grinst und zeigt Zähne, die wesentlich weniger fernsehgeeignet sind als die seines Alter Ego. »Eigentlich nicht. Hinter dem Müllcontainer, wo ich mich versteckt hab, als ich die Kleine und ihren Bruder hab kommen sehen, steht zwar ein Pappkarton, aber da sind nur Prospekte drin. Solche, wie man sie ständig unerwünscht im Briefkasten findet.«

»Also hatten Sie gar nicht vor, mich auszuzahlen«, sagt Holly. Sie geht in den Flur und bleibt ungefähr zwanzig Schritte von George entfernt stehen. Wenn sie beim Football wären, befände sie sich in der roten Zone. »Oder doch?«

»Genauso wenig, wie du vorhattest, mir den USB-Stick zu geben und mich laufen zu lassen«, sagt er. »Ich kann zwar keine Gedanken lesen, hab mich aber lange darin geübt, Körpersprache zu interpretieren. Und Gesichter. Deines ist offen wie ein Buch, auch wenn du bestimmt anderes meinst. Zieh jetzt mal deine Bluse aus der Hose, und heb sie an. Nicht bis ganz nach oben, ich hab kein Interesse an den kleinen Hubbeln da auf deiner Brust, nur so weit, dass ich sehen kann, dass du nicht doch bewaffnet bist.«

Holly hebt die Bluse an und dreht sich unaufgefordert einmal im Kreis.

»Und jetzt die Hosenbeine hochziehen.«

Auch das tut sie.

»Also keine miesen Tricks«, sagt George. »Gut.« Er legt den Kopf schief und sieht sie an, wie ein Kunstkritiker ein Gemälde betrachten würde. »Meine Güte, du bist aber ein hässliches kleines Ding, was?«

Holly erwidert nichts.

»Hast du im Leben jemals auch nur ein einziges Date gehabt?«

Wieder erwidert Holly nichts.

»Ein hässliches kleines Mauerblümchen, das kaum fünfunddreißig ist und schon graue Haare kriegt. Und sich nicht mal die Mühe macht, das zu kaschieren. Wenn das keine Kapitulation ist, weiß ich auch nicht. Hast du deinem Dildo zum Valentinstag auch brav eine Karte geschickt?«

Holly erwidert nichts.

»Ich hab den Eindruck, du kompensiert dein Aussehen und deine Unsicherheit mit einem Sinn für …« Er unterbricht sich und blickt auf Barbara hinunter. »Menschenskind, bist du schwer! Und du *stinkst!*«

Er lässt Barbaras Arm los, worauf sie vor der Tür der Damentoilette hinstürzt, mit ausgebreiteten Armen, gehobenem Hintern und der Stirn auf dem Boden. Sie sieht aus, als hätte sie sich zum Gebet niedergeworfen. Ihr Schluchzen ist leise, aber Holly kann es hören. O ja, sie kann es sehr gut hören.

Das Gesicht von George verwandelt sich. Nicht in das von Chet Ondowsky, sondern in eine wilde, höhnisch grinsende Visage, die Holly das wahre Wesen hinter der Fassade zeigt. Ondowsky hat ein Schweinsgesicht, George hat ein Fuchsgesicht, aber das ist das Gesicht eines Schakals. Einer Hyäne. Das von Jeromes grauem Vogel. Er tritt Barbara in den in

Bluejeans steckenden Hintern. Vor Schmerz und Verblüffung heult sie auf.

»Rein da mit dir!«, brüllt er. »Rein da, und mach dich sauber, damit die Erwachsenen sich in Ruhe unterhalten können!«

Holly will die letzte Strecke auf ihn zurennen und ihn anschreien, er solle Barbara gefälligst in Frieden lassen, aber genau das will er natürlich. Aber wenn er tatsächlich vorhat, seine Geisel auf die Damentoilette zu schicken, verschafft das Holly vielleicht die Chance, die sie braucht. Auf jeden Fall verbessert es die Bedingungen. Deshalb rührt sie sich nicht von der Stelle.

»Rein da, verdammt noch mal!« Er tritt noch einmal auf Barbara ein. »Um dich kümmere ich mich, wenn ich mit dem lästigen Miststück da vorn fertig bin. Ich kann dir bloß raten zu beten, dass sie nicht versucht, mich aufs Kreuz zu legen.«

Schluchzend drückt Barbara mit dem Kopf die Tür zur Toilette auf und kriecht hinein, allerdings nicht, bevor George ihr einen weiteren Tritt in den Hintern verpasst hat. Dann blickt er zu Holly herüber. Das höhnische Grinsen ist verschwunden, und das Lächeln ist wieder da. Wahrscheinlich soll es charmant wirken, was es auf Ondowskys Gesicht eventuell sogar tun würde. Aber nicht auf dem von George.

»Also, Holly. Meine kleine Freundin ist auf dem Scheißhaus, und jetzt sind wir zwei allein. Ich kann da reingehen und ihr mit dem hier …« Er hebt das Messer. »… den Bauch aufschlitzen, oder du gibst mir, was du mir versprochen hast, und ich lasse sie in Frieden. Genauer gesagt, lasse ich dann euch beide in Frieden.«

So dumm bin ich nicht, denkt Holly. Sobald du hast, was du willst, kommt hier keiner von uns lebend raus, Jerome eingeschlossen. Falls der nicht ohnehin schon tot ist.

Sie versucht, zugleich Zweifel und Hoffnung in ihre Stimme zu legen. »Ich weiß nicht, ob ich Ihnen glauben kann.«

»Klar kannst du das. Sobald ich den USB-Stick habe, verschwinde ich. Aus deinem Leben und aus der Journalistenszene hier in Pittsburgh. Es ist an der Zeit weiterzuziehen. Das wusste ich schon, bevor dieser Typ …« Er fährt sich mit der Hand, die nicht das Messer hält, langsam über das Gesicht, als würde er einen Schleier herunterziehen. »… die Bombe gelegt hat. Das ist wohl sogar der *Grund,* weshalb er das getan hat. Also kannst du mir durchaus glauben, Holly.«

»Vielleicht sollte ich lieber in mein Büro zurückrennen und die Tür verriegeln«, sagt Holly. Hoffentlich drückt ihr Gesicht aus, dass sie das wirklich in Betracht zieht. »Um die Polizei zu rufen.«

»Und das Mädchen meiner Gnade überlassen?« George deutet mit seinem langen Messer auf die Tür der Damentoilette und grinst. »Das kann ich mir nicht vorstellen. Ich hab nämlich bemerkt, wie du sie angesehen hast. Außerdem hätte ich dich schon nach drei Schritten geschnappt. Wie ich dir im Einkaufszentrum ja gesagt habe, bin ich schnell. Genug geredet. Gib mir, was ich haben will, dann mach ich mich vom Acker.«

»Habe ich eine andere Wahl?«

»Tja, was meinst du?«

Sie schweigt, seufzt und fährt sich mit der Zunge über die Lippen, bevor sie schließlich nickt. »Sie haben gewonnen. Hauptsache, Sie lassen uns am Leben.«

»Das werde ich.« Wie damals im Einkaufszentrum kommt die Reaktion zu schnell. Zu flüssig. Holly glaubt ihm nicht. Das weiß er, aber es ist ihm schnuppe.

»Ich ziehe jetzt mein Handy aus der Tasche«, sagt sie. »Ich muss Ihnen nämlich ein Foto zeigen.«

Da er nichts erwidert, holt sie ihr Telefon ganz langsam aus der Tasche. Sie öffnet die Galerie, wählt das Foto aus, das sie im Aufzug aufgenommen hat, und streckt ihm das Handy hin.

Sag's, denkt sie. Das will ich nicht selbst tun, also sag's, du Dreckskerl.

Er tut es. »Ich kann nichts erkennen. Komm näher!«

Mit gehobenem Handy geht sie auf ihn zu. Zwei Schritte. Drei. Noch fünfzehn Schritte Abstand, dann zwölf. Mit zusammengekniffenen Augen starrt er auf das Handy. Noch neun. Siehst du, wie zögerlich ich bin?

»Näher, Holly! Wenn ich mich gerade umgewandelt hab, sehe ich ein paar Minuten lang alles leicht verschwommen.«

Was für ein mieser Lügner du doch bist, denkt sie, tut jedoch einen weiteren Schritt auf ihn zu, das Handy weiterhin ausgestreckt. Wenn er abtritt, wird er sie ziemlich sicher mitnehmen. Aber das ist in Ordnung.

Selbst in ihrem hyperwachen Zustand sieht Holly kaum, wie George sich bewegt. Im einen Moment steht er noch vor der Damentoilette und versucht, das Foto zu erkennen, im nächsten hat er schon einen Arm um ihre Taille gelegt und greift mit dem anderen nach ihrer ausgestreckten Hand. Dass er schnell ist, war nicht gelogen. Das Handy fällt zu Boden, während er sie zum Aufzug zerrt. Sobald sie drin sind, wird er sie töten und sich das an der Decke klebende Schächtelchen schnappen. Dann wird er in die Toilette gehen und Barbara umbringen.

Zumindest ist das sein Plan. Holly hat einen anderen.

»Was tun Sie da?«, kreischt Holly – nicht weil sie das nicht weiß, sondern weil das jetzt der erforderliche Spruch ist.

Anstatt etwas zu erwidern, drückt er nur die Aufzugtaste. Die leuchtet zwar nicht auf, aber Holly hört, wie die Kabine sich summend in Bewegung setzt. Sie kommt herauf. Erst in letzter Sekunde wird Holly versuchen, sich loszureißen. Sobald George begreift, was passiert, wird er allerdings ebenfalls versuchen, sich von ihr loszureißen, und das darf sie nicht zulassen.

Das schmale Fuchsgesicht von George verzieht sich zu einem Lächeln. »Weißt du was? Ich glaube, das läuft hier doch alles wie ge…«

Er unterbricht sich, weil der Aufzug nicht anhält, sondern den vierten Stock auslässt – durch den Türspalt sieht man kurz Licht, während die Kabine vorübergleitet – und weiter nach oben fährt. Verblüfft lockert George seinen Griff. Nur für einen Augenblick, aber das reicht Holly aus, sich von ihm zu lösen und einen Schritt zurückzutreten.

Was als Nächstes geschieht, dauert nicht mehr als zehn Sekunden, aber in ihrem hoch gespannten Zustand registriert Holly jede Einzelheit.

Die Tür zur Treppe fliegt krachend auf, und Jerome wankt heraus. Seine Augen sind von einer Maske aus verkrustetem Blut umgeben. In den Händen hält er den Mopp, der auf dem Treppenabsatz gestanden hat. Der Holzstiel ist wie ein Spieß nach vorn gerichtet. Als er George sieht, stürmt er auf ihn zu. *»Wo ist Barbara?«*, brüllt er dabei. *»Wo ist meine Schwester?«*

George stößt Holly gewaltsam beiseite. Mit einem dumpfen Schlag, der sie durch und durch erschüttert, prallt sie an die Wand. Vor ihren Augen schwärmen schwarze Punkte aus. George greift nach dem Stiel und reißt ihn Jerome locker aus den Händen. Als er den Mopp ein Stück zurückzieht, um ihn Jerome in den Leib zu rammen, springt mit einem lauten Knall die Tür der Damentoilette auf.

Barbara kommt herausgerannt und hält das Pfefferspray aus ihrer Tasche in der Hand. Als George ihr den Kopf zudreht, erwischt ihn ein Strahl mitten im Gesicht. Mit einem Aufschrei schlägt er die Hände vor die Augen.

Der Aufzug erreicht das oberste Stockwerk. Das Summen der Maschinerie verstummt.

Jerome läuft auf George zu. *»Nein, Jerome!«*, schreit Holly und rammt ihm die Schulter in die Rippen. Er kollidiert mit seiner Schwester, worauf beide an die Wand zwischen den beiden Toilettentüren taumeln.

Der Aufzugalarm ertönt, ein elektronisch verstärktes Jaulen, das *Panik, Panik, Panik* kreischt.

George wendet dem Geräusch gerade in dem Moment seine roten, tränenden Augen zu, wo sich die Aufzugtür öffnet. Nicht nur die hier im vierten Stock, sondern in allen Stockwerken. Der Softwarefehler, der dazu geführt hat, dass der Aufzug einstweilen stillgelegt werden musste.

Holly rennt mit ausgestreckten Armen auf George zu. Ihr Wutschrei vermischt sich mit dem plärrenden Alarm. Dann prallen ihre Handflächen auf die Brust von George, und sie stößt ihn in den Schacht. Einen Moment lang scheint er dort in der Luft zu hängen, Augen und Mund vor Entsetzen und Verblüffung weit aufgerissen. Das Gesicht fängt an, zu erschlaffen und sich zu verändern, aber bevor George wieder zu Ondowsky werden kann (falls das gerade vor sich geht), ist er verschwunden. Holly nimmt kaum wahr, wie eine starke braune Hand – die von Jerome – sie hinten an der Bluse packt und davor bewahrt, George in den Schacht zu folgen.

Schreiend stürzt der Outsider in die Tiefe.

Holly, die sich als Pazifistin versteht, empfindet eine wilde Freude über dieses Geräusch.

Bevor sie hören kann, wie der Körper unten aufschlägt, schließt sich die Aufzugtür. Hier im Stockwerk und in allen anderen. Der Alarm verstummt, und die Kabine fährt auf das Untergeschoss zu, die andere Endstation. Als die Kabine vorüberkommt, sehen Holly, Barbara und Jerome im Türspalt kurz Licht aufleuchten.

»Das hast *du* so programmiert«, sagt Jerome.

»Und ob!«, sagt Holly.

17

Barbara knicken die Knie ein. Halb bewusstlos sinkt sie zu Boden. Die Dose Pfefferspray fällt ihr aus der schlaffen Hand und rollt über den Boden, bis sie von der Aufzugtür aufgehalten wird.

Jerome kniet sich neben seine Schwester. Holly schiebt ihn sanft weg, ergreift Barbaras Hand und zieht den Jackenärmel hoch, aber noch bevor sie den Puls fühlen kann, versucht Barbara, sich aufzusetzen.

»Wer … was war das?«

Holly schüttelt den Kopf. »Niemand.« Was tatsächlich die Wahrheit sein könnte.

»Ist er weg? Holly, *ist er weg?*«

»Ja, das ist er.«

»Weil er in den Aufzugschacht gefallen ist?«

»Ja.«

»Gut. *Gut.*« Sie will aufstehen.

»Bleib jetzt am besten erst mal still liegen, Barb. Du bist bloß ohnmächtig geworden. Um Jerome mache ich mir allerdings wirklich Sorgen.«

»Ich bin okay«, sagt Jerome. »Hab einen harten Schädel. Das war der Fernsehtyp, nach dem du im Internet gesucht hast, stimmt's? Kozlowski oder so.«

»Ja.« Und nein. »Du siehst so aus, als hättest du mindestens einen halben Liter Blut verloren, du Hartschädel. Sieh mich mal an.«

Er blickt ihr in die Augen. Beide Pupillen sind gleich groß, was eine gute Nachricht ist.

»Erinnerst du dich an den Titel von deinem Buch?«

Durch seine Waschbärmaske aus geronnenem Blut hindurch wirft er ihr einen ungehaltenen Blick zu. »*Black Owl. Aufstieg und Fall eines amerikanischen Gangsters.*« Er lacht sogar. »Holly, wenn er mir das Hirn zerdeppert hätte, wär mir doch niemals der Code für die Seitentür eingefallen. Aber mal ehrlich – wer war das wirklich?«

»Der Mann, der die Schule in Pennsylvania in die Luft gesprengt hat. Aber nicht dass wir das je wem erzählen würden. Das gäbe nur zu viele Fragen. Lass mal den Kopf nach vorn sinken, Jerome.«

»Tut weh, ihn zu bewegen«, sagt er. »Mein Hals fühlt sich verrenkt an.«

»Tu's trotzdem«, sagt Barbara.

»Hör mal, Schwesterchen, ich will dir ja nicht zu nahe treten, aber du riechst nicht gerade gut.«

»Ich schaff das hier schon, Barbara«, sagt Holly. »In meinem Schrank sind Hosen und ein paar T-Shirts. Nimm dir was zum Umziehen raus. Die passen dir bestimmt. In der Toilette hier kannst du dich dann sauber machen.«

Das will Barbara zweifelsohne dringend tun, trotzdem zögert sie. »Sicher, dass dir nichts Schlimmes passiert ist, J?«

»Klar«, sagt er. »Ab mit dir.«

Barbara geht den Flur entlang zu Finders Keepers. Holly betastet Jeromes Nacken, findet keine Schwellung und fordert ihn noch einmal auf, den Kopf zu senken. Am Scheitel sieht sie eine kleine Platzwunde und weiter unten eine wesentlich tiefere, aber offenbar hat das Hinterhauptbein die Wucht des Schlages abgefangen (und ihm standgehalten). Jerome hat Glück gehabt, denkt sie.

Sie alle haben Glück gehabt.

»Ich muss mich auch sauber machen«, sagt Jerome und wirft einen Blick zur Herrentoilette.

»Nein, auf keinen Fall. Eigentlich sollte Barbara das auch nicht tun, aber wenn die Polizei kommt, müssen die sie nicht unbedingt in ... in einem so aufgelösten Zustand sehen.«

»Ich hab den Eindruck, du verfolgst einen Plan«, sagt Jerome, dann umschlingt er sich mit den Armen. »Gott, ist mir kalt!«

»Das ist der Schock. Wahrscheinlich brauchst du nur was Warmes zu trinken. Ich würde dir ja gern einen Tee machen, aber dafür ist jetzt leider keine Zeit.« Mit einem Mal kommt ihr ein entsetzlicher Gedanke: Wenn Jerome den Aufzug genommen hätte, wäre ihr ganzer Plan – so wackelig, wie er war – gescheitert. »Warum hast du eigentlich die Treppe genommen?«

»Damit der Typ mich nicht kommen hört. In welchem Stock er sein würde, wusste ich selbst mit meinem Brummschädel. Schließlich warst du die Einzige hier im Haus.« Er verstummt kurz. »Nicht Kozlowski. *Ondowsky.*«

Barbara kommt zurück, die sauberen Klamotten an die Brust gedrückt. Sie weint wieder. »Holly ... ich hab gesehen, wie er sich verwandelt hat. Sein Kopf ist zu *Gelee* geworden. Es ... es ...«

»Sag mal, wovon redet sie da eigentlich?«, fragt Jerome.

»Kümmere dich jetzt nicht darum. Dafür ist später noch Zeit.« Holly drückt Barbara kurz an sich. »Mach dich jetzt sauber, und zieh die frischen Sachen an. Und, Barbara? Was immer es war, es ist jetzt tot. Okay?«

»Okay«, flüstert Barbara und verschwindet in der Toilette.

Holly wendet sich Jerome zu. »Hast du auf meinem Handy etwa einen Tracker installiert, Jerome Robinson? Oder war das Barbara? Oder etwa ihr *beide?*«

Der blutige junge Mann, der vor ihr steht, grinst. »Wenn ich verspreche, dich nie, *nie* wieder Hollyberry zu nennen, muss ich die Fragen dann vielleicht nicht beantworten?«

18

Im Eingangsbereich, eine Viertelstunde später.

Hollys Hose ist um einiges zu eng und zu kurz für Barbara, aber die hat es trotzdem geschafft, sie zuzuknöpfen. Allmählich schwindet die aschfahle Färbung aus ihren Wangen und ihrer Stirn. Sie wird das überstehen, denkt Holly. Klar, sie wird schlimme Träume haben, aber damit kommt sie schon zurecht.

Das Blut auf Jeromes Gesicht ist zu einem Krakelee getrocknet. Er hat, so sagt er jedenfalls, furchtbare Kopfschmerzen, schwindlig sei ihm aber nicht. Übel auch nicht. Das mit den Kopfschmerzen wundert Holly wenig. Sie hat zwar Paracetamol in ihrer Handtasche, wagt jedoch nicht, ihm etwas davon zu geben. In der Notaufnahme wird er genäht – und zweifellos auch geröntgt – werden, aber jetzt muss sie erst einmal dafür sorgen, dass sie alle drei dieselbe Geschichte erzählen. Sobald das erledigt ist, muss sie noch die Reste von dem beseitigen, was sie angerichtet hat.

»Ihr zwei seid hierhergekommen, weil ich nicht zu Hause war«, sagt sie. »Ihr dachtet, dass ich im Büro bin, um ein paar Sachen nachzuarbeiten, weil ich ein paar Tage bei meiner Mutter verbracht habe. Okay?«

Beide nicken. Sie sind bereit, Holly die Führung zu überlassen.

»Ihr seid zum Seiteneingang in der Durchfahrt gegangen.«

»Weil wir den Code kennen«, sagt Barbara.

»Genau. Und da hat euch ein Straßenräuber überfallen. Okay?«

Weiteres Nicken.

»Dir, Jerome, hat er eins über den Schädel gezogen, dann wollte er Barbara packen. Die hat ihn aber mit dem Pfefferspray erwischt. Mitten im Gesicht. Du, Jerome, hast dich aufgerappelt und mit ihm gerungen, worauf er weggerannt ist.

Dann seid ihr beide hier in den Eingangsbereich gekommen und habt den Notruf gewählt.«

»Wieso wollten wird dich eigentlich besuchen?«, fragt Jerome.

Da ist sie überfragt. Während Barbara sich in der Toilette gesäubert und umgezogen hat, hat Holly die Software wieder instand gesetzt (was kinderleicht war) und Bills Revolver in ihre Handtasche gesteckt (für alle Fälle), aber an das, was Jerome da fragt, hat sie keinen Gedanken verschwendet.

»Shopping«, sagt Barbara. »Wir wollten dich von der Arbeit loseisen, um mit dir Weihnachtseinkäufe zu machen. Stimmt doch, Jerome, oder?«

»Ach ja, genau«, sagt Jerome. »Wir wollten dich überraschen. Warst du denn oben im Büro, Holly?«

»Nein«, sagt sie. »Ich war nicht da. Genauer gesagt, bin ich jetzt schon nicht mehr da. Bin ganz woanders shoppen gegangen. Damit bin ich gerade noch beschäftigt. Ihr habt mich nicht gleich nach dem Überfall angerufen, weil … äh …«

»Weil wir dich nicht erschrecken wollten«, sagt Barbara. »Stimmt's, Jerome?«

»Stimmt.«

»Gut«, sagt Holly. »Könnt ihr zwei euch die Geschichte gut einprägen?«

Das könnten sie, sagen beide.

»Dann ist es jetzt an der Zeit, dass du den Notruf wählst, Jerome.«

»Was hast du denn vor, Holly?«, fragt Barbara.

»Aufräumen.« Holly deutet auf den Aufzug.

»Ach du Schande«, sagt Jerome. »Hab ganz vergessen, dass da unten ja eine Leiche liegt. Kaum zu glauben.«

»Also, *ich* hab das nicht vergessen«, sagt Barbara erschaudernd. »Mensch, Holly, wie willst du erklären, dass im Aufzugschacht ein Toter liegt?«

Holly denkt daran, was aus dem anderen Outsider geworden ist. »Ich glaube nicht, dass das ein Problem sein wird.«

»Und wenn er noch lebt?«

»Er ist vier Stockwerke runtergefallen, Barb. Sogar fünf, wenn man das Untergeschoss mitrechnet. Und dann ist der Aufzug …« Holly dreht eine Handfläche nach oben und lässt die andere darauf heruntersinken, als würde sie ein Sandwich zuklappen.

»Ach so«, sagt Barbara. Ganz leise. »Stimmt.«

»Mach jetzt den Anruf, Jerome. Ich hab zwar den Eindruck, dass dir nichts Schlimmes passiert ist, aber ich bin nun mal keine Ärztin.«

Während er telefoniert, geht sie zum Aufzug und lässt ihn ins Erdgeschoss fahren. Da der Steuerungsfehler wieder beseitigt ist, klappt das bestens.

Als die Tür aufgeht, erblickt Holly eine flauschige Mütze. Nennt man so etwas nicht Uschanka? Sie erinnert sich an den Mann, der an ihr vorübergegangen ist, als sie die Eingangstür geöffnet hat.

Mit der Mütze in der Hand, kehrt sie zu den beiden zurück. »Erzählt mir noch mal, was wir besprochen haben.«

»Straßenräuber«, sagt Barbara, und Holly beschließt, dass das ausreicht. Schließlich sind die beiden clever, und die restliche Geschichte ist ziemlich simpel. Wenn alles so läuft, wie sie sich das vorstellt, wird die Polizei sich ohnehin nicht darum kümmern, wo Holly sich aufgehalten hat.

19

Holly verlässt die beiden und nimmt die Treppe ins Untergeschoss, wo es nach schalem Zigarettenrauch und – wie sie befürchtet – Schimmel stinkt. Das Licht ist ausgeschaltet, weshalb sie ihr Handy verwenden muss, um nach dem Schalter zu suchen. Während sie den Lichtstrahl auf die Wände richtet, springen Schatten auf und ab. Es ist nur allzu leicht, sich vorzustellen, dass das Ondowsky-Ding im Dunkeln darauf lauert, sich auf sie zu stürzen und die Hände um ihren Hals zu schließen. Ihre Haut ist mit einem feinen Schweißfilm benetzt, aber im Gesicht ist ihr ganz kalt. Sie muss die Zähne bewusst am Klappern hindern. Ich bin selbst in einem Schockzustand, denkt sie.

Endlich findet sie die Doppelreihe Schalter. Sie legt alle um, worauf mehrere Reihen Leuchtstoffröhren summend wie ein Bienenstock aufleuchten. Das Untergeschoss ist ein schmutziges Labyrinth aus aufeinandergestapelten Kisten und Kartons. Ein weiterer Beweis dafür, dass der Hausmeister – dessen Gehalt sie alle zahlen – ein richtiges Ferkel ist.

Holly orientiert sich kurz und macht sich dann auf den Weg zum Aufzug. Die Tür (hier unten ist sie verdreckt, und die Farbe blättert ab) ist geschlossen. Holly stellt ihre Handtasche auf den Boden und holt Bills Revolver heraus. Dann nimmt sie den Notfallschlüssel von seinem Haken an der Wand und steckt ihn in das Loch. Das Schloss ist schon lange nicht mehr verwendet worden und sperrt sich. Holly muss den Revolver in den Hosenbund stecken und den Schlüssel mit beiden Händen fassen, damit er sich dreht. Die Waffe wieder in der Hand, schiebt sie einen der Türflügel ein Stück zur Seite, worauf sich beide wie von selbst öffnen.

Eine Geruchsmischung aus Öl, Fett und Staub wabert heraus. In der Mitte des Schachts befindet sich ein langes, zylinderförmiges Ding, das man – wie sie später recherchieren wird – als Aufsetzpuffer bezeichnet. Daneben liegen zwischen Zigarettenkippen und Fastfoodtüten die Klamotten, die Ondowsky auf seiner letzten Reise getragen hat. Die war kurz, aber tödlich.

Von Ondowsky, dem beliebten Verbraucheranwalt, ist absolut nichts zu sehen.

Die Leuchtstoffröhren im Untergeschoss sind hell, doch im Schacht ist es dunkler, als es Holly lieb ist. Auf Al Jordans chaotischem Arbeitstisch findet sie eine Taschenlampe und leuchtet damit sorgfältig hinein, auch hinter den Puffer. Sie sucht nicht nach Ondowsky – der hat sich aufgelöst –, sondern nach gewissen exotischen Würmern. Nach gefährlichem Getier, das wahrscheinlich nach einem neuen Wirt Ausschau hält. Sie findet keine. Das, wovon Ondowsky besiedelt war, hat ihn zunächst wohl überlebt, aber nicht lange. In einer Ecke des vollgestellten Raums entdeckt Holly einen Jutesack, in den sie Ondowskys Klamotten samt der flauschigen Mütze stopft. Zuletzt die Boxershorts. Als Holly sie mit zwei zur Pinzette gebogenen Fingern aufhebt, zieht sie vor Ekel die Mundwinkel nach unten. Mit einem Schaudern und einem leisen Schrei *(»Bäh!«)* lässt sie die Unterhose in den Sack fallen und legt dann die Handflächen an die Türflügel und schiebt sie zu. Sie verriegelt sie mit dem Notschlüssel und hängt den wieder an seinen Haken.

Holly setzt sich hin und wartet. Sobald sie sichergehen kann, dass Jerome, Barbara und die herbeigerufenen Sanitäter und Polizisten fort sind, hängt sie ihre Handtasche über die Schulter und trägt den Sack mit Ondowskys Sachen nach oben. Sie verlässt das Gebäude durch die Seitentür. Zuerst überlegt sie, ob sie die Sachen in den Müllcontainer werfen soll, aber das wäre bedrohlich nahe am Geschehen. Deshalb nimmt sie den Sack mit, was überhaupt nicht auffällt. Sobald sie sich auf dem Bürgersteig befindet, ist sie nur eine von vielen Leuten mit einem Einkauf.

Sie hat kaum ihr Auto angelassen, da erhält sie einen Anruf von Jerome, der ihr mitteilt, er und Barbara seien überfallen worden, als sie das Frederick Building gerade durch den Seiteneingang betreten wollten. Momentan befänden sie sich im Kiner Memorial.

»Um Gottes willen, das ist ja furchtbar«, sagt Holly. »Du hättest mich schon viel früher anrufen sollen!«

»Ich wollte dich nicht beunruhigen«, sagt Jerome. »Eigentlich ist uns nicht viel passiert, und der Typ ist ohne Beute abgezogen.«

»Ich komme zu euch, sobald ich kann!«

Auf der Fahrt zum John M. Kiner Memorial Hospital hält Holly an einem Mülleimer an, um den Jutesack mit Ondowskys Sachen darin zu versenken. Es hat zu schneien angefangen.

Sie schaltet das Radio ein, hört Burl Ives aus vollem Hals »A Holly Jolly Christmas« schmettern und macht es gleich wieder aus. Dieses Lied hasst sie ganz besonders. Aus naheliegenden Gründen.

Man kann nicht alles haben, denkt sie. Kein Leben ist frei von Kacke. Aber manchmal bekommt man halt *doch,* was man braucht. Was eigentlich alles ist, was ein normaler Mensch verlangen kann.

Und das ist sie.

Normal.

22. Dezember 2020

Um zehn Uhr vormittags muss Holly in der Kanzlei McIntyre und Curtis eine eidesstattliche Erklärung abgeben. So etwas gehört für sie zu den unerfreulichsten Beschäftigungen, aber immerhin ist sie nur eine eher unwichtige Zeugin in dem Sorgerechtsfall. Es geht nicht um ein Kind, sondern um einen Samojeden, was ihren Stresspegel ein bisschen sinken lässt. Einer der Anwälte hat ein paar fiese Fragen parat, aber nach dem, was sie mit Chet Ondowsky – und mit George – durchgemacht hat, kommt die Befragung ihr ziemlich harmlos vor. Nach einer Viertelstunde ist sie fertig. Sobald sie auf dem Flur steht, schaltet sie ihr Handy ein und sieht, dass sie einen Anruf von Dan Bell verpasst hat.

Als sie zurückruft, meldet sich jedoch nicht Dan, sondern sein Enkel.

»Grampa hatte einen Herzinfarkt«, sagt Brad. »*Noch einen.* Genauer gesagt, war das sein vierter. Er ist im Krankenhaus, und diesmal kommt er nicht wieder lebend raus.«

Holly hört ein langes, zittriges Einatmen. Sie wartet.

»Er will wissen, wie es bei Ihnen gelaufen ist. Was aus dem Reporter geworden ist. Dem *Ding*. Ich glaube, wenn ich ihm gute Nachrichten überbringen könnte, würde ihm das Abschiednehmen leichter fallen.«

Holly sieht sich um, ob sie allein ist. Sie ist es, senkt aber trotzdem die Stimme. »Es ist tot. Sagen Sie ihm, dass es tot ist.«

»Ganz sicher?«

Sie denkt an jenen letzten verblüfften und angstvollen Gesichtsausdruck. Sie denkt an den Schrei, mit dem er – es – in die Tiefe gestürzt ist. Und an die leeren Kleidungsstücke auf dem Schachtboden.

»O ja«, sagt sie. »Ganz sicher.«

»Haben wir dazu beigetragen? Vor allem Grampa?«

»Ohne Sie beide hätte ich das alles nicht geschafft. Sagen Sie ihm, dass er wohl viele Leben gerettet hat. Sagen Sie ihm, dass Holly sich bei ihm bedankt.«

»Das werde ich.« Wieder atmet Brad zittrig ein. »Meinen Sie eigentlich, dass es noch mehr von der Sorte gibt?«

Nach ihren Erlebnissen in Texas hätte Holly die Frage verneint. Jetzt ist sie sich da nicht mehr so sicher. Ein erster Fall ist immer einzigartig. Hat man dagegen zwei Fälle, sieht man schnell den Anfang eines Musters. Holly zögert, dann gibt sie eine Antwort, an die sie nicht unbedingt glaubt … an die sie aber glauben *will*. Schließlich hat der alte Mann jahrelang Ausschau gehalten. Jahrzehntelang. Da hat er es verdient, mit einem Sieg in der Tasche abzutreten.

»Ich glaube nicht.«

»Gut«, sagt Brad. »Sehr schön. Gott segne Sie, Holly. Ich wünsche Ihnen ein frohes Fest.«

Unter den gegebenen Umständen kann sie ihm nicht dasselbe wünschen, weshalb sie ihm einfach dankt.

Ob es noch mehr von der Sorte gibt?

Anstatt den Aufzug nimmt sie die Treppe.

25. Dezember 2020

1

Eine halbe Stunde ihres Weihnachtsmorgens verbringt Holly damit, im Bademantel Tee zu trinken und mit ihrer Mutter zu telefonieren. Allerdings hört sie hauptsächlich zu, da Charlotte Gibney ihre übliche Litanei aus passiv-aggressiven Klagen herunterleiert (zu Weihnachten allein, schmerzende Knie, weher Rücken und so weiter, und so weiter), unterbrochen von langmütigen Seufzern. Schließlich fühlt Holly sich in der Lage, den Anruf ohne schlechtes Gewissen zu beenden, indem sie ihrer Mutter sagt, sie werde ja in ein paar Tagen kommen, und dann könnten sie gemeinsam zu Onkel Henry fahren. Und sie sagt ihr, dass sie sie lieb habe.

»Ich hab dich auch lieb, Holly.« Nach einem weiteren Seufzer, der darauf hinweist, dass ein solches Liebhaben schwer, sehr schwer fällt, wünscht sie ihrer Tochter fröhliche Weihnachten, womit dieser Teil des Tages erledigt ist.

Der Rest ist tatsächlich fröhlicher. Holly verbringt ihn bei den Robinsons und passt sich gern deren Traditionen an. Um zehn gibt es einen kleinen Brunch, gefolgt von der Bescherung. Für Mr. und Mrs. Robinson hat Holly Geschenkgutscheine für Wein und Bücher besorgt. Für die Kinder hat sie ein bisschen mehr ausgegeben: ein Tag im Spa (Mani- und Pediküre eingeschlossen) für Barbara und kabellose Kopfhörer für Jerome.

Holly wiederum erhält nicht nur einen Gutschein über 300 Dollar für die AMC-12-Kinos in ihrer Nähe, sondern auch ein Jahresabo für Netflix. Wie viele wahre Cineasten steht sie Netflix zwiespältig gegenüber und hat sich bisher verweigert. (Sie liebt ihre DVDs, ist jedoch der festen Überzeugung, dass man Filme zuerst auf der Kinoleinwand sehen sollte.) Dennoch muss sie zugeben, dass Netflix und die ganzen anderen Streaming-Plattformen eine große Versuchung für sie dargestellt haben. So viele Neuheiten und das auch noch die ganze Zeit über!

Im Haushalt der Robinsons geht es normalerweise geschlechtergerecht und ausgewogen zu, aber am Weihnachtsnachmittag fällt man (vielleicht aus Nostalgie) auf die Geschlechterrollen des vergangenen Jahrhunderts zurück. Das heißt, die Frauen kochen, während die Männer sich Basketball anschauen (samt gelegentlichen Ausflügen in die Küche, um dies und jenes zu kosten). Als alle sich zu einem gleichermaßen traditionellen Festmahl – Truthahn mit allem Drum und Dran sowie zwei Sorten Pie zum Nachtisch – an den Tisch setzen, beginnt es zu schneien.

»Wie wär's, wenn wir uns an den Händen fassen?«, sagt Mr. Robinson.

Das tun sie.

»Herr, segne das Essen, das wir durch deine Gnade erhalten haben. Wir danken dir dafür, dass wir hier zusammen sein können. Wir danken dir für unsere Familie und unsere Freunde. Amen.«

»Moment, das reicht noch nicht«, sagt Tanya Robinson. »Herr, ich danke dir von Herzen, dass keines meiner lieben Kinder von dem Mann, der sie überfallen hat, schwer verletzt wurde. Es würde mir das Herz brechen, wenn die beiden jetzt nicht mit uns am Tisch sitzen würden. Amen.«

Holly spürt, wie sich Barbaras Hand fester um ihre schließt, und hört ein leises Geräusch. Etwas, woraus vielleicht ein Weinen geworden wäre, hätte Barbara es herausgelassen.

»Jetzt müssen wir alle etwas nennen, wofür wir dankbar sind«, sagt Mr. Robinson.

Das tun sie reihum. Als Holly dran ist, sagt sie, sie sei dankbar dafür, jetzt mit den Robinsons zusammen zu sein.

2

Barbara und Holly wollen beim Abspülen helfen, aber Tanya scheucht sie mit den Worten »tut lieber was Weihnachtliches« aus der Küche.

Holly schlägt einen Spaziergang vor. Vielleicht nur bis zum unteren Ende der Anhöhe, vielleicht auch um den ganzen Häuserblock. »Im Schnee sieht bestimmt alles hübsch aus«, sagt sie.

Barbara ist dafür bereit. Mrs. Robinson sagt den beiden, sie sollten um sieben wieder da sein, weil sie dann die *Weihnachtsgeschichte* von Dickens anschauen wollen. Holly hofft, dass es sich um die Verfilmung mit Alastair Sim handelt, die ihrer Meinung nach die einzig sehenswerte ist.

Draußen ist es nicht nur hübsch, es ist sogar wunderschön. Holly und Barbara sind als Einzige unterwegs und hören, wie ihre Stiefel in fünf Zentimeter frisch gefallenem Pulverschnee knirschen. Straßenlaternen und Weihnachtsdekorationen sind von leicht wirbelnden Lichthöfen umgeben. Holly streckt die Zunge heraus, um ein paar Schneeflocken aufzufangen, und Barbara macht es ihr nach. Das bringt die beiden zum Lachen, aber als sie unten am Hang angekommen sind, bleibt Barbara stehen und wendet sich Holly mit ernstem Blick zu.

»Also, jetzt sind wir allein«, sagt sie. »Wieso sind wir hier draußen, Holly? Was wolltest du mich fragen?«

»Nur, wie es dir mit dem Ganzen geht«, sagt Holly. »Um Jerome mache ich mir da keine Sorgen. Er hat zwar eins auf den Schädel gekriegt, aber nicht gesehen, was du gesehen hast.«

Barbara atmet schaudernd ein. Weil auf ihren Wangen Schnee schmilzt, kann Holly nicht erkennen, ob sie weint. Es wäre vielleicht gut zu weinen. Tränen können heilsam sein.

»Das ist gar nicht das Schlimmste«, sagt Barbara schließlich. »Wie er sich verwandelt hat, meine ich. Wie sein Kopf zu so was wie Gelee geworden ist. Das war grässlich, klar, und es öffnet die Tore … Du weißt schon …« Sie legt ihre behandschuhten Hände an die Schläfen. »Die Tore hier drin?«

Holly nickt.

»Und dann wird einem klar, dass es auf der Welt praktisch *alles* geben könnte.«

»Wenn ihr Teufel seht, so seht ihr die Engel nicht?«, sagt Holly.

»Ist das aus der Bibel?«

»Nicht so wichtig. Wenn dich nicht das umtreibt, was du gesehen hast, Barb, was dann?«

»Meine Eltern hätten uns vielleicht *begraben* müssen!«, bricht es aus Barbara heraus. »Dann hätten sie tatsächlich allein am Tisch gesessen! Und gegessen hätten sie nicht Truthahn mit Füllung, so was hätten sie dann bestimmt nicht gewollt, sondern vielleicht bloß D-D-Dosenfleisch!«

Holly lacht. Sie kann nicht anders. Und Barbara kann nicht anders, als mitzumachen. Auf ihrer Strickmütze sammelt sich Schnee. Holly findet, dass sie sehr jung aussieht. Natürlich ist sie ohnehin jung, aber jetzt wirkt sie mehr wie eine Zwölfjährige als wie eine junge Frau, die nächstes Jahr auf die Brown University oder nach Princeton gehen wird.

»Verstehst du, was ich meine?« Barbara nimmt Hollys Hände. »Es war alles so *knapp*. Es war wirklich, wirklich *knapp*.«

Ja, denkt Holly, und es war eure Sorge um mich, die euch in die Lage gebracht hat.

Mitten im fallenden Schnee umarmt sie ihre Freundin. »Liebes«, sagt sie. »Knapp ist es für uns alle. Die ganze Zeit über.«

3

Barbara will schon die Stufen zur Haustür hinaufgehen. Drinnen wird es Kakao und Popcorn geben, und Scrooge wird verkünden, dass die Geister alles in einer einzigen Nacht geschafft hätten. Aber es gibt noch ein Letztes, was hier draußen erledigt werden muss, weshalb Holly im immer dichter fallenden Schnee Barbara einen Moment am Arm fasst. Sie streckt ihr ein Kärtchen hin, das sie sich für den Fall der Fälle in die Jackentasche gesteckt hat, bevor sie zu den Robinsons aufgebrochen ist. Darauf stehen nur ein Name und eine Telefonnummer.

Barbara nimmt das Kärtchen und betrachtet es. »Wer ist denn Carl Morton?«

»Ein Therapeut, bei dem ich war, nachdem ich aus Texas zurückgekommen bin. Ich habe nur zweimal mit ihm gesprochen. Mehr Zeit brauchte ich nicht, um meine Geschichte zu erzählen.«

»Und was war die? Ging es um etwas wie …« Sie beendet den Satz nicht. Das ist nicht nötig.

»Vielleicht erzähle ich dir das eines Tages, dir und auch Jerome, aber nicht jetzt an Weihnachten. Jetzt geht es nur darum, dass dieser Mann dir zuhören wird, falls du mit jemand sprechen musst.« Sie lächelt. »Und weil er meine Geschichte gehört hat, wird er dir deine wahrscheinlich sogar glauben. Nicht dass es darauf ankäme. Es würde einfach helfen, sie zu erzählen. Wenigstens hat es mir geholfen.«

»Weil du sie dadurch losgeworden bist.«

»Genau.«

»Würde er meinen Eltern was verraten?«

»Auf keinen Fall.«

»Ich überleg's mir«, sagt Barbara und steckt das Kärtchen in die Hosentasche. »Vielen Dank.« Sie umarmt Holly. Und Holly, die früher Angst vor jeder Berührung hatte, erwidert die Umarmung. Sie drückt Barbara ganz fest.

4

Es war tatsächlich die Verfilmung mit Alastair Sim, und während Holly durch den wehenden Schnee langsam nach Hause fährt, kann sie sich nicht an ein fröhlicheres Weihnachten erinnern. Bevor sie zu Bett geht, greift sie nach ihrem Tablet, um Ralph Anderson eine Nachricht zu schicken.

Wenn du wiederkommst, wirst du ein Päckchen von mir vorfinden. Ich hatte ein ziemliches Abenteuer, aber alles ist gut gelaufen. Wir werden uns darüber unterhalten, aber das kann warten. Ich hoffe, du & die Deinen hattet ein frohes (tropisches) Fest. Alls Liebe!

Bevor sie sich hinlegt, spricht sie noch ihr Gebet, das sie wie immer damit beendet, dass sie nicht raucht, ihr Cipralex nimmt und Bill Hodges vermisst.

»Gott segne uns alle«, sagt sie. »Amen.«

Sie steigt ins Bett. Knipst das Licht aus.

Schläft ein.

15. Februar 2021

Onkel Henry hat geistig rapide abgebaut. Worauf Mrs. Braddock Holly und ihrer Mutter (bedauernd) erklärt hat, dass so etwas nicht selten vorkomme, sobald jemand erst einmal im Pflegeheim sei.

Als Holly jetzt im Gemeinschaftsraum neben ihm auf einem der vor dem großen Fernseher aufgestellten Sofas sitzt, gibt sie es schließlich auf, eine Unterhaltung mit ihm zustande zu bringen. Charlotte hat das bereits früher getan; sie sitzt an einem Tisch auf der anderen Seite und hilft Mrs. Hatfield bei ihrem derzeitigen Puzzle. Heute ist Jerome mitgekommen, der ebenfalls beim Puzzeln hilft. Immer wieder bringt er Mrs. Hatfield zum Lachen, und selbst Charlotte kann nicht umhin, gelegentlich über sein liebenswürdiges Geplauder zu lächeln. Er ist ein charmanter junger Mann und hat sie endlich für sich gewonnen. Was nicht gerade leicht ist.

Onkel Henry sitzt mit weit aufgerissenen Augen und offenem Mund da. Die Hände, die einst Hollys Fahrrad repariert haben, nachdem sie damit in den Lattenzaun der Wilsons gerauscht war, liegen jetzt kraftlos zwischen seinen leicht gespreizten Beinen. Seine Hose ist von dem Inkontinenzslip darunter ausgebeult. Früher hatte er eine rötliche Gesichtsfarbe, jetzt ist er bleich. Früher war er ein stämmiger Mann, aber jetzt schlottern ihm seine Sachen am Leib, und seine Haut ist schlaff wie eine alte Socke, die ihre Elastizität verloren hat.

Holly ergreift eine seiner Hände, die nur ein Stück Fleisch mit Fingern ist. Sie verschränkt ihre Finger mit seinen, drückt leicht zu und hofft auf eine Reaktion, die jedoch ausbleibt. Bald ist es Zeit zu gehen, worüber sie froh ist. Das verursacht ihr zwar Schuldgefühle, aber so ist es eben. Das hier ist nicht ihr Onkel; der ist durch eine überdimensionale Bauchrednerpuppe ersetzt worden, ohne dass ein Bauchredner vorhanden wäre, der sie zum Sprechen bringen würde. Der Bauchredner ist abgereist und kommt nicht wieder.

Ein TV-Spot für Otezla fordert die runzligen, klapprigen Senioren im Raum auf: »Zeig mehr von dir!« Es folgen die Bobby Fuller Four mit »I Fought the Law«. Das Kinn von Onkel Henry ist langsam zur Brust gesunken, hebt sich jetzt aber wieder. Und in seine Augen tritt ein – wenn auch schwaches – Licht.

Der Gerichtssaal erscheint, und der Sprecher verkündet: »Allen Halunken wird es bange, nimmt Richter *Law* sie in die Zange!«

Als der Gerichtsdiener auftritt, wird Holly plötzlich klar, warum sie den Bombenleger von der Macready Middle School so getauft hat, wie sie ihn immer noch für sich nennt. Tja, der menschliche Geist ist immer am Werk; er zieht Verbindungen, und er stiftet Sinn … oder versucht es zumindest.

Endlich sagt Onkel Henry etwas, mit tiefer, vom mangelnden Gebrauch rostiger Stimme. »Bitte erheben Sie sich.«

»Bitte erheben Sie sich!«, ruft der Gerichtsdiener George.

Die Zuschauer erheben sich nicht einfach, sie springen geradezu schwungvoll auf, klatschend und schunkelnd. John Law kommt swingend aus seinem Amtszimmer. Er schnappt sich den Amtshammer und lässt ihn im Takt der Musik pendeln. Seine Glatze glänzt, seine weißen Zähne blitzen. »Na, was erwartet uns heute, Georgie, mein Bruder von einer anderen Mutter?«

»Ich liebe diesen Burschen«, sagt Onkel Henry mit seiner rostigen Stimme.

»Das tu ich auch«, sagt sie und legt den Arm um ihn.

Onkel Henry dreht den Kopf und schaut sie an.

Und lächelt.

»Hallo, Holly«, sagt er.

Ratte

1

Normalerweise kamen Drew Larson seine Ideen für Geschichten – bei den zunehmend seltenen Gelegenheiten, wenn sie überhaupt kamen – Stück für Stück wie aus einer nahezu ausgetrockneten Quelle rinnende Wassertropfen. Damit verbunden war immer eine Assoziationskette, die er zu etwas zurückverfolgen konnte, was er gesehen oder gehört hatte: zu einem Auslöser in der Realität.

Im Falle seiner neuesten Kurzgeschichte lag der Ursprung darin, dass er gesehen hatte, wie jemand an der Auffahrt zur I-295 in Falmouth einen Reifen wechselte. Mühsam hatte der Mann dagehockt, während die Leute ihn hupend umkurvten. Daraus war »Reifenpanne« entstanden, ein Text, an dem Drew fast drei Monate gewerkelt hatte, um ihn schließlich (nach einem halben Dutzend Ablehnungen von größeren Zeitschriften) im *Prairie Schooner* zu veröffentlichen.

»Sprung in der Platte«, seine einzige im *New Yorker* abgedruckte Geschichte, hatte er bereits in seiner Studienzeit an der Boston University geschrieben. Der Keim dafür hatte sich in ihm eingenistet, als er eines Abends in seiner Wohnung dem College-Radio lauschte. Der studentische DJ hatte »Whole Lotta Love« von Led Zeppelin aufgelegt, und die Platte hatte zu springen begonnen. Sie lief beinahe eine Dreiviertelminute in derselben Rille, bis der junge Mann atemlos die Nadel abhob und es aus ihm herausplatzte: »Tut mir leid, Leute, ich war auf dem Scheißhaus.«

»Sprung in der Platte« war vor zwanzig Jahren entstanden, »Reifenpanne« vor drei Jahren gedruckt worden. Dazwischen waren Drew vier weitere Geschichten gelungen, alle mit einem Umfang von etwa zwölf Seiten. Mit allen hatte er sich monatelang abgemüht und sie immer wieder überarbeitet. Einen Roman hatte er nie geschrieben. Er hatte es zwar versucht, aber erfolglos. Inzwischen hatte er diesen Traum mehr oder weniger aufgegeben. Seine ersten beiden Versuche mit der literarischen Langform hatten ihm Probleme verursacht, und beim letzten Versuch hatte es *schwerwiegende* Probleme gegeben. Er hatte das Manuskript angezündet und dabei um ein Haar das ganze Haus in Brand gesetzt.

Und nun breitete sich eine komplette Idee vor seinem geistigen Auge aus. Sie traf ein wie eine lange überfällige Lokomotive, die einen Zug mit vielen prächtigen Waggons zog.

Lucy hatte ihn gebeten, zu Speck's Deli zu fahren und ein paar Sandwiches zum Mittagessen zu besorgen. Da es ein schöner Septembertag war, hatte er verkündet, lieber zu Fuß gehen zu wollen. Sie hatte beifällig genickt und gesagt, das werde seiner schlanken Linie guttun. Später fragte er sich, ob sein Leben wohl anders verlaufen wäre, wenn er den Suburban oder den Volvo genommen hätte. Unter Umständen wäre ihm besagte Idee nie gekommen. Wahrscheinlich wäre er nie in der Hütte seines Vaters gewesen. Und die Ratte hätte er nahezu sicher nicht zu Gesicht bekommen.

Auf halbem Wege zum Deli wartete er an der Ecke von Main und Spring Street gerade auf Grün, als die Lokomotive ankam. Sie bestand aus einem Bild, so strahlend hell wie die Realität. Gebannt stand Drew da und starrte in den Himmel, bis ein Student ihn anstupste: »Grüner wird's nicht, Mann.«

Drew achtete nicht auf ihn. Der Student warf ihm einen merkwürdigen Blick zu, bevor er die Straße überquerte. Drew blieb am Bordstein stehen, während Grün zu Rot wurde und wieder zu Grün.

Obwohl er Wildwestromane nicht besonders schätzte (mit Ausnahme von *Ritt zum Ox-Bow* und von Doctorows brillantem *Willkommen in Hard Times*) und seit seiner Jugend auch nicht besonders viele Western angeguckt hatte, war das, was er da sah, als er an der Ecke von Main und Spring Street stand, ein Westernsaloon. Von der Decke hing ein Wagenrad, an dessen Speichen Petroleumlampen befestigt waren. Das Öl konnte Drew richtig riechen. Der Boden war mit Dielen belegt. Hinten im Raum standen drei oder vier Spieltische. Außerdem gab es ein Klavier, und der Mann, der es spielte, trug eine Melone. Momentan spielte er allerdings nicht, sondern hatte sich umgedreht, um das zu beobachten, was an der Theke passierte. In dieselbe Richtung starrte der schmalbrüstige lange Lulatsch, der mit einem umgeschnallten Akkordeon neben ihm stand. Und an der Theke hielt ein junger Mann in einem teuren Westernanzug eine Pistole an die Schläfe einer jungen Dame in einem roten Kleid mit einem so tiefen Ausschnitt, dass nur ein gekräuseltes Spitzenband ihre Brustwarzen verhüllte. Die beiden letzteren Figuren sah Drew zweimal, nämlich da, wo sie standen, und im Spiegel hinter der Theke.

Das war die Lokomotive. Dahinter kam der gesamte Zug. Drew sah die Insassen jedes einzelnen Waggons: den hinkenden Sheriff (bei der Schlacht am Antietam verwundet und mit der Kugel noch im Bein), den arroganten Vater, der bereit war, eine ganze Stadt zu belagern, damit sein Sohn nicht zum Verwaltungssitz der County geschafft wurde, wo man ihn vor Gericht stellen und hängen würde, und die Handlanger des Vaters, die mit ihren Gewehren auf den Dächern standen. Alles war vorhanden.

Als er nach Hause kam, sah Lucy ihn nur kurz an und sagte: »Also, entweder hast du dir irgendwas eingefangen, oder du hast eine Idee.«

»Es ist eine Idee«, sagte Drew. »Eine gute. Vielleicht die beste, dich ich je hatte.«

»Kurzgeschichte?«

Darauf hoffte sie offensichtlich. Worauf sie nicht hoffte, war ein erneuter Besuch der Feuerwehr, während sie mit den Kindern im Pyjama im Vorgarten stand.

»Roman.«

Sie legte ihr Sandwich (Schinken und Käse auf Roggenbrot) auf den Teller. »Ach du Schande!«

Was sich nach dem Feuer, bei dem um ein Haar ihr Haus abgebrannt war, ereignet hatte, bezeichneten sie zwar nicht als Nervenzusammenbruch, aber genau das war es gewesen. Kein so schlimmer wie theoretisch möglich, aber immerhin hatte Drew ein halbes Semester am College ausgesetzt (Gott sei Dank war er auf Lebenszeit angestellt) und hatte sein Gleichgewicht nur dank zwei Therapiesitzungen pro Woche, ein paar Zauberpillen und Lucys unerschütterlichem Vertrauen in seine Genesung wiedergewonnen. Und natürlich der Kinder wegen. Die brauchten einen Vater, der nicht in einer Endlosschleife von *muss fertig werden* und *kann nicht fertig werden* gefangen war.

»Diesmal ist es anders. Es ist alles schon da, Lucy! Praktisch in Geschenkpapier eingewickelt. Es wird so sein, wie ein Diktat aufzunehmen!«

Sie sah ihn mit leicht gerunzelter Stirn an. »Wenn du meinst …«

»Hör mal, wir haben Dads Hütte dieses Jahr doch nicht vermietet, oder?«

Jetzt sah sie nicht nur besorgt, sondern geradezu erschrocken drein. »Die haben wir schon seit zwei Jahren nicht mehr vermietet. Seit Old Bill gestorben ist.« Old Bill Colson hatte sich für die beiden um die Hütte gekümmert wie vorher für die Eltern von Drew. »Du hast doch nicht etwa vor ...«

»Doch, hab ich, aber bloß für zwei Wochen. Höchstens drei. Um in die Gänge zu kommen. Du kannst Alice bitten, dir mit den Kindern zu helfen, du weißt ja, dass sie gerne zu uns kommt, und die Kinder sind ganz verrückt nach ihrer Tante. Ich bin rechtzeitig wieder da, um dir an Halloween beim Süßkramverteilen zu helfen.«

»Kannst du denn nicht hier schreiben?«

»Natürlich kann ich das. Sobald ich den Anfang habe.« Er legte die Hände an den Kopf wie jemand mit rasenden Kopfschmerzen. »Die ersten vierzig Seiten in der Hütte, das reicht. Vielleicht werden es sogar hundertvierzig, gut möglich, dass es so schnell läuft. Ich sehe es nämlich! Ich sehe alles!« Und er wiederholte: »Es wird so sein, wie ein Diktat aufzunehmen.«

»Darüber muss ich erst mal in Ruhe nachdenken«, sagte sie. »Und du solltest das auch.«

»Klar, tue ich. Jetzt iss schon dein Sandwich.«

»Irgendwie bin ich nicht mehr besonders hungrig«, sagte sie.

Drew war es. Er verzehrte erst den Rest seines Sandwichs und dann den größten Teil von ihrem.

2

Am Nachmittag suchte er Al Stamper auf, den früheren Leiter seines Fachbereichs. Al war am Ende des Frühlingssemesters unerwartet in den Ruhestand gegangen, wodurch Arlene Upton, auch bekannt als Böse Hexe des Elisabethanischen Theaters, endlich das Amt erlangen konnte, nach dem sie so lange gestrebt – oder besser gesagt: gegiert – hatte.

Nadine Stamper erklärte Drew, dass Al mit einem Eistee hinten auf der Terrasse sitze, um sich zu sonnen. Sie hatte genauso besorgt wie Lucy gewirkt, nachdem Drew ihr seine Idee vorgetragen hatte, für etwa einen Monat zu der Hütte in TR-90 zu fahren, und als er auf die Terrasse trat, sah er auch, weshalb. Außerdem begriff er, weshalb Al Stamper – der über den Fachbereich Anglistik fünfzehn Jahre lang wie ein wohlwollender Despot geherrscht hatte – so unvermutet abgetreten war.

»Hör auf zu gaffen und trink ein Glas Tee«, sagte Al. »Du willst bestimmt welchen.« Al glaubte immer zu wissen, was die Leute wollten. Arlene Upton hasste ihn in erster Linie deshalb, weil er das normalerweise tatsächlich wusste.

Drew setzte sich und nahm das Glas entgegen. »Wie viel hast du denn abgenommen, Al?«

»Vierzehn Kilo. Ich weiß, es sieht nach mehr aus, aber das liegt daran, dass ich von vornherein nicht besonders viel auf den Rippen hatte. Es ist Pankreaskrebs.« Als er Drews Gesichtsausdruck sah, hob er den Finger, den er früher in Fachbereichssitzungen dazu verwendet hatte, Einwände abzuschmettern. »Nicht nötig, dass du oder Nadie oder irgendjemand sonst schon einen Nachruf entwirft. Die Ärzte haben ihn relativ früh erwischt und sind sehr zuversichtlich.«

Drew fand nicht, dass sein alter Freund besonders zuversichtlich aussah, hielt jedoch den Mund.

»Reden wir lieber nicht über mich, sondern darüber, weshalb du gekommen bist. Hast du dich entschieden, wie du dein Sabbatjahr verbringen willst?«

Drew berichtete, er wolle sich noch einmal an einem Roman versuchen. Diesmal, sagte er, sei er sich ziemlich sicher, es zu schaffen. Absolut sicher sogar.

»Das hast du beim *Dorf auf dem Hügel* auch behauptet«, sagte Al. »Und als das in die Binsen gegangen ist, bist du völlig aus den Fugen geraten.«

»Du klingst wie Lucy«, sagte Drew. »Das hätte ich nicht erwartet.«

Al beugte sich vor. »Jetzt hör mir mal zu, Drew. Du bist ein ausgezeichneter Dozent, und du hast ein paar gute Kurzgeschichten geschrieben …«

»Ein halbes Dutzend«, sagte Drew. »Ich sollte mich mal beim Guinness-Buch der Rekorde melden.«

Al wedelte wegwerfend mit der Hand. »›Sprung in der Platte‹ war in *Beste amerikanische …*«

»Stimmt«, sagte Drew. »In der Ausgabe, die Doctorow zusammengestellt hat. Der leider schon ein paar Jahre tot ist.«

»Viele gute Schriftsteller haben praktisch nichts als Kurzgeschichten hervorgebracht«, sagte Al beharrlich. »Poe. Tschechow. Carver. Und obwohl ich weiß, dass du einen Bogen um Unterhaltungsliteratur machst, wären da Saki und O. Henry. In neuerer Zeit Harlan Ellison.«

»Die Burschen haben alle wesentlich mehr als ein halbes Dutzend Texte veröffentlicht. Außerdem habe ich eine richtig tolle Idee. Ganz ehrlich!«

»Wie wär's dann, wenn du mir ein bisschen mehr davon erzählst? Aus der Drohnenperspektive sozusagen.« Er beäugte Drew. »Willst du nicht. Ich sehe schon, dass du nicht willst.«

Drew, der das eigentlich unbedingt wollte – weil die Idee so wunderschön, ja nahezu perfekt war! –, schüttelte den Kopf. »Ich glaube, es ist besser, es unter Verschluss zu halten. Werde mich erst mal für eine Weile in der alten Hütte meines Vaters einnisten. So lange, bis die Sache ins Rollen kommt.«

»Aha. Die Hütte ist in TR-90, stimmt's? Anders gesagt, mitten in der Pampa. Was hält Lucy von der Idee?«

»Begeistert ist sie nicht gerade, aber ihre Schwester kommt, um ihr mit den Kindern zu helfen.«

»Um die Kinder macht sie sich bestimmt keine Sorgen, Drew. Ich glaube, das weißt du auch.«

Drew sagte nichts. Er dachte an den Saloon. Er dachte an den Sheriff. Den Namen des Sheriffs wusste er bereits. Der lautete James Averill.

Al nippte an seinem Tee, dann stellte er das Glas neben das zerlesene Exemplar von John Fowles' *Magus* auf dem Tisch. Wahrscheinlich befanden sich auf jeder Seite Unterstreichungen: grün für Figuren, blau für Motive, rot für Formulierungen, die Al bemerkenswert fand. Seine blauen Augen waren immer noch hell, jetzt aber auch ein kleines bisschen wässrig und an den Rändern gerötet. Drew wollte in diesen Augen nicht gern den nahenden Tod sehen, dachte jedoch, dass er den wahrscheinlich sah.

Al beugte sich wieder vor und verschränkte die Hände zwischen den Knien. »Verrat mir mal was, Drew. Verrat mir, weshalb dir das so wichtig ist.«

3

Nachdem sie an jenem Abend miteinander geschlafen hatten, fragte Lucy ihn, ob er wirklich wegfahren müsse.

Drew dachte darüber nach. Ganz aufrichtig, das hatte Lucy verdient. Das und natürlich viel, viel mehr. Sie hatte immer zu ihm gehalten, und in seiner schweren Zeit hatte er sich auf sie stützen können. Er fasste sich kurz. »Lucy, vielleicht ist das meine letzte Chance.«

Auf ihrer Bettseite herrschte ausgedehntes Schweigen. Er wartete in dem Bewusstsein, dass er nachgeben würde, wenn sie beharrlich nicht wollte, dass er wegfuhr. »Na gut«, sagte sie schließlich. »Deinetwegen bin ich einverstanden, aber ich hab ein bisschen Angst. Das will ich nicht bestreiten. Worum soll es in dem Buch denn gehen? Oder willst du mir das nicht verraten?«

»Doch, klar. Ich brenne sozusagen darauf, dir alles zu erzählen, aber es ist besser, wenn sich der Druck noch ein bisschen aufbaut. Das hab ich auch zu Al gesagt, als er mich danach gefragt hat.«

»Hauptsache, es geht nicht um irgendwelche Akademikerpaare, die Bäumchen-wechsel-dich spielen, zu viel Alkohol trinken und in die Midlifekrise rutschen.«

»Anders gesagt, das Ganze soll nicht wie in *Das Dorf auf dem Hügel* laufen.«

Sie knuffte ihn mit dem Ellbogen. »Das hast du gesagt, mein Lieber, nicht ich.«

»Von so was handelt es jedenfalls absolut nicht.«

»Kannst du nicht noch etwas abwarten, Schatz? Eine Woche vielleicht? Um dich zu vergewissern, dass es eine reelle Idee ist?« Und mit leiserer Stimme: »Für mich?«

Das wollte er nicht; er wollte schon am nächsten Tag nach Norden fahren und am Tag darauf anfangen. Aber … *um dich zu vergewissern, dass es eine reelle Idee ist*. Das war vielleicht gar nicht so schlecht.

»Das kann ich tun.«

»Okay. Gut. Und falls du hinfährst, wirst du da oben auch zurechtkommen? Kannst du mir das versprechen?«

»Ich komme bestimmt zurecht.«

Er sah vorübergehend ihre Zähne bei einem Lächeln aufblitzen. »Das sagen Männer immer, oder?«

»Wenn es nicht klappt, komme ich wieder. Wenn es anfängt, wieder so zu laufen wie … Du weißt schon.«

Darauf erwiderte sie nichts, entweder weil sie ihm glaubte oder weil sie das nicht tat. So oder so war es in Ordnung. Es gab keinen Streit, das war die Hauptsache.

Er dachte schon, sie wäre eingeschlafen oder würde das gleich tun, als sie ihm dieselbe Frage wie Al Stamper stellte.

Die hatte er noch nie von ihr gehört, nicht bei seinen ersten beiden Versuchen, etwas Längeres zustande zu bringen, und nicht einmal bei der fortschreitenden Katastrophe, als die sich *Das Dorf auf dem Hügel* entpuppt hatte.

»Warum ist es so wichtig für dich, einen Roman zu schreiben? Geht es ums Geld? Mit deinem Gehalt und den Buchhaltungsjobs, die ich an Land ziehe, kommen wir doch gut zurecht. Oder geht es dir ums Prestige?«

»Es geht mir um nichts davon, schließlich gibt es keine Garantie, dass der Text überhaupt publiziert wird. Und wenn er in einer Schreibtischschublade landet wie alle schlechten Romane auf dieser schönen Welt, könnte ich durchaus damit leben.« Während ihm die Worte aus dem Mund kamen, merkte er, dass sie tatsächlich zutrafen.

»Was ist es dann?«

Gegenüber Al hatte er von Erfüllung gesprochen. Und auch darüber, wie aufregend es sei, Neuland zu erforschen. (Er wusste nicht recht, ober er das wirklich glaubte, aber er wusste, dass es Al, der ein heimlicher Romantiker war, gefallen würde.) Lucy gegenüber reichte derartiger Quatsch natürlich nicht aus.

»Ich besitze das Handwerkszeug«, sagte er schließlich. »Und ich habe das Talent dazu. Deshalb könnte es gut werden. Vielleicht wird es sogar etwas Kommerzielles, wenn ich die Bedeutung dieses Begriffs in der Literatur richtig verstehe. Dass es gut wird, ist mir wichtig, aber das ist nicht die Hauptsache. Nicht der zentrale Punkt.« Er drehte sich zu ihr um, nahm ihre Hände und legte seine Stirn an ihre. »*Ich muss es ein einziges Mal zu Ende bringen.* Das ist alles. Um mehr geht's nicht. Anschließend kann ich es entweder noch einmal tun, und zwar mit wesentlich weniger Sturm und Drang, oder es ein für alle Mal loslassen. Beides wäre okay für mich.«

»Anders gesagt, du suchst einen Abschluss.«

»Nein.« Gegenüber Al hatte er diesen Begriff zwar verwendet, aber nur weil das etwas war, was Al begreifen und akzeptieren konnte. »Es geht um was anderes. Etwas fast Körperliches. Weißt du noch, wie Brandon die Kirschtomate im Hals stecken geblieben ist?«

»Das werde ich nie vergessen.«

Damals war Brandon vier Jahre alt gewesen. Sie waren zum Essen zu Country Kitchen in Gates Falls gefahren. Dort hatte Brandon plötzlich ein merkwürdig würgendes Geräusch von sich gegeben und sich an den Hals gefasst. Drew hatte ihn gepackt, umgedreht und das Heimlich-Manöver angewendet, worauf die Tomate wie ein Flaschenkorken mit einem hörbaren Ploppen unversehrt herausgekommen war. Es war kein Schaden entstanden, aber Drew würde nie den flehenden Blick seines Sohnes vergessen, als der nicht mehr atmen konnte, und das galt auch für Lucy.

»So ähnlich ist es bei mir«, sagte er. »Nur dass es mir im Hirn steckt statt im Hals. Ich ersticke zwar nicht richtig, aber ich bekomme nicht genügend Luft. Deshalb muss ich das Ganze zu Ende bringen.«

»Schon gut«, sagte sie und tätschelte ihm die Wange.

»Verstehst du, was ich meine?«

»Nein«, sagte sie. »Aber du verstehst es, und das reicht wohl aus. Schlaf jetzt.« Womit sie sich auf die Seite drehte.

Drew lag noch eine Weile wach und dachte an eine kleine Stadt im Westen, einem Teil des Landes, wo er noch nie gewesen war. Nicht dass das von Belang gewesen wäre. Seine Fantasie würde ihn dorthin tragen, da war er sich sicher. Notwendige Recherchen ließen sich später noch erledigen. Vorausgesetzt, seine Idee verwandelte sich innerhalb der kommenden Woche nicht in eine Fata Morgana.

Schließlich schlief er ein und träumte von einem hinkenden Sheriff. Von einem nichtsnutzigen Sohn, der in einer winzigen Zelle eingesperrt war. Von Männern auf Dächern.

Von einer Pattsituation, die nicht sehr lange andauern würde – beziehungsweise *konnte*.

Er träumte von Bitter River in Wyoming.

4

Die Idee verwandelte sich nicht in eine Fata Morgana. Sie wurde immer stärker und heller, und eine Woche später lud Drew an einem warmen Oktobermorgen drei Kisten mit Vorräten – hauptsächlich Dosenfutter – in den Kofferraum des alten Chevrolet Suburban, den sie als Zweitwagen nutzten. Es folgte eine Reisetasche mit Klamotten und Toilettenartikeln. Als Letztes verstaute er seinen Laptop und den abgewetzten Koffer mit der alten Olympia-Reiseschreibmaschine seines Vaters, die er zur Sicherheit mitnehmen wollte. Der Elektrizitätsversorgung da draußen war nicht zu trauen; die Freileitungen stürzten gern ein, wenn Wind wehte, und wenn es zu einem größeren Stromausfall kam, wurden solche Orte erst als letzte wieder angeschlossen.

Die Kinder hatte er zum Abschied geküsst, bevor sie zur Schule gegangen waren; wenn sie heimkamen, würde Lucys Schwester sie empfangen. Jetzt stand Lucy in einer ärmellosen Bluse und ihren verwaschenen Jeans in der Einfahrt. Sie sah schlank und begehrenswert aus, aber ihre Stirn war so zerfurcht, als würde sich ihre prämenstruelle Migräne ankündigen.

»Du musst aufpassen, und zwar nicht nur wegen deiner Arbeit«, sagte sie. »Zwischen Anfang September und der Jagdsaison ist da oben kaum jemand, und vierzig Meilen hinter Presque Isle gibt's keinen Handyempfang mehr. Wenn du dir bei einem Spaziergang durch den Wald das Bein brichst … oder dich verirrst …«

»Schatz, ich gehe nicht in den Wald. Wenn ich spazieren gehe – falls ich das überhaupt tun sollte –, halte ich mich an die Straße.« Als er sie genauer betrachtete, sah er etwas, was ihm gar nicht gefiel. Es war nicht nur die zerfurchte Stirn; in ihren Augen lag ein verdächtiges Schimmern. »Wenn du willst, dass ich bleibe, bleibe ich. Du musst es bloß sagen.«

»Würdest du das wirklich tun?«

»Lass es doch drauf ankommen.« Wobei er inständig hoffte, dass sie das nicht tat.

Sie blickte auf ihre Sneakers. Dann hob sie den Kopf und schüttelte ihn. »Nein. Mir ist klar, wie wichtig das alles für dich ist. Stacey und Bran wissen das auch. Ich hab ja gehört, was Bran beim Abschied gesagt hat.«

Brandon, der zwölfjährige Sohn der beiden, hatte gesagt: »Komm mit was Coolem wieder, Dad.«

»Ich will, dass du mich jeden Tag anrufst, mein Lieber. Nicht später als fünf, selbst wenn du gerade richtig in Fahrt bist. Dein Handy wird nicht funktionieren, aber das Festnetz schon. Schließlich kriegen wir jeden Monat eine Rechnung dafür, und ich hab heute Morgen angerufen, um mich zu vergewissern. Es hat nicht nur geläutet, ich hab sogar die Ansage auf dem alten Anrufbeantworter von deinem Vater gehört. War ein bisschen gruselig. Wie eine Stimme aus dem Grab.«

»Kann ich mir vorstellen.« Drews Vater war bereits seit zehn Jahren tot. Sie hatten die Hütte behalten, einige Male selbst dort gehaust und sie dann an Jäger vermietet, bis Old Bill, der sich darum gekümmert hatte, gestorben war. Danach hatten sie darauf verzichtet. Eine der Jägergruppen hatte nicht die volle Miete bezahlt, und eine andere hatte eine regelrechte Verwüstung hinterlassen. Alles in allem war das Vermieten der Mühe nicht wert.

»Du solltest eine neue Ansage aufnehmen.«

»Mach ich.«

»Und ich warne dich, Drew – wenn du dich nicht meldest, komme ich angefahren!«

»Das wäre keine gute Idee, Schatz. Auf den letzten fünfzehn Meilen der Donnerbalkenallee würde dem Volvo der Auspuff abgerissen. Die Kardanwelle wahrscheinlich auch.«

»Ist mir egal. Weil … ich werde das jetzt einfach sagen, okay? Wenn bei einer von deinen Kurzgeschichten was schiefläuft, kannst du sie weglegen. Dann schleichst du nur ein, zwei Wochen trübselig durchs Haus, bis du wieder der Alte bist. Das *Dorf auf dem Hügel* war da ein ganz anderes Kaliber. Das ganze Jahr danach war für mich und die Kinder richtig schlimm.«

»Das ist jetzt völlig …«

»Anders, ich weiß, das hast du oft genug betont, und ich glaube dir auch, obwohl ich nicht viel mehr darüber weiß, als dass es nicht um einen Haufen lüsterne Lehrerehepaare geht, die da, wo sich John Updike rumgetrieben hat, Pärchenpartys veranstalten. Aber …« Sie fasste ihn an den Unterarmen und sah ernst zu ihm hoch. »Wenn es anfängt schiefzulaufen, wenn dir die Wörter verloren gehen wie damals beim *Dorf,* kommst du nach Hause. Hast du mich verstanden? *Du kommst nach Hause.*«

»Versprochen.«

»Dann küss mich jetzt so, dass ich weiß, du meinst es auch.«

Das tat er, indem er mit der Zunge behutsam ihre Lippen voneinander trennte und eine Hand in die Gesäßtasche ihrer Jeans schob. Als er sich von ihr löste, war ihr Gesicht gerötet. »Ja«, sagte sie. »Genau so.«

Er stieg in den Wagen und hatte es bis zum Ende der Einfahrt geschafft, als Lucy »halt, stopp!« rief und ihm hinterhergelaufen kam. Bestimmt wollte sie ihm sagen, dass sie es sich anders überlegt habe, dass er dableiben und versuchen solle, das Buch oben in seinem Arbeitszimmer zu schreiben, da war er sich ganz sicher und musste gegen den Wunsch ankämpfen, aufs Gas zu treten und ohne einen Blick in den

Rückspiegel die Sycamore Street entlangzubrettern. Stattdessen bremste er, als das Wagenheck bereits auf die Straße ragte, und öffnete das Fenster.

»Papier!«, sagte sie. Sie war außer Atem, und Haarsträhnen fielen ihr über die Augen. Sie schob die Unterlippe vor, um die Haare wegzublasen. »Hast du überhaupt Schreibpapier dabei? Ich glaub nämlich kaum, dass man da oben welches kriegt.«

Er grinste und streichelte ihr über die Wange. »Zwei Packungen. Meinst du, das wird reichen?«

»Falls du nicht vorhast, so was wie *Der Herr der Ringe* zu schreiben, wahrscheinlich schon.« Sie sah ihn aufmerksam an. Zumindest vorläufig war ihre Stirn nicht mehr zerfurcht. »Ab mit dir, Drew. Mach dich auf, und komm mit was Coolem wieder.«

5

Als Drew auf die Einfahrt zur I-295 einbog, wo er einmal gesehen hatte, wie jemand einen platten Reifen wechselte, empfand er Erleichterung. Sein normales Leben – Kinder, Einkaufsfahrten, häusliche Pflichten, Stacey und Brandon nachmittags von ihren außerschulischen Aktivitäten abholen – lag hinter ihm. In zwei, höchstens drei Wochen würde er zurückkehren und den Großteil des Buches wohl im lärmenden Kreislauf des normalen Lebens schreiben müssen, aber vor ihm lag erst einmal ein anderes Leben, eines, wo er im Reich seiner Einbildungskraft leben würde. Während er an den anderen drei Romanen gearbeitet hatte, hatte er nie vollständig in dieses Leben eintauchen können, hatte es nie ganz hineingeschafft. Dieses Mal würde ihm das gelingen, das spürte er. Sein Körper würde zwar in einer einfachen, schmucklosen

Hütte in den Wäldern von Maine sitzen, aber sein übriges Ich würde sich in der Stadt Bitter River in Wyoming aufhalten, wo ein hinkender Sheriff und drei eingeschüchterte Deputys vor der Aufgabe standen, einen jungen Mann zu beschützen, der vor mindestens vierzig Zeugen kaltblütig eine noch jüngere Frau getötet hatte. Ihn vor den wütenden Einwohnern zu beschützen war jedoch nur die halbe Aufgabe der Gesetzeshüter. Der Rest bestand darin, ihn zum Verwaltungssitz der County zu schaffen, wo er vor Gericht gestellt werden sollte (falls es in den 1880er-Jahren in Wyoming überhaupt schon Countys gab, was er später recherchieren würde). Wie der alte Prescott zu seiner kleinen Armee von Revolverhelden gelangt war, mit der er das verhindern wollte, wusste Drew noch nicht, aber das würde ihm über kurz oder lang einfallen.

Über kurz oder lang war alles möglich.

In Gardiner fädelte er sich auf die I-95 ein. Bei sechzig Meilen die Stunde flatterte der Suburban – 120 000 Meilen auf dem Tacho –, aber sobald Drew ihn auf siebzig brachte, verschwand das Flattern, und die alte Mühle lief wie geschmiert. Er hatte noch eine vierstündige Fahrt vor sich, die letzte Stunde auf zunehmend schmalen Straßen und zum schlechten Ende auf derjenigen, die von den Einheimischen als Donnerbalkenallee bezeichnet wurde.

Drew freute sich auf die Fahrt, wenn natürlich auch nicht so sehr wie darauf, endlich seinen Laptop aufzuklappen, ihn mit dem kleinen HP-Drucker zu verbinden und ein Dokument zu erstellen, das er BITTER RIVER #1 nennen würde. An die riesige weiße Einöde unter dem blinkenden Cursor zu denken, erfüllte ihn ausnahmsweise nicht mit einer Mischung aus Hoffnung und Furcht. Während er die Stadtgrenze von Augusta überquerte, verspürte er lediglich Ungeduld. Diesmal würde es gut laufen. Besser als gut. Diesmal würde alles klappen.

Er stellte das Radio an, hörte The Who und sang mit.

6

Am späten Nachmittag hielt Drew vor dem einzigen Geschäft von TR-90, einem baufälligen, mit einem schiefen Dach versehenen Gebäude, das sich Big 90 General Store nannte (als ob es dort irgendwo auch ein Small 90 geben würde). An einer alten, rostigen Zapfsäule, an der vier Schilder NUR BARZAHLUNG und NUR NORMALBENZIN und »BENZINSCHNORRER« WERDEN ANGEZEIGT und GOTT SEGNE AMERIKA verkündeten, füllte er den beinahe leeren Tank auf. Die Benzinpreise waren ein schlechter Scherz. Hier im Norden bezahlte man offenbar selbst für Normalbenzin Superpreise. Auf der Veranda des Ladens blieb Drew stehen, um den Hörer eines mit Fliegendreck bespritzten Münztelefons abzuheben, das schon in seiner Kindheit da gewesen war. Er hätte schwören können, dass das auch für den fast bis zur Unleserlichkeit verblassten Hinweis darauf galt: KEINE MÜNZEN EINWERFEN, BEVOR SICH GESPRÄCHSPARTNER MELDET. Drew hörte das Summen des Wähltons, nickte, legte den Hörer auf die rostige Gabel und betrat den Laden.

»Jau, funzt immer noch«, sagte der Flüchtling aus *Jurassic Park,* der hinter der Ladentheke saß. »Erstaunlich, was?« Seine Augen waren gerötet, und Drew fragte sich, ob er womöglich etwas Aroostook County Gold geraucht hatte. Der alte Bursche zog ein verrotztes Taschentuch aus der Gesäßtasche und schnäuzte hinein. »Verdammte Allergien, die krieg ich jeden Herbst!«

»Mike DeWitt, nicht wahr?«, sagte Drew.

»Nee, der war mein Vater. Hat uns im Februar verlassen. War siebenundneunzig, und die letzten zehn Jahre hat er nich die leiseste Ahnung gehabt, ob er zu Fuß oder aufm Gaul unterwegs ist. Ich bin Roy.« Er streckte die Hand über die Theke. Drew hätte sie lieber nicht geschüttelt – es war die, mit der der Gute das Rotztuch bedient hatte –, aber da man ihn zur Höflichkeit erzogen hatte, drückte er sie kurz.

DeWitt schob seine Brille auf das untere Ende seiner Hakennase und beäugte Drew darüber hinweg. »Mir is schon klar, dass ich wie mein Alter ausschau, kann man nix machen, und du schaust wie deiner aus. Du *bist* doch der Junge von Buzzy Larson, oder? Nich Ricky, sondern der andere.«

»Das stimmt. Ricky lebt jetzt in Maryland. Ich bin Drew.«

»Klar, wusst ich's doch. Warst schon 'n paarmal mit der Frau und den Kurzen da, nur letztens halt nich mehr. Lehrer, oder?«

»Stimmt.« Er reichte DeWitt drei Zwanziger. Der Alte legte sie in die Kasse und gab sechs schlaffe Einer zurück.

»Buzzy is gestorben, hab ich gehört.«

»Ist er. Meine Mutter ebenfalls.« Eine Frage weniger zu beantworten.

»Mein Beileid. Sag mal, was haste denn um die Jahreszeit hier vor?«

»Ich hab mein Sabbatjahr. Da dachte ich, ich schreibe ein bisschen was.«

»Ach echt, ja? In der Hütte von Buzzy?«

»Wenn die Straße befahrbar ist.« Das sagte er nur, um nicht wie ein völlig ahnungsloser Flachländer zu klingen. Selbst wenn die Straße in schlechtem Zustand war, würde er eine Möglichkeit finden, mit dem Suburban durchzukommen. Er war nicht so weit gefahren, als dass er unverrichteter Dinge umkehren würde.

DeWitt machte eine Pause, um Rotz einzuschnorcheln, dann sagte er: »Tja, man nennt sie nich umsonst die Donnerbalkenallee, weißte, und ich schätz mal, das Hochwasser im Frühjahr hat an der ein oder andern Stelle was von der Fahrbahn weggespült, aber du hast ja Allradantrieb, also müsstest durchkommen. Weißt ja wohl, dass Old Bill gestorben is.«

»Weiß ich. Einer von seinen Söhnen hat mir 'ne Todesanzeige geschickt. Zur Trauerfeier konnten wir leider nicht kommen. War es das Herz?«

»Nee, der Kopf. Er hat 'ne Kugel reingejagt.« Das sagte Roy DeWitt mit hörbarem Vergnügen. »Hatte nämlich Alzheimer, weißte? Der Wachtmeister hat in Old Bill seim Handschuhfach 'n Notizbuch gefunden, wo der allerhand Kram reingeschrieben hat. Wie man von hier nach da kommt, Telefonnummern, den Namen von seiner Frau. Sogar den Namen von dem verdammten Hund. Am Ende hat er's halt nich mehr ausgehalten.«

»Du lieber Himmel«, sagte Drew. »Das ist ja schrecklich.« Was es auch war. Bill Colson war ein netter, ruhiger Mensch gewesen, immer sauber gekämmt, tadellos gekleidet und nach Old Spice duftend. Er hatte immer daran gedacht, Drews Vater – und später Drew selbst – mitzuteilen, wenn etwas instand gesetzt werden musste und wie viel das kosten würde.

»Tja, so isses, aber wenn du das nich weißt, dann weißte wohl auch nich, dass er's direkt vor deiner Hütte getan hat.«

Drew riss die Augen auf. »Soll das ein Witz sein?«

»Bei so was ...« Das Taschentuch kam zum Vorschein, weitaus feuchter und verklebter als vorher. DeWitt schnäuzte hinein. »... tät ich keine Witze machen. Nee, Mann. Hat seinen Pick-up abgestellt, sich den Lauf von seiner Winchester unters Kinn gehalten und abgedrückt. Die Kugel is hinten am Schädel wieder rausgekommen und hat's Rückfenster zerschmettert. Wachtmeister Griggs hat genau da gestanden, wo du jetzt stehst, als er's mir erzählt hat.«

»Meine Güte«, sagte Drew, während sich in seinem Kopf etwas veränderte. Anstatt der Tänzerin seine Pistole an die Schläfe zu halten, hatte Andy Prescott – der nichtsnutzige Sohn – den Lauf jetzt unter dem Kinn der jungen Frau platziert ... und wenn er abdrückte, würde das Geschoss am Hinterkopf austreten und den Spiegel hinter dem Tresen zerschmettern. Die Geschichte von Old Bills Tod, die der blutrünstige Bursche da gerade erzählt hatte, in seiner eigenen Geschichte zu verwenden hatte zweifellos etwas Pietätloses, ja Ausbeuterisches an sich, aber davon würde Drew sich nicht schrecken lassen. Dazu war sie einfach zu gut.

»Ziemlich tragisch, was?«, sagte DeWitt. Er versuchte, traurig oder auch nur gelassen zu klingen, aber in seiner Stimme lag ein unmissverständliches Funkeln. Der weiß auch, wenn eine Geschichte einfach zu gut ist, dachte Drew. »Aber weißte, er war bis zum Ende ganz Old Bill.«

»Inwiefern?«

»Na ja, er hat die Schweinerei in seinem Pick-up hinterlassen, nich in der Hütte von Buzzy. So was hätte er nie getan, wenigstens nich, solang er noch 'nen letzten Rest Verstand übrig hat.« Wieder fing der Alte zu schniefen und zu schnorcheln an. Er fummelte das Taschentuch wieder heraus, aber diesmal etwas zu spät, den ganzen Schnodder aufzufangen. Der ziemlich flüssig war. »Schließlich is er der *Kümmerer* von der Hütte gewesen, weißte?«

7

Fünf Meilen nördlich vom Big 90 endete die Asphaltierung. Nach weiteren fünf Meilen auf gebundener Naturstraße kam Drew zu einer Gabelung. Er fuhr nach links und gelangte auf groben Schotter, der an den Unterboden des Wagens prasselte. Das war die Donnerbalkenallee, die sich, soweit er das beurteilen konnte, seit seiner Kindheit nicht verändert hatte. Zweimal musste er auf Schritttempo heruntergehen, um den Wagen durch Kuhlen zu steuern, die das Frühjahrshochwasser ausgespült hatte. Zwei weitere Male musste er aussteigen, um auf die Fahrbahn gestürzte Baumstämme wegzuräumen. Zum Glück handelte es sich um Birkenstämme, die leicht waren. Einer zerbrach in seinen Händen.

Nachdem er am Grundstück der Cullums vorübergekommen war – verlassen und mit Brettern vernagelt, die Einfahrt mit einer Kette abgesperrt –, fing er an, die Telefon- und Strommasten zu zählen, wie er und Ricky das als Kinder immer getan hatten. Einige neigten sich beschwipst nach steuer- oder backbord, aber es gab immer noch exakt sechsundsechzig zwischen den Cullums und der mit Unkraut zugewucherten, ebenfalls mit einer Kette versperrten Einfahrt mit dem Schild, das Lucy gebastelt hatte, als die Kinder noch klein gewesen waren: CHEZ LARSON. Nach der Einfahrt folgten, wie Drew wusste, siebzehn weitere Masten, bis die Straße an der Hütte der Farringtons am Ufer vom Agelbemoo Lake endete.

Hinter der Hütte dehnte sich eine riesige, nicht elektrisch versorgte Wildnis aus, auf beiden Seiten der kanadischen Grenze mindestens einhundert Meilen weit. Manchmal waren Drew und Ricky hingegangen, um sich den *Letzten Mast* anzuschauen, wie sie es nannten. Den fanden sie irgendwie faszinierend, weil es danach nichts mehr gab, was die Nacht in Schach halten konnte. Als Drew den Letzten Mast später einmal mit Stacey und Brandon besichtigt hatte, war ihm nicht entgangen, wie die beiden einen gelangweilten Blick tauschten. Sie waren davon ausgegangen, dass es einfach überall Elektrizität gab, von WLAN ganz zu schweigen.

Er stieg aus dem Wagen, um die Kette aufzuschließen. Dabei musste er eine Weile mit dem Schlüssel im Schloss wackeln, bevor sich das Ding endlich drehte. Er hätte sich im Laden etwas Kriechöl besorgen sollen, aber man konnte bekanntlich nicht an alles denken.

Auf der beinahe eine Viertelmeile langen Zufahrt strichen Zweige an den Seiten und auf dem Wagendach entlang. Über sich sah Drew die beiden Kabel für Strom und Telefon.

Früher waren sie, wie er sich erinnerte, straff gespannt gewesen, jetzt hingen sie schlaff an der Abzweigung von Northern Maine Power.

Er erreichte die Hütte, die trostlos und vergessen aussah. Da Bill Colson nicht mehr da war und sich kein anderer kümmerte, blätterte die grüne Farbe ab, das verzinkte Blechdach war mit Kiefernnadeln und welkem Laub bedeckt, und die Satellitenschüssel darauf (ebenfalls mit Nadeln und Blättern gefüllt) wirkte hier draußen im Wald wie ein Witz. Drew fragte sich, ob Lucy wohl nicht nur für das Telefon, sondern auch dafür die Monatsgebühr bezahlt hatte. Falls ja, war das Geld wahrscheinlich zum Fenster hinausgeworfen, weil er bezweifelte, dass das Ding noch funktionierte. Ebenso zweifelhaft war, dass DirectTV den Scheck zurücksenden würde, begleitet von einer Nachricht mit dem Inhalt: *Hallo, wir verzichten auf die Bezahlung, weil Ihre Satellitenschüssel das Zeitliche gesegnet hat.* Die Veranda war verwittert, wirkte jedoch einigermaßen stabil (wobei es nicht ratsam war, sich darauf zu verlassen). Darunter sah er eine verblichene grüne Plane, die wohl mehrere Klafter Brennholz bedeckte – vielleicht das letzte Holz, das Old Bill in seinem Leben gehauen hatte.

Drew stieg aus und blieb neben dem Wagen stehen, eine Hand auf der warmen Kühlerhaube. Irgendwo krähte eine Krähe, in der Ferne antwortete eine andere. Bis auf den Godfrey Brook, der auf seinem Weg zum See dahingluckerte, waren das die einzigen Geräusche.

Ob der Wagen wohl an exakt derselben Stelle stand, wo Bill Colson seinen abgestellt hatte, um sich das Hirn aus dem Kopf zu blasen? Gab es nicht eine Vorstellung – vielleicht aus dem mittelalterlichen England stammend –, dass die Geister von Selbstmördern gezwungen waren, für immer an dem Ort zu verharren, wo sie ihr Leben beendet hatten?

Während er auf die Hütte zuging, sagte er sich gerade ärgerlich, dass er zu alt für Gespenstergeschichten war, als er etwas auf sich zutappen hörte. Was aus den Kiefern trat, die zwischen der für die Hütte geschaffenen Lichtung und dem Bach standen, war allerdings kein Gespenst und auch kein Zombie, sondern ein Elchkalb, das auf absurd langen Beinen anstakste. Es kam bis zu dem kleinen Werkzeugschuppen gegenüber der Hütte, bevor es ihn sah und stehen blieb. Die beiden starrten sich an. Drew dachte, dass Elche – ob jung oder ausgewachsen – zu den hässlichsten und unglaublichsten Geschöpfen Gottes gehörten, und das Kalb dachte wer weiß was.

»Ich tu dir schon nichts, Kumpel«, sagte Drew leise. Das Kalb stellte die Ohren auf.

Nun krachte und polterte es wesentlich lauter, während die Mutter des Kalbs sich durch die Bäume drängte. Als ihr ein Zweig auf den Hals fiel, schüttelte sie ihn weg. Dann starrte sie Drew an, senkte den Kopf und scharrte mit den Vorderhufen im Boden. Ihre Ohren bewegten sich nach hinten und legten sich flach an den Schädel.

Die hat vor, mich anzugreifen, dachte Drew. Sie sieht mich als Bedrohung für ihr Junges, und deshalb will sie mir an den Kragen.

Er überlegte, ob er zu seinem Wagen rennen sollte, aber der war eventuell – ja wahrscheinlich – zu weit entfernt. Und wenn er losrannte, brachte er die Mutter womöglich noch mehr in Rage, selbst wenn er sich dabei von dem Kalb entfernte. Deshalb blieb er einfach stehen, wo er war, und versuchte, dem massigen Tier, das keine dreißig Meter von ihm entfernt war, besänftigende Gedanken zu senden: *Mach dir keine Sorgen, Muttchen, ich bin völlig harmlos.*

Mit gesenktem Kopf betrachtete die Elchkuh ihn etwa fünfzehn Sekunden lang, wobei sie weiterhin mit einem Huf im Boden scharrte. Es kam ihm länger vor. Ohne den Blick von dem Eindringling abzuwenden, ging sie dann auf ihr Kalb zu und stellte sich zwischen es und Drew, den sie wieder lange anstarrte, als wollte sie sich ihren nächsten Schachzug überlegen. Drew stand reglos da. Er hatte furchtbare Angst, war jedoch zugleich merkwürdig erregt. Wenn sie mich aus dieser Entfernung angreift, dachte er, bin ich entweder sofort tot oder so schwer verletzt, dass ich wahrscheinlich sterben muss. Aber wenn sie das nicht tut, werde ich hier fantastisch arbeiten können. *Fantastisch.*

Schon in diesem Moment, wo er in Lebensgefahr schwebte, wusste er, dass es sich um einen Denkfehler handelte. Auf ähnliche Weise stellten sich Kinder vor, sie würden ein Fahrrad zum Geburtstag bekommen, wenn sich eine bestimmte Wolke vor die Sonne schob. Zugleich hatte er jedoch das Gefühl, dass es hundertprozentig zutraf.

Unvermittelt schwang die Elchmama den Kopf und stupste das Kalb unsanft in den Hintern. Es stieß einen beinahe schafähnlichen Schrei aus – ganz anders als das heisere Blöken des Elchlockers, den Drews Vater verwendet hatte – und trottete auf den Wald zu. Während die Mutter ihm folgte, hielt sie einen Moment inne, um Drew einen letzten, unheilvollen Blick zuzuwerfen: *Wenn du mich verfolgst, bist du tot.*

Drew stieß die Luft aus, die er unbewusst angehalten hatte (ein uraltes Klischee in Spannungsromanen, das sich als real entpuppte), und ging auf die Veranda zu. Die Hand mit dem Schlüsselbund zitterte leicht. Er redete sich bereits ein, dass er gar nicht richtig in Gefahr gewesen sei; wenn man einen Elch nicht ärgerte, tat er einem nichts, selbst wenn es sich um eine beschützende Elchmama handelte.

Außerdem hätte es schlimmer kommen können. Es hätte ein Bär sein können.

8

In Erwartung eines Durcheinanders zog er die Tür auf, aber die Hütte war blitzsauber. Dafür hatte bestimmt Old Bill gesorgt, vielleicht hatte er sogar am Tag seiner Selbstentleibung noch einmal alles in Ordnung gebracht. In der Mitte des Raums lag immer noch Aggie Larsons alter Flickenteppich, an den Rändern etwas ausgefranst, aber sonst einwandfrei. Der auf Ziegeln aufgebockte Holzofen wartete darauf, bestückt zu werden; die Glaskeramikscheibe war so sauber wie der Boden. Links befand sich die einfache Küche, rechts der Esstisch aus Eichenholz, von dem man einen Blick auf den zum Bach abfallenden Wald hatte. Am hinteren Ende standen das durchgesessene Sofa und die zwei Sessel vor dem offenen Kamin, den Drew vielleicht lieber nicht in Betrieb nehmen würde. Wer wusste schon, wie viel Teer sich im Schornstein niedergelassen hatte, ganz zu schweigen von Getier: Mäuse, Eichhörnchen, Fledermäuse.

Der Elektroherd von Hotpoint stammte wahrscheinlich aus der Zeit, als die Erde nur von einem einzigen Satelliten umkreist wurde: dem Mond. Daneben stand offen und irgendwie leichenähnlich der ausgesteckte Kühlschrank, der bis auf eine Schachtel Backnatron von Arm & Hammer leer war. Der tragbare Fernseher im Wohnbereich thronte wie immer auf dem Rollwagen. Drew erinnerte sich daran, wie sie zu viert mit einem Fertiggericht auf dem Schoß davorgesessen hatten, um sich Wiederholungen von *M*A*S*H* anzuschauen.

Nach oben führte die Brettertreppe an der Westwand der Hütte. Dort befand sich die kleine Galerie mit dem Regal, in dem hauptsächlich Taschenbücher standen, von Lucy als Regenlektüre bezeichnet. Von der Galerie gingen die beiden kleinen Schlafzimmer ab. In einem hatten Drew und Lucy geschlafen, im anderen die beiden Kinder. Waren sie nicht mehr hierhergekommen, weil Stacey gemeckert hatte, sie brauche etwas Privatsphäre? War das der Grund gewesen? Oder hatten sie einfach zu viel zu tun gehabt, um mehrere Sommerwochen in der Hütte zu verbringen? Das wusste Drew nicht mehr. Er war nur froh, da zu sein, und er freute sich, dass keiner von den Jagdgästen den alten Flickenteppich seiner Mutter stibitzt hatte … aber wieso hätte das jemand tun sollen? Früher war das Ding wirklich prächtig gewesen, aber jetzt eignete es sich nur noch dazu, mit schlammigen Stiefeln betreten zu werden oder mit bloßen Füßen, die nass waren, weil man im Bach gewatet hatte.

»Hier kann ich arbeiten«, sagte Drew. »Und ob!« Beim Klang der eigenen Stimme zuckte er zusammen, wahrscheinlich noch nervös von seiner Begegnung mit der Elchmama. Dann lachte er.

Die Stromversorgung musste er eigentlich nicht überprüfen, weil er an dem alten Anrufbeantworter seines Vaters das rote Lämpchen blinken sah, aber er knipste trotzdem die Deckenlampe an, weil es draußen allmählich dämmerte. Dann trat er zum Anrufbeantworter und drückte auf Wiedergabe.

»Hallo, Drew, ich bin's, Lucy!« Sie hörte sich so verschwommen an, als käme ihre Stimme von einem Ort zwanzigtausend Meilen unter dem Meer, und Drew fiel ein, dass es sich bei dem Anrufbeantworter praktisch um einen Kassettenrekorder handelte. Ziemlich erstaunlich, dass der überhaupt noch funktionierte. »Es ist zehn nach drei, und ich mache mir allmählich Sorgen. Bist du schon da? Ruf mich an, sobald du kannst.«

Drew war belustigt und zugleich verärgert. Er war hierhergekommen, um Ablenkungen zu vermeiden, da konnte er es überhaupt nicht brauchen, dass Lucy ihm in den kommenden drei Wochen ständig über die Schulter blickte. Allerdings hatte sie wohl gute Gründe dafür, besorgt zu sein, schließlich hätte er auf der Fahrt einen Unfall haben oder auf der Donnerbalkenallee stecken bleiben können. Dass er über ein Buch ausflippte, das er noch nicht mal zu schreiben begonnen hatte, befürchtete sie ja wohl nicht.

Bei dem Gedanken kam ihm ein Vortrag in den Sinn, den die Anglistikabteilung fünf oder sechs Jahre zuvor veranstaltet hatte. Vor einem vollen Saal hatte Jonathan Franzen über das Handwerk des Romanschreibens gesprochen. Der Gipfel der Schreiberfahrung werde eigentlich erreicht, bevor der Autor sich konkret an die Arbeit mache, also während sich alles noch in seiner Fantasie befinde. »Selbst der klarste Aspekt von dem, was man ersonnen hat, geht in der Überführung verloren«, hatte Franzen gesagt. Wobei Drew es ziemlich selbstbezogen fand, eine solche Erfahrung zu verallgemeinern.

Drew griff nach dem Telefon (der Hörer hatte die alte Hantelform, war schlicht schwarz und erstaunlich schwer), hörte einen sauberen, starken Wählton und rief Lucy auf ihrem Handy an. »Ich bin angekommen«, sagte er. »Keinerlei Probleme.«

»Ach, gut! Wie ist die Straße? Wie ist die Hütte?«

Sie unterhielten sich eine Weile, bevor er mit Stacey sprach, die gerade von der Schule gekommen war und das Telefon forderte. Dann war Lucy wieder dran und bat ihn erneut, die Ansage auf dem Anrufbeantworter zu ändern, weil sie die jetzige zu gruselig finde.

»Ich werd's versuchen, mehr kann ich nicht versprechen. In den Siebzigern war das Ding wahrscheinlich topaktuell, aber das ist schon ein halbes Jahrhundert her.«

»Tu, was du kannst. Hast du eigentlich irgendwelche wilden Tiere gesehen?«

Er dachte an die Elchmama, die den Kopf gesenkt hatte, während sie überlegte, ob sie ihn attackieren und zu Tode trampeln sollte.

»Ein paar Krähen, sonst nichts. Hör mal, Lucy, ich will meinen Kram reinschleppen, bevor die Sonne untergeht. Ich rufe später noch mal an.«

»So um halb acht würde gut passen. Damit du mit Brandon sprechen kannst, bis dahin wird der sicher wieder da sein. Er ist heute zum Abendessen bei Randy.«

»Alles klar.«

»Gibt's noch was anderes zu berichten?« Bei dieser Frage klang sie irgendwie besorgt. Oder bildete er sich das nur ein?

»Nee. Im Westen nichts Neues. Ich liebe dich, Schatz.«

»Ich dich auch.«

Er legte den merkwürdig altmodischen Hörer auf die Gabel. »Ach, Moment, da gibt es doch noch etwas, Schätzchen«, sagte er zu dem leeren Raum. »Old Bill hat sich da draußen vor der Hütte den Schädel weggeblasen.«

Entsetzt merkte er, dass er darüber lachte.

9

Als er das Gepäck und die Vorräte hereingeschleppt hatte, war es nach sechs, und er hatte Hunger. Er drehte probeweise den Wasserhahn am Spülbecken auf, und nachdem es in den Rohren ein paarmal gehustet und geklopft hatte, kam stoßweise trübes Wasser, das nach einer Weile kalt, klar und gleichmäßig herausrann. Er füllte einen Topf damit, drehte den Herd an (das leise Summen der großen Platte brachte Erinnerungen an andere hiesige Mahlzeiten zurück) und wartete darauf, dass das Wasser kochte, damit er Spaghetti hineinwerfen konnte. Gebrauchsfertige Soße war auch da. Lucy hatte eine Flasche in eine seiner Vorratskisten gestellt. Das hätte er sonst vergessen.

Er überlegte, ob er eine Dose Erbsen warm machen sollte, entschied sich jedoch dagegen. Schließlich befand er sich in einer Hütte und würde sich entsprechend ernähren. Kein

Alkohol allerdings; er hatte keinen mitgebracht und im Big 90 auch keinen erworben. Wenn es mit der Arbeit gut lief, wie er es erwartete, würde er sich bei der nächsten Fahrt zum Laden eventuell mit einem Karton Budweiser belohnen. Vielleicht könnte er sogar Salat besorgen, obwohl er so eine Ahnung hatte, dass Roy DeWitt sein Angebot an pflanzlicher Nahrung auf Popcorn und saure Gurken beschränkte und das für ausreichend hielt. Für Leute mit exotischem Geschmack hielt er möglicherweise ein paar Gläser Sauerkraut bereit.

Während Drew darauf wartete, dass das Wasser kochte und die Soße köchelte, schaltete er den Fernseher ein, ohne etwas anderes als Schneegestöber zu erwarten. Stattdessen sah er einen blauen Bildschirm und die Nachricht VERBINDUNG MIT DIRECTTV WIRD HERGESTELLT. Was das anging, hatte er seine Zweifel, ließ den Fernseher jedoch sein Ding machen. Falls der tatsächlich etwas machte.

Er kramte gerade in einem von den unteren Küchenschränken, als Lester Holts Stimme durch die Hütte dröhnte und ihn derart erschreckte, dass er einen Schrei ausstieß und das soeben entdeckte Kochsieb fallen ließ. Als er sich umdrehte, sah er die Abendnachrichten von NBC, und zwar völlig störungsfrei. Lester berichtete momentan von Trumps neuesten Eskapaden, und als er für die schmutzigen Einzelheiten an Chuck Todd übergab, schnappte Drew sich die Fernbedienung und stellte das Gerät ab. Es war schön zu wissen, dass es funktionierte, aber er hatte nicht die Absicht, sich das Hirn mit Trump, Terrorismus oder Tankerunglücken zu verkleistern.

Er kochte eine ganze Packung Spaghetti und aß den größten Teil davon. Vor seinem inneren Auge wackelte Lucy dabei missbilligend mit dem Zeigefinger und verwies – wieder einmal – auf seine wachsende Wohlstandswampe. Er erinnerte sie daran, dass er aufs Mittagessen verzichtet hatte. Während er das wenige Geschirr abspülte, dachte er an die

Elchmama und an Suizid. Ob für etwas davon wohl Platz in *Bitter River* war? Für die Elchmama wahrscheinlich nicht. Für Suizid eventuell.

Franzen hatte wohl nicht ganz unrecht, was die Zeit anging, bevor man sich ans Schreiben machte. Es war wirklich eine gute Zeit, denn alles, was man sah und hörte, konnte potenziell als Material dienen. Alles war formbar. In Gedanken konnte man eine Stadt erbauen, sie umgestalten und schließlich abreißen, während man pinkelte, unter der Dusche stand oder sich rasierte. Sobald man jedoch zu schreiben anfing, änderte sich das. Jede Szene, die man verfasste, ja jedes *Wort,* das man schrieb, schränkte die vorhandenen Optionen ein bisschen stärker ein. Irgendwann war man wie eine Kuh, die durch einen engen, ausweglosen Gang trottete, in Richtung …

»Nein, nein, so ist das ganz und gar nicht«, sagte er und erschrak wieder über den Klang der eigenen Stimme. »Ganz und gar nicht.«

10

So tief in den Wäldern wurde es schnell dunkel. Drew ging im Raum umher, um die Lampen anzuknipsen (es gab vier davon, wobei ein Lampenschirm scheußlicher als der andere war), und nahm sich dann den Anrufbeantworter vor. Er hörte sich zweimal die Ansage seines toten Vaters an, seines guten, alten Papas, der – soweit er das beurteilen konnte – zu seinen Söhnen nie ein böses Wort gesagt oder die Hand gegen sie erhoben hatte (böse Worte und erhobene Hände waren die Domäne ihrer Mutter gewesen). Es kam ihm falsch vor, sie zu löschen, aber da im Schreibtisch keine Ersatzkassette für das Gerät lag, ließ ihm der von Lucy erteilte Auftrag keine andere Wahl. Seine Ansage war kurz und präzise: »Hier spricht Drew. Bitte hinterlassen Sie eine Nachricht.«

Nachdem das erledigt war, schlüpfte er in seine leichte Jacke und ging nach draußen, um sich auf die Treppe zu setzen und die Sterne zu betrachten. Er war immer verblüfft, wie viele man sehen konnte, sobald man sich von der Lichtverschmutzung selbst einer relativ kleinen Stadt wie Falmouth entfernte. Gott hatte da oben eine ganze Kanne Licht ausgegossen, und jenseits davon breitete sich die Ewigkeit aus. Das Mysterium einer derart ausgedehnten Wirklichkeit spottete jeder Beschreibung. Eine Brise kam auf und ließ die Kiefern auf ihre kummervolle Weise seufzen, und urplötzlich fühlte Drew sich ganz allein und ganz klein. Ein Schauer durchfuhr ihn. Er ging wieder hinein und beschloss, im Kamin ein kleines Probefeuer anzuzünden, um festzustellen, ob sich dadurch die ganze Hütte mit Rauch füllte oder nicht.

Zu beiden Seiten des Kamins stand je eine Kiste. Die eine enthielt Kleinholz, das Old Bill dort wahrscheinlich zur selben Zeit wie seine letzte Holzladung unter der Veranda deponiert hatte. In der anderen waren Spielsachen.

Drew kniete sich hin und kramte darin. Eine Frisbeescheibe von Wham-O, an die er sich vage erinnerte. Er, Lucy und die Kinder hatten sie sich zu viert zugeworfen und jedes Mal gelacht, wenn jemand das Ding ins Gestrüpp befördert hatte und es holen musste. Eine Stretch-Armstrong-Figur, die ziemlich sicher Brandon gehört hatte, und eine Barbiepuppe (unanständigerweise oben ohne), die eindeutig Stacey zuzuordnen war. An die anderen Gegenstände erinnerte er sich hingegen entweder nicht oder hatte sie noch nie gesehen. Ein einäugiger Teddybär. Eine Schachtel Uno-Karten. Verstreute Baseballbilder. Ein Würfelspiel mit dem Titel *Schweinerei*. Ein Brummkreisel, der mit einem Kreis mit Baseballhandschuhen ausgestatteter Affen geschmückt war – als er ihn pumpte und aufstellte, wackelte der Kreisel wie betrunken über den Boden und summte die Melodie von »Take Me Out to the Ball Game«. Darauf hätte Drew verzichten können. Die sich drehenden Affen hoben und senkten die Handschuhe, als wollten sie um Hilfe rufen, und als sich der Kreisel langsamer drehte, klang die Melodie irgendwie unheilvoll.

Bevor er zum Boden der Kiste vorgestoßen war, warf er einen Blick auf die Armbanduhr, sah, dass es Viertel nach acht war, und rief Lucy an. Er entschuldigte sich für die Verspätung; er habe sich von einer Kiste mit Spielsachen ablenken lassen. »Da war eine Stretch-Armstrong-Figur dabei, die Brian gehört hat, glaube ich.«

Lucy stöhnte. »O Gott, das Ding war mir echt zuwider. Es hat so merkwürdig gerochen.«

»Ich erinnere mich. An ein paar andere Sachen auch, aber da ist auch Zeug drin, das ich bestimmt noch nie gesehen habe. Schweinerei?«

»Wie bitte?« Sie lachte.

»Das ist ein Würfelspiel. Und was ist mit einem Brummkreisel mit Affen drauf? Der spielt ›Take Me Out to the Ball Game‹.«

»Nicht dass ich wüsste ... Ach, Moment mal. Vor drei oder vier Jahren haben wir die Hütte doch an eine Familie namens Pearson vermietet, weißt du noch?«

»Mehr oder weniger.« Er wusste es gar nicht mehr. Wenn es vor drei Jahren gewesen war, dann war er wahrscheinlich mit dem *Dorf auf dem Hügel* beschäftigt gewesen. Beziehungsweise darin *gefangen*. Gefesselt und geknebelt. Literarischer Sadomasochismus.

»Die hatten einen kleinen Jungen, sechs oder sieben Jahre alt. Manche von den Spielsachen sind bestimmt von dem.«

»Erstaunlich, dass er sie nicht vermisst hat«, sagte Drew. Dabei betrachtete er den Teddybären, der den gerupften Anblick eines Spielzeugs bot, mit dem man oft und heftig geknuddelt hatte.

»Willst du mit Brandon sprechen? Der ist gerade hier.«

»Klar.«

»Hi, Dad!«, sagte Bran. »Bist du schon fertig mit deinem Buch?«

»Sehr lustig. Ich fange morgen an.«

»Wie ist es da oben? Ist es gut?«

Drew sah sich um. Im Lampenlicht wirkte der große Raum unten ganz gemütlich. Selbst die scheußlichen Lampenschirme sahen akzeptabel aus. Und falls der Schornstein nicht verstopft war, würde ein kleines Feuer die Kühle vertreiben.

»Ja«, sagte er. »Es ist gut.«

Das war es auch. Er fühlte sich geborgen. Außerdem fühlte er sich schwanger und bereit, etwas zu gebären. Er empfand keinerlei Angst davor, morgen mit dem Buch anzufangen, nur Vorfreude. Die Wörter würden nur so aus ihm herausströmen, da war er sich sicher.

Der Holzofen war völlig in Ordnung, der Schornstein war frei und zog gut. Während sein kleines Feuer zur Glut niederbrannte, ging er ins große Schlafzimmer (ein Witz, man konnte sich darin kaum umdrehen), um mit Laken und Decken, die nur ganz leicht muffig rochen, das Bett herzurichten. Um zehn schlüpfte er hinein. Dann lag er da, blickte in die Dunkelheit hinauf und lauschte dem Wind, der in den Dachtraufen seufzte. Er dachte daran, dass Old Bill vor der Hütte Selbstmord begangen hatte, aber das tat er nur kurz und ohne Furcht oder Grauen. Was er empfand, wenn er sich die letzten Momente des alten Hauswarts vorstellte – wie sich der runde Stahlrand an die Unterseite seines Kinns presste, seine letzten Seufzer und Herzschläge und Gedanken –, unterschied sich gar nicht so sehr von dem, was er spürte, wenn er zu dem komplexen, verschwenderischen Muster der Milchstraße hinaufblickte. Die Wirklichkeit war tief, und sie war weit. Sie enthielt viele Geheimnisse und setzte sich für immer fort.

11

Am nächsten Morgen stand er zeitig auf. Erst frühstückte er, dann rief er Lucy an. Die war dabei, die Kinder schulfertig zu machen – sie schimpfte mit Stacey, weil die nicht alle Hausaufgaben gemacht hatte, und machte Bran darauf aufmerksam, dass er seinen Rucksack im Wohnzimmer gelassen habe –, weshalb die Unterhaltung notwendigerweise kurz war. Nachdem er sich verabschiedet hatte, zog er seine Jacke an und ging hinunter zum Bach. Irgendwann waren die Bäume am anderen Ufer gefällt worden, wodurch sich ein unbezahlbarer Blick auf den Wald ergab, der sich wellenförmig in die Ferne zog. Der Himmel war von einem immer tiefer werdenden Blau. Beinahe zehn Minuten lang stand Drew da, genoss die unaufdringliche Schönheit der Welt um ihn herum und versuchte, den Kopf leer zu bekommen. Ihn bereit zu machen.

In jedem Semester leitete er ein Seminar über moderne amerikanische und britische Literatur, aber weil er selbst Belletristik veröffentlicht hatte (und das sogar im *New Yorker*), bestand seine Hauptaufgabe darin, kreatives Schreiben zu unterrichten. Jede Vorlesung und jedes Seminar begann er, indem er über den schöpferischen Prozess sprach. Er erklärte seinen Studenten, so wie die meisten Leute einer bestimmten Routine folgten, wenn sie sich bettfertig machten, sei es auch wichtig, eine Routine dafür zu entwickeln, wie man sich auf die tägliche Arbeitsphase vorbereitete. Das sei wie eine Reihe von Handbewegungen, die ein Hypnotiseur mache, um seine Patienten in den Trancezustand zu versetzen.

»Man hat den Akt, Belletristik oder Lyrik zu schreiben, mit dem Träumen verglichen, aber das halte ich nicht für ganz zutreffend«, sagte er. »Ich glaube, es ähnelt mehr der Hypnose. Je stärker man die Vorbereitung ritualisiert, desto leichter fällt es, in diesen Zustand einzutreten.«

Er praktizierte, was er predigte. Als er in die Hütte zurückkehrte, setzte er erst einmal Kaffee auf. Im Laufe des Vormittags würde er zwei Tassen trinken, stark und schwarz. Während er darauf wartete, dass das Gebräu durchlief, nahm er seine Vitaminpillen ein und putzte sich die Zähne. Jemand von den Jagdgästen hatte den alten Schreibtisch seines Vaters unter die Treppe geschoben, und Drew beschloss, ihn da stehen zu lassen. Es war ein ungewöhnlicher Platz zum Arbeiten, aber seltsam gemütlich. Beinahe wie ein Mutterschoß. In seinem Arbeitszimmer zu Hause hätte seine letzte rituelle Handlung vor der Arbeit darin bestanden, seine Papiere zu sauberen Stapeln zu ordnen, sodass links vom Drucker ein leerer Platz für neue Ausdrucke entstand, aber auf dem Schreibtisch hier gab es nichts aufzuräumen.

Er fuhr seinen Laptop hoch und erstellte ein leeres Dokument. Was folgte, war wohl ebenfalls ein Teil des Rituals: Er gab dem Dokument einen Namen (BITTER RIVER #1), formatierte es und wählte eine Schriftart. Bei der Arbeit am *Dorf* hatte er Book Antiqua verwendet, aber das würde er bei *Bitter River* definitiv nicht tun; das wäre ein wirklich schlechtes Vorzeichen. Im Hinblick darauf, dass es zu Stromausfällen kommen konnte und er dann die Reiseschreibmaschine verwenden musste, wählte er American Typewriter, eine Schreibmaschinenschrift.

War das alles? Nein, noch etwas. Er klickte auf *Automatisches Speichern*. Selbst wenn es zu einem Stromausfall kam, würde er die Änderungen kaum verlieren, schließlich war der Akku voll geladen, aber es war immer besser, auf Nummer sicher zu gehen.

Der Kaffee war fertig. Er goss sich eine Tasse ein und setzte sich.

Willst du das wirklich tun? Hast du wirklich die Absicht dazu?

Die Antwort auf beide Fragen lautete ja, weshalb er den blinkenden Cursor zentrierte und lostippte:

Er betätigte die Eingabetaste und saß einen Moment reglos da. Hunderte Meilen weiter südlich saß Lucy wahrscheinlich ebenfalls mit einer Tasse Kaffee vor ihrem Laptop mit den Unterlagen ihrer Kunden, für die sie derzeit die Buchhaltung erledigte. Bald würde auch sie in eine hypnotische Trance verfallen – Zahlen statt Wörter –, aber jetzt dachte sie gerade an ihn. Da war er sich ziemlich sicher. Sie dachte an ihn und hoffte, ja betete vielleicht sogar, dass er nicht … wie hatte Al Stamper sich ausgedrückt? … dass er nicht völlig aus den Fugen geriet.

»Dazu wird es nicht kommen«, sagte er laut. »Es wird so sein, wie ein Diktat aufzunehmen.«

Er betrachtete noch einen Moment den blinkenden Cursor, dann tippte er:

Als die junge Frau einen Schrei ausstieß, schrill genug, Glas bersten zu lassen, stellte Herk sein Klavierspiel ein und wandte sich um.

Danach war Drew verloren.

12

Seine Unterrichtsstunden hatte er von Anfang an so eingerichtet, dass sie erst spät begannen, denn wenn er an seinen Texten arbeitete, fing er gern schon um acht Uhr morgens an. Er zwang sich immer, bis elf weiterzumachen, obwohl er sich an manchen Tagen schon um halb elf schwertat. Oft dachte er dabei an eine wahrscheinlich unbelegte Anekdote über James Joyce, die er irgendwo gelesen hatte. Ein Freund hatte Joyce besucht und den berühmten Autor mit dem Kopf auf den Armen an seinem Schreibtisch vorgefunden, ein Bild der abgrundtiefen Verzweiflung. Als er fragte, was denn geschehen sei, sagte Joyce, er habe den ganzen Morgen über lediglich sieben Wörter zustande gebracht. »Aber James, für jemand wie dich ist das doch gut!«, sagte der Freund. Worauf Joyce erwiderte: »Mag sein, aber ich weiß nicht, in welcher *Reihenfolge* ich sie verwenden soll!«

Mit dieser Geschichte, ob wahr oder nicht, konnte Drew sich identifizieren, denn genau so fühlte er sich normalerweise während jener qualvollen letzten halben Stunde. Das war der Moment, wo sich die Furcht, alle Wörter zu verlieren, einstellte. Wobei er sich im letzten Monat von *Das Dorf auf dem Hügel* in jeder einzelnen verfluchten Sekunde so gefühlt hatte.

An diesem Morgen blieb er von solchem Blödsinn komplett verschont. In seinem Kopf öffnete sich eine Tür direkt in den verrauchten, nach Petroleum riechenden Saloon, der den Namen Buffalo Head Tavern trug, und er trat hindurch. Er sah jede Einzelheit, hörte jedes Wort. Er war an Ort und Stelle und blickte durch die Augen von Herkimer Belasco, dem Klavierspieler, als der junge Prescott der jungen Tänzerin die Mündung seiner Pistole (mit modischem Perlmuttgriff) unters Kinn hielt und anfing, auf sie einzureden. Der Akkordeonspieler schlug sich die Hände vors Gesicht, als Andy Prescott abdrückte, aber Herkimer hielt die Augen weit geöffnet, und Drew sah alles: die plötzliche Eruption von Haaren und Blut, die von der Kugel zerschmetterte Flasche Old Dandy und den Sprung in dem Spiegel, vor dem die Whiskeyflasche gestanden hatte.

So eine Schreiberfahrung hatte Drew in seinem ganzen Leben noch nicht gemacht, und als ihn ein quälender Hunger schließlich aus seiner Trance riss (das Frühstück hatte aus einer Schale Haferflocken bestanden), blickte er auf die

Taskleiste seines Laptops und sah, dass es gleich zwei Uhr nachmittags war. Sein Rücken schmerzte, seine Augen brannten, und er fühlte sich überschwänglich, ja beinahe betrunken. Er druckte seine Arbeit aus (achtzehn Seiten, verdammt unglaublich), ließ die Blätter jedoch im Ausgabefach liegen. Abends würde er sich mit dem Kugelschreiber daran zu schaffen machen – auch das gehörte zu seiner Routine –, aber er wusste bereits, dass er nur sehr wenig finden würde, was einer Korrektur bedurfte. Ein paar misslungene Ausdrücke, ab und zu eine unbeabsichtigte Wiederholung, eventuell ein Vergleich, der entweder zu konkret oder zu wenig konkret wirkte. Sonst würde alles bestens sein. Das wusste er.

»Wie ein Diktat aufzunehmen«, murmelte er vor sich hin, bevor er aufstand, um sich ein Sandwich zu machen.

13

In den folgenden drei Tagen verfiel er in eine wie ein Uhrwerk laufende Routine. Es war, als hätte er schon das ganze Leben lang in der Hütte gearbeitet, jedenfalls im kreativen Teil dieses Lebens. Er schrieb ab etwa halb acht bis kurz vor zwei. Er aß etwas. Dann machte er ein Nickerchen oder einen Spaziergang die Straße entlang, wobei er die Strommasten zählte. Am Abend entfachte er im Holzofen ein Feuer, wärmte sich auf dem Herd etwas aus der Dose auf und rief dann zu Hause an, um mit Lucy und den Kindern zu quatschen. Sobald der Anruf erledigt war, überarbeitete er seine Seiten, dann wählte er ein Taschenbuch aus dem Regal auf der Galerie und las eine Weile lang darin. Bevor er zu Bett ging, löschte er das Feuer im Ofen und ging ins Freie, um die Sterne zu betrachten.

Die Geschichte rollte nur so dahin. Der Papierstapel neben dem Drucker wurde immer höher. Drew empfand keinerlei Beklemmung, während er seinen Kaffee aufbrühte, seine Vitaminpillen einnahm oder sich die Zähne putzte, nur gespannte Erwartung. Sobald er sich setzte, waren die Wörter da. An jedem einzelnen Tag kam er sich vor wie an Weihnachten, weil es immer neue Geschenke auszupacken gab. Deshalb fiel ihm am dritten Tag kaum auf, dass er ziemlich oft nieste und dass sein Hals sich etwas wund anfühlte.

»Was isst du eigentlich so?«, fragte Lucy ihn, als er am Abend anrief. »Sei ehrlich zu mir, mein Lieber!«

»Hauptsächlich das Zeug, das ich mitgebracht hab, aber ...«

»Drew!« Das zog sie so in die Länge, dass es zu *Druuuh* wurde.

»Aber morgen besorge ich mir ein paar frische Sachen, sobald ich mit der Arbeit fertig bin.«

»Gut. Fahr doch zum Supermarkt in St. Christopher. Viel gibt es da zwar nicht, aber immerhin mehr als in dem scheußlichen kleinen Laden in der Nähe.«

»Okay«, sagte er, obwohl er nicht die Absicht hatte, bis nach St. Christopher zu fahren; hin und zurück waren das neunzig Meilen, und er würde erst kurz vor Einbruch der Dunkelheit wieder zurück sein. Erst nach dem Auflegen wurde ihm klar, dass er Lucy angelogen hatte. So etwas hatte er seit den letzten Wochen bei der Arbeit am *Dorf*, als alles den Bach runterging, nicht mehr getan. Damals hatte er manchmal geschlagene zwanzig Minuten vor demselben Laptop gesessen, den er jetzt verwendete, und sich den Kopf zerbrochen, ob er *ein Weidengehölz* oder *eine Baumgruppe* schreiben sollte. Beides kam ihm zugleich passend und unpassend vor. Deshalb saß er vornübergebeugt und schwitzend vor dem Laptop und musste sich gegen den Drang wehren, sich an die Stirn zu hämmern, bis er den richtigen Ausdruck herausgemeißelt hatte. Und als Lucy ihn einmal gefragt hatte, wie es laufe –

mit ihrer speziellen besorgt gefurchten Stirn –, hatte er mit demselben Wort, derselben simplen Lüge geantwortet: *Okay*.

Während er sich vor dem Zubettgehen auszog, sagte er sich, dass das keine große Bedeutung hatte. Falls es sich überhaupt um eine Lüge handelte, dann um eine harmlose, um eine Methode, einen möglichen Streit im Keim zu ersticken. Unter Ehepaaren kam so etwas ständig vor. Es war der Grund, weshalb Ehen überhaupt Bestand hatten.

Er legte sich hin, schaltete die Lampe aus, nieste zweimal und schlief ein.

14

An seinem vierten Arbeitstag wachte Drew mit verstopften Nebenhöhlen und mäßigen Halsschmerzen auf, aber ohne erkennbares Fieber. Mit einer Erkältung konnte er durchaus weiterarbeiten und hatte das in seiner akademischen Laufbahn schon oft getan; er war sogar stolz auf seine Fähigkeit, sich durchzubeißen, während Lucy dazu neigte, sich beim ersten Schniefen ins Bett zu legen, bewaffnet mit Papiertaschentüchern, Erkältungssirup und einem Stapel Zeitschriften. Drew kritisierte sie deshalb nie, obwohl ihm dabei oft das Wort einfiel, das seine Mutter für ein solches Verhalten verwendet hatte: *wehleidig*. Lucy durfte sich bei ihrer zwei- oder dreimal jährlich auftretenden Erkältung verhätscheln, weil sie freiberuflich als Buchhalterin arbeitete und daher ihre eigene Chefin war. Jetzt in seinem Sabbatjahr galt das zwar theoretisch auch für Drew, aber eben doch nicht. In der *Paris Review* hatte irgendein Autor – wer, wusste Drew nicht mehr – einmal festgestellt: »Wenn man etwas schreibt, ist das Buch der Boss«, und das stimmte. Sobald man das Tempo drosselte, begann die Geschichte zu verblassen wie ein Traum beim Erwachen.

Den Morgen verbrachte er zwar in der Stadt Bitter River, aber mit einer Schachtel Kleenex in Reichweite. Als er sein Tagewerk vollbracht hatte (weitere achtzehn Seiten, er kam sensationell zügig vorwärts), bemerkte er zu seinem Erstaunen, dass er die halbe Schachtel aufgebraucht hatte. Im Papierkorb neben dem alten Schreibtisch seines Vaters häuften sich die Tücher. Was einen positiven Aspekt hatte, denn während er mit dem *Dorf* gerungen hatte, hatte er den Papierkorb neben seinem Tisch regelmäßig mit ausgesonderten Seiten gefüllt: Weidengehölz oder Baumgruppe? Elch oder Bär? Stand die Sonne strahlend hell am Himmel oder brannte sie herab? In Bitter River gab es keinen solchen Blödsinn, weshalb er sich zunehmend sträubte, diesen Ort zu verlassen.

Das war jedoch unvermeidlich. Sein Vorrat bestand nur noch aus einigen Dosen Corned Beef und Hackfleischauflauf. Die Milch war aufgebraucht, der Orangensaft ebenso. Er brauchte Eier, Frikadellen, eventuell etwas Hühnchen und auf jeden Fall ein halbes Dutzend Tiefkühlmenüs. Nützlich wären außerdem ein Beutel Hustenbonbons und eine Flasche Erkältungssirup, wie Lucy ihn sich verabreichte. Wahrscheinlich war das alles im Big 90 zu bekommen. Falls nicht, musste er eben in den sauren Apfel beißen und nach St. Christopher fahren. Wodurch sich die harmlose Lüge, die er Lucy erzählt hatte, in Wahrheit verwandeln würde.

Nach einer langsamen, holprigen Fahrt über die Donnerbalkenallee hielt er vor dem Big 90. Inzwischen nieste er nicht nur, er hustete auch, die Halsschmerzen waren ein bisschen schlimmer, ein Ohr fühlte sich verstopft an, und er hatte den Eindruck, vielleicht doch leichtes Fieber zu haben. Er nahm sich fest vor, auch noch eine Schachtel Naproxen oder Paracetamol in den Einkaufskorb zu legen, dann betrat er den Laden.

Hinter der Theke saß anstatt Roy DeWitt eine dürre junge Frau mit violetten Haaren, einem Nasenring und etwas in der Unterlippe, das wie ein Chrombolzen aussah. Sie kaute Kaugummi. Drew, dessen Fantasie immer noch von der morgendlichen Arbeit (und eventuell von besagtem leichtem Fieber) angeregt war, sah vor seinem geistigen Auge, wie sie in einen auf Betonblocks stehenden Trailer heimkehrte, erwartet von zwei oder drei Kindern mit schmutzigem Gesicht und hausgemachtem Haarschnitt, von denen das jüngste ein Kleinkind mit herunterhängender Windel und einem fleckigen T-Shirt mit der Aufschrift MAMAS KLEINES MONSTER war. Ein brutal bösartiges Klischee und außerdem scheußlich elitär, aber deshalb nicht unbedingt unwahr.

Drew griff sich einen Einkaufskorb. »Haben Sie vielleicht frisches Fleisch oder Gemüse?«

»Im Kühlschrank sind Frikadellen und Würstchen. Vielleicht auch ein paar Schweinekoteletts. Und wir haben Krautsalat.«

Tja, das konnte man wohl als eine Art Gemüse bezeichnen. »Wie steht's mit Hähnchen?«

»Negativ. Dafür haben wir Eier. Wenn Sie die schön warm halten, können Sie sich vielleicht selbst zwei, drei Gockel züchten.« Über diesen Geistesblitz lachte sie, wobei braune Zähne zum Vorschein kamen. Doch kein Kaugummi. Kautabak.

Am Ende füllte Drew gleich zwei Einkaufskörbe. Den von Lucy bevorzugten Erkältungssirup gab es nicht, aber etwas namens *Dr. Kings Husten- und Grippeelixier,* ferner Aspirin und Goody's Kopfschmerzpulver. Er rundete seinen Großeinkauf mit mehreren Dosen Hühnernudelsuppe ab (die seine Oma als jüdisches Penicillin bezeichnet hatte), einem Becher Margarine Marke Shedd's Spread und zwei Laib Brot. Letzteres war schwammig weiß und sah ziemlich industriell aus, aber in der Not fraß der Teufel bekanntlich Fliegen. In naher Zukunft würde er sich Suppe und einen Käsetoast gönnen. Gute Nahrung für jemand mit Halsschmerzen.

Während die Frau hinter der Theke alles in die Kasse tippte, kaute sie vergnügt weiter. Drew war fasziniert davon, wie sich der Bolzen in ihrer Unterlippe auf und ab bewegte. Wie alt würde Mamas kleines Monster wohl sein, bis es sich selbst so ein Ding einsetzen ließ? Fünfzehn? Oder schon mit elf? Wieder sagte er sich, dass diese Vorstellung elitär war; er verhielt sich wie ein elitäres Arschloch, aber sein überreiztes Gehirn jagte trotzdem ständig solchen Assoziationen hinterher. Walmart – die Preise bleiben unten. Pampers – von Babys inspiriert. Skoal – Kautabak für echte Männer. Jeder Tag ist eine Seite in deinem Modetagebuch. Sperrt sie ein, schickt sie …

»Hundertsiebenundachtzig«, sagte die junge Frau, wodurch sein Gedankenfluss rüde unterbrochen wurde.

»Heiliges Kanonenrohr, wirklich?«

Sie lächelte und entblößte Zähne, die er lieber nicht wiedergesehen hätte. »Wenn Sie hier draußen in der Pampa shoppen gehen wollen, Mr. … Larson, stimmt's?«

»Stimmt. Drew Larson.«

»Wenn Sie hier draußen in der Pampa shoppen gehen, Mr. Larson, müssen Sie sich das was kosten lassen.«

»Wo ist Roy denn heute?«

Sie verdrehte die Augen. »Dad is im Krankenhaus, drüben in St. Christopher. Hat die Grippe gekriegt, wollte nich zum Arzt, wie 'n echter Mann halt, und da is 'ne Lungenentzündung draus geworden. Meine Schwester versorgt meine Kinder, damit ich mich um den Laden hier kümmern kann, und ich sag Ihnen, die is nicht gerade happy drüber.«

»Tut mir leid, das mit Ihrem Vater.« In Wahrheit kümmerte es ihn nicht besonders, wie es Roy DeWitt erging. Was ihn kümmerte und woran er dachte, war dessen vollgerotztes Taschentuch. Und dass er, Drew, die dazugehörige Hand geschüttelt hatte.

»Bestimmt nich so leid wie mir. Wegen dem Sturm, der übers Wochenende kommt, werden wir hier morgen nämlich ganz schön Betrieb haben.« Sie deutete mit zwei gespreizten Fingern auf seine Einkaufskörbe. »Hoffentlich können Sie das in bar zahlen, weil der Kreditkartenleser kaputt is und Dad ständig vergisst, ihn reparieren zu lassen.«

»Kein Problem. Was für ein Sturm?«

»'ne Kaltfront von Norden, das sagen sie jedenfalls in dem Sender aus Rivière-du-Loup. Oben in Québec, wissen Sie.« Was sie *Kwäbäck* aussprach. »Massenhaft Wind und Regen. Is für übermorgen angekündigt. Sie wohnen doch draußen an der Donnerbalkenallee, oder?«

»Tu ich.«

»Tja, wenn Sie nich den ganzen nächsten Monat da oben stecken bleiben wollen, sollten Sie vielleicht Ihre Einkäufe und Ihr Gepäck in den Wagen werfen und nach Süden abhauen.«

Diese Haltung war Drew vertraut. Hier oben im TR zählte es nicht, wenn man aus Maine stammte; wenn man nicht direkt aus Aroostook County kam, hielt man einen für einen verwöhnten Flachländer, der eine Fichte nicht von einer Kiefer unterscheiden konnte. Und wenn man südlich von Augusta lebte, hätte man genauso gut aus Massachusetts kommen können, verdammt noch mal.

»Ich glaub, ich komme schon zurecht«, sagte er, während er sein Portemonnaie aus der Tasche zog. »Schließlich wohne ich normalerweise an der Küste. Da haben wir mehr als genug Nordoststürme.«

Sie sah ihn mit einem mitleidig wirkenden Ausdruck an. »Von Stürmen aus Nordost rede ich nich, Mr. Larson, sondern von eim aus *Norden,* der direkt vom Polarkreis her über Kanada zieht. Im Radio sagen sie, dass die Temperatur in den Keller fällt. Statt achtzehn Grad wie jetzt haben wir dann nur noch drei oder so. Vielleicht sogar weniger, und dann peitscht der Schneeregen einem waagrecht mit dreißig Meilen ins Gesicht. Wenn man da draußen an der Donnerbalkenallee steckt, dann bleibt man da stecken.«

»Ich komme schon zurecht«, wiederholte Drew. »Das wird …« Er unterbrach sich. Beinahe hätte er gesagt: *Das wird so sein, wie ein Diktat aufzunehmen.*

»Hä?«

»Das wird bestimmt alles nicht so schlimm.«

»Würde ich an Ihrer Stelle auch drauf hoffen!«

15

Auf der Rückfahrt zur Hütte – die Sonne brannte ihm in die Augen und fügte den anderen Symptomen noch Kopfschmerzen hinzu – grübelte er über das verrotzte Taschentuch nach. Und darüber, dass Roy DeWitt die Erkältung hatte nehmen wollen wie ein echter Mann und im Krankenhaus gelandet war.

Er warf einen Blick in den Rückspiegel, um kurz seine roten, wässrigen Augen zu studieren. »Nein, ich werde die verdammte Grippe *nicht* bekommen. Nicht, wo es gerade so gut läuft!« Okay, aber weshalb in Gottes Namen hatte er diesem Trottel überhaupt die Hand geschüttelt, obwohl es auf der von Viren zweifellos nur so wimmelte? Von Viren, die so fett waren, dass man kaum ein Mikroskop brauchte, sie zu sehen? Und wenn er das schon getan hatte, wieso hatte er nicht gefragt, ob er die Toilette benutzen dürfe, um sich die Hände zu waschen? Scheiße, sogar seine *Kinder* wussten, dass man sich die Hände waschen musste. Das hatte er ihnen selbst beigebracht.

»Ich werde die verdammte Grippe *nicht* kriegen«, wiederholte er, dann klappte er die Blende herunter, damit die Sonne ihm nicht mehr in die Augen brannte.

Damit sie ihm nicht mehr in die Augen brannte? Oder stach? War Letzteres nicht besser, oder war es zu stark?

Darüber sann er nach, bis er die Hütte erreichte. Als er seine Einkäufe hineintrug, sah er, dass der Anrufbeantworter blinkte. Es war Lucy, die ihn möglichst bald um einen Rückruf bat. Wieder spürte er einen Anflug von Ärger darüber, dass sie ihm über die Schulter blickte, aber dann wurde ihm klar, dass es vielleicht gar nicht um ihn ging. Schließlich drehte sich nicht alles nur um ihn. Vielleicht war eines der Kinder krank geworden oder hatte einen Unfall gehabt.

Als er anrief, kam es zum ersten Mal seit langer Zeit, wahrscheinlich seit dem *Dorf auf dem Hügel,* zu einem Streit. Sie stritten nicht so schlimm wie manchmal in den ersten Jahren ihrer Ehe, als die Kinder klein gewesen waren und das Geld knapp, aber doch schlimm genug. Lucy hatte ebenfalls von dem Sturm gehört (natürlich hatte sie das, sie war süchtig nach dem Weather Channel), und sie wollte, dass er seine Sachen zusammenpackte und nach Hause kam.

Drew erklärte ihr, das sei eine schlechte Idee. Eine fürchterliche sogar. Er habe einen guten Arbeitsrhythmus gefunden und schreibe richtig tolles Zeug. Eine eintägige Unterbrechung (woraus wahrscheinlich zwei, wenn nicht gar drei Tage würden) werde das Buch zwar nicht gefährden, aber eine Veränderung seiner Arbeitsumgebung könne das durchaus tun. Er habe gedacht, nach all den Jahren würde sie begreifen, wie empfindlich kreatives Schaffen sei, aber offenbar tue sie das nicht.

»Und du begreifst nicht, wie schlimm der Sturm werden soll. Hast du denn keine Nachrichten gesehen?«

»Nein.« Und dann log er ohne guten Grund (falls der nicht darin bestand, dass er gerade sauer auf Lucy war): »Ich hab keinen Empfang. Die Satellitenschüssel ist kaputt.«

»Tja, es wird wirklich schlimm, vor allem ganz im Norden in diesen gemeindefreien Gebieten nahe der Grenze. Also genau da, wo du gerade bist, falls dir das nicht aufgefallen sein sollte. Man erwartet, dass es durch den Wind zu ausgedehnten Stromausfällen kommt und …«

»Gut, dass ich die alte Reiseschreibmaschine mitgebracht …«

»Drew, lässt du mich bitte ausreden? Nur dieses eine Mal?«

Er schwieg. Sein Kopf pochte, sein Hals tat weh. In diesem Augenblick mochte er seine Frau nicht besonders. Er liebte sie, klar, das würde er immer tun, aber jetzt gerade mochte er sie nicht. Gleich wird sie danke sagen, dachte er.

»Danke«, sagte sie. »Ich *weiß,* dass du die Reiseschreibmaschine von deinem Vater mitgenommen hast, aber du müsstest dich tagelang mit Kerzenlicht und kaltem Essen begnügen, vielleicht sogar wesentlich länger.«

Ich kann doch auf dem Holzofen kochen. Das lag ihm auf der Zunge, aber wenn er ihr erneut widersprach, würde der Streit auf ein neues Thema umschwenken, nämlich dass er sie angeblich nicht ernst nähme, und so weiter und so fort, bla, bla, bla.

»Wahrscheinlich könntest du auf dem Holzofen kochen«, sagte sie in etwas vernünftigerem Ton. »Aber wenn der Wind so stark weht, wie sie sagen – Sturmstärke mit Orkanböen –, werden allerhand Bäume umstürzen, und dann steckst du da oben fest.«

Bekanntlich hatte ich ohnehin vor, eine Weile hier oben zu bleiben, dachte er, hielt aber wieder den Mund.

»Ich weiß, dass du ohnehin vorhattest, zwei bis drei Wochen da oben zu bleiben«, sagte sie. »Aber was ist, wenn ein umstürzender Baum ein Loch ins Dach schlägt? Und wenn das Telefonkabel zusammen mit dem Stromkabel runterkracht, bist du völlig abgeschnitten! Was, wenn dir irgendwas zustößt?«

»Mir wird doch nichts …«

»Kann sein, aber was ist, wenn *uns hier* irgendwas zustößt?«

»Dann würdest du dich darum kümmern«, sagte er. »Ich wäre doch nicht mitten ins Nirgendwo gefahren, wenn ich denken würde, dass du das nicht schaffst. Du hast ja deine Schwester bei dir. Außerdem übertreibt der Wetterbericht immer, das weißt du doch. Da werden fünfzehn Zentimeter Pulverschnee zum Schneesturm des Jahrhunderts. Denen geht es nur um die Einschaltquote. Jetzt wird es auch so sein. Du wirst schon sehen.«

»Danke für die Erläuterung«, sagte Lucy in ausdruckslosem Ton. »So was beherrschen Männer bekanntlich bestens.«

Da waren sie also wieder auf dem Weg zu jenem unangenehmen Ort, den er hatte vermeiden wollen. Vor allem mit seinen Halsschmerzen, seinen verstopften Nebenhöhlen und seinem pochenden Ohr. Von seinem Kopf ganz zu schweigen. Falls er jetzt nicht sehr diplomatisch war, würden sie sich in jener altehrwürdigen (oder besser unehrwürdigen?) Auseinandersetzung darüber verstricken, wer es besser wisse. Von dort aus konnten sie – beziehungsweise Lucy – zu den Gräueln der patriarchalischen Gesellschaft übergehen. Das war ein Thema, über das Lucy sich endlos auslassen konnte.

»Willst du wissen, was ich denke, Drew? Ich denke, wenn Männer sagen: ›Das weißt du doch‹, dann meinen sie: ›*Ich* weiß das zwar, aber du bist zu *dumm,* das zu wissen. Daher muss ich es dir erklären.‹«

Er seufzte, und als der Seufzer sich in ein Husten zu verwandeln drohte, unterdrückte er ihn. »Sag mal, muss das wirklich sein?«

»Ja, Drew, das muss sein.«

Ihr erschöpfter Ton, so als wäre er ein dummes Kind, das nicht einmal die einfachsten Fakten begreifen konnte, machte ihn wütend. »Okay, dann will ich dir aus männlicher Sicht noch ein bisschen was erklären, Lucy. Praktisch seit ich erwachsen bin, versuche ich, einen Roman zu schreiben. Ob ich weiß, warum? Nein. Ich weiß bloß, dass es das fehlende

Puzzleteil in meinem Leben ist. *Ich muss es tun,* und jetzt tue ich es endlich. Es ist sehr, sehr wichtig. Du bittest mich, das aufs Spiel zu setzen.«

»Ist es so wichtig wie ich und die Kinder?«

»Natürlich nicht, aber muss ich mich zwischen dem einen und dem anderen entscheiden?«

»Ich glaube ja, und du hast die Entscheidung gerade getroffen.«

Er lachte, und das Lachen verwandelte sich in ein Husten. »Das ist aber ziemlich melodramatisch.«

Darauf stürzte sie sich nicht, denn sie hatte jetzt etwas anderes, worauf sie sich stürzen konnte. »Drew, ist was mit dir? Du hast dir doch nicht etwa was geholt, oder?«

Im Geiste hörte er die dürre Frau mit dem Bolzen in der Unterlippe sagen: *Er wollte nich zum Arzt, wie 'n echter Mann halt, und da is 'ne Lungenentzündung draus geworden.*

»Nein«, sagte er. »Ist nur eine Allergie.«

»Wirst du es dir wenigstens überlegen, nach Hause zu kommen? Ja?«

»Ja.« Eine weitere Lüge. Er hatte es sich schon überlegt.

»Ruf heute Abend noch mal an, ja? Um mit den Kindern zu sprechen.«

»Darf ich dann auch mit dir sprechen? Wenn ich verspreche, dir nichts zu erklären?«

Sie lachte. Gut, es war eigentlich mehr ein Glucksen, aber dennoch ein gutes Zeichen. »Okay.«

»Ich liebe dich, Lucy.«

»Ich liebe dich auch«, sagte sie, und während er auflegte, hatte er so eine Ahnung – manch einer hätte wohl von einer Offenbarung gesprochen –, dass Lucys Gefühle nicht so verschieden von seinen waren. Ja, sie liebte ihn, da war er sich sicher, aber an diesem Nachmittag Anfang Oktober mochte sie ihn nicht besonders.

Da war er sich ebenfalls sicher.

16

Laut Etikett bestand *Dr. Kings Husten- und Grippeelixier* zu sechsundzwanzig Prozent aus Alkohol, aber nach einem anständigen Schluck aus der Flasche, der Drews Augen tränen ließ und einen heftigen Hustenanfall auslöste, vermutete er, dass der Hersteller den Gehalt eventuell untertrieben hatte. Vielleicht gerade so, dass das Zeug im Big 90 nicht auf dem Regal mit dem Kaffeelikör, dem Aprikosenschnaps und den Miniaturflaschen Fireball stehen musste. Aber es reinigte ausgesprochen effizient seine Nebenhöhlen, und als er abends mit Brandon sprach, nahm der Junge überhaupt nichts Ungewöhnliches wahr. Dafür fragte ihn Stacey, ob er denn krank sei. Bloß eine Allergie, erklärte er ihr und wiederholte die Lüge gegenüber Lucy, als sie ihr Handy wieder übernahm. Wenigstens gab es abends keinen Streit mit ihr, nur diesen unmissverständlichen Anflug von Kälte in ihrer Stimme, den er so gut kannte.

Draußen war es ebenfalls kalt. Der Nachsommer war eindeutig vorüber. Drew fröstelte und machte im Holzofen ein ordentliches Feuer. Dann setzte er sich auf dem Schaukelstuhl seines Vaters davor, nahm noch einen Schluck von Dr. Kings Elixier und las in einem alten Roman von John D. MacDonald. Nach der Auflistung vorn im Buch hatte MacDonald zum damaligen Zeitpunkt mindestens sechzig Romane verfasst. Der hatte offenbar keinerlei Probleme gehabt, das richtige Wort oder die richtige Wendung zu finden, und gegen Ende seines Lebens hatte er sogar bei der Literaturkritik Anklang gefunden. Der Glückliche.

Drew las ein paar Kapitel, dann ging er zu Bett und hoffte, dass seine Erkältung am Morgen besser sein würde. Außerdem hoffte er, dass er von dem Sirup keinen Kater bekam. Sein Schlaf war unruhig und von Träumen heimgesucht, an die er sich morgens aber kaum erinnern konnte. Er wusste nur noch, dass er in einem davon durch einen schier endlosen Flur mit Türen an beiden Seiten gegangen war. Durch eine dieser Türen gelangte man hinaus, das war klar, aber er konnte sich nicht entscheiden, bei welcher er es versuchen sollte, und bevor er eine auswählen konnte, erwachte er an einem kalten, klaren Morgen mit voller Blase und schmerzenden Gelenken. Während er zu dem Badezimmer am Ende der Galerie tappte, verfluchte er Roy DeWitt und sein verschnieftes Taschentuch.

17

Er hatte noch Fieber, aber es kam ihm niedriger vor, und die Kombination von Goody's Kopfschmerzpulver und Dr. Kings Elixier half gegen seine anderen Symptome. Die Arbeit lief ziemlich gut, zwar nur zehn anstatt achtzehn Seiten, aber für ihn trotzdem erstaunlich. Wohl wahr, er musste ab und zu pausieren und nach dem richtigen Wort oder der passenden Wendung suchen, aber das führte er auf die Infektion zurück, die sich in seinem Organismus ausgebreitet hatte. Außerdem kamen ihm die Wörter und Wendungen immer schon nach wenigen Sekunden in den Sinn und fügten sich nahtlos ein.

Die Geschichte wurde richtig gut. Sheriff Jim Averill hatte den Mörder ins Gefängnis gesteckt, aber dann waren die Revolvermänner aufgetaucht – mit einem mitternächtlichen Sonderzug, den der Daddy von Andy Prescott, ein reicher Rancher, gechartert hatte –, und jetzt belagerten sie die Stadt. Im Gegensatz zum *Dorf* ging es in diesem Buch mehr um die Handlung als um Figuren und Situationen. Anfangs hatte das Drew ein bisschen Sorge bereitet; als Lehrer und Leser (was zwar nicht dasselbe, aber doch eng verwandt war) neigte er dazu, sich eher auf Motive, Sprache und Symbolik zu konzentrieren als auf die Geschichte, aber auch diese Puzzleteile fügten sich beinahe wie von selbst ein. Am allerbesten war jedoch, dass sich eine merkwürdige Verbindung zwischen Averill und dem jungen Prescott zu entwickeln schien, was der Geschichte eine Tiefe gab, die ebenso unerwartet war wie der Sonderzug.

Anstatt einen Nachmittagsspaziergang zu machen, schaltete er den Fernseher ein und fand nach längerer Suche in den DirectTV-Informationen auf dem Bildschirm schließlich den Weather Channel. Dass er hier mitten in der Pampa Zugang zu einer derart verwirrenden Auswahl an Sendern hatte, hätte ihn an einem anderen Tag wahrscheinlich amüsiert, heute tat es das nicht. Seine lange Sitzung am Laptop hatte ihn erschöpft, ja beinahe *ausgehöhlt* anstatt beflügelt. Wieso in Gottes Namen hatte er DeWitt nur die Hand geschüttelt? Aus ganz normaler Höflichkeit natürlich, was völlig verständlich war, aber wieso in Gottes Namen hatte er sich anschließend bloß nicht die Hände gewaschen?

Das hab ich doch alles schon durchgekaut, dachte er.

Ja, und jetzt kaute er es wieder durch. Irgendwie erinnerte ihn das an seinen katastrophalen letzten Versuch, einen Roman zu schreiben, als er, noch lange nachdem Lucy eingeschlafen war, wach lag und im Geiste die wenigen Absätze, die er tagsüber zustande gebracht hatte, dekonstruierte und rekonstruierte. Er hatte auf seiner Arbeit herumgehackt, bis sie blutete.

Stopp, befahl er sich. Das ist Vergangenheit. Jetzt ist jetzt. Schau dir den verfluchten Wetterbericht an!

Allerdings war das kein Bericht, so minimalistisch gab sich der Weather Channel nicht. Es war ein regelrechtes Weltuntergangsszenario. Drew hatte nie kapiert, weshalb seine Frau derart vernarrt in diesen Sender war, der ausschließlich von meteorologischen Spinnern bevölkert zu sein schien. Wie um das zu unterstreichen, gaben sie dort inzwischen selbst Stürmen, die keine Hurrikanstärke erreichten, irgendwelche Namen. Der, vor dem die Kassiererin ihn gewarnt hatte und wegen dem seine Frau sich solche Sorgen machte, war Pierre getauft worden. Einen dämlicheren Namen für einen Sturm konnte Drew sich nicht vorstellen. Pierre kam aus Nordosten von Saskatchewan her angerast (da hatte die Frau mit dem Lippenpiercing nicht aufgepasst) und würde morgen entweder am Nachmittag oder am Abend über TR-90 herfallen. Er hatte eine durchschnittliche Windstärke von vierzig Meilen pro Stunde und konnte in Böen bis über sechzig Meilen erreichen.

»Sie finden vielleicht, dass sich das nicht schlimm anhört«, sagte der Wetterfrosch, ein junger Mann mit modischem Dreitagebart, bei dem Drew die Augen wehtaten. Er war ein Poet der durch Pierre drohenden Apokalypse, denn er sprach zwar nicht ganz in jambischen Pentametern, aber doch beinahe. »Allerdings müssen Sie sich vor *Augen* führen, dass die Temperatur *radikal* fallen wird, wenn die Front durchzieht, womit ich meine, dass sie regelrecht ins *Bodenlose* fallen wird. Der Regen könnte sich in *Graupel* verwandeln, und die Autofahrer im Norden von Neuengland sollten sich auf *Glatteis* gefasst machen.«

Viel*leicht* sollte ich nach *Hause* fahren, dachte Drew.

Was ihn davon abhielt, war inzwischen jedoch nicht mehr nur das Buch. Die Vorstellung, in seinem erschöpften Zustand die lange Fahrt über die Donnerbalkenallee anzutreten, erschöpfte ihn noch mehr. Und wenn er es schließlich in eine annähernd zivilisierte Gegend geschafft hatte, sollte er dann auf der I-95 ernsthaft immer mal wieder an einem mit Alkohol versetzten Erkältungselixier nuckeln?

»Am wichtigsten ist jedoch, dass dieses Monster auf einen *Hochdruckrücken* stoßen wird, der von *Osten* heranzieht – ein ausgesprochen *ungewöhnliches* Phänomen«, sagte der stoppelbärtige Wetterfrosch. »Das bedeutet, dass unseren Zuschauern nördlich von *Boston* das drohen könnte, was die alten Yankees als *Dreitagewind* bezeichnet haben.«

Du kannst mich mal, dachte Drew und tippte sich an die Stirn.

Später, nachdem er erfolglos versucht hatte, sich eine Weile aufs Ohr zu legen – er warf sich nur unruhig hin und her –, rief Lucy an. »Jetzt hör mir mal zu, mein Lieber!« Er hasste es, wenn sie ihn so anredete; das hörte sich an, als würden Fingernägel über eine Schultafel kratzen. »Die Vorhersage wird immer schlimmer. Du musst nach Hause kommen.«

»Lucy, es ist bloß ein Sturm. So was hat mein Vater eine Mütze Wind genannt. Es ist kein Atomkrieg.«

»Du musst nach Hause kommen, solange das noch geht.«

Von diesen Sprüchen hatte er genug. Und von Lucy ebenfalls. »Nein. Ich muss hierbleiben.«

»Du bist ein Narr«, sagte sie. Dann legte sie zum ersten Mal, soweit er sich erinnern konnte, einfach auf.

18

Sobald Drew am folgenden Morgen aufgestanden war, schaltete er den Weather Channel ein. *Wie ein Hund, der zurückkehrt zu seinem Gespei, so ist ein Narr, der seine Narrheit wiederholt,* dachte er dabei.

Er hoffte zu hören, dass der Herbststurm namens Pierre den Kurs geändert hatte. Das hatte er nicht. Auch Drews Erkältung war auf Kurs geblieben. Sie kam ihm nicht schlimmer, aber auch nicht besser vor. Als er Lucy anrief, erreichte er nur ihre Mailbox. Möglicherweise war sie beim Einkaufen, möglicherweise wollte sie einfach nicht mit ihm reden. So oder so war das für Drew okay. Sie war sauer auf ihn, aber darüber würde sie hinwegkommen; niemand warf eines Sturms wegen fünfzehn Ehejahre in den Mülleimer. Vor allem nicht, wenn sich der Sturm Pierre nannte.

Drew verrührte in der Pfanne zwei Eier und schaffte es, die Hälfte davon zu essen, bevor sein Magen ihm warnend mitteilte, dass eventuell ein gewaltsamer Auswurf bevorstand, wenn er sich mehr hineinstopfte. Er kratzte den Rest in den Abfall, setzte sich vor den Laptop und rief das aktuelle Dokument auf (BITTER RIVER #3). Dann scrollte er dorthin, wo er aufgehört hatte, betrachtete den leeren Raum unter dem blinkenden Cursor und fing an, ihn zu füllen. In der ersten Stunde lief das ganz gut, dann kamen die Probleme. Es begann mit den Schaukelstühlen, auf denen Sheriff Averill und seine drei Deputys vor dem Gefängnis von Bitter River sitzen sollten.

Die vier Männer mussten davor sitzen, direkt im Blick der Stadtbewohner und der Revolvermänner von Dick Prescott, denn das war die Grundlage des cleveren Plans, den Averill ersonnen hatte, um Prescotts Sohn vor der Nase der Schurken, die das verhindern sollten, aus der Stadt zu schaffen. Die Gesetzeshüter mussten sichtbar sein, vor allem ein Deputy namens Cal Hunt, der zufällig ungefähr dieselbe Größe und denselben Körperbau wie der junge Prescott hatte.

Cal Hunt trug einen farbenprächtigen mexikanischen Poncho und einen riesigen, mit silbernen Conchos verzierten Cowboyhut. Der übertrieben breite Rand verdeckte sein Gesicht. Das war wichtig. Poncho und Hut gehörten Deputy Hunt gar nicht; mit einem solchen Hut komme er sich wie ein Volltrottel vor, hatte er gesagt. Das war Sheriff Averill völlig schnuppe. Er wollte, dass Prescotts Männer die Klamotten sahen und nicht den Mann, der sie trug.

Alles wunderbar. Feine Erzählkunst. Dann kamen die Probleme.

»Alsdann«, sagte Sheriff Averill zu seinen Deputys. »Zeit, ein bisschen Nachtluft zu schnuppern. Um uns allen zu zeigen, die uns sehen wollen. Hank, hol doch mal den Krug. Ich will dafür sorgen, dass die Jungs auf den Dächern zu sehen kriegen, wie der dämliche Sheriff sich mit seinen noch dämlicheren Deputys die Hucke vollsäuft.«

»Muss ich den Hut da wirklich tragen?«, stöhnte Cal Hunt geradezu. »Das wird man mir bis an mein Lebensende unter die Nase reiben!«

»Mach dir lieber Sorgen, ob du die Nacht überlebst«, sagte Averill. »Los jetzt! Schleppen wir die Schaukelstühle nach draußen und

An diesem Punkt hielt Drew inne, gebannt von dem Bild des winzigen Sheriffbüros von Bitter River, in dem drei Schaukelstühle standen. Nein, *vier* Schaukelstühle, weil man einen für Averill hinzufügen musste. Das war wesentlich absurder als der breitkrempige, das Gesicht von Cal Hunt verbergende Stetson, und zwar nicht nur weil vier Schaukelstühle den ganzen verdammten Raum gefüllt hätten. Schon die *Vorstellung* von Schaukelstühlen passte nicht zu Männern des Gesetzes, noch nicht mal in einer kleinen Westernstadt wie Bitter River. Die Leser würden sich schieflachen. Drew löschte den Großteil des Satzes und betrachtete, was übrig war.

Schleppen wir die

Die was? Stühle? Würden im Sheriffbüro überhaupt vier Stühle stehen? Das kam ihm unglaubwürdig vor. »Ist ja nicht so, als gäb's da 'nen verdammten Wartebereich«, sagte Drew und wischte sich die Stirn. »In so einem ...« Der Drang zu niesen überraschte ihn, und er prustete los, bevor er sich die Hand vor den Mund halten konnte. Ein feiner Nebel aus Speicheltröpfchen besudelte den Bildschirm und ließ die Wörter verschwimmen.

»Scheiße! Verdammte *Scheiße!*«

Er griff nach den Papiertaschentüchern, um den Bildschirm abzuwischen, aber die Kleenexschachtel war leer. Deshalb holte er ein Geschirrhandtuch, und als er mit der Reinigung fertig war, dachte er, wie sehr das feuchte Handtuch doch dem Taschentuch von Roy DeWitt ähnelte. Diesem Rotzfänger.

`Schleppen wir die`

War sein Fieber schlimmer geworden? Das wollte Drew nicht glauben, er wollte glauben, dass die wachsende Hitze, die er spürte (samt dem zunehmenden Pochen im Kopf) nur auf den Druck zurückzuführen war, dieses idiotische Schaukelstuhlproblem lösen zu müssen, bevor er weitermachen konnte, aber trotzdem kam es ihm eindeutig so vor, als …

Diesmal schaffte er es, sich zur Seite zu drehen, bevor er losprustete, jetzt nicht nur einmal, sondern ein halbes Dutzend Mal. Bei jedem Niesen hatte er das Gefühl, seine Nebenhöhlen würden sich aufblähen. Wie zu stark aufgeblasene Autoreifen. Sein Hals pochte, sein Ohr ebenfalls.

`Schleppen wir die`

Da fiel es ihm ein. Eine Bank! Im Sheriffbüro steht vielleicht eine Bank, auf der sich die Leute niederlassen können, während sie darauf warten, dass sie mit ihrem Anliegen drankommen. Er grinste und hob beide Daumen. Krank oder nicht, die Puzzleteile fügten sich weiterhin prima ein, was eigentlich nicht verwunderlich war. Ungeachtet der körperlichen Gebrechen schien die Kreativität oft ungehindert ihrem eigenen Weg zu folgen. Flannery O'Connor hatte Lupus gehabt,

Stanley Elkin Multiple Sklerose. Fjodor Dostojewski hatte an Epilepsie gelitten und Octavia Butler an Dyslexie. Was war eine lumpige Erkältung oder auch eine Grippe, verglichen mit solchen Problemen? Ja, er konnte trotz seiner Verfassung weiterarbeiten. Die Bank war ein Beweis dafür, die Bank war genial!

Schleppen wir die Bank da raus und gießen wir uns ordentlich einen hinter die Binde!«

»Aber wir werden doch nicht richtig was trinken, oder, Sheriff?«, fragte Jep Leonard. Man hatte ihm den Plan sorgfältig erklärt, aber Jep war nicht gerade die hellste Birne im

Die hellste Birne im Kronleuchter? Du lieber Himmel, nein, das war ein Anachronismus. Oder doch nicht? Die Birne auf jeden Fall, in den 1880er-Jahren hatte es noch keine Glühbirnen gegeben, aber Kronleuchter *gab* es damals, natürlich gab es die. Schließlich hing einer im Saloon! Hätte Drew eine Internetverbindung gehabt, hätte er sich allerhand historische Beispiele anschauen können, aber er hatte keine. Nur zweihundert Fernsehsender, von denen die meisten den totalen Schrott brachten.

Jedenfalls war es besser, eine andere Metapher zu verwenden. Falls es sich überhaupt um eine Metapher handelte, da war sich Drew nicht völlig sicher. Vielleicht war es nur ein vergleichender … ein vergleichendes Irgendwas. Nein, es war doch eine Metapher. Da war er sich sicher. Beinahe.

Egal, das war nicht der springende Punkt, und das hier war keine Übung im Seminar, es ging um ein Buch, um *sein* Buch, also zurück an die Arbeit. Den Blick aufs Ziel richten.

Nicht die hellste Kerze auf der Torte? Nicht das schnellste Pferd im Stall? Nein, das war beides furchtbar, aber …

Dann hatte er es. Wie durch Zauberhand! Er beugte sich vor und tippte schleunigst:

Man hatte ihm den Plan sorgfältig erklärt, aber Jep war nicht gerade der Klügste im Lande.

Zufrieden (na ja, *relativ* zufrieden) stand Drew auf, nahm einen Schluck Elixier und spülte den mit einem Glas Wasser hinunter, um den Geschmack zu vertreiben: eine glibberige Mischung aus Schleim und Erkältungsmedizin.

Das ist wie früher, dachte er. Das ist genau das, was beim *Dorf* passiert ist.

Er konnte sich einreden, dass das nicht stimmte, dass es diesmal völlig anders lief, dass die Rädchen in seinem Kopf sich nur deshalb nicht ganz sauber drehten, weil er Fieber hatte, sogar ziemlich hohes Fieber, so wie sich das anfühlte, und das lag alles daran, dass er mit diesem Taschentuch hantiert hatte.

Nein, hast du nicht, du hast mit seiner Hand hantiert. Du hast mit der Hand hantiert, die mit dem Taschentuch hantiert hatte.

»Ich hab mit der Hand hantiert, die mit dem Taschentuch hantiert hatte, genau.«

Er drehte das kalte Wasser auf und wusch sich das Gesicht, worauf er sich ein bisschen besser fühlte. Dann verrührte er etwas von Goody's Kopfschmerzpulver mit weiterem Wasser und trank es, bevor er zur Tür ging und sie aufstieß. Er war sich ziemlich sicher, dass draußen die Elchmama stehen würde, so sicher, dass er einen Moment lang (danke, liebes Fieber!) tatsächlich meinte, das Tier drüben neben dem Schuppen zu sehen, aber das waren nur Schatten, die sich im leichten Wind bewegten.

Drew atmete mehrmals tief durch. Rein mit der guten Luft, raus mit der schlechten, als ich ihm die Hand geschüttelt hab, muss ich verrückt gewesen sein.

Drew ging in die Hütte zurück und setzte sich an den Laptop. Einfach weiterzumachen schien eine schlechte Idee zu sein, aber nicht weiterzumachen kam ihm noch schlimmer vor. Deshalb begann er zu schreiben und versuchte, den Wind wiederzufinden, der ihm die Segel gebläht und ihn so weit gebracht hatte. Zuerst schien das zu klappen, aber als es Zeit zum Mittagessen war (nicht dass er irgendein Bedürfnis danach verspürt hätte), waren seine inneren Segel erschlafft. Wahrscheinlich nur weil er krank war, aber es kam ihm trotzdem zu sehr wie früher vor.

Es ist, als würde ich meine Wörter verlieren.

Das war es, was er zu Lucy gesagt hatte und auch zu Al Stamper, aber die Beschreibung war unzutreffend; die hatte er den beiden nur vorgesetzt, damit sie es als Schreibblockade abtun konnten, als etwas, was er irgendwann überwinden würde. Oder was sich von selbst auflöste. In Wahrheit war das Gegenteil der Fall. Das Dilemma bestand darin, zu viele Wörter zu haben. War es ein Weidengehölz oder eine Baumgruppe? Brannte die Sonne oder stach sie? Oder starrte sie womöglich? Trug eine Figur ein blau-rotes oder ein tiefblaues Kleid? Ach ja, und wenn man *blau-rot* mit Bindestrich schreiben konnte oder eventuell gar musste, wie stand es dann mit *tiefblau?* Schrieb man das etwa auseinander?

Um eins machte er Schluss. Er hatte zwei Seiten geschrieben, und der Eindruck, dass er sich wieder in den ebenso nervösen wie neurotischen Typen verwandelte, der drei Jahre zuvor um ein Haar das eigene Haus abgefackelt hatte, war immer schwerer zu leugnen. Obwohl er sich zu zwingen versuchte, sich nicht in Kleinkram wie Schaukelstuhl kontra Bank zu verbeißen und sich stattdessen von der Handlung tragen zu lassen, kam ihm jedes einzelne Wort auf dem Bildschirm falsch vor. Hinter jedem Wort schien sich ein besseres zu verstecken, ohne dass er auch nur einen Blick darauf erhaschen konnte.

Litt er womöglich an Alzheimer? Konnte es daran liegen?

»So ein Schwachsinn!«, sagte er laut und war bestürzt, wie stark er näselte. Heiser hörte er sich auch an. Bald würde er die Stimme ganz verlieren. Nicht dass außer ihm selbst jemand hier draußen gewesen wäre, mit dem er sich unterhalten könnte.

Nach Hause mit dir! Da hast du eine Frau und zwei tolle Kinder, mit denen du reden kannst.

Aber wenn er das tat, ginge ihm das Buch verloren. Das war ihm sonnenklar. Wenn er wieder in Falmouth war, sich erholt hatte und nach vier oder fünf Tagen die Dokumente von *Bitter River* aufrief, würde ihm der Text wie etwas vorkommen, was ein anderer geschrieben hatte, und er würde keine Ahnung haben, wie er diese fremde Geschichte vollenden sollte. Wenn er jetzt wegfuhr, würde das so sein, wie ein wertvolles Geschenk wegzuwerfen, das ihm vielleicht nie wieder vergönnt wäre.

Er wollte nich zum Arzt, wie 'n echter Mann halt, und da is 'ne Lungenentzündung draus geworden, hatte die Tochter von Roy DeWitt gesagt und damit gemeint: *Auch so ein verdammter Trottel.* Wollte er sich etwa genauso verhalten?

Pest oder Cholera. Buch oder Leben. War die Entscheidung wirklich so krass und melodramatisch? Bestimmt nicht, aber er fühlte sich eindeutig absolut beschissen, daran bestand kein Zweifel.

Ein Schläfchen, dachte er. Ich muss mich erst mal hinlegen. Wenn ich wieder aufwache, bin ich bestimmt in der Lage, eine Entscheidung zu treffen.

Daher nahm er wieder einen Schluck von Dr. Kings Zaubertrank – oder wie immer das Zeug hieß – und erklomm die Treppe zu dem Schlafzimmer, das er bei den anderen Aufenthalten hier mit Lucy geteilt hatte. Er schlief ein, und als er aufwachte, waren Regen und Wind eingetroffen, und die Entscheidung war bereits für ihn gefällt worden. Er musste einen Anruf machen. Solange dazu noch die Möglichkeit bestand.

19

»Hallo, Schatz, ich bin's. Tut mir leid, dass ich dich so auf die Palme gebracht habe. Ehrlich.«

Das ignorierte sie völlig. »Du hörst dich nicht so an, als ob du eine Allergie hättest, mein Lieber. Du klingst krank.«

»Es ist bloß eine Erkältung.« Er räusperte sich oder versuchte es wenigstens. »Allerdings wohl eine ziemlich heftige.«

Das Räuspern löste einen Hustenreiz aus. Er legte die Hand über die Sprechmuschel des altmodischen Hörers, aber Lucy bekam es wahrscheinlich dennoch mit. Der Wind brauste, der Regen klatschte gegen die Fenster, und die Lampen flackerten.

»Und was jetzt? Verschanzt du dich einfach?«

»Mir bleibt wohl nichts anderes übrig«, sagte er und sprach hastig weiter. »Es liegt nicht an dem Buch, jetzt nicht mehr. Ich würde ja nach Hause kommen, wenn das gefahrlos möglich wäre, aber der Sturm ist leider schon da. Gerade haben die Lampen geflackert. Bevor es dunkel wird, fallen garantiert Strom und Telefon aus. Und jetzt mache ich eine Pause, damit du mich darauf hinweisen kannst, dass du's mir ja gesagt hast.«

»Ich hab's dir ja gesagt«, sagte sie. »Und nachdem wir das jetzt erledigt haben – wie schlecht geht es dir wirklich?«

»So schlecht auch wieder nicht«, sagte er, was eine wesentlich gröbere Lüge war als die Behauptung, die Satellitenschüssel sei kaputt. Er hatte den Eindruck, dass es ihm ziemlich schlecht ging, aber wenn er das sagte, war schwer einzuschätzen, wie Lucy reagierte. Würde sie womöglich bei der Polizei in Presque Isle anrufen und verlangen, dass man ihn rettete? Selbst in seinem derzeitigen Zustand käme ihm das wie eine Überreaktion vor. Peinlich wäre es außerdem.

»Das gefällt mir nicht, Drew. Es gefällt mir ganz und gar nicht, dass du da oben völlig abgeschnitten bist. Ganz sicher, dass du da nicht mehr wegkommst?«

»Vorhin wäre das vielleicht noch eine Option gewesen, aber ich hab Grippemedizin eingenommen, bevor ich mich ins Bett gelegt hab, und dann hab ich verschlafen. Jetzt will ich das nicht mehr riskieren. Vom letzten Winter sind noch Rinnen und Kuhlen in der Straße, und wenn es so stark regnet wie jetzt, wird sie wahrscheinlich an vielen Stellen überflutet. Eventuell schafft der Wagen das, aber wenn nicht, sitze ich sechs Meilen von der Hütte und neun Meilen vom Big 90 entfernt fest.«

Eine Pause entstand, in der Drew sich vorstellte, Lucys Gedanken hören zu können: *Du wolltest es nehmen wie ein echter Mann, stimmt's? Und bist wie all die anderen echten Männer ein gottverdammter Narr.* Weil *Ich hab's dir ja gesagt* manchmal einfach nicht ausreichte.

Eine Windböe brauste heran, und wieder flackerten die Lampen. (Oder flatterten sie vielleicht?) Im Telefon summte es wie eine Zikade, dann wurde es still.

»Drew? Bist du noch dran?«

»Bin ich.«

»Gerade hat das Telefon ein komisches Geräusch gemacht.«

»Hab ich gehört.«

»Hast du genug zu essen?«

»Massenhaft.« Nicht dass er irgendwelchen Hunger hatte.

Sie seufzte. »Dann beiß die Zähne zusammen, und halt durch. Ruf mich heute Abend an, falls das Telefon noch funktioniert.«

»Mach ich. Und sobald das Wetter besser wird, komme ich nach Hause.«

»Nicht wenn Bäume umgestürzt sind! Erst wenn jemand gekommen ist und die Straße freigeräumt hat.«

»Die kann ich selbst freiräumen«, sagte Drew. »Im Schuppen liegt noch die Kettensäge von meinem Vater, falls nicht einer von den Jagdgästen auf die Idee gekommen ist, sie mitgehen zu lassen. Das Benzin im Tank ist sicher längst verdunstet, aber ich kann was aus dem Wagen absaugen.«

»Falls du nicht noch kränker wirst.«

»Ich werde bestimmt …«

»Den Kindern werde ich sagen, dass es dir gut geht.« Jetzt sprach sie eher mit sich selbst als mit ihm. »Hat keinen Sinn, dass die sich auch noch Sorgen machen.«

»Das ist eine gute …«

»Es ist echt beschissen, Drew.« Sie hasste es, wenn er sie unterbrach, hatte jedoch nie Skrupel, sich selbst so zu verhalten. »Ich will, dass dir das klar ist. Du hast nicht bloß dich in diese Lage gebracht, sondern auch uns.«

»Es tut mir leid.«

»Läuft es mit dem Buch noch gut? Hoffentlich. Dann ist es den ganzen Ärger wenigstens wert.«

»Es läuft prima.« Da war er sich zwar nicht mehr so sicher, aber was sollte er ihr sonst sagen? *Grad fängt die ganze Scheiße wieder an, Lucy, und das ausgerechnet, wo ich krank bin?* Hätte sie das beruhigt?

»Na gut.« Sie seufzte. »Du bist ein Idiot, aber ich liebe dich trotzdem.«

»Ich dich …« Der Wind heulte auf, und plötzlich war die Hütte nur noch von dem trüben, wässrigen Licht erhellt, das durch die Fenster drang. »Lucy, gerade ist der Strom ausgefallen.« Seine Stimme klang ruhig, was gut war.

»Schau doch mal im Schuppen nach«, sagte sie. »Da könnte eine Coleman-Campinglampe …«

Man hörte wieder Zikaden summen und dann nichts als Stille. Er legte den altmodischen Hörer auf die Gabel. Jetzt war er ganz auf sich allein gestellt.

20

Von einem der Haken neben der Tür griff Drew sich eine muffige alte Jacke und kämpfte sich durch das trübe Licht zum Schuppen durch. Dabei musste er den Arm heben, um einen fliegenden Ast abzuwehren. Vielleicht lag es daran, dass er krank war, aber der Wind fühlte sich so an, als würde er bereits mit vierzig Meilen pro Stunde blasen. Während er am Schlüsselbund fummelte, rann ihm kaltes Wasser in den Nacken, obwohl er den Kragen hochgeschlagen hatte, und er musste drei Schlüssel ausprobieren, bis er den fand, der in das Vorhängeschloss an der Tür passte. Nachdem er damit mehrfach hin und her gewackelt hatte, drehte das Ding sich endlich, aber inzwischen war er völlig durchnässt und hustete.

Trotz der weit offen stehenden Tür war es im Schuppen dunkel und voller Schatten, aber das Licht reichte aus, erkennen zu können, dass hinten auf einem Tisch die Kettensäge seines Vaters lag. Außerdem gab es noch mehrere andere Sägen, darunter eine zweihändige Spannsäge, was wahrscheinlich gut war, denn die Kettensäge sah unbrauchbar aus. Ihr gelber Lack war unter uraltem Fett kaum noch zu sehen, und die Kette war übel verrostet. Ganz abgesehen davon, dass Drew sich nicht vorstellen konnte, genügend Kraft aufzubringen, das Gerät mit dem Seilzug zu starten.

Was die Campinglampe anging, hatte Lucy recht gehabt. Auf dem Regal links von der Tür standen sogar zwei neben einem Fünfliterkanister Benzin, aber eine war offenkundig nicht mehr zu gebrauchen, weil ihr Glas zersplittert war und der Bügel fehlte. Die andere sah funktionsfähig aus. Zum Glück waren die beiden Glühstrümpfe noch an den Ventilen befestigt, denn so, wie seine Hände zitterten, wäre er wohl nicht in der Lage gewesen, sie anzubringen. Ich hätte früher daran denken sollen, sagte er sich ärgerlich. Genauer gesagt, hätte ich früher nach Hause fahren sollen. Als ich noch konnte.

Als Drew den Benzinkanister schräg in das schwindende Nachmittagslicht hielt, sah er eine Warnung, die sein Vater auf einem Klebestreifen hinterlassen hatte: DAS HIER VERWENDEN NICHT BLEIFREIES BENZIN! Er schüttelte den Kanister, der etwa halb voll war. Nicht gerade toll, aber vielleicht ausreichend, dass er einen dreitägigen Sturm überstand, wenn er sparsam damit umging.

Er trug den Kanister und die unbeschädigte Lampe in die Hütte und wollte beides auf den Esstisch stellen, überlegte es sich jedoch anders. Mit seinen zitternden Händen würde er bestimmt was von dem Benzin verschütten. Deshalb stellte er die Lampe ins Spülbecken und schlüpfte dann aus der durchnässten Jacke. Bevor er daran denken konnte, die Lampe zu füllen, fing der Husten wieder an. Er ließ sich auf einen der Stühle am Esstisch fallen und hustete sich die Seele aus dem Leib, bis er Angst hatte, in Ohnmacht zu fallen. Der Wind heulte, und etwas fiel polternd aufs Dach. Dem Geräusch nach ein wesentlich größerer Ast als der, den er vorher abgewehrt hatte.

Als der Hustenanfall vorüber war, schraubte er den Verschluss am Tank der Lampe auf und suchte nach einem Trichter. Da er keinen fand, riss er einen Streifen Alufolie ab und bastelte daraus einen behelfsmäßigen Ersatz. Die Dämpfe hätten ihn fast wieder zum Husten gebracht, aber er beherrschte sich, bis er den kleinen Tank gefüllt hatte. Als das erledigt war, beugte er sich über die Arbeitsfläche und legte die brennende Stirn auf einen Arm, hustend und würgend und nach Atem ringend.

Irgendwann ging auch dieser Anfall vorüber, aber das Fieber war schlimmer denn je. Kein Wunder, so nass, wie ich draußen geworden bin, dachte er. Sobald er die Lampe angezündet hatte – falls ihm das überhaupt gelang –, würde er noch eine Aspirin einnehmen. Samt einer Portion Kopfschmerzpulver und einem Schluck von Dr. Kings Elixier.

Er betätigte die kleine Pumpe an der Seite der Lampe, um Druck aufzubauen, und öffnete das Ventil. Dann riss er ein Streichholz an und schob es durch die Öffnung. Einen Moment lang passierte nichts, doch dann flammten die Glühstrümpfe auf. Ihr Licht war so hell und konzentriert, dass es ihn zusammenzucken ließ. Er trug die Lampe zu dem einzigen Schrank in der Hütte, um darin nach einer Taschenlampe zu suchen. Was er fand, waren Klamotten, orangefarbene Westen für die Jagdsaison und ein altes Paar Schlittschuhe (er erinnerte sich vage daran, dass er mit seinem Bruder die wenigen Male, die sie im Winter hier gewesen waren, auf dem Bach Schlittschuh gefahren war). Ferner vorhanden waren Mützen, Handschuhe und ein betagter Staubsauger von Electrolux, der in etwa so funktionsfähig aussah wie die rostige Kettensäge im Schuppen. Eine Taschenlampe war nirgends zu sehen.

Der Wind kreischte derart um die Dachtraufen, dass Drew der Kopf schmerzte. Regen prasselte an die Fenster. Das letzte Tageslicht ging immer mehr zur Neige, und er dachte, dass es eine sehr lange Nacht werden würde. Seine Expedition zum Schuppen und sein Bemühen, die Lampe anzuzünden, hatten ihn abgelenkt, aber da diese Aufgaben jetzt erledigt waren, hatte er Zeit, Angst zu bekommen. Er hing hier wegen einem Buch fest, das (wie er jetzt zugeben konnte) genauso in die Binsen zu gehen drohte wie die anderen. Er hing fest, er war krank, und er würde wahrscheinlich noch kränker werden.

»Ich könnte hier draußen sterben«, sagte er mit seiner neuen, heiseren Stimme. »Wirklich und wahrhaftig.«

Es war besser, nicht darüber nachzudenken. Besser, den Holzofen zu bestücken und in Gang zu bringen, weil die Nacht nicht nur lang, sondern auch kalt werden würde. *Die Temperatur wird ins* Bodenlose *fallen, wenn diese Front durchzieht* – waren das nicht die Worte des stoppelbärtigen Wetterfroschs gewesen? Und im Laden hatte die Frau mit dem

Bolzen in der Lippe dasselbe gesagt. Samt derselben Metapher (falls es eine Metapher *war*), bei der die Temperatur mit einem Gegenstand verglichen wurde, der irgendwo herunterfallen konnte.

Dabei fiel ihm wieder der Deputy namens Jep ein, der nicht der Klügste im Lande war. Tatsächlich? Hatte er wirklich gedacht, damit durchzukommen? Das war eine beschissene Metapher (wenn es überhaupt eine Metapher war). Die war nicht nur schwach, die war mausetot. Während er Holz in den Ofen schichtete, schien in seinem fiebrigen Hirn eine Geheimtür aufzugehen, und er dachte: *Er hatte die Weisheit nicht mit Löffeln gegessen.*

Besser.

Er hatte das Pulver nicht erfunden.

Noch besser, schließlich spielte die Geschichte im Wilden Westen.

Dumm wie Bohnenstroh. Dumm wie Brot. Dümmer, als die Polizei …

»Hör auf«, sagte er flehentlich. Das war das Problem. Diese Geheimtür war das Problem, weil …

»Ich habe keine Kontrolle darüber«, sagte er mit seiner krächzenden Stimme und dachte: *Dumm wie ein Schaf mit Brille.*

Drew schlug sich mit der flachen Hand an die Schläfe. Seine Kopfschmerzen flammten auf. Er schlug sich wieder. Und noch einmal. Als er genug davon hatte, stopfte er ein paar zerknüllte Zeitschriftenseiten unter das Kleinholz, riss auf der Ofenplatte ein Streichholz an und sah, wie die Flammen emporzüngelten.

Das brennende Streichholz in den Fingern, betrachtete er die neben dem Drucker aufgestapelten Seiten von *Bitter River* und überlegte, was wohl passieren würde, wenn er sie ebenfalls in Brand setzte. Es war ihm nicht ganz gelungen, sein Eigenheim in Schutt und Asche zu legen, als er das *Dorf auf dem Hügel* angezündet hatte; die Feuerwehr war eingetroffen, bevor die Flammen mehr Schaden anrichten konnten, als die Wände seines Arbeitszimmers zu verschmoren. Hier draußen an der Donnerbalkenallee gab es jedoch keine Feuerwehr, und der Regen würde das Feuer nicht aufhalten, sobald es sich ausgebreitet hatte, denn die Hütte war alt und trocken. Alt wie Methusalem, trocken wie die Wüste Saha…

Die am Streichholz entlangzüngelnde Flamme erreichte seine Finger. Drew schüttelte sie aus, warf das Streichholz in den lodernden Ofen und schlug die Klappe zu.

»Es ist kein schlechtes Buch, und ich werde nicht hier draußen sterben«, sagte er. »Kommt nicht infrage.«

Er drehte die Lampe aus, um Brennstoff zu sparen, dann setzte er sich in den Ohrensessel, in dem er seine Abende verbrachte und Taschenbücher von John D. MacDonald oder Elmore Leonard las. Jetzt war es zum Lesen nicht hell genug. Bald würde es draußen stockfinster sein, und das einzige Licht in der Hütte war das unruhige rote Auge des Feuers, das hinter dem Holzofenfenster sichtbar war. Drew zog seinen Sessel ein bisschen näher zum Ofen und schlang die Arme um sich, um sein Frösteln zu unterdrücken. Er sollte seine feuchten Sachen ausziehen und zwar sofort, wenn er nicht noch kränker werden wollte. Darüber dachte er immer noch nach, als er einschlief.

21

Was ihn aufweckte, war ein splitterndes Krachen draußen. Dem folgten ein zweites, noch lauteres Krachen und ein Schlag, der den Boden erschütterte. Offenbar war ein Baum umgestürzt, und es musste ein großer gewesen sein.

Das Feuer im Holzofen war zu einer roten Glut heruntergebrannt, die mal heller, mal dunkler leuchtete. Jetzt hörte er nicht nur den Wind, sondern auch ein sandiges Rasseln an den Fenstern. Im großen Raum unten in der Hütte war es unerträglich heiß, zumindest momentan, aber die Außentemperatur war offenbar wie vorhergesagt gefallen *(ins Bodenlose)*, weil der Regen sich in Graupel verwandelt hatte.

Drew wollte auf seine Armbanduhr schauen, aber sein Handgelenk war nackt. Wahrscheinlich hatte er die Uhr auf dem Nachttisch neben dem Bett liegen lassen, woran er sich jedoch nicht mehr richtig erinnerte. Natürlich hätte er Uhrzeit und Datum auf der Taskleiste seines Laptops checken können, aber wozu? Es war Nacht in den nördlichen Wäldern. Brauchte er irgendwelche weiteren Informationen?

Er kam zu dem Schluss, dass er tatsächlich welche brauchte. Er brauchte Informationen darüber, ob der Baum auf seinen treuen Suburban gestürzt war und ihn plattgemacht hatte. Natürlich war *brauchte* das falsche Wort, weil es bedeutete, dass man etwas haben musste, womit die Situation eventuell positiv verändert werden konnte, wenn man es bekam. An *dieser* Situation würde sich jedoch so oder so nichts ändern. Ach, übrigens, war *Situation* das richtige Wort oder war das zu allgemein? Es war mehr ein *Dilemma* als eine Situation, wobei *Dilemma* im gegenwärtigen Kontext nicht philosophisch gemeint war, sondern …

»Stopp«, sagte er. »Willst du dich völlig wahnsinnig machen?«

Er war sich ziemlich sicher, dass etwas in ihm genau das wollte. Irgendwo in seinem Kopf qualmten die Schaltfelder, die Stromkreise verschmolzen miteinander, und ein wahnsinniger Wissenschaftler schüttelte jubelnd die Fäuste. Er konnte sich zwar einreden, dass das am Fieber lag, aber bei der Katastrophe mit dem *Dorf* war er völlig gesund gewesen. Bei den beiden anderen Romanversuchen ebenfalls. Körperlich zumindest.

Er stand auf und zog eine Grimasse, weil ihn inzwischen sämtliche Gelenke schmerzten. Während er zur Tür ging, bemühte er sich, nicht zu humpeln. Der Wind riss ihm die Tür aus der Hand und ließ sie mit Wucht an die Wand knallen. Er klammerte sich am Türknauf fest und spürte, wie sich seine Klamotten an den Körper pressten und wie seine Haare nach hinten strömten. Die Nacht war schwarz – schwarz wie des Teufels Reitstiefel, schwarz wie eine schwarze Katze in einem Kohlenbergwerk, schwarz wie das Arschloch einer Fledermaus –, aber er erkannte dennoch den Umriss seines Wagens und (vielleicht) Äste, die sich dahinter bewegten. Ganz sicher war er sich da nicht, aber er hatte den Eindruck, dass der Baum den Wagen verschont hatte und auf die Hütte gestürzt war, wobei er zweifellos das Dach eingedrückt hatte.

Mühsam zog er die Tür zu und legte den Riegel vor. In einer derart üblen Nacht waren zwar keine Eindringlinge zu erwarten, aber er wollte nicht, dass der Wind die Tür aufsprengte, nachdem er zu Bett gegangen war. Und er *würde* jetzt zu Bett gehen. Im schwachen, sich ständig verändernden Schein der Glut tastete er sich zur Küche vor und zündete die Campinglampe an. Das Licht, so grell wie ein erstarrtes Stroboskop, schuf eine surreale Atmosphäre. Er hielt die Lampe vor sich, während er zur Treppe ging. Da hörte er ein Kratzen an der Tür.

Ein Zweig, sagte er sich. *Ein Zweig, der vom Wind dorthin geweht wurde und der sich irgendwie verfangen hat, vielleicht an der Fußmatte. Sonst nichts. Geh ins Bett.*

Wieder kratzte es, so leise, dass er es gar nicht gehört hätte, wenn der Wind nicht kurz verstummt wäre. Es hörte sich nicht wie ein Zweig an, sondern wie ein Mensch. Wie eine Waise im Sturm, die so schwach oder so schwer verletzt war, dass sie nicht mehr klopfen, sondern nur noch kratzen konnte. Allerdings war vorhin niemand da draußen gewesen … oder etwa doch? Konnte er das mit absoluter Sicherheit ausschließen? Immerhin war es stockdunkel gewesen. Schwarz wie des Teufels Reitstiefel.

Drew ging zur Tür, löste den Riegel und machte auf. Er hielt die Lampe in die Höhe. Niemand da. Aber dann, als er die Tür schon wieder schließen wollte, blickte er nach unten und sah eine Ratte vor sich. Wahrscheinlich eine Wanderratte, nicht riesig, aber doch ziemlich groß. Sie lag auf der abgewetzten Fußmatte, hatte eine Pfote ausgestreckt – rosa, merkwürdig menschlich wie die Hand eines Babys – und kratzte immer noch an der Luft. Ihr schwarzbraunes Fell war mit winzigen Fragmenten von Blättern und Zweigen, aber auch mit Blutströpfchen bedeckt. Mit ihren hervortretenden Augen sah sie zu Drew empor. Ihre Seite hob und senkte sich. Die rosa Pfote kratzte weiterhin an der Luft, so wie sie an der Tür gekratzt hatte. Ein ganz zartes Geräusch.

Lucy hasste Nagetiere. Schon wenn sie eine Feldmaus an der Sockelleiste entlanghuschen sah, kreischte sie aus vollem Hals, und da half es gar nichts, ihr zu erklären, dass das kleine, wuselige Tierchen zweifellos wesentlich größere Angst vor ihr hatte als sie vor ihm. Drew wiederum waren Nagetiere zwar nicht besonders sympathisch, auch weil er wusste, dass sie Krankheiten übertragen konnten – Hantaviren und Rattenbissfieber zum Beispiel, und das waren nur die häufigsten –, hatte jedoch nie den fast schon instinktiven Ekel vor ihnen empfunden wie Lucy. Für das Tier da unten empfand er hauptsächlich Mitleid. Wahrscheinlich lag das an der kleinen rosa Pfote, die weiterhin an nichts kratzte.

Oder an den weißen Pünktchen, mit denen sich das Licht der Lampe in den dunklen Äuglein spiegelte. Keuchend lag die Ratte da und blickte zu ihm hoch, Blut auf dem Fell und auf den Schnurrhaaren. Wahrscheinlich hatte sie innere Verletzungen und lag im Sterben.

Drew bückte sich, stützte sich mit einer Hand auf den Oberschenkel und senkte mit der anderen die Lampe, um das Tier besser sehen zu können. »Du warst im Schuppen, stimmt's?«

Höchstwahrscheinlich. Dann war der Baum umgestürzt, hatte das Dach zerschmettert und das traute Heim der Ratte zerstört. Ob sie wohl von einem Ast oder einem Bruchstück vom Dach getroffen worden war, als sie davonhuschen wollte? Oder von einem Eimer mit geronnener Farbe? War die alte Kettensäge vom Tisch gerutscht und auf die Ratte gefallen? Was es auch gewesen war, es hätte sie um ein Haar zermalmt und ihr vielleicht den Rücken gebrochen. Sie hatte in ihrem kleinen Tank gerade noch genügend Kraftstoff gehabt, dass sie hierherkriechen konnte.

Der Wind frischte wieder auf und schleuderte Drew Graupelkörner ins erhitzte Gesicht. Eisnadeln prallten auf das Glas der Lampe, zischten, schmolzen und rannen als Wasser herab. Die Ratte keuchte. *Die Ratte auf der Matte braucht Hilfe, ganz ohne Debatte,* dachte Drew. Nur dass der Ratte auf der Matte nicht mehr zu helfen war. Das erkennen zu können, musste man kein Fachmann sein.

Allerdings konnte Drew ihr natürlich doch helfen.

Er ging zu dem kalten offenen Kamin, wobei er einmal stehen bleiben musste, um einen Hustenanfall über sich ergehen zu lassen. Dann beugte er sich über den Ständer mit der kleinen Sammlung Kaminzubehör. Er überlegte, ober er den Schürhaken nehmen sollte, aber bei der Vorstellung, die Ratte damit zu durchbohren, wurde ihm übel. Deshalb nahm er stattdessen die Ascheschaufel. Ein harter Schlag damit sollte ausreichen, das Tier von seinem Elend zu erlösen.

Anschließend konnte er es mit der Schaufel von der Veranda fegen. Falls er diese Nacht überlebte, hatte er keine Lust, den morgigen Tag damit zu beginnen, dass er auf eine Nagetierleiche trat.

Das ist ja interessant, dachte er. Als ich die Ratte zuerst gesehen habe, habe ich sie mit *sie* bezeichnet. Jetzt, wo ich beschlossen habe, das verdammte Ding umzubringen, ist es nur noch ein Nagetier.

Die Ratte lag nach wie vor auf der Matte. Auf dem Fell hatte sich eine Graupelkruste gebildet. Die rosa Pfote (so menschlich, so menschlich) kratzte immer noch an der Luft, allerdings langsamer.

»Jetzt hast du's gleich überstanden«, sagte Drew. Er hob die Schaufel … hielt sie in Schulterhöhe, um zuzuschlagen … und ließ sie sinken. Warum eigentlich? Wegen der langsam grapschenden Pfote? Oder waren es die schwarzen Knopfaugen?

Ein Baum hatte das Zuhause der Ratte zerstört und sie beinahe zermalmt (jetzt dachte er wieder *sie*), sie hatte sich irgendwie bis zur Hütte geschleppt, was sie unglaubliche Mühe gekostet haben musste, und jetzt sollte so etwas ihr Lohn sein? Noch einmal zermalmt zu werden, und diesmal endgültig? Drew fühlte sich zurzeit quasi selbst zermalmt, und ob es nun lächerlich war oder nicht (wahrscheinlich war es das), er empfand eine gewisse Empathie.

Währenddessen durchfuhr ihn der eisige Wind, Graupelkörner prasselten ihm ins Gesicht, und er zitterte wieder. Er musste die Tür zumachen, aber er würde die Ratte nicht langsam draußen im Dunkeln sterben lassen. Schon gar nicht auf der verdammten Fußmatte.

Er stellte die Lampe ab und nahm die Schaufel, um das Tier damit hochzuheben. Dann ging er zum Ofen und neigte die Schaufel so, dass die Ratte davor auf den Boden rutschte. Die rosa Pfote kratzte immer noch. Drew stemmte die Hände auf die Knie und hustete, bis er nur noch mit trockener Kehle würgte und ihm Punkte vor den Augen tanzten. Als der Anfall vorüber war, trug er die Lampe zu seinem Lesesessel und setzte sich.

»So, jetzt stirb weiter«, sagte er. »Wenigstens bist du nicht mehr im Freien und kannst sterben, wo dir warm ist.«

Er drehte die Lampe aus. Jetzt gab es nur noch den schwachen roten Schein der erlöschenden Glut, der abwechselnd stärker und schwächer wurde. Das erinnerte ihn daran, wie die winzige rosa Pfote gekratzt hatte … und gekratzt … und gekratzt. Sie tat es immer noch, wie er sah.

Ich sollte Holz nachlegen, bevor ich ins Bett gehe, dachte er. Wenn ich das nicht tue, wird es hier morgen früh so kalt sein wie im Grab.

Aber wenn er aufstand und den Schleim, der sich in ihm angesammelt hatte, in Bewegung brachte, würde das Husten, das vorübergehend nachgelassen hatte, zweifellos wieder anfangen. Und er war müde.

Außerdem hast du die Ratte verdammt nah an den Ofen gelegt, dachte er. Eigentlich hast du sie ja reingetragen, damit sie eines natürlichen Todes sterben kann, oder? Nicht um sie bei lebendigem Leib zu grillen. Mach einfach morgen früh wieder Feuer.

Der Wind dröhnte um die Hütte; gelegentlich steigerte er sich zu einem schrillen Kreischen, um dann wieder in ein Dröhnen überzugehen. Graupelkörner prasselten an die Fensterscheiben. Während Drew den Geräuschen lauschte, schienen sie miteinander zu verschmelzen. Er schloss die Augen und öffnete sie wieder. Ob die Ratte wohl gestorben war? Zuerst hatte er den Eindruck, doch dann machte die winzige Pfote wieder eine kleine, langsame Bewegung. Also war es noch nicht ganz so weit.

Drew schloss die Augen.

Und schlief ein.

22

Erschrocken zuckte Drew zusammen. Wieder war ein Ast aufs Dach gekracht. Er hatte keine Ahnung, wie lange er geschlafen hatte. Es konnten eine Viertelstunde oder zwei Stunden gewesen sein, aber eines war sicher: Vor dem Ofen lag keine Ratte. Offenbar war das Tier nicht so schwer verletzt gewesen, wie Drew angenommen hatte; es hatte sich erholt und befand sich jetzt irgendwo zusammen mit ihm im Haus. Die Vorstellung fand er wenig ansprechend, aber es war seine eigene Schuld. Schließlich hatte er die Ratte eingeladen.

Man muss sie immer erst einladen, dachte Drew. Vampire. Warge. Den Teufel in seinen schwarzen Reitstiefeln. Man muss sie einladen, damit …

»Drew.«

Beim Klang der Stimme schrak er so heftig zusammen, dass er beinahe die Lampe umgestoßen hätte. Er sah sich um und erblickte im Schein der erlöschenden Ofenglut die Ratte. Da auf dem Schreibtisch seines Vaters unter der Treppe hockte sie zwischen dem Laptop und dem kleinen Drucker auf den Hinterpfoten. Genauer gesagt, hockte sie auf dem Manuskript von *Bitter River*.

Drew wollte etwas sagen, brachte zuerst jedoch nur ein Krächzen zustande. Er räusperte sich – was schmerzhaft war – und versuchte es noch einmal. »Hast du gerade eben was gesagt?«

»Habe ich.« Das Maul der Ratte bewegte sich nicht, aber die Stimme kam eindeutig von ihr, keineswegs erklang sie nur in Drews Kopf.

»Das ist ein Traum«, sagte Drew. »Oder ein Delirium. Vielleicht auch beides.«

»Nein, das ist die reine Wirklichkeit«, sagte die Ratte. »Du bist wach, und du befindest dich nicht im Delirium. Dein Fieber ist gesunken. Prüf es doch nach!«

Drew legte die Hand an die Stirn. Die fühlte sich zwar kühler an, aber dieser Eindruck war wenig vertrauenswürdig, oder nicht? Schließlich unterhielt er sich mit einer Ratte. Er tastete in seiner Hosentasche nach den Streichhölzern, die er dort untergebracht hatte, und zündete die Lampe an. Als er sie in die Höhe hielt, hätte er erwartet, dass die Ratte verschwunden sein würde, aber die hockte weiter auf ihren Hinterpfoten, den Schwanz um die Beine geringelt und die sonderbaren rosa Hände vor der Brust.

»Wenn du wirklich da bist, runter von meinem Manuskript!«, sagte Drew. »Ich hab zu hart daran gearbeitet, als dass ich einfach zuschaue, wie du 'nen Haufen Rattenscheiße aufs Titelblatt setzt.«

»Du hast tatsächlich hart gearbeitet«, stimmte die Ratte zu (machte jedoch keine Anstalten, sich anderswohin zu verziehen). So, wie sie sich hinter dem Ohr kratzte, machte sie einen völlig lebendigen Eindruck.

Egal was auf sie draufgefallen ist, es hat sie anscheinend bloß betäubt, dachte Drew. Falls sie überhaupt vorhanden ist. Falls sie *jemals* vorhanden war.

»Du hast hart gearbeitet, und zuerst lief's auch gut. Du warst total im Schwung, bist schnell vorwärtsgekommen. Aber dann war allmählich Sand im Getriebe, richtig? Genau wie bei den anderen Romanen. Aber du brauchst kein schlechtes Gewissen zu haben; Möchtegernschriftsteller auf der ganzen Welt sind auf dasselbe Hindernis gestoßen. Weißt du, wie viele halb fertige Romane in irgendwelchen Schreibtischschubladen oder Aktenschränken schlummern? *Millionen!*«

»Als ich krank geworden bin, hat mich das aus dem Rhythmus gebracht.«

»Denk mal zurück, aber ohne dich anzulügen. Es hat schon vorher angefangen.«

Drew wollte nicht daran zurückdenken.

»Du verlierst deine selektive Wahrnehmung«, sagte die Ratte. »Dazu kommt es jedes Mal. Bei den Romanen zumindest. Es passiert nicht sofort, aber während das Buch wächst und zu atmen beginnt, müssen immer mehr Entscheidungen getroffen werden, und dann geht deine selektive Wahrnehmung flöten.«

Die Ratte ließ sich auf alle viere fallen, tappte zum Schreibtischrand und richtete sich dort wieder auf wie ein Hund, der um ein Leckerli bettelte.

»Schriftsteller haben unterschiedliche Gewohnheiten, unterschiedliche Methoden, in Schwung zu kommen, und sie arbeiten mit unterschiedlicher Geschwindigkeit, aber um ein umfangreicheres Werk hervorzubringen, müssen sich auf jeden Fall längere Phasen konzentrierten Erzählens ergeben.«

Das habe ich doch schon einmal gehört, dachte Drew. Beinahe Wort für Wort. Aber wo?

»Während dieser konzentrierten Phasen – dieser geistigen *Höhenflüge* – muss der Autor in jedem einzelnen Moment mindestens sieben Entscheidungen treffen, was Wortwahl, Ausdruck und Details angeht. Talentierte Schriftsteller treffen die richtige Entscheidung fast ohne bewusste Überlegung; wie professionelle Basketballspieler treffen sie von jeder Stelle auf dem Spielfeld aus den Korb.«

Wo war das? Wer hat das gesagt?

»Dabei geht ein konstanter Ausleseprozess vor sich, der die Basis dessen darstellt, was wir als kreatives Schrei…«

»Franzen!«, brüllte Drew und setzte sich auf. Ein heftiger Schmerz durchzuckte seinen Schädel. »Das stammt aus dem Vortrag von Franzen! Beinahe Wort für Wort!«

Die Ratte ignorierte die Unterbrechung. »Zu diesem Ausleseprozess bist du zwar fähig, aber nur in kurzen Phasen. Sobald du versuchst, einen Roman zu schreiben – da geht es um den Unterschied zwischen einem Sprint und einem Marathon –, bricht der Prozess immer in sich zusammen. Du siehst sämtliche Ausdrucksmöglichkeiten und alle infrage kommenden Details, aber die konsequente Auswahl fällt dir immer schwerer. Was du verlierst, sind nicht die Wörter, du verlierst die Fähigkeit, die *richtigen* Wörter auszuwählen. Alle Wörter sehen zugleich richtig und falsch aus. Das ist sehr traurig. Du bist wie ein Auto mit einem kraftvollen Motor und einem kaputten Getriebe.«

Drew presste so fest die Augen zu, dass er Flecken sah, dann riss er sie wieder auf. Seine Waise im Sturm war immer noch an Ort und Stelle.

»Ich kann dir helfen«, verkündete die Ratte. »Natürlich nur, wenn du das willst.«

»Und wieso würdest du das tun?«

Die Ratte legte den Kopf schief, als könnte sie kaum glauben, dass ein vermeintlich kluger Mensch – ein Literaturdozent am College, von dem etwas im *New Yorker* veröffentlicht worden war! – so dämlich sein konnte. »Du warst drauf und dran, mich mit einer Schaufel zu erschlagen. Was verständlich ist, schließlich bin ich bloß eine unbedeutende Ratte. Aber stattdessen hast du mich aufgenommen. Du hast mich gerettet.«

»Und da gewährst du mir zur Belohnung drei Wünsche.« Das sagte Drew mit einem Lächeln. Hier befand er sich auf vertrautem Boden: Hans Christian Andersen, Marie-Catherine d'Aulnoy, die Brüder Grimm.

»Nur einen«, sagte die Ratte. »Einen ganz bestimmten. Du kannst dir wünschen, dein Buch zu vollenden.« Sie hob den Schwanz und ließ ihn zur Betonung auf das Manuskript von *Bitter River* klatschen. »Aber damit ist eine Bedingung verbunden.«

»Und die wäre?«

»Jemand, der dir wichtig ist, muss sterben.«

Wieder vertrauter Boden. Das Geschehen entpuppte sich als Traum, in dem er seinen Streit mit Lucy nacherlebte. Der hatte er erklärt (nicht sehr geschickt, aber er hatte sein Bestes getan), dass er das Buch schreiben *müsse*. Dass das sehr wichtig sei. Daraufhin hatte Lucy gefragt, ob es so wichtig sei wie sie und die Kinder. Nein, hatte er erwidert, nein, natürlich nicht, und dann gefragt, ob er sich zwischen dem einen und dem anderen entscheiden müsse.

Ich glaube ja, hatte sie gesagt. *Und du hast die Entscheidung gerade getroffen.*

»Offenbar geht es hier gar nicht um einen Zauberwunsch«, sagte er. »Eher um ein Tauschgeschäft. Oder um einen faustischen Pakt. Auf jeden Fall um etwas ganz anderes als in den Märchen, die ich als Kind gelesen habe.«

Die Ratte kratzte sich hinter dem Ohr und schaffte es, dabei irgendwie das Gleichgewicht zu halten. Bewundernswert. »Alle Wünsche in Märchen haben einen Preis. Oder nimm mal ›Die Affenpfote‹. Erinnerst du dich an diese Geschichte?«

»An die erinnere ich mich selbst in einem Traum«, sagte Drew. »Und ich würde weder meine Frau noch eines von meinen Kindern für einen Western ohne jeden literarischen Anspruch eintauschen.«

Während ihm die Worte aus dem Mund kamen, wurde ihm klar, dass das der Grund war, weshalb er die Idee, *Bitter River* zu schreiben, so vorbehaltlos aufgegriffen hatte. Sein handlungsgetriebener Westernroman würde nie mit dem nächsten Werk von Rushdie, Atwood oder Chabon verglichen werden. Von dem nächsten Werk von Franzen ganz zu schweigen.

»Das würde ich auch nie von dir verlangen«, sagte die Ratte. »Eigentlich habe ich an Al Stamper gedacht. Deinen früheren Fachbereichsleiter.«

Das brachte Drew zum Schweigen. Er sah die Ratte an, die seinen Blick mit ihren schwarzen Knopfaugen erwiderte. Der Wind brauste um die Hütte, manchmal so stark, dass er die Wände erzittern ließ; die Graupelkörner rasselten.

Pankreaskrebs, hatte Al gesagt, als Drew ihn auf seine verblüffende Gewichtsabnahme angesprochen hatte. Aber, hatte er hinzugefügt, es müsse noch niemand einen Nachruf entwerfen. *Die Ärzte haben ihn relativ früh erwischt und sind sehr zuversichtlich.*

Als Drew ihn betrachtet hatte – fahle Haut, tief eingesunkene Augen, lebloses Haar –, hatte er allerdings keinerlei Zuversicht wahrgenommen. Entscheidend an dem, was Al gesagt hatte, war das Wort *relativ.* Pankreaskrebs war verschlagen; er versteckte sich lange. Deshalb bedeutete die Diagnose beinahe immer ein Todesurteil. Und wenn Al tatsächlich starb? Natürlich würde man um ihn trauern; am meisten würde das Nadine Stamper tun. Schließlich waren die beiden seit etwa fünfundvierzig Jahren miteinander verheiratet. Die Mitglieder im Fachbereich würden einen Monat lang oder so schwarze Armbinden tragen. Der Nachruf würde lang werden, weil viele Leistungen und Ehrungen aufgezählt werden mussten. Unter anderem würde man Al Stampers Bücher über Charles Dickens und Thomas Hardy erwähnen. Aber er war mindestens zweiundsiebzig, wenn nicht gar vierundsiebzig Jahre alt, weshalb man bestimmt nicht sagen konnte, er wäre jung gestorben oder hätte sein Potenzial nicht verwirklichen können.

Währenddessen sah die Ratte ihn aufmerksam an. Sie hatte die rosa Pfoten jetzt geschlossen und an die pelzige Brust gelegt.

Was soll's, dachte Drew. Es ist ja nur eine hypothetische Angelegenheit. Und dann auch noch eine in einem Traum.

»Ich glaube, ich würde die Abmachung annehmen und den Wunsch aussprechen«, sagte er. Traum oder nicht, hypothetische Frage oder nicht, er fühlte sich unwohl dabei, das auszusprechen. »Schließlich wird Al sowieso sterben.«

»Du vollendest dein Buch, und Al Stamper stirbt«, sagte die Ratte, als wollte sie sich vergewissern, dass Drew verstanden hatte.

Drew warf ihr einen listigen Seitenblick zu. »Wird das Buch denn überhaupt veröffentlicht werden?«

»Ich bin befugt, dir den erwähnten Wunsch zu gewähren, wenn du ihn aussprichst«, sagte die Ratte. »Dazu, dir die Zukunft deiner literarischen Bemühungen vorherzusagen, bin ich hingegen nicht befugt. Aber wenn ich eine Vermutung anstellen müsste …« Die Ratte legte den Kopf schief. »Dann würde ich vermuten, dass es veröffentlicht wird. Wie gesagt, du bist wirklich talentiert.«

»Na gut«, sagte Drew. »Ich vollende das Buch, Al Stamper stirbt. Da er ohnehin sterben wird, kommt mir das akzeptabel vor.« Wenn auch nicht so richtig akzeptabel. »Meinst du, er wird wenigstens so lange leben, dass er das Buch noch lesen kann?«

»Ich habe dir doch gerade gesagt …«

Drew hob die Hand. »Dass du nicht befugt bist, die Zukunft meiner literarischen Bemühungen vorherzusagen, das stimmt. Sind wir jetzt fertig?«

»Es gibt noch etwas, was ich brauche.«

»Wenn es sich um meine Unterschrift in Blut auf einem Vertrag handelt, kannst du die ganze Abmachung vergessen.«

»Es geht nicht immer bloß um dich, mein Lieber«, sagte die Ratte. »Ich bin hungrig.« Sie sprang auf den Schreibtischstuhl hinunter und von da aus auf den Boden. Dann flitzte sie zum Küchentisch und griff sich ein Teigbällchen, das dort lag. Offenbar hatte Drew es fallen lassen, als er solche Dinger als Einlage in seine Tomatensuppe verwendet hatte. Die Ratte setzte sich auf, hielt das Bällchen mit beiden Pfoten und machte sich ans Werk. In Sekundenschnelle war das Ding verschwunden.

»War nett, mit dir zu plaudern«, sagte die Ratte. Dann verschwand sie fast so schnell wie das Teigbällchen, indem sie über den Boden in den leeren offenen Kamin flitzte.

»Verdammt«, sagte Drew.

Er schloss die Augen und riss sie wieder auf. Es kam ihm nicht so vor, als befände er sich in einem Traum. Noch einmal machte er die Augen zu und auf. Als er sie das dritte Mal schloss, blieben sie geschlossen.

23

Er erwachte in seinem Bett, ohne sich daran zu erinnern, wie er dort hingelangt war – oder hatte er etwa schon die ganze Nacht über drin gelegen? Angesichts dessen, wie mies es ihm dank Roy DeWitt und seinem verrotzten Taschentuch gegangen war, hielt er das für mehr als wahrscheinlich. Der ganze vorige Tag kam ihm wie ein Traum vor, in dem sein Gespräch mit der Ratte nur die lebhafteste Szene bildete.

Der Wind wehte immer noch, und die Graupelkörner prasselten ans Fenster, aber er fühlte sich besser. Das war gar keine Frage. Das Fieber ging entweder zurück oder war bereits vollständig verschwunden. Zwar schmerzten weiterhin seine Gelenke, und der Hals war noch wund, aber beides war nicht so schlimm wie am vorangegangenen Abend, wo er irgendwie davon überzeugt gewesen war, dass er hier draußen sterben würde. *An der Donnerbalkenallee an Lungenentzündung gestorben* – was für ein toller Nachruf das doch gewesen wäre!

Am Leib hatte er nur seine Boxershorts, die übrigen Klamotten lagen in einem Haufen auf dem Boden. Daran, sie abgeworfen zu haben, erinnerte er sich ebenfalls nicht mehr. Er zog sie wieder an und ging nach unten. Dort machte er sich vier Rühreier und aß diesmal alles, wobei er jeden Bissen mit Orangensaft hinunterspülte. Der war aus Konzentrat, weil der Big 90 sonst nichts im Angebot hatte, aber er war kalt und köstlich.

Als er durchs Zimmer hindurch auf den Schreibtisch seines Vaters blickte, überlegte er, ob er versuchen sollte zu arbeiten. Vielleicht würde er die Reiseschreibmaschine nehmen anstatt den Laptop, um dessen Akku zu schonen. Doch nachdem er sein Geschirr in die Spüle gestellt hatte, stapfte er die Treppe hinauf und legte sich wieder ins Bett, wo er bis mitten am Nachmittag schlief.

Als er zum zweiten Mal aufstand, brauste der Sturm immer noch ums Haus, aber das war Drew egal. Er fühlte sich wieder halbwegs gesund. Er wollte sich ein Sandwich genehmigen – es gab noch Mortadella und Käse –, um sich dann an die Arbeit zu setzen. Sheriff Averill bereitete sich darauf vor, die Revolvermänner mit seinem Zaubertrick aufs Kreuz zu legen, und da Drew sich jetzt ausgeruht und wohlauf fühlte, konnte er es kaum erwarten, das zu beschreiben.

Auf der Treppe fiel ihm auf, dass die Spielzeugkiste neben dem offenen Kamin auf der Seite lag. Die Spielsachen darin hatten sich auf den Flickenteppich ergossen. Offenbar hatte er die Kiste umgestoßen, als er schlafwandlerisch nach oben gegangen war. Drew kniete sich davor, um den Inhalt zurückzulegen, bevor er sich an die Arbeit machte. Er hatte gerade die Frisbeescheibe in einer Hand und die alte Stretch-Armstrong-Figur in der anderen, als er erstarrte. Neben Staceys barbusiger Barbie lag eine Plüschratte.

Als er die Ratte aufhob, spürte er das Blut im Kopf pochen, also war er wohl doch noch nicht ganz gesund. Er drückte zu, und das Stofftier gab ein müdes Quietschen von sich. Es war nur ein Spielzeug, aber nach allem, was passiert war, irgendwie gruselig. Wer kam denn auf die Idee, seinem Kind eine Plüschratte zum Kuscheln zu geben, wo sich doch in derselben Kiste ein dazu wesentlich besser geeigneter Teddybär aufhielt (mit nur einem Auge, aber trotzdem)?

Über Geschmack lässt sich nicht streiten, dachte er und vollendete den alten Spruch seiner Mutter laut: »Sagte die alte Magd und küsste die Kuh.«

Vielleicht hatte er die Stoffratte auf dem Höhepunkt seines Fiebers gesehen, und das hatte seinen Traum ausgelöst. Wahrscheinlich sogar, beziehungsweise fast schon sicher. Dass er sich nicht daran erinnern konnte, in der Spielzeugkiste gewühlt zu haben, war ohne Bedeutung; verdammt, er konnte sich ja nicht mal daran erinnern, dass er sich ausgezogen und ins Bett begeben hatte.

Er legte die Spielsachen in die Kiste zurück, machte sich einen Becher Tee und ging an die Arbeit. Zuerst war er unsicher und zögerlich, ja sogar ein bisschen ängstlich, aber nach ein paar anfänglichen Fehltritten kam er in Schwung und schrieb, bis es zu dunkel war, ohne Lampe noch etwas zu sehen. Neun Seiten, und die hielt er für gut.

Für *verdammt* gut.

24

Es war kein Dreitagewind, Pierre dauerte sogar vier Tage an. Gelegentlich ließen Wind und Regen nach, dann wurde beides wieder heftiger. Einige Male stürzten Bäume um, aber nie so nah wie der, der den Schuppen zertrümmert hatte. Das war kein Traum gewesen, Drew hatte es ja mit eigenen Augen gesehen. Und obwohl der Baum – eine riesige alte Kiefer – den Suburban weitgehend verschont hatte –, war er doch so dicht daran umgefallen, dass er den rechten Seitenspiegel abgerissen hatte.

All die Dinge bemerkte Drew kaum. Er schrieb, er aß etwas, er machte einen Nachmittagsschlaf, er schrieb wieder. Ab und an hatte er einen Niesanfall, und gelegentlich dachte er an Lucy und die Kinder, die bestimmt sorgenvoll auf eine Nachricht von ihm warteten. Meistens dachte er allerdings nicht an sie. Das war egoistisch, was ihm bewusst war, aber es war ihm egal. Er lebte jetzt in Bitter River.

Ab und an musste er eine Pause machen, damit ihm das richtige Wort einfiel (wie eine Botschaft im Fenster des Magic-8-Balls, den er als Kind gehabt hatte), und ab und an musste er aufstehen und im Raum umhergehen, während er überlegte, wie sich ein glatter Übergang von einer Szene zur nächsten gestalten ließ, aber dabei empfand er keine Panik. Keinen Frust. Er wusste, dass ihm die Wörter einfallen würden, und das taten sie. Er traf den Korb von überall auf dem Spielfeld, ja sogar von den Zuschauerrängen. Er schrieb jetzt auf der alten Reiseschreibmaschine seines Vaters und hämmerte auf die Tasten ein, bis ihm die Finger wehtaten. Das war ihm ebenfalls egal. Er hatte dieses Buch getragen, seit ihm an einer Straßenecke wie aus dem Nichts die Idee dazu gekommen war, und jetzt trug es ihn.

Was für ein herrlicher Ritt es doch war!

25

Der feuchtkalte Keller wurde nur von der Petroleumlampe erhellt, die der Sheriff oben gefunden hatte. Jim Averill saß auf der einen Seite, Andy Prescott auf der anderen. Im rötlichen Licht der Lampe sah der junge Kerl nicht älter als vierzehn aus. Auf jeden Fall sah er nicht aus wie der halb betrunkene, halb wahnsinnige Raufbold, der dieser Tänzerin den Kopf weggeblasen hatte. Das Böse, dachte Averill, ist ausgesprochen merkwürdig. Merkwürdig und verstohlen. Es findet einen Weg in dich hinein, wie eine Ratte ihren Weg in ein Haus findet, es frisst alles auf, was du aus Dummheit oder Faulheit nicht gut verwahrt hast, und wenn es fertig ist, verschwindet es mit vollem Bauch. Und was war übrig geblieben, als die Mörder-Ratte Prescott verlassen hatte? Das da. Ein verängstigter Junge, der sagte, er könne sich nicht mehr daran erinnern, was er getan habe, und Averill glaubte ihm. Aufhängen würde man ihn trotzdem.

»Wie spät ist es?«, fragte Prescott.

Averill warf einen Blick auf seine Taschenuhr. »Bald sechs. Fünf Minuten später, als du das letzte Mal gefragt hast.«

»Und die Postkutsche kommt um acht?«

»Ja. Wenn sie noch etwa eine Meile von der Stadt entfernt ist, wird einer von meinen Deputys

Drew hielt inne und starrte auf das in der Schreibmaschine steckende Blatt. Gerade war ein Streifen Sonne darauf gefallen. Er stand auf und trat zum Fenster. Da oben sah man Blau. Gerade mal genug, eine Latzhose damit zu nähen, hätte sein Vater gesagt, aber es wurde langsam mehr. Außerdem hörte er etwas, leise und doch unverkennbar: das *rrrrrr* einer Kettensäge.

Er schlüpfte in die muffige Jacke und ging nach draußen. Das Geräusch war noch ein gutes Stück entfernt. Durch den Vorhof, der von Ästen und Zweigen übersät war, ging er zu den Überresten des Schuppens. Unter dem Bruchstück einer umgestürzten Wand lag die Spannsäge seines Vaters, und es gelang ihm, sie herauszuzerren. Eigentlich war sie für zwei Personen gedacht, aber er würde schon damit zurechtkommen, wenn die umgestürzten Bäume, auf die er traf, nicht zu dick waren. Lass es ruhig angehen, schärfte er sich ein. Sonst wirst du wieder krank.

Einen Augenblick lang überlegte er, ob er einfach zurück in die Hütte gehen und weiterarbeiten solle, anstatt dem

Unbekannten, der sich da irgendwo auf der Straße einen Weg durch die Hinterlassenschaften des Sturms bahnte, entgegenzufahren. Vor ein, zwei Tagen hätte er das bestimmt getan, aber die Lage hatte sich verändert. Ein Bild stieg in ihm auf (was jetzt ungerufen die ganze Zeit geschah), und es brachte ihn zum Lächeln: ein Spieler im Kasino, der eine Pechsträhne hatte und den Croupier innerlich verfluchte, weil der die Karten nicht schneller austeilte. So jemand war er nicht mehr, Gott sei Dank. Wenn er wiederkam, würde das Buch immer noch da sein. Egal ob er die Arbeit daran hier draußen im Wald wiederaufnahm oder zu Hause in Falmouth, es würde da sein.

Er warf die Säge hinten in den Wagen und rollte dann langsam die Donnerbalkenallee entlang, wobei er ab und zu anhalten musste, um herabgefallene Äste aus dem Weg zu räumen. Es dauerte beinahe eine Meile, bis er zu dem ersten auf die Straße gestürzten Baum kam, aber das war eine Birke, mit der er schnell fertigwurde.

Die Kettensäge war jetzt sehr laut, nicht mehr *rrrrrr*, sondern *RRRRRR*. Jedes Mal wenn sie verstummte, hörte Drew einen starken Motor aufheulen, während sein Retter sich näherte, und dann legte die Säge wieder los. Drew versuchte gerade, einen wesentlich größeren Baum als vorher durchzusägen, wobei er nicht viel Glück hatte, als ein allradgetriebener, für Waldarbeiten umgebauter Chevy um die nächste Kurve gerumpelt kam.

Der Fahrer hielt vor dem Baumstamm und stieg aus. Es war ein groß gewachsener Mann mit einem noch größeren Bauch, gekleidet in eine grüne Arbeitshose und eine Tarnjacke, die ihm um die Schenkel schlackerte. Die Kettensäge, die er dabeihatte, war ein wuchtiges Profigerät, wirkte in seiner behandschuhten Hand aber beinahe wie ein Spielzeug. Drew wusste sofort, um wen es sich handelte, weil die Ähnlichkeit unverkennbar war. Ebenso wie der Hauch von Old

Spice, der den Geruch von Sägemehl und Benzin begleitete. »Hallo! Sie sind bestimmt der Sohn von Old Bill!«

Der Riese lächelte. »Klar doch. Und Sie müssen der von Buzzy Larson sein.«

»So ist es.« Bis zu diesem Augenblick hatte Drew nicht gewusst, wie sehr er sich danach gesehnt hatte, auf einen anderen Menschen zu treffen. Als hätte er nicht gewusst, wie durstig er war, bis jemand ihm ein Glas kaltes Wasser reichte. Über den umgestürzten Baumstamm hinweg reichten die beiden sich die Hände.

»Sie heißen Johnny, stimmt's? Johnny Colson.«

»Nicht ganz. Jackie. Treten Sie doch mal ein Stück zurück, damit ich den Baum durchsägen kann, Mr. Larson. Mit der Säge da würden Sie den ganzen Tag brauchen.«

Drew trat beiseite und sah zu, wie Jackie seine Stihl anriss und sie zügig durch den Baumstamm führte. Auf der mit Laub und Zweigen übersäten Fahrbahn entstand ein sauberes Häufchen Sägemehl. Gemeinsam hievten sie die kürzere Hälfte des Stamms in den Straßengraben.

»Wie sieht es auf der restlichen Strecke aus?«, fragte Drew leicht schnaufend.

»Nicht so schlimm, bloß an einer Stelle hat's ein ziemliches Stück weggespült.« Jackie Colson kniff ein Auge zu und begutachtete mit dem anderen Drews Suburban. »Mit dem da kommen Sie wahrscheinlich durch, der ist ziemlich hochbeinig. Falls nicht, kann ich Sie an den Haken nehmen, wenn Sie nichts dagegen haben, dass Ihr Auspuff ein paar Dellen kriegt.«

»Wie sind Sie überhaupt auf die Idee gekommen, hier rauszufahren?«

»Ihre Frau hatte die Nummer von meinem Dad in ihrem alten Adressbuch. Sie hat meine Mutter angerufen, und die hat's mir weitergesagt. Ihre Frau macht sich ziemliche Sorgen um Sie.«

»Kann ich mir vorstellen. Außerdem hält sie mich für einen verdammten Trottel.«

Diesmal richtete der Sohn von Old Bill – man konnte ihn Young Jackie nennen – den Blick auf die hohen Kiefern an der Straßenseite und sagte nichts. In Neuengland vermied man es im Allgemeinen, die eheliche Situation anderer Leute zu kommentieren.

»Tja, ich habe einen Vorschlag«, sagte Drew. »Wie wär's, wenn Sie hinter mir her zur Hütte meines Vaters fahren? Haben Sie dafür Zeit?«

»Klar doch, hab heute sonst nichts zu tun.«

»Dort packe ich meinen Kram zusammen – das wird nicht lange dauern –, und dann können wir im Konvoi bis zum Laden fahren. Handyempfang ist da zwar keiner, aber ich kann das Münztelefon benutzen. Falls der Sturm die Leitung nicht runtergerissen hat.«

»Nee, das Telefon funktioniert. Hab von dort aus meine Mutter angerufen. Das mit DeWitt wissen Sie wahrscheinlich schon, oder?«

»Nur dass er krank war.«

»Jetzt nicht mehr«, sagte Jackie. »Ist gestorben.« Er räusperte sich, spuckte aus und blickte in den Himmel. »Wie's aussieht, verpasst er einen ziemlich schönen Tag. Steigen Sie in Ihren Wagen, Mr. Larson, und fahren Sie hinter mir her. Nach einer halben Meile kommt die Einfahrt von den Pattersons. Da können Sie umdrehen.«

26

Drew fand das Schild und das Foto im Schaufenster vom Big 90 zugleich traurig und amüsant. Unter den gegebenen Umständen war es ziemlich beschissen, sich zu amüsieren, aber die innere Landschaft des Menschen war eben manchmal – oft sogar – ziemlich beschissen. WEGEN BESTATUNG GESCHLOSSEN stand auf dem Schild. Das Foto zeigte Roy DeWitt neben einem Planschbecken. Er trug Flipflops und tief sitzende Bermudashorts, über die seine beachtliche Wampe hing. In einer Hand hielt er eine Dose Bier. Es sah ganz so aus, als hätte man ihn inmitten eines Tanzschritts erwischt.

»Tja, Bier und Burger, da hatte Roy 'ne Schwäche für«, bemerkte Jackie Colson. »Kommen Sie von hier aus zurecht, Mr. Larson?«

»Klar«, sagte Drew. »Und vielen Dank!« Er streckte die Hand aus. Jackie Colson schüttelte sie, sprang in seinen Pick-up und fuhr die Straße hinunter.

Drew stieg auf die Veranda, legte eine Handvoll Kleingeld auf den Sims unter dem Telefon und rief bei sich zu Hause an. Lucy hob ab.

»Ich bin's«, sagte Drew. »Bin jetzt am Laden und auf dem Heimweg. Bist du noch sauer?«

»Komm erst mal her, dann wirst du schon sehen.« Dann: »Du hörst dich besser an.«

»Mir geht's auch besser.«

»Schaffst du es bis heute Abend?«

Drew warf einen Blick auf sein Handgelenk und merkte, dass er zwar (natürlich!) das Manuskript eingepackt, seine Armbanduhr aber im Schlafzimmer der Hütte gelassen hatte. Wo sie bis nächstes Jahr bleiben würde. Er versuchte, den Sonnenstand einzuschätzen. »Da bin ich mir nicht ganz sicher.«

»Wenn du müde wirst, versuch es bitte gar nicht erst. Mach in Island Falls oder Derry halt. Wir können noch eine Nacht warten.«

»Na gut, aber wenn du jemand um Mitternacht reinkommen hörst, erschieß ihn nicht.«

»Abgemacht. Hast du denn was zustande gebracht?« Er hörte das Zögern in ihrer Stimme. »Ich meine, weil du krank geworden bist und so.«

»Hab ich. Und es ist gut geworden, glaube ich.«

»Keine Probleme mit den ... Du weißt schon ...«

»Mit den Wörtern? Nein. Keine Probleme.« Jedenfalls nicht nach diesem merkwürdigen Traum. »Ich glaube, das wird wirklich was. Und ich liebe dich, Lucy.«

Die Pause, nachdem er das gesagt hatte, kam ihm sehr lange vor. Dann seufzte seine Frau und sagte: »Ich liebe dich auch.«

Der Seufzer gefiel ihm nicht, aber er war bereit, Lucys Empfindung zu akzeptieren. Auf dem gemeinsamen Weg waren sie auf ein Schlagloch gestoßen – nicht das erste, und es würde auch nicht das letzte sein –, aber sie hatten es überwunden. Das war gut. Er legte den Hörer auf und machte sich auf die Reise.

Als der Tag sich seinem Ende zuneigte (wie Jackie Colson vorausgesagt hatte, war es ein ziemlich schöner Tag), sah Drew die ersten Reklameschilder für die Motor Lodge in Island Falls. Er war in Versuchung, beschloss jedoch weiterzufahren. Der Wagen lief gut – einige von den Schlaglöchern und Bodenwellen auf der Donnerbalkenallee schienen die vordere Stoßstange sogar wieder in die richtige Position gebracht zu haben – und wenn er das Tempolimit leicht überschritt, ohne von der Polizei gestoppt zu werden, schaffte er es vielleicht bis elf nach Hause. Dann konnte er im eigenen Bett schlafen.

Und morgen früh gleich wieder arbeiten. Auch das.

27

Kurz nach halb zwölf schlüpfte er in das gemeinsame Schlafzimmer. Seine verdreckten Schuhe hatte er unten ausgezogen, und er versuchte, leise zu sein, aber er hörte im Dunkeln das Bettzeug rascheln und wusste, dass Lucy wach war.

»Herein mit dir, mein Lieber!«

Ausnahmsweise versetzte der Ausdruck ihm keinen Stich. Er war froh, daheim zu sein, und noch froher, bei Lucy zu sein. Sobald er neben ihr im Bett lag, schlang sie die Arme um ihn und drückte ihn an sich (kurz, aber kräftig), bevor sie sich umdrehte und wieder einschlief. Während Drew ebenfalls langsam wegdriftete – in einem dieser Übergangsmomente, wo das Denken durchlässig wurde –, kam ihm ein seltsamer Gedanke.

Was, wenn die Ratte ihm gefolgt war? Was, wenn sie jetzt unter dem Bett hockte?

Es gab doch gar keine Ratte, dachte er und schlief ein.

28

»Wow!«, sagte Brandon. Es klang anerkennend und ein bisschen ehrfurchtsvoll. Er stand mit seiner Schwester auf der Einfahrt, um auf den Schulbus zu warten. Beide hatten ihren Rucksack geschultert.

»Was hast du denn mit *dem* angestellt, Dad?«, fragte Stacey.

Sie betrachteten den Suburban, der bis zu den Türgriffen mit getrocknetem Schlamm bespritzt war. Bis auf die geschwungenen Flächen, die von den Scheibenwischern geschaffen worden waren, war die Windschutzscheibe blickdicht. Und natürlich fehlte der rechte Seitenspiegel.

»Es hat einen Sturm gegeben«, sagte Drew. Er trug seine Schlafanzughose, Badeschlappen und ein T-Shirt mit dem Emblem vom Boston College. »Außerdem ist die Straße da oben nicht in einem besonders guten Zustand.«

»Heißt ja auch Donnerbalkenallee«, sagte Stacey, die sich an dem Namen sichtlich erfreute.

Jetzt kam auch Lucy aus dem Haus. Die Hände in die Hüften gestützt, begutachtete sie das bedauernswerte Fahrzeug. »Heiliger Bimbam!«

»Ich lasse ihn gleich heute Nachmittag waschen«, sagte Drew.

»Ach, mir gefällt er so«, sagte Brandon. »Anscheinend bist du total irre gefahren, Dad.«

»Ach, irre ist er auf jeden Fall«, sagte Lucy. »Euer irrer Daddy. Da gibt es keinen Zweifel.«

In diesem Moment tauchte der Schulbus auf, wodurch es Drew erspart blieb, sich eine Retourkutsche auszudenken.

»Komm rein«, sagte Lucy, nachdem sie den Kindern beim Einsteigen zugesehen hatten. »Ich mach dir ein paar Pancakes oder so. Sieht ganz so aus, als hättest du abgenommen.«

Als sie sich zum Gehen wandte, fasste er sie an der Hand. »Hast du was von Al Stamper gehört? Mit Nadine telefoniert oder so?«

»Das hab ich an dem Tag getan, wo du zur Hütte aufgebrochen bist, weil du mir erzählt hast, wie krank er ist. Pankreaskrebs, so was ist wirklich schrecklich. Aber Nadine hat gesagt, dass es ihm ganz gut geht.«

»Seither hast du nicht mit ihr gesprochen?«

Lucy runzelte die Stirn. »Nein, wieso sollte ich?«

»Kein besonderer Grund«, sagte er, und das stimmte. Träume waren Träume, und die einzige Ratte, die er in der Hütte gesehen hatte, war das Plüschtier aus der Spielzeugkiste gewesen. »Ich mache mir bloß Sorgen um ihn.«

»Dann ruf ihn doch selbst an, ohne mich dazwischenzuschalten. Also, willst du jetzt ein paar Pancakes oder nicht?«

Eigentlich wollte er sich gleich an die Arbeit setzen. Aber zuerst Pancakes. Um bei Lucy gut Wetter zu machen.

29

Nach den Pancakes ging er hinauf in sein kleines Arbeitszimmer, stöpselte den Laptop ein und betrachtete die Seiten, die er mit der Schreibmaschine seines Vaters geschrieben hatte. Sollte er die abtippen oder einfach weitermachen? Er entschied sich für Letzteres. Es war am besten, gleich herauszufinden, ob der Zauber, der sich über *Bitter River* gelegt hatte, weiterhin vorhanden war oder beim Verlassen der Hütte verschwunden.

Der Zauber war noch da. In den ersten zehn Minuten da oben in seinem Arbeitszimmer nahm er noch vage die Reggae-Klänge von unten wahr, die ihm verrieten, dass Lucy in ihrem eigenen Arbeitszimmer saß und Zahlen zusammenrechnete. Dann war die Musik fort, die Zimmerwände lösten sich auf, und der Mond schien auf die DeWitt Road, die holprige, mit Schlaglöchern durchsetzte Verbindung zwischen Bitter River und dem Verwaltungssitz der County. Die Postkutsche näherte sich. Gleich würde Sheriff Averill seinen Stern in die Höhe halten, um sie zum Stehen zu bringen, und dann würde er mit Andy Prescott einsteigen. Der junge Kerl hatte eine Verabredung vor Gericht. Und wenig später mit dem Henker.

Gegen Mittag machte er Schluss und rief Al Stamper an. Eigentlich gab es keinerlei Grund, Angst zu haben, und das sagte er sich auch ganz bewusst, aber es war trotzdem nicht zu leugnen, dass sein Pulsschlag sich beschleunigt hatte.

»Ach, Drew!«, sagte Al, der sich ganz wie früher anhörte. Kräftig hörte er sich an. »Wie ist es denn oben in der Wildnis gelaufen?«

»Ziemlich gut. Ich hab beinahe neunzig Seiten zustande gebracht, bis der Sturm kam, und …«

»Pierre«, sagte Al mit deutlicher Missbilligung, was Drew das Herz wärmte. »Neunzig Seiten, ehrlich? *Du?*«

»Kaum zu glauben, ich weiß, und heute Vormittag waren es noch mal zehn, aber das ist jetzt nicht so wichtig. Ich will vor allem wissen, wie's dir geht.«

»Gar nicht so übel«, sagte Al. »Bloß dass ich mich jetzt mit dieser Rattenplage rumschlagen muss.«

Drew hatte auf einem der Küchenstühle gesessen. Jetzt war er aufgesprungen. Mit einem Mal fühlte er sich wieder krank. Fiebrig. *»Was?«*

»Ach, mach dir bloß keine Sorgen«, sagte Al. »Das liegt an den neuen Medikamenten, auf die man mich gesetzt hat. Angeblich haben die jede Menge Nebenwirkungen, aber die einzige, die ich spüre – zumindest bis jetzt –, ist dieser verfluchte Ausschlag. Auf dem ganzen Rücken und an den Seiten. Nadine hat geschworen, es wär Gürtelrose, aber ich hab's untersuchen lassen, und es ist nur ein Ausschlag. Juckt allerdings wie verrückt. Eine echte Rattenplage.«

»Nur ein Ausschlag«, wiederholte Drew. Er wischte sich mit der Hand über den Mund. WEGEN BESTATUNG GESCHLOSSEN, dachte er. »Na, das hört sich ja nicht so schlimm an. Erhol dich gut, Al.«

»Werde ich. Und ich will dein Buch sehen, wenn es fertig ist.« Er machte eine Pause. »Denn es wird fertig werden, da bin ich mir sicher.«

»Nach Lucy kommst als Erster du dran«, sagte Drew und legte auf. Gute Nachrichten. Richtig gute. Die Stimme von Al war kräftig gewesen, ganz wie früher. Offenbar war alles prima, bis auf diese verdammte Rattenplage.

Drew stellte fest, dass er darüber lachen konnte.

30

Der November war kalt und schneereich, doch das nahm Drew Larson kaum wahr. Am Monatsletzten beobachtete er (durch die Augen von Sheriff Jim Averill), wie Andy Prescott im Verwaltungssitz der County die Stufen zum Galgen erklomm. Drew war neugierig, wie der junge Kerl damit klarkam. Wie sich herausstellte, während die Wörter nur so heraussprudelten, hielt er sich gut. Er war erwachsen geworden. Wie Averill nur zu gut wusste, bestand die Tragödie darin, dass der Junge nie alt werden würde. Eine betrunkene Nacht und ein Eifersuchtsanfall wegen einer Tänzerin hatten alles, was hätte sein können, zunichtegemacht.

Am 1. Dezember übergab Jim Averill dem Amtsrichter, der als Zeuge der Hinrichtung in die Stadt gekommen war, seinen Sheriffstern, dann ritt er zurück nach Bitter River. Dort würde er seine paar Habseligkeiten einpacken (ein Koffer reichte wohl aus) und sich von seinen Deputys verabschieden, die richtig gute Arbeit geleistet hatten, als es ums Ganze ging. Ja, selbst Jep Leonard, der dumm wie Brot war. Oder wie Bohnenstroh, sucht euch was aus.

Am 2. Dezember spannte Averill sein Pferd vor einen leichten Wagen, warf Koffer und Sattel auf die Ladefläche und rollte gen Westen, um sein Glück in Kalifornien zu versuchen. Der Goldrausch war zwar vorüber, aber er sehnte sich danach, den Pazifischen Ozean zu sehen. Er hatte keine Ahnung, dass Andy Prescotts gramerfüllter Vater zwei Meilen vor der Stadt hinter einem Felsen auf ihn lauerte, vor sich den Lauf eines Sharps Big Fifty, das als »das Gewehr, das die Geschichte des Wilden Westens veränderte« bekannt werden sollte.

Da kam ein leichter Wagen angefahren, und auf dem Kutschbock, die Stiefel auf dem Spritzbrett, saß der Mann, der für seinen Gram und seine zerstörten Hoffnungen verantwortlich war, der Mann, der seinen Sohn getötet hatte. Das war nicht der Richter gewesen, nicht die Geschworenen, nicht der Henker. Nein. Dieser Mann dort unten. Ohne Jim Averill wäre sein Sohn jetzt in Mexiko und hätte noch ein langes Leben – bis ins neue Jahrhundert hinein! – vor sich.

Prescott spannte den Hahn. Er richtete das Visier auf den Mann, der auf dem Wagen saß. Dann zögerte er, den Finger um den kalten Stahl des Abzugs gekrümmt, und überlegte, was er in den etwa vierzig Sekunden tun sollte, bevor der Wagen die nächste Kuppe erreichte und aus dem Blick verschwand. Sollte er schießen? Oder Averill ziehen lassen?

Drew überlegte, ob er einen weiteren Satz hinzufügen sollte **(Er traf eine Entscheidung),** ließ es aber bleiben. Das hätte bei manchen, vielleicht sogar bei vielen Lesern den Eindruck hervorgerufen, dass Prescott sich entschieden hatte zu schießen, und genau das wollte Drew offen lassen. Deshalb betätigte er zweimal die Eingabetaste und tippte

ENDE

Dieses eine Wort betrachtete er ziemlich lange. Er betrachtete den Stapel Manuskriptblätter zwischen seinem Laptop und dem Drucker; wenn er das Ergebnis dieser letzten Sitzung hinzufügte, würden es knapp dreihundert Seiten werden.

Ich hab's geschafft, dachte er. Vielleicht wird es gedruckt werden, vielleicht auch nicht, und vielleicht schreibe ich noch so etwas, vielleicht auch nicht, darauf kommt es nicht an. Ich hab's geschafft.

Er legte die Hände vors Gesicht.

31

Zwei Abende später drehte Lucy die letzte Seite um und sah ihn mit einem Ausdruck an, den er sehr lange nicht an ihr gesehen hatte. Womöglich nicht seit dem ersten oder zweiten Ehejahr, bevor die Kinder gekommen waren.

»Drew, das ist fantastisch.«

Er grinste. »Echt? Sagst du das nicht bloß, weil dein Mann es geschrieben hat?«

Sie schüttelte heftig den Kopf. »Nein. Es ist richtig toll. Ein Western! Das hätte ich nie erraten. Wie bist du denn auf die Idee gekommen?«

Er zuckte die Achseln. »Die ist mir einfach zugeflogen.«

»Hat dieser fürchterliche Rancher eigentlich Jim Averill letztlich erschossen?«

»Das weiß ich nicht«, sagte Drew.

»Na ja, der Verlag will vielleicht, dass du das noch einfügst.«

»Dann wird der Verlag – falls sich einer findet – auf die Erfüllung seines Wunsches verzichten müssen. Und du bist dir wirklich sicher, dass es anständig geworden ist? Ganz ehrlich?«

»Wesentlich mehr als nur anständig. Wirst du's Al Stamper zeigen?«

»Ja. Morgen bringe ich ihm ein Exemplar vom Manuskript.«

»Weiß er, dass es ein Western ist?«

»Ach was. Mir ist nicht mal klar, ob er so etwas mag.«

»Das wird er bestimmt mögen.« Sie schwieg einen Moment lang, dann nahm sie seine Hand und sagte: »Ich war so sauer auf dich, als du nicht heimgekommen bist, obwohl der Sturm im Anmarsch war. Ich dachte, das zieht einen ganzen Rattenschwanz nach sich. Aber ich hatte unrecht.«

Er zog seine Hand zurück. Jetzt fühlte er sich wieder fiebrig. »Was hast du da gesagt?«

»Dass ich dachte, das zieht einen ganzen Rattenschwanz an Problemen nach sich. Und dass ich unrecht hatte. Was hast du denn, Drew?«

»Nichts«, sagte er. »Überhaupt nichts.«

32

»Na?«, fragte Drew drei Tage später. »Wie lautet dein Urteil?«

Die beiden saßen im Arbeitszimmer des früheren Fachbereichsleiters. Das Manuskript lag auf dem Schreibtisch. Drew war nervös gewesen, wie Lucy auf *Bitter River* reagieren würde, aber noch nervöser war er, was die Reaktion von Al Stamper anging. Der war ein unersättlicher, jedes Genre verschlingender Leser, der sein gesamtes Berufsleben lang Prosa analysiert und dekonstruiert hatte. Und er war der einzige Dozent aus Drews Bekanntschaft, der es gewagt hatte, im selben Semester *Unter dem Vulkan* und *Unendlicher Spaß* zu behandeln.

»Ich finde es sehr gut.« Al hörte sich nicht nur wie früher an, er sah auch so aus. Seine Gesichtsfarbe war zurückgekehrt, und er hatte ein paar Kilo zugenommen. Durch die Chemotherapie waren ihm die Haare ausgefallen, weshalb eine Red-Sox-Mütze seinen neuerdings kahlen Kopf bedeckte. »Es ist zwar handlungsgetrieben, aber die Beziehung zwischen dem Sheriff und seinem jungen Gefangenen verleiht der Geschichte eine außerordentliche Tiefe. So gut wie *Ritt zum Ox-Bow* oder *Willkommen in Hard Times* ist es nicht, würde ich sagen …«

»Ich weiß«, sagte Drew … der in Wahrheit dachte, dass es *sehr wohl* so gut war. »Das würde ich auch nie behaupten.«

»Aber ich glaube, es ist vergleichbar mit *Warlock* von Oakley Hall, das gleich hinter den beiden Titeln kommt. Du hattest etwas zu sagen, Drew, und du hast es sehr gut gesagt. Das Buch überfordert den Leser nicht mit seinen thematischen Aspekten, und ich nehme an, dass die meisten Leute es wegen der starken Geschichte lesen werden – wegen diesem Was-geschieht-als-Nächstes-Aspekt –, aber es gibt durchaus thematische Elemente.«

»Du meinst also, dass man es wirklich lesen wird?«

»Aber natürlich.« Das sagte Al beinahe wegwerfend. »Falls dein Agent kein totaler Trottel ist, wird er das Buch problemlos unterbringen. Vielleicht sogar für eine hübsche Geldsumme.« Er sah Drew prüfend an. »Wobei ich den Eindruck habe, dass das zweitrangig für dich war, falls du überhaupt darüber nachgedacht hast. Du wolltest es einfach schreiben, nicht wahr? Wolltest ein einziges Mal vom höchsten Sprungbrett im Schwimmbad springen, ohne die Nerven zu verlieren und die Leiter wieder hinunterzuschleichen.«

»Da hast du den Nagel auf den Kopf getroffen«, sagte Drew. »Und du … Al, du siehst einfach großartig aus.«

»Ich fühle mich auch großartig«, sagte Al. »Die Ärzte sind zwar nicht so weit gegangen, mich als medizinisches Wunder zu bezeichnen, und im ersten Jahr werde ich mich alle drei Wochen untersuchen lassen müssen, aber heute Nachmittag bekomme ich meine letzte Infusion mit diesem verdammten Zeug. Momentan bin ich laut allen Tests krebsfrei, und diese Rattenplage, von der ich dir erzählt hab, ist auch überstanden.«

Diesmal zuckte Drew nicht zusammen, und er fragte auch nicht nach. Er wusste, dass dieses Wort ihm von Zeit zu Zeit begegnen und wie ein Holzsplitter wirken würde, der ihm im Kopf steckte anstatt unter der Haut. Die meisten Holzsplitter kamen von selbst heraus, ohne eine Infektion auszulösen, und er war sich ziemlich sicher, dass das bei diesem auch so laufen würde. Schließlich ging es Al Stamper bestens. Die Ratte, die Drew in der Hütte ein Tauschgeschäft vorgeschlagen hatte, war ein Traum gewesen. Oder ein Plüschtier. Oder völliger Blödsinn.

Sucht euch was aus.

33

An: drew1981@gmail.com
AGENTUR ELISE DILDEN

19. Januar 2019
Drew, mein Lieber – wie schön, von dir zu hören! Ich dachte schon, du wärst tot und ich hätte den Nachruf übersehen. (Kleiner Scherz ☺) Und nach all den Jahren ein Roman, wie spannend! Schick ihn postwendend her, mein Lieber, dann sehen wir, was wir tun können. Wobei ich dir warnend sagen muss, dass der Markt momentan nur so vor sich hin dümpelt, wenn es sich nicht gerade um ein Buch über Trump und Konsorten handelt.
XXX
Ellie

Von meinem elektronischen Sklavenarmband gesendet

An: drew1981@gmail.com
AGENTUR ELISE DILDEN

1. Februar 2019
Drew! Ich bin gestern Abend fertig geworden! Das Buch ist WUNDERBAR! Hoffentlich hast du nicht vor, stinkreich damit zu werden, aber wir finden definitiv einen Verlag, und ich habe das Gefühl, dass ich einen anständigen Vorschuss herausschlagen kann.

Vielleicht wird der sogar mehr als anständig. Selbst eine Auktion kommt theoretisch in Betracht. Und, und, und … ich habe den Eindruck, dass dieses Buch rufbildend wirken wird. Wenn *Bitter River* in den Buchläden steht, werden die Rezensionen begeistert sein. Danke für einen herrlichen Besuch im Wilden Westen!
XXX
Ellie

PS: Du hast mich ganz schön in der Luft hängen lassen! Erschießt dieser fiese Rancher nun Jim Averill oder nicht????

E

Von meinem elektronischen Sklavenarmband gesendet

34

Es gab tatsächlich eine Auktion von *Bitter River*. Sie fand am 15. März statt, demselben Tag, wo der letzte Sturm des Winters über Neuengland hinwegfegte (im Weather Channel als Wintersturm Tania bezeichnet). Drei der fünf großen New Yorker Verlage nahmen teil, wobei Putnam den Zuschlag erhielt. Der Vorschuss betrug 350 000 Dollar. Nicht so viel wie für Dan Brown oder John Grisham, aber, wie Lucy sagte, als sie Drew umarmte, genug, dass er später die Studiengebühren für Brandon und Stacey würde bezahlen können. Lucy holte eine Flasche Dom Pérignon hervor, die sie (hoffnungsvoll) aufbewahrt hatte. Das war um drei Uhr nachmittags, als die beiden immer noch in Feierlaune waren.

Sie stießen auf das Buch an, auf den Autor des Buchs, auf die Gattin des Buchautors und auf die erstaunlich gut gelungenen Kinder, die der Verbindung von Buchautor und Buchautorengattin entsprungen waren. Ziemlich beschwipst hörten sie, wie um vier das Telefon läutete. Es war Kelly Fontaine, die seit undenklichen Zeiten als Verwaltungskraft des Fachbereichs Anglistik fungierte. Sie war vollkommen in Tränen aufgelöst. Al und Nadine Stamper seien ums Leben gekommen.

Al hatte an diesem Tag einen Termin im Maine Medical gehabt (Drew erinnerte sich, dass er sich im ersten Jahr alle drei Wochen untersuchen lassen sollte). »Er hätte natürlich absagen können, aber du kennst Al ja«, sagte Kelly. »Und Nadine war genauso gestrickt. Von ein bisschen Schnee haben die beiden sich nicht aufhalten lassen.«

Der Unfall hatte sich auf der 295 ereignet, weniger als eine Meile vom Maine Medical entfernt. Ein Sattelschlepper war auf Glatteis ins Schleudern geraten, hatte den Prius von Nadine Stamper seitlich erwischt und ihn wie eine Mücke von der Straße gefegt. Der Wagen hatte sich überschlagen und war auf dem Dach gelandet.

»O Gott«, sagte Lucy. »Jetzt sind beide tot. Furchtbar ist das. Und dann auch noch, wo es ihm gerade besser ging!«

»Ja«, sagte Drew. Er fühlte sich völlig betäubt. »Es ging ihm besser, nicht wahr?« Nur dass Al sich mit einer verdammten Rattenplage herumgeschlagen hatte. Das hatte er ja selbst gesagt.

»Setz dich lieber hin«, sagte Lucy. »Du bist kreidebleich.«

Aber Drew musste sich nicht hinsetzen, vorerst jedenfalls nicht. Er hastete zum Spülbecken und erbrach den Champagner. Während er vornübergebeugt würgend dastand, ohne recht wahrzunehmen, dass Lucy ihm den Rücken massierte, dachte er: Ellie meint, dass das Buch nächstes Jahr im Februar erscheint. Bis dahin werde ich tun, was das Lektorat von mir verlangt, und wenn das Buch auf dem Markt ist, werde ich Werbung dafür machen. Ich werde mich an die Regeln halten, für Lucy und für die Kinder. Aber es wird niemals ein weiteres Buch geben.

»Niemals«, sagte er.

»Was meinst du damit, Schatz?« Lucy massierte ihm immer noch den Rücken.

»Der Pankreaskrebs. Ich dachte, der würde ihn erledigen, weil das fast immer so läuft. Aber so etwas hätte ich niemals erwartet.« Er hielt den Mund unter den Wasserhahn, gurgelte und spuckte aus. »Niemals.«

35

Die Bestattung – ein Wort, bei dem Drew unweigerlich an BESTATUNG denken musste – fand vier Tage nach dem Unfall statt. Al Stampers jüngerer Bruder bat Drew, ein paar Worte zu sagen. Drew lehnte mit der Begründung ab, er sei zu erschüttert, als dass er die richtigen Worte finden würde. Er war tatsächlich erschüttert, daran bestand kein Zweifel, aber in Wahrheit befürchtete er, seine Worte könnten sich als so tückisch entpuppen, wie sie es beim *Dorf auf dem Hügel* und den beiden gescheiterten Romanversuchen davor getan hatten. Er hatte Angst – ja, echte Angst –, vor einer Kapelle voll trauernder Verwandter, Freunde, Kollegen und Studenten auf dem Podium zu stehen und zu hören, wie er unwillkürlich etwas von sich gab wie: *Die Ratte! Es war die verfluchte Ratte! Und ich hab sie ihm auf den Hals gehetzt!*

Während der Trauerfeier weinte Lucy die ganze Zeit. Stacey weinte mit, nicht weil sie die Stampers gut gekannt hätte, sondern aus Mitgefühl für ihre Mutter. Drew saß schweigend da und hatte den Arm um Brandon gelegt. Er blickte nicht auf die beiden Särge, sondern zur Chorempore hinauf, weil er dort bestimmt gleich sehen würde, wie eine Ratte auf dem polierten Mahagonigeländer einen Siegestanz aufführte. Natürlich sah er nichts dergleichen. Da war keine Ratte. Als die Feier sich dem Ende zuneigte, wurde ihm klar, wie dumm es gewesen war, so etwas zu erwarten. Schließlich wusste er, wo die Ratte war, und der Ort war viele Meilen weit entfernt.

36

Im August, der mächtig heiß wurde, beschloss Lucy, mit den Kindern nach Little Compton in Rhode Island zu fahren, um dort mit ihren Eltern und der Familie ihrer Schwester zwei Wochen am Strand zu verbringen. So hatte Drew eine sturmfreie Bude und konnte ungestört das lektorierte Manuskript von *Bitter River* durchsehen. Er sagte, er werde die Arbeit in zwei Teile teilen und sich in der Mitte einen Tag Zeit nehmen, um einen Ausflug zur Hütte seines Vaters zu machen. Dort werde er die Nacht verbringen und am folgenden Tag nach Hause fahren, um sich wieder ans Manuskript zu setzen. Sie hatten Jack Colson – Young Jackie – beauftragt, die Trümmer des zerstörten Schuppens abzutransportieren; Jackie wiederum hatte seine Mutter beauftragt, in der Hütte Ordnung zu schaffen. Nun, sagte Drew, wolle er sich anschauen, was die beiden geleistet hätten. Und seine Armbanduhr holen.

»Sicher, dass du da oben nicht mit einem neuen Buch anfangen willst?«, fragte Lucy lächelnd. »Ich hätte nichts dagegen. Das letzte ist bekanntlich ziemlich gut geworden.«

Drew schüttelte den Kopf. »Nichts dergleichen. Ich hab mir gedacht, wir sollten die Hütte lieber verkaufen, Schatz. Eigentlich fahre ich hin, um mich von ihr zu verabschieden.«

37

Die Schilder an der Zapfsäule vom Big 90 waren noch dieselben: NUR BARZAHLUNG und NUR NORMALBENZIN und »BENZINSCHNORRER« WERDEN ANGEZEIGT und GOTT SEGNE AMERIKA. Auch die dürre junge Frau hinter der Theke war mehr oder weniger dieselbe; der Bolzen in der Lippe war zwar verschwunden, der Nasenring hingegen noch da. Außerdem war sie blond geworden. Wahrscheinlich weil Blondinen mehr Spaß hatten.

»Da sind Sie ja wieder«, sagte sie. »Bloß haben Sie offenbar einen neuen Wagen. Sind Sie das letzte Mal nich mit 'nem 'Burban gekommen?«

Drew warf einen Blick auf den Chevy Equinox – bar bezahlt, weniger als siebentausend Meilen auf dem Tacho –, der an der einzelnen rostigen Zapfsäule stand. »Nach meiner letzten Fahrt hierher war der Suburban irgendwie nicht mehr derselbe.« Ich eigentlich auch nicht, dachte er.

»Bleiben Sie lange?«

»Nein, diesmal nicht. Hab gehört, dass Roy gestorben ist. Mein Beileid.«

»Der hätte zum Arzt gehen sollen. Lassen Sie sich das 'ne Lehre sein. Brauchen Sie noch was außer dem Benzin?«

Drew kaufte Brot, etwas Aufschnitt und einen Sechserpack Bier.

38

Die heruntergestürzten Äste waren alle weggeschafft worden, und der Schuppen war verschwunden, als wäre er nie da gewesen. Jackie hatte den Boden mit Rollrasen bedeckt, und jetzt wuchs dort frisches Gras. Außerdem ein paar hübsche Blümchen. Die verzogenen Verandastufen waren ausgetauscht worden, und oben standen zwei neue Sessel, wahrscheinlich bloß billiger Kram aus dem Walmart von Presque Isle, aber gar nicht übel.

Auch im Innern war die Hütte sauber hergerichtet. Das Glasfenster des Holzofens war vom Ruß gereinigt worden, und der Ofen selbst glänzte geradezu. Gleiches galt für die Fenster, den Esstisch und den Boden aus Kiefernbohlen, der offenbar nicht nur gewaschen, sondern auch geölt worden war. Der Kühlschrank war ausgesteckt und stand offen; wieder war er bis auf eine Schachtel Backnatron leer. Wahrscheinlich eine neue. Es war klar, dass die Witwe von Old Bill erstklassige Arbeit geleistet hatte.

Nur auf der Arbeitsfläche neben der Spüle sah man Anzeichen dafür, dass Drew im Oktober da gewesen war: die Coleman-Lampe, den Kanister mit Benzin, eine Tüte Hustenbonbons, mehrere Packungen Goody's Kopfschmerzpulver, eine halbe Flasche *Dr. Kings Husten- und Grippeelixier* und seine Armbanduhr.

Im offenen Kamin lag kein Stäubchen Asche mehr. Dafür war er mit frischen Eichenscheiten bestückt, was darauf schließen ließ, dass Young Jackie entweder irgendjemand beauftragt hatte, den Schornstein auszukehren, oder ihn selbst ausgekehrt hatte. Sehr zuvorkommend, obwohl man in der Augusthitze wahrlich noch kein Feuer brauchte. Drew trat zum Kamin, kniete sich davor und drehte den Kopf so, dass er in den schwarzen Schlund des Schornsteins hinaufspähen konnte.

»Bist du da oben?«, rief er … und zwar ohne jede Befangenheit. »Wenn du da oben bist, komm runter. Ich will mit dir sprechen.«

Natürlich passierte nichts. Wieder sagte er sich, dass es keine Ratte gab und nie eine gegeben hatte, nur stimmte das nicht. Der Splitter kam nicht von selbst heraus, und die Ratte war in seinem Kopf. Nur dass auch das nicht ganz stimmte. Oder doch?

Neben dem blitzblanken Kamin standen immer noch die beiden Kisten. In der einen lag frisches Kleinholz, in der anderen waren Spielsachen, die entweder von Drews eigenen Kindern stammten oder von den Kindern der Leute, an die Lucy die Hütte einige Jahre lang über vermietet hatte. Er griff sich die Spielzeugkiste und kippte sie aus. Zuerst dachte er, die Plüschratte würde fehlen, und spürte Panik in sich aufsteigen, irrational, aber deutlich. Dann sah er, dass die Ratte unter den vorspringenden Kaminboden gepurzelt war. Nur ihr in einer Hose steckender Hintern und ihr faseriger Schwanz ragten hervor. Was für ein hässliches Spielzeug das doch war!

»Du wolltest dich wohl verstecken, was?«, sagte er. »Keine Chance, meine Liebe!«

Er trug die Ratte zum Spülbecken und warf sie hinein. »Na, hast du irgendwas zu sagen? Irgendwelche Erklärungen? Vielleicht eine Entschuldigung? Nein? Wie wär's mit ein paar letzten Worten? Das letzte Mal warst du doch ziemlich gesprächig!«

Die Plüschratte hatte nichts zu sagen, weshalb Drew sie mit dem Lampenbenzin übergoss und in Brand steckte. Als nichts mehr übrig war als qualmende, übel riechende Reste, drehte er den Wasserhahn auf, um das Zeug zu löschen. Unter der Spüle fand er mehrere Papiertüten. Mit einem Pfannenheber schabte er die Überreste in eine davon. Er trug die Tüte zum Bach, warf sie hinein und sah sie davontreiben. Dann setzte er sich ans Ufer und blickte in die Landschaft. Der Tag war windstill, heiß und wunderschön.

Als die Sonne zu sinken begann, ging er in die Hütte und machte sich ein paar Wurstsandwiches. Die waren ziemlich trocken – er hätte daran denken sollen, Senf oder Mayo mitzunehmen –, aber er hatte ja Bier zum Hinunterspülen. In einem der alten Sessel sitzend, trank er drei Dosen und las dabei ein Taschenbuch von Ed McBain über das 87. Polizeirevier.

Drew überlegte, ob er sich ein viertes Bier genehmigen sollte, und entschied sich dagegen. Er hatte so eine Ahnung, dass das zu einem Kater führen würde, und er wollte morgens früh aufbrechen. Mit dem Ort hier war er fertig. Genauso wie damit, Romane zu schreiben. Es gab nur diesen einen, sein einziges Kind, das darauf wartete, dass er es abschloss. Das Buch, das seinen Freund und dessen Frau das Leben gekostet hatte.

»Das glaube ich doch gar nicht wirklich«, sagte er, während er die Treppe hinaufstieg. Oben angelangt, blickte er in den großen Raum hinunter, wo er sein Buch angefangen hatte und wo er – jedenfalls eine kleine Weile lang – gemeint hatte, sterben zu müssen. »Doch, doch, das tue ich immer noch. Es glauben.«

Er zog sich aus und legte sich ins Bett. Das Bier wiegte ihn schnell in den Schlaf.

39

Mitten in der Nacht wachte Drew auf. Das Schlafzimmer war vom silbernen Licht des Augustvollmonds erfüllt. Auf Drews Brust saß die Ratte und blickte ihn mit ihren kleinen, schwarzen Knopfaugen an.

»Hallo, Drew.« Das Maul der Ratte bewegte sich nicht, aber die Stimme kam aus ihr heraus, ganz eindeutig. Bei dem letzten Gespräch mit ihr war Drew fiebrig und krank gewesen, doch an diese Stimme erinnerte er sich noch bestens.

»Runter von mir«, flüsterte er. Er wollte die Ratte wegschlagen, schien jedoch keinerlei Kraft in den Armen zu haben.

»Na, na, jetzt sei mal nicht so. Du hast mich gerufen, und ich bin gekommen. In solchen Geschichten läuft das doch so, oder nicht? Also, was kann ich für dich tun?«

»Ich will wissen, wieso du das getan hast.«

Die Ratte setzte sich auf und hielt sich die kleinen rosa Pfoten vor die pelzige Brust. »Weil du das wolltest. Es war dein Wunsch, weißt du das nicht mehr?«

»Es war ein *Tauschgeschäft*.«

»Ach, ihr Akademiker mit eurer Wortklauberei!«

»Und bei dem Geschäft ging es um Al Stamper«, sagte Drew beharrlich. »Nur um *den*. Weil er ohnehin an Pankreaskrebs sterben würde.«

»Ich erinnere mich nicht, dass je ausdrücklich von Pankreaskrebs die Rede gewesen wäre«, sagte die Ratte. »Oder irre ich mich da?«

»Nein, aber ich habe angenommen …«

Die Ratte wusch sich mit den Pfoten das Gesicht, drehte sich zweimal im Kreis – selbst durch die Bettdecke hindurch fühlten sich ihre Pfoten scheußlich an – und blickte Drew dann wieder an. »So fällt man auf Zauberwünsche rein«, sagte sie. »Die sind nämlich verzwickt. Massenhaft Kleingedrucktes. In allen guten Märchen ist das sonnenklar. Ich dachte, wir hätten darüber gesprochen.«

»Okay, aber von Nadine Stamper war nie die Rede! Die war nie ein Teil unserer … unserer Abmachung!«

»Sie war auch nie *kein* Teil davon«, erwiderte die Ratte ziemlich pikiert.

Es ist ein Traum, dachte Drew. Wieder ein Traum, das muss einfach so sein. In keiner Version der Wirklichkeit müsste sich ein Mensch von einem Nagetier belehren lassen.

Inzwischen hatte Drew den Eindruck, dass seine Kräfte wiederkehrten, aber er bewegte sich nicht. Noch nicht. Wenn er in Aktion trat, würde das ganz plötzlich geschehen, und dabei würde er die Ratte nicht einfach nur von seiner Brust wischen. Er hatte vor, sie zu schnappen und zuzudrücken. Sie würde sich winden, sie würde quietschen und höchstwahrscheinlich beißen, aber Drew würde zudrücken, bis der Bauch der Ratte platzte und ihr die Eingeweide aus Mund und Arschloch quollen.

»Na gut, da hast du nicht ganz unrecht. Aber ich versteh es trotzdem nicht. Ich wollte nur das Buch, und das hast du mir verdorben.«

»Schluchz, schluchz«, sagte die Ratte und wusch sich wieder das Gesicht. Beinahe hätte Drew da zugepackt, aber nein. Noch nicht. Erst musste er Bescheid wissen.

»Scheiß auf dein Schluchz-schluchz. Ich hätte dich mit der Schaufel erledigen können, aber das hab ich nicht getan. Ich hätte dich draußen im Sturm lassen können, auch das hab ich nicht getan. Ich hab dich hereingetragen und vor den Ofen gelegt. Wieso solltest du mir das vergelten, indem du zwei unschuldige Menschen umbringst und mir das Vergnügen darüber raubst, das einzige Buch zu vollenden, das ich je schreiben werde?«

Die Ratte dachte nach. »Tja«, sagte sie schließlich. »Wenn ich es salopp ausdrücken darf – als du mich aufgenommen hast, wusstest du ja, dass ich eine Ratte bin.«

Drew packte zu. Er war sehr schnell, aber seine Hände griffen in die Luft. Die Ratte huschte über den Boden, doch bevor sie die Wand erreichte, drehte sie sich noch einmal zu Drew um. Im Mondlicht glaubte er zu sehen, dass sie grinste.

»Abgesehen davon hast du das Buch gar nicht vollendet. Das hättest du *nie* geschafft. Vollendet habe *ich* es.«

In der Bodenleiste war ein Loch. Die Ratte flitzte hinein. Einen Moment lang sah Drew noch ihren Schwanz. Dann war sie verschwunden.

Drew lag da und blickte an die Zimmerdecke. Morgen früh werde ich mir sagen, dass das ein Traum war, dachte er, und genau das tat er am Morgen. Ratten redeten nicht, und Ratten gewährten keine Wünsche. Al Stamper war dem Krebstod nur von der Schippe gesprungen, um bei einem Autounfall zu sterben, was eine fürchterliche Ironie des Schicksals, aber durchaus kein Einzelfall war. Dass seine Frau gemeinsam mit ihm gestorben war, war zwar eine Schande, aber auch so etwas war schon vorgekommen.

Er fuhr heim. Er betrat sein unheimlich stilles Haus. Er ging nach oben in sein Arbeitszimmer. Er öffnete den Ordner mit dem redigierten Manuskript von *Bitter River* und bereitete sich darauf vor, sich an die Arbeit zu machen. Bestimmte Dinge waren geschehen, teilweise in der Wirklichkeit und teilweise in seinem Kopf, und diese Dinge konnte man nicht ändern. Wirklich wichtig war nur, dass er überlebt hatte. Er würde seine Frau und seine Kinder lieben, so gut er konnte, er würde seinen Unterricht halten, so gut er konnte, er würde sein Leben so gut führen, wie er konnte, und er würde sich gern zu der Schar von Autoren gesellen, die nur ein einziges Buch geschrieben hatten. Wenn er es sich recht überlegte, konnte er sich eigentlich über nichts beklagen.

Wenn er es sich recht überlegte, war alles rattenklar.

Nachbemerkung des Autors

Wenn meine Mutter oder eine meiner vier Tanten eine Frau sahen, die einen Kinderwagen schob, rezitierten sie etwas, was sie wahrscheinlich von *ihrer* Mutter gelernt hatten: »Wo kommst du her, du kleines Kind? Die Antwort weiß allein der Wind.« An diesen schlichten Reim muss ich manchmal denken, wenn man mich fragt, woher ich die Idee für diese oder jene Geschichte habe. Oft weiß ich die Antwort nicht, was mich verlegen macht und ein bisschen beschämt. (Zweifellos ist da irgendein Kindheitskomplex im Spiel.) Manchmal gebe ich eine ehrliche Antwort (»keine Ahnung!«), aber bei anderen Gelegenheiten erfinde ich einfach irgendeinen Blödsinn, um den Fragesteller mit einer bedingt rationalen Erklärung von Ursache und Wirkung zu befriedigen. Hier will ich jedoch versuchen, ehrlich zu sein. (Was sollte ich auch anderes sagen, oder?)

In meiner Jugend habe ich wohl irgendeinen Film gesehen – wahrscheinlich einen dieser von American International produzierten Horrorstreifen, derentwegen ich mit meinem Freund Chris Chesley zum Ritz in Lewiston trampte –, in dem jemand sich so sehr davor fürchtete, lebendig begraben zu werden, dass er in seiner Gruft ein Telefon installieren ließ. Vielleicht war das auch in einer Folge von *Alfred*

Hitchcock präsentiert. Jedenfalls regte die Vorstellung, dass an einem Ort für die Toten ein Telefon läutete, meine übermäßig blühende jugendliche Fantasie an. Als Jahre später unerwartet ein enger Freund starb, rief ich sein Handy an, nur um noch einmal seine Stimme zu hören. Anstatt mich zu trösten, überlief es mich eiskalt. Deshalb habe ich das nie wieder getan, aber dieser Anruf wurde in Verbindung mit der Erinnerung an den Film oder die Fernsehsendung zur Keimzelle von »Mr. Harrigans Telefon«.

Geschichten entwickeln sich so, wie sie wollen, aber der wahre Spaß an dieser war – für mich – die Rückkehr in eine Zeit, wo Mobiltelefone im Allgemeinen und das iPhone im Besonderen nagelneu waren. Damals hatte man kaum eine Ahnung davon, welche Auswirkungen sich ergeben würden. Im Laufe meiner Recherchen hat Jake Lockwood, mein IT-Mann, auf eBay ein iPhone der ersten Generation erworben und funktionstüchtig gemacht. Während ich das hier schreibe, liegt es in der Nähe. (Ich muss es eingesteckt lassen, denn irgendwann hat es jemand fallen lassen und dabei den Ein- und Ausschalter demoliert.) Ich kann damit ins Internet gehen, ich kann mich über die Börse und das Wetter informieren. Anrufe damit machen kann ich allerdings nicht, weil es 2G verwendet, und diese Technik ist so tot wie das Betamax-Format.

Ich habe keine Ahnung, woher »Chucks Leben« mir zugeflogen ist. Ich weiß nur, dass mir eines Tages eine Reklametafel mit der Aufschrift »Danke, Chuck!«, dem Foto dieses Burschen und 39 WUNDERBARE JAHRE in den Sinn kam. Wahrscheinlich habe ich die Geschichte geschrieben, um herauszufinden, worum es bei dieser Reklametafel ging, aber nicht einmal da bin ich mir sicher. Nur eines kann ich sagen: Ich hatte immer das Gefühl, dass wir alle – von den Königen und Fürsten bis zu den Typen, die bei Waffle House Geschirr spülen, und zu den Frauen, die in Highwaymotels die Betten machen – die ganze Welt enthalten.

Als ich einmal in Boston war, stieß ich zufällig auf einen Burschen, der an der Boylston Street Schlagzeug spielte. Die Passanten würdigten ihm kaum eines Blickes, und in dem Körbchen vor ihm (kein Zauberhut) waren kaum Spenden gelandet. Da fragte ich mich, was wohl passieren würde, wenn jemand, zum Beispiel ein typischer Geschäftsmann, stehen bleiben und ein Tänzchen wagen würde, so ähnlich wie Christopher Walken in *Weapon of Choice,* diesem fantastischen Video von Fatboy Slim. Die Verbindung zu Chuck Krantz – dem Inbegriff eines Geschäftsmannes – ergab sich ganz logisch. Ich fügte ihn in die Geschichte ein und ließ ihn tanzen. Ich tanze für mein Leben gern, weil es Herz und Seele befreit, weshalb es eine Freude war, den Text zu schreiben.

Nachdem ich zwei Geschichten über Chuck geschrieben hatte, wollte ich eine dritte schreiben, die alle drei zu einer zusammenhängenden Erzählung verknüpfte. »Vielheiten« ist ein Jahr nach den ersten beiden Teilen entstanden. Ob das mit den drei in umgekehrter Reihenfolge – wie ein rückwärts laufender Film – abgedruckten Akten funktioniert oder nicht, müssen meine Leser entscheiden.

Lasst mich einen Sprung zu »Ratte« machen. Auch hier habe ich absolut keine Ahnung, wie die Geschichte zu mir gekommen ist. Ich weiß nur, dass sie mir wie ein unheilvolles Märchen vorkam und mir die Chance gab, ein bisschen über die Geheimnisse der Vorstellungskraft und darüber zu schreiben, wie sich das konkret auf dem Papier ausdrückt. Zu erwähnen ist, dass der Vortrag von Jonathan Franzen, auf den Drew sich bezieht, rein fiktiv ist.

Zu guter Letzt: »Blutige Nachrichten«. Die Basis für die Geschichte habe ich mindestens zehn Jahre im Kopf gehabt. Mir war aufgefallen, dass am Schauplatz furchtbarer Tragödien anscheinend immer bestimmte Nachrichtenkorrespondenten auftauchen: bei Flugzeugabstürzen, Amokläufen, Terroranschlägen, Promi-Todesfällen. Solche Themen kommen immer in die lokalen und landesweiten Nachrichten; jedermann in diesem Geschäft kennt die Maxime, dass blutige Nachrichten sich gut verkaufen lassen. Die Geschichte blieb so lange ungeschrieben, weil jemand die Spur des übernatürlichen Wesens aufnehmen musste, das sich als Fernsehreporter ausgab und vom Blut unschuldiger Menschen lebte. Mir fiel schlicht nicht ein, wer das sein könnte. Dann wurde mir im November 2018 klar, dass ich die Lösung die ganze Zeit vor der Nase gehabt hatte: natürlich Holly Gibney.

Ich liebe Holly. So einfach ist das. Eigentlich war sie als Nebenfigur in *Mr. Mercedes* vorgesehen, kaum mehr als eine schrullige Statistin. Stattdessen hat sie mir das Herz gestohlen (und beinahe auch das Buch). Ich bin immer neugierig, was sie gerade macht und wie sie zurechtkommt. Wenn ich zu ihr zurückkehre, stelle ich erleichtert fest, dass sie weiterhin ihr Cipralex nimmt und nicht wieder zu rauchen angefangen hat. Offen gesagt, war ich auch neugierig, welche Umstände sie zu dem gemacht haben, was sie ist, und ich dachte, das könnte ich ein bisschen erforschen … jedenfalls solange es zur Geschichte passte. Das hier ist Hollys erster Soloauftritt, und ich hoffe, dass ich ihr gerecht geworden bin. Besonderen Dank an den Aufzugexperten Alan Wilson, der mir erklärt hat, wie moderne, computergesteuerte Aufzüge funktionieren und was bei ihnen schiefgehen kann. Offenkundig habe ich diese Informationen ein bisschen (ähem) ausgeschmückt. Solltet ihr euch daher in diesem Bereich auskennen und meinen, ich hätte mich geirrt, gebt bitte mir – und den Erfordernissen meiner Geschichte – die Schuld und nicht Mr. Wilson.

Bei »Mr. Harrigans Telefon« hat mich noch der verstorbene Russ Dorr unterstützt. Es war unsere letzte Zusammenarbeit, und ich vermisse ihn sehr. Dank schulde ich meinem Agenten Chuck Verrill (dem besonders »Ratte« gefallen hat) und meinem gesamten Team bei Scribner, darunter (aber nicht ausschließlich) Nan Graham, Susan Moldow, Roz Lippel, Katie Rizzo, Jaya Miceli, Katherine Monaghan und Carolyn Reidy. Ich danke Chris Lotts, der sich um meine Auslandsrechte kümmert, und Rand Holston von der Paradigm Agency in Los Angeles. Er beschäftigt sich mit Film- und Fernsehkram. Von Herzen danke ich außerdem meinen Kindern, meinen Enkeln und meiner Frau Tabitha. Ich liebe dich, Schatz.

Zum Schluss aber möchte ich *euch,* treue Leser, dafür danken, dass ihr mich wieder begleitet habt.

Stephen King
13. März 2019

LESEPROBE

STEPHEN KING

Billy Summers

Roman

WILHELM HEYNE VERLAG

Kapitel 1

1

Billy Summers sitzt in der Hotelhalle und wartet darauf, abgeholt zu werden. Es ist Freitagnachmittag. Er hat ein Comictaschenbuch aus der Reihe *Archie's Pals 'n' Gals* aufgeschlagen vor sich, ist in Gedanken aber bei Émile Zola und dessen drittem Roman, mit dem er schließlich den Durchbruch als Autor erzielt hat: *Thérèse Raquin.* Er findet, dass es sich dabei eindeutig um das Buch eines jungen Mannes handelt. Zola, denkt er, hat gerade erst den Zugang zu etwas gefunden, was sich später als tiefe, fabelhafte Goldgrube erweisen sollte. Er denkt, dass Zola eine albtraumhafte Version von Charles Dickens war – oder vielmehr ist. Das wäre ein guter Ausgangspunkt für einen Essay, findet er. Nicht dass er je einen geschrieben hätte.

Um zwei Minuten nach zwölf geht die Tür auf, und zwei Männer betreten die Hotelhalle. Der eine ist groß und hat das schwarze Haar zu einer Schmalzlocke im Stil der Fünfziger gestylt. Der andere ist untersetzt und hat eine Brille auf der Nase. Beide tragen Anzug. Alle von Nicks Leuten tragen Anzug. Den Großen kennt Billy von drüben im Westen her. Er ist schon lange bei Nick und heißt

Frank Macintosh. Wegen seiner Tolle nennen manche von Nicks Leuten ihn Frankie Elvis oder – weil er inzwischen eine winzige kahle Stelle am Hinterkopf hat – Elvis den Kahlen. Allerdings nicht, wenn er das mitbekommen könnte. Den anderen kennt Billy nicht. Der muss aus dem Ort hier sein.

Macintosh streckt Billy die Hand hin. Billy erhebt sich und schüttelt sie.

»He, Billy, ist 'ne Weile her. Schön, dich zu sehen.«

»Dich auch, Frank.«

»Das ist Paulie Logan.«

»Hi, Paulie.« Billy schüttelt dem Untersetzten die Hand.

»Freut mich, dich kennenzulernen, Billy.«

Macintosh nimmt Billy das Archie-Taschenbuch aus der Hand. »Wie ich sehe, liest du immer noch Comics.«

»Genau, stimmt«, sagt Billy. »Ich mag die halt. Also die lustigen. Die mit den Superhelden lese ich auch manchmal, aber die mag ich nicht so.«

Macintosh blättert durch die Seiten und zeigt Paulie Logan dann etwas. »Guck dir mal die Puppen hier an. Mann, auf die könnte ich glatt abwichsen.«

»Das sind Betty und Veronica.« Billy nimmt das Comicbuch wieder an sich. »Veronica ist die Freundin von Archie, obwohl Betty das gern wär.«

»Liest du auch richtige Bücher?«, fragt Logan.

»Manchmal, wenn ich lange unterwegs bin. Zeitschriften auch. Aber hauptsächlich Comics.«

»Gut, gut«, sagt Logan und zwinkert Macintosh zu. Nicht gerade dezent, weshalb Macintosh die Stirn runzelt, aber Billy schert sich nicht darum.

»Bereit für einen kleinen Ausflug?«, fragt Macintosh.

»Klar.« Billy schiebt das Buch in die Gesäßtasche. Archie und seine vollbusigen Freundinnen. Das wäre auch ein Thema für einen Essay. Darüber, wie tröstlich es ist, wenn Frisuren und Einstellungen sich nicht ändern. Über Riverdale und darüber, dass die Zeit dort stillsteht.

»Na, dann los«, sagt Macintosh. »Nick wartet schon.«

2

Macintosh sitzt am Steuer. Logan hat sich freiwillig hinten reingesetzt, weil er der Kleinste sei. Billy hätte erwartet, dass sie nach Westen fahren, weil da der noble Teil von Red Bluff liegt, und Nick Majarian lebt gern auf großem Fuß, egal ob zu Hause oder anderswo. Und in Hotels übernachtet er grundsätzlich nicht. Aber stattdessen fahren sie nach Nordosten.

Zwei Meilen vom Stadtzentrum entfernt kommen sie in ein Viertel, das Billy als untere Mittelschicht einschätzt. Drei bis vier Stufen besser als der Trailer-Park, wo er aufgewachsen ist, aber alles andere als nobel. Hier stehen keine großen, gut geschützten Villen, sondern Häuser im Ranchstil mit kleinen Vorgärten, in denen sich Rasensprenger drehen. Die meisten sind einstöckig und gut in Schuss, aber einige müssten frisch angestrichen werden, und auf manchen Rasenflächen breitet sich Fingerhirse aus. Billy sieht ein Haus mit einem zerbrochenen Fenster, das mit einem Stück Pappkarton gesichert ist. Vor einem anderen sitzt ein dicker Mann in Bermudashorts und Trägerunterhemd auf einem Gartensessel von Costco oder Sam's Club. Er trinkt Bier und beobachtet sie beim Vorüberfahren. Eine Weile lang waren die Zeiten in Amerika jetzt gut, aber vielleicht wird sich das auch wieder ändern. Billy kennt solche Wohnviertel. Sie sind wie ein Barometer, und das hier ist im Sinken begriffen. Die Leute, die hier wohnen, haben Jobs, bei denen man eine Stechuhr bedient.

Macintosh biegt in die Einfahrt eines zweistöckigen Hauses mit einem ungepflegten Rasen ein. Es ist in einem matten Gelb gestrichen und ganz in Ordnung, sieht jedoch nicht wie ein Ort aus, wo Nick Majarian sich niederlassen würde, und wenn auch nur für ein paar Tage. Es sieht aus, als würde hier ein Mechaniker oder ein kleiner Flughafenangestellter mit seiner Rabattcoupons sammelnden Frau und zwei Kindern leben, jeden Monat seine Hypotheken abzahlen und sich am Donnerstagabend mit Bier und Bowling vergnügen.

Logan zieht Billys Tür auf. Billy legt sein Comicbuch aufs Armaturenbrett und steigt ebenfalls aus.

Macintosh geht als Erster die paar Stufen zur Veranda hoch. Draußen ist es heiß, drinnen klimatisiert. Nick Majarian steht in dem kurzen, zur Küche führenden Flur. Er trägt einen Anzug, der wahrscheinlich beinah so viel wie eine monatliche Hypothekenzahlung für das Haus gekostet hat. Sein schütteres Haar ist an den Kopf gekämmt, von Schmalzlocke keine Spur. Das Gesicht ist rundlich und von der Sonne in Vegas gebräunt. Er ist korpulent, aber als er Billy in die Arme nimmt, fühlt sein vorstehender Bauch sich bretthart an.

»Billy!«, ruft Nick aus und küsst ihn auf beide Wangen. Herzhafte Schmatzer sind das. Im Gesicht trägt Nick ein breites, strahlendes Grinsen zur Schau. »Billy, Billy, Mann, ist richtig schön, dich zu sehen!«

»Ich freu mich auch, dich zu sehen, Nick.« Billy blickt sich um. »Normalerweise wohnst du nobler als hier.« Er hält kurz inne. »Nichts für ungut.«

Nick lacht. Er hat ein wohltönendes, ansteckendes Lachen, das zu seinem Grinsen passt. Macintosh schließt sich ihm an, während Logan lediglich lächelt. »Ich hab ein Haus im Westen. Vorübergehend. Betätige mich sozusagen als Haushüter. Im Vorgarten ist ein Springbrunnen, auf dem in der Mitte ein kleiner nackter Kerl steht. Wie nennt man so was noch …?«

Eine Putte, denkt Billy, hält jedoch den Mund. Er lächelt einfach weiter.

»Na egal, ein Wasser pinkelnder Knabe halt. Wirst schon noch sehen, keine Angst. Nein, das Haus hier ist nicht meins, Billy. Es ist deins. Falls du dich entscheidest, den Job zu übernehmen.«

3

Nick führt Billy durchs Haus. »Voll möbliert«, sagt er, als wollte er es an den Mann bringen. Was er wohl irgendwie gerade tut.

Im Obergeschoss sind drei Schlafzimmer und zwei Bäder, von denen das zweite kleiner und wahrscheinlich für die Kinder gedacht ist. Das Erdgeschoss besteht aus Küche, Wohnzimmer und einem Esszimmer, das so klein ist, dass man es eigentlich als Essecke bezeichnen müsste. Der größte Teil des Kellers ist zu einem langen, mit Teppichboden belegten Raum umgewandelt worden, wo am einen Ende ein großer Fernseher und am anderen eine Tischtennisplatte stehen. An der Decke sind Schienenleuchten angebracht. Nick bezeichnet das Ganze als Hobbyraum, und hier setzen sie sich zusammen.

Macintosh erkundigt sich, ob jemand etwas trinken wolle. Zur Auswahl stünden Mineralwasser, Bier, Limonade und Eistee.

»Ich nehme einen Arnold Palmer«, sagt Nick. »Halb und halb. Viel Eis.«

Hört sich gut an, sagt Billy. Bis die Getränke kommen, plaudern sie miteinander. Über das Wetter und wie heiß es hier unten in den nördlichen Südstaaten ist. Nick will wissen, wie Billys Reise war. Gut, sagt Billy, erklärt jedoch nicht, wo er losgeflogen ist, und Nick fragt nicht nach. Nick sagt, was soll man bloß zu diesem verfluchten Trump sagen, und Billy meint, tja, was soll man da schon sagen. Das ist in etwa alles, was sie zustande bringen, aber das macht nichts, weil jetzt Macintosh mit einem Tablett kommt, auf dem zwei hohe Gläser stehen, und sobald er wieder abgezogen ist, kommt Nick zur Sache.

»Als ich mit deinem Kumpel Bucky telefoniert hab, hat der mir gesagt, du willst dich bald zur Ruhe setzen.«

»Ich denk drüber nach. Mache das Ganze schon eine lange Zeit. Viel zu lange.«

»Stimmt. Wie alt bist du überhaupt?«

»Vierundvierzig.«

»Und du bist im Geschäft, seit du die Uniform ausgezogen hast?«

»Mehr oder weniger.« Er ist sich ziemlich sicher, dass Nick das alles weiß.

»Wie viele insgesamt?«

Billy zuckt die Achseln. »Das weiß ich nicht mehr genau.« Es sind siebzehn. Achtzehn, wenn man den ersten mitrechnet, den Mann mit dem gegipsten Arm.

»Bucky meint, du übernimmst eventuell noch einen, wenn der Preis stimmt.«

Er wartet darauf, dass Billy etwas antwortet. Weil er das nicht tut, fährt Nick fort.

»Der Preis stimmt auf jeden Fall. Wenn du den übernimmst, kannst du dein restliches Leben irgendwo da verbringen, wo es warm ist. Kannst dich in 'ne Hängematte legen und Piña colada trinken.« Sein breites Grinsen kommt wieder zum Vorschein. »Zwei Millionen. Fünfhunderttausend als Vorschuss, der Rest hinterher.«

Billys Pfiff gehört nicht zu seiner kleinen Show, die er zudem nicht als solche betrachtet, sondern als feste Rolle des *Einfältigen,* die er Typen wie Nick, Frank und Paulie immer vorspielt. Sie ist wie ein Sicherheitsgurt. Den legt man nicht an, weil man einen Unfall erwartet, sondern weil man nie weiß, wer einem auf derselben Straßenseite über die Kuppe entgegenkommen könnte. Das gilt auch auf der Straße des Lebens, auf der die Leute im Zickzack durch die Gegend gondeln und sich auf dem Highway als Geisterfahrer betätigen.

»Warum so viel?« Bisher hat er für einen Auftrag höchstens siebzigtausend bekommen. »Das ist doch kein Politiker, oder? So was mache ich nämlich nicht.«

»Ganz und gar nicht.«

»Ist es ein schlechter Mensch?«

Nick lacht, schüttelt den Kopf und betrachtet Billy mit echter Zuneigung. »Die Frage stellst du immer.«

Billy nickt.

Der Einfältige mag eine Maske sein, aber es stimmt: Er übernimmt nur schlechte Menschen. Was damit zu tun hat, wie er nachts schlafen kann. Natürlich verdient er seinen Lebensunterhalt damit, für schlechte Menschen zu *arbeiten*, aber das sieht Billy nicht als moralisches Dilemma an. Er hat kein Problem mit schlechten Menschen, die dafür bezahlen, andere schlechte Menschen umbringen zu lassen. Im Grunde sieht er sich als Müllmann mit Waffe.

»Es ist ein sehr schlechter Mensch.«

»Na dann …«

»Außerdem kommen die zwei Millionen nicht von mir. Ich bin hier nur der Mittelsmann und kriege, was man als Maklergebühr bezeichnen könnte. Die kommt übrigens nicht von dir, sondern ist extra.« Nick beugt sich vor und verschränkt die Hände zwischen den Oberschenkeln. Mit ernster Miene blickt er Billy tief in die Augen. »Der Typ, über den wir reden, ist ein Profi wie du. Nur fragt er nie, ob es um einen schlechten oder guten Menschen geht. Solche Unterscheidungen trifft er nicht. Wenn das Geld stimmt, übernimmt er den Auftrag. Nennen wir ihn fürs Erste einfach Joe. Vor sechs Jahren, vielleicht sind es auch sieben, das ist jetzt egal, hat er einen Fünfzehnjährigen umgelegt, der gerade auf dem Schulweg war. War der Junge ein schlechter Mensch? Nein. Er war sogar ein besonders guter Schüler. Aber jemand wollte seinem Vater eine Botschaft senden. Der Junge war die Botschaft. Joe war der Bote.«

Billy fragt sich, ob die Geschichte wahr ist. Möglicherweise nicht, sie hat so etwas Märchenhaftes an sich, aber irgendwie vielleicht doch. »Du willst, dass ich einen Killer umlege.« Als müsste er sich das klarmachen.

»Genau. Momentan sitzt Joe in Los Angeles im Bau. Im Men's Central Jail. Die Anklagepunkte sind Körperverletzung und versuchte Vergewaltigung. Letzteres ist einigermaßen komisch, falls du nicht gerade auf politische Korrektheit stehst. Er hat eine Schriftstellerin, eine feministische Schriftstellerin, die zu einer Tagung in L.A. war, für eine Nutte gehalten. Hat ihr wohl einen ziemlich unsittlichen Antrag gemacht, worauf sie ihr Pfefferspray rausgeholt hat. Da hat er ihr eins aufs Maul gegeben und ihr den Kiefer ausgerenkt. Wahrscheinlich hat sie deshalb hunderttausend Bücher zusätzlich verkauft. Hätte ihm danken sollen, statt ihn zu verklagen, meinst du nicht?«

Billy erwidert nichts.

»Komm schon, Billy, denk mal drüber nach. Da hat der Mann weiß Gott wie viele Kerle umgelegt, teilweise ausgesprochen harte Typen, und wird von 'ner lesbischen Emanze mit Pfefferspray besprüht? Da muss man doch Humor drin sehen!«

Billy grinst der Form halber. »L.A. ist ganz schön weit weg von hier.«

»Stimmt, aber er war *hier,* bevor er *da* hingegangen ist. Warum er hier war, weiß ich nicht, und es ist mir auch schnuppe, aber ich weiß, dass er Poker spielen wollte, und jemand hat ihm gesteckt, wo man das tun kann. Unser Kumpel Joe hält sich nämlich für einen genialen Spieler. Liebt hohe Einsätze.

Um es kurz zu machen: Er hat eine Menge Geld verloren. Als der große Gewinner gegen fünf Uhr morgens ausgestiegen ist, hat Joe ihm in den Bauch geschossen und nicht nur das eigene Geld wieder eingeschoben, sondern einfach alles, was auf dem Tisch lag. Als jemand ihn daran hindern wollte, wohl irgend so ein anderer Trottel aus der Runde, hat Joe ihm ebenfalls einen Schuss verpasst.«

»Hat er jetzt beide auf dem Gewissen?«

»Der große Gewinner ist im Krankenhaus krepiert, allerdings erst nachdem er Joe noch identifizieren konnte. Der Typ, der sich einmischen wollte, hat überlebt. Auch der hat Joe identifiziert. Und weißt du, was?«

Billy schüttelt den Kopf.

»Aufnahmen von einer Überwachungskamera gibt's außerdem. Merkst du, worauf das rausläuft?«

Das tut Billy durchaus. »Nicht so richtig.«

»In Kalifornien haben sie ihn wegen Körperverletzung angeklagt, womit sie auch durchkommen werden. Die versuchte Vergewaltigung wird man dagegen wohl abschmettern. Ist ja nicht so, dass er die Frau in eine dunkle Gasse gezerrt hat. Scheiße, er hat ihr sogar angeboten, sie zu *bezahlen*, also ist es bloß Kontaktanbahnung, worum der Staatsanwalt sich nicht mal kümmern wird. Wenn er verurteilt wird, bekommt er etwa neunzig Tage im Bau. Damit wäre die Sache erledigt. Aber *hier* geht es um Mord, und so was nimmt man auf dieser Seite vom Mississippi ausgesprochen ernst.«

Das weiß Billy. In konservativen Bundesstaaten wie dem hiesigen erlöst man kaltblütige Mörder von ihrem Elend. Womit er kein Problem hat.

»Und nachdem die Geschworenen einen Blick auf das Überwachungsvideo geworfen haben, werden sie mit großer Sicherheit dafür plädieren, dem guten Joe die Nadel zu verpassen. Das ist dir doch klar, oder?«

»Natürlich.«

»Wenig überraschend, dass er sich momentan über seinen Anwalt gegen die Auslieferung wehrt. Du weißt doch, wie so was läuft, oder?«

»Klar.«

»Na dann. Sein Anwalt fährt schwere Geschütze auf, und der Typ ist absolut keine Niete. Er hat schon erreicht, dass die Anhörung um dreißig Tage verschoben wird, und wird sich noch andere Gründe ausdenken, Sand ins Getriebe zu streuen, aber am Ende wird er scheitern. Joe wiederum sitzt in Einzelhaft, weil jemand ihm ein Klappmesser in den Leib rammen wollte. Das hat sich der gute Joe geschnappt und dem Burschen das Handgelenk gebrochen, aber wo *ein* Typ mit 'nem Messer ist, kann's ein Dutzend weitere geben.«

»Du meinst, da ist eine Gang im Spiel?«, fragt Billy. »Zum Beispiel die Crips? Haben die ihn auf dem Kieker?«

Nick zuckt die Achseln. »Wer weiß? Jedenfalls hat Joe vorläufig ein Privatquartier, muss nicht mit den übrigen Schweinen an den Trog und darf eine halbe Stunde ganz allein auf den Hof. Außerdem setzt sein Anwalt inzwischen verschiedene Leute unter Druck. Er behauptet, dass Joe 'ne richtig große Sache ausplaudern wird, wenn man den Mordvorwurf nicht fallen lässt.«

»Ob er damit durchkommt?« Das stellt sich Billy nicht gern vor, selbst wenn der Mann, den dieser Joe nach dem Pokerspiel erschossen hat, ein schlechter Mensch gewesen sein sollte. »Das heißt, der Staatsanwalt soll auf die Todesstrafe verzichten oder auf Totschlag plädieren?«

»Nicht schlecht, Billy. Du bist mehr oder weniger auf der richtigen Spur. Aber soweit ich höre, will Joe, dass man die gesamte Anklage zurückzieht. Vermutlich hat er wirklich was in der Hinterhand.«

»Und er meint, das kann er ausspielen, um mit 'nem Mord davonzukommen.«

»Sagt ein Kerl, der weiß Gott wie oft damit davongekommen ist.« Nick lacht.

Das tut Billy nicht. »Ich hab nie jemand erschossen, bloß weil ich beim Pokern Geld verloren hab. Ich spiel nicht mal. Und Raub wär sowieso nie mein Ding.«

Nick hebt beschwichtigend die Hände. »Das weiß ich doch, Billy. Du kümmerst dich bloß um schlechte Menschen. Wollte dich bloß ein bisschen aufziehen. Trink deinen Arnold Palmer.«

Billy trinkt seinen Arnold Palmer. Zwei Millionen, denkt er dabei. Für einen einzigen Auftrag. Und er denkt: Was ist der Haken an der Sache?

»Da will wer den Typ also echt dran hindern, dass er ausspuckt, was er weiß.«

Nick richtet die Fingerpistole auf Billy, als hätte der einen absolut verblüffenden logischen Schluss gezogen. »Du hast's erfasst. Jedenfalls hab ich eine Nachricht von einem Burschen aus der Stadt hier bekommen – du wirst ihn kennenlernen, wenn du den Auftrag annimmst –, und die Nachricht lautet: Wir suchen einen echten Profi, und zwar den allerbesten. Meiner Meinung nach ist das Billy Summers, und damit basta.«

»Du willst, dass ich den Typ umlege, aber nicht in L.A. Sondern hier.«

»Das will nicht ich. Nicht vergessen, ich bin hier bloß der Mittelsmann. Jemand andres will das. Jemand mit sehr viel Geld in der Tasche.«

»Was ist der Haken?«

Nick schaltet sein Grinsen ein und richtet wieder die Fingerpistole auf Billy. »Direkt zum Punkt, was? Direkt zum verdammten Punkt. Nur dass es eigentlich gar kein Haken ist. Gut, vielleicht ist es doch einer, je nachdem wie man's sieht. Also, hier spielt Zeit eine besonders große Rolle. Du wirst nämlich …«

Er wedelt mit der Hand, um auf das kleine gelbe Haus zu verweisen. Vielleicht auch auf das Wohnviertel, in dem es steht – wie Billy feststellen wird, heißt es Midwood. Und vielleicht auf die gesamte Stadt, die hier östlich vom Mississippi liegt, ein Stück weit unterhalb der Mason-Dixon-Linie.

»… eine ganze Weile hier bleiben müssen.«

Lesen Sie weiter in: